马未都
讲透唐诗

I

马未都 著

浙江文艺出版社

海天旭日图卷(局部) 唐 李昭道

老子出关图 清 佚名

总序

文学是人类最早的精神追求之一,诗歌是文学最初的表达形式。我猜想诗歌一定出现在文字之前,先是口头的情感表达,情至而生,感随而发;当后来文字出现,并且其数量积累到足够表达文学含义之时,诗歌就被记录了下来,成为文学之始。先秦的《诗经》不仅是"六经"之一,还是纯文学的启蒙。时隔两千多年,当我们读到"关关雎鸠,在河之洲。窈窕淑女,君子好逑"时,仍有跨越时空的向往,仍有莫名的激动。

诗歌经过一千多年的磨砺,终于来到了大唐王朝。唐朝人以其张扬的个性、细腻的心性修整古诗,择方得法——制格入律、平仄粘连、声调依韵、用典对仗,让诗歌焕发青春,戴着镣铐跳舞,匹配大唐这个恢宏时代。

于是,这近三百年的诗歌被后世统称为唐诗。唐诗之全面，囊括了整个时代的全部情感，包含了整个时代的丰富生活，成为一部唐代的百科全书。此后的一千多年时间里，每每回首仰望，唐诗已成为不可逾越的高峰，让人顶礼膜拜。

唐之后的宋朝，士人虽仍喜作诗且存诗量是唐朝的数倍，但仍无法与之比肩，其高其深其宽其广均稍逊一筹。于是，收敛的大宋另辟蹊径，改齐整的律绝为参差的长短句，注重声韵，依谱填词，唱先吟后，仅词牌的数量就逾千，不能随心所欲之时，还可自度作曲赋词。因此词之形式变得丰富起来，表达情感如意，记录故事应手。而这些词作，被后世泛称为宋词。

唐诗宋词总共延续了近六个世纪，成为中国文学史上的双璧，雕镂琢磨，熠熠生辉。此后的日子里，文学形态无论发生何种变化，散曲、杂剧、传奇、小说，其受众广至贩夫走卒，其领域深至乡间里舍，都无法与唐诗宋词的伟大成就相提并论。唐诗宋词永远是雨过天晴时的彩虹，高悬天空。

唐诗宋词为中华民族提供了最佳的文学营养，让我们这个古老的民族变得生动、健康、圆融，继而丰富多彩。无法想象没有唐诗宋词的中国会是什么样子，更无法想象没有唐诗宋词滋养的中国文学又会多么干瘪。

然而，诗词毕竟是文学中的文学，需要适度做一些解释，以期更多读者能加深了解。这套书将唐诗宋词产生的时代背景、诗人词人的身世，以及文学技术性分析融合起来，三位一体，让读者事半功倍地去了解唐诗宋词。此种解读方式，恕我孤陋寡闻，未见有同类书。于是经过两年辛劳，将新作呈献给读者。

我年轻时以文学为生，文学曾是我的挚爱，又自认为对文学有敏感的判断，所以当新冠疫情给了我充足时间时，决定动笔写这部想了半辈子的书，即我个人对唐诗宋词的解读。

这套书为两卷五册（唐三宋二），由唐及宋，共写了六十八位诗人、四十四位词人，计一百一十篇，一般读者熟知的诗人词人都囊括在其中。读完这套书，能较全面地了解唐诗宋词及其创作背景，学习事半功倍，乐趣享受一生。

是为总序，唐诗宋词皆同。另各附后记。

辛丑重阳
2021 年 10 月 14 日

目录

001　骆宾王
　　　无人信高洁

015　杜审言
　　　独有宦游人

029　张若虚
　　　海上明月共潮生

045　王勃
　　　海内存知己

061　沈佺期·宋之问
　　　近乡情更怯

075　贺知章
　　　少小离家老大回

087　陈子昂
　　　独怆然而涕下

103　上官仪·上官婉儿
　　　驱马历长洲

117　张说(yuè)
　　　惟有秋风愁杀人

129　张九龄
　　　何求美人折

141　李隆基
　　莫负好时光

155　王翰
　　欲饮琵琶马上催

167　王之涣
　　春风不度玉门关

179　孟浩然
　　春眠不觉晓

191　綦毋潜(qí)
　　愿为持竿叟

205　李颀(qí)
　　空令岁月易蹉跎

217　王湾
　　江春入旧年

229　王昌龄
　　一片冰心在玉壶

245　崔曙
　　曙后一星孤

255　王维
　　明月松间照

275　李白
　　兴在一杯中

299　崔颢(hào)
　　昔人已乘黄鹤去

兰亭观鹅图（局部） 元 钱选

骆宾王

（约638年－？）

无人信高洁

《咏鹅》
《在狱咏蝉》

骆宾王（约638年—？）出身贫寒，民间传说他是个神童，其杰作《咏鹅》收录在各类不同的书籍里。这首小诗是蒙童诗歌的首选，大概每个幼童背诵的第一首诗就是《咏鹅》。小诗童趣盎然，既有声音又有色彩，诵之让人终生难忘：

é　　é　　é　　qū xiàng xiàng tiān gē
鹅，鹅，鹅，曲项向天歌。
bái máo fú lù shuǐ　　hóng zhǎng bō qīng bō
白毛浮绿水，红掌拨清波。

这是一首儿歌式的诗，朗朗上口；它很难归类，如果硬要归类，只能归为"五言古诗"。这首小诗是骆宾王七岁时写的，充满了童真；这种童真一般成年后就会消失，一旦消失再没有捡拾回来的可能。骆宾王神童般的天才展现，写就这样一首流传了一千三百多年的小诗，看似偶然，实际并非如此。这十八个字中包含了深刻的文学内容，只是多数人浑然不觉，也正是这种让人浑然不觉的文学魅力，凸现其价值。

狮头鹅图　明　吕纪

起句展现童音童趣，由远而近："鹅，鹅，鹅。"

作为五古形式，本可以说成"一只大白鹅，曲项向天歌"，但骆宾王不拘格式，以儿童心态高呼"鹅，鹅，鹅"。重要的事情说三遍，自古就是如此。

陆游的"一怀愁绪，几年离索。错，错，错"，唐婉的"欲笺心事，独语斜阑。难，难，难"，秦观的"青山虽好，朱颜难驻。去，去，去"，史达祖的"柳户清明，燕帘寒食。忆，忆，忆"……重要的事情说三遍也应了古代谚语：事不过三。

玉雕凤头回颈鹅　宋　观复博物馆藏

骆宾王以七龄童的敏锐，抓住了语言表达的特征，让小诗开篇非同凡响，下句烘托接上："曲项向天歌。"

此句既有画面感，又有声音的表达，显示骆宾王驾驭语言的能力。"曲项"，鹅发声前的动态，曲线比直线优美，"直项"亦可直接"向天歌"，但没有"曲项"富于动态，富于激情；由曲向直，发声有一个过程，这句诗实际在写动态发声过程，让发出的声音富有层次。

"曲项向天歌"是作为主体的鹅的情感宣泄方式。生活在社会上无非两个需求：物质与精神。情感宣泄是精神需求，骆宾王提至物质前面，让"鹅"向天歌唱，先表明自己的情感。古文运动后，这种先声夺人的写法也频频出现。

后面两句貌似平铺直叙："白毛浮绿水，红掌拨清波。"

先是色彩表达，两句十字四个颜色——白毛、绿水、红掌、清波，四色之间的关系微妙，相互关照。"绿水"和"清波"侧重各自不同："绿"为客观色，沉稳不透明；"清"为主观色，通透有变化。前一句"白毛浮绿水"是生活的悠闲状态，一个"浮"字将轻松闲在的心理展现了出来；后一句"红掌拨清波"是生存的紧张状态，一个"拨"字将为生存而忙乱的感觉表达得淋漓尽致。

这里有一个不易被人觉察的细节，即在鹅悠闲浮水状态下，是不大会注意到"红掌"的；只有当鹅觅食时，头朝水底扎去,拼命划动蹼掌,才可以清晰看见"红掌拨清波"。

骆宾王的后两句看似一种状态两句表达,实际上是两种状态两句表达:上句是生活状态的描述,下句是生存状态的勾勒,"浮"是生活的清闲,"拨"是生存的竞争;"浮"之慵懒,"拨"之忙乱,一字之差,高低自现。

骆宾王的小诗虽然在写鹅,但实际可以自喻,鹅之状态就是人之状态:有情感需求,适时宣泄;有生活状态,悠闲自在;还要为生存奔波,努力觅食。正是因为这首诗包含如此之多的社会内容,加之美学上的颜色表现及声音传达,还有它们之间融洽的关系,构成了如此丰富的诗境,使之成为千古名篇。

骆宾王,字观光,婺(wù)州义乌(今浙江义乌)人。骆宾王的名与字大气,皆出自《易经》观卦第四爻(yáo)的爻辞:"观国之光,利用宾于王。"爻辞的意思是体察大国的风范风采,可以效用于贤君。

可能正是这个夙命所在,生性狷(juàn)介的骆宾王在光宅元年(684年),即武则天临朝称制之年,不计个人安危,为徐敬业讨伐武则天撰写了《讨武曌檄(zhào xí)》。

文章写得正气凛然,光彩夺目。古人文体严格,檄文用以声讨和征伐,移文用以晓喻或责备;檄文多对外,移文多对内。南朝刘勰(xié)的《文心雕龙·檄移》对檄文要求"事昭而理辨,气盛而辞断",《讨武曌檄》正是如此。骆宾王献上对国家的一腔热血,倾吐对武则天的全部憎恨,极尽铺陈,掷地有声。

据说此檄文朝廷大臣都怕武则天看见,怕她受不了如此抨击她的文字。可武则天也不是等闲之辈,《新唐书》载,当她听到"一抔(póu)之土未干,六尺之孤何托"一句时,她竟然打住了,问了句:"这是谁写的?"接着感叹说:"宰相安得失此人?"如此事属实,一见骆宾王的文采与胆量,二见武则天的判断与襟怀。惜历史只论成败,不论好坏。

骆宾王在"初唐四杰"里出身较为寒微,幼时家里贫困落拓,但他少有才华,敏而好学。"四杰"出自杜甫的绝句《戏为六绝句·其二》:

王(wáng)杨(yáng)卢(lú)骆(luò)当(dāng)时(shí)体(tǐ),轻(qīng)薄(bó)为(wéi)文(wén)哂(shěn)未(wèi)休(xiū)。
尔(ěr)曹(cáo)身(shēn)与(yǔ)名(míng)俱(jù)灭(miè),不(bù)废(fèi)江(jiāng)河(hé)万(wàn)古(gǔ)流(liú)。

杜甫这诗的后两句流传极广,大凡逆潮流而动的行为,都会在这句诗的笼罩之下;这句诗有时也成了某一种告诫,警示来人。

王,王勃,代表作《滕王阁序》《送杜少府之任蜀州》;杨,杨炯,代表作《从军行》《巫峡》;卢,卢照邻,代表作《长安古意》《十五夜观灯》；骆，骆宾王，代表作《咏鹅》《在狱咏蝉》。

"初唐四杰王杨卢骆"是后人总结出的概念，最初对"四杰"的评判均指骈(pián)文而言，后来才算上诗。"四杰"文赋的特点是，既遗留了六朝以来绮丽文风，又已开始向唐的务实转向；他们的多数诗歌都是五言诗，律诗逐渐尝试，其中骆宾王的《在狱咏蝉并序》十分经典：

余禁所禁垣西，是法厅事也，有古槐数株焉。虽生意可知，同殷仲文之古树；而听讼斯在，即周召伯之甘棠。每至夕照低阴，秋蝉疏引，发声幽息，有切尝闻。岂人心异于曩时，将虫响悲于前听？嗟乎，声以动容，德以象贤。故洁其身也，禀君子达人之高行；蜕其皮也，有仙都羽化之灵姿。候时而来，顺阴阳之数；应节为变，审藏用之机。有目斯开，不以道昏而昧其视；有翼自薄，不以俗厚而易其真。吟乔树之微风，韵姿天纵；饮高秋之坠露，清畏人知。仆失路艰虞，遭时徽纆。不哀伤而自怨，未摇落而先衰。

荔熟蝉鸣(局部) 清 居巢

闻蟪蛄之流声，悟平反之已奏；见螳螂之抱影，怯危机之未安。感而缀诗，贻诸知己。庶情沿物应，哀弱羽之飘零；道寄人知，悯余声之寂寞。非谓文墨，取代幽忧云尔。

西陆蝉声唱，南冠客思深。
那堪玄鬓影，来对白头吟。
露重飞难进，风多响易沉。
无人信高洁，谁为表予心。

白玉蝉　汉　观复博物馆藏
战国至两汉死者含蝉，称之"玉琀"，借死而复生之意。

骆宾王此诗前序较长，计253字，他把自己写这首诗的思路和盘托出，让读者便于理解他的创作意图。序言既有骆宾王君子坦荡的襟怀，又有急切表达的心态，以树之蝉的状态比喻自己的处境，诗中有哀不伤，有忧不怨，只是冷静地思考，平和地表达，在失望与希望的平衡点上耐心等待时机。

骆宾王的入狱和武则天有关。仪凤三年（678年），骆宾王升任侍御史，此时高宗李治体弱养病，武则天逐渐掌控了朝政，刚直不阿的骆宾王连续上书，最终惹怒了武则天，继而被罗织罪名入狱。

他一个人在狱中并未消沉，细心观察四周可能看到和听到的现象。看到古槐，想起历史上许多人都是在树下断案；听到蝉声，感觉这声音从未这么动人过。古人对蝉高看一眼，故中国传统文化中，蝉一直是正面意象，战国至两汉死者含蝉，称之"玉琀(hán)"，借死而复生之意；汉晋官员冠上装饰蝉纹，表示为官清廉；连北朝的菩萨头上都饰以蝉纹，有羽化升仙、长生不死之象征。骆宾王触景生情，写成一首五律。最后他还解释了一句，我这不算正式文章，只不过聊以解忧。

首联即对仗："西陆蝉声唱，南冠客思深。""西陆"指秋天，"西陆"一词《左传》就出现过，司马彪《续汉书》亦有"日行西陆谓之秋"之句；"南冠"亦出《左传》，楚钟仪戴南冠囚于晋军，"南冠"遂暗指坚守节操的囚徒。

首联首句先引入声音——蝉鸣，蝉鸣分夏蝉与秋蝉，夏蝉鸣声有勃勃生机，秋蝉基本上是悲鸣，李白就有"还家守清真，孤洁励秋蝉"之句，历史上不少诗人都吟咏过秋蝉；紧接着的对句，作者迅速将悲愁之声消化掉，一句"客思深"将声音滤掉，只剩囚徒一人之冥想，由躁入定。

颔联是流水对："那堪玄鬓影，来对白头吟。"

流水对是诗歌对仗中的一类；对仗的基本要求是上下两句相对，而流水对则是上下两句相承，往往有因果、递进、假设、条件等关系。

"玄"，黑色，对应"白"；"玄鬓"本是古代妇女梳头两鬓如蝉翼的发型，反过来又代指蝉；"白头吟"，乐府名，传说是卓文君因丈夫司马相如再娶而写，曲调哀怨。骆宾王的意思是他实在有点儿受不了秋蝉一个劲儿地唱出如此哀怨的曲调。

"露重飞难进，风多响易沉"，颈联对仗严谨，诗人观察仔细。秋天露水重，蝉无法远飞；秋风一起，蝉声也传不了多远。作者想表达的第一层意思是，我一个囚徒的声音，在如此环境中谁能听得到呢？第二层意思藏得更深一些，露重风多这样恶劣的环境为什么总在纠缠我呢？此联如果不是一个观察力超群的人，无论如何也写不出来；或者说，骆宾王不身陷囹圄（líng yǔ）也不会有这般深刻体会。

作者尾联跳出前面情绪："无人信高洁，谁为表予心。"这句总结中"信高洁"三字说得滴血。明朝有个叫钟惺的人，他在《唐诗归》中说这三个字"森挺"，不肯自下。"森挺"一词老到，今少用，古人解释为："森然挺生，凌霜不凋。"骆宾王用了这种感觉的表述，接着又反问了一句：谁能为我申冤昭雪呢？

实际上作者并未抱有幻想，只是在表达一种情绪，且只求表达，不求结果。其实生活中大部分情况就是这样，不是每件事都会有个结果，更不可能每件事都有圆满结局。骆宾王懂得这些，他这样性格耿直又有信仰的人，一定深知自己的结局。

清代人黄生在《唐诗矩·初唐集》有一中肯评价："序已将蝉赋尽，诗只带写己意，与诸咏物诗体格不同。"这是从本诗整体审读而言的，作为一般读者，还是喜欢骆宾王沉稳回转如同男中音般有律动的歌声。

骆宾王写此诗一年多后被释放了，但他秉性不移，五年后他替徐敬业写了那篇《讨武曌檄》，并追随徐敬业，加入讨伐武则天的队伍。这支反叛的队伍开始聚集了十万人，但不敌武则天派来镇压的大军，仅两月余，徐敬业兵败而亡，骆宾王不知所终。

有大才的骆宾王的文学生涯终止在《讨武曌檄》发出的这一刻。《资治通鉴》说他和徐敬业一同被杀；《朝野佥(qiān)载》说他是投江而死；而《新唐书》说他"亡命不知所之"；民间还有一个传说，说骆宾王出家了，隐居杭州灵隐寺，还偶尔帮助路人补诗，一副仙风道骨的模样。

对于我而言，我更愿意相信民间的那个传说，在风声鹤唳的日子里，我宁愿想象鸟语花香。

暮云春树图(局部) 清 张熊

杜审言

(约645—约708年)

独有宦游人

《和晋陵陆丞早春游望》
《送崔融》

杜审言（约645—约708年）是大诗人杜甫的祖父，但他们祖孙俩未见过面。杜甫出生那年，祖父已经去世四年了；杜审言的长子叫杜闲，杜闲的长子就是杜甫，长子长孙，在古代社会地位优越；杜甫生母崔氏出自清河崔姓望族，可惜生下他不久就去世了。说起来杜甫命苦，生母去世后父亲续弦卢氏，接着生了四子一女，杜甫跟随姑母长大，他诗中没提过继母，可能关系不好。

过去有点儿背景的家庭必定续家谱，杜家家谱清晰：至少从汉武帝时期，杜家先祖杜周已在朝廷为官，官至御史；杜周之子杜延年更是官至御史大夫，位列三公；杜延年的儿子们至少有二人为官；到了东汉末曹魏时期，后人杜畿官至尚书仆射(yè)；其子杜恕曾任河东太守；杜恕之子杜预为司马昭高级幕僚，官至度支尚书，统管国家财政税收；杜预三子杜耽为西晋凉州刺史，是杜甫的直系先祖，四子杜尹为西晋弘农太守，是杜牧的直系先祖；从杜预时代到杜审言的时代间

隔大约有四百年，四百年间还会有十几代人走过，到了杜审言的父亲杜依艺为官的时候，因杜依艺为巩县县令，全家由襄阳迁至河南巩县，所以杜甫的籍贯写河南巩县。

杜审言性格不算好，一辈子吃的亏都与性格有关。他认为自己才气过人，谁都瞧不上，所以经常口出狂言，非常自负。史载，一次杜审言参加官员的预选，决定他文章生死的是苏味道。苏味道不是等闲之辈，两度跻身相位；《新唐书》说他"九岁能属辞"，可见其文采。可杜审言一出考场就说："苏味道必死。"有人大惊，问他为何，他回答说："苏味道见到我的试卷，应当羞愧而死。"他还曾经放话："论文章，屈原、宋玉可以当我的手下；论书法，王羲之也是我的学生。"从这些小事上就可以看出杜审言不是个审慎的人，恃才傲物。

唐高宗咸亨元年（670年），杜审言擢进士第走上仕途，官一直不大，好不容易熬成洛阳丞，到了武后圣历元年（698年），又惹事被贬吉州司户参军。北方人去了南方，环境语言都不适应，人情世故就更不适应。杜审言最终将吉州司马周季重、司户郭若讷惹毛了，二人随后合谋设计将杜审言治罪下狱，准备问斩。不料杜审言的次子杜并是个大孝子，血气方刚，知道父亲蒙冤后悲痛欲绝，不思饮食，终日不语。当年七月十二日，十三岁的杜并袖藏利刃，混进周府，趁周府大宴宾客之际，重伤周季重。杜并当场被府内护兵乱刀砍死。周季重身负重伤，叹了口气说："杜审言有如此孝子，我怎么不知道，是郭若讷害了我。"说完就死了。

这故事像一部惊心动魄的电影，一千三百多年过去仍让人悲壮难抑。

杜并三年后下葬时，杜审言"流目四野，抚膺（yīng）长号，情为所钟，物为之感"。此事闹得动静太大，以至惊动了武则天。武则天听完，下旨将杜审言召回长安，改授著作佐郎。杜审言算是因祸得福，但他后来又因与张易之兄弟要好，犯了大忌，再次被贬谪峰州（今越南境内）。

杜审言的确文采过人，他工于五律，他的《和晋陵陆丞早春游望》被明朝人胡应麟誉为"初唐五言律第一"：

独有宦游人，偏惊物候新。
云霞出海曙，梅柳渡江春。
淑气催黄鸟，晴光转绿蘋。
忽闻歌古调，归思欲沾巾。

从题目上讲，这是杜审言唱和陆丞的一首诗。古人诗词唱和是常态，每个写诗的人都懂唱和。唱和可以步原韵，也可另韵。"晋陵"即常州，"陆丞"是时任晋陵县丞，大约在永昌元年（689年）前后，杜审言到江阴任职，江阴与常州毗邻，过去学而优则仕，县官一般都会吟诗作赋，陆丞的原诗今不存，但杜审言的和诗却流传至今。这不因为别的，还是因为诗本身写得好。

首联"独有宦游人，偏惊物候新"，第一句就出语不凡，"独有"之"独"，在强调双方身份的同时又拉近了关系，这个"独"并不是孤独之独，而是唯独、单单的意思。杜审言对陆丞说，唯有我们这些在外做官的人，对季节变化的细节敏感。"宦游人"即在外做官的人；"偏惊"的"偏"也用得好，与"独"相对，偏偏就我们在外做官的人才能有如此感受；两个副词使用得恰到好处。"物候"，古人划分一年四季，一季为六个节气，一节气为三候，所以一候为五天。全年共七十二候。"物候"每时每刻都在变化，对长期在外的官员来说，他们更能感到物候的变化，每一点小小的变化都会引发不确定的思念之情。

"云霞出海曙，梅柳渡江春"，颔联对仗唯美，出句写大气象，对句写小气象；云蒸霞蔚，一个"出"字把缘由说清，海面曙光；梅红柳绿，一个"渡"字让春光生动，春天蔓延。这十字可以完全脱离此诗成为春节佳联。颈联与颔联相承中又有所变化："淑气催黄鸟，晴光转绿蘋。"颈联侧重颜色，"黄鸟"对"绿蘋"，上句注重听觉，下句注重视觉。颔联大气大景象，颈联小景小清新，杜审言的文字功力显然深厚，用字准确，表达流畅，读之景象万千，景色迷人，全景丰满有加，小景精到雅致，反复品味咀嚼，令人满口生津。

尾联作者笔锋一转，甩掉颔联、颈联的情绪，直接与首联相接："忽闻歌古调，归思欲沾巾。""歌古调"，指的是陆丞的诗，杜审言暗含赞许陆丞之意：你写的《早春游望》真好啊，

梅柳渡江春（局部）　　近代　吴湖帆

竟然勾起我思乡的痛苦，让我不禁落泪。一个"忽"字加强了动感，加快了节奏，加深了情绪，让"泪沾巾"顺理成章。

杜审言的这首诗表面紧扣"早春"这一主题，内里却暗藏晚秋的凄凉。作者的控制力极好，手段高明，让读者不能轻易抓住他的思路，尤其中间两联的动词的运用，"出"与"渡"，"催"与"转"，准确又富于个性，"出"召唤了"渡"，"催"对应了"转"，让动词的运用焕发强大的生机，所以这两联即便脱离了此诗，也可单独使用，悬挂于堂。而首尾两联也极力控制情绪，为仕途之文人保持了一份尊严。

作者由为官不易生发感慨，在早春的日子偶现秋思，赏春表面欣喜，可心不在焉；"偏惊物候新"只限于表面，让为官者的私人情感，成为宦游人乃至大众的共鸣。正是这种共鸣，让杜审言的《和晋陵陆丞早春游望》一诗在文人之间广泛流传，载入史册。

明人杨升庵说："首句'独有宦游人'，第七句'忽闻歌古调'，妙在'独有''忽闻'四虚字。……诗家言子美（杜甫）无一字无来处，其祖家法也。"清人纪晓岚说："起句警拔，入手即撇过一层，擒题乃紧。知此自无通套之病，不但取调之响也。"大家们都欣赏杜审言此诗的首尾两联，惊新与伤感；普通人更喜欢中间两联的唯美与清丽；我是四联皆爱，因为作者将双重情绪把控得恰到好处，让此诗成了画，

榴枝黄鸟图（局部） 宋 佚名

让画再成了诗。

　　武则天万岁通天元年(696年)夏,契丹大举进攻营州(今辽宁朝阳),营州失陷,朝廷命武三思东征,崔融随军任武三思幕府掌书记。杜审言在饯行的酒会后写下一首送别诗《送崔融》:

> jūn wáng xíng chū jiàng, shū jì yuǎn cóng zhēng.
> 君王行出将，书记远从征。
> zǔ zhàng lián hé què, jūn huī dòng luò chéng.
> 祖帐连河阙，军麾动洛城。
> jīng zhān zhāo shuò qì, jiā chuī yè biān shēng.
> 旌旃朝朔气，笳吹夜边声。
> zuò jué yān chén sǎo, qiū fēng gǔ běi píng.
> 坐觉烟尘扫，秋风古北平。

起句干净，不绕弯子直奔主题："君王行出将，书记远从征。""书记"就是指崔融。崔融文采过人，当时无出其右者，朝廷凡大手笔，多由其完成，例如《洛出宝图颂》《则天哀册文》等。朝廷派将士出征，你随军而行，辛苦自不待言。

"祖帐连河阙，军麾动洛城"，"祖帐"，道路旁设置的饯行帐篷。王维诗"祖帐已伤离，荒城复愁入"，白居易诗"征途行色惨风烟，祖帐离声咽管弦"，张九龄诗"祖帐倾朝列，军麾驻道傍"，刘禹锡诗"三载为吴郡，临岐祖帐开"，可见搭设祖帐送别在唐多见。"河"，黄河；"阙"，宫殿；这句是说帐篷由城里一直搭到河边，表明阵势盛大。"麾"，军旗与车盖，泛指军队；即将出征的军队把整个洛阳城都惊动了。前两联直写饯行事由及场面，渲染气势，作者也借机表达了个人之间的友情。

后两联场景转换，已是冬季的边塞，但此场景是诗人的想象，并非身临其境："旌旃朝朔气，笳吹夜边声。""旌"，饰

山中早春图　清　王原祁

有羽毛的旗子，基层军队使用；"旟"，红色曲柄旗；"旌""旟"合称，意为军旗。"朔气"，"朔"的本义是一月之始，由于这一天月亮看不见，引申为幽暗之义，后把北方、北风称为"朔方""朔风"。"朔气"频频入诗，北朝的《木兰辞》"朔气传金柝(tuò)，寒光照铁衣"；南朝谢灵运诗"鼻感改朔气，眼伤变节荣"；骆宾王诗"晚风连朔气，新月照边秋"；韩休诗"路极河流远，川长朔气平"。"朔气"比"寒气"在字面上更多一层文化含义，故诗人多愿使用之。"笳吹夜边声"，"笳"，胡笳，初为木制管乐器，由西域传入，流行于汉魏，军营常作号令。唐代后胡笳盛行以羊角或羊骨为管，由于胡笳声音圆润深沉，如泣如诉，作为边塞的文化意象也常常入诗。

杜审言此诗的颈联描绘了边塞的艰苦环境，让胡笳吹奏起边塞号令，引音入画，然后下接尾联："坐觉烟尘扫，秋风古北平。""坐觉"，顿觉；"烟尘"，烽火尘土，代指战事；"古北平"，泛指北方边境。不多久北方的战争就会结束，秋风凉，朋友请多保重。

杜审言与崔融私交不错，诗中虽不提二人情感，但依稀可以感到。送别诗极易落入抒发个人惆怅伤感之情的窠臼，但杜审言老到，没有情意绵绵，却在不经意间带出了边塞诗的感觉。某种意义上，这有点儿像边塞诗的先声，后来的边塞诗人——李颀、王昌龄、高适、岑参等——都小于杜审言两代人,可见杜审言的诗歌诗魂非凡,诗境广阔。

杜审言是唐代近体诗的奠基人之一,尤其五言律诗,格律谨严。虽然他的诗多是写景,如《和晋陵陆丞早春游望》,或酬唱,如《送崔融》,还有不少应制之作,如《蓬莱三殿侍宴奉敕咏终南山应制》等,但他的诗写得浑厚扎实,不枝不蔓。他对五言律诗的喜爱,客观上对近体诗的发展作出了贡献,所以后世说他是"五言律诗奠基人"绝非溢美之词,连其长孙杜甫也说"吾祖诗冠古",内心充满了家族荣誉之感。

仿古山水册页之凌烟飘雪（局部） 清 顾远

张若虚

（约660—约720年）

海上明月共潮生

《春江花月夜》

张若虚（约660—约720年）的《春江花月夜》颇具传奇色彩。这篇诗作在唐代籍籍无名，不见诗集收录；最早收录这篇诗作的是北宋人郭茂倩。郭氏祖有荫德，高祖、祖父、父亲都是有文化之人，为仕坦途，到郭茂倩这代，他本人无心混迹官场，对文化遗产情有独钟，故下大气力编书，倾毕

汉宫观潮图卷（局部） 南宋 赵伯驹

生心血编集《乐府诗集》,凡十二类,共一百卷,其中收录汉魏至唐五代的乐府诗歌以及先秦至唐宋的歌谣五千余首,号称"乐府双璧"的《木兰辞》和《孔雀东南飞》均收录其中,它是我国历史上收集乐府歌辞最早且最完备的一部重要典籍,弥足珍贵。

这部《乐府诗集》收录了张若虚的《春江花月夜》,但历史上仅此而已。一直到了明中叶之后,《春江花月夜》的地位才有了提升。在此之前,唐宋元明几十种诗评诗话无人提及它,到了明万历年间,著名学者、诗歌批评家胡应麟的专著《诗薮(sǒu)》对《春江花月夜》有了正面评价——"流畅婉转"。在明

朝嘉靖、万历、崇祯时期，大量的诗集开始重视收录《春江花月夜》，清朝紧跟而上，各类诗集对其好评如潮，尤其到了清末和民国初年，王闿运讲"接入春江，浩淼幽深"，闻一多则大加赞赏："诗（宫体诗）中的诗，顶峰上的顶峰。"

值得一说的是，《春江花月夜》本身是个曲名，隋代就有了，张若虚其实就是填词；清中期后，有一个叫鞠士林的人谱了个琵琶曲《夕阳箫鼓》，听着十分吻合《春江花月夜》的调性，流传了一百多年后，又被人在1925年改编成民族管弦乐曲，由于曲子适合在各类场合演奏，渐渐为公众熟知，至今又过去了百年。但此《春江花月夜》非彼《春江花月夜》。

《春江花月夜》是乐府诗。乐府最初是秦汉时期朝廷设置的音乐管理官署，魏晋六朝时期采集整理了大量的民歌，渐渐"乐府"成了具有音乐性质的诗体总称。北宋郭茂倩将其分为十二类，雅俗官民都有，其中五言、七言以及杂言都有，某种意义上讲，乐府诗还是文人五七言诗歌的先声。

张若虚的《春江花月夜》全诗九段三十六句，四句一韵，共计252字，七言形式，读之节奏趋缓：

chūn jiāng cháo shuǐ lián hǎi píng　　hǎi shàng míng yuè gòng cháo shēng
春　江　潮　水　连　海　平，　　海　上　明　月　共　潮　生。
yàn yàn suí bō qiān wàn lǐ　　hé chù chūn jiāng wú yuè míng
滟　滟　随　波　千　万　里，　　何　处　春　江　无　月　明。
jiāng liú wǎn zhuǎn rào fāng diàn　　yuè zhào huā lín jiē sì xiàn
江　流　宛　转　绕　芳　甸，　　月　照　花　林　皆　似　霰。

空里流霜不觉飞，汀上白沙看不见。
江天一色无纤尘，皎皎空中孤月轮。
江畔何人初见月，江月何年初照人。
人生代代无穷已，江月年年只相似。
不知江月待何人，但见长江送流水。
白云一片去悠悠，青枫浦上不胜愁。
谁家今夜扁舟子，何处相思明月楼。
可怜楼上月徘徊，应照离人妆镜台。
玉户帘中卷不去，捣衣砧上拂还来。
此时相望不相闻，愿逐月华流照君。
鸿雁长飞光不度，鱼龙潜跃水成文。
昨夜闲潭梦落花，可怜春半不还家。
江水流春去欲尽，江潭落月复西斜。
斜月沉沉藏海雾，碣石潇湘无限路。
不知乘月几人归，落月摇情满江树。

转韵亦称换韵，理论上除律诗与绝句之外，古体诗或赋都允许中间换韵；尤其长篇古体诗，换韵可以不受限制，这样的好处是方便作者自由表达诗意。格律诗与乐府诗相比，在韵脚限制上更难，尤其律绝之严，使许多创作者望而生畏。

第一节起得平稳之极：

> 春江潮水连海平，海上明月共潮生。
> 滟滟随波千万里，何处春江无月明。

诗人开篇切题。由于月亮对地球引力的变化，春天潮水比秋天平缓许多，大潮都是中秋时节，比如著名的钱塘江大潮，"倒海翻江山为摧"。大江大河入海口都呈现喇叭状，宽阔无垠，春天潮水平缓涨落，一轮明月缓缓升起，让人思绪悠长。由于潮平水缓，在月光之下，波光潋滟会呈现一种迷人的诱惑，此时作者发出一声感叹：何处无月明？

> 江流宛转绕芳甸，月照花林皆似霰。
> 空里流霜不觉飞，汀上白沙看不见。

四句写景入微。水流宛转，"绕"字生动，野草野花不惧时光流逝，"一岁一枯荣"。"霰"，天气似寒非寒之时，下雪时空中出现的小冰粒；花林似霰，物象极美，说明诗人写的是远景之景。此节重要的一句是"空里流霜不觉飞"，霜可见不可飞，"流霜"是一种想象，作者指的是月光如霜。"汀"为水边平缓之地，与"渚"不同，"渚"为水中小块陆地，"渚清沙白鸟飞回"。而此句说"汀上白沙看不见"，看不见就是已经融入月光了，这一节作者已让视觉开始变绿，暗含春天。

江天一色无纤尘，皎皎空中孤月轮。
江畔何人初见月？江月何年初照人？

时间在推移，孤月上升，高悬于空。诗人的问题来了，一个问题两问：究竟是我还是谁第一个见到江上明月的呢？江上明月又是在何年何月第一次看见江边之人的呢？作者的双问很有意思，先小后大，先局部后整体，让一个普通的问题变得不再简单。

人生代代无穷已，江月年年只相似。
不知江月待何人，但见长江送流水。

诗人到此开始有思索了。这是个哲学问题，由生到死，生生死死，一代接一代，可自然却不是这样，每年都一样，年复一年。站在人的立场和角度，真是不知江上月每年都在等待何人，看见的只是长流不逝的江水。

李白有诗"请君试问东流水，别意与之谁短长"，杜甫诗云"无边落木萧萧下，不尽长江滚滚来"，王勃发问"阁中帝子今何在，槛外长江空自流"，刘长卿写得唯美"长江一帆远，落日五湖春"。长江是中国的第一大河，大诗人都多多少少写过长江，因为长江日夜不息，可以看见的长江流逝和看不见的时光流逝,显然前者更具冲击力,用具象比喻抽象。

白云一片去悠悠,青枫浦上不胜愁。
谁家今夜扁舟子,何处相思明月楼。

长江万里图卷(局部) 宋 赵黻

这一段开始思念。"白云悠悠"乃思念意象,"白云千载空悠悠""白云千里万里,明月前溪后溪";"青枫浦"代指游子所在地方,典出《楚辞》;"谁家扁舟"指游子在外,"明月相思"代表思念在楼,"一种相思,两处闲愁"。作者自如地把控在外与在家相互思念的人们的情绪,写得平静不躁。

可怜楼上月徘徊，应照离人妆镜台。
玉户帘中卷不去，捣衣砧上拂还来。

这两句写得惆怅。"月徘徊"是感觉，感觉月光久久不离去，照在梳妆台上；下一句把这种感觉写得更黏，"卷不去"和"拂还来"都在说月光。作者将不可能写成可能，最终表达的仍是不可能，极好地达到了写诗的目的。

此时相望不相闻，愿逐月华流照君。
鸿雁长飞光不度，鱼龙潜跃水成文。

此处开始惆怅。"相望不相闻"，无法去沟通，只能送去美好的愿望；鸿雁传书，鱼传尺素，都代表着书信，但在此无法飞出月光所及的范围，水面不时地跃出鱼，让波纹变得动人美丽。诗人的思念有些无奈，而无奈恰恰是人生很多时候的感受。人生大部分时候是不能控制的，随缘而惜、随遇而安乃人生的一大境界。

昨夜闲潭梦落花，可怜春半不还家。
江水流春去欲尽，江潭落月复西斜。

月夜看潮图　宋 李嵩

诗人继续惆怅。昨天夜里做梦了,梦见的意境很美:花落幽静的水潭,可惜春天都过去一半了我还不能回家;江水似乎要将春光带走,眼看着月亮又要落下去了。诗人在不断地渲染惆怅,似乎不把心中的愁思说尽就不能算完:

斜月沉沉藏海雾,碣石潇湘无限路。
不知乘月几人归,落月摇情满江树。

诗写到最后越来越实,月亮慢慢地沉了下去,海上雾气开始升腾,碣石与潇湘的距离仿佛越来越远;真不知谁能趁着这月光回到家中,而我只能陪着下沉的月亮,看着这份情感和月光一起挂满江边的树上。

《春江花月夜》本为乐府吴声歌曲名,相传为南朝陈后主所作,原词今已不存,这事在《旧唐书》上有记载,《春江花月夜》《玉树后庭花》都为陈后主作。而张若虚的《春江

落花图(局部) 明 唐寅

花月夜》是借旧题发新思,具体创作时间不详,作者紧扣春、江、花、月、夜五题,憧憬人间美景,描写游子思妇缠绵悱恻的心情,由景入情,由远及近,虚实结合,落在一个死循环上,而正是这个死循环,阐述了自然与人生的宏大意义。

我一直以为,人生追求不是都要有结果的,过程有时比结果还重要,甚至比结果感人。情都是在过程中产生的。思念之苦只有条件达不到时最为强烈,没有思念之苦的人生是不完美的人生。不管是有意还是无意,张若虚在这首诗中都很好地阐述了这个问题,故得到后世不绝的赞美。

明代以后,文人们似乎发现了文学新矿,各类从未有过

平湖秋月　清　董邦达

的褒奖如浪涌来。明陆时雍在《唐诗镜》中说"微情渺思，多以悬感见奇"，小情大发是陆时雍不同的视角；明谭元春在《唐诗归》中说"春江花月夜，字字写得有情，有想，有故"，情、想、故三者一线是谭元春的总结；明李攀龙的《唐诗选》说"绮回曲折，转入闺思，言愈委婉轻妙，极得趣者"，李攀龙竟然在诗中看出趣味来了；清人毛先舒在《诗辩坻》评判"不着粉泽，自有腴姿，而缠绵蕴藉，一意萦纡(yū)，调法出没，令人不测，殆化工之笔哉"，毛先舒特别在意写作技巧；清叶羲昂的《唐诗直解》说"'摇''满'二字幻而动，读之目不能瞬"，叶羲昂评价极高，以目不眨眼描述其诗优秀；清范大士在《历代诗发》中说"层层灵活，如剥焦心，全不觉字句牵合重复"，范大士在乎情思之间的焦虑，读三国流泪，替古人担忧。

《春江花月夜》默默无闻几百年，后又闻名天下几百年，都是它的命运。到了近代甚至有"孤篇压全唐"的赞誉。此话追溯起来竟然找不到出处，有人认为张若虚有宇宙意识，月升月落，潮涨潮平，纯洁的爱情被宇宙意识升华，所以"孤篇压全唐"。我觉得此话说重了。首先这诗是乐府诗，闻一多先生的讲义里也将其归入宫体诗，他所有的赞誉多基于宫体诗范畴，所以他才说"诗中的诗，顶峰上的顶峰"。而高低荣辱对张若虚都已不重要了，重要的是《春江花月夜》旧题新意，离情别绪的人生感悟对后人很有启发，价值无限。

仿古山水图册（局部） 清 王鉴

王 勃

（约650－676年）

海内存知己

《送杜少府之任蜀州》
《别薛华》
《重别薛华》

王勃（约 650 — 676 年）最有名的诗句并不出自诗，而出自《滕王阁序》的"落霞与孤鹜齐飞，秋水共长天一色"。由于这句骈俪铿锵上口，意象瑰丽，生生让这篇序文盖住诗

滕王阁序（局部） 明 文徵明

本身；其实，《滕王阁序》序后有诗，可称佳作，但仍无法盖过序之光芒。

王勃为"初唐四杰"之首，王杨卢骆皆为神童，寿命均不长。其中最短寿之人就是王勃了。史载王勃六岁能诗，十岁饱览六经。过去说"六经"是《诗经》《书经》(《尚书》)、《礼记》、《易经》、《乐经》、《春秋》，这六部先秦典籍是孔子整理过的，惜《乐经》已佚，后改说"五经"了。王勃十六岁时，应科试及第，授职朝散郎，未冠而仕，成为史上朝廷最年少的命官，但王勃并不在意，作《乾元殿颂》并序，文章

滕王阁图（局部） 元 王振鹏

洋洋数千言，才思泉涌，妙笔生花，以至唐高宗李治读后得知撰文者年仅十六岁时，惊诧赞叹："奇才啊，我大唐奇才！"王勃因此一炮而红，声名远播。

但年轻就会有局限，王勃入仕后意气风发，入沛王府为李贤做了侍读，算是半个老师，二人相处融洽；几年后的某一天戏作《檄英王鸡》，本来此文是王勃替沛王李贤写的，本意为沛王喜爱的斗鸡助兴，好让他跟英王李哲下战书，殊不知高宗李治有块心病，因为父亲李世民兄弟相残，非常血腥，李治就非常反感斗鸡这事。读了《檄英王鸡》后，李治大怒，他认为王勃身为侍读，应劝阻斗鸡走狗之事，可王勃非但不劝阻，还下檄文，意在挑拨离间兄弟关系，高宗因此怒斥道："歪才！"遂下旨将王勃逐出沛王府。王勃时年不到二十，仕途当场断送，没留一条活路，由此他被迫踏上了去蜀地之路，一去三年。

王勃在沛王府任职期间是他人生的顶点，这三年（666—668年）王勃踌躇满志，春风得意，似有大好时光在等候他。有一天有位杜姓官员即将去蜀州赴任，来与王勃话别，王勃于是写下《送杜少府之任蜀州》：

城阙辅三秦，风烟望五津。
与君离别意，同是宦游人。

远浦归帆(局部) 明 李士达

海内存知己，天涯若比邻。
无为在歧路，儿女共沾巾。

（hǎi nèi cún zhī jǐ，tiān yá ruò bǐ lín。
wú wéi zài qí lù，ér nǚ gòng zhān jīn。）

  送别诗在唐诗中算一个门类，大部分著名诗人都写过送别诗。古人由于信息不畅，一旦分别就音讯鲜寡，再次相见不知何日，甚至有的分别可能终身不能再相见，所以送别诗就显得十分重要，在情感诗中分量很重。

  在送别诗中，王勃的这首五律写得较早，写得大气，开篇即是全景："城阙辅三秦，风烟望五津。""城阙"，本指城门之上的望楼，用以瞭望；这里代指城门，有人也认为这里可以代指宫廷。"三秦"，陕西本是秦国领地，"三秦"说法不一：地理说为陕北、关中、陕南；封王说为雍王、塞王、翟王之封地；还有其他说法。总之无论什么说法，"三秦"说的就是陕西秦地。"五津"，"津"就是渡水的码头，比如天津，本义就是天子的津渡；"五津"就是五个渡口，在岷江上分布着白华津、万里津、江首津、涉头津、江南津五个渡口，这里借指蜀州。王勃首联对仗起句，意象开阔，由此及彼，由高原及水域，由"三秦"及"五津"；"辅""望"两个动词，"辅"是回势，"望"是去势，力道表现恰到好处。"辅三秦"是倒装，实际是三秦辅城阙，这时"辅"可以当护卫讲，所以是回势。"风烟"的文学修饰自然，且有画面感，中国文字的组合一旦构成文学意象，一个简单的词也会变得丰富起来。比如"风烟"，表面意思是风景，刘长卿诗："岭猿同旦暮，江柳共风烟。"卢照邻诗："九月九日眺山川，归心归望积风烟。"但也可以引申指战火，高适诗："四郊增气象，万里绝风烟。"李昂诗："幽陵异域风烟改，亭障连连古今在。"王勃使用"风烟"一词，有一语双关之效，尽管当时并不是战时，但多一层战争的谨慎气氛，此诗就多一份重量。

"与君离别意，同是宦游人"，颔联一反常态，不对偶，正好与首联对换位置，作者一下子拉近了与远行人的关系；为官在外，甘苦自知，双方都能感受对方的苦与乐。五言律诗在初唐规则尚未严格，此联的随意反倒让本来绷紧的情绪得以舒缓。

前两联切中主题，送别；后两联直抒己见："海内存知己，天涯若比邻。"颈联是传诵久远的名联，表达人与人的友谊，力度十足又不失温暖。"海内"即四海之内，古人认为国土四面环海，故称天下为"海内"；"天涯"，不可及之处；"比邻"，肩挨肩为比肩，户邻户为比邻；海内知己，天涯比邻，再远也是近，关键在内心。从这一点上，可看出王勃与杜少府关系密切，那时王勃年轻啊，二十岁不到正是喜欢交友的年龄，他掏心掏肺说出的这些话，成了千古名句。

尾联写得高亢："无为在歧路，儿女共沾巾。""歧路"，分手之处；"沾巾"，落泪；我们即便伤感，也真的没有必要在分手的时候，像小孩子一样哭哭啼啼。这里与大多数的送别诗不同，描写落泪惜别乃人之常情，李白说"平生不下泪，于此泣无穷"，刘长卿说"望君烟水阔，挥手泪沾巾"，韦应物说"相送情无限，沾襟比散丝"，卢纶说"掩泪空相向，风尘何处期"。王勃年轻气盛，洒脱大度送别，不作悲伤状，整首诗控制情绪始终处在阳面，让人读时处在情绪激昂的状态，把离别作为相逢的起点。

王勃留下的作品不多，不足百篇，但质量上乘。他的诗中有四分之一是送别诗，可见王勃是个重情重义的人，当然这也与他年轻有关，韩愈诗曰："少年乐新知，衰暮思故友。"这是人生的小道理，每个人几乎都遵循这一规律。王勃有一个密友叫薛华，薛华的祖父薛收是王勃的祖父王通的弟子，说起来两家人是世交。王勃留下两首送别薛华的诗，写得真挚得体，一首是《别薛华》：

送送多穷路，遑遑独问津。
悲凉千里道，凄断百年身。
心事同漂泊，生涯共苦辛。
无论去与住，俱是梦中人。

起句使用叠字，加强感染力。五古比五律用字随意，因而凸显亲切。"送送"，本构不成词语，口语常用，显示关系亲密；"遑遑"，惊恐不安或匆忙貌；"穷路"，穷途末路，喻世事维艰。开篇似乎是二人私语，我送你踏上艰难之路，匆匆忙忙的只有我一个问候你；首句说出了二人关系，一切尽在不言中。接着："悲凉千里道，凄断百年身。""千里道"与"百年身"都是虚指，形容漫长。这句既是王勃对薛华说的，也是对自己说的；大处着眼，从宏观上把控自己的人生。此句对仗，文辞简单，道理深刻。

后两联继续前两联的情绪，但大道理转小道理："心事同漂泊，生涯共苦辛。"我们二人的心事都是一样的漂泊不定，未来的生涯也一定是艰苦辛劳的；这种劝慰句式是让自己与朋友互换心灵，感同身受，所以最能引发共鸣；人生的道路上最需要知己，王勃深知此意，写诗时易动感情。最后结句出彩："无论去与住，俱是梦中人。"无论是即将远赴他乡的人，还是留下不走的人，双方都会成为对方梦中思念的人。明人陆时雍在《唐诗镜》中评价此诗说："率衷披写，绝不作诗思；末语解愁，愁情转甚，须知此等下语，意味深厚，后人便道出个中矣。"

王勃后来还写过一首《重别薛华》，可以比较：

明月沉珠浦，秋风濯锦川。
楼台临绝岸，洲渚亘长天。
旅泊成千里，栖遑共百年。
穷途唯有泪，还望独潸然。

这首诗相对好懂，首联写出地点时间——成都锦江边秋天的夜晚；颔联写景色，由近及远，视野愈发开阔；颈联写自我感受，羁旅漂泊要陪伴一生了；尾联再次提到"穷途"，与上首不同，感伤不已，潸然泪下。这种情绪是有原因的，王勃被逐出沛王府对他的仕途打击颇重，而此时他还年轻，心智还不算成熟，所以有"独潸然"之感。人生顺境不见高低，只有逆境时才能高低自现。两首送别薛华的诗，可以看出前者大度而充满幻想，后者凄然且无可奈何；前者尚有"相濡以沫"的兄弟之情，后者只余"爱莫能助"的孤独之意，比较能让后人看到王勃柔弱的一面。

古人比今人重情义。原因有二：先是儒家学说仁义不分，有仁必有义；二是古代信息沟通远不及现代，朋友之间一旦失去联系必定担忧思念，这种情绪会助长"义"。送别诗实际上都是在情与义之间寻求表达的节点，王勃这三首诗，"海内存知己，天涯若比邻"，磅礴大气之义；"心事同漂泊，生涯共苦辛"，同甘共苦之义；"穷途唯有泪，还望独潸然"，念

楼台春雾图（局部） 清 袁江

念不忘之义。王勃少年时意外成功，然而福祸相倚，大福引来大祸，导致他后来的一蹶不振；因太年轻未来得及调整，前程就画上了句号，凡此种种，无非是人生的阶段与机缘而已。

王勃在二十岁不到时就写下如此大开大合、抑扬顿挫的诗篇，与他的身世与教育背景密不可分。王勃为绛州龙门人（今山西河津），其祖父是大名鼎鼎的隋朝思想家王通，号文中子；蒙童读本《三字经》将王通列为诸子百家的五子之一："五子者，有荀杨；文中子，及老庄。"由此可见文中子王通的地位。王勃的家世对他的影响显而易见：性格张扬、恃才傲物，使他没来得及有人生修为就铸下大错，跟头一而再，再而三。他因《檄英王鸡》惹怒皇上被罢官后，在四川游荡了三年，因心有不甘，又想返回长安再考一次，不过以失败告终。朋友凌季友当时为虢(guó)州（今河南灵宝）司法，他对王勃说，你不如在我这里谋个小职，加上这里出草药，你又有草药知识，也别闲着。就在王勃答应朋友任参军之后，他斗胆私藏犯人，后来又怕走漏风声，居然一不做二不休地将犯人杀了，结果王勃获死罪，其父受牵连贬谪去了交趾（今越南河内西北）。事有凑巧，王勃获罪后赶上大赦，捡回了性命，在家歇了一年，缓了缓神就去交趾探望父亲。去的路上路过江西南昌，正巧赶上滕王阁新修落成，重阳节大宴宾客，在此宴会上，也许是多年压抑的情绪爆发，文思奔涌而来，王勃一气呵成写下《滕王阁序》。文章写得文采飞扬，对仗工整，用典恰当，华丽不失质朴，跌宕仍持雅言。仅《滕王阁序》留下的成语就多达几十个：白首之心、高朋满座、躬逢其盛、好景不长、萍水相逢、起凤腾蛟、人杰地灵、盛筵难再、胜友如云、水天一色、物换星移、钟鸣鼎食、飞阁流丹、冯唐易老、桂殿兰宫、虹销雨霁、襟江带湖、命运多舛(chuǎn)、物华天宝和东隅已逝，桑榆非晚等等。王勃一腔委屈，似乎用尽了他的才华，留下了号称"古今第一骈文"的《滕王阁序》。由于《滕王阁序》精彩绝伦，光芒四射，彻底掩盖了《滕王阁诗》，使《滕王阁诗》诗名远逊于《滕王阁序》。

次年，也就是唐高宗上元三年（676年）八月，王勃探望父亲，看见父亲苍老体衰，生活窘迫，于是心中大愧，郁郁寡欢。我特别能理解王勃此时的心情，自己的过错，老父来承担，内心愧疚之至。告别父亲后，王勃踏上了归途，可未出南海不知因何落水，虽被救起，却由于惊吓、体弱、积郁等诸多原因，匆匆告别人世。如此才华的大唐奇才，享年仅二十六岁。

仿古山水图册（局部） 清 王鉴

沈佺期
（约656—713年）

宋之问
（约656—约713年）

近乡情更怯

《渡汉江》
《度大庾岭》
《独不见·古意呈补阙乔知之》

唐代诗坛有不少双子星，最有名的当是"李杜"，李白和杜甫；借"李杜"光的是"小李杜"，李商隐和杜牧；其次是"元白"，元稹和白居易；再有就是"刘柳"，刘禹锡和柳宗元。除这些如雷贯耳的大诗人外，也还有并称的，初唐的"沈宋"即是，沈佺期和宋之问。

沈佺期（约656—713年）和宋之问（约656—约713年）年龄相仿，寿数亦接近，都活了将近一个甲子。这二人历史上名声都不算佳，宋之问尤甚，甚至可以用"劣迹斑斑"形容他。但他二人在唐代诗歌创作上有很大贡献，史论认为他们是律诗体制定型不可或缺的人物，他们的近体诗严谨精准，尤其宋之问，年轻时就名扬遐迩，"尤善五言诗，其时无能出其右者"。"楼观沧海日，门对浙江潮"就是他在《灵隐寺》中的两句，意象开朗，气势磅礴，远近衔接，引人入胜。沈佺期也不是等闲之辈，他擅长七言，《独不见》在唐诗史上是最早出现的七律之一，对仗工整严谨，又不落窠臼，清代文豪姚鼐（nài）评价其"高振唐音，远包古韵，此是神到之作，当取冠一朝矣"。

沈宋二人被后人绑在一起，除去二人的文学成就以外，再有就是二人气味相投。史载，唐中宗李显复位的神龙元年（705年），武则天男宠张易之、张昌宗兄弟被杀，沈宋二人因程度不一地巴结张氏兄弟，都受到牵连，沈轻宋重；沈佺期被贬灌州（今四川都江堰），宋之问被贬泷州（今广东罗定），再贬钦州（今广西钦州），大约在李隆基先天元年（712年），宋之问被赐死，此事《旧唐书》《新唐书》皆有载，真实不虚。

但人品与文采没有必然关系。宋之问的五言律诗在六朝诗歌的基础上臻于完善，他还创造七言律诗新体，是律诗奠基人之一。他"尤善五言诗"，诗歌存世二百余篇，质量上乘，仅读一篇他知名的小诗，即可知他的文学功力：

岭外音书断，经冬复历春。
近乡情更怯，不敢问来人。

这首诗名《渡汉江》。"汉江"又称"汉水"，长江最大支流，历史地位极其重要。历史上四河并重称"江淮河汉"：长江、淮河、黄河、汉水；有一种说法，大汉民族就是发源于汉水，刘邦得天下无非是将"汉水"的"汉"升至国号，汉人、汉字、

秋江待渡图 元 盛懋

汉语、汉族应运而生。

《渡汉江》许多诗人写过，唐代李百药为先，唐代元稹也写过，但均没有宋之问这首小诗知名，原因是宋诗紧紧抓住了人的普遍心理。当年宋之问贬谪岭南，对他一个北方人来说，苦不堪言。他祖籍虢州弘农(今河南灵宝)，长期待在长安，一下子去了岭南瘴疠(zhàng lì)之地，说家乡不是家乡，说不是家乡又是未来的居所，他心情复杂，不知如何表达。

小诗起句平实："岭外音书断，经冬复历春。""岭外"指南岭之外，中国有两条重要的气候分界线，一条是秦岭，一条是南岭，两条山脉让南北气候迥然不同。"音书断"，口信和书信都没有，一点儿信息都无法传递，业已从冬天过渡到春天了。

宋之问几乎没有铺垫，也不做渲染，实打实地写出实情，地点、缘由、时间，"断"和"复"字看似无力实则有力；作者浅显直白的语言，着实的交代，不忸怩造作，也没有他想，这就为下一句出现作了铺垫。

"近乡情更怯，不敢问来人"，这是极其微妙的感受，几乎每一个人都在不同场合有过这样一闪而过的感受，宋之问捕捉到了，不仅捕捉到了，还精确老到地表达出来，然后戛然而止，不再着墨，让读者悬着的心无处释放，只能去猜想。

这是一首表达绝妙的五言小诗，仅二十字，所包含的内容难以言尽。如果再知道宋之问此时此地的心境，就更能帮我们理解《渡汉江》。宋之问媚附张易之,可好景不长,被贬泷州。他那样一个聪明人,趋炎附势的好处得到过许多,享过福,但他无法预见后果,而且来时疾风骤雨。"神龙政变"张易之、张昌宗兄弟被诛,宋之问直接受到牵连,此时保命第一,贬谪岭南已算大幸了。当宋之问离开风声鹤唳的宫廷后,才有了这种小心翼翼的"不敢问来人"的心态。

从诗本身的思路上讲,"不敢问来人"是反用,理应是"急急问来人"。"急急问"是常情常态,"不敢问"是一反常态,而恰恰是"不敢"将诗的氛围一下子提升起来,让全诗由松及紧,由弛变张,一下子绷了起来,有弓弦之力。作者此时的心态也许刚刚从对大唐宫廷的恐惧中摆脱出来,岭南的荒郊野岭上走过来一个人,和宋之问过去簇拥张氏兄弟的纸醉金迷的生活形成了鲜明对照。也许更多的时候,人只有沉下去,情感才细腻丰富。宋之问存诗二百余首,不乏佳作,但都没有这首二十字小诗流传得广,也没获得这么多的褒奖。明人钟惺在《唐诗归》中评价:"实历苦境,皆以反说,意又深一层。"而清人宋宗元《网师园唐诗笺》只用八字点明佳作:"常情写来,遂成奇情。"

宋之问贬谪至泷州必经大庾(yǔ)岭,大庾岭因汉武帝时庾胜将军在此筑台而得名。古代中国南北方重要的地理分界线就是五岭,亦可称"南岭",秦岭可视为"北岭";大庾岭是南岭最重要的要塞，由北向南行，过了大庾岭就算告别北国了。所以宋之问过大庾岭时连续写下至少三首诗：《题大庾岭北驿》《早发大庾岭》《度大庾岭》。可见宋之问多么在乎这个关隘，当他迈过大庾岭的这一时刻，他含泪写下：

度岭方辞国，停轺一望家。
魂随南翥鸟，泪尽北枝花。
山雨初含霁，江云欲变霞。
但令归有日，不敢恨长沙。

起句凝重富有穿透力："度岭方辞国，停轺一望家。""辞国"，离开长安；"轺"，一匹马驾驶的小马车；翻过大庾岭就算与家乡告别了，让马车停一下，我再望一眼家乡的方向。这句表达简单直接，发自肺腑，无声无息，却如疾风掠过。宋之问将自己说不出来的心情，透过首联两句说出，表面不动声色，内心却翻江倒海，把自己前半生的成就与悔怨顺势倾泻而出。体会这两句诗必须知道大庾岭在中国版图历史上的重要分界功能。颔联衔接首联情绪："魂随南翥鸟，泪尽北枝花。""翥"，本义家鸟放飞，引申高飞。"南翥鸟"三解，一般泛指南飞候鸟，一说鹧鸪，另说大雁。魂是看不见的，只能自我感觉到，诗人说自己的魂随着南飞的鸟走了，心中的泪水洒在了北国大地的花上，表示痛心疾首的留恋。

前两联的沉重发自内心，后两联作者开始调整，颈联："山雨初含霁，江云欲变霞。"山上的小雨马上要停，会露出晴光；江面上的云彩，也会渐渐转换成晚霞。这两句是作者心中的企盼，他盼望心中的阴霾早日过去，虽是客观写景，却是主观期冀，"初含""欲变"反映出诗人内心的活动，由《早发大庾岭》到这一篇《度大庾岭》，已经是两个境地了，作者在途中随山路风景一步步地认知自己，同时认识世界。结句尾联用典："但令归有日，不敢恨长沙。""长沙"，指贾谊，西汉文学家，少有才名，受周勃等人排挤，谪为长沙王太傅，三年后被召回长安。作者用此典点明自己委屈的内心，并留下一个归朝的企盼。

此诗写得重拿轻放，悲起平收，既有文人的自责和不满，又有常人的委屈与希望；技巧上章法谨严，对仗自然舒适，让知道宋之问经历的人痛恨中有同情，欣赏中有思考。

沈佺期虽然没有像宋之问在朝廷深陷泥潭，但也是站错了队，神龙元年，发配灌州。沈佺期在律诗创作上探索精深，为史上公认的律诗奠基人之一。其中他早年创作的《独不见》虽被《唐诗三百首》归入乐府，但仍是一首律格严谨的七言律诗，只不过《独不见》为乐府杂曲歌辞的旧题而已。《独不见》这类题目李白等人也写过。

沈佺期的《独不见》有《古意呈补阙乔知之》副题，乔

寒汀落雁图　南宋 佚名

知之在万岁通天（696 — 697 年）年间任右补阙，有人就推测此诗写于武则天称帝时期，那时沈佺期年届四十，才情迸发，文思敏捷。沈佺期十九岁进士及第，属于凤毛麟角，有大才而少年得志者往往不得善终，古人谓之"天赋太厚故也"。天赋太厚有时会成为累赘，会让人耍小聪明。纵观沈佺期一生，多多少少有点儿这个意思。

卢家少妇郁金堂，海燕双栖玳瑁梁。
九月寒砧催木叶，十年征戍忆辽阳。
白狼河北音书断，丹凤城南秋夜长。
谁谓含愁独不见，更教明月照流黄。

"独不见"，宋人郭茂倩解释为"伤思而不得见也"，此诗描述的正是这种情绪。"卢家少妇"名莫愁，典出梁武帝诗"卢家兰室桂为梁,中有郁金苏合香"，后来的诗家用"卢家"作少妇代称。"郁金堂"是指郁金香喷涂过的妇女的居室，唐代在香料使用上比现在广泛；"玳瑁"是海龟的一种，今天的保护动物，由于外壳纹理漂亮，古代用之制作饰品；"海燕"非今日海燕，而是北方常见的家燕，过去古人不知家燕从哪里飞来的,称之为"海燕"，有"海外之燕"的意思。这句的意思是家燕成双成对地落在玳瑁装饰的屋梁上。

前两句表明少妇的家境富足,但是:"九月寒砧催木叶,十年征戍忆辽阳。"在这么好的家中却没有应有的幸福,秋天到了,捣衣声一片,声声入耳,李白诗"长安一片月,万户捣衣声"说的就是捣衣声催发思念。这是因为古代衣料硬,

捣衣图卷(局部) 南宋 牟益

做衣之前需要反复捣软，又由于九月入秋已凉，远征的亲人需要寒衣，所以捣衣的文学意象代表亲人之间的惦念。丈夫出征十年了，连家什么样可能都记忆模糊了。颔联对仗巧妙，一个"催"，一个"忆"，一个"急"，一个"缓"，情绪把控到位，不急不缓。另外，诗人高明地把"捣衣"和"落叶"的关系反置，理应是落叶催捣衣，反过来说这层意思，是一种刻意的艺术表达手法。

颈联："白狼河北音书断，丹凤城南秋夜长。""白狼河"在今辽宁境内，现称大凌河，《水经注》记载白狼河注入其中。"音书断"与宋之问的"音书断"同一意思，古人没有现代化的通信设备，所以格外在意口信与家书。丹凤城因秦穆公为女儿弄玉吹箫，引来丹凤，故称"丹凤城"；唐时长安宫廷居北，住宅居南，所以作者说"城南"。颈联对仗工整，以"白狼"对"丹凤"，让其思念充满冷暖之差，让人忽凉忽暖；又以"音书断"对"秋夜长"，语言之间充满了张力以及看不见的人文关怀，正是这些文学化的处理，让诗读来不断有暖心之处。

最后一联："谁谓含愁独不见，更教明月照流黄。""独不见"扣题；"谁谓"，谁说的；这并不是不确定的疑问句，而是明知故问，我的惆怅只有我知，别人是不知的，只有明月悄悄地照在帷帐上。"流黄"，黄紫相间的织物，华贵的质感与开篇的"郁金堂""玳瑁梁"遥相呼应。

沈佺期的这首诗对律诗,尤其是对边塞诗影响很大,历史上诗家评论极高。清代王夫之编《唐诗评选》,他说得形象:"从起入颔,羚羊挂角;从颔入腹,独茧抽丝;第七句狮吼雪山,龙含秋水,合成旖旎(yǐ nǐ),韶采惊人。古今推为绝唱,当不诬。"一个诗人的一首诗在千年之后还能有人如此赏识,可见诗之质量,情之真切。

沈宋是武则天时期的宫廷诗人,由于宫廷的需要,加快催生了律诗这一艺术形式,沈宋二人多为侍从游宴,奉和应制,客观上使律诗这一艺术形式从此开始走向辉煌,成为大唐最璀璨的一块文化招牌。美中不足的是,沈宋二人文人风骨欠缺,谄附朝廷,歌功颂德,粉饰太平,宫廷诗作多空泛浮华;可当他们二人的人生受到重创,被发配远州时,他们幡然醒悟,才能写下具有如此真情实感的作品。

我一直认为诗歌创作顺境不如逆境,安逸不如动荡;沈宋二人如果一生安逸顺利,在宫廷中混到老死,断然写不出这等有感受的好诗,再有天赋也只是显露技巧而已。唐诗宋词中流传千古、被后人敬仰的作品,大多是非常态情况下产生的,这是因为这部分作品扎实且有力量,真切不负年华。

侁腊迎祥册（局部） 清 董诰

贺知章

(约659—约744年)

少小离家老大回

《回乡偶书》(二首)
《咏柳》

贺知章（约659—约744年）在唐代著名诗人里年寿最长，活了八十五岁，能和他这寿数等同的只有南宋诗人陆游（1125—1210年），陆游也活了八十五岁；如此高寿在唐在宋都是让人极其羡慕的事。"人生七十古来稀"，杜甫感叹的古稀之年在贺知章、陆游面前都不算什么。贺知章去世后，李白还写了两首诗悼念他，诗意悲伤难抑："昔好杯中物，翻为松下尘。"显然李白与前辈贺知章为杯中莫逆，四十多岁的年龄差，不妨碍他们把酒言欢。

杜甫也喜饮酒，写过《饮中八仙歌》，第一个提到的就是贺知章："知章骑马似乘船，眼花落井水底眠。"杜甫诗夸张得很，但至少说明了贺知章饮酒喜醉的人生状态。贺知章自己也写过："主人不相识，偶坐为林泉。莫谩愁沽酒，囊中自有钱。"一副酒不喝不行的心态。贺知章为人旷达不羁，又有清淡风流之誉，为官多载，一直熬到寿高上疏求还，天宝三载（744年），皇帝李隆基允准并以诗相赠，皇太子李亨

骑马游山图（局部）　明 刘琰

率百官为之饯行，获此殊荣的文人史上并不多见。

贺知章为越州永兴（今浙江萧山）人，少年时就显露才华，武则天证圣元年（695年）中状元，这是浙江历史上第一位记载确切的状元。贺知章不仅诗文俱佳，书法作品也高于常人，尤其擅长草隶。据说当时很多人带着纸来求他的书法，当传家宝供着。贺知章寿命长，经历的事情就多，一路官职攀升，四门博士、太常博士、礼部侍郎、太子右庶子、工部侍郎，等等。开元二十六年（738年），贺知章授银青光禄大夫（三品文官）兼正授秘书监，这职位相当于国家图书馆馆长，德高望重，人称"贺监"，李白忆贺知章的诗里就尊称他为"贺监"。

贺知章高龄致仕，当年在朝廷大小也算个事；对于他个人，皇恩浩荡，平安告老，衣锦还乡；对于朝廷，也需要这种忠心耿耿的元老，对其表彰褒奖，以示范后人。

显然贺知章告老还乡在他家乡是个大事，他怀着忐忑不安的心情回到了离别五十年的家乡。古人平均寿命短，五十年在古代基本上是一个人的一生了，贺知章由于超人的长寿，才有机会在晚年踏上乡土，他感慨万千，遂写下千古名诗《回乡偶书》（二首）：

其一

shào xiǎo lí jiā lǎo dà huí　xiāng yīn wú gǎi bìn máo cuī
少 小 离 家 老 大 回， 乡 音 无 改 鬓 毛 衰[1]。
ér tóng xiāng jiàn bù xiāng shí　xiào wèn kè cóng hé chù lái
儿 童 相 见 不 相 识， 笑 问 客 从 何 处 来。

其二

lí bié jiā xiāng suì yuè duō　jìn lái rén shì bàn xiāo mó
离 别 家 乡 岁 月 多， 近 来 人 事 半 消 磨。
wéi yǒu mén qián jìng hú shuǐ　chūn fēng bù gǎi jiù shí bō
惟 有 门 前 镜 湖 水， 春 风 不 改 旧 时 波。

---

1 此处读音有争议，一说念"shuāi"。——编者注

第一首流传甚广。诗人起句平缓,语言朴实,一句双意,一去一回,轻松自然地跨越了半个世纪。"乡音无改",乡音是很奇怪的文化现象,尤其南方语系,各地口音差别只有家乡人才能准确分辨;一个人无论走到哪里,听见乡音都会感到十分亲切,尤其母语有天然的亲近感,全世界没有一个民族能对它无动于衷。在没有普通话推广的年代,乡音是身份认同的第一道关卡,所谓老乡不是自我表明的身份,而是乡音的认同。中国疆域辽阔,语音系统繁杂,尤其山区,有时候走出十里路语言就有差异,走出百里路就听不懂了;所以贺知章开篇就强调"乡音无改",一个人在外为官五十年,仍操一口乡音,至少说明还想念家乡,强调身份认同。"鬓毛衰","衰"本身是粗麻布制的毛边丧服,有临近死亡的含义。两鬓稀疏谓之衰,贺知章八十五岁高龄,已知天命无多,所以使用了"鬓毛衰"这样一个自嘲大度的词,让人顿生怜悯。

紧接着两句发生戏剧性变化,将前两句低沉委婉的语境立刻融入欢快:"儿童相见不相识,笑问客从何处来。""相见不相识"太正常自然了,儿童戏于村口,有生人走过来问话,这是千百年来农耕文化最熟悉的场景;一个自然村落,全村的人都相互认识,偶尔来一个生人会引人关注,但好客的举动表明天下太平,一个"笑问"将气氛调和到最佳状态,充满了善意:"客从何处来?"

蕉林酌酒图　明　陈洪绶

"客从何处来"对贺知章是一道难题,反主为客的他确实无法回答村童最质朴的问话,主乎?客乎?贺知章三十六岁中状元,这之前已经离家求学宦游,风风雨雨,不是一两句话可以说清楚的。性格旷达豪爽的他面对天真无邪的孩子们,怎么告诉他们自己光荣坎坷的一生呢?此诗最大的成就就在于此,余音袅袅,三日不绝,再多说一字即为累赘。

贺知章的《回乡偶书·其二》写于在家休整一段时间之后,此时心态已由忐忑不安变成心如止水,可以静思了。"离别家乡岁月多,近来人事半消磨",第一句为感叹,我离开家乡确实时间太久了,五十年的时间长度不是一般人可以想象的,住下一段日子发现有些事情已经不太习惯了,风土人情依旧,但世故已经变迁。毕竟长安的宫廷与越州的乡下不仅有地理上的差异,更多的是理念上的差异;贺知章只能苦笑说"半消磨",承认一半栽,保留一半威。

"惟有门前镜湖水,春风不改旧时波",贺知章的心态马上调整好,一切不变之中有变化,家乡貌似五十年不变,但人情世故有变;一切变化之中也有不变,那就是日升月恒,鸢飞鱼跃。"春风不改旧时波"是贺知章一句长叹、一句感慨,人会老去,日月不会,人的一生荣华富贵也好,安贫乐道也罢,都是一个过程,当你即将走完人生的时候,才会有深的感悟。贺知章《回乡偶书》的意义就在于此,可惜大部分人都被第一首欢快的调子吸引去了,忽略第二首的沉重意义。

其实贺知章流传最广的诗句是"二月春风似剪刀"。这句诗比兴大胆,想象奇特,意料之外,情理之中,显示出诗人超凡脱俗的观察事物的能力。全诗四句,诗名《咏柳》,亦称《柳枝词》:

碧玉妆成一树高,万条垂下绿丝绦。
不知细叶谁裁出,二月春风似剪刀。

bì yù zhuāng chéng yī shù gāo　wàn tiáo chuí xià lǜ sī tāo
bù zhī xì yè shéi cái chū　èr yuè chūn fēng sì jiǎn dāo

古人对气候变化比今人敏感,尤其对春季的渴望强烈,柳树又是树中最先泛绿的。姜夔(kuí)的《淡黄柳·空城晓角》有词句:"看尽鹅黄嫩绿,都是江南旧相识。"芳草嫩绿,垂柳鹅黄,表明春的气息,而贺知章的《咏柳》已迈过这个阶段,让春之柳已不是"鹅黄初吐",而是"碧玉妆成"。作者以拟人的口吻开篇:"碧玉妆成一树高,万条垂下绿丝绦。""碧玉",深浅不一的绿色的玉;"绦",用丝线编织而成的带子。作者把柳树视作女子,此时已经"化妆"完成,"一树高"提示大全景,"万条"表示数不尽,"丝绦"说明春天的柳枝如丝,表现出特殊的质感。作者开篇就用了完成式,先将结果全面抛出,亭亭玉立,容颜焕发。这种先说结果,再细说原委的写作手法,是希望读者感受强烈,印象深刻,继而愿意探求原因。

后两句即是原因:"不知细叶谁裁出,二月春风似剪刀。"这两句依然倒置,让作品出现连环设局的巧妙,作者没有先回答结果,而是设问,加强了拟人化的真实,一个"谁"字,有些明知故问,"细叶"在深化细节,让春天落在一个特定时刻,柳树有"细叶"的日子,一年就短暂的几天,贺知章抓住此一时刻自问自答。"细叶"在历代诗人笔下时常代表早春:陈子昂诗句"细叶犹含绿,鲜花未吐红";翁承赞诗句"长条细叶无穷尽,管领春风不计年";苏辙诗句"知有清芬能解秽,更怜细叶巧凌霜";欧阳修诗句"寿安细叶开尚少,朱砂玉版人未知"。几乎所有诗人,只谈细叶春早,不问缘由,而贺知章却强调缘由,且把缘由作为点睛之笔郑重推出:"二月春风似剪刀。""二月",早春;几乎一夜之间,柳树绿了,这种快速的时间感吻合剪刀的特性,让拟人化的写作既生动又合理。

贺知章《咏柳》的精彩在于诗意匠心,拟人化的立意是成功的关键,细节的准确促成了诗的成功。一把剪刀替代了有形无形的春风,万条柳枝让春天具体化,无论成人抑或儿童,读到最后一句时,都会颔首认可,会心一笑。

我真心羡慕贺知章,这辈子没白活:长寿多福,广交朋友;游山看水,喜酒愿醉。他与李白、杜甫这样的晚辈大才有交集,李白听说贺知章去世后赋诗为悼;他与张若虚、张旭、包融四人因同为江浙一带名士,性格狂放,浪漫多情,在初唐向盛唐过渡之时被誉为"吴中四士";他与汝阳王李琎、左相兼兵部尚书李适之、侍御史崔宗之、中书舍人苏晋、大诗人李太白、"草圣"张旭、平头百姓焦遂等八人,被杜甫誉为"饮中八仙"并赋诗;他与陈子昂、卢藏用、宋之问、王适、毕构、李白、孟浩然、王维、司马承祯十人——后人倾慕其诗之才华,且又以绝句见长,清新潇洒——被誉为"仙宗十友"。这些"履历"看似简单,实际上是贺知章一生的大成就。

贺知章活得明白，知荣辱，知轻重，知进退。他一生中五十年为官，伴君如伴虎，尤其在武则天证圣元年，授国子四门博士，管教七品以上侯、伯、子、男的子弟以及有才干的庶民子弟。武则天时期，朝廷腥风血雨，贺知章能保全自己是需要智慧的，但更需要情商。从他八十五岁返乡之作《回乡偶书》就可以看出他的情商，"笑问客从何处来""春风不改旧时波"不仅体现了他的文采过人，更是体现了他心胸的宽宏，成大器者非有此格局不可。

酒中八仙图卷（局部）　明清　佚名

探梅图(局部)　清 曹洞

陈子昂

(659—700年)

独怆然而涕下

《登幽州台歌》
《春夜别友人》（二首）
《送东莱王学士无竞》

陈子昂（659—700年）最有名的诗是《登幽州台歌》：

前不见古人，后不见来者。
念天地之悠悠，独怆然而涕下。

qián bù jiàn gǔ rén　　hòu bù jiàn lái zhě
niàn tiān dì zhī yōu yōu　　dú chuàng rán ér tì xià

这首诗共四句二十二字，读法也不与常见的五言诗相同，常见的五言诗是二三结构，"床前／明月光""欲穷／千里目"；可这首诗读法却是三二结构，"前不见／古人，后不见／来者"。紧跟于后的两句还变成六言："念天地之悠悠，独怆然而涕下。"全诗空旷没有边界，但读之遒劲有力，具汉魏风骨，尤其句式长短不一，读法节奏不一，抑扬变化不定，使之读来苍莽悲凉；又由于作者俯仰古今，感喟人生，将个人遭遇及郁结奋力喷出，虽孤愤一人怆然涕下，仍能让他人感受天地悠悠。

陈子昂出身不是官宦人家，但家中富裕，他自幼喜欢舞枪弄剑，一直玩到近弱冠之年，才因玩剑误伤他人幡然醒悟，弃武从文，杜绝旧友，苦读经书。也许是陈子昂天赋异禀，"数年之间，经史百家，罔不该览"，没几年他就学有所成，参加科举考试去了。虽初试落第，但陈子昂走出了家乡梓州射洪（今四川射洪），看到了长安的大气象，心有震动。回到家乡后，又发奋苦读，这些都为他后来的成功打下了良好基础。

　　唐高宗永淳元年（682年），陈子昂觉得时机成熟了，又再次进京应试,未果。两年之后,唐睿宗文明元年（684年），陈子昂终于进士及第，这一年他仅二十五岁。二十五岁科举中进士仍属年轻，年轻就难免气盛。陈子昂幼时家境富裕，他又喜欢刀枪剑戟，个性直率，看不惯就谏言，无意间得罪很多人，于是他明里暗里都遭打压排挤。唐高宗李治（628—683年）在洛阳去世后，武则天执掌朝政，欲把李治移梓回长安下葬。那武则天为什么要把李治送回长安下葬呢？据她说这是李治的遗嘱，李治死前说"我若死在长安，此生无憾了"。次年夏初，睿宗李旦护送他爹的梓棺回长安，耗资巨大。当时很受武则天喜欢的陈子昂不顾情面进谏说："皇上移梓长安劳民伤财，皇上本人也不会愿意，因为天子四海为家，古代圣贤都不择地，为什么皇上要再择地呢？"武则天看了陈子昂的谏阻，叹气说，人还算有才，文章也写得不错，当个麟台正字吧。"麟台"就是秘书省，"正字"掌校对、订正典籍之事。

陈子昂在朝廷不受人待见，垂拱二年（686年）、万岁通天元年（696年）两次被派从军北征，算是个苦差事，但陈子昂北征途中，以自己所见所闻，多次直言进谏，不计个人得失。由于宫廷官场的势力错综复杂，陈子昂屡遭陷害，被斥降职，至三十九岁被迫辞职回乡。

韩熙载夜宴图（局部）　五代　南唐　顾闳中

这时距他离家入仕过去十四年。十四年前,他在朋友们欢送他赴京的宴会上,写下了非常重要的《春夜别友人》(二首):

其一

银烛吐青烟,金樽对绮筵。
离堂思琴瑟,别路绕山川。
明月隐高树,长河没晓天。
悠悠洛阳道,此会在何年。

其二

紫塞白云断,青春明月初。
对此芳樽夜,离忧怅有余。
清泠花露满,滴沥檐宇虚。
怀君欲何赠,愿上大臣书。

按说陈子昂进士及第,又去东都洛阳求取功名,这宴会应该是欢快热闹的调子,可陈子昂的诗低调清冷,推杯换盏的气氛全无,透过诗歌似乎可以看见当时的宴会气氛。朋友们都窃窃私语,捧着酒杯说些平安的话。陈子昂不愧是高手,开篇两句对仗且高级:"银烛吐青烟,金樽对绮筵。"先说颜色丰富,冷暖相搭;再说氛围,"吐"是动态客观,无奈无头绪,"对"是静止主观,有言有态度。陈子昂开篇定下调子,场面豪华,宾客却意兴阑珊,这让送别场面不经意间含有伤感情绪。

颔联写得稳中有进:"离堂思琴瑟,别路绕山川。"尽管是这样的气氛,离开朋友们我依然想念,我一个人就跋山涉水独自宦游了。"琴瑟"一词出自《诗经》,"我有嘉宾,鼓瑟鼓琴",说的是情谊;《诗经》另一句"妻子好合,如鼓琴瑟",说的是爱情。此处典出前者。此联既写出了朋友间的友情,又写出了个人的孤独,两个意象相对,凸显出门为官的不易。

青山红树图 明 沈周

颈联："明月隐高树，长河没晓天。"此联不但唯美，还写得大气，透出一个伟大诗人的襟怀。颈联既交代了久久不散的宴席，又提示了未来个人的征程。"长河没晓天"一语双关，不仅是说天即将大亮，还表达了一种内心的企盼，希望能在仕途上有所建树。

尾联："悠悠洛阳道，此会在何年。"作者用不确定语言结束，不悲不伤中仍留有一点点担忧。毕竟仕途艰险，前途未卜，但他仍以坚定的态度走向官场。

第二首比第一首具体。"紫塞白云断，青春明月初"，"紫塞"指长城，因其土紫色，这里代指北方边塞；"青春"指春天，杜甫"青春作伴好还乡"中的"青春"也指春天，青春之夜即为春夜。

颔联："对此芳樽夜，离忧怅有余。"接上诗首句的"金樽"，酒是离别宴不可少的，喝上一宿就会离愁缠身，惆怅上头。颔联感叹宴席即将散去，征程就要开始。颈联："清泠花露满，滴沥檐宇虚。"写景寓情，"清泠""滴沥"的是泪水，至于室内之花、室外之檐都是陪衬，所有意象让这个送行之宴变得朦朦胧胧。

最后的尾联，陈子昂声调拔高："怀君欲何赠，愿上大臣书。"陈子昂官小言微，预感在官场上会受阻。其实就在这一年里，他上书直言，写下《谏灵驾入京书》《谏政理书》，以一颗赤子之心对待朝廷，希望自己不枉为朝廷命官。可惜陈子昂这一腔热血空洒苍天，谏言都不被朝廷采用，石沉大海。这让他对仕途慢慢失去期望。

陈子昂有一好友王无竞，东莱（今山东莱州）人，仕途同样不顺，他年长陈子昂几岁，也是个诗人，《全唐诗》收录其诗五首。王无竞与陈子昂脾气相投，也属豪纵侠气之人，二人有相与往来的诗篇，其中陈子昂酬别王无竞的《送东莱王学士无竞》写得精彩：

宝剑千金买，平生未许人。
怀君万里别，持赠结交亲。
孤松宜晚岁，众木爱芳春。
已矣将何道，无令白发新。

垂拱二年（686年），王无竞与陈子昂随乔知之北征，出甘肃天水，经过张掖河，驻扎大同城（今内蒙古乌拉特前旗东北古城）。二人一路同行，无话不谈，可在此即将分手，心中不免怅然，陈子昂吟诗一首，为王无竞送行。开篇诚挚感人，真心一片："宝剑千金买，平生未许人。"开门见山地直奔主题，我有一把千金购置的宝剑，从来没有想过要赠予别人。古人赋予宝剑侠士精神，诗中常有体现：王昌龄诗曰"明敕

四松图（局部） 明 沈周

星驰封宝剑,辞君一夜取楼兰",王维诗曰"试拂铁衣如雪色,聊持宝剑动星文",王涯诗曰"年少辞家从冠军,金鞍宝剑去邀勋",温庭筠诗曰"宝剑黯如水,微红湿余血"。宝剑在诗中的文化意象不仅是物,更是精神。从这个角度上讲,陈子昂的"宝剑"可以视为一种精神。"怀君万里别,持赠结交亲","怀",怀念,思念;"君",指王无竞。想到你与我分别,将要相隔千里万里,我只有把这把"宝剑"赠予你才能表达我们二人之间的结交情深。

前两联将分别送行的悲壮气氛写足,后两联笔锋舒缓。"孤松宜晚岁,众木爱芳春。"字面简单明了,孤独的松树即便冬天亦可以成长,但大部分树木还是在春天争芳斗艳。颈联看似平和,实际上是句激励的话,寓意取自孔子说的"岁寒,然后知松柏之后凋也"。陈子昂借用孔子名言,又用"晚岁"一词,意在激励王无竞,以"孤松"对"众木",凸显朋友的孤高傲骨;以"晚岁"对"芳春",强调环境的多变。颈联在展现文学技巧之时,更注重的是人文关怀。作者在尾联叹息道:"已矣将何道,无令白发新。""将何道",还有什么可说的;"无令","无"通"勿",当"不要"讲;既然没有什么可说的,那就别自寻烦恼平添白发了。

陈子昂写这首诗时只有二十七岁,王无竞大个几岁,也不过三十四岁。由于古人寿短,这个年龄已经有沧桑感了,陈子昂诗老到得体，王无竞也心安理得接受了朋友的馈赠，无论"宝剑"是真有实物还是精神上的象征，朋友在即将分手远行前得到这样一份礼物，一定很欣慰。王无竞收录在《全唐诗》的五首诗中，处处渗透出侠士精神，与陈子昂的诗境吻合；王无竞家富钱丰，人颇豪爽，陈子昂以"宝剑"相赠，想必也获得了王无竞的回赠，可惜一千三百多年过去，故事和友情都淹没在历史的长河之中。

一个人少年时形成的意识与习气很难改变，陈子昂十七八岁时尚不知书，只热衷刀剑，直至最终伤人才算省悟。把一生喜爱的东西融进骨子里，陈子昂算一个，即便后来弃武从文，但他的文之身仍见武之影，侠义文化一旦在心中形成，想改变或甩掉它几乎不可能。陈子昂以宝剑相赠挚友，实际上也在暗暗满足自己年轻时的梦想：行侠仗义，游走江湖，路见不平，拔刀相助。即便这些成了梦想，也要让梦想变得绚烂，充满自我空间。

我非常能理解陈子昂，自幼养成的行侠仗义之气，从文为官后肯定忘不掉。他扶危救困，不惜钱财，不畏强势，为黎民百姓呼号，为庙堂社稷担忧，这些都印证了他自己说的："前不见古人，后不见来者。念天地之悠悠，独怆然而涕下。"涕泪滂沱为黎民，天地悠悠是我心。

陈子昂告辞官场回家乡后，遭小人算计下了大狱，史籍记载不详，只是说他在狱中为自己算过一卦，而卦相大凶。陈子昂惊呼："天命不佑，吾殆死乎！"果不其然，不久陈子昂惨死狱中，时年四十一岁。

刚直不阿的一代天才陈子昂死于非命，令人扼腕叹息。人死如灯灭，万古如长夜。《旧唐书》《新唐书》给予陈子昂的评价都是"褊(biǎn)躁无威仪"，"褊"字本义是衣服狭小，引申为器量小；"躁"为急躁，一个人若器量小又急躁非常容易引出人生麻烦；"无威仪"指平时不在意自己的形象。陈子昂虽才高八斗，文思通达，感情充沛，但克服不了自己心浮气躁的毛病，不注意平日的点滴，最终没有躲过杀身大祸。对于陈子昂的死，历史上的大文人们都很感慨，对他的艺术成就评价很高，杜甫说他"有才继骚雅，哲匠不比肩。公生扬马后，名与日月悬"，韩愈也称赞他"国朝盛文章，子昂始高蹈"。有如此大才者，未有对应大福，陈子昂算非常典型的一个，当为深思。

双松流泉图(局部) 清 恽寿平

仿古山水册页之好趁晚潮 清 顾逵

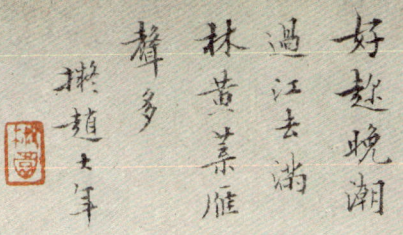

上官仪
（约608—665年）

上官婉儿
（664—710年）

驱马历长洲

《入朝洛堤步月》
《从驾闾山咏马》
《彩书怨》

上官仪（约608—665年）生前为唐太宗、唐高宗的御用文人，负责起草诏书，侍宴赋诗，半生风光无两；他的诗风"绮错婉媚"，被誉为"上官体"。宫体诗大部分空泛应制，但诗的形式之美、声律之巧是它的优点。这种宫廷诗歌形式主义的倾向，对律诗的定型起了决定性作用，有人认为"上官体"也是齐梁诗体到沈宋律诗的一座桥梁。这评价不低。

上官仪只有一个儿子上官庭芝（626—665年），上官庭芝只有一个女儿上官婉儿（664—710年）；上官仪与孙女上官婉儿见过面，惜上官婉儿还在襁褓之中并没有记忆，这算是祖孙俩人生的擦肩而过。上官婉儿受祖父、父亲的牵连，自幼充为官婢，但她的祖上有慧根，即便她在掖庭为奴，仍不失诗书的熏陶，只十二岁就被武则天召见考试，墓志记载她"懿淑天资，贤明神助"，诗书拾得菁华，翰墨组织锦绣；武则天看见上官婉儿的诗作后大悦，当即下令免除其奴婢身份，掌宫中制诰。

上官仪到上官庭芝再到上官婉儿三代人，在朝廷经太宗李世民、高宗李治，到武后则天，再到后来的中宗李显、睿宗李旦，直至上官婉儿死于临淄王李隆基的刀下，可谓一波三折。上官仪、上官庭芝父子皆因得罪武则天而死，上官婉儿十二岁时又意外被武则天启用；不承想上官婉儿四十六岁时死于李隆基之手；至此，上官家族的百年梦想才告终。历史不仅留下这惊心动魄的故事，还留下了他们所创作的诗歌，时隔一千多年，重读这些诗，仍能感受当年上官家的辉煌。

　　上官仪入宫的日子正赶上"贞观之治"，贞观二十二年（648年），他和宰相房玄龄、褚遂良等人一起编撰的《晋书》成，这在史学界是头等大事，上官仪因此升迁。这些年，上官仪顺风顺水，从他写下的诗篇即可看出他的精神状态：

> 脉脉广川流，驱马历长洲。
> 鹊飞山月曙，蝉噪野风秋。

　　这首诗题目为《入朝洛堤步月》。"入朝"可以看懂；"洛堤"，洛阳洛河的大堤；"步月"费解，"步月"是说大臣们每天上朝的情景，上朝时间太早，大臣们必须在破晓之前抵达皇宫外静候。东都洛阳城的天津桥，其名乃"天上疆界之港"的意思，大诗人们没少写诗赞颂天津桥；此桥入夜闭，天明开,百官每天都在桥下隔水等候放行入宫,官至宰相也是如此,所以上官仪题目说"步月"。

起句气势大,"脉脉"不是常用的含情脉脉的意思,山脉之脉,连绵不断;"广川"指洛水;"驱马"是使役,气定神闲;"长洲"指洛水大堤。起句看似普通,却表现出上官仪为官的心境,也表明了他写诗的状态。人气心气皆向上,极目远望,一个"历"字表达自己坚定的为官理念,经历与阅历都是为官的途径,驱马所见景象此时此刻变成客体,主体是上官仪本人,诗人眼中的山川河堤都不再重要,重要的是自己的心境。然后紧接甩出两句:"鹊飞山月曙,蝉噪野风秋。"清晨百鸟先鸣,北齐萧悫(què)有诗:"野禽喧曙色,山树动秋声。"一直等到山鹊飞来,曙色微红,才开始入朝,这句诗暗藏着美中不足的寓意,主人的心情好,但有一丝怨,嫌时间有所荒废;下一句就更加明显,"蝉噪野风秋",蝉是否清晨就鸣很难说,起码不是常态,但此时让声音介入,来说明诗人心情中的些许不爽,加上"野风秋"之"野"字,无来处,太自由,责求有意;但这"野风秋"并不能妨碍主人的仕途,所以还可以大度地面对。

上官仪的这首诗只有四句二十字,所写内容平实无奇,现象也平常不惊,但这二十字的组合却是一个大天地,把一个呈上升状态的朝廷命官的心态表达得淋漓尽致,不过头,

不失态，不媚上，不亏己，一切恰到好处，让上官仪的自负充分表达，让宽宏的历史静眼旁观。

上官仪还有一首五言小诗与《入朝洛堤步月》构成姊妹篇，《从驾闾山咏马》：

guì xiāng chén chù jiǎn　　liàn yǐng yuè qián kōng
桂 香 尘 处 减，　　练 影 月 前 空。
dìng huò yóu guān lì　　tú jiē sài shàng wēng
定 惑 由 关 吏，　　徒 嗟 塞 上 翁。

这首小诗不如《入朝洛堤步月》好懂，但比它深刻。这属于咏物诗一类，因为马的特殊属性，唐诗中涉及马的诗很多，李白写过"紫骝行且嘶，双翻碧玉蹄"，杜甫写过"竹批双耳峻，风入四蹄轻"，李贺写过"欲求千里脚，先采眼中光"，刘禹锡写过"寻花缓辔(pèi)威迟去，带酒垂鞭躞蹀(xiè dié)回"。上官仪的咏马诗没写外形，而是另辟蹊径，先着笔气味："桂香尘处减，练影月前空。""桂香"，一种产于印度的香料，亦称"多伽罗香"，与桂花香、桂皮香不涉；唐代香料风行，用途多而广，法门寺出土的香料之丰富即可证明。由于马自身带气味，贵族时常以香遮盖其味，尤其宫廷马更为讲究。"尘处减"即尘土飞扬之时马出汗会使身上的香料气味变淡；"练"，本义是白绢，此处可泛指丝帛；"练影"指自然界中日、月、水波的白色光影，此处应指马的饰物之影；马的饰物在月下与月光融为一体。前两句上官仪写得唯美,从嗅觉到视觉,从白天到夜晚,画面感强,展现着马的尊贵与动感。

后两句切入主题:"定惑由关吏,徒嗟塞上翁。""定惑",一语双关,既指马的行止,又指人的内心;"定"是定力,"惑"是迷惑;"关吏",管理关市或者守卫关口的官吏。岑参诗曰"野花不省见行人,山鸟何曾识关吏",郑谷诗曰"洒泪惭关吏,无言对越人",元稹诗曰"渐见戍楼疑近驿,百牢关吏火前迎",

牵马图轴　清　金农

李涉诗曰"纵使鸡鸣遇关吏，不知余也是何人"。诗人是说无论人与马都是被操纵而行的，马被人控，人被神控，总之身不由己。"塞上翁"，即塞翁，"塞翁失马，焉知非福"，典出《淮南子·人间训》；"徒嗟"，白白感叹。最后这句有些绕圈子，上官仪的意思是无论马有多么优厚的待遇，也是被人操控的，表面荣华，并不知未来是福是祸。这句诗深藏不露，寓意深刻。

小诗题目是《从驾闾山咏马》，上官仪随从皇帝去闾山，闾山位于今辽宁省内。闾山亦称"无虑山"，被封为北方幽州的镇山。隋文帝杨坚在开皇十四年（594年）下诏在此修北镇庙，隋炀帝杨广东征高句丽时三次率兵驻扎此地，唐高祖李渊也到过北镇；上官仪随御驾途经闾山，触景生情，感喟历史，写下这首《从驾闾山咏马》。

此诗也短，仅二十字，但内容深刻，充满了一个文人官员的深思熟虑，刚出宫廷的马身上散发出来的桂香，渐渐淹没于滚滚尘土之中的瞬间，上官仪忽然开窍，即便是最上等的宫廷之马，也不过是个工具，任主人操控，甚至任主人宰割；优越的生活貌似幸福，但未必不潜藏大祸。想到此，上官仪不免深深叹了一口气，想想自己何尝不是如此，一切只能听天由命。实际上上官仪的命运与他的担心相同：曾为僧人，进士及第；御用文人，官至宰相；被诬谋反，下狱处死，甚至连累儿子一同赴死。从这点上讲，这首诗可以说一语成谶。

不过上官仪写这诗的时候是无法知道自己下场之惨烈的。作为高宗的贴身御用文人，他还是无法知道历史将多么无情。一人之下万人之上的堂堂宰相，只知高宗对武则天不满，不知高宗内心又十分惧怕她，在高宗征求他意见时，一

三彩骑马男俑　唐　观复博物馆藏

驱马历长洲

念之差铸成大错："皇后专横恣肆，海内失望，应废黜以顺人心。"上官仪忠心耿耿，为皇上指路，但没为自己留后路，皇上夫妻的事是家事，不是国事，他不知趣地夹在中间多嘴，李治耳根一软就将他出卖了，武则天知道后不动声色就将两朝老臣上官仪连同其子上官庭芝处死，只留下一岁的上官婉儿与她的母亲充为官婢，算是没有斩草除根。

上官家族的故事本应到此终结了，可谁知武则天十几年后看上了上官婉儿，居然不忌惮上官婉儿的身份和可能报仇的风险，让其随身侍候。上官婉儿入宫后有三十多年的光景，除介入政事外还有大量时间释放她的艺术才华。她幼年开始受到齐梁文化的熏陶，当然也受后来的宫体诗的影响，尤其受其祖父"上官体"的影响，注重诗的形式技巧，尤其唐中宗复位后，上官婉儿地位达到巅峰，"上官体"也就成了宫廷诗歌的主流。可惜上官婉儿的诗作存世不多，《全唐诗》仅存三十二首。《彩书怨》是她最经典的一首：

叶下洞庭初，思君万里余。
露浓香被冷，月落锦屏虚。
欲奏江南曲，贪封蓟北书。
书中无别意，惟怅久离居。

唐诗中有一个类别叫闺怨诗。闺怨诗里最知名的就是王昌龄的"闺中少妇不知愁";金昌绪写过《春怨》,李白写过《玉阶怨》,元稹写过《行宫》,凡此种种,写的都是久居宫中或家中女子的幽怨情绪。上官婉儿的《彩书怨》是写思妇怀念夫君的,她以屈原《九歌·湘夫人》的意象开头:"叶下洞庭初,思君万里余。"借典单刀直入,不拖泥带水,清晰明确。紧接着颔联:"露浓香被冷,月落锦屏虚。"一"冷"一"虚"都不是好的感受,"冷"既是表面感觉又是心中感受,"虚"也同样,既是眼中看见又是心里体现;这两个负面字眼与"香被""锦屏"成鲜明对照,让华物衬托孤寂是诗人的艺术处理。

后两联接着:"欲奏江南曲,贪封蓟北书。"颈联大开大合,扯得开又扯得远。"江南曲"为乐府名,也叫"江南采莲曲",暗示爱情曲;"蓟北书"为家书,由妻子写给前线丈夫的家书,写的也是思念。这里"贪"这个字用得大胆,奇峰突起,一视惊悚。"贪"有思不足之意,"贪封"可以理解为多次封信,古人封信仪式感强,心就随信飞了,"贪封"之"贪"是内心的不满足,更是内心的急切表达。

尾联:"书中无别意,惟怅久离居。"结束句写得看似平淡,实际巧妙。这是一种共通的感觉,思念中的男女说的都是重复之语,反复说也无新意。一种单纯的感情叫思念,并不复杂,

武陵春图　明　吴伟

就是没有办法缓解，这是什么缘故呢？就是因为我们久久分离啊！上官婉儿把闺怨的情绪把握得准确，用简朴的语言诉说，向后人展现了她的诗歌才华。

凡事都有命数，上官婉儿也有。她与那么难相处、疑心重重的武则天相伴了二十九年，各类人在她眼前跟走马灯似的升升降降，生生死死；她本身又有祖父上官仪、父亲上官庭芝"谋反"的家族史，居然能够在武则天一个强势女子面前混成"巾帼宰相",说明她明达吏事,聪敏过人。《旧唐书》《新唐书》对她都有记载,但多负面之词,我觉得这都是古人对妇女的偏见。

上官仪与上官婉儿虽血脉清晰,但他俩就只是单纯的血缘关系,生命虽然交叉,只不过短暂一瞬。祖孙俩相同之处是都置身朝廷伴君,俗话说伴君如伴虎,但二人都没有直接得罪皇帝本人,而是得罪了邻近之人,上官仪死于武则天之手,而上官婉儿死于李隆基刀下。唐隆政变中,李隆基本是对着韦后及其党羽大开杀戒,谁知上官婉儿冒死出门面对李隆基,并拿着她与太平公主所拟遗诏呈给李隆基死党刘幽求,表明自己的衷心,可惜她的戏过头了。刘幽求拿着遗诏求李隆基放上官婉儿一马,可李隆基却说:"此婢妖淫,渎乱宫闱,怎可轻恕?今日不诛,后悔无及了。"随即上官婉儿死于刀下,人生画上句号。上官家祖孙两代有宰相之才的人都死于非命,原因是他们太聪明了,聪明反被聪明误;但这不妨碍他们艺术上的成就,上官婉儿的诗集就是李隆基登基后在开元初年命人编集的,并指令张说作序,足见一代君王不同常人的心胸。

山水图册（局部） 清 樊圻

张 说
yuè

（667—730年）

惟有秋风愁杀人

《邺都引》
《幽州夜饮》

张说（667 — 730 年）为三朝老臣，一生宦海起起伏伏，有峰有谷；曾当过尚书左丞，在唐朝为首席宰相，也曾被贬为岳州（今湖南岳阳）刺史等地方官。无论在峰在谷，张说都能处理好自己的状态，都作出下一步的设想，这是他高于常人的地方。

"说"这个字有三读：一读说（shuō），说话之说；二读说（shuì），游说之说；三读说（yuè），与"悦"通假。张说的"说"就读"悦"。张说字道济，一字说之。《易经·系辞上》："知周乎万物而道济天下。"道济天下使人说（悦）之。古人的名与字一般要有关联性，不似今天自用他用不分：古人的名用于表里，就是自用；而字为表字，他用，用于别人称呼。名与字之间要有关系，同义、反义、推想、延伸、辅助，等等。同义就是进一步说明，例如杜甫，字子美，"甫"字古意为美男子；反义就是二者对立，例如朱熹，字元晦，"熹"是天亮，"晦"是天暗；推想是由此及彼，例如苏轼，字子瞻，

"轼"为古代马车前面的横木，乘坐者凭轼而眺，"瞻"的本义就是临视；延伸是进一步说明，例如李白，字太白，杜牧，字牧之；辅助是意思相近，相辅相成，例如白居易，字乐天，乐天知命是也。

张说出身一般。根据《新唐书·宰相世系表》，其父为晋州洪洞县丞，张家到了张说才异峰突起，成就大才。张说文思缜密，表达通畅，垂拱四年（688年）的时候，武则天亲临洛阳城南门主考，策试贤良方正，张说在众多考生中脱颖而出，应诏对策天下第一。武则天阅卷后大悦，但留了一手，以多年没有出现甲科为由，让张说屈为乙等，授任太子校书，迁左补阙。需要说明的是，武则天在垂拱元年才设置补阙官职，左补阙属门下省，右补阙属中书省。"拾遗补阙"是句成语，典出司马迁《报任安书》，本义是为帝王国策拾遗补阙，拾遗官职低于补阙。

史载张说脾气不好，与同僚关系紧张，还说他贪财，但有一事与这些说法相悖。长安三年（703年），武则天的男宠张易之、张昌宗兄弟屡次遭宰相魏元忠弹劾，欲诬陷魏元忠，希望张说来作伪证。张昌宗私底下对张说威逼利诱，许诺以钱财官职，张说口头应允。当武则天召集太子李显、相王李旦及大臣共听张昌宗与魏元忠对质时，请张说上殿作证，张说当着武则天的面说，张昌宗逼他作伪证，尤其现在他在堂前当着陛下的面还这么嚣张，可以想见他在背后是多么跋扈。武则天虽然知道了张昌宗的诡计，但因面子下不来，还是把张说抓起来，最终流放钦州。

张说在四十多岁的时候官居中书令。然而，张说与宰相姚崇不睦，尽管唐玄宗赏识张说，但在权衡利弊之后，还是将他贬为相州（今河南安阳）刺史。这已不是他第一次受贬了，对于人生的起落，张说心中早有准备。次年秋天，当他来到邺都遗址时，想想曾经叱咤风云的魏武帝曹操，感慨油然而生，写下了《邺都引》：

君不见，
魏武草创争天禄，群雄睚眦相驰逐。
昼携壮士破坚阵，夜接词人赋华屋。
都邑缭绕西山阳，桑榆汗漫漳河曲。
城郭为墟人代改，但见西园明月在。
邺傍高冢多贵臣，蛾眉曼睩共灰尘。
试上铜台歌舞处，惟有秋风愁杀人。

"邺都"，著名古代都城，先后为曹魏、后赵、冉魏、前燕、东魏、北齐六朝都城；东汉末年，曹操击败袁绍后在此营建王都。"引"，文体的一种，似序而短；诗名中也常用，一般说歌、行、吟、引都属于乐府诗一类,歌与行篇幅一般偏长,吟与引篇幅偏短,在诗歌中并没有严格的区别。例如《长恨歌》《琵琶行》篇幅较长,《游子吟》《秋风引》篇幅较短。

《邺都引》开篇用提示语"君不见","君不见"的本义是反问:你看不见吗?意在强调提示,乐府诗常用,著名诗句有李白的《将进酒》,"君不见,黄河之水天上来,奔流到海不复回";杜甫的《兵车行》,"君不见,青海头,古来白骨无人收";岑参的《走马川行奉送封大夫出师西征》,"君不见,走马川行雪海边,平沙莽莽黄入天";高适的《燕歌行》,"君不见沙场征战苦,至今犹忆李将军"。张说更是开门见山,第一句说事:"魏武草创争天禄,群雄睚眦相驰逐。""魏武",曹操,曹丕建魏尊父为魏武帝;"草创",事业的初创;"天禄",上天所赐名位,这里指帝位;"群雄",指汉末争夺天下的枭雄们;"睚眦",本义怒目而视,原是龙之九子之二,嗜杀喜斗,常刻于刀环、剑柄、吞口。此句典出《史记·范雎蔡泽列传》:"一饭之德必偿,睚眦之怨必报。"张说用典旨在说明群雄逐鹿的凶险。

第二句写得有意思:"昼携壮士破坚阵,夜接词人赋华屋。"曹操文武双全,白天带领将士打仗,晚上在屋里吟诗作赋。

第三句写景:"都邑缭绕西山阳,桑榆汗漫漳河曲。""都邑",指邺城;"缭绕",曲折围绕;"桑榆",这里指周围的树木;

"汗漫",漫无边际;"漳河",流经邺城。整个都城都环绕在西边的夕阳之下,漳河两岸的树木看不见尽头。

第四句写史:"城郭为墟人代改,但见西园明月在。"城墙成了废墟,人一代代逝去,只有西园的明月依然在。"西园",即铜雀园,曹操父子常在此吟诗作赋。

第五句仍旧说史:"邺傍高冢多贵臣,蛾眉曼睩共灰尘。""冢",坟墓;"蛾眉",长而美的眉毛;"曼睩",明媚目光。无论地位多么高贵的人最终也要进坟墓,无论多么漂亮的女人最终也要化作尘土。这句明显发出议论,为最后一句总结铺垫:"试上铜台歌舞处,惟有秋风愁杀人。""铜台",铜雀台。走上铜雀台曾经歌舞升平之处,看不见往昔的繁华,只有刮来的秋风瑟瑟,让人感慨兼有忧愁。

张说的《邺都引》利用曹操名望的今昔对比,意图表现历史沧桑、功名富贵难以永久;借古喻今,借史喻己。诗写得大气深厚,触景生情,自己虽处人生低潮,仍清晰这只不过是历史规律,人生有峰有谷,不同阶段而已。最让我感佩的是,张说虽止笔于"愁杀人"之上,但并未一味地陷入悲情之中,反而可见其笔力苍劲,心胸开阔。

张说一生写诗文不少,现存有三百多首诗。文学上的成就虽不如官场上的高,但仍不失水准。张说诗多是应制之作,技法高超,可诗意总不出窠臼,但他的《幽州夜饮》例外:

> 凉风吹夜雨，萧瑟动寒林。
> 正有高堂宴，能忘迟暮心。
> 军中宜剑舞，塞上重笳音。
> 不作边城将，谁知恩遇深。

"幽州"指的就是北京地界。北京在明以前都是边疆多事之地。开元四年或五年（716—717年），张说经苏颋（tǐng）跟唐玄宗说情，改任右羽林将军，兼检校幽州都督，此诗写于这个时期，张说约五十岁。诗题为"夜饮"，所以开篇紧扣主题："凉风吹夜雨，萧瑟动寒林。"凉风萧瑟，夜雨寒林，一吹一动让画面充满了寒意。北方到了深秋，一场风雨一场寒，尤其再进入夜间，冷是第一感受，此诗首联突出的就是这个感受。颔联进入场景："正有高堂宴，能忘迟暮心。"这句话是反说的，"能忘"即不能忘，诗歌中许多正话反说更能凸显语言力量，韩愈的"欲为圣明除弊事，肯将衰朽惜残年"就是正话反说。一个"正"字与前句的寒冷夜联系起来：即便在这样的环境中，我一个老朽也有迟暮之心。这种表达委婉深沉，充满了情感，耐人寻味。

颈联对仗工整："军中宜剑舞，塞上重笳音。"舞剑意象是军人的标配，表达军人视死如归的气概；"笳音"指胡笳演奏，胡笳为北方民族的吹奏乐器，胡笳演奏需要喉音与管音的结合发出声音,所以声音可以拟人。《世说新语》记载一件事,桓温问孟嘉:"听伎,丝不如竹,竹不如肉,何也?"孟嘉回答说:"渐近自然。""丝",弦乐;"竹",管乐;"肉",人唱;在"竹"与"肉"之间,竟然有个胡笳,融进军营配合舞剑,可以想见其悲壮。诗人起句是画面,对句是声音,让"宜"入人心,让"重"进感情。

尾联作者说出了心里话:"不作边城将,谁知恩遇深。"张说在幽州任都督,这对做过宰相的他来说不是多大的官,

富春山居图(局部)　元　黄公望

当年在朝堂上他是感受不到边塞之苦的,但国家社稷对官员来说,是他们的生存根基。在边塞的帐篷里,外面刮着寒风下着冷雨,张说看着将士们舞剑演奏,感慨万千,以帝制社会的皇权来说,张说说的"恩遇深"是真心的,没有半点儿敷衍,君君臣臣父父子子,是孔子对问政的解答,是古代官员就懂这个道理。

《幽州夜饮》在张说众多的诗中比较特殊,张说是有天赋的,但他在宫廷内待的时间太长,应制诗写得太多,虽技巧

仿摩诘山水册（局部） 明 沈士充

没问题，但诗歌本身有问题，空洞无趣，立意多新也是旧，多巧也是俗。某种意义上说，文人一旦入了仕途，就再无可能做回真正的自己。但当他到了边塞，再有点儿官场上的失落，他就会有另一番感受，这种感受更接近一个文人的本质。

张说尤其这样，因为官做得实在太大，又三起三落，直到知天命之后，才对前半生的宦海生涯有所感悟；张说文武兼备，文有判断又有文采，武有胆略又有计谋。三朝元老明白政体，知道孰轻孰重，知道有进有退；他不在乎别人的诋毁，行得端坐得正，也不在意自己的落寞，可以蓬首垢面，"自罚忧惧"，尤其下狱面对鞫(jū)审，毫不畏惧，随遇而安。这让高力士都看不下去，回报唐玄宗说"说往纳忠，于国有功"，以至唐玄宗对张说这个老臣好感有加。开元十八年（730年），张说病重，唐玄宗每日遣使去探望，并御笔赐药方。张说去世后，唐玄宗亲自为张说撰写了神道碑文，对于一个三朝老臣来说，天大的荣耀也莫过于此。

仿古山水册（局部） 清 王翚(huì)

张九龄

(678—740年)

何求美人折

《望月怀古》
《感遇十二首·其一》

"海上生明月，天涯共此时"，几乎每年中秋节的大小晚会都用这句诗开场，这句诗简单明了，气象高远。诗作者是张九龄（678—740年），字子寿，西汉留侯张良之后，西晋壮武郡公张华十四世孙。张九龄自幼聪慧，七岁即能文，祖辈皆为官，虽官做得不大，但对张九龄的成长还是有影响的。他十三岁那年就给广州刺史王方庆写过信，王方庆看了信非常欣赏张九龄，他说"这个人将来一定能有所作为"。

张九龄是韶州曲江（今广东韶关）人。唐代的政治经济文化中心在长安，广东广西都属远州，能从这里凭借个人的努力走向权力中心，非一般努力可以完成。张九龄才智过人，又勤奋好学，于唐长安二年（702年）进士及第，他的考官就是大名鼎鼎的沈佺期。沈佺期非常赏识这个岭南的年轻人，逢人便讲。恰好次年宰相张说被贬岭南，路过韶州时还专门看了张九龄的文章，赞不绝口，说其文章"有如轻缣素练"，能"济时适用"，这些话让张九龄备受鼓舞。

唐景龙初年（707年），张九龄再中材堪经邦科，授秘书省校书郎。他干了几年，觉得英雄无用武之地，于是萌生归乡念头。此时恰好太子李隆基想选拔人才，亲自策问，于是张九龄过关，升右拾遗；到了先天元年（712年），李隆基即位，年底，玄宗举文学士，张九龄毫无悬念地名列前茅，官职由右拾遗小升左拾遗。此时张九龄已三十多岁，仍不考虑自己前途，直言进谏，让皇上纠正官场重内轻外的风气，要重视地方官员的选拔，不循资历。

其实张九龄这种直率的性格不太适宜做官，史籍记载他"封章直言，不协时宰"，即与当朝宰相姚崇不睦；这里并没有对错，只是理念不同而已。姚崇与房玄龄、杜如晦、宋璟并称"唐朝四大贤相"，可见其成就与地位。张九龄可能因为岭南文化与北方文化有隔膜，遂以秩满为辞，去官归养。他回到老家也不闲着，恳请朝廷开凿大庾岭路，此建议获准后，张九龄亲力亲为，呕心沥血将路修成，并撰写《开凿大庾岭路序》。由于张九龄的功绩，开元六年（718年），张九龄再次被召入京为官，职务几乎每年一小升。到了开元九年（721年），张说再度升至宰相，由于张说十分欣赏张九龄，又因为二人同姓，论谱叙辈地一聊，十分投机。张说随后向皇上大力推荐，张九龄开始担任要职——中书舍人内供奉。中书舍人负责制诰，等于最高权力的机要局，但张九龄并未因此巴结张说，还多次提醒张说："官爵者，天下之公器。德望为先，劳旧次焉，若颠倒衣裳，则诅谤起矣。"可惜张说当时风头正盛，听不进去张九龄的劝解。

到了开元十四年（726年），张说被罢相，张九龄受到牵连而降职。开元十八年（730年），张说去世，张九龄转任桂州（今广西桂林）刺史，顺便回家探望；次年，张九龄又被召回朝廷，授秘书少监、集贤院学士等，开元二十一年（733年），授中书侍郎、中书门下平章事，行宰相职责主理朝政，人生登顶。随后宦海沉沉浮浮，至开元二十四年（736年），唐玄宗听信了李林甫谗言，动怒迁张九龄为尚书右丞相，罢知政事，次年贬谪为荆州长史。

张九龄此时已是年逾花甲之人。为相期间，他不顾个人安危，也不顾皇上的面子，执意要按律杀掉安禄山。"乱幽州者，必此胡也"，唐玄宗听不进去，竟然糊涂地放虎归山，导致发生了后来震惊朝野的"安史之乱"。张九龄在荆州写下了《望月怀古》，诗人对天敞露心怀，格局高远地写下：

海上生明月，天涯共此时。
情人怨遥夜，竟夕起相思。
灭烛怜光满，披衣觉露滋。
不堪盈手赠，还寝梦佳期。

首句平淡无奇，但视野开阔，海上明月是最自然不过的现象了，一个"生"字——注意不是"升"字——深沉明亮，含义厚重，不局限于"升"之动态，让人可以感受诗人的大家襟怀。"天涯共此时"，不仅仅有诗人自己，还有遥远的亲人，更有前世来生的其他人。写明月诗自古有之，《诗经》的"月出皎兮""月出皓兮""月出照兮"，曹操的"明明如月"，谢灵运的"明月照积雪"，陶渊明的"皎皎云间月"，都是前人描写月亮的诗句，但张九龄出手不凡，让场面大到无尽，带思路远至天涯，使这首诗出场便气势不凡。

紧接着，"情人怨遥夜，竟夕起相思"。此"情人"非一般情人，乃作者自己；此情非狭隘之爱情，为人之常情。在这样的夜晚，什么情思能让诗人彻夜不眠呢？张九龄并未交代。这正是这首诗的高明之处，不为一人一家细小情感，而为江山社稷博大胸怀，只有这种情怀才能使人一整夜都难以入眠。可以想见年逾花甲的张九龄的忧国忧民、伤景伤时，看见他的辗转反侧、担忧江山。古代文人官员许多时候之所以伟大，就在于知道自己的责任。曹操就说过："投死为国，以义灭身。"

后两联继续衔接前两联的情绪，由大及小，拎虚变实："灭烛怜光满，披衣觉露滋。""灭烛"这一细节在表现诗人的心境，将闪烁的蜡烛吹灭，忽然心疼怜爱起满地月光了，走到院子

楼台夜月图　宋　马麟

时,衣服披在身上,感到露水湿重。张九龄用细腻的笔触进一步渲染夜不成寐的氛围,由细节支撑整体的情景,让思念这一抽象的行为变得十分具体,通过"怜"这样的情感感受,通过"披"这样的身体感受,将情绪层层推高,达到诗的主题。

这诗主题是"怀古"。张九龄却一字未提,也没有涉及"怀古"的字眼；作者实际是借题发挥，以"怀古"的名义怀旧，旧与古还是有差异的，古是别人的历史，而旧是自己的经历。张九龄在即将走完人生的时候，回顾自己的一生，忽然顿悟人生的意义。他最后写道："不堪盈手赠，还寝梦佳期。"诗人最后一联做了意想不到的妥协，话说了一半立刻收回，构思奇妙，"不堪"不是不堪，而是觉得不甚合适而已：我真的不知道如何将我的所思所想赠送与你，但是我仍然希望在梦中找到好的办法。这是一种委婉的托词，只有老到的张九龄才能感受到又表达出来，使这首小诗重拿轻放，大起小收，余味绵长。

张九龄的另一组名诗《感遇十二首》也写于这一时期。"感遇"本含三义：对他人的知遇表示感激；对自己命运的感慨；对所遇事物的感慨。这十二首诗长短不一，八句的五首，十句的四首，十二句的二首，还有一首十六句。写春兰秋桂的，写幽人独卧的，写鱼游鸟栖的，写孤鸿双鸟的，写梦寐仙山的，写夕阳山隐的，写丹桔绿林的，写永日离忧的，写抱影吟诗的，写日暮太息的，写归来寂寞的，写闭门所思的……总之，这一组诗写得丰富随意，深沉自省；不再有六朝绮丽浮艳之风，历来受诗评家重视，明郝敬《批选唐诗》说"托兴婉切，旷达可风"，明唐汝询《汇编唐诗十集》说"筋骨虽露，典重可法"，明周珽《唐诗选脉会通评林》说"言之历落，字字玄微"。

其一

<ruby>兰<rt>lán</rt></ruby><ruby>叶<rt>yè</rt></ruby><ruby>春<rt>chūn</rt></ruby><ruby>葳<rt>wēi</rt></ruby><ruby>蕤<rt>ruí</rt></ruby>，<ruby>桂<rt>guì</rt></ruby><ruby>华<rt>huā</rt></ruby><ruby>秋<rt>qiū</rt></ruby><ruby>皎<rt>jiǎo</rt></ruby><ruby>洁<rt>jié</rt></ruby>。
<ruby>欣<rt>xīn</rt></ruby><ruby>欣<rt>xīn</rt></ruby><ruby>此<rt>cǐ</rt></ruby><ruby>生<rt>shēng</rt></ruby><ruby>意<rt>yì</rt></ruby>，<ruby>自<rt>zì</rt></ruby><ruby>尔<rt>ěr</rt></ruby><ruby>为<rt>wéi</rt></ruby><ruby>佳<rt>jiā</rt></ruby><ruby>节<rt>jié</rt></ruby>。
<ruby>谁<rt>shéi</rt></ruby><ruby>知<rt>zhī</rt></ruby><ruby>林<rt>lín</rt></ruby><ruby>栖<rt>qī</rt></ruby><ruby>者<rt>zhě</rt></ruby>，<ruby>闻<rt>wén</rt></ruby><ruby>风<rt>fēng</rt></ruby><ruby>坐<rt>zuò</rt></ruby><ruby>相<rt>xiāng</rt></ruby><ruby>悦<rt>yuè</rt></ruby>。
<ruby>草<rt>cǎo</rt></ruby><ruby>木<rt>mù</rt></ruby><ruby>有<rt>yǒu</rt></ruby><ruby>本<rt>běn</rt></ruby><ruby>心<rt>xīn</rt></ruby>，<ruby>何<rt>hé</rt></ruby><ruby>求<rt>qiú</rt></ruby><ruby>美<rt>měi</rt></ruby><ruby>人<rt>rén</rt></ruby><ruby>折<rt>zhé</rt></ruby>。

年逾花甲的张九龄对世事看得透，开篇写得不急不躁，一幅歌舞升平景色："兰叶春葳蕤，桂华秋皎洁。"起句对仗互文，生机无限；"葳蕤"，草木繁盛貌，但此词多义，有羽毛饰物貌、华美艳丽貌、柔弱萎顿貌，等等；"皎洁"，本义指月光明亮洁白，此处强调的是内心的感受，而不是客观感受；一般来说，都是春兰秋菊相对，而张九龄身居荆州，以"春兰秋桂"相对，突出"暗香"，兰桂齐芳，皆是暗香；"芷兰生于深林，不以无人而不芳；君子修道立德，不为穷困而改节"，显然张九龄取孔子之意，以兰桂暗香表达一个文人的气节。下句表达的就是这个意思："欣欣此生意，自尔为佳节。"不论春兰还是秋桂，只要到了季节，都会欣欣向荣，不管别人如何看，自己都会保持气节，也顺应美好的季节。张九龄以春兰秋桂为喻，不惧春寒秋霜，顺其自然，泰然处之。

后两联由物及人，由客观向主观："谁知林栖者，闻风坐相悦。"古人以为林中隐士都是高人：李白诗云"懒摇白羽扇，裸袒青林中",无可诗云"螟虫喧暮色,默思坐西林",王缙诗云"林中空寂舍,阶下终南山",王昌龄诗云"日暮东林下,山僧还独归"。"林中"的文学意象是清高纯洁,不同流合污,也不委身名利,张九龄深知其味,所以自问自答,在这样一片天地里,随风而来的香味已经使人非常高兴了,作者用了"谁知"这样的不确定语境,实际上确定了春兰秋桂的内在价值。最后张九龄说出了重点:"草木有本心,何求美人折。"结句是此诗的诗眼,流传很广,成为名句。

这首表面上的咏物诗,以春兰秋桂为题,寄情怀于逆境,不动声色,缓起疾收;语境由空转实,无人之地转为有人之境,诗人以兰桂自况,熨帖自然,蕴含哲理,令人反复咀嚼才得深意。尤其"何求美人折"一句,自信有加,风清于古,漫不经意间说出了人生的道理与理念,表达出一个崇高文人的境界。而张九龄的人品与境界有目共睹,唐玄宗再动怒罢相,头脑也是清楚的,张九龄的风度在他心中始终挥之不去。

李隆基前半生命好,性格果断,开元天宝年间国运昌盛,加之李隆基早期的励精图治,使唐朝进入史上著名的"开元盛世"。李隆基的长处是知人善任,但耳朵根子软,所以自开元开始,名相姚崇、宋璟、张说、张九龄依次为朝廷所用,这些忠心耿耿的臣子们为"开元盛世"立下了汗马功劳,但都没能善终,先后被罢相,晚年不甚了了。每一次唐玄宗罢

138　张九龄

兰图　元　普明

免了宰相之后，都又怀念他们每一个人，尤其是张九龄，张九龄离开朝廷后，唐玄宗每次用人都要问一句"节操品行度量能够如张九龄吗"，由此可见唐玄宗内心的矛盾与犹疑。

张九龄是唐代宰相里唯一的南方人。唐宋之际，由于历史的偏见，宰相不用南方人，张九龄由于大才又有大运，才成为唐代唯一的南方宰相，名垂青史。他罢相后还乡祭祀先人，随后病逝于家乡，魂归故里，时年六十二岁。他死后十几年，"安史之乱"爆发，唐玄宗逃到蜀州后想起张九龄当年执意要杀安禄山的忠告，痛悔不已，遂遣使至韶州曲江，隆重祭奠张九龄，并以货物钱币抚恤其家属，以表忏悔之意。

姚大梅诗意图（局部） 清 任熊

李隆基

（685—762年）

莫负好时光

《好时光·宝髻偏宜宫样》
《经邹鲁祭孔子而叹之》
《送贺知章归四明》

李隆基（685－762年）多才多艺，文武双全；他的一生被"安史之乱"一切两半，前辉煌后黯淡。他是一代君王，但也有常人的情感；他与杨贵妃的爱情悲剧，成为一千多年来不可多得的文学题材，载入史册。

李隆基作为帝制历史上进入前十的帝王，真不是简单地命好，重要的还是他个人的努力；曾祖李世民、祖父李治、父李旦，都和一个不凡的女人武则天有关系。武则天去世时李隆基已二十岁，发动唐隆政变时他二十五岁，即位时他二十七岁，退位做太上皇时七十一岁，七十七岁病逝于长安神龙殿，走完了他传奇的一生。他在位四十四年，时间之久，在唐朝排第一，在中国皇帝执政史上排第八；按寿数，李隆基排第六。他开创了历史上无可争议的"开元盛世"，也纵容发生了改变历史走向的"安史之乱"；李隆基的一生很难用几句话概括，《新唐书》总结唐玄宗："自高祖至于中宗，数十年间，再罹女祸，唐祚既绝而复续，中宗不免其身，韦氏遂以灭族。玄宗亲平其乱，可以鉴矣，而又败以女子。方其励精政事，开元之际，几致太平，何其盛也。及侈心一动，穷天下之欲不足为其乐，而溺其所甚爱，忘其所可戒，至于窜身失国而不悔。考其始终之异，其性习之相远也至于如此。"

《新唐书》这段对唐玄宗的评价相对公允，只是未提及他的艺术成就。李隆基自幼生在洛阳，长在洛阳，天生聪颖，对艺术的感受超越常人，他在成人之前还是喜欢接近艺术。武则天很喜欢这个聪明的孙子，即便他顶撞了武家人时也不生气。李隆基的童年到少年时期，宫廷内腥风血雨，他看得见听得着，有意无意地躲开了政治，更多地去接触艺术；当他的艺术天赋遇见了对应的艺术环境，其成就一般人不可比拟。

李隆基有极好的音乐天赋，表现在作曲、演奏多个方面，唐代许多词牌都是李隆基早年创作的，如《念奴娇》《雨霖铃》《好时光》等等，这些词牌填词就能谱曲，谱曲就能演唱。李隆基精通六律，开元二年（714年），唐玄宗选乐工、宫女数百人，置院亲加教习，由于地点就在大明宫会昌殿附近的梨园，后世就借用"梨园"一词称呼戏班，并沿袭至今。李隆基的书法成就过人，尤善八分、章草。《旧唐书·玄宗本纪》记载清晰，称他"多艺，尤知音律，善八分书"。"八分书"可以简单地理解为隶书的一种，今有李隆基的书法真迹《鹡鸰颂》存台北故宫博物院。此件作品萧散洒落，字写得丰腴沉美，轻入重敛，遒劲舒展；传统绘画中的《五伦图》就以鹡鸰表示兄弟，李隆基的《鹡鸰颂》也是以鸟喻人，追求兄弟和睦。历代帝王书法作品中，《鹡鸰颂》当为第一无愧。

李隆基的文学成就首推诗词。他的诗存世不足百首，五言为主，间或其他；他还有一篇词存世，写得颇有意思，这篇词的词牌《好时光》就是李隆基创作的。文献记载这是李隆基的自度曲，因为是他首创，取末句三字"好时光"为调名。我们今天一说就是唐诗宋词，实际上唐代词已经很流行，许多大诗人都写过词，但因唐诗太优秀了，淹没了词的风采。在词的发展初期，词牌与词的内容基本上是统一的，这首词即如此，后来才慢慢分开了。上下两片共计45字，各片第二、四句平韵。

宝髻偏宜宫样。莲脸嫩，体红香。
眉黛不须张敞画，天教入鬓长。
莫倚倾国貌，嫁取个，有情郎。
彼此当年少，莫负好时光。

《好时光·宝髻偏宜宫样》显然是作者年轻时候的作品，充满青春的骚动。"宝髻"，插满了各种宝贝的发髻，"髻"

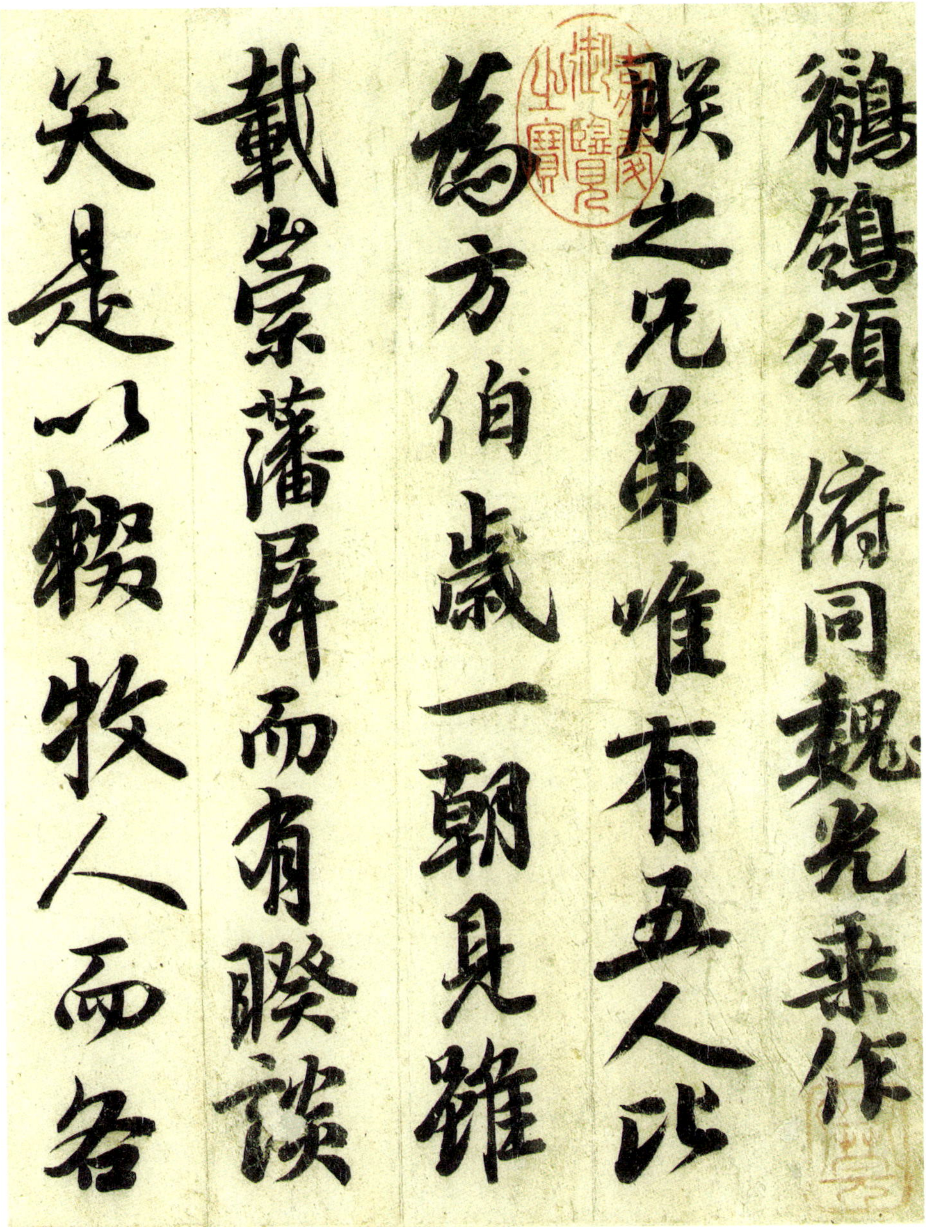

鶺鴒頌 俯同魏光乘作
朕之兄弟唯有五人比
為方伯歲一朝見雖
載崇藩屏而有睽談
笑是以輟牧人而各

鶺鴒頌（局部） 唐 李隆基

本指头顶上盘起来的发团,唐宋时期贵族妇女发髻高耸,尤其宫廷样式;李隆基自小在宫中长大,显然见得多。"莲脸嫩,体红香",这两句如果是李隆基早年的梦中情人的模样,那他中年之后喜欢上杨贵妃就顺理成章了。那一年他已过了知天命之年,杨玉环才十八岁,三十四岁的年龄差让唐玄宗枯木逢春,一发不可收。"眉黛不须张敞画,天教入鬓长"。"张敞",汉宣帝时任京兆尹,为妻画眉遮丑成为佳话。"天教",天生的长眉,唐代女子的眉毛花样翻新,画眉的许多样式必须将眉毛剃去,另择地画上,相传唐玄宗幸蜀时,令画范本《十眉图》,可见唐人对眉毛的重视。

下半片开始劝说:"莫倚倾国貌,嫁取个,有情郎。彼此当年少,莫负好时光。"不要认为自己漂亮就耽误了年华,赶紧嫁个如意郎君吧;我们大家其实都一样,千万不要辜负了大好时光。李隆基还有点儿语重心长的口气,古人平均寿命短,不及现代人的一半,所以古人永远比现代人珍惜光阴,"劝君惜取少年时";一代帝王在年轻的时候,和平常人无异,感情真挚,表达急切,一首《好时光》就可以看出李隆基年轻时也是个有情郎。

但当上帝王后,无论是谁状态都会发生变化。唐开元十三年(725年),唐玄宗四十岁,去泰山祭天,回途经曲阜祭奠孔子,写下《经邹鲁祭孔子而叹之》一诗,诗收录于《全唐诗》：

夫子何为者，栖栖一代中。
地犹鄹氏邑，宅即鲁王宫。
叹凤嗟身否，伤麟怨道穷。
今看两楹奠，当与梦时同。

李隆基在这首诗中大量用典，按说作诗用典过多乃大忌，但此诗写孔子，用典未出孔子范围，算是典尽其用，别开生面。开篇诗人发出千古一问："夫子何为者，栖栖一代中。"典出《论语·宪问》，孔子叹自己忙忙碌碌，是因为改不了自己想要教化世人的毛病，所以到处游说讲学。李隆基替孔子担忧，这样伟大的思想家，一生也是奔波劳累，还遭人误解，真是可敬可佩啊！短短十字，高度概括，又高度总结，有观点有态度，显示了一代帝王的与众不同。

"地犹鄹氏邑，宅即鲁王宫"，用典《尚书序》，不了解此典含义，无法理解这句。此联平实，借典说话，意在借孔子旧居来说明孔子的威望，这里的"鲁王"即鲁恭王，鲁恭王即汉景帝刘启之子。此联表述十分含蓄，一是表达他对孔子的尊重，二是希望自己也能如孔子般承载百姓的苦乐。

颈联对仗严谨："叹凤嗟身否，伤麟怨道穷。"作者再度

山水册页（局部） 清 王宸

用典。《论语·子罕》载:"子曰:凤鸟不至,河不出图,吾已矣夫。"孔子说得深刻,凤凰不飞来,黄河中不显现八卦图,我这一生也就结束了。"否",念"pǐ","否"是不好的意思,在此有生不逢时之意,李隆基借此典自行伤悲。"伤麟"典出《春秋公羊传》,孔子在鲁哀公十四年(前481年)春天,提到"西狩获麟",孔子因此落泪说"吾道穷矣",意思是"我没有办法了",后人用此典表明世乱道穷。李隆基一联两典,皆与孔子相关,可见功力,一为史学功力,二为文学功力。

尾联:"今看两楹奠,当与梦时同。"尾联继续出典,《礼记·檀弓上》记孔子曾语子贡:"予畴昔之夜,坐奠于两楹之间,……予殆将死也。"孔子为殷人之后,梦见自己快要死了。殷人死后,灵柩停于两楹之间,以示庄重。李隆基继续以一个帝王的心态看待孔子的高贵,您死后仍接受这么多人的祭奠,梦想得以实现,想必您稍感欣慰了吧。

李隆基写这首诗时即位十四年了,年已不惑,无论个人还是朝廷都达到了一个巅峰状态。他刚又从泰山下来,一代帝王之气让此诗气势如虹,他用反衬的手法,一唱三叹,罗列"叹""嗟""伤""怨"等字眼,再加之最后的"梦",让此诗乍一听低沉,细一品高格,有尊师重教之意,亦有效法鉴戒之愿;时隔一千多年再读此诗,仍可以感到唐玄宗的胸襟与抱负。清代学者沈德潜评价此诗:"孔子之道,从何处赞叹？故只就不遇立言，此即运意高处。"

唐诗中咏史诗是一大类，以历史为客体的咏叹，宣泄时人的情绪。咏史诗最重要的是诗人的态度，所谓史观；以史为鉴，以史为师，为的是今人不犯古人之错；可惜大多时候不能如愿，唐玄宗也没有例外。

天宝三载（744年），贺知章以八十五岁高龄再度上疏申请致仕，唐玄宗这一年已近六十岁了。从心态上讲，一个甲子在古代年寿上是第一重要的节点，玄宗批准了贺知章致仕的请求，并把"贺监"致仕当成朝廷奖掖之事宣扬，他写诗相赠，命太子李亨率领文武百官设宴为贺知章饯行。在宴会上，皇上的送行诗凸显皇恩浩荡：

遗荣期入道，辞老竟抽簪。
岂不惜贤达，其如高尚心。
寰中得秘要，方外散幽襟。
独有青门饯，群僚怅别深。

此诗名《送贺知章归四明》。"四明"，指今宁波，因四明山而得名，四明山方圆八百余里，因山上有岩洞如四窗并列，通日月星辰之光，故自古以"四明"作为这一带的称谓。贺知章晚年自号"四明狂客"即取意于此。

送行诗开篇明晰:"遗荣期入道,辞老竟抽簪。""遗荣",遗弃荣贵,即为隐退。古人为官是人上人之事,遗弃这份荣誉和高贵需要勇气,或者出于年届高龄的迫不得已。"期",期望;"入道",两义,其一合于圣贤,其二皈依宗教,此为其一;"抽簪",古人为官必须束发整冠,以簪连冠于发,故隐退时称"抽簪"。王勃诗曰"闲居饶酒赋,随兴欲抽簪",白居易诗曰"解佩收朝带,抽簪换野巾",岑参诗曰"况值庐山远,抽簪归法王",孟浩然也有诗"早朝非晏起,束带异抽簪"。开篇两句作者的意思既有赞许肯定,又有遗憾不舍,站在一国之君的角度,这已是最高规格的褒奖了。

颔联继续表彰:"岂不惜贤达,其如高尚心。"李隆基的意思是说,尽管是我批准贺知章致仕,可我不是不知道珍惜贤德人才,而是我深知他那颗高尚的心,况且他为朝廷已经尽力到最后一刻。实际上也的确如此,贺知章致仕回乡没有多久就去世了,可以说他为朝廷贡献了一生。

颈联在说道理:"寰中得秘要,方外散幽襟。"这两句写得有深意。"寰中",指世上;"方外",指世外,古人喻释道为"方外";"散",散发抒情;"幽襟",幽雅的胸襟。在这个复杂的社会中想要立足,一定得懂得一些道理;就算逃避现实出家,也必须具有非常人的心胸。这两句诗出于年届花甲、当了三十多年皇帝的李隆基之口实属难得。高高在万人

青玉雕孔雀发簪　宋　观复博物馆藏

"抽簪",古人为官必须束发整冠,以簪连冠于发,故隐退时称"抽簪"。

之上的皇帝能有如此认识,一是说明李隆基在登基之前的日子艰险,二是证明一个伟大的皇帝的洞察力不凡。

最后李隆基发出一声叹惜:"独有青门饯,群僚怅别深。""青门",汉唐长安东南门,因门色青而名。"青门"暗喻送别,因青门外有灞桥,汉唐人送客至此桥。诗人用了"独"字,表示郑重和高规格。天宝三年(744年)正月初五,唐玄宗"命六卿庶尹大夫供帐青门",为贺知章设宴饯行,场面宏大,让贺知章享尽尊荣。皇上深情地说,我为你专门在青门外设宴饯行,所有百官为分别惆怅,这情义真是深啊!

以一国之君身份写下如此深情诚挚的送别诗,这在中国帝王史上并不多见。至少说明李隆基的情商与智商高于我们的一般判断，这首《送贺知章归四明》不仅仅是皇上的艺术创作，还是他为君的技巧，笼络人心；仔细阅读此诗，不仅可以看出唐玄宗的大度，还可以体会他的心细，让我们对一代帝王有一个立体的了解。

我一直认为清晰准确地了解一个历史人物很难，了解一个帝王更是难上加难；历史没有真相，只残存一个道理；同理，我们无法准确地了解一个历史人物，只可通过他的艺术创作，大致知道他的心路历程。从李隆基的《好时光·宝髻偏宜宫样》到《经邹鲁祭孔子而叹之》，再到《送贺知章归四明》，创作时间恰巧是李隆基的二十岁、四十岁、六十岁，人生的节点清清楚楚，心态变化随之合情合理，无论是年轻时的骚动，还是壮年时的抱负，抑或是晚年时的宽宏，都是人生的轨与迹，轨与迹的关系有幸反映在他的作品中，应是后世之大幸。

山水图册（局部） 清 樊圻

王 翰

(生卒年不详)

欲饮琵琶马上催

《凉州词二首》

《旧唐书》记载了有关王翰（生卒年不详）的一个故事。王翰进士及第后，并未做官，先回了老家并州（今山西太原），地方官并州长史张惠贞听说王翰才华横溢，就高规格地接待了他。王翰很受感动，席间撰乐词自唱自舞，舞姿与唱词神

虢国夫人游春图（局部） 唐 张萱

完气足，十分豪迈，当时张说也在场欣赏了这一幕。

西北地区时至今日依然民间歌舞盛行，尤其是西部。早年西域的丝绸之路不仅带来了商品流通，更多的是文化交流。游牧民族的歌舞能力与生俱来，本身就比农耕民族强，又在长距离迁徙交流的过程中兼收并蓄，这充分滋养了他们的歌舞文化，让他们张口可以唱，伸手可以舞。最重要的是他们心理训练早，且提倡开放，跳舞唱歌时内心自由，情绪充分释放。从创作角度看，这很容易出好作品。

王翰出身豪门，家资富饶。凡出身富饶之家的人，性格极易张扬。仗义疏财得有基础，得把钱财看轻，看轻了就是

乐趣；反之，有钱吝啬乃人生一大悲剧。史书记载王翰"枥多名马，家蓄妓乐"，家中豢养名马在唐代极重要，唐代骑马代步始为时尚，所以骑马逐渐显得高贵：李白诗"龙马花雪毛，金鞍五陵豪"；张祜诗"虢(hù)国夫人承主恩，平明骑马入宫门"；白居易诗"几度听鸡歌白日，亦曾骑马咏红裙"；王建诗"每到日中重掠鬓，袯衣骑马绕宫廊"。这些都在描述唐代骑马的高贵。可是就在魏晋之前，国人骑马还给人粗鄙之感，进入唐代，李世民家族骑马拿下的江山，著名的"昭陵六骏"就说明唐代开始看重马的社会地位，马的配件也随

游骑图（局部） 唐 佚名

着富丽堂皇起来。"枥多名马"足见王翰家的富裕。

古人欲走仕途，必经科举一关，可科举过关后未必适合为官。王翰就属于这类人。他进士及第后并未走仕途，而是闲散在家，有吃有喝，有玩有乐，他的大部分诗作都是交友唱和之作。惜存世诗作不多，大部分散佚，《全唐诗》仅存十七首。

王翰喜欢呼朋唤友豪饮弹唱，名马歌妓陪着，加之性格放荡不羁，所以做不了负责任的官。他如果遇不见张说，很可能就在家乡悠哉游哉地过一辈子。他不承想认识张说两年后，张说升任三品兵部尚书。张说惜才，喜欢王翰，立马给了王翰一个小官。张说知人善任，在很短的时间内让王翰连升三级，但都是副职，没什么实际权力；当然，王翰也的确不是当大官的料。王翰官至驾部员外郎时，有机会随补给车马去塞外前线看看，亲身体验一下军人的生活。由官府安逸的生活到前线艰苦的现状，王翰作为敏感的诗人，文思如泉涌，写下历史名篇《凉州词二首》：

其一

pú táo měi jiǔ yè guāng bēi　yù yǐn pí pá mǎ shàng cuī
葡 萄 美 酒 夜 光 杯，欲 饮 琵 琶 马 上 催。
zuì wò shā chǎng jūn mò xiào　gǔ lái zhēng zhàn jǐ rén huí
醉 卧 沙 场 君 莫 笑，古 来 征 战 几 人 回。

喜欢唐诗的人不会不知道这首七绝。在唐诗绝句中，此诗排名前列。明人胡应麟认为"葡萄美酒"为初唐之冠，清人沈德潜说"故作豪饮旷达之词，然悲感已极"，评价恰当。王翰开篇便罗列名句"葡萄美酒夜光杯"，葡萄酿酒的历史非常久远，目前考古认为至少有八千年历史了；多数学者认为葡萄酒起源于波斯。作为西方文明的标志，葡萄酒由西向东发展，至唐达到高峰，随后衰退。某种意义上讲，农耕民族不太适应葡萄酒，自宋以后，葡萄酒在中国地位式微，只是近百年才恢复。但汉唐之际，葡萄酒还是上层社会的社交饮品，鲍防诗曰"天马常衔苜蓿花，胡人岁献葡萄酒"，可见葡萄酒一直是外来的高级饮品。王翰把美酒与美器置于诗前登场，是要引起读者的注意。"夜光杯"，文献记载说，"周穆王时，西胡献昆吾割玉刀及夜光常满杯，刀长一尺，杯受三升。刀切玉如切泥，杯是白玉之精，光明夜照"，这段文字显然夸张，但夜光杯概念有了。夜光杯与夜明珠都应该是一种荧光材料做成的，西域自古就出产萤石，至今甘肃还有萤石矿，萤石细腻，不排除用它制作"夜光杯"。诗人首句旨在表现饮酒场面奢华，下一句"欲饮琵琶马上催"，反衬奢华场面，这奢华是不可浪费的，催就催吧，催也得饮完。"琵琶马上催"两解，一解是伴奏助兴，别一解是催征出行，我更愿意相信这是助兴。那为何在马上呢？唐代文物提供许多有价值的信息，唐俑常见马上弹奏琵琶者；汉人弹琵琶为竖抱，"犹抱琵琶半遮面"，胡人马上琵琶为横抱，横姿比竖姿适合于马背上演奏，所以"琵琶马上催"。这个"催"是催饮酒而不是催着上战场。任何时候的战争都没有这么浪漫。

可以想见，王翰与前线将士们在室外月光之下，饮酒歌舞，抒发情感，旁边站着的马背上、趴着的骆驼上的乐队伴奏助兴，通宵达旦；这一刻欢乐是为了明天的战场，所以诗人将笔锋一转："醉卧沙场君莫笑，古来征战几人回。"王翰此时的人生态度高于常人，一不醉生梦死，二不贪生怕死，而是有一个决心："古来征战几人回？"视死如归、为国捐躯是一个铁血男儿的特质，韩愈说："赤心事上，忧国如家。"王翰以一种达观的人生心态，把豪迈与悲凉、奢华与紧迫融进了这二十八个字，洗心涤魄，荡气回肠，读之心紧肉紧血紧皮紧，空谷回音相撞不绝。

《凉州词·其一》的姊妹篇写得比前一篇温情，描述边塞将士的思乡之情：

其二

qín zhōng huā niǎo yǐ yīng lán　　sài wài fēng shā yóu zì hán
秦　中　花　鸟　已　应　阑，　塞　外　风　沙　犹　自　寒。
yè tīng hú jiā zhé yáng liǔ　　jiāo rén yì qì yì cháng ān
夜　听　胡　笳　折　杨　柳，　教　人　意　气　忆　长　安。

出征图轴　清　徐方

兵役是历朝历代都要解决的实际问题，养兵千日，用兵一时。保家卫国告别家乡，不知何年才能回来，王翰写道："秦中花鸟已应阑，塞外风沙犹自寒。""秦中"就是长安，唐朝国都，长安在关中平原中部，北濒渭河，南依秦岭，八水相润，属温带季风气候；当长安风和日丽春暖花开之时，塞外依旧飞沙走石天寒地冻。"阑"，本义门前栅栏，在此意为残、将尽；在家乡春天都快过去了，可这里依然风寒水冷。作者直接用对比的行文，将家乡的温情和边塞的冷酷对照起来，这不仅是气候的差异，更多的是心灵上的差异。在如此酷寒下，人很容易变得软弱。

这时候，诗人还嫌情绪不够，悄然引进了声音："夜听胡笳折杨柳。"《折杨柳》本是词牌，怀念征人尤多，也叫《杨柳枝》。送人折柳的风俗起源于汉，汉人送客至灞桥，往往折柳赠别。此习俗盛行于唐，李白、卢照邻等诗人都写过《折杨柳》，惜春伤别；王翰让塞外深夜不知从哪里飘来的思念曲，触动了内心，"教人意气忆长安"。

第二首诗明显比第一首练达，侠骨柔情衬托大漠风寒，作者写得悲壮而不苍凉，没有一丝退缩之意，与第一首形成了鲜明对照。第一首的将士都怀有"愿得此身长报国，何须生入玉门关"的决心，上战场知其为国捐躯也视死如归，为家乡父老甘洒热血；作者惜墨如金，舍去中间可能的所有环节,以美酒畅始,以发问顿终,让奢华的宴饮场面,配上琵琶声音的穿透力,突然打住,发出千古一问:"古来征战几人回?"

这是个生与死的哲学问题。生死之间,上了战场就有了选择,明知不可为而为之,是为也;"死"此时在"生"的面前显出伟大,义高于生,所以韩愈说:"不畏义死,不荣幸生。"王翰在这首七绝之中实际在回答这个问题,方让此诗流传千古。

王翰通过张说这层关系,与张九龄、贺知章多有交往,唱和交流甚欢,这对王翰颇具吸引力。后张说罢相,没有人罩着他,他的性格特点就不再有人包容了;按今天的话说,王翰人比较狂妄,《唐才子传》记载他"发言立意,自比王侯;颐指侪类,人多嫉之"。"侪类",同辈。他对同辈人说话颐指气使,不管他人的感受,导致许多人嫉恨他。凡事利弊相随,正是王翰的这种性格,才能写出"醉卧沙场"之句,不遮不拦,无阻无挡,当情感与文思一起涌来之时,诗一定能够言志,发出心声。

古代官场都讲究人际关系,张说一不在,王翰官职就一降再降,从汝州至仙州再至道州。即便这样,王翰仍不改秉性,"日聚英豪,从禽击鼓,恣为欢赏",最终卒于道州赴任途中,原因不详。一代明星,至此陨落,时年三十九岁。

平定乌什战图轴（局部） 清 张廷彦

为玉翁作山水图册之六 清 樊圻

王之涣

（688－742年）

春风不度玉门关

《登鹳雀楼》
《凉州词·其一》

鹳雀楼为中国古代四大名楼之一,地居北方;另外三座均在南方,即武汉的黄鹤楼、南昌的滕王阁、岳阳的岳阳楼。黄鹤楼因崔颢的《黄鹤楼》而闻名,滕王阁因王勃的《滕王阁序》而闻名,岳阳楼因范仲淹的《岳阳楼记》而闻名,地处山西永济的鹳雀楼也一样因诗闻名,这就是王之涣的《登鹳雀楼》:

bái rì yī shān jìn　　huáng hé rù hǎi liú
白 日 依 山 尽 ,黄 河 入 海 流 。
yù qióng qiān lǐ mù　　gèng shàng yī céng lóu
欲 穷 千 里 目 ,更 上 一 层 楼 。

这首五绝两联均对仗,朗朗上口,意象万千;五绝两联皆对的例子不多,这是最知名的一首。五绝、七绝均属近体诗范畴,清人施补华《岘(xiàn)佣说诗》云"绝句,盖截律诗之半,或截首尾两联,或截前半首,或截中二联而成",这种绝句即截句的说法仅为一家之言。清人董文焕《声调四谱图说》

云"盖律因绝而增，非绝因律而减也。绝句云者，单句为句，句不能成诗；双句为联，联则生对；双联为韵，韵则生粘；句法平仄各不相重，无论律古，粘对联韵必四句而后备，故谓之绝"，这个说法相对比较贴切。五绝难于七绝，盖因字数限制，字越少越不易发挥，初唐时的诗人都有五绝佳作，盛唐王维、李白、孟浩然等人将五绝完善，推向极致；中唐后五绝每况愈下，风光不再。不仅是五绝，总体上五言诗比七言诗难写，由唐到宋，总体趋势五言优秀作品渐渐少于七言，连创作数量也下滑。

鹳雀楼亦称"鹳鹊楼"，因时有鹳栖于上而得名。鹳为大型涉禽，腿长爪有蹼，喙长而尖，羽毛白或黑，分布很广。鹳与鹤在中国传统文化中常见，鹳不善鸣，鹤喜长唳，诗人常在诗中将其并列：杜甫诗曰"鹳鹤追飞静，豺狼得食喧"；苏轼诗曰"鹳鹤来何处，号鸣满夕阳"。王之涣的《登鹳雀楼》内容与鹳无涉，只与景色有关。起句视野开阔，立意宏大："白日依山尽，黄河入海流。""白日"对"黄河"，色彩温和且强烈；"依山"对"入海"，刚柔相济且和谐。"尽"与"流"，"尽"是终态，"流"是初态，动静搭档；"白日依山尽"，动线由高向低，收势；"黄河入海流"，形态由近及远，放势。唐鹳雀楼坐北面南，王之涣右看夕阳西下，左观大河东去，其视角三面，极为开阔，正是由于这种不可再广的开阔，让王之涣诗兴大发:"欲穷千里目,更上一层楼。"

这句可以算是流水对,下句承接上句,一气呵成;这是假设句,但结果明晰,自问自答。古代大型超高建筑罕见,登高时感受强烈,王之涣紧紧抓住登高一步视野即开阔一分的特性,将其写进诗句,不仅饱含生活哲理,更是千年警句,将一个人的心胸与大自然的景象衔接,天衣无缝,浑然一体,让自然景观与人文思想碰撞,发出耀眼的光芒。

王之涣留下的诗以《登鹳雀楼》最为知名,大开大合,急起急收;尤其"千里目"与"一层楼"的关系,让后世知道何为一个人的眼界,何为一个人的心胸;眼界和心胸是一个人立足于世呈现高低的根本,格局正是这首《登鹳雀楼》的诗核,它像一颗咸咸的橄榄,越咀嚼越能悟出个中之味,惠泽一生。

中国古代的行政单位先有县,后有郡,再有州。但州的概念出现很早,这种地域理念至少到了战国就已经形成。"九州"代表古代中国。九州定义不一,以《尚书·禹贡》为最早,其顺序是:冀、兖(yǎn)、青、徐、扬、荆、豫、梁、雍。雍州后改名凉州,史称"雍凉"。著名的汉代河西四郡都归属凉州。它是西北首府,天下要冲,曾是中国第三大城市,西北的政治、军事、经济、文化中心。

《凉州词》又称《凉州曲》,简单地说是凉州曲的唱词,盛唐流行一时。西北地区是寒凉之地,凉州因此而名。凉州歌曲有异域之风,隋朝九部乐有七种由凉州输入,可见凉州曲乐的强势。又因凉州自汉至唐为兵家必争之地,军事冲突频繁,加之自古商道多匪患,发生在凉州的故事多之又多,离奇曲折,由此进行文学创作顺理成章。

《凉州词》遂成了诗人们的首选。写过凉州词的诗人不在少数,除王之涣外,王翰、张籍、孟浩然、薛逢等,甚至宋朝陆游也写过《凉州词》,可见《凉州词》影响深远。

有一个有关《凉州词》的故事流传很广。王昌龄、高适、王之涣三人去旗亭酒楼饮酒听曲,因三人从未分出高低,三人事先约定,今日谁的诗唱者最多,谁最优秀。第一位歌女唱"寒雨连江夜入吴,平明送客楚山孤……",王昌龄在墙上画一横;第二位歌女唱"开箧(qiè)泪沾臆,见君前日书……",高适在墙上画一横;第三位歌女唱"奉帚平明金殿开,且将团扇共徘徊……",王昌龄又高兴地再画一横。王之涣面子上有些下不来,他指着最漂亮的歌女说:"如果她唱的不是我的诗,这辈子不再与你们争高下。"终于轮到这个姑娘了,姑娘唱道"黄河远上白云间,一片孤城万仞山……",这姑娘唱的正是王之涣最有名的诗作《凉州词》。

王之涣(688—742年),字季凌,晋阳人。史籍记载他常常击剑悲歌,其诗多为乐工所唱。惜他留存于世的诗并不多,

杨柳牧归图（局部） 清 萧晨

仅六首,《登鹳雀楼》几乎人所皆知,《凉州词》也是脍炙人口。

王之涣曾在冀州任衡水县主簿,主簿相当于今天的秘书长,王之涣才华横溢,任主簿真是屈才了。王之涣《旧唐书》《新唐书》均无记载,《唐才子传》记载也寥寥。本来他的身世模糊,到了民国十九年(1930年),洛阳邙(máng)山出土了王之涣墓志,他的身世才得以清晰。王之涣祖上数代为官,他自幼聪颖好学,未成年已能精研文章,而且对经典著作钻研很深。为官时遭人诬陷,拂衣辞官,优游青山大河,安贫乐道十五年。

墓志是王之涣堂弟王之咸请好友靳能撰文,书丹者虽未署名,但极有可能是张旭。张旭与怀素齐名,人称"颠张醉素"。铭文对王之涣的评价甚高,说他在家尽孝,于友有义,"慷慨有大略,倜傥有异才",说他经常"歌从军,吟出塞,皦(jiǎo)兮极关山明月之思,萧兮得易水寒风之声。传乎乐章,布在人口。"

"传乎乐章,布在人口"就是说王之涣的作品在民间传唱风靡,这也从侧面印证了旗亭画壁故事的可信度。

了解王之涣的基本生平,对他的《凉州词》方能有深一层的了解。《凉州词》二首,作于他辞官后的十五年间,这是第一首:

huáng hé yuǎn shàng bái yún jiān yī piàn gū chéng wàn rèn shān
黄 河 远 上 白 云 间, 一 片 孤 城 万 仞 山。
qiāng dí hé xū yuàn yáng liǔ chūn fēng bù dù yù mén guān
羌 笛 何 须 怨 杨 柳, 春 风 不 度 玉 门 关。

此诗地点不明,首句优美。首联画面有水有山,有动有静。蜿蜒黄河流淌远去,融入视线终点的白云;苍凉一片的孤城与远处的万仞高山融为一体,此情此景千百年来莫不如此。

那么问题来了,王之涣在哪里写的此诗呢?玉门关的遗址历史上有四处可能,哪个遗址均与黄河相隔千里以上;另,河南荥阳汜水镇古成皋城北门亦称"玉门",《三国演义》中的三英战吕布的故事发生于此;《汜水县志》载"虎牢为东西之绾毂,玉门为南北之咽喉",此玉门关应与边塞无涉。古人作诗是触景生情,王之涣绝不可能闭门造车,不亲临玉门关生撰出一首诗来。

古诗词在流传过程中,版本众多,许多版本常常有异,比如唐宋时期共有六个版本收录过王之涣的《凉州词》,其中五种版本都将首句写成"黄沙直上白云间",或"黄沙远上白云间"。如果原本诗句是这样,此诗就可以完全解释了,苍凉意象也顺理成章,由优美转向壮美。

"黄沙直上白云间,一片孤城万仞山",诗人笔下的景色萧杀,荒凉肃穆。黄白二色之中夹有蓝天,孤城身后还有嶙峋的山峦。此版本意象完整,大气磅礴,不留余地地将边塞的壮美轰然推出,让人顿感个人之渺小,在大漠黄沙中居然还有坚持的将士,孤守边塞为国献身,甚至捐躯。

不容喘息，诗人让下一句紧接着出现："羌笛何须怨杨柳，春风不度玉门关。"静态孤寂的画面突然引入声音，苍凉悲怨。"羌笛"，古老的乐器，有两千年以上的历史，最早出现于四川北部阿坝羌族地区，故名"羌笛"。羌笛用高山油竹制成，双排五孔（或六孔），很短，不足一拃，上端有竹制带簧吹嘴，羌笛与笛明显不同，有簧竖吹，音色高亢悲凉，清脆婉转，独奏时能给人以虚幻迷离之感，用它吹奏的曲子，多是表达悲欢离合、思乡的内容，正因为如此，羌笛代表着思念或者思乡。

羌笛在此出现本来为的是思乡，大漠边关，孤城高山，一曲思乡曲，一曲《折柳词》，都能安抚将士的内心，但王之涣反其道而用之，"何须"当"何必"讲，事已至此，人已至此，何必再用羌笛吹《折柳词》呢？春风从来不会吹到这里的。面对现实，依然坚守。

王之涣以最残酷的艺术表现手法，先用浓墨重彩渲染大漠孤城，色彩虽炫而苍，景象虽酷而郁，不留一丝空隙，不给一丝暖意，"黄沙直上白云间，一片孤城万仞山"。紧接着让幻觉般的声音介入，"羌笛何须怨杨柳"，再给出终极答案，"春风不度玉门关"。紧跟上句的苍凉悲壮的是没有幻想的幻想——羌笛，换言之是想象中的声音，再加上不可能有的春风，让《凉州词》无须配乐即成《凉州曲》，成为千古绝唱。

明人陆时雍在《唐诗镜》中对此诗有一个独特的评价："此是怨词，思巧格老，跨绝人远矣。"陆时雍明贬实赞，说王之涣的思路老到，有凡人追不上之绝技。另一个明人唐汝询的《汇编唐诗十集》说得也有意思："一语不及征人，而征人之苦可想。"此评价也很深刻。在文学表达中，这种藏之又藏的隐喻，难上加难，非高手不敢为之。

王之涣的《凉州词》是"黄河远上"还是"黄沙直上"，已是千古悬案了。我更喜欢"黄沙直上"的版本，苍老雄浑，不见柔情。体会中国文字之奥妙，感受中国文学之魅力，才是我们读诗的根本目的。两个不同版本给了后世难得的文学鉴赏机会，让人回味无穷。

岭上白云图　清　王鉴

春溪图 清 曹涧

孟浩然
(689～740年)

春眠不觉晓

《春晓》
《望洞庭湖赠张丞相》
《岁暮归南山》

孟浩然（689 — 740 年）最有名的诗作无疑是《春晓》：

chūn mián bù jué xiǎo　　chù chù wén tí niǎo
春 眠 不 觉 晓 ，　处 处 闻 啼 鸟 。
yè lái fēng yǔ shēng　　huā luò zhī duō shǎo
夜 来 风 雨 声 ，　花 落 知 多 少 。

他流传最广的故事一定是踏雪寻梅。不论是小诗的清新淡雅，还是故事的情怀旷达，孟浩然都有一种"吾诗思在灞桥风雪中驴背上"的潇洒，文人之苦心孤诣可想而知。《春晓》多作为蒙童诗，清新上口，意境优美，殊不知这也充满了孟浩然一生的隐喻：个人一生不过是花开一春。"春眠不觉晓"，开篇已是初醒时分，否则不能"处处闻啼鸟"；此时的鸟叫声，不知是忧是喜，是吵了早觉，还是调节心情。紧接着"夜来风雨声，花落知多少"，这个转折突兀有力，且合情合理，不仅在说天气，更多的是说人生；人生旅途就是如此，风雨随时就来，还不知是微风细雨，还是疾风骤雨；所以作者用"花落知多少"呈现一个开放式结尾,让小诗立刻变得深邃起来。

孟浩然是湖北襄州襄阳人,世称"孟襄阳"。宋代米芾也被称之"襄阳",两人是老乡,成就大如海。孟浩然一生都有一个愿望,希望走入仕途。他有诗才,极喜欢交友,与官员张说、韩朝宗、张九龄,与诗人李白、王维、王昌龄都有过不同程度的交集;他几乎在雅俗之间纠结了一生,于开元二十八年(740年)在老家襄阳接待王昌龄,二人相谈甚欢,孟浩然不顾即将痊愈的毒疮,开戒食鲜,纵情宴饮,旧疾突发去世,时年五十一岁。

孟浩然虽有大才,但科举屡屡不中。学而优则仕是古代文人的必由之路,但孟浩然就是过不了这道坎。唐代科举中的明经、进士两科,明经属于死记硬背,进士就难多了,要考治国方略,作策论五篇,策论就是论文,现场写作,没有地方查资料,难度可想而知。由于唐代科举打破汉以来的门阀之界,故极吸引各路人才,尤其寒士们家素清贫,通过个人努力,即可飞黄腾达,唐文宗时的宰相段文昌、王播都出身低寒,一跃龙门。

孟浩然自幼聪慧,出身书香门第,与其弟一起读书学剑。他的诗风最迟在二十岁时就已形成,清新自然,不事雕琢。由于他一生就是在入仕与归隐间游走,他的诗风与内容都限定在这个框架之内了,顶多发发牢骚,在这些诗作中,《望

洞庭湖赠张丞相》算是很特殊的一首:

八月湖水平,涵虚混太清。
气蒸云梦泽,波撼岳阳城。
欲济无舟楫,端居耻圣明。
坐观垂钓者,徒有羡鱼情。

先看题目,"张丞相"即张九龄(673—740年),为人耿直。开元二十一年(733年),张九龄升任同中书门下平章事,相当于宰相。这一年朝廷有一大案,安禄山讨伐奚、契丹失败,已被押解至长安,按朝廷典章应处极刑。唐玄宗因碍于旧情面,心一软要赦免,张九龄上奏说:"安禄山有谋反之

溪山秋霁图(局部) 宋 郭熙

相,请皇上诛之,断绝后患。"可惜唐玄宗未能听张九龄之言,放虎归山,最终酿成惊天大祸。

　　就是在这一年,孟浩然来到长安,写了这首干谒诗呈上张九龄。干谒诗在科举时代相当于自荐信,可孟浩然还是很要面子,诗写得七分豪放,三分谨慎,他开篇气象大:"八月湖水平,涵虚混太清。"农历八月正值中秋,秋波浩荡,天高气爽,天象气象都是一年中的最佳状态,孟浩然显然抓住了这个季节,心有收获之想,或曰藏有收获之笔,起句虽平却宏。作者还嫌不够,对句高开高走:"涵虚混太清。""涵虚"二字用得极妙,此词应是孟浩然首创,"涵"字本义"水泽多"也,引申为"多多包容"之意;"虚"字本义"大丘"也,引申为空虚无极之意;二字组成一新词"涵虚","涵"为无

岳阳楼图　元　夏永

尽之水,"虚"乃不尽之天,其气象已成大气魄。孟浩然所创此词,后世只在诗词中使用,未见其他应用。"太清"一词出自《庄子》:"行之以礼义,建之以太清。""太清"指的是天道,可以代指天空。

有意思的是孟浩然在两词之中大胆启用了"混"字,表面非常费解。孟浩然的"混"字出自经典:"有物混成,先天地生"(《老子》);"天下混而为一"(《淮南子》);"六合既混"(《太玄·玄图》)。已经是无尽的天地还要与天道混在一起,水天一色,有形加上无形。首联极大手笔,显示了诗人与众不同的思想维度和文字张力。

颔联开始继续渲染:"气蒸云梦泽,波撼岳阳城。""云梦"在先秦指楚国国王的狩猎区,因与长江结缘,水域广淼。秦汉以后,由于泥沙淤积,陆地增多,人口开始聚集,形成泽国;"岳阳"古称岳州,二千五百年前就已建城,它依长江,临洞庭湖,江湖交汇,著名的岳阳楼在洞庭湖北岸,范仲淹"先天下之忧而忧,后天下之乐而乐"的名句让岳阳楼声名远播。孟浩然没有后来范仲淹那样的名言,也没有那番气度。他用"气蒸"一词,将"云梦泽"再笼罩一层神秘,用"波撼"再陪衬一下根本无法撼动的岳阳城,颔联增加了强烈的画面感;岳阳城作为画面中的一个参照点,反衬了洞庭湖的波澜壮阔。颔联的工整完全被气势淹没,使诗的上半阕浑然一体。

下半阕孟浩然渐渐切入主题,毕竟写的是干谒诗,目的清晰。"欲济无舟楫,端居耻圣明",孟浩然突然把"云梦泽"看成了官场,他幻想自己有一条小船能横渡过去,只可惜没有人借他以船;他有点儿愧疚地说,身处圣明时代,自己却闲居终日,因此感到羞耻。他矜持地向张九龄发出问询:我

江帆楼阁图　唐　李思训

能否为朝廷服务？

孟浩然在诗的最后为自己留了后路："坐观垂钓者，徒有羡鱼情。"垂钓与观钓是人生的两个态度，这一情景在历史上也是经典。姜子牙垂钓于渭水，庄子垂钓于濮水，韩信垂钓于淮阴城，严子陵垂钓于富春山，都隐含着复杂人生哲理，孟浩然虽未直接用典，但也不经意间将"垂钓"这一经典文化意象呈上，表达了自己还不能参与，只能旁观的遗憾。

干谒诗为唐代独有的诗歌门类，与科举制度密不可分；某种意义上讲，干谒诗数量并不算少。干谒诗由于是自荐，大部分非常含蓄，例如唐诗名篇，朱庆馀临考前给官员张籍写的一首绝句《近试上张水部》："洞房昨夜停红烛，待晓堂前拜舅姑。妆罢低眉问夫婿，画眉深浅入时无。"此诗千百年来让不知情的男女误以为是首爱情诗，爱情归爱情，但诗的性质还是干谒诗，朱庆馀通过此诗试图从张籍口中探听消息。张籍看过，并不掩饰自己的喜悦之情，立即回诗一首《酬朱庆馀》表示了对他才华的赏识认可。

至于孟浩然，文采过人，情商欠缺，有一个有关他的故事无法核实。孟浩然一辈子试图走入仕途，多次机会都错过了。他考试失败后认识王维，王维年小他一轮，同肖牛，因为二人诗风相近，所以话就投机，常常一起谈诗论画，后世合称二人"王孟"。王维是状元及第，这对孟浩然多少有些刺激。王维考中后在皇宫内署当差，孟浩然就有事没事地找王维聊天赏诗。一天，孟浩然拿着新作刚进屋，屋外有人高喊："皇上驾到！"这一下子孟浩然胆都吓破了，王维也慌了神，马上让孟浩然躲起来。待唐玄宗进屋时，孟浩然慌乱中衣角遗落在外，皇上看见了，王维只好如实禀报，唐玄宗并未生气，说别躲着了，朕听说过你的大名，既然如此，你今天就给朕吟诵一首你的大作吧！

所谓情商低都是在关键时刻体现，充分思考后表现可以弥补缺憾。孟浩然这未经缜密思考，哆哆嗦嗦地为皇上吟了一首旧作《岁暮归南山》：

běi què xiū shàng shū　　nán shān guī bì lú
北　阙　休　上　书，南　山　归　敝　庐。
bù cái míng zhǔ qì　　duō bìng gù rén shū
不　才　明　主　弃，多　病　故　人　疏。
bái fà cuī nián lǎo　　qīng yáng bī suì chú
白　发　催　年　老，青　阳　逼　岁　除。
yǒng huái chóu bù mèi　　sōng yuè yè chuāng xū
永　怀　愁　不　寐，松　月　夜　窗　虚。

这诗谁看都是牢骚满腹，尽管作诗技巧高超，一联一层意思，对仗工整，但对皇上说这个的后果是什么，孟浩然再愚钝吟诵完了忽然也明白了。唐玄宗说了一句："卿不求仕，而朕未尝弃卿，奈何诬我！"从此之后，孟浩然就死了仕途之心，回老家享受田园风光去了。

诗人的心胸决定诗人的成就，这在唐代尤甚。不论官场是否得意，那只是一时，最多是个人的一世，但跨过生活的时代再回头看，每一位流芳千古的大诗人一定是眼界高远，心胸开阔，不计较一城一池得失的。孟浩然诗的确写得好，名句甚多：

"野旷天低树，江清月近人"（《宿建德江》）；"乡泪客中尽，孤帆天际看"（《早寒江上有怀》）；"欲取鸣琴弹，恨无知音赏"（《夏日南亭怀辛大》）；"水落鱼梁浅，天寒梦泽深"（《与诸子登岘山》）；"风鸣两岸叶，月照一孤舟"（《宿桐庐江寄广陵旧游》）；"草木本无意，荣枯自有时"（《江上寄山阴崔少府国辅》）；"日暮征帆何处泊，天涯一望断人肠"（《送杜十四之江南》）；"坐看今夜关山月，思杀边城游侠儿"（《凉州词》）。

今日一一读来，我不知是倾慕多，还是遗憾多，忽然想起李白《赠孟浩然》的起句："吾爱孟夫子，风流天下闻。"

姜夔诗意图册之八 清 罗聘

綦毋潜
(qí)
（692—约749年）

愿为持竿叟

《春泛若耶溪》
《过融上人兰若》

綦毋潜（692—约749年）不姓綦，姓綦毋，复姓，名潜，字孝通，虔州（今江西赣州）人，大约在唐开元十四年（726年）进士及第，获得宜寿县尉的小官。宜寿就是今天的陕西周至，周至原名盩厔，用了两千多年，怕老百姓不认识，1964年改白字"周至"使用至今。唐开元时期，有十几年时间改"盩厔"为"宜寿"，后又恢复了旧称。就在这十几年间，綦毋潜上任县尉。县尉是个武官，但看不出綦毋潜有舞刀弄棒的本事，后来他又升职左拾遗，熬到天宝年间终于熬上著作郎，算是人尽其才了。

綦毋潜十五岁就游学去了长安，江西赣州到长安路途遥远，风土人情也多有变化。古人说"读万卷书"是增加阅历，积累知识；"行万里路"就是追求经历，开阔眼界。诗人自古都与常人有别，诗永远都和远方联系在一起，綦毋潜在长安结识了许多诗人，慢慢也积攒了自己的诗名。大约在开元八年（720年），他看自己仍没考上，有点灰心，准备返回老家，这一年他已经二十八岁了。他和王维告别,两个人喝了一顿大酒,王维写下了一首感人的送别诗《送綦毋潜落第还乡》,这首五古诗八十言,语重心长,满满的兄弟情。王维当时也科举未中,年纪比綦毋潜小九岁,但诗中的人生态度很老道,他说只要世道清明,是埋没不了人才的;大可不必考不上就去做个隐士,考没考中谁敢说不是运气呢!王维的送别诗对綦毋潜关心理解,表现出极强的入世情结,这与王维经过磨难后的人生态度完全不同。也许因为王维的这首诗,加上其他缘故,六年之后綦毋潜再次赴京参考,终于大功告成,进士及第,梦想成真。

到了开元十八年(730年),綦毋潜奉诏入了集贤院,任著作郎,这集贤院相当于现代的皇家图书馆,著作郎官阶五品,这让綦毋潜比较舒心。这期间,他曾回老家探亲,路过洪州(今江西南昌)时,与当时的洪州都督张九龄把酒言欢,和诗唱酬。又过了几年,大约在开元二十一年(733年),綦毋潜的同榜进士储光羲因仕途失意,辞官归隐,约他饮酒告别,准备去终南山别业养老;这事对綦毋潜触动很深,让他觉得自己天天在集贤院闲着混日子不好,于是效法储光羲也弃官南返,先去江淮一带游历,逃离现实后心情大好,遂写了一大批风光诗。

大概是一个人游走他乡日子不安稳,綦毋潜在天宝初年又返回洛阳、长安谋求复官。对他来说,古代官员就是个职业,有升有降，可去可留，没有什么面子问题。他回来以后任职又低了，他也不那么在意，结果"安史之乱"爆发，兵荒马乱，他无所适从，于是二度归隐。但不知为何，綦毋潜并未返回乡里，仍游迹于江淮一带，最后不知所终。

綦毋潜留下来的诗作不多，《全唐诗》收录一卷二十六首，内容大部分为探幽访隐之作，其中最有名的是《春泛若耶溪》，被选入《唐诗三百首》：

幽意无断绝，此去随所偶。
晚风吹行舟，花路入溪口。
际夜转西壑，隔山望南斗。
潭烟飞溶溶，林月低向后。
生事且弥漫，愿为持竿叟。

若耶溪在今天绍兴东南方，今名"平水江"。若耶溪水的源头是若耶山，历代文人雅士流连忘返之地；南北朝诗人王籍著名诗句"蝉噪林逾静，鸟鸣山更幽"写的就是这里。綦毋潜开篇缓缓而入，"幽意无断绝，此去随所偶"，我探幽寻胜的心情从来不会断绝，这次随缘，看见什么都是我的缘分。"晚风吹行舟，花路入溪口"，交代时间、地点、状态、情景，风吹舟，一路鲜花一路水；紧接着，"际夜转西壑，隔山望

山水十二开画册（局部） 清 华嵒

南斗",这一景色随小船展现,隔着大山远远地望南斗星宿。有北斗就有南斗,中国神话中有"北斗主死,南斗主生"之说,唐诗里写两斗最有名的一句是刘方平的"更深月色半人家,北斗阑干南斗斜"。

五言古诗与律绝不一样,没有字数限制,可长可短,最短四五二十言,最长的洋洋数千言。所以古体诗不分段,没有诗意表达的分界线。綦毋潜接着写:"潭烟飞溶溶,林月低向后。"这一句着重文学意象,"潭烟"即水雾,由深潭慢慢升起,如雾状,"飞溶溶"是主观描写,深潭升起的水雾溶解在大气之中,林中月倒映在小船过后的水面,逐渐远去,此情此景如梦如幻,正是文人向往的境界。綦毋潜的笔下此时已完全陷入仙境,"林月低向后"组词结句奇诡,不置身其中有感而发,断然写不出这个感觉。

最后綦毋潜为全诗表明自己的态度:"生事且弥漫,愿为持竿叟。"綦毋潜在官场前前后后也混迹二十年,但仍看不清官场人情规则,身在其中时深受其害,空怀一颗报效之心,英雄无用武之地,以致自己两度辞官归隐。既然看不清又怕生事,那还不如躲了,"愿为持竿叟",做一个钓鱼翁,随遇而安。钓鱼翁在中国传统里有避世归隐之意,中国文化也总是在入世出世中找寻,希望有一片理想之地,綦毋潜也不例外,未成年时一腔热血,由江西赣州赴京城游学考试,几次落败也不甘心,最后考中走入仕途。可仕途走了几年,方知世上不如意事多于如意事,写诗只能游艺不能为生,几番思考,终于下决心归隐山林,摒弃世俗的麻烦。

春山渔艇图　宋 佚名

晴峦萧寺图　宋　李成

可以说,"愿为持竿叟"是綦毋潜的人生信条,这一直影响其晚年创作,使他的诗更加平和,《过融上人兰若》即为代表:

shān tóu chán shì guà sēng yī　chuāng wài wú rén shuǐ niǎo fēi
山 头 禅 室 挂 僧 衣, 窗 外 无 人 水 鸟 飞。
huáng hūn bàn zài xià shān lù　què tīng zhōng shēng lián cuì wēi
黄 昏 半 在 下 山 路, 却 听 钟 声 连 翠 微。

古人通讯不便捷,访友不遇乃常事。许多著名的诗词就写访友不遇,例如贾岛的《寻隐者不遇》、王维的《酬严少尹徐舍人见过不遇》、孟浩然的《寻菊花潭主人不遇》、李白的《访戴天山道士不遇》、岑参的《草堂村寻罗生不遇》、刘长卿的《寻洪尊师不遇》,等等,不一而足。尤其深山古寺隐者僧人,行踪不定,不期而至不遇是常态,写诗可以聊以寄情。

綦毋潜的这首《过融上人兰若》就是访友不遇;"过",这里是访问、探望之意;"融",人名;"上人",和上,亦称和尚;"兰若",梵语"阿兰若"省称,本义是僧人修行的寂静之处,亦指住所或寺院;题目的意思是"访探融和尚的住所"。

起句先表明主人不在:"山头禅室挂僧衣,窗外无人水鸟飞。"这里委婉地传达了信息,一是主人不在,二是主人并未走远。这种生活小景人人可能遇到,只是不经意间一闪而过,难以变成如此优美的文字。"挂僧衣",说明主人出去了,因为外衣未穿,显然没有走远。"窗外无人"又表明不在附近;作者用了"水鸟飞"将无人之境描述得富有诗情画意,以其动态反衬禅室的静态,让人有一种寻找人的冲动;透过窗户看景色,俨然是一幅静中有动的画,诗人独自站在主人的禅室中,默默无语等待主人出现。此时的描写实际是在勾勒一种心境。

下一句和上一句将时空完全隔开,作者不再交代与主人究竟相遇与否,是否有品茗交谈,诗人只写了回程路上:"黄昏半在下山路,却听钟声连翠微。"前七字时间、事由、地点依次交代,虽省略了主语,但仍清晰表现了诗人的心情,犹如客观长镜头,跟随着诗人一同下山,边走边看;这个过程很长,诗人利用了半个黄昏,悠哉游哉地下山;最后一句,诗人用"却"字转折:"却听钟声连翠微。"前三句有象无声,第四句有声无象,钟声神秘幽远,在山林中缭绕。"翠微",指山色青翠缥缈,诗人喜用。李白诗曰"摇笔望白云,开帘当翠微";杜甫诗曰"千家山郭静朝晖,日日江楼坐翠微";白居易诗曰"蒲轮入翠微,迎下天台峰";刘禹锡诗曰"堪为列女书青简,久事元君住翠微"。綦毋潜只写了下山途中见闻,不再去纠缠是否遇见,让钟声传达一种信息,即寺院中有人值守。如果此行诗人未能遇见融和尚,这钟声可能就是他敲击出来的。

佛钟是寺院最重要的法器，一般有大小两种。大钟称为"梵钟""洪钟""撞钟""鲸钟"等等，当钟槌撞击钟体，发出悠长浑厚的声音之时，它在告诉僧人的同时也告诉世界每一撞的含义；小钟称为"半钟"，亦叫"唤钟""行事钟"，钟槌内置，撞击发声仅供寺内听闻，通知法会、进餐、休息等事务，其声柔和，相对短促；诗词中描写的钟声，一般通指梵钟，例如张继的"夜半钟声到客船"、刘长卿的"杳杳钟声晚"、白居易的"上界钟声下界闻"、李白的"钟声万壑连"。这些钟声都是深山古寺的梵音，俗语"当一天和尚撞一天钟"，从另一种角度也体现了佛法戒律之严谨，撞一百零八下，可以祛除人生一百零八种烦恼，佛家偈语也说："闻钟声，烦恼轻，智慧长，菩提增。"从这一角度讲，钟声中还包括了佛家智慧。

綦毋潜将七绝小诗写得唯美，访友不遇是一般判断；实际上作者回避了二人是否见面的情节，只描写了此行的两头，开篇祥和，呈现似曾相识的静谧之态，结尾幽邃，留下无穷无尽的想象空间；以视觉小景起，以听觉大象收；让读者跟随作者所描绘的场景去用心感受，把山林迷濛的意境与寺院神秘的气氛融为一体，惜墨如金，区区二十八字，描述出一幅动态温馨的画卷。

写诗毕竟能给文人极大的快乐和安慰，尤其田园诗一类，

云山图轴　清　王鉴

唯美恬淡，与世无争，陶渊明的诗就成了后世田园诗的范本。由于綦毋潜与王维的那段交往，王维的田园诗也对他产生了巨大的影响，所以有人认为他们诗风很像，可惜綦毋潜仅留下二十几首诗，数量不多。

除王维外，綦毋潜还与李颀、张九龄、孟浩然、高适、卢象、韦应物等人过从甚密，这些诗人都为綦毋潜作过诗，说明綦毋潜人缘不错；而且，如果他的诗作成就不高，这么些大诗人也就不会与他唱和。綦毋潜是唐代江西最负盛名的诗人，后世对他的评价是："盛唐时，江右诗人惟潜最著。""江右"与"江左"相对，"江东称江左，江西称江右"（魏禧《日录·杂说》），江右更多的指赣方言区。綦毋潜诗风清丽典雅，恬淡适然，最著名的就是《春泛若耶溪》，明代大文人陈继儒对此诗有一评价，说得精彩："遗其形迹，动乎天机，诗至此进乎技矣。"（《唐诗选脉会通评林》卷三）陈继儒有大才，年二十九时焚儒衣冠，绝意科举，他对綦毋潜评价如此高，显然与他的这种世事淡然的人生态度有关，八百年后，綦毋潜获如此知音，理应欣慰。

秋郊饮马图(局部) 元 赵孟頫

李颀
(约690—约753年)

空令岁月易蹉跎

《古从军行》
《送魏万之京》

李颀（约690—约753年）天生性格疏放超脱，少时原本家境富有，由于交友不慎，和一些富家子弟轻薄招摇，肥马轻裘，倾财破产后隐居在颖阳（今河南登封），励志发奋读书，这一读就是十年。开元二十三年（735年），李颀赴京赶考，考中进士，按仕途常规，到新乡做了县尉，并在此任上一待多年，一直没有升迁，估计也是他的性格使然。《唐才子传》说他"性疏简，厌薄世务，慕神仙，服饵丹砂，期轻举之道，结好尘喧之外，一时名辈，莫不重之"。

　　厌薄世务就做不了官，为官一天到晚都是俗务，如欲攀升，则要用手段，这恰恰是李颀所不愿的。他结交的朋友都不是俗人，王昌龄、高适、王维、綦毋潜、张旭等，历史上都是诗名大于地位的人，与他们唱酬是李颀最大的乐趣。比如他写的《送王昌龄》最后两句："叹息此离别，悠悠江海行。"再如他的《题綦毋校书别业》，有"生事非渔钓，赏心随去留"之句，一看就是心情散淡，无欲无求。

李颀的诗被公认写得好的是七言歌行。他的诗歌大致可分为四部分：边塞诗、赏乐诗、寄赠诗、修行诗。《河岳英灵集》说他"发调既清，修辞亦秀；杂歌咸善，玄理最长"；《唐诗品》说他"诗意主浑成，遂无斫练；然情思清澹，每发羽调"；《诗筏》说他"诗虽近于幽细，然其气骨则沉壮坚老"；《唐诗笺要》说他"诗典赡风华，兼复音调句亮，盛唐能手"。诗人哪类诗写得好，一定和个人性格和学识经历有关，性格占主导地位。李白之所以是李白，杜甫之所以成为杜甫，白居易之所以还是白居易，都与这些相关。李颀并不例外。

没有文字记载李颀赴过边塞，但他的边塞诗的确有身临其境之感，李颀之笔饱蘸一腔热血，充满激情地将自己与国家的命运拴在一起，写下了激情四射的边塞诗。其中《古从军行》最有代表性：

白日登山望烽火，黄昏饮马傍交河。
行人刁斗风沙暗，公主琵琶幽怨多。
野云万里无城郭，雨雪纷纷连大漠。
胡雁哀鸣夜夜飞，胡儿眼泪双双落。
闻道玉门犹被遮，应将性命逐轻车。
年年战骨埋荒外，空见蒲桃入汉家。

李颀此诗写于唐玄宗天宝初年（742年）。中国历史上的盛世都有一个劫，大约四十年左右会出现。例如西汉的"文景之治"，文帝二十三年，景帝十六年，前后共计三十九年；唐太宗的"贞观之治"接续唐高宗的"永徽之治"，到高宗总章二年（669年），以大唐版图最大时期为止，前后共计四十二年；唐代的第二次盛世"开元盛世"，历史上也称"开天盛世"，开元至天宝共计四十四年。盛世的后期，统治者都会好大喜功，向内铺张，向外扩张，这时候会加剧国家之间的矛盾，国内民间也怨声载道，"公私劳费，民始困苦"。李颀作为一个诗人，敏锐发现这一现象，写作宣泄。李颀的边塞诗截取玄宗后期的穷兵黩武开边之策，表达了一个诗人的怨懑。

作者完全抛开了战争——实际上也没有战争发生，只有假设的战争状态——起句是一幅悠闲的备战场面："白日登山望烽火，黄昏饮马傍交河。""烽火"，古代传达紧急信息最快捷的手段。烽火台在古代属于军事防御设施，遇有敌情发生，白天施烟，夜间放火，台台相连，在古代是非常有效的信息系统。"饮马"，饮在此读卬，作动词用，起句提供的画面信息是紧张中的短暂松弛，画面丰满，有山有水有人。

第三、四句："行人刁斗风沙暗，公主琵琶幽怨多。""行人"指战士；"刁斗"是汉至唐随军的一种常见装备，亦称"焦斗""镌斗""金柝",有柄,容量一斗,三细足,体呈盆形,白天可供一人烧饭,夜间敲击可以巡更报警。由于是军队的必备物品,有"刁斗森严"之成语,形容军队营地戒备森严。高适诗"杀气三时作阵云,寒声一夜传刁斗",说的是刁斗夜间的功能;杜甫诗"竟夕击刁斗,喧声连万方",也是表现刁斗的声音;"公主琵琶"是用典,汉武帝时,江都王刘建之女细君公主远嫁乌孙国昆莫,路途遥远,担忧多多,故一路弹琵琶解忧。李颀两句诗设计了两个画面,前者突出视觉,后

錾(zān)花柿蒂纹龙足金镌斗　六朝　观复博物馆藏

"刁斗"是汉至唐随军的一种常见装备,亦称"焦斗""镌斗""金柝",有柄,容量一斗,三细足,体呈盆形,白天可供一人烧饭,夜间敲击可以巡更报警。

者强调听觉，表达中抓住"风沙暗""幽怨多"两个情节再渲染气氛。

第五、六句："野云万里无城郭，雨雪纷纷连大漠。"诗人还嫌气氛不足，添上了自然景观与气候，景色的野旷雄浑之美加上寒冷瘆人的天气，让此诗气氛再上一层，达到极限。

第七、八句："胡雁哀鸣夜夜飞，胡儿眼泪双双落。"这句诗极有特色。诗人从前六句的立场上抛开，一百八十度站在对立面上，而且发出同情之声，用了叠字"夜夜""双双"，而上下句皆有"胡"字。作者似乎忘记了前面在写谁，居然出乎意料地同情"胡儿"，通过这一力度翻天的反衬，烘云托月般说出汉军的艰辛。这种天气与时候，居住此地的"胡雁""胡儿"尚且如此，况汉人乎？

李颀写到此以第三视角发声，第九、十两句刀切两断："闻道玉门犹被遮，应将性命逐轻车。"玉门关被遮挡是有历史故事的：太初元年，汉武帝命汉兵攻打大宛，前方攻战失利，请求罢兵，汉武帝大怒，下令阻断玉门关，"军有敢入者辄斩之"，所以诗人追了一句："应将性命逐轻车。"只有随将军去拼命，才有可能保全，回头即死。

最后诗人替将士说了一句："年年战骨埋荒外，空见蒲桃入汉家。""蒲桃"就是葡萄，汉武帝时期随张骞出使西域带回来的，诗人的意思是，年年的军事对抗是否值得，打通西域死了那么多人,也就见引进了葡萄。显然李颀不满此现实,发出个人的哀鸣。

此七言诗共十二句,题目《古从军行》。诗人站在历史的角度,不急不慌,步步为营,句句蓄谋,写出了汉兵穷兵黩武的嚣张,以及自己的担忧。《古从军行》是借题发挥,借汉武帝开边,讽唐玄宗用兵,让历史的教训警示当时昏君。帝王在物阜民丰之时最易头脑发热,历史的教训多多。这种历史的悲壮,更多的时刻会被当权者忘记或忽略,所以李颀最终把它落在了一个小小的水果"蒲桃"之上,用心良苦。

唐朝有个叫魏万的人,他和两个大诗人有交集,一个是李白,一个是李颀。李白喜欢魏万,他说:"尔后必著大名于天下。"李白还让魏万编辑自己的文集,随后还作了序。李颀更是这样,写诗为魏万送行,李颀比李白还大十岁,至少是魏万的叔叔辈,送别诗写得语重心长:

朝闻游子唱离歌,昨夜微霜初渡河。
鸿雁不堪愁里听,云山况是客中过。
关城树色催寒近,御苑砧声向晚多。
莫见长安行乐处,空令岁月易蹉跎。

首联写得巧妙,句式倒装,被称为"倒戟而入"。倒戟而入是文学创作的一种方法,诗词小说皆可用。例如王维诗"风劲角弓鸣,将军猎渭城",再例如杜甫诗"几时杯重把,昨夜月同行",这两句诗的时空都是倒置的,艺术效果对比强烈。李颀开篇完全是想象魏万去京城路上看见的景观,时间倒戟而入,先说早晨,再说昨夜。早晨可以听见你的离别歌声,就知道昨天夜里你已经渡过了河。此两句充满了长辈对晚辈的关怀,并写出秋寒瑟瑟。

葡萄草虫图页　宋　林椿

颔联:"鸿雁不堪愁里听,云山况是客中过。"这两句既是关心又是想象。过去行路难,"在家千日好,出门一时难",旅途之愁是正常状态,发愁的旅途中最怕听到南去的鸿雁鸣叫,崇山峻岭云彩中显现你孤独的背影。这两句对一个踏上旅途的人会有温暖,更有强大的心理安慰。

颈联:"关城树色催寒近,御苑砧声向晚多。""关城"指潼关,马上就要到了,但天色已晚,天气也越来越冷了;"御苑"指皇宫的庭苑,借指京城;"砧声"即捣衣声,晚上夜深人静,捣衣声传得更远。李白的名句"长安一片月,万户捣衣声",杜甫也写过《捣衣》:"用尽闺中力,君听空外音。""捣衣"不是洗衣,是将织好的生布放在砧板上用力反复捶打,使之柔软,便于制作衣裳。李颀在此用了两个意象,先是"树色催寒",眼中所见;后是"砧声向晚",耳中所听。这层视觉加听觉的立体效果,催生了最后一联:"莫见长安行乐处,空令岁月易蹉跎。"

李颀的嘱咐语重心长,前三联之苦似乎到了苦尽甘来的时候,李颀以过来人的经验告诉魏万,长安大城市寻欢作乐的地方多,稍不留神就会浪费人生岁月,"蹉跎"本指光阴虚度,无所作为。刘禹锡诗:"以闲为自在,将寿补蹉跎。"孟浩然诗:"君负鸿鹄志,蹉跎书剑年。"古人珍惜时光,一寸光阴一寸金,故李颀在诗中担忧、怜惜、同情,层层递进,水到渠成时送去嘱咐。

历代诗评家对李颀这首送别诗大加褒奖。《批点唐音》："此篇起语平平，接句便新；初联优柔，次联奇拔；结蕴可兴，含蓄不露；最为佳作。"《唐诗直解》："其致酸楚，其语流利。'近'字好，'多'字工。"《唐诗成法》："通首有缠绵之致。"

这些评语，李颀听不到，魏万也听不到；当年魏万揣着李颀的送别诗长途跋涉进了京，至少十年之后，唐肃宗上元元年（760年），魏万科举登第，终于可以告慰李颀了。之后魏万并未赴仕途，改名魏颢，居王屋山，自号王屋山人，求仙学道，世人不知其所终。

摹张萱捣练图　宋　宋徽宗

山水图册之八（局部） 清 樊圻

王 湾

(693—751年)

江春入旧年

《次北固山下》

王湾（693—751年）的创作年代正值唐代的"开元盛世"（712—741年），他留下的诗不多，仅十首，全部是五言诗。其中最为著名的一首就是《次北固山下》，被选入《唐诗三百首》中，这首诗又以颈联为上，千年传诵，历代文人推崇备至；当朝宰相张说评价王湾"方法奇特"，他将此联"手题政事堂，每示能文，令为楷式"，也就是说他亲笔书写"海日生残夜，江春入旧年"一联，悬挂于办公室墙上，命大家作为楷模学习。

　　王湾是洛阳人，张说也是洛阳人，算是老乡。张说年长王湾一辈，如此评价此诗的确有情谊之嫌；王湾早在唐玄宗登基初进士及第，几年后，吏部侍郎兼昭文馆学士马怀素奏请皇上"校正群籍，召博学之士"，王湾当选，并在此工作十余年。《唐才子传》记载王湾"词翰早著，为天下所称"，说明他年轻时文学成就非凡，所以《唐才子传》记述他"曾奉使登终南山，有赋。志趣高远，识者不能弃焉"。

古代科举中，通过殿试，即最后一级朝廷考试者，被称为"进士"。唐代大诗人很多并不是进士，比如骆宾王、张若虚、王之涣、温庭筠，甚至李白、杜甫都不是进士；可宋代不是这样，大多数著名文人都是进士，欧阳修、苏轼、黄庭坚、米芾(fú)、蔡襄都是进士及第，由此可见宋代文治成果。王湾作为盛唐文人，虽仅留十首诗于世，但《次北固山下》千年不朽，尤以颈联名垂古今：

> 客路青山外，行舟绿水前。
> 潮平两岸阔，风正一帆悬。
> 海日生残夜，江春入旧年。
> 乡书何处达，归雁洛阳边。

王湾这首诗作于他中进士的次年，开元元年（713年）。那一年他出游吴地，由老家洛阳沿京杭大运河一路南下，经过扬州名镇瓜洲换船，这里是南北水路扼要之地，许多文人都留下过印记。唐张祜的《题金陵渡》："潮落夜江斜月里，两三星火是瓜洲。"宋王安石的《泊船瓜洲》："春风又绿江南岸，明月何时照我还。"当王湾抵达北固山，马上要去苏州之际，诗兴油然而起，写就此千古名篇。

首句以对仗形式开篇，清新亮丽，工整自然："客路青山外,行舟绿水前。""客路"表明作者身份,是去不是归,古语说归心似箭,表达的是急切;去心则缓,所以诗起得平,满目青翠,缓缓而来。其中对仗中的"青山""绿水"最为浅俗,但读者感觉不到,反倒有超凡脱俗之效。

  颔联:"潮平两岸阔,风正一帆悬。"此联气势极大,与

远浦归帆图(局部)　南宋　佚名

上句形成鲜明对照,但节奏不乱,依前句势头顺行。写水景之开阔,在唐诗中当属第一。李白的"山随平野尽,江入大荒流"、杜甫的"星垂平野阔,月涌大江流",都是写水阔之佳句,但都没有涉及人的因素,王湾这句,未说人但有人,藏于一帆之下,曲尽其妙。上句为主观视野,依船而观望;

下句为客观视野,似在北固山远眺;上句"平"与"阔"之间,采取全视角,两岸开阔若失。下句"正"与"悬"之间,孤帆远影,写景重点在虚,即看不见的风。"风正",一个"正"使风恰到好处,不大不小,不偏不倚,不疾不徐。这个主谓词组"风正"在唐诗宋词中不见他人使用过,而"风急""风紧""风狂""风乱"则多见。王湾的"风正"之"正"妙不可言,与紧跟上的"帆"字构成视野中的虚幻之景——悬。此悬谓之空,悬空一帆,江面广阔无垠,极好地表达了诗人的心境。

"海日生残夜,江春入旧年",此颈联被后人屡屡赞颂绝非偶然。出语平淡无奇,不借不典,以"残"示早,以"旧"入新。尤其上句"生"字,下句"入"字,用得巧妙至极;夜尚未过去,红日渐渐升起,可谓"日月同辉";江南的春意已经来了,但目力所及仍停留在旧的一年中;诗人在新旧交替之际的敏感时刻,捕捉到时空与季节转化的魅力,让初升之日生长于黑夜之中,让江南之春侵入尚未过去的旧年之内;将一日之早、一季之早表现得不动声色,如以一字解释之,为"拖"。"拖"字本义为"引",有无可奈何的拉拽之意,但王湾将拖拽刻意掩饰,反其道而行之,用"生""入"二字,将即将到来的一日乃至一季跨时空地通达表述出来,成为全新布局的佳联。

"乡书何处达，归雁洛阳边"，尾联此句设问，无须作答，作者只在意诗的首尾呼应。"客路"为离家，"归雁"是惦念。古人分别后只能通过书信与家人联系，音讯不见，思念很苦。这种苦楚只有在阅读家书时才能缓解，作者将自己的消息托鸿雁传递，能让家人得到一丝安慰已是幸福了。

一个人写出好诗是偶然也非偶然。王湾的文学功底毋庸置疑，唐代科举把作诗列入科目，从技巧而言，凡参加科举者不可能不会作诗。王湾一个久居洛阳的北方人，首次远行入仕，由京杭大运河一路向南，心情舒畅中仍有忐忑。京杭大运河已算宽阔，但当他在扬州邗江瓜洲古渡口换船时，才知江宽与河宽的差距，这差距不亲临实地是无法体会的。瓜洲古渡口，历史上是兵家必争之地，陆游有诗："楼船夜雪瓜洲渡，铁马秋风大散关。"大散关为"川陕咽喉"，刘邦的"明修栈道，暗度陈仓"就从此经过。此关扼南北交通咽喉，历史上曾发生战役七十余次。瓜洲古渡口，唐代高僧鉴真和尚在此起航东渡日本，明代冯梦龙的《杜十娘怒沉百宝箱》原型故事也发生于此。宋金对峙时期，瓜洲乃成前线，宋军在此击败了完颜亮，乾道四年（1168年）瓜洲筑城。由于瓜洲历史上名气大，康熙和乾隆六次南巡均驻跸瓜洲。

王湾当年在瓜洲换船东行，由京杭大运河改道长江，此地已处长江下游，江面开阔；行船由窄入宽，景色豁朗，此

柳岸江洲图 清 王翚

情此景是王湾写下"潮平两岸阔，风正一帆悬"的基础。在颔联之后，紧接着是颈联"海日生残夜，江春入旧年"，颈联貌似写景，实际写心，此句写出了人生新旧交替的积极含义。故明人邢昉（fǎng）的《唐风定》评价此诗："高奇与日月常新，非摹仿可得。"

《次北固山下》之"次"是旅次的意思，短暂停留。王湾换船之际，显然在北固山下旅舍留宿过。唐诗中有羁旅诗、田园诗、边塞诗、闺怨诗、送别诗、悼亡诗、爱情诗、励志诗等，其中很多类别是后人慢慢分出来的。通读类别诗可以帮助理解古人所处的时代环境。比如羁旅诗，古人出行比今人要辛苦很多，首先是时间漫长，出门几个月乃至几年不归是常事；其次是路途辛苦，"在家千日好，出门一时难"的民谚一直提醒国人出行的难处。羁旅诗从名字就可以看出，"羁旅"指客居异乡，亦指旅途；"羁"字本意是马的笼头，后引申为拘束、停留异地的行为。古人为官为商，羁旅是常态，所以羁旅诗单独成类。羁旅诗又称记行诗、行旅诗，诉说漂泊的辛苦、在他乡的思念及对外界的感受，还有人生的感慨。

著名的羁旅诗有张继的《枫桥夜泊》、李商隐的《夜雨寄北》、李白的《早发白帝城》、王维的《九月九日忆山东兄弟》、白居易的《邯郸冬至夜思家》、杜甫的《月夜》、韦应物的《闻雁》、温庭筠的《商山早行》，等等；王湾的这首《次北固山下》

是一首特别的羁旅诗，全诗写得豁达开阔，但又有扯不断的思乡之情，给人以出行时的强烈对比，一联一层，层层递进，最终平静收尾，余韵悠长。

羁旅诗中有关注个人情感的，比如王维的"遥知兄弟登高处，遍插茱萸少一人"；又比如白居易的"想得家中深夜坐，还应说着远行人"。更有关注外在事物的，比如张继的"姑苏城外寒山寺，夜半钟声到客船"；还比如李白的"两岸猿声啼不住，轻舟已过万重山"。而王湾的这首羁旅诗格局气势就非同一般，起收平缓呼应，颔、颈奇峰突起，"潮平两岸阔"的大视野与诗人出行时的心胸成正比；"风正一帆悬"的内心感受与长江的地理风貌浑然一体；"海日生残夜"中有遗憾又有企盼，让时空交叉运行；"江春入旧年"有兴奋又有担忧，有盼望恰不期而至。王湾以个人的视角写出了时代的大空间，让我感同身受，似乎与他一道客次北固山下，一起漂泊在旅途的船上。

人生写出如此好诗，需要心胸豁达，既审视江山，又审视自己。一个没有气度和胸怀的人，断然写不出这么灿然的诗句。清初有个翰林叫查慎行，学富五车，为清初"国朝六家"之一；康熙三十二年（1693年），康熙皇帝特旨召查慎行入南书房，随皇帝东巡避暑山庄，扈驾随行，侍从左右。查慎行官至翰林院编修、武英殿总裁，负责编纂《佩文韵府》。

山水四条屏　清　袁耀

查慎行一生作诗过万首,现存逾五千首,在诗歌史上堪称"高产诗人"。查慎行评述王湾此诗,谓:"大历以后无此等气格矣。"大历(766—779年)是唐代宗李豫年号,距王湾所生活的开元年间不远。如王湾九泉有知,听见千年后还有大家如此褒扬,理应十分欣慰。

梅花书屋　清　潘思牧

王昌龄

（？—约757年）

一片冰心在玉壶

《出塞二首》
《芙蓉楼送辛渐》

王昌龄（？—约757年）是并州晋阳（今山西太原）人，一说京兆长安（今陕西西安）人，早年去嵩山学过道。他幼年苦读，加之天生聪慧，又好交友游历，出玉门关，经武威、张掖、酒泉、敦煌，一路走一路看，一路看一路写，所以他的边塞诗，都是亲历有感，都是有感而发，占了他创作最重要的部分；这部分诗多为七言绝句，王昌龄七绝创作数量大，质量高，所以有"七绝圣手"之誉。

    唐诗中的边塞诗受汉魏六朝诗歌影响。隋代战争频仍，这类诗作开始增加，目前统计，隋以前的边塞诗不过二百首，而唐朝现存的就有两千首之多，是唐诗中思想最深刻、责任感最强、艺术最富激情的部分。边塞诗风行唐朝，从初唐、盛唐，到中唐、晚唐，一直贯穿，虽峰谷不一，但从无绝断。尤其盛唐时期，以王昌龄、李颀、高适、岑参为杰出代表的诗人，将边塞诗推至高峰，前无古人，后无来者。

    大唐的开局非常好，太宗李世民的"贞观之治"、高宗李治的"永徽之治"、玄宗李隆基的"开元盛世"都在传达国家强盛之气,边塞最能体现一个国家或朝代的稳与不稳,边塞安宁说明无外患之虞,边塞动荡是政权不稳的征兆。盛唐的诗人们向往边塞风光,喜欢塞外生活,也希望在此找到自己的位置,建功立业,报答国家。边塞诗应运而盛。

这些边塞诗人大多数生活于盛唐时期,王昌龄亦是如此。开元十二年(724年),他赴河西走廊,出了玉门关一路向西,看见了传说中的边塞风光,听见了不少边塞故事,他按捺不住自己,连续创作了多首边塞诗,大都质量上乘,《出塞》仅是其中之一,而这首诗成就了王昌龄边塞诗的大名。

qín shí míng yuè hàn shí guān   wàn lǐ cháng zhēng rén wèi huán
秦 时 明 月 汉 时 关,万 里 长 征 人 未 还。
dàn shǐ lóng chéng fēi jiàng zài   bù jiào hú mǎ dù yīn shān
但 使 龙 城 飞 将 在,不 教 胡 马 度 阴 山。

王昌龄的这首《出塞》,在时隔一千三百年的今天,读来仍让人热血沸腾。不管你懂不懂,喜不喜欢,这二十八个字所传达的文字信息,会自动凝聚成一股力量,催人奋进。创作这首诗不仅仅需要诗人有非凡的驾驭文字的能力,更重要的是要有家国情怀。王昌龄当然就有,那一年他二十七岁。

"秦时明月汉时关,万里长征人未还",开篇两句雄浑高远,一下子满格释放。"秦时明月汉时关",用的是汉语互文的修辞方法。所谓互文就是貌似说的是两件事情，实际上说的是一件事情，二者之间本无关联，但在此关联紧密，不可分割。"秦月""汉关"既是时间概念又是地理概念，自秦到唐的近千年的时间，近千年的战争历史，七个字压缩至极限；下面马上跟上一句"万里长征人未还"，这句泛指的意象并不指某一个人某一件事，而是指一个为国捐躯的现象，许许多多的战士为国捐躯。作者在此悄悄融进了个人情感，与万里出征的空间感碰撞，文字自然流淌而出，力量不需展示已十分强悍。

接着，王昌龄笔锋一转："但使龙城飞将在，不叫胡马度阴山。""但使"，如果，假设句，用其明知故问之效果；"龙城"即笼城，"笼"与"龙"通假，《汉书·卫青传》载，元光六年（前129年），卫青为车骑将军，出上谷，至笼城。卫青和李广都是汉代大将，此借指边关将领。"阴山"，指阴山山脉，位置在黄河"几"形的上部，横亘今内蒙古中部，阴山南北差异很大，南面河套平原，北面则是高原；"黄河九曲，唯富一套"，指的就是河套平原。北朝民歌："天苍苍，野茫茫，风吹草低见牛羊。"秦汉之际，河套地区在汉与匈奴手中来回拉锯，直至汉武帝派大将卫青和霍去病奇袭龙城，才将龙城夺回。"胡马"，指外族骑兵，胡人是站在汉人角度上对西方和北方异族人的总体称谓。王昌龄以肯定的语气假设提问，立刻又给终极回答，让这首七绝读起来痛快过瘾，又耐人寻味。

《出塞》本不是本诗题目，属于乐府旧题，诗人可以选题而作，类似命题作文。王昌龄的《出塞》太有名了，故《出塞》就成了王昌龄此诗的题目了。此诗有二首，后一首：

骝马新跨白玉鞍，战罢沙场月色寒。
城头铁鼓声犹震，匣里金刀血未干。

彩绘胡服骑射俑　汉　观复博物馆藏
"胡马"，指外族骑兵，胡人是站在汉人角度上对西方和北方异族人的总体称谓。

第二首没有第一首有名,而且读之像未完之作,正是这种意犹未尽的感觉,让这首诗独具一格。"骝马",黑鬃黑尾的红马。中国古代关于各色马的名字特多,而且具体准确,例如:骊,黑色马;骐,青黑色马;駁,杂色马;駉,黑白相间色马;骓,苍白杂色马;骠(biāo),黄色白点马;骢(cōng),青白色马;馰(dí),额白色马;不一而足。凡有一种毛色的马,就有一个单用的名字,古汉语比现代汉语神奇,所以第一句实际是色彩宣言,黑鬃黑尾的红马,配上白色如玉鞍鞯(ān jiān),白里透红勾黑边,仅颜色就鼓舞士气。下一句结束了上句,"战罢沙场月色寒",作者不去直接表现战争的残酷,只截取一个班师回营的场面,以静制动,以冷制热,让读者去充分想象战场的残酷。王昌龄毫不吝惜地用"月光寒"的文学意象,让其与前一句的"白玉鞍"匹配,造成银鞍月寒肃杀的气氛。

紧接着,作者引入声音"城关铁鼓声犹震",声音来得突然,诗人这才告诉大家,此时只不过是战争中的喘息时刻,短暂的寂静酝酿着更残酷的战斗;王昌龄还嫌气氛不足,最后一句透出杀气:"匣里金刀血未干。"刚才的厮杀跃然纸上,读之让人不寒而栗。

王昌龄的第二首诗没有第一首脍炙人口,因为第一首太有名了。明朝的大学者杨慎,就是写过"滚滚长江东逝水,浪花淘尽英雄"的杨升庵,他学问极大,编过《升庵诗话》。

在这部中国诗论专著中,他对《出塞》有句评价:"此诗可入神品。'秦时明月'四字,横空盘硬语也。""硬语"就是今天说的硬核;《唐诗直解》也说:"惨淡可伤,结句出人意表,盛唐气骨。"《网师园唐诗笺》结论简明:"悲壮浑成,应推绝唱。"有关王昌龄的《出塞》诗评多多,不胜枚举,所以说这首诗可为边塞诗代表作。

边塞自古是一个国家的多事之地,保家卫国自古也是士子的天然职责。盛唐之际,唐政府对外战争中屡战屡胜,士兵与文人自信心极强,此时的作品总体呈现一种向上的力量,但是诗中无论怎么表达,诗人们还是渴望和平,渴望战争结束,过上安定祥和的日子。边塞诗的出现永远与国家的大背景大状态吻合,永远让文学激励前线与后方。文学不仅是花前月下的消遣,还是金戈铁马的呐喊。

王昌龄"七绝圣手"之谓绝非徒有其名,他的七言绝句每每有惊艳之作。比如他的边塞诗,佳句频出:"黄沙百战穿金甲,不破楼兰终不还","前军夜战洮河北,已报生擒吐谷浑"。比如他的闺怨诗,情致感人:"忽见陌头杨柳色,悔教夫婿觅封侯""谁分含啼掩秋扇,空悬明月待君王"。比如他的送别诗,语境新颖:"青山一道同云雨,明月何曾是两乡","高楼送客不能醉,寂寂寒江明月心"。粗略统计,初唐七绝有七十七首,盛唐七绝四百七十二首,共计五百四十九首,

饮马图 元 赵孟頫

而王昌龄一人就有七十四首,约占七分之一,可见其功力。除边塞诗外,他的送别诗中亦有传世佳作,例如《芙蓉楼送辛渐》:

寒雨连江夜入吴,平明送客楚山孤。
洛阳亲友如相问,一片冰心在玉壶。

这是作者送别诗中最有名的一首。辛渐，王昌龄的朋友，身世不详。芙蓉楼，在润州西北，登临可以俯瞰长江。润州即今江苏镇江，离南京仅八十公里。开元二十年（732年），王昌龄远谪岭南，第二年秋天，他遇赦北还，北还的途中还结识了李白，写下《巴陵送李十二》；再后来又与孟浩然、岑参、綦毋潜、李颀等人交往，多数留有相关诗篇。大约在天宝元年（742年），王昌龄出任江宁县丞，期间逢朋友辛渐过润州渡江，取道扬州赴洛阳，王昌龄由江宁一路陪送辛渐，至润州才分手，王昌龄在此写了两首诗为之送行，第一首描述清晨分手之际，第二首则是写头天晚上饯别之宴。由于第一首太过精彩，掩盖了第二首诗的光芒。

　　起句阴晦低沉："寒雨连江夜入吴"，首先是字的选择，"寒"，说的是感受，表面写天冷，实际写心冷；用"寒雨"这一文学意象，让人先入为主，有"悲"之特性。杜荀鹤有诗"寒雨潇潇灯焰青，灯前孤客难为情"；孟郊有诗"登高有所思，寒雨伤百草"；李煜有词"无奈朝来寒雨晚来风"；吴文英有词"客愁重、时听蕉寒雨碎，泪湿琼钟"。所以说寒雨之寒多是悲，王昌龄仍嫌其不够，用了"连"字表明时间长度，紧跟着又使用"夜"字，依旧保持低沉语境。承句："平明送客楚山孤。""平明"，清晨；"楚"，与上句的"吴"可以互文，吴楚就指江苏镇江一带；"孤"与起句衔接紧密，气氛一气呵成；诗人此时将景色与心境高度统一，连续选用压抑情绪的字眼——"寒""雨""夜""送""孤"，将二人分手一刻的环境与心境描写出来，如一幅灰暗静止之画，不闻音响，只见心声。

第三句明显地从前述情景转出："洛阳亲友如相问。"此句近乎白话，尤其一个"如"字，表明诗人不确定、犹疑的心态，一个"如"字将诗人内心的复杂表达得淋漓尽致，因为此刻王昌龄正处在仕途蹇(jiǎn)涩时期。王昌龄进士及第，仅为校书郎，后又以博学宏词再次登科，仍未能升迁，怀才不遇的他加之"不矜细行"，自认为在江宁任县丞大材小用，所以他迟迟不去报到，借酒消愁，还多是放浪形骸之举。王昌龄以一个文人的自知，挑选了"如"字假设，用不确定的因素，发出最后的明确之音："一片冰心在玉壶。"此一声激昂清越，一反前三句的低沉晦暗，如长绢裂帛，如夏日脆雷，如深夜响锣，如京剧嘎调，让送辛渐的清晨云破日出，露出一道和煦曙光。

"玉壶"，顾名思义就是美玉制成的壶；它寓意美好，象征高洁。李白写过《玉壶吟》："烈士击玉壶，壮心惜暮年。"王维写过《清如玉壶冰》："玉壶何用好，偏许素冰居。"岑参写过《西亭子送李司马》："使君五马天半嘶，丝绳玉壶为君提。"骆宾王写过《送别》："离心何以赠，自有玉壶冰。""玉

风雨归舟图　明　戴进

壶"一词在唐代的文化含义是高洁神圣,王昌龄的运用让"玉壶"的高洁达到巅峰,后无来者。王昌龄以"玉壶"自比,其内心孤傲不容替代。

后世对王昌龄的《芙蓉楼送辛渐》评价甚高。明人陆时雍在《唐诗镜》中评价:"炼格最高,孤字时作一语,后二句别有深刻。"清人邹弢(tāo)在《精选评注五朝诗学津梁》中说:"自夜至晓饯别,风景尽情描出。下二句写临别之语,意在言外。"

青白玉龙柄壶　清　观复博物馆藏

"玉壶",顾名思义就是美玉制成的壶;它喻意美好,象征高洁。

依我看，王昌龄此诗之妙，既不在景亦不在情，而在情景交融，人入其中；秋雨绵绵，芙蓉楼的客人们一夜未宿，喝酒至天明，清晨送客到江边，行船起锚的一刹那，一句嘱托，超凡脱俗，高亢清越，如同鹤鸣。闭目可见，塞耳有声。

王昌龄年轻时日子过得平静，有机会学道，也有机会出塞；开元十五年（727年）进士及第，符合三十而立的人生标准；在秘书省做了校书郎，后因个性张扬，不矜细行，屡屡被贬。王昌龄被贬之后不做辩解，也不发牢骚，而是以"一片冰心在玉壶"的心态度过自己难捱的日子，这是一个文人很高的境界，"不诱于誉，不恐于诽"。李白说"受屈不改心，然后知君子"，虽说李白不是对王昌龄说的，但这话评价他也恰如其分。

天宝十五载（756年），正是"安史之乱"不可控之时。因世道动荡，王昌龄这一年秋告老还乡，从龙标（今湖南怀化一带）启程。一路上乘舟而行，过辰溪（今湖南怀化），过武陵（今湖南常德），留下了部分诗作，大约在当年冬季或第二年的某个时刻，王昌龄路经安徽亳(bó)州，不知何事何因，被亳州刺史闾丘晓杀害，时年五十九岁。

历史记载闾丘晓"素愎戾，驭下少恩，好独任己"。闾丘晓一贯刚愎怪戾、统治部下没有人情、独断专横、放任自己，

望海楼图　明 佚名

《旧唐书》《新唐书》《资治通鉴》对他都有类似记载，可见不虚。恶人有恶报，事情过去仅一年，唐朝宰相兼河南节度使张镐讨伐安史叛军，当时叛军围困睢阳（今河南商丘），守城的张巡告急，张镐命闾丘晓增援，闾丘晓考虑万一打不赢会殃及自己，按兵不动，待张镐赶到之时，张巡已为国捐躯三日。张镐见闾丘晓见死不救，勃然大怒，决定处死闾丘晓，闾丘晓磕头求饶："我有双亲待养，乞求饶我一命！"张镐看了闾丘晓一眼，冷冷地反问了一句："那王昌龄的双亲你让谁养？！"随后杖刑打死了闾丘晓。

  所有这些细节，正史中都有记载，正气凛然。闾丘晓为何杀害王昌龄正史无载，野史说闾丘晓因忌而杀害王昌龄。闾丘晓一介武夫，为何嫉妒王昌龄呢？查一下《全唐诗》，里面居然收录闾丘晓所作的一首五律《夜渡江》："舟人自相报，落日下芳潭。夜火连淮市，春风满客帆。水穷沧海畔，路尽小山南。且喜乡园近，言荣意未甘。"说实话，闾丘晓的诗写得不错，可如果因此妒忌他人才华而起杀心，理应杖毙。

山水图册之六（局部） 清 戴熙

崔 曙

（？—约739年）

曙后一星孤

《奉试明堂火珠》
《九日登望仙台呈刘明府容》

崔曙（？—739年），博陵（今河北安平）人。崔曙幼年父母双亡，孤身一人，无亲属可投靠，最后孤身沦落，寓居宋州（今河南商丘）。其实他祖上也是博陵崔氏望族，与诗人崔颢、崔护、崔峒同出一门。可历史不论交情，也不论出身，风水无常，命运多舛，崔曙小小年纪遍尝人间艰辛，立志发奋，孤身上嵩岳西峰拜师求学，开启人生之路。他还曾去过终南山追随道士邢和璞学习法术。

方术在古代社会地位颇高，庄子说"天下之治方术者多矣"，"治方术者"即为方士，许多帝王信服方术，善待方士。宋人著录《太平广记》有邢和璞的记载。奉宋太宗之命，该书由当朝一干大文人编纂，质量上乘且涉及领域广泛，鬼怪故事比重尤其大，加之方士异人多种多样，对后世影响极大，宋以后的鬼怪故事都跳不出这一范畴。书中记载邢和璞"唐开元二十年至都，朝贵候之，其门如市"，这一景象想必崔曙看见过。在古代亲眼看见方士施法术，对"能增人算寿，又能活其死者"一定笃信不疑。崔曙就是这样,带着不可思议的所见所闻走向社会,但看世界的观念根深蒂固。

  《全唐诗》存崔曙诗十五首,数量不算多,但他的诗在唐以后的各类诗集中被反复收录,可见其价值所在;他五言写得多,七言写得少,所以有人评价他擅写五言,说得十分中肯。在《全唐文》中,还收录崔曙一篇《瓢赋》。瓢是中国最为古老的家用器具,经济适用也耐用。古时一只水瓢使用几十年后宝光幽亮,煞是好看,国人家用舀瓢的历史至少延续三千年,只在近些年才逐渐消亡。崔曙以《瓢赋》自我警示:"器为人用,势本天作。"他认为人和器物一样,本没有贵贱高低,凡事皆在人为,"工虽能而莫骋,宾有量而是度"。

  开元二十六年(738年),崔曙赴京赶考,这一年上天垂青于他,他考中进士第一、状元及第。他在殿试中作诗《奉试明堂火珠》。唐玄宗阅后大为欣赏,赞不绝口。唐玄宗李隆基诗文造诣极高,是个艺术天才,书法、诗歌、音乐、舞蹈,无不精通,至今存世诗还有七十余首,质量上乘,所以唐玄宗自认为他的判断不会有错。崔曙殿试《奉试明堂火珠》写得的确精彩:

zhèng wèi kāi chóng wū   líng kōng chū huǒ zhū
正 位 开 重 屋,凌 空 出 火 珠。
yè lái shuāng yuè mǎn   shǔ hòu yī xīng gū
夜 来 双 月 满,曙 后 一 星 孤。

> tiān jìng guāng nán miè, yún shēng wàng yù wú。
> 天　净　光　难　灭，云　生　望　欲　无。
> yáo zhī tài píng dài, guó bǎo zài míng dū。
> 遥　知　太　平　代，国　宝　在　名　都。

唐代科举试律一般为六韵，此诗四韵。清人毛奇龄在《唐人试帖》中考证说，当时亦可能官限如此，六韵奉试是后来的惯例。崔曙此诗毕竟殿试，有奉承之嫌。"明堂"，一般指天子正殿，《木兰辞》有"天子坐明堂"之句，唐时指听政殿；"火珠"则指明堂屋顶上装饰用的水滴状的宝珠。开篇起句平实："正位开重屋，凌空出火珠。"首联解释"明堂"，说出方位体量，使用"凌空"一词让明堂充满生气。

颔联上佳，乃诗眼。宋代李昉的《太平广记》引《明皇杂录》里这么一段记载："唐崔曙应进士举，作《明堂火珠》诗，续有佳句，曰：'夜来双月满，曙后一星孤。'其言深为工，文士推服。"唐明皇阅卷时对此联态度如何，后人并不知情，知道的是唐玄宗本人将崔曙定为状元。"双月"，指火珠与月并照，如同双月挂边，想象诡异；"一星"双意，本义指天亮前只剩下启明星，喻意明堂上金光闪闪的火珠如同启明星。颔联对仗极工，字字相对，词词相对，句句相对，展现了大唐的盛世之景。清人梁章钜写过一本《试律丛话》，他说"此十字在当时为警句，诚非溢美"。梁章钜著录颇丰，说话严谨，此言不虚。

颈联："天净光难灭，云生望欲无。"颈联依然面对火珠，天色明净，强大的亮光很难盖住火珠之明；云彩升起之时，远望火珠若隐若现；作者加强描绘火珠的神秘，旨在说清楚明堂的重要及宏大。

尾联诗人将前三联做了总结："遥知太平代，国宝在名都。""遥知"，早就知道，暗藏奉承之意；"太平代"，即"太平盛世"。开元二十六年（738年），乃是开元盛世的巅峰，后面距"安史之乱"还有十八年，当时的大唐处处呈现盛世景象，所以崔曙说"遥知"。"国宝"指火珠，佛教建筑宝刹上也装有宝珠。"国宝在名都"进一步加强上句奉承的意思，把各国进贡宝物之举说得理所当然。

崔曙的应试诗毕竟是应试诗，他要考虑朝廷的好恶，他不能不把朝廷当回事，所以他还是按部就班地参试应考，全诗中偶得佳句："夜来双月满，曙后一星孤。"一联引领全诗，让他凭此诗一举夺魁。

《唐诗三百首》只收录崔曙七言律诗一首，《九日登望仙台呈刘明府容》，"九日"是某年的重阳九月初九，崔曙同友人一同登高赏景，欣然饮醉之后，应酬唱和，写下了这首格律严谨的七律：

hàn wén huáng dì yǒu gāo tái　　cǐ rì dēng lín shǔ sè kāi
汉 文 皇 帝 有 高 台，此 日 登 临 曙 色 开。

<pre>
sān jìn yún shān jiē běi xiàng   èr líng fēng yǔ zì dōng lái
三 晋 云 山 皆 北 向，   二 陵 风 雨 自 东 来。
guān mén lìng yǐn shéi néng shí   hé shàng xiān wēng qù bù huí
关 门 令 尹 谁 能 识，   河 上 仙 翁 去 不 回。
qiě yù jìn xún péng zé zǎi   táo rán gòng zuì jú huā bēi
且 欲 近 寻 彭 泽 宰，   陶 然 共 醉 菊 花 杯。
</pre>

"仙台"，即望仙台，在河南陕县；河上公，历史上真正的隐士，姓名出生地无人能知，曾为《老子》作注，即《河上公章句》。汉文帝命筑台以望河上公，此台即望仙台。"刘明府容"，即刘容，明府是唐人对县令的尊称。所以崔曙开篇就引经据典地说"汉文皇帝有高台，此日登临曙色开"。重阳登高是汉以后形成的文化传统，"曙色开"是文化意象，不一定确指清晨登台。一笔"曙色开"就将此诗调子定了，开阔，纵深，古往今来的感喟……

颔联工整："三晋云山皆北向，二陵风雨自东来。""三晋"，春秋末期韩、赵、魏三家分晋，《战国策·赵策》："三晋合而秦弱，三晋离而秦强。"可见三晋分开对秦国有利；"皆北向"是说三晋的山势。"二陵"，指崤山南北的二陵，在河南陕县附近。《左传》载，南陵是夏帝皋陵，北陵是周文王避风雨之地。颔联借史说事，无论是曾经强大的晋国，还是夏帝皋和周文王，几千年的风风雨雨，也就剩下一个可以凭吊的遗迹。

颈联继续说史："关门令尹谁能识，河上仙翁去不回。""关"，函谷关；"尹"，守关官员尹喜，当年他见紫气东来，

青花五彩十二花神杯之菊花纹杯　清　观复博物馆藏

知有圣人至,不久老子骑青牛而至,尹喜便留下了老子写下的《道德经》。尹喜后随老子而去。这句意思是,这事过去了,谁还有机会认识尹喜呢？"河上仙翁",即河上公,汉文帝时候最著名的隐士,后羽化登仙,不知所踪。颈联继续颔联的意思：这些历史上赫赫有名的人物,今天只剩下故事,有谁知道他们的过去和未来呢？

诗人写到此,转历史为现实,说出实际："且欲近寻彭泽宰,陶然共醉菊花杯。"说那么远的没有什么用,那就找近处的,陶渊明任过彭泽县令,"彭泽宰"即彭泽县能主宰之

渊明诗意册页（局部） 清 石涛

252 崔 曙

人的意思。"宰"字是个会意字，字义复杂，本义为充当家奴的罪人，后引申为专业技艺——宰杀。由于祭祀多用牺牲，负责人以宰相称，逐渐演化出大宰、小宰、太宰、内宰等职；又后来有了宰相一职，官至下皇权一等，此时"宰"的含义已变成主宰，与最初宰杀本义不同。诗人此时此地，不再想远，而是看近，如果找到陶渊明，一起喝喝菊花酒多好啊！

最后一联可以看出崔曙的避世想法，仔细读前文，会发现崔曙一开始就埋下了伏笔，从仙台到二陵，从老子到河上公，都在为最后这一笔做准备；我们既不能与历史较劲，又不能与现实抗衡，高官厚禄、荣华富贵都会成为过眼云烟，与其与人争，不如及早放弃。

崔曙这本来是一首应酬诗，与友人登高畅怀，聊聊历史，喝点小酒。但诗人毕竟是诗人，将这应酬之作写得有色有声，高怀旷古，隐含着知音难遇、怀才难酬之意。全诗五十六字，景色、历史、故事、情感，一一道来，平实中有奇峰，缓流中起波浪，让小诗起承转合一气呵成。

崔曙一生不幸，幼时失怙失恃，家贫人穷，凭借自己的发奋读书，终于状元及第，深受玄宗赏识，初职授河内县（今河南焦作）县尉。很可惜的是，崔曙上任次年就病逝了，仅留下一女名叫"星星"。事情就是这么巧，世人后来皆认为"曙后一星孤"是其谶(chèn)语，让崔曙一语成谶。

辋川图（局部） 清 王原祁

王　维

（701－761年）

明月松间照

《凝碧池》
《积雨辋川庄作》
《山居秋暝》
《田园乐七首》

王维（701—761年），字摩诘，号摩诘居士。王维的字和号与佛教有关，"摩诘"的本义是"净名"或"无垢尘"。王维是一位大乘居士，曾以称病为由，宣扬佛法，其辩才无碍；王维取"摩诘"为字，显然有深意，他中年之后吃斋念佛，远离尘俗，故有"诗佛"之誉。

　　王维早慧，十五岁就赴京应试，他能写一手好诗，又工书画，还有音乐天赋，最终状元及第——大诗人中有状元身份的并不多。王维官不大，安禄山攻陷长安后，王维为名所累，被迫接受伪职。"安史之乱"平息后，王维下狱候斩，危如累卵，但他的诗救了他。在被安禄山控制期间，他写下《凝碧池》：

wàn hù shāng xīn shēng yě yān　bǎi liáo hé rì gèng cháo tiān
万户伤心生野烟，百僚何日更朝天。
qiū huái yè luò kōng gōng lǐ　níng bì chí tóu zòu guǎn xián
秋槐叶落空宫里，凝碧池头奏管弦。

　　这首诗低回哀婉，伤痛呜咽，谨小慎微地表现了王维自己的心境，传达出思念朝廷之情。唐军收复长安后，凡做伪官的都要定罪，王维没能例外，但此诗得到皇上嘉肯，又加上其弟王缙平叛有功，愿削籍为兄赎罪，让王维躲过致命一劫，但此段经历对他的人生理念影响很大。

王维本来中年之后就半官半隐，早年的政治抱负日渐消磨，吃斋念佛成为他中年以后的主要生活方式。他特意走出长安，向着东南方蓝田县的辋川方向，寻找落脚点，以期度过余生。辋川是块风水宝地，山峦叠嶂，溪谷密布。辋川，河水流潺潺，因其波纹如网，故名"辋川"。王维在辋川定居后，邀好友小住，练赋敲诗，鼓琴唱和，仅为辋川风光王维就写下了四十首五言绝句，"明月松间照，清泉石上流"就是描写辋川风景的名句。

在辋川，王维过着隐居的生活。由于他从小接受儒家思想熏陶，希望与祖辈一样走上仕途，可是性格使然，王维在官场碰钉子之后，意志消沉，以退为进，以著文消遣人生。他工于绘画，强调诗中的画面感，写景高人一筹。苏轼对其评价是"诗中有画，画中有诗"，更深一层的说法是，王维后来将佛家思想融入诗中，营造出"诗中有禅"的意境，形成个人风格。了解这一点，对理解王维的内心有极大的帮助。

《积雨辋川庄作》就是王维晚年在他的辋川别业所作，具体写作时间不详：

辋川图卷　清　王原祁

积雨空林烟火迟，蒸藜炊黍饷东菑。
漠漠水田飞白鹭，阴阴夏木啭黄鹂。
山中习静观朝槿，松下清斋折露葵。
野老与人争席罢，海鸥何事更相疑。

"积雨"一词今少用，指长久地下雨。辋川在秦岭北麓，雨润少风，积雨为常态。"积雨空林"，又有"烟火"，一个"迟"字把生活节奏放缓，与积雨空林的环境匹配；"藜"，是一种可食用的野菜，俗名"灰灰菜"，它生长广泛，幼苗嫩叶，口感柔滑，至今都有人喜吃；"黍"，五谷杂粮之一，稻黍稷麦菽，黍是黏米，可以酿酒做糕；"饷"字本义就是给田间劳作的人送饭，过去田家为了节省往返时间，家人常常送饭到地头，劳作之余吃饭是一种难得的享受，这种享受今人不觉；"菑"字生僻，指新开垦的耕地；"东菑"，泛指田园。"饷东菑"就是去田间的地头送饭。

多么恬淡的世俗景色啊！烟雨濛濛，地头仍在耕作，家人送上饭菜，尽管清贫，却也温暖。王维的首联寥寥几笔，就勾勒出一幅田园风光。颔联精彩呈现，成为全诗最靓丽的一道风景："漠漠水田飞白鹭，阴阴夏木啭黄鹂。"

颔联有个公案。唐诗人李嘉祐诗集中有"水田飞白鹭，夏木啭黄鹂"之句，于是中晚唐文学家李肇认为王维抄袭了李嘉祐的好句；明人胡应麟反驳说："摩诘盛唐，嘉祐中唐，安得前人预偷来者？"王维与李嘉祐同时代人，李嘉祐生卒不详，天宝七年（748年）进士，无法判断谁抄谁的；可以说的是，李嘉祐如在后，抄袭王维不存争议；王维如在后，这句诗算是点化，亦不算抄袭。"点化"一词本是宗教术语，佛教开悟，道教升仙，都需高人点化。诗词的点化，宋代风靡，苏轼就将韩愈的诗点化为词，黄庭坚的词也点化过王维的诗句。此类点化，重在"化境"。王维的"漠漠水田飞白鹭，阴阴夏木啭黄鹂"，两个叠词的使用，使得画面宽阔而深邃。起句为看，居高临下，俯视成图，先满足视觉；对句为听，居下仰高，仰闻成曲，后满足听觉；这一看一听是人感官最敏锐的部分，再加之"漠漠""阴阴"二叠词的文学渲染，让水田开阔，让夏木幽深。故王维此联历史上好评多多。宋人叶梦得的《石林诗话》："'漠漠''阴阴'四字，此乃摩诘为嘉祐点化，以自见其妙。"明人高棅的《唐诗正声》以及后人的增订版、批点版多有评价："妙在四叠字，易此便如嚼蜡""水田飞白鹭，夏木啭黄鹂，人皆能为，比诸惟下'漠漠''阴阴'四字，诗意便胜"。

  颈联"山中习静观朝槿，松下清斋折露葵"，读此联先要了解这两种植物。"槿"，落叶灌木，花极鲜艳，但朝开夕谢；

仿赵伯骕《后赤壁图卷》(局部) 明 文徵明

"葵",草本一年生,幼苗茎叶可食,古人的主要蔬菜,有"百菜之王"之称。习静在山中,看木槿朝开夕谢,领悟人生不过如此,人生苦短,去日苦多;吃素于松下,取葵菜昨汤今菜,欣慰日常已然知足,粗茶淡饭,布衣麻鞋。王维此联以清静无为为核心,把上半篇人间仙境般的场面收至心底,把对人生的思考推至前台,让读者有时间有机会由一个旁观者变成参与者,这正是诗佛高出常人的地方。

尾联王维罕见用典。起句"野老与人争席罢",典出《庄子·杂篇·寓言》,杨朱(阳子居)去从老子学道,去的时候旅舍主人迎他,客人们都给他让座,老子批评了他,杨朱收敛了许多。学成以后,客人们都与他争席抢座,这说明杨朱已得自然之道。对句"海鸥何事更相疑",典出《列子·黄帝篇》:海边有个人喜欢海鸥,每天去和海鸥玩耍,他父亲说,我听说海鸥都喜欢你,你抓一只给我玩吧!第二天他到海边,海鸥都在空中飞翔再不下来了。

不了解王维用的这两个典故,无法理解他为什么写这首诗;王维在最后抛出两个绣球,旨在说明一件事,就是他的觉悟。他的觉悟写得隐晦,恰到好处展现了"用典"这一修辞手法,含蓄、丰富、多层,按刘勰《文心雕龙》的说法是:"据事以类义,援古以证今。"

"野老与人争席罢,海鸥何事更相疑",王维最后用了不须回答的反问句，更加强调他的人生观：我已退隐江湖，与人无争，与世共生，不担心自己，也不猜疑别人，完全可以享受这山林之乐了。清斋习静，脱俗离尘，参禅悟道，人生至乐不过如此罢了。

王维有大才，但一生未能有大用。"安史之乱"带给他的不仅仅是恐惧，还有仕途上的心灰意冷。在免于大难之后，他索性全身远祸，躲开政治的喧嚣，隐匿于山林田园之中，醉心于诗词创作，成为唐代最著名的山水田园诗人。

其实山水田园诗是早期两派诗人合一的产物。先是东晋陶渊明的"田园诗派"，后是南朝谢灵运、谢朓的"山水诗派"，入唐后王维、孟浩然将山水田园合二为一，将客观唯美的山水田园风光作为创作源泉，企图营造出理想中田园牧歌式的生活，借以逃避现实，表达对政治的不满和疏离，让内心平静。

《山居秋暝》是王维山水田园诗的代表作：

空山新雨后，天气晚来秋。
明月松间照，清泉石上流。
竹喧归浣女，莲动下渔舟。
随意春芳歇，王孙自可留。

山水田园诗要有山水、田园两个要素，这首五言律诗皆具备；此诗写于终南山下的辋川别业。开篇以静制动："空山新雨后，天气晚来秋。""空山"在此是一种感觉，并不一定真的空无一人、空无一物；"新雨"，刚下的雨，秋雨一至，天气就开始转凉了，所谓"一场秋雨一场寒"，因此作者说"晚来秋"。作者用"空山"的文化意象表明了极深的禅意，看看其他诗人的"空山"，可以帮助加深理解王维的意图。李白诗云"又闻子规啼夜月，愁空山"；杜甫诗云"遗庙丹青落，空山草木长"；韦应物诗云"空山松子落，幽人应未眠"；李颀诗云"空山百鸟散还合，万里浮云阴且晴"。"空山"在诗人笔下屡屡代表空旷寂寥，代表心灵上的静谧，所以开篇洒脱自如，心态极为放松。

颔联为名句："明月松间照，清泉石上流。"此联极佳，对仗工整，韵味十足，千百年来常常被书家写成楹联，悬挂于室。上句写静态之美，下句接动态之妙："明月"对"清泉"，一静一动，一明一暗；"松间"对"石上"，貌似宽，实为窄，漫不经心中浑然天成；"照"对"流"，关系似远实近，景与声交映，完全一幅山水画小品，隽永且耐人寻味。颔联仍延续首联的禅意，笔墨取收势，由全景改中景接小景，步步退却，反倒给人以步步高升之感。

颈联一反前半阕的禅意，忽然欢乐无限："竹喧归浣女，莲动下渔舟。"人未见声音先到且喧闹而至，只见竹林晃动，声音欢乐地从竹林中冲将出来,非常具有感染力;作者用"归"字表明浣衣女的喜悦心情,时间也对应"晚秋"时光;然后再用"莲动"的景象,让同样有人不见人的景象从另一侧面继续展现,继而加强动态的心情描写。"归"与"下"是相向的两个运动方向,巧妙说明了秋天的忙碌,强调了田园的特性。颈联与颔联形成的强烈反差是诗人刻意的追求,也是世俗社会最基本的两个层面。

尾联是作者的心声:"随意春芳歇,王孙自可留。""随意",当"任凭"讲;"春芳",春天的花草;"歇",凋零、衰败。任凭春天的芳草凋零殆尽,但是秋天的"王孙"还是愿意久留。"王孙",本指贵族,王维借此喻指隐居之士,并借典反其意而用之;《招隐士》为淮南王刘安门客所作:"王孙兮归来,山中兮不可久留。"王维借此典表达了自己超乎寻常的大度,平静中有起伏,禅意里藏世俗。后世将王维这首《山居秋暝》列为田园诗之首不无道理。

唐人殷璠在《河岳英灵集》中说"维诗词秀调雅,意新理惬,在泉为珠,著壁成绘,一句一字,皆出常境";宋人苏轼在《书摩诘〈蓝田烟雨图〉》中说"味摩诘之诗,诗中有画;观摩诘之画,画中有诗";元人辛文房在《唐才子传》中说:"维诗入妙品上上,画思亦然";明人徐献忠在《唐诗品》中说"右丞诗发秀自天,感言成韵,词华新朗,意象幽闲";

清人贺裳在《载酒园诗话又编》中说"唐无李、杜,摩诘便应首推"。唐宋元明清大家都对王维赞不绝口,可见其诗之魔力。

王维是个全才,精于诗歌,工于书画,还有音乐天赋,与"诗仙"李白、"诗圣"杜甫相比,"诗佛"王维的确有逃避现实以求自保的心境,他的诗歌注重技巧,注重情趣,注重美感,注重亲情,但唯独回避了思想内容的表达;王维

辋川十景图(局部)　明　仇英

的仕途蹇涩，此举非不能也，实不为也，甚至可以说是王维的胆小谨慎导致他诗歌境界不及李杜二人。但在艺术成就上，唐代宗曾说他为"天下文宗"，以技巧格调而言，此言并非过誉。

王维的技巧之句"大漠孤烟直，长河落日圆"，上句面与线相交，对句线与点相切，一直一曲，刚柔相济；"行到水

穷处，坐看云起时"，上句至绝而生，对句生而绝至，相辅相成，恰到好处。

王维的情趣之句"倚杖柴门外，临风听暮蝉"，上句人老心未老，下句耳聋不觉聋，老虽已至，童心未泯；"松风吹解带，山月照弹琴"，上句不动手自宽衣，对句有明月来相照，求其自然，得其自然。

王维的美感之句"草枯鹰眼疾，雪尽马蹄轻"，上句写晚秋萧瑟，对句写早春生机，秋去春来，顺应自然；"江流天地外，山色有无中"，上句广阔而拓展不尽，对句朦胧且自在，壮美阳刚，秀美阴柔。

王维的亲情之句"独在异乡为异客，每逢佳节倍思亲"，上句平易近人，对句掏心掏肺，情感所至，金石为开；"劝君更尽一杯酒，西出阳关无故人"，上句殷勤劝诱，对句叮咛告诫，兄弟情深，诚恳有加。

一个伟大的诗人必须具备敏锐的洞察力，必须建立对应的格局，必须开拓眼界和心胸，至于技巧全在这些之下。王维在宦海仕途不尽人意，将视线转向佛家，参禅悟道，入世修行，以期教化大众求得正果。这是他的凤命，也是他的归宿。

王维写过一组少见的六言诗《田园乐七首》：

厌见千门万户， 经过北里南邻。
官府鸣珂有底， 崆峒散发何人。

再见封侯万户， 立谈赐璧一双。
讵胜耦耕南亩， 何如高卧东窗。

采菱渡头风急， 策杖林西日斜。
杏树坛边渔父， 桃花源里人家。

萋萋春草秋绿， 落落长松夏寒。
牛羊自归村巷， 童稚不识衣冠。

山下孤烟远村， 天边独树高原。
一瓢颜回陋巷， 五柳先生对门。

桃红复含宿雨， 柳绿更带朝烟。
花落家童未扫， 莺啼山客犹眠。

酌酒会临泉水， 抱琴好倚长松。
南园露葵朝折， 东谷黄粱夜舂。

桃花山鸟图(局部)　宋 佚名

　　从这组诗可以看出作者已沉迷于吃斋念佛,弹琴赋诗。六言诗在唐诗中百不足一,这组诗就叫做"辋川六言",其中"牛羊自归村巷,童稚不识衣冠""一瓢颜回陋巷,五柳先生对门""花落家童未扫,莺啼山客犹眠"等句,准确无误地将诗人的心态与时态勾连,达到以静制动、以闲为美的状态,这三态——心态、时态、状态——合成了王维晚年生活的真实写照。

山水田园诗在唐诗中算一个大的门类，它与边塞诗形成鲜明对照：前者远离尘嚣，不参与世事纷争，醉心于个人心田；后者全身心投入，为家为国，不在乎个体安危。田园美景与边塞风光构成了一个伟大国家的两个侧面，田园诗与边塞诗，同样成为唐诗的两块重要版图，二者缺一都不完整，都不能反映大唐诗歌的全貌。

　　唐代的田园诗与边塞诗都数量庞大，都有对应的伟大诗人出现，当然更有上佳的诗歌和警句。这些存在，构成了大唐这个充满诗意的时代，诗中意境成为现实的时候，同时也就成为历史。这段历史具体反映到王维身上，既有"劝君更尽一杯酒"的侠骨柔情，又有"此物最相思"的逸致闲情；既有"每逢佳节倍思亲"的别恨离情，又有"王孙自可留"的触景伤情；既有"相逢意气为君饮"的随欲纵情，又有"留醉与山翁"的六欲七情；既有"海鸥何事更相疑"的世故人情，又有"相逢方一笑"的脉脉含情，用诗情画意参禅悟道来概括王维的诗再贴切不过了。诗人王维——摩诘居士，在史家眼中早已幻化成为了"诗佛"，而在历代文人墨客心中，他是个少见的全才，"随意挥写，得大自在"。

姜夔诗意图册之二 清 罗聘

李 白

（701－762年）

兴在一杯中

《侠客行》
《赠汪伦》
《江夏别宋之悌》
《宿五松山下荀媪家》
《临终歌》

李白（701－762年）是浪漫主义诗人，与杜甫形成鲜明对照。"李杜文章在，光焰万丈长"，唐代韩愈说这话时，李白和杜甫都已去世多年。韩愈是"唐宋八大家"之首，他在唐中期李杜诗歌不时兴时，力捧李杜，对不屑他们作品的人话说得也重："蚍蜉撼大树，可笑不自量。"时间过去千年了，回头看韩愈的文学评价，的确比同时代人要高出许多。

李白的浪漫主义与杜甫的现实主义是唐诗风格的两极，李白感性，杜甫理性，感性在理性面前"惊风泣鬼"，理性在感性面前"古树秋声"。后人总结说，少爱李白，老读杜甫。年少时读诗，喜欢李白的浪漫；人到中年后，会懂得杜甫的忧心。

李白生死都是谜。这让他的一生笼罩着层层迷雾。很奇怪，李白对自己的家世在唐代就讳莫如深，唐史对大诗人的祖父、曾祖父居然均无记载。李白自己很少谈家世，偶尔提及也只说远祖，这在古代重视家谱和伦理的社会环境中很难理解。尽管历史幕布重重，有能力掀起一层的人就能多看见一点真相。唐宋至民国乃至现代，都有笔者孜孜不倦考证李白身世，最震撼的说法是：李白是唐高祖李渊的五世孙，太子李建成的玄孙。如果这一判断成立，就可以完全解释李白诗歌风格形成的大背景。李白身上流淌着祖先的血，剑气纵横，光寒九州，难怪余光中说他"绣口一吐，就是半个盛唐"。

李渊父子打下大唐江山，长子李建成，次子李世民，三子李玄霸，四子李元吉，三子早夭，大唐江山本应顺理成章地交与李建成，可玄武门兵变，李世民杀死亲兄弟李建成、李元吉，随后李渊被迫禅让，李世民登上皇位，把兄李建成、弟李元吉宗籍除名，开启了他的"贞观之治"。

李建成是太子，太子被皇帝宗籍除名，这在帝制社会后果极为严重。如真是这样，李白的闪烁其辞、遮遮掩掩完全可以理解。

李白自幼常与道士谈论道经，"十五好剑术"。李白的剑术高超，一生所作诗词中

李白行吟图　宋 梁楷

以存世计，占总数百分之十的诗提到过"剑"，由此可见李白的内心。李白渴望自己建功立业，常以天马、大鹏、雄剑自比，"大鹏一日同风起，扶摇直上九万里"。他才高八斗，但又恃才傲物，骨子里充满不屈精神。当这个世界与他的理想差距太大时，他纵酒狂歌，寻仙学道，遍览名山大川，结交朋友，佩剑游走天涯，挥翰濡染淋漓，建构起他浪漫的精神世界。

《侠客行》是李白崇尚侠义、拯危济难的力作，极充分地反映了他的人生观：

赵客缦胡缨，吴钩霜雪明。
银鞍照白马，飒沓如流星。
十步杀一人，千里不留行。
事了拂衣去，深藏身与名。
闲过信陵饮，脱剑膝前横。
将炙啖朱亥，持觞劝侯嬴。
三杯吐然诺，五岳倒为轻。
眼花耳热后，意气素霓生。
救赵挥金槌，邯郸先震惊。
千秋二壮士，烜赫大梁城。
纵死侠骨香，不惭世上英。
谁能书阁下，白首太玄经。

李白这首五言古风共计二十四句，每四句可以看作一小节，一韵到底，酣畅淋漓，读之快感油然而生，心向往之。其实每一个男人入世都会有侠客精神，武侠小说的流行也说明了这一点。

李白开篇就写："赵客缦胡缨，吴钩霜雪明。银鞍照白马，飒沓如流星。"四句亮相干净利落，来龙去脉清晰，如同电视戏剧的序幕，扣人心弦。"赵客"来自赵国，燕赵大地自古出慷慨悲歌之士，"风萧萧兮易水寒，壮士一去兮不复还"的刺客荆轲、三国名将张飞张翼德、水泊梁山好汉林冲林教头，这些都是燕赵之士，源于燕赵自由的侠客文化。燕国太子丹好养侠客，赵惠文王好养剑客，"自古言勇敢者，皆出幽燕"，两千多年来，燕赵之士俗重气侠，义薄云天。李白所处的唐代本来就崇尚侠义，加之李白的身世以及文化背景，使得《侠客行》出手不凡。"赵客缦胡缨"，赵国的侠客打扮随意，帽子粗糙而有不饰花纹的带子，"胡"是北方少数民族的通称。"吴钩霜雪明"，"吴钩"，宝剑名，春秋时期吴国流行的弯刀，由于青铜生性脆，多直剑，弯刀很少见，因此得名"吴钩"。弯刀胜过直剑，故吴钩在文学上泛指利刃。李贺的"男儿何不带吴钩，收取关山五十州"、杜甫的"少年别有赠，含笑看吴钩"、王昌龄的"鸷鸟立寒木，丈夫佩吴钩"，直接把吴钩的内在表现力写出来。李白高出一筹，语言简炼有力，李白只用"霜雪明"一个美丽的文学表达，就把侠客的内心烘托出来。

紧接着，"银鞍照白马"，银与白都是极冷之色，再一次加强上句冰冷的氛围，然后语言加速"飒沓如流星"，一晃而过。这四句为第一小节，干净、漂亮、神秘地将侠客展现又不全部展现给你，让人不寒而栗。

"十步杀一人，千里不留行。事了拂衣去，深藏身与名"，每个人来到江湖都会滋生侠客精神，每个侠客身负重任时都希望自己身怀绝技。"十步杀一人，千里不留行"，这是游侠的境界，无名无利乃江湖最高境界，侠客不费力就做到了，"事了拂衣去，深藏身与名"，无比从容。这一节四句是全诗最痛快的一节，进出无风无雨，来去无影无踪。

两节过去后，李白笔锋一转："闲过信陵饮，脱剑膝前横。将炙啖朱亥，持觞劝侯嬴。"大师就是大师，一个"闲"将前两节紧张气氛一下子缓解，马上又跟上一个"横"字，松弛下还保留着剑客的职业警觉。信陵君魏无忌，"战国四公子之首"，四公子皆礼贤下士，收养门客，在战国史上都是风云人物。信陵君"窃符救赵"的故事流传很广，如履薄冰，惊心动魄，幸有侯嬴、朱亥二人相助，才使赵国获救。

诗到此，突然发生了一个时空变化。李白究竟在写谁，是朱亥还是侯嬴，抑或是信陵君？历史上这三人都不吻合《侠客行》中的侠客,信陵君门客三千,侯嬴年老力衰,朱亥鲁莽直率。李白真是高明啊,借古喻今,借他人的故事,解自己的块垒。"炙",烤肉;"啖",吃;"觞",酒杯。一场大宴,胡吃海塞,畅怀大饮,李白以第四者的身份旁观,游离三人之外,却参与狂饮之中,让时空倒错,让历史穿越。

"三杯吐然诺,五岳倒为轻。眼花耳热后,意气素霓生",酒喝到此,开始说大话了,但此大话并非真大话,五岳相比反倒比承诺还轻。眼花耳热酒席常态,意气素霓感动苍天;古人认为凡大事出现,一定天象有异,"白虹贯日"即所谓"素霓"。

"救赵挥金槌,邯郸先震惊。千秋二壮士,烜赫大梁城",李白用了二十字就将"窃符救赵"的历史故事一笔带过。信陵君以国家利益为重,生死置之度外,与侯嬴、朱亥二人一起窃符救赵,当年"烜赫大梁城",两千多年以来,信陵君因此举广受称颂,让这故事经久不衰。

李白至此发出评价:"纵死侠骨香,不惭世上英。谁能书阁下,白首太玄经。"《侠客行》至此打住,不再多说一句。侠客精髓,司马迁总结过:"其行虽不轨于正义,然其言必信,其行必果,已诺必诚,不爱其躯,赴士之困厄。"司马迁的意思很明确,行侠仗义虽不符合法律,但他们言必信,行必果,尊重自己的承诺,不惜牺牲也要帮助别人解困;而侠客们经历过生死,不居功自傲,也不邀功请赏,这是多么难得的品质啊!李白将司马迁的意思用十个字带过,汉代文学家刘劭说过"聪明秀出,谓之英;胆力过人,谓之雄",是谓英雄。李白在最后不客气地反问了一句,不留面子:那谁愿意像西汉扬雄那样,头发都白了,老死还在写他的《太玄经》呢!

侠客精神起源于东周。春秋战国时代,春秋五霸,战国七雄,其他列国纷起,企图占有天下一席。周王室威严被撼动,养士便成时尚,侠客便成英雄。在庙堂和江湖之间,游侠来去自由,"士为知己者死"成为那个时代的最高行为准则,而这一准则为李白尊崇,使他在四十三岁那年写下了《侠客行》。

《侠客行》的"行"不是行走的意思,是歌行体的行,歌行体是一种诗歌体裁。明代文学家徐师曾下过一个定义:"放情长言,杂而无方者曰歌;步骤驰骋,疏而不滞者曰行;兼之者曰歌行。"《侠客行》显然符合"步骤驰骋,疏而不滞"这个标准,李白借用历史典故与人物,将自己理解或赞许的侠客精神融入自己的作品之中,成全了他的理想。在《侠客行》中,可以看见李白的一身剑气,可以感受到李白的一腔热血,还可以领略他的才华——行云流水,一气呵成;侠骨豪气,跃然纸上:"十步杀一人,千里不留行。事了拂衣去,深藏身与名。"

李白是个有情有义的人,他写有大量的送别诗。由于他交际广、交友多,他的送别诗亦可分为谢别、惜别、壮别、泣别等,从立意到措辞都显示了李白的与众不同。比如他的谢别诗《赠汪伦》,"桃花潭水深千尺,不及汪伦送我情",以水喻情,深表谢意;比如他的惜别诗《金陵酒肆留别》,"请君试问东流水,别意与之谁短长",依依惜别,惆怅满怀;比如他的壮别诗《送友人》,"浮云游子意,落日故人情",情景交融,胸襟广阔;再比如他的泣别诗《江夏别宋之悌》,"平生不下泪,于此泣无穷",酣畅淋漓,宣泄无碍。李白将

送别图 宋 佚名

送别诗这一类别诗写得有声有色，有情有义，并以质与量居唐诗人之冠。

送别诗在唐诗中占有相当地位。因为古人信息沟通远不如今天，除去信件或口信几无其他沟通途径。尤其对路途中的双方，可能一次分手就成为永别，所以古人就特别在意分手的这一刻，送别诗应运而生。李白至少写了几十首送别诗，其中对象有多年好友，如宋之悌；也有一面之交，如汪伦；还有更多的各类朋友，时间、地点、事由的不同，让李白的送别诗情景各异，风采别样，构成他作品的精彩部分。由于送别诗的这一特性，唐代大诗人几乎都写过送别诗，名篇迭出，其中王昌龄的《芙蓉楼送辛渐》、王维的《送元二使安西》、王勃的《送杜少府之任蜀州》、杜甫的《奉济驿重送严公四韵》、白居易的《赋得古原草送别》、高适的《别董大》、韦应物的《赋得暮雨送李曹》、孟浩然的《送杜十四之江南》等，篇篇脍炙人口，千古流传，这使得送别诗表达情感丰富而多层次。

李白有两首情绪完全不同的送别诗可以比较。先看看《赠汪伦》：

lǐ bái chéng zhōu jiāng yù xíng　　hū wén àn shàng tà gē shēng
李　白　乘　舟　将　欲　行，忽　闻　岸　上　踏　歌　声。
táo huā tán shuǐ shēn qiān chǐ　　bù jí wāng lún sòng wǒ qíng
桃　花　潭　水　深　千　尺，不　及　汪　伦　送　我　情。

这是一次极为欢快的送别，与一般惜别不同，李白将送别的情绪侧重于二人的交谊之上，把二人的交往全部隐后，只描述了分别的一瞬间，把握住惜别中的满足，将二人相处的欢快情绪延续至最后一刻。

"李白乘舟将欲行，忽闻岸上踏歌声"，开篇句场景已是最后时光了，船马上就要解缆远行了。作者用直呼自名的写法，放自己于客观空间，让读者与作者一道观览这一时刻。"将欲行"把起航的动态都表现了出来，此时又引进了声音，"忽闻"，突然地、出乎意料地、大喜过望地听到了"岸上踏歌声"。李白用最平实的语言，最常见的场景，将二人分别一刻写得非常戏剧化，一个刚要离开，一个匆匆赶来，画面的张力与声音的节奏相辅相成；"踏歌"，带有节拍的歌唱，是欢快情绪的最直接的表达，一切尽在不言中；两个即将分别的人，情绪在相互感染。

下面两句则是李白的心里话："桃花潭水深千尺，不及汪伦送我情。"这句又是大白话，平淡无奇，并也直呼了汪伦的姓名，可此时作者迅速回到了主观世界，说出了"我"的心声。"桃花潭"，安徽泾县西南，《一统志》谓其"深不可测"，李白的"深千尺"亦算有据可依。李白后两句并不是对汪伦说的，而是对自己或对读者说的，这反而给人以更加真实的感受，让这份情感不世俗、不讨好、不功利，余韵悠长。

过去有关《赠汪伦》的解释说,汪伦就是一个普通的农民,但近些年的研究,又将汪伦身世找到,说他天宝年间任泾县县令,后任满辞官,隐居桃花潭。据宋本《李太白文集》载:"(李)白游泾县桃花潭,村人汪伦常酝美酒以待李白。(汪)伦之裔孙至今宝其诗。"到了宋代,汪伦的后代仍将李白的诗作为传家宝收藏,如记载属实,汪伦与李白的情感延续不失为佳话。

《赠汪伦》是李白流传最广的诗之一了,其原因不外乎诗

金昌送别图(局部)　明　唐寅

短（七绝），言白（通俗），情深意切，意韵无穷。明高棅在《批点唐诗正声》中说得中肯："好句好意，放之又放，达之又达。"所谓"放"，指的是情；所谓"达"，指的是意；放情达意说来简单，做到十分不易。可李白做到了，轻松自如，游刃有余，朴素平白，行文畅达，终生难忘，这就是李白诗的魅力。

李白的《江夏别宋之悌》同为送别诗，与《赠汪伦》截然不同，这首诗在李白几十首送别诗中，情感释放最为彻底，且一反常态：

楚水清若空，遥将碧海通。
人分千里外，兴在一杯中。
谷鸟吟晴日，江猿啸晚风。
平生不下泪，于此泣无穷。

宋之悌是唐初诗人宋之问之弟。宋之悌于开元年间任益州长史、剑南节度使、太原尹等要职；大约在开元二十年（732年）左右，不知因何事被贬交趾（今越南）。李白与宋之悌私交笃深，证据是宋之悌之子宋若思，后在浔阳为李白开脱并为之昭雪，这举动显然与李白和宋父世谊相关。这首诗，写于宋之悌赴交趾之前，地点在江夏（今湖北武汉）。

开篇全景起句："楚水清若空，遥将碧海通。"先交代起止地点。"楚水"，武汉长江段；"碧海"，暗指交趾；楚国这里的江水清澈如天空，它与海边之国交趾是相通的。颔联气度非凡："人分千里外，兴在一杯中。"虽马上就要分别，但诗人并未表现一丝惆怅，兴致勃勃地尽情饮酒，作者未用常规字眼，愁、悲、恨等等，不说"愁"在一杯中，而说"兴"在一杯中。此一字使诗格陡升，让其分别之戚戚然一扫而空，表现了两个人与众不同的襟怀与情义。

颈联对仗严谨，比喻深邃："谷鸟吟晴日，江猿啸晚风。""谷鸟"，山谷之鸟；"江猿"，江边之猿；山谷之鸟在晴天欢快地吟唱，江边之猿一到傍晚则长啸不止；作者用了两个常见之景、常听之声勾勒出双方的心境，一方面是得意时的欢快，另一方面是失意时的宣泄。鸟吟的文学意象表达欢快：孟郊句"人忆旧行乐，鸟吟新得俦"；白居易句"酒熟凭花劝，诗成倩鸟吟"；张易之句"鸟吟千户竹，蝶舞百花丛"；祖咏句"鸟吟当户竹，花绕傍池山"。鸟声短促且频率高，与人欢快情绪相仿。猿啸的文学意象乃是表达哀愁：柳宗元句"溪路千里曲，哀猿何处鸣"；杜甫句"风急天高猿啸哀，渚清沙白鸟飞回"；孟浩然句"山暝闻猿愁，沧江急夜流"；高适句"巫峡啼猿数行泪，衡阳归雁几封书"。猿啸声长且凄厉，与人悲情相仿佛。李白用这两个动物之声，传递人的情感，将喜怒哀乐充分传达，既表达了二人的深厚情谊，又释放即将分手的那份不舍。直到最后，作者笔锋一转，让情感奔泻而出："平生不下泪，于此泣无穷。"这在李白数十首送别诗中，罕见地使用"哭泣"这一情景，似乎与李白的潇洒性情不符，但恰恰由于前面的烘托，让这一刻显得真挚有情、豪迈痛快，让这首送别诗与众不同。

  乾隆十五年，乾隆皇帝敕编《唐宋诗醇》，此书仅选唐诗人李白、杜甫、白居易、韩愈四家，选宋诗人苏轼、陆游两家，共四十七卷。书中对李白的这首《江夏别宋之悌》评语中肯："登高而呼，众山皆响。"此评语不像对一首送别诗的

猿戏图（局部） 明 仇英

评语,而恰恰就是这首不像送别的送别诗,让李白的这首诗高出一筹,俯瞰众山。其实,李白的送别诗中佳句颇多,例如:"孤帆远影碧空尽,唯见长江天际流"(《黄鹤楼送孟浩然之广陵》);"此地一为别,孤蓬万里征"(《送友人》);"金陵子弟来相送,欲行不行各尽觞"(《金陵酒肆留别》);"仍怜故乡水,万里送行舟"(《渡荆门送别》);"山阴道士如相见,应写黄庭换白鹅"(《送贺宾客归越》);"飞蓬各自远,且尽手中杯"(《鲁郡东石门送杜二甫》)。

与自己众多的送别诗相比,《江夏别宋之悌》大开大合,来回跳跃,四联互不关联,但又不可分开。首联全景拉开,颔联具体入微;颈联再次宕开,尾联似收未收。四联上句皆放,对句皆收;貌似情松,实为心紧;对朋友惜别难舍,对自己感同身受;尤其结尾一句铿锵顿挫,悲怆沉结,显示出李白高超的驾驭文字、驾驭情感的能力。的确"登高一呼,众山皆响"。

送别诗在唐诗占有一席绝非偶然,李

白的送别诗在送别诗中占有最大比重也并非无因。由于李白性情豪爽,喜好交友,送别诗写得多顺理成章。而送别诗又是表达情感的最佳方式,可以细,可以粗;可以急,可以缓;可以喜,可以悲;这恰恰符合李白的性格和文笔,从众多的送别诗中,可以看到李白诗歌表达的过人之处。

李白现存诗词近千首,在唐朝诗人中产量列第三。他成就最高的体裁是乐府和歌行,由于这类体裁受限不多,李白创作又喜天马行空,飘逸潇洒;加之他的思路变幻莫测,笔意肆行,让大众熟知的都属于这类创作,例如《将进酒》《蜀道难》《梦游天姥吟留别》《长相思》《行路难》等等;具有浪漫主义情怀的李白,让这部分作品艺术与内容达到了完美的统一。

尽管如此,李白仍有现实主义作品,在他众多的作品中,如细心寻找,仍能发现少量的"务实"作品,这类作品依旧传递着大诗人李白不一样的情怀。大约在唐肃宗上元二年(761年)秋天,李白来往于安徽宣城、历阳之间,偶然的机会,他借宿于安徽铜陵五松山下一位荀姓农妇家,这一宿由于农妇的殷勤招待,让他心中愧疚不安,遂写下《宿五松山下荀媪(ǎo)家》:

wǒ sù wǔ sōng xià，jì liáo wú suǒ huān
我 宿 五 松 下 ， 寂 寥 无 所 欢 。

<pre>
tián jiā qiū zuò kǔ   lín   nǚ   yè chōng hán
田   家   秋   作   苦 ， 邻   女   夜   舂   寒 。
guì jìn diāo hú fàn   yuè guāng míng sù pán
跪   进   雕   胡 饭 ， 月   光   明   素 盘 。
lìng rén cán piǎo mǔ   sān xiè bù néng cān
令   人   惭   漂   母 ， 三   谢   不 能   餐 。
</pre>

开篇平淡寂静，一派安详，交代缘由与情绪："我宿五松下，寂寥无所欢。"事情无需前因，就是偶然住在此地；作者并未掩饰内心的孤独，不介入丝毫旁杂情感，如外人般冷眼旁观。首联还隐隐地流露出一丝悔意，似乎不应该借宿于此。

颔联开始情感介入："田家秋作苦，邻女夜舂寒。"李白本是浪漫主义诗人，一般不在意这些民间疾苦，但在这一个无奈的夜晚，他似乎发现了农家的辛苦与不易。尤其秋天收获季节，农民之辛苦是高高在上的富人阶层所不知的；天气已寒，邻家女子入夜时分仍在舂米劳作。颔联悄悄融进李白的怜悯，以"苦"和"寒"二字衬托农民的不易，又有一丝生活希望。

下半篇李白忽然转向现实："跪进雕胡饭，月光明素盘。""跪进"，保留唐代席地而坐的遗风，同时也表现了主人的谦卑；"雕胡饭"，即菰米饭，中国人食用菰米的历史至少三千年了，菰米产量低，色黑，在农家算是奢侈的粮食。上句"跪进雕胡饭"显然是把李白当作贵客，一个"跪"字

望断松林

清 杜湘

将主人的谦恭体现至微；下句"月光明素盘"，一个"素"字把农家的质朴轻轻托出，对句的"素"反衬上句的"奢"，隐藏着农妇淳朴的情谊。李白用字的谨慎中透着体恤民情，慈悲为怀；而这一场景，将"我宿五松下"的偶然变成了意外所得，在此情此景之中，李白说出了内心真切的感受："令人惭漂母，三谢不能餐。"尾联用典，"漂母"，西汉韩信的典故。《史记·淮阴侯列传》载：韩信少时贫困，在淮阴城下钓鱼，一洗衣老妇见他饥饿，便给他饭吃。后韩信助刘邦平定天下，回来以千金报答漂母。李白借此典自比，写得深沉诚恳，"三谢不能餐"，非不餐而是"不能餐"，自我责备，惭愧无地，面对田家的辛苦，作者完全摒弃以往的浪漫情怀，多次推辞逊谢主人。

我非常喜欢李白这首诗，它让一个伟大的浪漫主义诗人展现出他悲天悯人的情怀；李白绝大部分作品豪迈奔放、飘逸洒脱，自我意识强烈，个人色彩浓厚，但这首《宿五松山下荀媪家》以其少见的温润风格在李白近千首诗中独树一帜，别具一格。高傲狂狷的李白从来都是"安能摧眉折腰事权贵"，"一醉累月轻王侯"，但他偶然借宿荀媪家时，对农家老妇却谦逊恭敬，客气有加，留下这样一篇难得的佳作。

李白生活于盛唐，其诗人气质与盛唐气息吻合，如果李白生于初唐或晚唐，断然写不出这类风格的作品，无论是他的五古《侠客行》,还是送别诗《赠汪伦》《江夏别宋之悌》,包括这首田园诗味道的《宿五松山下荀媪家》,李白以他敏锐的观察力,天马行空的思维,加上他游刃有余的笔力,俯仰之间,纵横捭阖,开合动荡。他对他所处的时代,既喜欢又厌恶:喜欢其盛世气象,"天生我材必有用,千金散尽还复来";厌恶其官场风气,"安能摧眉折腰事权贵,使我不得开心颜"。

以诗歌创作而论,李白无疑是天才,五岁启蒙,少年成名,喜好剑术,尚义任侠;成年后辞亲远游,出入名山大川,结识名流雅士;年届而立之年,谒张说于长安,寓居玉真公主(玄宗妹)别馆,岁月蹉跎,一晃十年;直至天宝元年(742年),李白时来运转,在玉真公主与贺知章极力推荐下,唐玄宗读了李白的诗赋,大喜过望,遂召李白入宫。那一年那一天是李白大运降临的日子,唐玄宗李隆基竟然降辇步迎,以七宝床赐食于前,并亲手调羹。李白就是李白,此时年逾不惑,成竹在胸,对答如流,深得玄宗赞赏,当即下诏命李白供奉翰林,陪侍左右。此后皇上每每郊游或宴请,李白便赋诗纪实,海内交口称赞。但好景不长,因李白放荡不羁的个性,小节不拘,纵酒误事,皇上呼之不朝,醉中草诏,并令皇上的贴身侍从高力士为之脱靴,此文人之佳话,在宫中便是逸言,从此李白被皇上疏远,再回江湖。后至"安史之乱"爆发，李白欲报国无门，兵败入狱，被解救后仍未能回到朝廷效劳。直至乾元二年（759年），朝廷大赦，李白返还自由之身，随即顺长江而下，那首脍炙人口的《早发白帝城》即是他心情的写照。晚年的李白，往返于金陵、宣城之间，旧友旧情，诗歌抒怀。三年后，李白病重，将手稿交族叔李阳冰，赋《临终歌》与世长辞：

大鹏飞兮振八裔，中天摧兮力不济。
余风激兮万世，游扶桑兮挂左袂。
后人得之传此，仲尼亡兮谁为出涕。

李白的《临终歌》展现楚辞之风，读之可以感受他一生的浪漫，可以揣摩他心中的不甘，可以审视他个人的一生，继而审视自己的人生。有学者认为，李白的《临终歌》的初稿可能写于青年时代，所以把这篇绝笔放在了《李太白全集》的篇首。人生没有终始，你所遇到的一切都是个人的宿命，即便才情如海，智慧似仙，也逃不脱命与运而已。

崔颢
（？—754年）

昔人已乘黄鹤去

《王家少妇》
《长干曲四首》
《黄鹤楼》

崔颢（？— 754 年）最有名的诗就是《黄鹤楼》了。这诗闻名天下的主要原因是李白为他做了一个广告，广告词是这样写的："眼前有景道不得，崔颢题诗在上头。"这故事流传很久，最早的文字见诸宋人胡仔的《苕溪渔隐丛话》，元人辛文房的《唐才子传》沿袭了此说法，从那以后这故事就流传开来。

这个唐代的故事从宋代开始有记载，尽管大部分书上都说这只是个传说，可这故事还是有可信度的，这其中还有个原因，就是李白后来写的《登金陵凤凰台》，有人认为是模仿崔颢之作；这还不算，李白还写过一首《鹦鹉洲》，这首诗从题目到内容一看就与《黄鹤楼》手法雷同；有这两大诗作垫底，李白黄鹤楼与崔颢诗的故事就显得有了基础，所以一千年来，崔颢的《黄鹤楼》就与李白的故事绑在一起了。

历史对崔颢个人评价不佳。他娶过五房太太，这事让人诟病。《新唐书》记载他"娶妻惟择美者，俄又弃之，凡四五娶"。

"娶妻惟择美"没啥错,但短期抛弃再娶就不对了,国人最恨始乱终弃。崔颢不仅符合这条,还"好蒱博,嗜酒",赌博酒色全沾了。《新唐书》给了他一个定论,话说得很重:"有文无行。"这个"行"说的是德行,一个有文采无德行的人,基本是很负面的评价了。

唐朝文化开放,既不禁赌也不禁酒更不禁嫖,崔颢三样全沾,还没有节制。北海太守李邕听说崔颢诗写得不错,有才,便"虚舍邀之",在家单独约见了他;可崔颢年轻不更事,有点欠考虑,见面呈上一首诗作《王家少妇》:

十五嫁王昌,盈盈入画堂。
自矜年最少,复倚婿为郎。
舞爱前溪绿,歌怜子夜长。
闲来斗百草,度日不成妆。

李邕(yōng)看着看着就翻脸了,说了句"小子无礼"就甩手离开,再也不去理崔颢了。李邕身为北海太守,道德文章名重一时,实在看不惯崔颢这等轻浮小诗,而崔颢本以为闺乐诗会讨人喜欢,不承想碰了一鼻子灰。说实话,我觉得崔颢这首《王家少妇》写得不能算俗艳轻浮,其中还是有些曲笔隐喻的,比如"度日不成妆",不是简单的整日不化妆的意思,而是玩得不亦乐乎,忽略了化妆——这一女子的"贤良淑德",从而多了一层藐视礼教的意思。崔颢诗中涉及的"东家王昌"是魏晋南北朝时期的美男子,与宋玉齐名,乐府诗中有大量诗人描写过。洛阳女儿莫愁十五岁嫁与了豪门世族卢家,但她并没有感到幸福,仍倾慕王昌,心向往之。此题材南北朝以及隋唐诗人大量涉及:比如萧衍诗云"人生富贵何所望,恨不嫁与东家王";上官仪诗云"南国自然胜掌上,东家复是忆王昌";元稹诗云"莫愁私地爱王昌,夜夜筝声怨隔墙";李商隐诗云"谁与王昌通消息,尽知三十六鸳鸯"。某种意义上讲,这种爱情有点离经叛道,但恰恰这种"离经叛道"让诗人们津津乐道,乐此不疲。崔颢的《王家少妇》高出一筹的是,假设了莫愁嫁与王昌这一情节,利用此故事基础,虚构了香艳情景,不料与长者李邕观念不合,诗不投机,断送了自己大好前程。

　　李邕是唐代大书法家,尤其行书对后世影响极大,苏东坡、黄庭坚、米芾、赵孟𫖯无不受其影响。天宝四载(745年),李邕六十八岁高龄,分别与四十四岁的李白、三十三岁的杜甫把酒言欢,提携鼓励后辈,两年之后,李邕遭李林甫迫害杖杀,杜甫、李白都写诗悼念了他,可见李邕的文化地位。这样一位德高望重的文化大家,崔颢拜见时竟欠考虑,携李邕认为的轻浮之作拜见,可见崔颢当年有多么放荡不羁。

崔颢存诗量不多,《全唐诗》仅有四十二首。他的诗大致分为三类,闺乐诗、边塞诗、山水诗,大约各占三分之一。他的闺乐诗除去《王家少妇》,还有《长干曲》四首。《长干曲》亦称《长干行》,属乐府杂曲歌辞一类,李白就有著名的《长干行》二首。"长干里",地名,在今南京市,在唐代是船民集居之地,所以《长干曲》多写船家女子的情感。

崔颢的《长干曲》写了四首,四句一首,对话形式开篇,写采莲女子与男子相恋过程,由相遇到相识再到相知,小诗生动,朴素率真,读之宛如情景之剧:

君家何处住,妾住在横塘。
停舟暂借问,或恐是同乡。

家临九江水,去来九江侧。
同是长干人,生小不相识。

下渚多风浪,莲舟渐觉稀。
那能不相待?独自逆潮归。

三江潮水急,五湖风浪涌。
由来花性轻,莫畏莲舟重。

莲舟新月图（局部） 宋 赵伯驹

崔颢

　　崔颢的《长干曲》近乎白话的表达，不用解释即可看懂，这种问答的形式看似简单，实际颇见写作技巧。历代文人对崔颢的《长干曲》评价甚高：明人高棅《唐诗品汇》说"只写相问语，其情自见"；明人陆时雍《唐诗镜》中说"宛是情语"；清人吴乔《围炉诗话》中说"绝无深意，而神采郁然。后人学之，即为儿童语矣"；清人徐增《而庵诗话》中说"字字入耳穿心，真是老江湖语"。

　　崔颢的《长干曲》一问一答，犹如民歌对唱，天然朴素，没有渲染，却有极丰富的层次；只是白描，人物已跃然纸上。人生擦肩而过，一切都是缘分。你家住哪儿？我住在横塘。问答不可以再朴素了，但韵味绵长。停船打听一下，也许我们是同乡。相信前世今生，才有未来幸福。这么浅显的诗句，勾勒的却是复杂的人生相知之始；自小虽不相识，因为是同乡，文化认同，一切都可能由此开始。三江五湖，花轻舟重；独自而归，谁不相待？

实际上崔颢出身不低,原籍博陵安平(今河北安平),博陵崔氏汉至唐为当地大族,声名显赫;但到了崔颢这代已生活在汴州(今河南开封)了。他自幼聪慧,不到二十岁就去长安科考并中进士,具体时间虽记录不一,但崔颢中进士年纪不会过二十岁,这在唐代科举中已十分难得。可能就是因

仙山楼阁图　宋　赵伯驹

为年少得志、天赋太高的缘故，崔颢不知自制，狂傲不羁，纵情逆性，在官场上亦不得志，只能做些可有可无的小官。

崔颢何时写的《黄鹤楼》，史料不详，但从行文中可以看出这不是他的早年之作，应是中年以后的作品：

昔人已乘黄鹤去，此地空余黄鹤楼。
黄鹤一去不复返，白云千载空悠悠。
晴川历历汉阳树，芳草萋萋鹦鹉洲。
日暮乡关何处是？烟波江上使人愁。

此诗起句开阔，清人王夫之在《唐诗评选》中赞叹此诗："鹏飞象行，惊人以远大。"为什么此诗给人"宽然有余"的感受呢？这与"黄鹤"有关。自然界中根本没有黄鹤这一动物，鹤的颜色丰富，但绝没有黄色的，连局部黄色的也没有。仙鹤在中国文化中代表长寿吉祥、忠贞清正，所以被公认为一等文禽，明清文官补子上一品的标志就是仙鹤；黄鹤出处《汉书·乌孙传》，汉武帝时，公主刘细君远嫁乌孙王，公主思乡作歌，愿为黄鹤飞回故乡。因此，历朝历代诗歌常以黄鹤代表思乡，例如南朝汤惠休有"黄鹤西北去，衔我千里心"之句；传说中的仙人骑鹤骑的就是黄鹤，南朝《述异记》中有载。还有一个成语与黄鹤有关——杳如黄鹤，意为无影无踪。正是由于这些原因，使得黄鹤一出场就显得场面恢宏。其实谁也没看见过黄鹤，也想象不出它的模样，正是无边的想象让诗意与神话传说相连。

仔细想想，首联语调其实很平缓，只是语感场面宽余，紧接着崔颢继续渲染："黄鹤一去不复返，白云千载空悠悠。"结论告诉你了，"一去不复返"，所有的空间都尽情地展示过了，剩下的时间虽有界也无界，"千载空悠悠"。颔联只是增

强首联的气场,让登高怀古尽可能抛离登黄鹤楼的局限,恨不得让人取得黄鹤的视角居空临下;此句仍很平实,没有任何过度修饰,让这首七律上半篇不拘于律格,而近古风。上半篇"黄鹤"一词连续三现,本是格律诗大忌,但在此没有丝毫生涩,反而变得非常流畅,犹如白话口语,不顾律诗平仄对仗奔涌而出,顺流直下。清人纪晓岚说崔颢此诗是"偶而得之,自成绝调",作者当时文思泉涌,一气呵成,待诗

饮鹤图　明　唐寅

成后添不可添，补不可补，改亦不可改，浑然天成，故胜巧思。

颈联以对仗收势："晴川历历汉阳树，芳草萋萋鹦鹉洲。"这诗上半篇气势太大了，如果下半篇不收，诗就无疆无界了，收势必须与上半篇衔接过渡得恰当。起句，"晴川"，阳光下的汉江；"历历"，看得分明；"汉阳树"，对准视觉焦点；对句立刻成为面，鹦鹉洲原本在长江之中，后被江水淹没；因东汉末年，黄祖杀祢(mí)衡，葬于洲上，祢衡曾作过《鹦鹉赋》，洲因此而名。颈联文字不在于对仗技巧和内容，而在作者富有镜头感的表达。"晴川历历汉阳树"，由线到点，由远及近；"芳草萋萋鹦鹉洲"，由亮转暗，连成一片；这线点面的快速衔接非常自然，觉察不出，但读者被迫跟着作者的思路，来到结尾："日暮乡关何处是？烟波江上使人愁。"宏阔尽览的蓝天白云，历历在目的晴川芳草，心情抒发的伤怀吊古在一刻形成，"日暮"一词如收场锣鼓，干净利索地截住前面的情绪，点明主题，怀古亦为思乡，"意在象先，神行语外，纵笔写去，遂擅千古之奇"（沈德潜《唐诗别裁集》）。

历史有许多偶然，作诗亦同此理。苦心积虑有时候也写不出好诗，信手拈来也不一定不能千古传诵。《黄鹤楼》即为后者。有人甚至把这首诗排为唐七律之首，宋人严羽在《沧浪诗话》中就说："唐人七言律诗，当以崔颢《黄鹤楼》为第一。"明代杨慎、王世贞都有不同评价，但都对《黄鹤楼》持肯定态度。至于是否排唐七律第一，看法各自不同，自古就有"文无第一，武无第二"之说，诗词评价当然亦如此。

崔颢凭《黄鹤楼》一诗名扬天下，但有关他的文字记载并不多，正史中的文字寥寥，还多为负面。虽然有著作《崔颢集》，但收录仅四十余篇诗文，与他这样的大才子实在不匹配。《旧唐书》把他的文学成就与王昌龄、高适、孟浩然并提，可见历史还是很公允的，艺术与人品没有必然的关系。只是崔颢宦海不得志，情场又多是非，在胜者王侯败者寇的年代，一切都以成败论英雄。

崔颢晚年在诗作《晚入汴水》中流露出回乡归隐的念头，但没等到实施，大约在天宝十三载（754年）于他乡去世，未能返回故里，真是应了"烟波江上使人愁"的诗谶。

莲溪渔隐图
明 仇英

作家榜

马未都
讲透唐诗

II

马未都 著

目 录

001　高适
　　天下谁人不识君

015　常建
　　曲径通幽处

029　杜甫
　　万里悲秋常作客

061　岑参
　　千树万树梨花开

075　皇甫冉
　　心随明月到胡天

087　韩 翃(hóng)
　　春城无处不飞花

101　皎然
　　谁解助茶香

113　司空曙
　　灯下白头人

127　钱起
　　曲终人不见

143　顾况
　　鸥鸟识归心

155	张志和
	斜风细雨不须归

169	戴叔伦
	愿得此身长报国

183	李端
	家乡路断知不知

197	韦应物
	野渡无人舟自横

215	卢纶
	谁念为儒逢世难

233	李益
	嫁与弄潮儿

247	孟郊
	春风得意马蹄疾

263	张继
	夜半钟声到客船

279	刘长卿
	风雪夜归人

293	裴度
	暂脱朝衣傍水行

307	张籍
	恨不相逢未嫁时

321	薛涛
	花开花落时

萧寺晚晴图　清　王翚

高 适

(约700—765年)

天下谁人不识君

《送李侍御赴安西》
《别董大》(二首)

唐代的边塞诗算是单独一个门类，边塞诗人却不单独一个群体。许多诗人都写过边塞诗，但构不成他个人创作的主流，比如李白写过《关山月》，也写过《塞下曲》，最鼓舞人心的诗句就是"愿将腰下剑，直为斩楼兰"。王维写过《送元二使安西》，"劝君更尽一杯酒，西出阳关无故人"，饯行之悲壮无以复加。可有一部分唐代诗人，边塞诗是他创作的部分主体，或者说他的边塞诗影响最大，故他们常被划在边塞诗人之中。高适、岑参、王昌龄、王之涣被后人称作"边塞四诗人"，每个人都有脍炙人口的佳作。

高适（约 700 — 765 年）居边塞诗人之首，不是因为他的诗作，而是因为他的履历。按世俗的话说，高适算是大器晚成，他本是渤海蓨（tiáo）（今河北衡水景县）人，大约二十岁游历长安后，不知何故，走到宋城（今河南商丘）定居，在中原这块还算肥沃的土地上安家置业，躬耕取给。八年后，高适在家待不住了，向北到了幽州，投奔幽州节度使张守珪（guī）做了幕僚。这段日子，

塞北彤云图　清　袁江

天下谁人不识君　003

高适没少写诗,其中《蓟门行五首》《赠别王十七管记》《蓟门不遇王之涣、郭密之,因以留赠》等都是写于这一时期。开元二十三年(735年),高适去长安参加科举考试,没有考中,只好再到处游历。

又过了几年,回宋城途中作了著名的边塞诗《燕歌行》,此诗写得悲壮淋漓,犹如纪录片一样记录战事:出师征讨,战斗紧张,征人思妇相望,决心以身殉国,"杀气三时作阵云,寒声一夜传刁斗"。边塞诗是有精髓的,听这一句就可以汗毛倒竖、鸡皮疙瘩骤起。这之后高适又在老家住了整整十年,其间偶有出游。

宋城为商丘睢阳古名,西周始置,为宋国国都。唐武德四年(621年),宋城改名宋州。

"州"这个概念先大后小,《尚书》载禹分九州,直至今天,"九州"仍是中国的代名词,这是"州"的大概念。汉以后,中国人口增加,行政管理难度也增加,自汉武帝起,设州为监察区,为刺史监察方便,实行州、郡、县三级地方行政管理制度;到了唐代实行道、州(府)、县三级制。州的辖区大小符合历史中国国情。传统文化中有"只许州官放火,不许百姓点灯"之句。例如今天的福建省,就是由唐代的福州、建州、泉州、漳州、汀州等五州组成的,省名取前二州之名;甘肃也是甘州和肃州的合称。

宋州今天几乎不提了，这是因为宋州在历史上地位特殊，赵匡胤后周时期在宋任节度使，"黄袍加身"后改国号为宋，再后宋州升格，成为南京。宋升格为国号之后，宋州再没可能回到州制，日久天长，让后世遗忘。宋城传播最广的故事就是月下老人的故事，妇孺皆知。

天宝八年（749年），年近五十的高适在当地父母官睢阳太守张九皋（gāo）的荐举下，又参加了科举考试，此次皇天不负有心人，高适中第，授封丘（今河南新乡封丘）县尉，睢阳太守张九皋是张九龄之弟，他宦海沉浮，与兄长轨迹相似，一荣俱荣，一损俱损。高适感于张九皋的知遇之恩，兢兢业业，三年安心在封丘当官，负责兵事。天宝十年（751年）春耕完了，他负责送兵，当年写下《送兵到蓟北》，小诗很短，却寄深情：

积雪与天迥，屯军连塞愁。
谁知此行迈，不为觅封侯。

天宝十一年（752年）秋天，高适已蠢蠢欲动，想放弃后方的安逸，去前线杀敌报国。恰巧他的李姓朋友先行一步，奔赴安西。安西都护府的治所在今新疆维吾尔自治区的库车县，路途遥远，环境艰苦，但在高适眼中则是另一番天地，在把酒送别之时，高适写下了他的著名诗作《送李侍御赴安西》：

行子对飞蓬,金鞭指铁骢。
功名万里外,心事一杯中。
虏障燕支北,秦城太白东。
离魂莫惆怅,看取宝刀雄。

此诗酣畅淋漓,一气呵成。读之步步紧逼,高歌猛进,极充分地显示了高适的老辣才华,又体现了边塞诗的特性。

开篇对仗,意境高远:"行子对飞蓬,金鞭指铁骢。""行子",指李侍御,名字不详,为高适之友。"侍御"为官职名,专管纠察军中违法,替皇家出使州郡执行任务。"行子"与游子意近,游子有不确定感,行子多确定之意。比如李白的《送崔氏昆季之金陵》写有:"放歌倚东楼,行子期晓发。"高适的《宋中送族侄式颜》写有:"虽有贤主人,终为客行子。"杜甫《寒硖》写过:"野人寻烟语,行子傍水餐。"韩愈《青青水中蒲三首》也有"妇人不下堂,行子在万里"之句。高适在此用"行子"一词直接对"飞蓬",意在表达确定中的不确定性。"飞蓬"也是唐宋诗词中常见的文学意象,常指出门在外漂泊不定的人。高适开篇将二者捆绑在一起,寄托着友人之间的情谊与担心。对句"金鞭指铁骢"显然大大重于起句,无论情绪抑或色彩,对句迅速加重了首联的分量感。"骢",本指青白相间的马,"铁骢"加重了青色,让气氛凸显凝重。

紧接着,高适举重若轻:"功名万里外,心事一杯中。"从诗本身技巧上看，对仗工整严谨，诗意表象平铺直叙。高适在这里用了"心事"一词，弦外之音是还有"心事"没有说出。对于李侍御的心事我们不得而知，但高适的心事，那就是"从军借问所从谁，击剑酣歌当此时"。在功名与使命之中，高适看中的是使命。一个士子，考中功名也是为了报效国家，这在历代士子的追求中乃无上之光荣。

颈联罗列地名，以静制动："虏障燕支北，秦城太白东。""虏障"，防御工事；"燕支"，燕支山，又名焉支山、胭脂山，地处甘肃河西走廊甘凉交界处，属于祁连山脉。燕支山自古为军事要地，素有"甘凉咽喉"之谓。诗人在这里代指李侍御即将赴往的安西。"秦城"，秦长城；"太白"，秦岭太白峰，东面则是长安。高适在此省略了一切文字，留下了无尽的文学空白，让李侍御的安西之行，让自己的长安之驻都成为未来的可能，继而成为诗歌表达的可能。

高适在这首送别诗的最后写道："离魂莫惆怅，看取宝刀雄。"尾联互为劝慰，显露出二人的情义之深，在一杯又一杯饮酒之后，分别之时高适说出了全诗的最高音"看取宝刀雄"。这五字既有画面，又有气势；既有决心，又有祝愿。送别诗是皮，边塞诗是骨。以至到了明代，高棅(bing)在《增定评注唐诗正声》中这样评价："语语陡健，却又浅深，所以为盛唐。"

盛唐是气象的，高适的一首送别小诗都可以写得激情万丈，声音嘹亮。其实这是盛唐气象的具体表现而已。高适大器晚成，身居高位，又为唐代名将高侃之孙，家族荣光。高侃曾奉唐太宗之命东征突厥大捷，奉唐高宗之命协助讨伐高句丽大捷。由于高侃战功卓著，死后获谥号"威"，陪葬于乾陵。高侃有三子，崇德、崇礼、崇文，三子高崇文之子即为高适。由此可见高适的家族荣誉。

这种与生俱来的家族荣誉感在一个文人心中是挥之不去的。在送走李侍御后没多久，这年的秋冬之际，高适不顾自己年过五十，下决心在京城辞官，毅然决然地去了凉州（今甘肃武威），一去就担任了节度使哥舒翰的掌书记。掌书记事务性的事情多，尤其需要处理军事文书，高适五十高龄做年轻人的事情，可见一颗拳拳报国之心。

哥舒翰，复姓哥舒，唐代名将，文武双全，仗义重诺。李白、杜甫包括高适都在诗中提及过他。还有一首五言民歌就叫《哥舒歌》："北斗七星高，哥舒夜带刀。至今窥牧马，不敢过临洮（táo）。"高适追随哥舒翰一定有他的想法，从他后来的作为就可以揣测他只身奔塞外不是一时冲动。时至天宝十五年（756 年），"安史之乱"爆发，高适辅佐哥舒翰驻守潼关，潼关被叛军攻陷后，高适随玄宗苦奔成都，后受以重任讨伐谋反的永王李璘，次年平永王后，又受命讨安史叛军，救睢阳之困。

睢阳可以算是高适的老家了，他在此先后生活了二十多年。睢阳之战是"安史之乱"中的著名战役，守军以七千士兵抵御叛军十八万人，相持十个月之久。如果没有睢阳保卫战争取的十个月时间，唐朝天下难以保全。

高适的边塞诗大部分都是他有感而发，许多诗是他还没去过边塞之地时就创作的，说明他自幼有一颗报国之心，他的《燕歌行》作于近四十岁，他的《别董大》（二首）作于近五十岁，可能正是曾经的诗作激励着他自己，让他最终在知天命之后走到边塞报效国家。《别董大》（二首）是高适颇具特点的诗作，与王维的"劝君更尽一杯酒，西出阳关无故人"异曲同工：

其一

千里黄云白日曛，北风吹雁雪纷纷。
莫愁前路无知己，天下谁人不识君。

其二

六翮飘飖私自怜，一离京洛十余年。
丈夫贫贱应未足，今日相逢无酒钱。

"董大"即董庭兰，开元天宝年间的著名琴师，年轻时不读书，甚至做过乞丐，晚年才努力学习，开始作诗。董大与许多诗人有交往，李颀写过《听董大弹胡笳声》，元稹也写过"哀笳慢指董家本"，可见董大当时的名气。

高适开篇先写景色："千里黄云白日曛，北风吹雁雪纷纷。"景色苍凉，北方沙尘漫天，黄云千里充满煞气。"白日曛"指落日昏暗无光，此时已无雁飞，只剩雪飞。尽管诗人写了黄白雪色，但画面丝毫不给人有颜色之感，十分压抑。紧接着高适笔锋一转，声音提高八度："莫愁前路无知己，天下谁人不识君。"此句看似劝慰，实为激励，心胸开阔，格调高远。每个人都有自己的难处，无论你有什么绝技，还是有地位有钱，难处总会出现，只是有所不同而已。高适的"无知己"包含了自己也是知己这一前提，站在董大的一边替他说"天下谁人不识君"。这话不是发问，是一个结论。是男儿就要游走四方，开眼界，拓心胸。实际上高适一生就是这样。

　　这首七绝中的最后两句在后来一千多年的时间里反复被人

引用,可见诗意中暗藏的人文情怀。诗歌有许多说不出来的好,实际上都是人文情怀的体现。在一个风寒日昏的日子,两个人匆匆相见,又匆匆分别,什么表示也不如语言,什么语言也不如诗歌,而诗歌表达中最重要的部分叫诗意。此诗赢在诗意。

下一首则是另一种调子:"六翮飘飖私自怜,一离京洛十余年。""翮"本指翅中之羽,"六翮"指鸟的两翼,代指鸟。诗人此时自指像一只飘摇不定的鸟,离开京城和洛阳十余年了。此时高适离科考中举还有两年呢,生活困顿,所以他说"丈夫贫贱应未足,今日相逢无酒钱"。大丈夫虽安贫乐道,但志向没有知足的时候,只可惜今天我们相逢都拿不出酒钱。此诗写

鹊华秋色图 元 赵孟頫

上塞锦林图 清 关槐

得慷慨而豁达，看淡钱不看淡前程。不因手中拮据就低三下四，而是反其道而行之，断开离愁别绪，倾吐心声胸臆，成就千古名篇。

《别董大》（二首）前一首大开大合，全景式铺张。后一首近情近景，亲情般耳语，两诗形成强烈反差，但都奔着一个主题——离别。此诗不是边塞诗，却有边塞意，与那些离别的边塞诗不相上下。清人徐增在《而庵说唐诗》中评价"此诗妙在粗豪"，明人李攀龙、叶羲昂的《唐诗直解》说此诗"慷慨悲壮，落句太直"，而明人邢昉在《唐风定》中只用二字评价："雄快。"

"雄快"一词不仅说的是《别董大》一诗，还包括高适本人一生的经历。中年以前，高适总体上是不得意的，直至年近五十中进士之后，人生才算有了起色。他一生中留下的诗作不少，总体上注重人不在意景观，写景也是为了写人。由于他自己的性格所致，也可能由于他早年的游历，高适作诗豪爽正直，直抒胸臆，少用诗人惯常用的比兴手法。他的诗喜欢直来直去："汉家烟尘在东北，汉将辞家破残贼。"一副拎刀就上，快马加鞭的态势。高适晚年经"安史之乱"，为国不辞辛劳，到处奔波。永泰元年（765年），高适去世。朝廷为了表彰高适，追赠礼部尚书，这对高适来说是莫大的荣耀。

秋寺鸣泉图（局部） 清 永瑢

常 建

（生卒年不详）

曲径通幽处

《题破山寺后禅院》
《宿王昌龄隐居》

诗比人红，自古常建（生卒年不详）算一位，他的字和号均不详，出生地也不详，连哪年谢世也没有明确记载，但他的"曲径通幽处，禅房花木深"却人人皆知，"曲径通幽"还成为使用频率很高的成语。

常建人生履历简单，没有大起大伏，也没有爱情风月，一切平平淡淡。连他的诗也和他的人一样，清寂幽邃，以田园山水为主，语妙意新，尽管存世量不多，仅五十七首，但仍能与王维、孟浩然的诗作抗衡，这个结论是《四库全书总目提要》做出的。常建偶尔也会写一些边塞诗，诗中也有"汉家此去三千里，青冢常无草木烟"（《塞下曲·其四》）这样悲愤的句子，但总体上缺乏前线传来的杀气，还是想象中的塞外。

开元十五年（727年），常建与王昌龄同榜进士，王昌龄大他十岁。常建进士及第时年龄尚不足二十岁，在官场来看，经历阅历都太嫩了。他一辈子几乎没做成什么官，唯一的记载是他出任过盱眙(xū yí)县尉，估计也没有干几天，没留下什么像样的文

烟寺晚钟图　明　盛茂烨

字记载。

和王昌龄同榜中进士是常建的高光时刻，这让他与王昌龄一直保持着很好的友谊。他们之间有诗歌往来，例如《宿王昌龄隐居》。王昌龄曾隐居石门山，与常建为官的盱眙分处淮河南北。大概某一年某一刻常建辞官时绕道石门山一游，看看老友曾经的住宿处，又住了一宿体验一下，见景生情，写下五古一首。诗意重在人情的表达，诗句强调行文的优雅，深情含蓄，无限向往，意在言外，情尽言中，与《题破山寺后禅院》同收录于《唐诗三百首》：

清溪深不测，隐处唯孤云。
松际露微月，清光犹为君。
茅亭宿花影，药院滋苔纹。
余亦谢时去，西山鸾鹤群。

常建的这首《宿王昌龄隐居》在唐代就已经是名篇了，传诵很广。唐代山水诗也是大宗，同为山水诗，描写山水田园的算一支，介入人情世故的算另一支，可以称之"山水隐逸诗"。山水诗的鼻祖是东晋的谢灵运，他把自然山水引入诗中，使之成为独立的审美对象。与之同时代的陶渊明在山水田园诗中加入"隐逸"成分，成为隐逸诗人之宗。陶渊明的名句"采菊东篱下，悠然见南山"是隐逸思想最自然的表达,而谢灵运的名句"池塘生春草,园柳变鸣禽"乃山水田园最优美的表达。两位伟大的诗人各自流露出的诗意构成山水、田园、隐逸的思想脉络,而常建的诗不过沿袭前人的文体思路而已。

沿袭旧路仍可出新,常建首联就不凡:"清溪深不测,隐处唯孤云。"水深不测乃常用语,但在此,"深"不指深浅,而指远近;有版本作"深不极"。齐梁隐士陶弘景答齐高帝诏书所问,诗曰:"山中何所有?岭上多白云。只可自怡悦,不堪持赠君。"自此"山中白云"便成为诗中归隐的标志。

颔联写得安静:"松际露微月,清光犹为君。""松际",松树梢头的间隙。"微月",是诗人将看到的景象加上感觉,月亮本身无所谓微不微,露出微月才能感觉,才能接上下句"清光犹为君"。只有松树梢头露出的月光,才像王昌龄那样的清高风骨陪伴着我。

颈联把这种情绪继续推送:"茅亭宿花影,药院滋苔纹。"诗人选择了"茅亭""药院"这种环境,将"花影""苔纹"这些不经意就不能发现的现象勾连上,仍将诗境保留在早先设定的气氛中,只不过将视线由高向低,由大及小。不动声色是颔联、颈联的追求,诗人满腔思念,却一丝不去渲染,任凭在意象中自然流露,读者能感觉到多少就感觉多少,不强求,亦不宣泄。

诗写到结尾，作者迅速介入诗中："余亦谢时去，西山鸾鹤群。"这两句诗既是说给别人的，也是告诫自己的。"鸾鹤群"借用南朝文学家江淹的"此山具鸾鹤，往来尽仙灵"之意，表明隐逸之意。"鸾鹤"一词，李白、白居易、元稹、张祜(hù)、卢纶、司空图、皎然、杜牧、郑谷、张九龄、刘希夷、李益、卢仝(tóng)、温庭筠、齐己、贯休等诗人皆使用过，大多用以表达隐逸脱俗之意。常建用在结尾处，不过强调自己的决心罢了。

常建这首小诗带有一丝丝禅意，虽为旧友旧情温故忆昔，但诗人目的并不在此，而是通过这次偶然的宿老友故居，抒发自己的情感，继而抒发对未来社会的向往。在进与退之中，可以清晰地看到诗人在谋求退路，隐于山中，逸在情里。更重要的是，在诗中虽未提及与王昌龄的过往，但二人之兄弟情无处不在，令人钦慕。

有一本唐代人殷璠(fán)编选的专收盛唐诗的选本《河岳英灵集》，这个选本不仅编纂年代早，还很集中齐全，为盛唐诗歌下了定义。它选录了开元二年（714年）至天宝十二年（753年）间的二十四位诗人共计二百三十四首（今存二百二十八首）诗，为每一位诗人写了评论。殷璠为进士，丹阳（今属江苏）人，辞官归隐编书。此书以收入诗歌的数量为诗人排序：王昌龄第一，十六首；常建、王维并列第二，各十五首；李白才排第四，十三首；高适、岑参、孟浩然、李颀、崔颢、綦毋潜(qí wú)、王湾等

仿荆浩烟峦晚景图 清 王翚

都收录入卷。常建在第一序列，李白在第二序列，由此可见当时常建在诗坛的名气。

常建最著名的诗是《题破山寺后禅院》。古人的题壁诗属于另类，都是有感而发，随手一写的感觉。题壁诗一开始就是写在墙壁上的，墙壁也分寺壁、石壁、殿壁、楼壁等，很随意，不拘地点。最有名的题壁诗如苏东坡的《题西林壁》"不识庐山真面目，只缘身在此山中"。唐人诗集统计，写过题壁诗的诗人不下百家，宋代题壁诗方兴未艾，当时走在社会上到处可见文人的题壁诗，比如饭店、酒馆，可惜元代以后这习俗渐渐衰落了。

清晨入古寺，初日照高林。
曲径通幽处，禅房花木深。
山光悦鸟性，潭影空人心。
万籁此俱寂，但余钟磬音。

起句交代时间地点来由，对句是感受。"古寺"即破山寺，破山寺本名兴福寺，在今江苏常熟西北方向的虞山上。山中之寺早晨是最美的，山岚之气升起，花草湿重清新，鸟鸣蝶飞，安静了一宿的寺院又开始了新的一天。"初日"一句客观冷静地介入，让古寺沉浸在清晨的静谧之中。这是因为诗人表达的重点不在古寺，而在后面的禅房。

颔联起句是这首诗的诗眼，"曲径通幽处"简化为成语是有道理的。"曲径通幽"在于"曲"与"通"之间的关系，理论上"曲"不便于"通"，而常建"通"字的使用，让死寂活了起来，绕来绕去的曲径终于到达了禅房，一个"通"字让全盘皆活。"曲径"一词有的版本作"竹径"，"竹径通幽处"，显然与"曲径"比较起来略逊一筹。"竹径"只有一种想象，景象单一；而"曲径"则有无数种想象，变幻无穷。禅房是目的地，到达禅房的小路掩映于花花草草之中，作者做了文字补充，一个"深"字将寺院深深的景观交代清楚却又看不见。此联的高明之处即使反复咀嚼都未必能够领会其意。

颈联："山光悦鸟性，潭影空人心。"两个动词的运用空灵，"悦"为喜悦，诗意做了反向表达，是鸟欢快的叫声使得山光增色；"空"为空荡，潭水清澈使人的内心空灵，俗念全消。此联上句写声，声音带出喜悦；下句写影，倒影让人思静。这种文学技巧诗人运用自如，不露声色也不露痕迹。

最后一联算是总结："万籁此俱寂，但余钟磬音。""籁"，本指孔穴发出的声音，后泛指声音；"万籁"指一切声音。"磬"，石制打击乐器，寺院用于指挥众教徒起止进退；钟则是用来报时。诗人至此，只让声音留下来，其他淡出画面。

常建此诗流传很远也很广，猛一看就是一首田园山野小诗，

销闲清课图（局部） 明 孙克弘

自古至今诗人常诵之态，为何此一首独独为世人为诗史偏爱？这里涉及一个不经意的灵魂问题，全诗都在强调一个"幽"字，继而展现一个"静"字。"幽静"二字为其灵魂，让人们在繁杂的生活中安静下来，所以地点选择在禅房。破山寺的禅房让禅意更具禅意，让世俗摆脱世俗。作者在诗中的象征意思漫不经心但处处留意，清晨古寺，曲径禅房，鸟性人心，俱寂钟磬，无一处无一时不在把暗藏的禅意表达出来，紧扣主题。这一点上，常建心里始终有一根金线，从头到尾拽着主题，最后撒手之际余下钟磬绵长的声音。

佛教本不是中国本土的宗教，尽管历史上发生过"三武一宗"灭佛事件，但每一次事件发生后，佛教在中国都会快速自动修复，生出新枝。佛教在诗歌中多有出现，或直接或间接，直接的有杜牧的"南朝四百八十寺，多少楼台烟雨中"，间接的有李白的"为我一挥手，如听万壑松"。常建的《题破山寺后禅院》带足了禅意，所以才成为千古绝唱。

常建虽为王昌龄的同榜进士，但仕途长久不如意，他的不如意连坎坷都没有，死水一潭，波澜不惊。他辞官归隐是明智的选择。一个人聪明与否在于对自己的判断，而不在于对别人的判断。常建一生交游无显贵，能说得出来的就是王昌龄了，如果不是同榜，估计他俩也没有后来的交往。他性格耿介，一生自守为全，不会曲意逢迎，从人际交往和官场上来看，这都是他的短板。但他能避其短，扬其长，醉心诗的写作，虽大部分作品散佚，今留下诗歌作品仅五十七篇，但历史对他的评价上乘，盛唐诗派有"王孟储常"之称，与王维、孟浩然、储光羲并列，已是一个莫大荣誉了。

有一个真故事流传很广。宋代欧阳修非常喜爱"曲径通幽处，禅房花木深"两句，欲意效仿也作一联，可左思右想未能如愿。后来有一次他出游到山东青州的一处山斋歇息，青州历史上就是佛教重地，佛教氛围浓厚，欧阳修住下来忽然感受到常建描写的破山寺后禅房的意境，就又再次设想摹写这样一联，但终未能如愿，"乃知造意者为难工也"。这故事发生在北宋熙宁庚戌(xū)仲夏月望日（1070年农历五月十五日），这一年离欧阳修去世还有两年，写过摇曳生姿的《醉翁亭记》的欧阳修在"曲径通幽处，禅房花木深"跟前停笔伫神，有唐宋八大家之一美誉的大文学家知难而退了，可见常建这诗的高妙。

仿古山水册（局部） 清 顾揆（kuí）

杜 甫

（712—770年）

万里悲秋常作客

《登高》《望岳》《绝句》
《闻官军收河南河北》

杜甫（712—770年）是现实主义诗人，作品与李白这个浪漫主义诗人形成鲜明对照。可他仍和李白被合称为"李杜"，并驾齐驱。杜甫在世时声名并不显赫，晚年多病潦倒，但他仍心系苍生，忧国忧民，名作迭出，对中国诗歌产生了不可或缺的深远影响，世称"诗圣"。

再没有比"诗圣"更高的荣誉了，连李白的"诗仙"称号在圣人面前都略逊一筹。杜甫诗歌技巧极高，沉郁顿挫，尤其在盛唐转衰之际，他的创作体恤民间疾苦，忧患国家兴亡，充分体现了他的人格魅力。杜甫一生写诗无数，但存世仅有一千五百首左右，其中多首成为千古传诵的名篇。杜甫擅长七律，拓展了律诗的表现力，他把规矩重重的律诗写得肆意纵横，极尽变幻，不干不涩，不俗不艳，不辱"诗圣"之名。

七律《登高》写于唐代宗大历二年（767年）的秋天，此时杜甫已经五十六岁了，病患缠身。"安史之乱"结束后，他本想立刻回老家洛阳，但匪患肆虐，割据称霸。杜甫先是离开

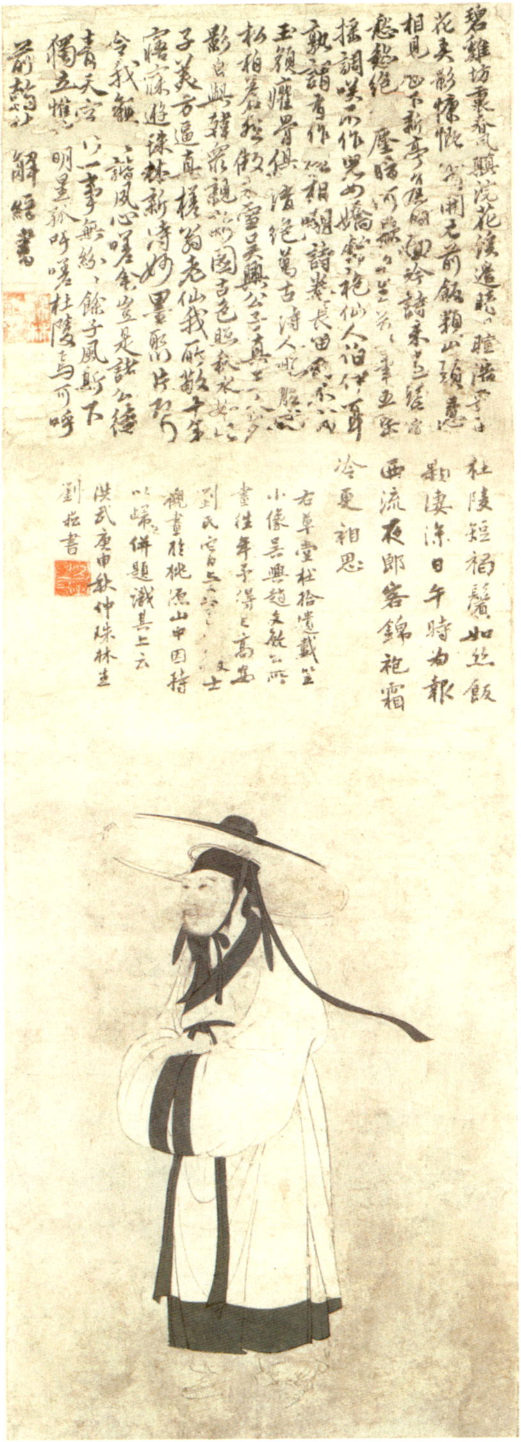

碧雞坊東春氣顯，浣花溪邊瞻遺跡。昔日花夫彤儉慨，昔用己前飯類此須憶。相見亞下新亭在何間，硯冷詩来呈苞。感慨絕廖暗何歳心作恩蕊五霎。搖調唉不作兄如嬌鶴花仙人佁伴夕身。莫詣音作如相明詩裏長田。玉頰瘦骨於飲富與公子是吳風。柏柏蒼於飲當異公子真衣皎。影當與難眾觀池圖甚色脲耿風。寬方逼直樣菊老仙我醉敲千年。子美方逼直樣菊老仙我畫敲墨照片約。廬麻遊深林新清約墨照片約。令我籲諧鳳心嗟余堂是諧公德。青天宏以一事無紛餘子風斯下。獨立憔明黑秋哇啫杜陵與可呼。
前韵紗 解縉書

杜陵短褐鬖如亂飯
勤讀溪日午時為報
西流夜郎客錦袍霜
冷叟祖思
古阜堂栱拾遺戴笠
小像吳興趙文敏公所
畫往年予得之高郵
到民官至至分上之
觀畫作挑佩於山中因持
此卷併題識甚上六
陝武庚申秋仲珠林主
劉拓書

杜甫像图　元　赵孟頫

了成都草堂，抵达了夔(kuí)门，一住又是三年多，这三年，杜甫身有恙，心不安。这年秋天，他独自登上夔州白帝城外的高台，远眺长江，百感丛生，写下了这首《登高》：

风急天高猿啸哀，渚清沙白鸟飞回。
无边落木萧萧下，不尽长江滚滚来。
万里悲秋常作客，百年多病独登台。
艰难苦恨繁霜鬓，潦倒新停浊酒杯。

杜甫的这首七律，被清人杨伦称为"杜工部七言律诗第一"，明人胡应麟在《诗薮(sǒu)》中赞誉此诗"如海底珊瑚，瘦劲难移，深沉莫测，而精光万丈，力量万钧"。他最后总结说，《登高》不是唐代七律第一，而是古今七律第一。

古今第一自有道理。一篇之内，句句皆奇；一句之内，字字皆奇。杜甫未动用冷僻字，也不用典故，起收自如，开篇首句即入联："风急天高猿啸哀，渚清沙白鸟飞回。"此诗写于九月九日重阳这一天，登高乃古人习俗。起句壮阔大气，"风急天高"为秋天常态，秋高气爽，除此常态外，杜甫马上带入声音"猿啸哀"。猿声的文学意象是悲是哀，更是感慨。李白诗句"两岸猿声啼不住"，白居易诗句"杜鹃啼血猿哀鸣"，高适诗句"巫峡啼猿数行泪"，王昌龄诗句"愁听清猿梦里长"，唐诗里猿声比比皆是。由于猿啸天生幽长带伤，听之悲凉，所以意象明确，肃杀凄冷，哀婉悲伤。起句先满足感觉和视觉——"风急天高"，后满足听觉——"猿啸哀"，重点在听。紧跟着的"渚清沙白鸟飞回"，视点迅速由高向低，俯视江中小洲，鸟在洲上空徘徊，徘徊本义就是回旋飞翔之貌。这个"回"字在此也念"徊"，"徊""回"通假，否则失韵。首联对仗松弛，不动气力，秋高气爽，水缓滩平；猿声入境，飞鸟徘徊，很难察觉作者暗藏的心境。

颔联为千古名联："无边落木萧萧下，不尽长江滚滚来。"表达通俗直白，启用叠字。叠字又称"重言"，节奏明朗，韵律协调。叠字诗歌常见，尤其在摹声绘色中更加凸显功用。杜甫善用叠字，也多用叠字，存世诗中大量使用了叠字。"穿花蛱蝶深深见，点水蜻蜓款款飞"，"短短桃花临水岸，轻轻柳絮点人衣"。明人杨慎《升庵诗话》中说："诗中叠字最难下，唯少陵用之独工。""少陵"就是杜甫。"无边落木萧萧下"，"萧萧"乃叠声，马萧萧——马声，风萧萧——风声，落木萧萧——落叶声，此处无声胜有声；对句"不尽长江滚滚来"，极目远眺，大江尽收眼底，态势积极。上句写近景及远——落木无边，下句绘远景及近——长江不尽，出句是释放态，对句是收缩势，收放自如，张弛有度。

《登高》前四句写景抒情，情融入景；后四句动情带景，

無邊落木蕭蕭下
不盡長江滾滾來

杜甫诗意图册　清　王时敏

景化为情。总体前四句为客观表达——写景,后四句为主观表达——写情。颈联:"万里悲秋常作客,百年多病独登台。"颈联虽没有颔联脍炙人口,但含义深刻而丰富。宋人罗大经在《鹤林玉露》中说,此十四字之间含有八意,而对偶又极精确:"万里",地之远也;"悲秋",时之惨凄也;"作客",羁旅也;"常作客",久旅也;"百年",暮齿也;"多病",衰疾也;"台",高迥处也;"独登台",无亲朋也。罗大经对此联的拆解只说了《登高》的词义,而颈联最难表现的是诗人的内心。"万里"是空间概念,"百年"是时间概念,空间与时间在此纵横交汇水乳交融,诗人之悲无非作客,诗人之病不过孤独。杜甫以悲天悯人之情怀,一气喷薄而出,气象高浑,走云连风,将历史江山与当今个人串连在一起,既有大视野,又有小纠结,国难家愁忧心伤时,全部倾注于颈联。

尾联仍对仗:"艰难苦恨繁霜鬓,潦倒新停浊酒杯。"杜甫一生喜饮酒,"却忆年年人醉时,只今未醉已先悲"。杜甫五十九岁时,遇雨受困于岳祠多日,县令划小船来接他,杜甫因饿吃肉饮酒无节制,当夜死于船上。杜甫之死,学界有数种说法,我只愿意相信这种符合逻辑的说法。杜甫实际上晚年因肺病已戒酒,写《登高》时年届五十六岁,体弱病沉。重阳时节,独自登高,赏秋欲排遣心中郁闷,但无奈山河壮丽,时空不待,杜甫用"艰难""苦恨""潦倒"等直接的负面词汇表达他内心的无限悲凉。尾联与前三联飞扬震动截然不同，软冷凄淡，戛然而止，如鱼入网，如兽在笼。

七律《登高》四联皆对，唐诗中十分罕见。清人查(zhā)慎行《初白庵诗评》认为："七律八句皆属对，创自老杜。"而杜甫这八句四联没有生拼硬凑之感，不涩无典，读之如千军万马，冲坚破锐，又如飘风骤雨，折旆(pèi)翻盆（清代张世炜《唐七律隽》），使得《登高》"高浑一气，古今独步"（清代杨伦《杜诗镜铨(quán)》）。

杜甫对唐诗的贡献不容置疑，作为"诗圣"实至名归，其文学高度令后世仰视。杜甫年轻时屡试落第，官场上从未得志。他有机会目睹唐朝上流社会的奢靡与不作为，更有机会了解下层社会的辛劳与不易。"安史之乱"以后，杜甫命运多舛，颠沛流离，后在成都浣花溪建草堂，有过一段清贫安定的日子，可好景不长，杜甫晚年思乡心切，决定返回家乡，但因拮据，一路不畅。大历二年秋天在夔州，也就是今天的奉节，他写下这篇不朽佳作《登高》。

《登高》被后人誉为杜诗七律第一，唐诗七律第一，古今七律第一，道理双重。先是诗意，立意宽宏，忧国虑己；后是技巧，对仗严谨，声律和谐。全诗八句四联，联联对仗，句句流畅，行云流水般的诗意推进，让人不觉对仗这一技巧融入其中。声律上也是如此，择词考究，音韵和谐，词与词不论衔接还是对仗，妥帖舒适，无生硬挤压之感。杜甫在《登高》一诗中，用尽律诗技巧而不显任何技巧，此为历代文人赞颂之根本。

风紧启势，停杯收尾；无奈落叶，感喟(kuì)长江；诚畏悲天，慨叹悯人；尊重历史，正视现实。《登高》前半部重景，后半部重情，情景错综，眼耳鼻舌身意，色声香味触法，此诗无佛意有佛心，充满了家国情怀。

杜甫在唐代诗人中诗作存世量居第二，仅次于白居易。他早年诗作全部散佚(yì)，尽管杜甫本人在大历元年（766年）五十五岁时所写自传体叙事诗中提到"七龄思即壮，开口咏凤凰"，"往昔十四五，出游翰墨场"，但可惜他早年的诗无一存世，目前收录杜诗集中最早的创作都是开元二十四年(736年)左右，这一年杜甫也已二十五岁了。

前一年，杜甫到洛阳应试，落第而归。科考对古代文人的重要性不言而喻，对杜甫也是如此。次年他游历了洛阳的龙门奉先寺，并写下《游龙门奉先寺》一诗，此诗在杜诗早期各类文本中皆排首位，《望岳》排次位。通诵《游龙门奉先寺》，全篇情绪低沉冷寂，透出诗人对佛教的心悟及对生活敏锐的感受力。

而《望岳》同样作于开元二十四年，此篇诗作是杜甫的名篇，由于名气太大，在清代有些杜诗集中将《望岳》排在了卷首。无论如何，我们都可以将《望岳》看成杜甫存世的早期诗作：

岱宗夫如何？齐鲁青未了。
造化钟神秀，阴阳割昏晓。
荡胸生层云，决眦入归鸟。
会当凌绝顶，一览众山小。

中国名山甚多，自周代就有"五岳"之说。《周礼·春官·大宗伯》记载："以血祭祭社稷，五祀、五岳。""五岳"之说源于中国人的五行山岳崇拜，南朝宋人裴骃（yīn）的《史记集解》说："天高不可及，于泰山上立封禅而祭之，冀近神灵也。"秦始皇亲自祭祀，举行封禅仪式的只有泰山。五岳以泰山为首自《史记》始，史称"岱宗"。东岳泰山，西岳华山，中岳嵩山，北岳恒山，南岳衡山。泰山名气最大，《孟子》曰："孔子登东山而小鲁，登泰山而小天下。"由此可见泰山在先秦时名气就很大了。所以杜甫开篇即颂："岱宗夫如何？齐鲁青未了。""夫"，代词，语气词，旨在强调，自问自答；"齐"，齐国，泰山以北；"鲁"，鲁国，泰山以南，可以泛指山东地区；"青"，颜色，代表生机；"未了"，不尽。首联气魄宏大，气象不可描述，充分展现诗人超人的襟怀。

颔联："造化钟神秀，阴阳割昏晓。"这句貌似解释上句，其实视角已换，由首联远望变为探望，由大全景变为近景。"造化"一词，由庄子所创，可以理解为创造演化，改造育化；"钟"，

聚也；"神秀"，神奇秀美；"阴阳"，指泰山的北面和南面；"割"，分也；"昏晓"，黄昏与拂晓。此联对仗极工，立意奇诡，二动词"钟"与"割"运用大胆，出乎意料，又无法替代。上句极尽赞美，对句大胆描绘，让诗的前四句呈现不可名状的宏大视觉感受，犹如全景画卷。

颈联："荡胸生层云，决眦入归鸟。"诗人的视角再度转化，由粗望到细观。"荡胸"，心胸激荡，不能自已；"生"，生出；"层云"，重叠，亦作"曾"；"决眦"，"眦"，眼角，"决"，裂也，眼角要裂开；"归鸟"，今晚归巢之鸟。上句写诗人内心难以控制的情绪，对句写客观眷恋难舍的现象。一主观一客观，主客观之间转化自如，不易察觉，既写出了复杂的人生情绪，又交代了不变的自然规律。

尾联异峰突起："会当凌绝顶，一览众山小。"此句虚写比实写还有力。"会当"，终当，定会；"凌"，升，登上；"绝顶"，最高点；"一览"，纵情观望；"众山小"，使之感觉变小了。诗人在这首五律的结尾处，坐低望高，拥小抱大，漫不经心地显露人生抱负，此时此刻，杜甫还只是一个二十五岁的青年。"会当凌绝顶，一览众山小"这句诗自唐开元二十四年至今，一千三百年来，被文人引用无数次，成为杜甫流传最广的诗句之一，绝非偶然。

《望岳》一诗可以算是杜甫现存的最早诗作，这首诗不仅显现了大诗人的高超技巧，更重要的是显现了一个人的格局。二十五岁的杜甫以"一览众山小"的人生格局，通篇以望东岳泰山，比兴个人人生态度，操刀游刃，角度一联一换，全景、近景、细景、愿景；大气、奇诡、哲理、气魄，一联一变，一变一惊，一惊一获，一获一得，让全诗不限于一首五律，而是杜甫人生的开篇。

《望岳》一诗自古诗评众多，褒贬不一，褒多贬少，褒之"千变万化"，贬之多说"轻浮"。说轻浮者并非无理，以杜甫的诗风而论，"沉郁顿挫"在他这篇年轻时的力作中未见，表现的是一个青年人光芒四射的理想，积极进取的人生，波澜壮阔的未来。全诗遒劲诡丽，格局高远，眼界洞开，气骨峥嵘，与杜甫中年之后的诗风的确有异。但即便有异，仍能看出杜甫作为诗人的天赋之才。

杜甫的天赋之才常常不经意间体现在他的诗作上。唐广德二年（764 年）春，"安史之乱"平定后，杜甫又回到成都草堂，这一年杜甫五十三岁了，流寓浣花溪建草堂也已经过去四年，杜甫触景生情，心情愉悦，随手写下一组四首七言绝句，甚至连诗名也未起，就叫《绝句》，其中第三首脍炙人口：

liǎng gè huáng lí míng cuì liǔ　　yī háng bái lù shàng qīng tiān
两个黄鹂鸣翠柳，一行白鹭上青天。
chuāng hán xī lǐng qiān qiū xuě　　mén bó dōng wú wàn lǐ chuán
窗含西岭千秋雪，门泊东吴万里船。

写景诗在唐诗中算一个不大的门类,单独写景并不易,容易陷于就景写景的窠(kē)臼。写景诗也不容易完全分出来,许多咏史、咏物、边塞、田园等类型诗中都有不同程度的写景。单独的写景诗很不容易写好,非常容易表达空洞。

首联对仗工整:"两个黄鹂鸣翠柳,一行白鹭上青天。"两句四个颜色,黄绿白蓝,自然妥帖地嵌入句式之中,不点明不易觉察。上句满足听觉,细腻可人;下句满足视觉,壮阔无垠。上句动中有静,下句静中有动,其情其景在春天随处可见,但让诗人捕捉到并清新入诗,杜甫算第一人。这么多条件,四种颜色、听觉视觉、动态静态、小景全景,杂然相糅,天衣无缝,如泉流淌,如风飘拂,俨然一幅绝美绘画。

尾联依然对仗:"窗含西岭千秋雪,门泊东吴万里船。"尾联貌似写景,实际写情,情景交融,音韵深长。上句"千秋"为时间概念,下句"万里"为空间概念,"窗"与"门"作为时间与空间参照物,让时间有起点,让空间有终点。"西岭",即四川成都西南方向的岷山;山头积雪终年不化,故曰"千秋雪";"东吴",指长江下游的江苏一带;因水路可由长江通往成都,故曰"万里船"。"窗含"让"千秋雪"多一份时间的哲学含义,"门泊"令"万里船"多一份空间的美学想象。杜甫此时此刻,思绪飘往千载之际,视像已在万里之外,其心胸之广,视野之宽,由家中的一门一窗飞出,动情动心不动声色,有景

有物没有赘言，让尾联干净利索又隐晦地表达了作者潜在之意。

《绝句·其三》以两个互不搭界的对联凑成绝句。其两联均可单独成立并悬挂于堂，其画面感强烈，哲理性隐晦。恰恰是这藏而不露的哲理性，让这首小诗流传甚广，也是杜甫知名度最高的诗作之一。自宋以来，诗评家皆以此诗工巧为评，至清乾隆年间编纂的《唐宋诗醇》中有如此评价："虽非正格，自是绝唱。"虽贬实褒，不拘一格。

杜甫一生坎坷，虽祖父杜审言为朝廷命官，但官小无权，累官修文馆直学士。唐中宗时，因牵扯张易之兄弟案，流放峰州（今越南越池东南）。杜甫祖籍襄阳（今属湖北），因曾祖父杜依艺为巩县令，遂全家迁至巩县（今河南巩义西南），杜甫即出生于巩县，可以算是巩县人。

十九岁时，杜甫离家出游郇瑕（xún）（今山西临猗），次年又漫游吴越，在外游荡了几年，在开元二十三年（735年）时，他回故乡参加"乡贡"，次年又去洛阳参加进士考试，结果落第不仕。随后他去兖州（yǎn）（今山东济宁兖州）寻父讨生活。其父杜闲乃杜审言长子，生母清河崔氏，在杜甫出生后不久去世，父续弦卢氏，杜甫几乎未提及继母，多提兄弟，可见与继母关系不好。杜甫结婚很迟，三十岁才与弘农县（今河南灵宝县）司农少卿杨怡之女结婚，后生儿三女二，杜妻杨氏小杜甫十多岁，杜甫在诗中多处提及爱妻，但杨氏未留下名字与传记。

杜甫婚后在天宝六年（747年）赴长安应试。这一年玄宗诏告天下。"通一艺以上皆诣京师"，举国士子跃跃欲试，杜甫也不例外，参与了这场无一录取的"考试"。这场考试与普通科举考试不同，是制科考试，是君王为选拔人才设置的特别考试，四书五经，只要通一经即可参加考试。但因奸臣李林甫的缘故，考试举子无一过关，李林甫还以"野无遗贤"向唐玄宗解释大唐的天下之才皆已被任用，乃盛世之象。

此后，杜甫困居长安达十年之久，一心欲为官，周游权贵之门，投赠干谒，但皆无果。到了天宝十年（751年），唐玄宗举行祭祀大典，杜甫于前一年预献《三大礼赋》，得到玄宗赏识，命其待制在集贤院，直至四年后，杜甫才得到河西尉这样一个小官。杜甫一介文人，实在无法接受这样一个小小的武官。朝廷随后将他改任右卫率府兵曹参军，此时杜甫已经四十四岁了，因居长安十年有余，被迫接受了这无用的官职。随后杜甫省亲回家，一进门就听到了哭泣声，原来是小儿子饿死了。杜甫悲愤交加，写下了《自京赴奉先县咏怀五百字》。这是杜甫记录在案的第一篇长诗，忧国忧民、伤时怀家，错综复杂，沉郁顿挫，其中名句"朱门酒肉臭，路有冻死骨"深刻地反映出当时社会的境地与矛盾。

此诗写作的几近同时，安禄山举兵造反，"安史之乱"爆发。次年夏，唐玄宗携杨贵妃仓惶西逃，杜甫也已搬家至鄜（fū）州（今

杜甫诗意图册　清　王时敏

请看石上藤萝月
已映洲前芦荻花

陕西延安富县），八月，杜甫只身北上欲投奔唐肃宗，不幸被俘，押解长安，与王维一样被严加看管，因其官太小，被释放。两年后的至德二载（757年），郭子仪率军至长安，杜甫借机出城投奔了肃宗，被授左拾遗，可高兴了没两天，杜甫因故惹怒肃宗，被贬华州（今陕西渭南华县），因此他心情苦闷，写下一系列诗作排遣烦郁。其中《瘦马行》二十句一百四十字，借马寄托个人情感，写形写心，形憔悴心悲楚。明人高棅的《唐诗品汇》评价此诗："辗转沉着，忠厚恻怛，感动千古。"清人高步瀛的《唐宋诗举要》说此诗前半部分："沉郁顿挫，几于声声入破矣。"

乾元元年（758年）底，杜甫离开华州回老家河南探亲，第二年春天，唐军与叛军在邺城（今河南安阳）交战，唐军大败。杜甫又返回华州，途中看到生灵涂炭，不能自已，感慨油然而生，连续创作了"三吏"——《新安吏》《石壕吏》《潼关吏》，"三别"——《新婚别》《垂老别》《无家别》，这类带有纪实色彩的诗作，正是一个伟大诗人肩负的社会责任所在，也是诗歌的诗史价值所在。

乾元二年（759年）夏天，关中大旱，民不聊生。杜甫忧心忡忡，决定放弃仕途，几经辗转，在友人严武的帮助下，于成都建浣花溪草堂，后全家因严武调动寄居在四川奉节县。严武为武将，"安史之乱"后随太子李亨西奔，李亨灵武即位，即唐肃宗。严武一直陪驾，后任绵州刺史、东川节度使，上元二年（761年）被任命为成都府尹兼御史大夫，充剑南节度使，权力极大。这样一个武将仍能写诗，他的《军城早秋》被杜甫称赞"诗清立意新"。他对杜甫高看一眼，二人关系过从甚密，还有诗歌往来。杜甫的《奉济驿重送严公四韵》是杜诗中送别诗的力作，也是唐诗中送别诗的佳作，其中"几时杯重把，昨夜月同行"一联，倒戟而入，深沉不舍，充分地表现了二人的亲密关系。

广德元年（763年）春天，以史朝义自缢为节点，宣告"安史之乱"结束。当这消息传到成都浣花溪草堂，杜甫欣喜若狂，喜极而泣，写下了《闻官军收河南河北》：

jiàn wài hū chuán shōu jì běi　chū wén tì lèi mǎn yī cháng
剑　外　忽　传　收　蓟　北，初　闻　涕　泪　满　衣　裳。
què kàn qī zǐ chóu hé zài　màn juǎn shī shū xǐ yù kuáng
却　看　妻　子　愁　何　在，漫　卷　诗　书　喜　欲　狂。
bái rì fàng gē xū zòng jiǔ　qīng chūn zuò bàn hǎo huán xiāng
白　日　放　歌　须　纵　酒，青　春　作　伴　好　还　乡。
jí cóng bā xiá chuān wū xiá　biàn xià xiāng yáng xiàng luò yáng
即　从　巴　峡　穿　巫　峡，便　下　襄　阳　向　洛　阳。

这首诗不仅有创作的速度感，还有阅读的速度感，因此被称为杜甫的"平生第一快诗"。起句："剑外忽传收蓟北，初闻涕泪满衣裳。""剑外"，剑门关南，指四川；"蓟北"，指幽州、蓟州一带，安史叛军的根据地；"涕泪"，"涕"最初意思为泪，后引申有鼻涕之意；"衣裳"，上衣下裳，"裳"读 cháng，此

处不可理解为衣服之衣裳，"衣"与"裳"分开。杜甫用了"忽传"和"初闻"两个词，先表明了消息的不确定性，因此增加了速度感。"忽传"，突然地、没有征兆地，有点儿不敢相信的消息竟然来了；"初闻"，来不及辨识真假，也不想辨识真假，宁愿信其真。然后放声大哭，涕泪滂沱，哭得连上下衣都湿了。作者的一个"满"字将久久压抑的情绪完全释放，不掩饰，不顾忌，痛快淋漓，似乎一切传闻此时已是事实。

颔联："却看妻子愁何在，漫卷诗书喜欲狂。""却看"，"却"，反之，回过头去看；"妻子"，妻与子；"愁何在"，反问句式，哪里还有愁呢？"漫卷"，胡乱地收拾；"诗书"，显然诗书比行李重要；"喜欲狂"，高兴得发狂。此联的意蕴在于作者在第一拨情感过后，稍稍冷静地由己及彼，看看老妻幼子的状态，多多少少地掩盖一下自己开始的"失态"，由喜极而泣到破涕为笑，重复着人生的两极情绪，同时也展现了全家人的同一状态，让诗的速度感加剧。

颈联："白日放歌须纵酒，青春作伴好还乡。"此联一反杜甫诗作风格，没有阴郁，明亮畅快，表述风格竟然有李白诗风的影子。这句诗太像李白写的了，可见杜甫诗作也有浪漫不羁的一面。"白日"，白天；"放歌"，纵情唱；"须纵酒"，必须边饮边唱，烘托气氛；"青春"，指春天；"作伴"，马上启程；"好还乡"，目的地；"好"，在此有正巧、恰好之意，仍体现诗的速度感。

尾联："即从巴峡穿巫峡，便下襄阳向洛阳。"尾联是诗人的神来之笔。四个地名——巴峡、巫峡、襄阳、洛阳，句内对偶，然又两句相对。这种尾联对偶的律诗并不多见，杜甫另一首五律《悲秋》尾联曾用过："始欲投三峡，何由见两京。"但此首尾联新裁，直接写出诗人的回家路线：水路——巴峡－巫峡，旱路——襄阳－洛阳。"即从"，"即"，立即；"从"，开始；"穿"，水路穿江而过；"便下"，"便"，接上；"下"，继续；"向"，方向。杜甫用词之准确，无一字不贴切，无一字不传神，由此将诗的速度感推至巅峰。

杜甫的《闻官军收河南河北》在杜甫的诗作中别具一格，与他总体诗风"沉郁顿挫"十分不符，既不"沉郁"，也不"顿挫"，而是欢快畅达，奔涌而来，呼啸而去。而这正是一个伟大诗人所具备的特质，真实敏感，不落窠臼。既可以"语不惊人死不休"，又可以"下笔如有神"，我是极为欣赏杜甫这首诗的，每每读来热血沸腾。

杜甫的许多名句脍炙人言，流传极广，甚至逐渐深化为俗语格言，例如：

jiǔ zhài xún cháng xíng chù yǒu　　rén shēng qī shí gǔ lái xī
酒债寻常行处有，人生七十古来稀。
　　　　　　　　　　　　　　　　qū jiāng　　qí èr
——《曲江·其二》

富贵必从勤苦得,男儿须读五车书。
——《柏学士茅屋》

此曲只应天上有,人间能得几回闻。
——《赠花卿》

丹青不知老将至,富贵于我如浮云。
——《丹青引赠曹将军霸》

这些诗句朴素上口,道理简单明晰,有些甚至不像诗句,倒像民间俗语,恰恰是这些"民间俗语"式的表达,成就了杜甫体恤民生、悲天悯人的情怀,让其诗句广为流传,至今不衰。

唐诗是中国文学的最高表达形式,属于文学创作之塔尖,但它又是从民间口头文学慢慢转化培养起来的。从先秦《诗经》到唐代的格律诗,诗歌发展也走过漫长的路,但万变不离其宗,即文学中的人情世故:

正是江南好风景,落花时节又逢君。
——《江南逢李龟年》

花径不曾缘客扫,蓬门今始为君开。
——《客至》

杜甫《遣怀》诗意图 清 石涛

lǎo qī huà zhǐ wéi qí jú, zhì zǐ qiāo zhēn zuò diào gōu
老妻画纸为棋局，稚子敲针作钓钩。

jiāng cūn
——《江村》

tòng yǐn kuáng gē kōng dù rì, fēi yáng bá hù wèi shéi xióng
痛饮狂歌空度日，飞扬跋扈为谁雄。

zèng lǐ bái
——《赠李白》

国人在漫长的儒家文化熏陶中，渐渐养成了一套人情世故、处世方法，人情世故隐含的意思包括某些时刻要放弃一些固有的原则。人情，人之常情，喜怒哀乐；世故，世事变故，随机应变。在诗中传达有价值的人情世故，杜诗中留心可见，有些还成为后世准则。

世俗意义的“人情”与“世故”有时还嫌不够，杜甫在诗作中会强调哲理，试图进一步说明诗的宗旨：

ěr cáo shēn yǔ míng jù miè, bù fèi jiāng hé wàn gǔ liú
尔曹身与名俱灭，不废江河万古流。

xì wéi liù jué jù · qí èr
——《戏为六绝句·其二》

dú shū pò wàn juàn, xià bǐ rú yǒu shén
读书破万卷，下笔如有神。

fèng zèng wéi zuǒ chéng zhàng èr shí èr yùn
——《奉赠韦左丞丈二十二韵》

shè rén xiān shè mǎ, qín zéi xiān qín wáng
射人先射马，擒贼先擒王。

qián chū sài · qí liù
——《前出塞·其六》

会当凌绝顶，一览众山小。

—— 《望岳》

诗言志，歌抒情。在诗中阐述哲理，一定藏而不露，顺势而为。杜诗中的哲理就是这样一个原则，在没有讲述哲理的地方和时候，貌似不经意地讲述出一段哲理，深入浅出，深者看深，浅者看浅，都有收获，"随风潜入夜，润物细无声"。

纯技术性的诗句也是诗中必不可少的因素，唯美不雕的诗句在杜诗中比比皆是：

细雨鱼儿出，微风燕子斜。

—— 《水槛遣心·其一》

颠狂柳絮随风舞，轻薄桃花逐水流。

—— 《绝句漫兴·其五》

星垂平野阔，月涌大江流。

—— 《旅夜书怀》

露从今夜白，月是故乡明。

—— 《月夜忆舍弟》

杜甫《漫成》诗意图　清　石涛

这些唯美不事雕琢之句，凸显诗之优美。诗在中国各类文学形式中，句式的优美都体现在事先设定的技巧之上，尤其格律诗，对仗、择词、用典、平仄、韵律等，都在帮助诗意臻于完美。杜诗中的这类句子，是诗人的天赋，亦是诗人成为大诗人的先决条件。

杜甫的诗风“沉郁顿挫”是在论的，如果只能用四个字评价杜诗，恐怕找不出更合适的词了。这类“沉郁顿挫”的诗句往往在一两句诗中难以体现，但杜诗中仍能以小见大，寥寥几字，表达充分：

cóng jú liǎng kāi tā rì lèi， gū zhōu yī xì gù yuán xīn。
丛菊两开他日泪，孤舟一系故园心。

qiū xìng qí yī
——《秋兴·其一》

qīn péng wú yī zì， lǎo bìng yǒu gū zhōu。
亲朋无一字，老病有孤舟。

dēng yuè yáng lóu
——《登岳阳楼》

guó pò shān hé zài， chéng chūn cǎo mù shēn。
国破山河在，城春草木深。

chūn wàng
——《春望》

chū shī wèi jié shēn xiān sǐ， cháng shǐ yīng xióng lèi mǎn jīn。
出师未捷身先死，长使英雄泪满襟。

shǔ xiàng
——《蜀相》

杜甫忧国忧民，悲天悯人，对于朝廷之腐败，民间之疾苦都能冷静地记录，掺入个人真实情感，即使在自己人生不得意之时，仍能客观地看待社会，剖析社会，"穷年忧黎元，叹息肠内热"。杜甫伟大的创作思想在于他的人格魅力，虽命途多舛，内心纠结，但他仍有儒家士子"致君尧舜上，再使风俗淳"的思想。他揭露批判社会的同时，又赞美讴歌生活的方方面面，所以他的诗能和百姓产生共鸣。

作为大诗人，技巧与观察超越常人是先决条件，杜甫这两点尤甚。技巧上，其诗格高律精，炼字不可挑剔，对仗工整绝佳，既严守格律，又有突破创新。"为人性僻耽佳句，语不惊人死不休"——"为人性僻"多表现为纠结，"语不惊人死不休"则是纠结之果。

杜甫生前未做高官，与唐肃宗李亨有过一面之交，与大诗人李白有过有限的交往，双方互有诗歌往来，有过令人羡慕的兄弟情，"醉眠秋共被，携手日同行"。杜甫小李白十一岁，诗风大异，李白浪漫，杜甫现实，二人的诗构成了唐代诗歌的两座高峰。最早给予其肯定的是唐宋八大家之首的韩愈，韩愈力排众议，写下"李杜文章在，光焰万丈长"这样超越时代的评价。稍晚的白居易也给予杜诗极高的评价："贯穿今古，觐缕格律，尽工尽善。"

到了宋代，唐诗得以全面总结，大唐由初、盛、中、晚四个阶段组成,每个诗人所处的环境后人看得比当朝人清楚。司马光说:"古人为诗,贵于意在言外,使人思而得之,故言之者无罪,闻之者足以戒也。近世诗人,惟杜子美(杜甫)最得诗人之体。"苏轼也说:"古今诗人众矣,而杜子美为首。"陆游《游锦屏山谒少陵祠堂》则说:"文章垂世自一事,忠义凛凛令人思。"唐宋文学大家都对杜甫的诗作极尽赞美之词,让杜诗超越了文学的范畴。

杜甫前半生身处盛唐,后半生经历"安史之乱",他热心冷眼地看待世界的变化,倾情入心地记录着他所处的时代,"不虚美,不隐恶",手执一把锋利的手术刀,剖析着那个有过繁华也有过腐败的社会。他的诗不再是单独的诗,而是具有巨大人文价值的"诗史",所以后人称他为"诗圣"。

梨花图（局部） 元 钱选

岑 参

(约715－770年)

千树万树梨花开

《走马川行奉送封大夫出师西征》
《寄左省杜拾遗》

岑参（约715—770年）与高适同为著名的边塞诗人，并称"高岑"。岑参祖上厉害，历朝为大官，到曾祖岑文本时，官至中书令，负责直接向皇帝密奏"封事"，贞观十九年（645年）从征辽东，鞠躬尽瘁，卒于征伐途中，死后陪葬于唐太宗的昭陵，此为殊荣。伯祖父岑长倩自幼父母双亡，由叔父岑文本养大，官亦至中书令。天授二年（691年）因其反对册立武承嗣为皇太子，得罪了武则天，最后被诬陷谋反，株连五子同时被害，岑家就此衰落。因此到了岑参，连其具体出生日、出生地都失记载。他年幼时家贫，只能跟着哥哥蹭学，但岑参天资聪颖，史载五岁能读，九岁能文能诗。

　　约在开元十七年（729年），岑参移居嵩阳（今河南郑州登封），后来没过多久，再度移居颍阳（今属河南郑州登封），两地相隔不远，巧的是为嵩山东西两峰的所在地。岑参在这样的大山下生活，目力所及都是高山峻岭。本来嵩山就是五岳之中心，左岱（泰山）右华（华山），古称"中岳嵩山"，有七十二峰。《诗经·大雅·崧(sōng)高》有"崧高维岳，骏极于天"的诗句。在这样的自然与人文环境中，岑参修身养性，潜心学问，从他早年的诗作可以看出环境对他的影响。他此时都是凭艺术直觉写作，例如《寻巩县南李处士别业》："桑叶隐村户，芦花映钓船。"写得清新自然。

岑参二十岁左右离家奔了京城长安。他本想凭本事求个一官半职，但因无人脉亦无学历，长期无人重用。直到他将近三十岁的时候，天宝三年（744年），科举登进士第，三年后获得兵曹参军职务，负责琐事打杂。这时候岑参已年过三十，遂写了《初授官题高冠草堂》，诗中有一句："三十始一命，宦情多欲阑。""一命"是指最低官秩，周代定制，九命最高。这句是说都三十岁了，才得这样一个小官，我做官报效国家的热情都快熬尽了。此诗表达了他为官的心酸。次年，监察御史颜真卿赴河陇（今甘肃西部），岑参在长安写了《胡笳歌送颜真卿使赴河陇》，诗中气韵悲凉，充满了对友人的惜别之情。这一年唐朝大将高仙芝奉命出塞，岑参作为幕僚跟随，至天宝十年（751年），高仙芝兵败还朝，岑参也于当年秋天回到长安。

这是岑参第一次走出阳关。他亲眼看见了西域的大漠孤烟，踏上了戈壁荒原，知道了塞外将士的生存不易，感慨良多。尤其是身份的变化，年龄的增长，都让他对边疆有了更强烈的认识，这为他边塞诗的创作提供了坚实的基础。天宝十三年（754

关山积雪图(局部) 清 顾连

年)岑参二度出塞,此时他官职升为节度判官。"节度"在此的意思是调度指挥,判官权重,相当于副使,这对岑参来说是信任也是荣誉。因为安西、北庭自汉武帝起就是匈奴与汉发生大规模冲突之地,此地随着唐初汉军的征服,汉人数量过万,尤其开元盛世后这里引来了大量的新移民。天时地利人和,三者对岑参都呈现有利之态,他的边塞诗代表作《白雪歌送武判官归京》以及《走马川行奉送封大夫出师西征》两首诗均创作于这一时期。前一首中有一句著名的诗句意境极美,古往今来引用颇多:"忽如一夜春风来,千树万树梨花开。"后一首写得章句奇诡,意象万千:

jūn bù jiàn　　zǒu mǎ chuān xíng xuě hǎi biān
君不见、走马川行雪海边,
píng shā mǎng mǎng huáng rù tiān
平沙莽莽黄入天。
lún tái jiǔ yuè fēng yè hǒu
轮台九月风夜吼,
yī chuān suì shí dà rú dǒu
一川碎石大如斗,
suí fēng mǎn dì shí luàn zǒu
随风满地石乱走。
xiōng nú cǎo huáng mǎ zhèng féi
匈奴草黄马正肥,
jīn shān xī jiàn yān chén fēi
金山西见烟尘飞,

汉家大将西出师。
将军金甲夜不脱，
半夜军行戈相拨，
风头如刀面如割。
马毛带雪汗气蒸，
五花连钱旋作冰，
幕中草檄砚水凝。
虏骑闻之应胆慑，
料知短兵不敢接，
车师西门伫献捷。

  先说节奏。全诗十七句，除前两句一韵，后三句一韵，诵之节奏韵律一反常规，听者有节奏跟不上之感。因为自《诗经》以来，诗歌就形成上下对句的表达方式，尤其到了唐代格律诗，起句与对句形成上下关系，两句成联。而岑参这首《走马川行奉送封大夫出师西征》完全改变节奏，除开篇两句，加上"君不见"之引句，其他都是三句一转韵，新奇大胆。"君不见、走马川行雪海边，平沙莽莽黄入天。"也可以把这一节看成三句，"君不见"作为提示强调，这在唐诗中常用，有呼告之用，尤其较长诗歌更常使用，"君不见"等于开场引子。"走马川"，一说是且末河（车尔臣河）；"雪海"，冬季大面积的积雪，冰河雪海，环境严酷；"平沙莽莽黄入天"可以佐证王之涣的"黄沙直上白云间"，诗人某些时刻感觉相通。首句大视野，长镜头，交代了边塞艰苦的自然环境。

第二节："轮台九月风夜吼，一川碎石大如斗，随风满地石乱走。""轮台"，今新疆米泉境内，汉以前此地为塞种、大月氏、匈奴等诸多游牧民族聚集地。新疆由于地理位置的原因，很多地方都会刮大风，刮风时飞沙走石一点儿都不夸张，拳头大石头随风翻滚属于常见现象。岑参这段描写虽有夸张之词，但没有夸张之句，没见过新疆大风的人无法想象，显然这是岑参的亲眼所见。这一景象在次句推出，实际上在描绘边塞外在环境的恶劣。

第三节："匈奴草黄马正肥，金山西见烟尘飞，汉家大将西出师。""金山"，乌鲁木齐东面的博格达山，晚秋日光照耀下色金；"汉家"在此类比唐军。这一节以静制动，暗藏杀机。"匈奴草黄马正肥"，以逸待劳的敌人，"金山西见烟尘飞"，双方躁动不安的情绪，一触即发的战争场面，迫使"汉家大将西出师"。这段文学描写将开始不确定的情景向前推进了一大步，由不确定变得十分确定，战争马上就要开始了。

第四节："将军金甲夜不脱，半夜军行戈相拨，风头如刀面如割。"诗人将渲染到头的气氛再推进一步。半夜战士们都不得脱衣休息，枕戈待旦；半夜调动部队行进时，刀戈相碰发

关山积雪图 宋 燕肃

出阵阵瘆人的声响；此时此刻的风更大了，如刀割面一样的疼痛。"风头如刀面如割"一句，如果岑参没有上前线与将士一起走的话，他是感受不到的，感受不到也就写不出来。这段听着凄厉，如果再置身于此，就应该知道战争的残酷和将士的舍生忘死。

第五节："马毛带雪汗气蒸，五花连钱旋作冰，幕中草檄砚水凝。"马是非常耐寒的动物，人类豢养它的历史并不长，主要用来作为战争机器。人类培育马的目的就是帮人类打仗，尤其汉唐时期，马在战争中是非常关键的，"兵马未动，粮草先行"，兵马并列对待。古代战争，拥有马的数量实际上是成败的关键。元代蒙古大军一路西行摧枯拉朽，依靠的就是用马的制度。马负重前行极爱出汗，在天寒地冻的天气里，"马毛带雪汗气蒸"描写得十分生动。"五花连钱旋作冰"，"五花马"有多个解释，但此处的"五花马"很清晰，是毛发打旋形成圆形钱状。从马汗流淌的状态来看，顺毛而下的汗水不能停留，唯独在打旋的马毛处，汗水可以停留，天气极冷，汗水一停留就会结冰。这一点上，岑参是有生活经验的，他如果不在前线，不经历此情此景，断然写不出此句。最后一句抛开室外进入军帐，写一篇战斗檄文也没有可能了，砚台上的水早已成冰。这一点上，岑参的文人底气显现了，即便战场刀戈相见，气氛紧张，但文人们仍保留文人的尊严，视死如归。"草檄"，起草檄文,古人两军交战明刀明枪地下战书,不搞游击战。天冷得即便帐篷中也滴水成冰,无法写字。

但是不下战书,敌人也会被将士高昂的士气震慑。"虏骑闻之应胆慑,料知短兵不敢接,车师西门伫献捷。"最后之句是诗人的美好愿望,敌人听见我们的动静应该害怕了吧,料定他们不敢短兵相接,那么大家就在车师西门等待捷报了。

岑参任安西北庭节度使判官期间,大将封常清数次出征作战,岑参直接或间接参与这些艰苦的战斗,深有感触,遂写下不朽诗篇,另一篇《轮台歌奉送封大夫出师西征》是同一时期的诗作,可见岑参之投入。只不过这篇句句用韵,三句一转,强调奇特的节奏,节短势险,显得激情豪壮,这在唐诗创作中十分罕见。

岑参与杜甫、高适、王维等大诗人皆有交游,四人之中,岑参最小。高手与高手在一起,会碰撞出创作火花。乾元元年(758年),杜甫等人举荐岑参为右补阙,而杜甫当时任左拾遗。拾遗、补阙都是朝廷谏官,唐代才设置,分属门下、中书两省,杜甫在门下省。门下省居宣政殿门左侧,故称左省;中书省居右,称右省。拾遗、补阙官品级低,从八品,位卑权重,因是皇帝近臣,亦需谨慎。这一年,"安史之乱"刚刚缓解,安禄山已死,长安、洛阳相继收复,在这一背景下,岑参从塞外东归,生活有所安定,加之与杜甫的情谊,让他写下《寄左省杜拾遗》:

联步趋丹陛，分曹限紫微。
晓随天仗入，暮惹御香归。
白发悲花落，青云羡鸟飞。
圣朝无阙事，自觉谏书稀。

  岑参这首五律写得技巧性极强，多少有些南朝以来的宫体诗的影子。宫体诗本身指描写宫廷生活的诗，后又指这类诗形成的诗风。最初始于南朝梁简文帝为太子时与文人墨客的唱和，辞藻靡丽，内容多涉及宫廷男女之情。入唐后宫体诗风又受到佛教影响，内容表达渗入佛家思想，摆脱了早期艳情诗的苍白。

  岑参首联对仗严谨又轻松自然："联步趋丹陛，分曹限紫微。""联步"一词用得巧妙，一开始岑参拉近了与杜甫的距离，一拾遗一补阙，一左一右一起上朝，一个"趋"字传神有情，似乎可以看见岑杜二人在宫廷前躬身前往；"丹陛"，宫廷的台阶，古时多饰红色，诗中常借指宫廷或皇帝；"分曹"，"曹"字本义指对、偶，可以引申为分组，分队，分部门。李商隐的"隔座送钩春酒暖，分曹射覆蜡灯红"的"分曹"就是分组；李白的"连呼五白行六博，分曹赌酒酣驰晖"也是分组；岑参的"分曹"指的是门下、中书省分立。"限"，界限，分隔；"紫微"，指紫微垣，古人认为紫微星位置永恒不移，故视为天帝居所，亦称紫宫。首联的意思是，我和你二人一起同行登上宫廷，各按左右分别列队，表示对皇帝的尊敬。岑参用词谨慎独到，尤其两个动词"趋"与"限"，使得臣子在皇权面前既有谨慎又保持了一定的尊严。

接着是颔联："晓随天仗入，暮惹御香归。"此联依然对仗严谨又不失天然。早晨随着皇家的仪仗队进入宫廷，晚上又衣冠楚楚地从皇宫回来。岑参前两个动词依然准确。"随"，自然天成，按部就班，日复一日，年复一年；"惹"，出乎意料，情理之中，以气味的微妙变化，带出了宫廷奢华庄重的气息。

颈联笔锋一转，奇峰凸起："白发悲花落，青云羡鸟飞。"颈联虽仍对仗工整，但诗意明显与前四句脱节，悲从喜中来，完全抑制住了前四句的庄重气氛，很多宫体诗就追求这种气氛转折。岑参告诉杜甫，我们老了，看见花开花落就生悲，只能看着年轻人青云直上，如鸟高飞。这一联充满了悲观，某种意义上讲，也是岑参与杜甫私下交流的结果，带有不满不被重用的埋怨情绪。

最后岑参写道："圣朝无阙事，自觉谏书稀。"结尾读来有些费解，明面意思是，当今朝廷歌舞升平，没有什么缺点值得我们这些谏官指出的；暗下岑参可能说的是反意，"安史之乱"的麻烦朝野都看得清楚，那么多的官场弊端没有解决，导致国家遇灾遇难，我们作为朝廷最底层的命官，上书进谏还有必要吗？

其实历史就是这样。很快，岑参与杜甫都相继离开宫廷，出京赴任，此诗成为岑参做朝廷命官时的绝唱。

《寄左省杜拾遗》与岑参的边塞诗风格大异，写得谨慎周全，用词熨(yù)帖收敛，从作诗技巧而言，更工于技留于情，技巧达到巅峰，情感保留一半，而正是岑参在诗意与技巧之间找到了一个契合点，这个点就是文人的风骨与官场的血腥之间的平衡。文学就有这个能力，诗歌当然能力更强。

一个诗人在其创作历史中，会受到当时环境的影响，经历与阅历也会改变诗人格局。岑参就是这样，早年诗作清丽俊逸，意境新奇；但当他出塞之后，眼中看见的世界震撼心灵，诗作亦会发生改变，变得雄浑大气，题材开阔。从这点上说，生活的磨砺一定是诗歌创作的最佳源泉。

仿松雪老人意图　清　顾逵

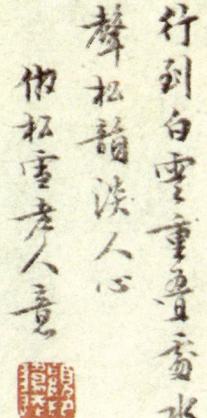

皇甫冉

(约718—约770年)

心随明月到胡天

《春思》
《送魏十六还苏州》
《巫山峡》

皇甫冉（约718—约770年），字茂政，祖籍泾州安定（今甘肃平凉泾川北），后迁居润州丹阳（今属江苏）。皇甫冉诗名早著，十岁时即能写诗著文。唐开元年间，年至半百的张九龄偶见皇甫冉，感叹他年纪这么小，诗文就写得这么好，视其为清才。张九龄不矜官大年高，直呼皇甫冉为小友，可见惜才之心。

到了天宝十五年（756年），皇甫冉考中当年进士第一，即为状元，可见皇甫冉的天赋。可惜他生不逢时，这一年赶上"安史之乱"爆发，朝野陷入一片混乱，人心惶惶。皇甫冉即便考中状元，也只能去无锡任职县尉，无所事也无所求，只好写诗聊以自慰。"安史之乱"后，唐朝由盛转衰，盛景不再，大唐的风光都已成往事，皇甫冉读先辈们的诗恐怕感慨良多。他的诗没有了盛唐恣意的光芒，"文词清丽，意境明朗，浑然天成，音韵流畅"（清代管世铭《读雪山房唐诗钞》），处处可以读出诗人对世事的感叹。多好的诗人都逃不出历史的框架，他所处什么样的时代,就必然产生什么样的诗歌。元代辛文房《唐才子传》说他:"往以世道艰虞,遂心江外,故多飘薄之叹。"此话说得中肯到位。

皇甫冉存诗二百余篇,《唐诗三百首》只收录一篇,即他的名篇《春思》:

莺啼燕语报新年,马邑龙堆路几千。
家住层城临汉苑,心随明月到胡天。
机中锦字论长恨,楼上花枝笑独眠。
为问元戎窦车骑,何时返旆勒燕然。

以春思为题作诗,唐代许多诗人都有过。李白《春思》出句干脆:"春风不相识,何事入罗帏。"韦应物的《春思》写得清丽:"閶阖晓开凝碧树,曾陪鸳鹭听流莺。"贾至的《春思》意境独特:"东风不为吹愁去,春日偏能惹恨长。"陆龟蒙的《春思》写得俏皮:"谁家无事少年子,满面落花犹醉眠。"而皇甫冉开篇起句喜庆,对句立刻陷入沉郁。"马邑",在今山西省朔州市朔城区,秦代所筑城名,西汉曾与匈奴争夺此城;"龙堆",白龙堆简称,原为西域沙丘名,汉代扬雄《法言·孝至》:"龙堆以西,大漠以北,鸟夷兽夷,郡劳王师,汉家不为也。"诗歌中"龙堆"一词多用,代指沙漠。"马邑龙堆"在此指边疆。

胤禛美人图 清 佚名

首联上下句的急转关系，让诗一开始就动人心弦。

《春思》是以一位将士妻子的口吻写的，在明媚的春光里，妻子对丈夫魂牵梦绕，满心盼归。尽管盛唐社会相对安定，但边关时不时也会发生摩擦，由于信息沟通不畅，前方将士与后方亲属之间永远有着思念，有着解不开的心结。起句是描写家中已喜庆迎新年了，对句则是几千里外边疆还不知此时如何呢。

颔联："家住层城临汉苑，心随明月到胡天。"颔联仍旧平和，有点儿"良辰美景奈何天"的感觉。我住在京城长安最繁华的地方，看着这一片繁荣热闹之景，深深地想念前方的夫君；每到晚上，月亮出来之时，我就猜想夫君是不是也在看月思乡。古人屋中照明不仅成本高，还亮度低，所以入夜明月就格外显眼，加之人入夜后头脑歇息，此时极容易思念家乡或亲人。李白的"举头望明月，低头思故乡"，王建的"今夜月明人尽望，不知秋思落谁家"，杜甫的"满月飞明镜，归心折大刀"，张九龄的"海上生明月，天涯共此时"等诗句都是望月思乡的佳作。皇甫冉的"心随明月到胡天"则别致有加，句式动态反向，由家乡及边疆，居安思危，本意是问远方的亲人是否在思念我们。这种反向寻问会比正向寻问更多一分思念，一分伤悲。

颈联："机中锦字论长恨，楼上花枝笑独眠。"此句用典，文涉《璇玑图》，故事有些曲折。苏惠与丈夫窦滔本来恩爱，十六国前秦国君苻(fú)坚攻下秦州（今属甘肃天水）后，得知窦滔深受百姓拥戴，遂让其做秦州刺史。可后来窦滔夙敌联名诬告，国君苻坚采信后将窦滔发配沙州（今甘肃敦煌）。窦滔在沙州结识了能歌善舞的赵阳台，并纳为妾。苏惠闻之对夫君不满并拒绝与丈夫同往襄阳，窦滔只好携妾赴任。不久后，苏惠后悔了，便将对丈夫的思念作成多首诗赋，计八百四十一字，纵横各二十九字，经过她自己的反复编排，纵、横、斜、交互、正、反、退一字、叠一字均可读通成诗。苏惠后将排好的《璇玑图》用五色丝线绣在锦缎之上，共二百余首诗；绣好后派人送给夫君窦滔，窦滔看见《璇玑图》后决定将赵阳台送回老家关中，将苏惠接到襄阳，和好如初。《璇玑图》的故事不虚，唐武则天时期，武则天专门为《璇玑图》出版作序，序文文采过人，对苏惠充满同情。后来宋代才女朱淑真还写有《璇玑图记》，堪称"双璧"。

皇甫冉颈联用《璇玑图》典故，深层次说明夫妻之间的情与恨。短恨与长恨不同：短恨多为激情，无理智可言；长恨多为情深不达，由爱及恨，难解。但苏惠有心有意，自我反省地化解了。我一直认为自省是人在社会交往中的最佳能力，凡能自省之人都会有好日子过，不能自省的人只会在泥潭里越陷越深。所以诗人用了一个"论"字，有分析说明之意。"楼上花枝笑独眠"写得含蓄，这一"笑"有取笑之意，是对不能自省之人而言的，如果能自省，取笑就不再有意思。

皇甫冉用了颔颈两联描绘了女子思夫的复杂心理，让思夫怨恨变得丰满立体。做好这层铺垫后,作者替妻子发出最后一问:"为问元戎窦车骑,何时返旆勒燕然。"尾联再次用典,"元戎",指统帅,本义是大的兵车。"元",大也;"戎",战车也。《诗经·小雅·六月》有:"元戎十乘,以先启行。""窦",窦宪,东汉名将;"车骑",将军。东汉建初三年,窦宪犯死罪囚于大牢,请求出击北匈奴,以功赎死。后大败北匈奴,登上燕然山,刻石记功,史称"燕然勒石"。"勒",引申当"刻"讲;"旆",旗帜的总称,"反旆",班师。诗人用此典说明前线边疆的艰苦与风险,虽为和平之时,但仍有危险并存,妻子此时弱弱地问一句,假设的前提还是胜利班师回来,问语中充满了一半担心一半自信。

《全唐诗》评价皇甫冉:"天机独得,远出情外。"《春思》一诗用此八字评价恰如其分。皇甫冉的诗注重巧思,如《送魏十六还苏州》:

qiū yè chén chén běi sòng jūn, yīn chóng qiè qiè bù kān wén。
秋 夜 沉 沉 北 送 君, 阴 虫 切 切 不 堪 闻。
guī zhōu míng rì pí líng dào, huí shǒu gū sū shì bái yún。
归 舟 明 日 毗 陵 道, 回 首 姑 苏 是 白 云。

"魏十六",诗人朋友,其他不详,按唐代流行在同族中排行第十六。当时皇甫冉居常州,魏十六从苏州来看他,分手回程时,皇甫冉写诗送行。显然两个人聊得很投机,所以诗人

秋江待渡图 明 仇英

说："秋夜沉沉北送君。"常州在苏州西北方向。对句"阴虫切切不堪闻"，"阴虫"指蟋蟀类鸣虫，喜阴，多夜晚鸣叫。阳虫指蝈蝈类鸣虫，喜白天鸣叫。阴虫叫声在诗歌中的文学意象多为悲凉。例如柳宗元诗："庭际秋虫鸣，疏麻方寂历。"郑谷诗："晚带鸣虫急，寒藏宿鹭愁。"孟浩然诗："何以发秋兴，阴虫鸣夜阶。"马戴诗："露滴阴虫苦，秋声远客悲。"因为阴虫鸣声的文学意象，皇甫冉说"不堪闻"，心里承受不了悲别之声。前两句一副惜别之情，虽无十八相送之行，但有十八相送之心。

诗的后两句一下子开阔起来，诗人的寄语并不忧伤，也没有拖泥带水，而是大胆设计："归舟明日毗陵道，回首姑苏是白云。""毗陵"，为常州古称，汉高祖五年（前202年）称毗陵，隋文帝开皇九年（589年）置常州。明日踏上归舟经过毗陵道时，苏州的天气一定是蓝天白云的大晴天。

送别诗主旨虽一样，但诗文总是千差万别，皇甫冉先抑后扬，先阴后明，让短诗充满了张力，前后两景，一实一虚，次日的虚衬托着今夜的实。虚实得当的搭配，正是这首小诗的特点，所以明代李攀龙、袁宏道《唐诗训解》说："意在言外。"

长江三峡瞿塘峡、巫峡、西陵峡共计四百里长，其中巫峡幽深秀丽，峡区奇峰怪石，峭壁屏列，曲折迂回，历代文人吟诵诗作不计其数。李白诗："巫峡夹青天，巴水流若兹。"杜甫诗："玉露凋伤枫树林，巫山巫峡气萧森。"刘禹锡诗："巫峡苍苍烟雨时，清猿啼在最高枝。"李商隐诗："一条雪浪吼巫峡，千里火云烧益州。"历史上为长江三峡尤其巫峡写下诗的诗人不在少数。

晚唐某年，刘禹锡路过巫山，见到处都是古人题诗，遂从千余首诗中挑出了皇甫冉、沈佺(quán)期、王无竞、李端的四首。到了明代，大学者、诗歌批评家胡应麟说：四首以皇甫冉诗最佳。从此之后，《巫山峡》有了三峡诗魁首之誉：

巫峡见巴东，迢迢出半空。
云藏神女馆，雨到楚王宫。
朝暮泉声落，寒暄树色同。
清猿不可听，偏在九秋中。

这首诗不难懂，写得平实。大凡在民间可以口口相传的诗词都要具备这一特点。不论诗人想得多深，但要写得通俗明白，让读者有心可以相通，有意可以相传。颔联现象，颈联感受，尾联心声，一联一层，层层相联，自然清新，内容唯美。

由于皇甫冉的诗歌成就，清代人曾误传皇甫冉为"大历十才子"之一。大历为唐代宗李豫的年号（766—779年），共计使用了十四年。皇甫冉于大历五年（770年）前后就病逝丹阳任上。皇甫冉去世后，其弟皇甫曾为兄编《皇甫冉诗集》三卷，称有三百五十篇诗，惜今《全唐诗》存其诗二百三十首，后陆续又发现几首。皇甫曾诗名与其兄相亚，存世诗五十几首，其中《送人还荆州》有"青门一分手，难见杜陵人"句，为后人称颂。

韩翃(hóng)

(生卒年不详)

春城无处不飞花

《章台柳·寄柳氏》
《寒食》

唐朝有个能写故事的人叫孟棨(qǐ)，他的生卒等基本情况无人知晓，只知道他是唐僖(xī)宗乾符二年（875年）的进士，不走仕途，喜好编故事，出版过一本书叫《本事诗》，此书记录了一些唐朝诗人的逸闻逸事，同时收录了他们的诗，这使许多唐诗因此保留了下来。

小说到宋元，甚至明清时都不被文人重视，不登大雅之堂，唐以前大都叫"传奇"，志怪类为主。唐代开始有文人记录生活中的所见所闻，开始了小说的创作。这种创作也分两类：一类以虚为主，例如段成式《酉阳杂俎(zǔ)》；一类以实为本，《本事诗》就属于后者。唐代的小说都是短篇，有的短至百十字，看着像一个故事梗概，但小说要素齐全，充满人情世故，读之余味悠长。

《本事诗》在文学体裁上算笔记小说，笔记小说这种形式后来没有了，它多少有点儿像今天的报告文学。它的虚构部分少，大部分内容基于事实，这就为我们提供了比较真实的信息。专门为诗人写这样一本书，而这些诗人大多历史上有大名，这对后人了解唐朝风情有非常重要的参考意义。此书分七部分，情感第一，事感第二，事逸第三，怨愤第四，征异第五，征咎第六，嘲戏第七。古人思路与今人没什么大不同，情感永远放在第一。

《情感》第一部中，孟棨写了十一个故事，最长的就是韩翃的故事，涉及的诗恰恰也是韩翃最有名的两首诗《章台柳·寄柳氏》和《寒食》。

他开篇就讲："韩翃少负才名，天宝末举进士。孤贞静默，所与游皆当时名士。"这可以与韩翃的履历对照看一下。韩翃（生卒年不详），字君平，南阳（今属河南）人，天宝十三年（754年）考中进士。他与钱起、卢纶、司空曙、李端等十人在唐代大历年间十分活跃，偏重诗歌技巧，史称"大历十才子"。履历对照小说看基本差不多，唯独履历看不出韩翃的性格"孤贞静默"。孤贞静默和少言寡语有点儿区别，孤贞应该是清高，静默是少语。

纵观韩翃的创作，隐隐约约有这样一点儿影子。比如，他的诗以送别为主，唱和吟咏的比例也大，这在唐代诗人中罕见。比如《送客贬五溪》："南过猿声一逐臣，回看秋草泪沾巾。寒天暮雪空山里，几处蛮家是主人。"此诗直接反映诗人的性格，送朋友贬谪湘西五溪苗寨，悲中带泪，主噤客声，宾主反置。诗歌技巧在韩翃笔下游刃有余，诗歌情感在诗中慢慢渗出。

韩翃要求取功名，就得留在长安等待时机。当时韩翃有个

仙姬文会图（局部） 南唐 周文炬

姓李的朋友，有钱，每天召妓，而且要召名妓，名妓姓柳。每次饮酒寻欢时，李公子都要叫上韩翃，韩翃碍于文人的面子，当然也有性格"孤贞"的原因，他只在一旁静坐。日子久了，柳姑娘发现韩翃不是一般人，就和李公子说："韩秀才落魄只是一时的，不会持久，能不能让我们单独聊聊？"李公子立刻就大大方方答应了，还安排了一顿大酒。酒酣之际，李公子对韩翃说："你是名士，她是名色，名士对名色，我觉得不错。"到了这时，韩翃仍恳辞不受，充分显示了他的性格特点。

后来李公子又"话糙理不糙"地教育了韩翃一番，他说："大丈夫相遇酒席上，一言遇合，尚可以以身赴死，何况这样一个女人喜欢你，你怎么也不能不理人家。"他看韩翃放不下架子，又说："你这会儿没钱，她有钱，可以帮你，柳姑娘是个好人，贤良淑德，相夫教子没有问题。"李公子说完扬长而去，韩翃还追出去不好意思地说，我实在没准备云云。转身回去后就与柳姑娘眉目传情，把酒言欢，开始过同居日子了。没承想二人一起过日子的第二年，韩翃就中了进士，云开雾散，雨过天晴。两个人高兴了好一阵子，韩翃要回家省亲，二人惜惜相别，韩翃让柳姑娘等他回来完婚生子。谁知人算不如天算，次年底，"安史之乱"爆发，一切变得不可收拾。

为免遭兵祸，柳姑娘剃发去了寺院；韩翃被淄州节度使侯希逸任命做了幕府掌书记，去了山东，一下子就是三年。等局势稳定一些，肃宗收复长安后，韩翃就派人拎着一袋子碎金子和自己的一首诗，去京城找柳姑娘：

章台柳，章台柳，昔日依依今在否？
纵使长条似旧垂，也应攀折他人手。
（zhāng tái liǔ, zhāng tái liǔ, xī rì yī yī jīn zài fǒu / zòng shǐ cháng tiáo sì jiù chuí, yě yīng pān zhé tā rén shǒu）

在韩翃之前并没有"章台柳"这个词牌，由于这首诗，形成"章台柳"词牌，单调二十七字，五句三仄韵，一叠韵。"章台"，汉长安的街名，位于故城西南，是当时繁华的地方。古时繁华必有妓随，后"章台"借指妓院所在。"章台柳"对柳姑娘来说是一语双关。这里需要做一个解释，上等妓院自古都是有钱有势的人的去处，所以从文化上讲并无低人一等的意思，男女双方都可以接受。实际上唐代狎（xiá）妓之风盛行，大诗人们或多或少都接触过妓院，写过艳词。韩翃开篇双叠句，"章台柳，章台柳"，形成呼唤之势，有急促之感，表达了诗人急切的心理。"昔日依依今在否"一句问话饱含深情。"昔日"，我们的过去；"依依"，我们的情感。还在不在呢？《诗经·小雅·采薇》："昔我往矣，杨柳依依。"显然韩翃在点化此诗意。

紧接着："纵使长条似旧垂，也应攀折他人手。""纵使"，最高力度的假设句，与苏东坡的"纵使相逢应不识"力度一致。柳姑娘即便一切如故，我也觉得她已经是别人的人了。韩翃的

春塘柳色图（局部） 元 朱叔重

感受是对的，古代人信息沟通不畅，失去几年音讯，每个人都会往最坏处想，而不是往最好处想。尽管韩翃用了这样的句式，但他还是抱有一丝幻想：心爱的柳姑娘还在等他。此诗虽短但设两问，一安否，二婚否。柳姑娘回诗："杨柳枝，芳菲节，所恨年年赠离别。一叶随风忽报秋，纵使君来岂堪折。"柳姑娘的诗也不逊色，有爱就有恨，爱恨相杀，一叶知秋。一走就是几年，柳姑娘也使用了"纵使"一词，力度等同，你若回来，看你态度。

谁知韩翃回到长安时，柳姑娘已被平叛立功的番将沙叱(chì)利收入怀中。韩翃心里难过，一日遇到一辆带篷马车，车中正是柳姑娘，二人依依惜别。后又一番周折，闹到皇帝唐代宗李豫那里，皇帝情商极高，大笔一批：沙叱利赐绢二千匹，柳氏却归韩翃。皇帝也会做人，让双方皆大欢喜。韩柳二人遂成佳话，有情人终成眷属。

《本事诗》写的故事比这曲折复杂，一波三折。这里最有价值的是韩翃、柳氏各留下一首词《章台柳》，这两首词也作为表达爱情的文学范本载入史册；故事也被宋代最重要的小说集《太平广记》收录其中。后世将《章台柳》的故事改编成戏曲，至明有《玉合记》《章台柳》《练囊记》等等，可见文学之力量。

韩翃还有一则故事也收入《本事诗》中。韩翃晚年闲居十年，因为官场上都是后生，不喜欢韩翃的诗，官场不得意的他只好辞疾休养。韩翃此时有点儿英雄迟暮，大多数官场上的官员不愿意搭理他，唯独有个姓韦的小官喜欢与韩翃往来，喝点儿小酒。

一天晚上，韦巡官急急敲门，韩翃开门便问："何事惊慌？"韦贺喜说："恭喜您升职，知制诰。"知制诰是个官级不大但位置很重要的官，唐初诏敕由中书令专任，比如唐太宗时期的魏徵，唐高宗时的上官仪。唐玄宗开元之后，诏敕职责逐渐由知制诰替代。此官职涉及最高机密，皇帝最信任且文字功底又好的人方可担任。韩翃听说如此重任交与他，十分吃惊地问："这事一定弄错了吧？"因为朝廷当时还有一位同名同姓的官员任江淮刺史，韦巡官说："错不了，陛下特意批了是写'春城无处不飞花'那个韩翃。"韦巡官问韩翃："这诗是你写的吧？"韩翃点点头，心才安稳下来。果然次日天一亮，各类官员蜂拥而至道喜。

这是唐德宗李适建中初年（780年）的事。此时韩翃已过花甲之年，他怎么也没想到，早年的诗作给他带来如此机遇。

《寒食》全诗为：

春城无处不飞花，寒食东风御柳斜。
日暮汉宫传蜡烛，轻烟散入五侯家。

画闲看儿童捉柳花句意图（局部） 明 周臣

显然这诗给了唐德宗李适极深的印象。"春城无处不飞花，寒食东风御柳斜。"诗起笔就全景推出，充满画面，不留余地。暮春时节，长安城内到处都是柳絮飞舞，风刮得御街的柳树都斜了。"柳絮"入诗，唐宋风靡。杜甫诗："颠狂柳絮随风去，轻薄桃花逐水流。"韩愈诗："浮云柳絮无根蒂，天地阔远随飞扬。"苏轼诗："梨花淡白柳深青,柳絮飞时花满城。"晏殊诗："梨花院落溶溶月，柳絮池塘淡淡风。"但韩翃的"柳絮"，视野极其开阔，立足皇城，尽收眼底，以囊括一切之语的"无处"替代"处处"，更显诗人敏锐的观察力和气魄，用否定之否定强力烘托出春天的气氛。次句"寒食东风御柳斜"仍旧写风，只有风不分贵贱，让朝野同享。这两句相互呼应，强调动态，突出同享，这应该是最打动唐德宗的地方。

后面两句与前面两句景别不同，镜头一转，白昼成为夜晚，中间没有丝毫过渡，这种大空间留白在诗歌创作上极具魅力，让人有充分的想象余地。"日暮汉宫传蜡烛，轻烟散入五侯家。""汉宫"这里借指唐宫，为什么此时"传蜡烛"呢？因为寒食节三日不许动火，但皇宫例外，不仅例外，还可以将恩典点燃的"蜡烛"赏赐给皇亲国戚。"蜡烛"，大约在汉代发明，寒食节禁火，君王赏赐点燃的蜡烛从汉代就开始了，历魏晋南北朝进入隋唐，蜡烛依然是昂贵商品，因为蜡与油相比，少烟耐燃，优点很多，古代赏赉沿袭旧俗。"五侯"，指汉成帝时封王皇后的五兄弟为侯，这里泛指受皇帝恩宠近幸之臣。

　　韩翃的《寒食》朗朗上口，貌似漫不经心，但处处巧思，时时玄机。春城寒食，东风飞花；白天夜晚，百姓皇家；自然人为，风情隆恩。融入四七二十八字当中，既有视觉敞亮带来的快乐，又有嗅觉刺激挑起的情绪。寒食节自春秋晋文公凭吊介子推起，就是古代中国重要又有内容的节日，这三天的禁火寒食强化着中国人祭奠忠臣的文化。唐德宗即位之初想起韩翃的这首诗，一定不是偶然的。

皎 然

(约720—约795年)

谁解助茶香

姚大梅诗意图（局部） 清 任熊

《寻陆鸿渐不遇》
《九日与陆处士羽饮茶》

唐代佛教兴盛，高僧也多，最让大家熟知的反倒是个文学人物——唐僧。他的原型是唐初的高僧玄奘法师，俗名陈祎(yī)，贞观三年（629年）由长安启程，一路西行，昼伏夜行，最后抵达印度那烂陀寺求法修行。贞观十九年（645年），玄奘取经归来，唐太宗择日在洛阳紫微城仪鸾殿接见了玄奘法师，并支持玄奘在长安设立译经院。之后的若干年内，玄奘译经达七十五部。麟德元年（664年）玄奘大法师圆寂，年寿六十二，史载朝野百万余人为之送葬；百年后唐肃宗还为其舍利塔亲题塔额"兴教"二字。

皎然法师（约720—约795年）生于唐中期，彼时与高僧玄奘时代相比，佛教在唐普及成熟了许多，内容也增加了。而如饮茶之俗进入佛家成为常态，甚至茶学成为一门学问，与佛学、文学关系紧密，这些都与高僧皎然有关。皎然为法名，俗名谢清昼，吴兴（今浙江湖州）人。他祖上是大名鼎鼎的山水诗人谢灵运，谢灵运在文学、佛学上成就斐然，尤其山水诗，他算是开山鼻祖。皎然法师显然继承了谢家的衣钵，在文学及佛学上皆有大成就。另有一新生事物的发扬光大是从皎然开始的，这就是茶道。

皎然在浙江湖州杼(zhù)山妙喜寺住持，他好客，同时代的好多文人墨客与他有交往，颜真卿、灵澈都与他诗歌唱和。大概在唐肃宗乾元年间（758—760年），陆羽来拜见皎然法师，二人一见如故，谈得投机，结成缁(zī)素忘年之交。实际上皎然仅年长陆羽十几岁，但老到的皎然高僧在年轻的陆羽眼中就是父亲一样的人。缁素指僧俗关系——缁衣，黑色僧衣；素衣，白衣，俗众服装。缁素之交非常微妙，佛家有禁，俗家有求，把握界限不易。唐诗人武元衡有诗曰："忧悔耿遐抱，尘埃缁素襟。"苏辙也有诗："华阳本荒邑，缁素明星悬。"缁素之间有一种微妙关系，不是简单的黑白，凡人欲脱俗，佛家受其戒，二者之间没有利益，却互利互惠。

皎然高僧仅年长陆羽十余岁，理论上不够一代人的年龄差，但古人在五伦中设定了兄友弟恭一伦，"长兄为父"也是古代人文社会的一种特殊选择。陆羽自幼无父，是个孤儿，尚在襁褓中时为复州竟陵龙盖寺住持智积禅师捡拾。智积禅师在开元二十一年（733年）的深秋清晨，路过一小石桥，忽闻桥下群雁哀鸣，发现它们围护着一个男婴，遂抱回寺中收养。回去后，智积禅师占《易经》得"渐"卦，"鸿渐于陆，其羽可用为仪"，

谁解助茶香　103

品茶图（局部） 明 文徵明

所以择姓取名陆羽，字鸿渐。此事《新唐书》《唐国史补》均有记载，显然不虚。陆羽在智积禅师关照下长至十二岁，然后闯荡社会学艺七年，十九岁时学成下山。

陆羽拜见皎然法师在茶史上是件大事，这二人的交往促使陆羽最终写成《茶经》。《茶经》是中国第一本有关茶的专业书，三卷十章，时至今日，全世界谁来谈茶都必提陆羽的《茶经》。二人相见的日子正是"安史之乱"期间，唐肃宗乾元年间，皎然法师年届四十，陆羽二十六岁左右，在唐朝最动荡的日子里，二人躲在妙喜寺中谈茶讲佛悟人生，皎然法师为陆羽提供了很好的写作环境，陆羽开始写他那准备了许久的《茶经》。

某一次皎然法师去找陆羽，可陆羽出去了，不在屋内，皎然法师触景生情，写下了一首五言律诗《寻陆鸿渐不遇》：

> yí jiā suī dài guō　　yě jìng rù sāng má
> 移家虽带郭，野径入桑麻。
> jìn zhòng lí biān jú　　qiū lái wèi zhuó huā
> 近种篱边菊，秋来未著花。
> kòu mén wú quǎn fèi　　yù qù wèn xī jiā
> 扣门无犬吠，欲去问西家。
> bào dào shān zhōng qù　　guī shí měi rì xié
> 报道山中去，归时每日斜。

此诗《唐诗三百首》归为五律，但全诗一联未对。明人杨慎在《升庵诗话》中说："五言律，八句不对。太白、浩然集有之，乃是平仄稳贴古诗也。僧皎然有《访陆鸿渐不遇》一首……

虽不及李白之雄丽,亦清致可喜。"近体诗虽然规则很多且严,赶上兴到成诗,规则有时碍事,就可以破戒。法师之法在于无法,起句自由:"移家虽带郭,野径入桑麻。""移家"即搬家,古人搬家没有今人动静大,说搬就搬了。"郭",城郭,这句是说陆羽搬家到了城边上。"野径",小路,穿过了一片高高矮矮的植物就到了,开篇就充满了禅意。

"近种篱边菊,秋来未著花。"这句显然借用陶渊明的"采菊东篱下,悠然见南山"。"近种",表明种上去不久,言外之意就是刚刚安置妥当;"未著花",进一步说明前一句的结果。陆羽刚刚搬家,这应该是皎然法师第一次来新家探望他。明人钟惺在《唐诗归》中评价此联:"不遇之妙在此二语。不须下文注明。""不遇之妙在此二语"当何解?这是皎然法师刚有印象的景色,非常生分,否则题目就不是"寻"而是"访"。"寻""访"之间有差距:确切地点不知就去,为"寻";确切地点已知再去,为"访"。所以说皎然法师此行是在陆羽搬家后的初次探访。

接着,皎然法师"扣门无犬吠,欲去问西家"。唐刘长卿的名句"柴门闻犬吠,风雪夜归人",写得温暖,吟之落泪;白居易诗句"犬吠村胥闹,蝉鸣织妇忙",写得热闹,读之欢乐。皎然法师写此景此情,先是失落——"无犬吠",后是再试探一下——"问西家"。古时信息通道极为简单,一是面对面说话,二是书信,没有第三个信息传播途径,所以古人对信息的渴望比现代人强烈,

山僧叩门图　清　金农

去邻居家打听——这种古代信息获得方式,今天几乎没有了。"欲去",这里作者反说,已经问了再说"欲去",表明先前的某种犹豫,最终答案有了:"报道山中去,归时每日斜。"

这句话谁说的,作者不再交代,反正有人告诉他了,陆羽每天都要进山,回家的时候都在傍晚,意思很明确,您还要等他吗?

　　皎然也没有给自己一个满意的答案,等还是不等,诗就在没有结局中结束了。全诗写人不见人,都是未开的菊花,闭门的小院,显然陆羽很不在意这些,皎然也不在意这些,二人不在意的世界却具有了禅意,这是本诗最玄妙之处。

　　皎然与陆羽交往甚密,他还留下一首五言绝句,写的就是二人饮茶之事,诗名为《九日与陆处士羽饮茶》:

　　　jiǔ　rì　shān sēng yuàn　　dōng lí　jú　yě huáng
　　　九　日　山　僧　院,　　东　篱　菊　也　黄。
　　　sú rén duō fàn jiǔ　　shéi jiě zhù chá xiāng
　　　俗　人　多　泛　酒,　　谁　解　助　茶　香。

陆羽烹茶图　元　赵原

　　诗中所说"九日"是指重阳节，某年的九月九日，二人约在一起饮茶闲聊。"处士"一词最初指德才兼备、隐逸不仕的人，后来泛指不为官的读书人。皎然和尚显然对陆羽高看一眼，称之为"处士"。小诗开篇时间地点环境一一交代："九日山僧院，东篱菊也黄。"在九月九日重阳节这一天，来我的寺院，知道你家中的菊花和这里的一样，都开放了。首句十字，迅速拉近了二人的距离，又漫不经心地引用陶渊明的经典句子："采菊东篱下，悠然见南山。"使得二人散淡之心、隐逸之意显露无遗。

接着两句有点儿出格："俗人多泛酒,谁解助茶香。"在重阳节这个饮菊花酒的日子里,绝大多数人都喜欢饮酒。李白《九月十日即事》:"昨日登高罢,今朝更举觞。"岑参《行军九日思长安故园》:"强欲登高去,无人送酒来。"杜牧《九日齐山登高》:"江涵秋影雁初飞,与客携壶上翠微。"王勃《蜀中九日》:"九月九日望乡台,他席他乡送客杯。"白居易《重阳席上赋白菊》:"还似今朝歌酒席,白头翁入少年场。"杜甫《九日蓝田崔氏庄》:"明年此会知谁健?醉把茱萸仔细看。"卢照邻《九月九日登玄武山》:"他乡共酌金花酒,万里同悲鸿雁天。"王之涣《九日送别》:"今日暂同芳菊酒,明朝应作断蓬飞。"还可以举出很多诗句来,似乎饮酒是重阳的标志。但皎然和尚就是和尚,他说饮酒那是俗事,有多少人懂得茶叶之香呢?

其实这诗是皎然与陆羽的景况,与他人无涉,与社会无碍,充满了禅意。这也正是这首诗的价值所在。出家人清规戒律多,为的是人生修行,出家人认为做什么不重要,不做什么最重要,所以受戒乃修行的必需。虽佛教不同教派对教义理解不一,戒条不等,但守戒律为其根本。皎然和尚与陆羽处士缁素之交,反映到饮茶上,轻松自如,诙谐有趣。

陆羽著《茶经》,与皎然法师交好四十余年,他一生轻视财富,鄙夷权贵,以茶为贵,苦心孤诣著书立说。《茶经》凡三卷十章七千余言,字字珠玑,一千二百年来无人能及。陆羽亦有诗曰："不羡黄金罍（léi），不羡白玉杯。不羡朝入省，不羡暮入台。千羡万羡西江水，曾向竟陵城下来。"此诗收录于《全唐诗》，原题为《歌》，因其中使用六个"羡"字，后定名《六羡歌》，其实是四不羡两羡，不羡富贵羡简朴。"西江"，有两大支，一支珠江支流，一支赣江支流，陆羽说的西江却是汉江支流的天门河，竟陵城即湖北天门。《六羡歌》通俗易懂，也反映了陆羽的心声，一生与禅茶为伍的人，实在融不进官场。皎然法师也如此，访名山大川，结天下名士，钻研佛典，精通六经，其诗清丽，其人淡然，时人称"江东名僧"，与另外两位诗僧贯休、齐己齐名。

皎然与陆羽生死相依，缁素相惜，生相知，死相随，都走入了化境。陆羽生前交代自己死后葬于皎然法师塔旁，纪念他们四十余年的忘年之交。历史就是这样，人与人之间，事与事之间，人与事之间就是个交集，在交集中显现或好或坏，或不好不坏。佛家脱离红尘，凡尘津津乐道，都是人生的态度。荀子云："居必择乡，游必就士。"古人还说，物以类聚，人以群分。皎然与陆羽相识相知相交相念四十余载，正是古人的这个道理。

夏山欲雨图（局部） 清 世鉴

司空曙

（约720－约790年）

灯下白头人

《喜外弟卢纶见宿》
《云阳馆与韩绅宿别》

"安史之乱"（755—763年）是唐朝的大劫，也是中华文明的一场浩劫。它不仅是唐朝由盛向衰的一个节点，还是中国两千多年帝制社会的分界线。过去说唐之前近乎古，宋以后近乎今，实际上这条界线划于唐宋之间不甚合理，划于"安史之乱"就更加清晰。

　　"安史之乱"骤起天宝十四年冬，这一年唐玄宗年逾七十。次年，唐肃宗李亨即位，李亨在位七年，整个执政期都在平复"安史之乱"。他病死后，唐代宗李豫即位，执政次年就结束了长达近八年的"安史之乱"。代宗马上开启改革，发展生产，养民为先，安定社会。执政十八年期间，唐朝得以恢复，《新唐书》对代宗的评价是"平乱守成，盖亦中材之主"，算是一位合格的皇帝。而《旧唐书》对他评价非常高："古之贤君，未能及此。"可见代宗时期唐朝的江山亦有繁荣之景。

　　代宗李豫执政前四年换了三个年号：宝应、广德、永泰。自大历元年（766年）起，长达十四年至其终年未再换过年号，这至少说明这十几年国泰民安。唐诗发展至此，盛唐大诗人李白、杜甫、王维、高适等都在此时先后过世，晚唐大诗人白居易、刘禹锡、柳宗元、元稹等在此时先后出生。"大历十才子"在夹缝中应运而生，可以说这一时期是唐诗的转折期，承先启后，《四库全书总目提要·钱仲文集提要》按："大历以还，诗格初变，开（元、天）宝浑厚之气渐远渐漓，风调相高，稍趋浮响。升降之关，十子实为之职志。"这段话不仅是对钱起、钱仲文所言，也是对"大历十才子"面貌的一个概括。

司空曙（约720—约790年）作为"大历十才子"之一，作品存世量算是多的，《全唐诗》收录有一百七十四首之多。数量上以存世计排行第四。司空曙的长处在于他的五律、五绝，多见好评，其中代表作品《喜外弟卢纶见宿》：

jìng yè sì wú lín，huāng jū jiù yè pín。
静 夜 四 无 邻， 荒 居 旧 业 贫。
yǔ zhōng huáng yè shù，dēng xià bái tóu rén。
雨 中 黄 叶 树， 灯 下 白 头 人。
yǐ wǒ dú chén jiǔ，kuì jūn xiāng jiàn pín。
以 我 独 沉 久， 愧 君 相 见 频。
píng shēng zì yǒu fèn，kuàng shì cài jiā qīn。
平 生 自 有 分， 况 是 蔡 家 亲。

"外弟"，表弟，即姑舅兄弟。表弟、堂弟都属于血亲，古人非常看重亲缘关系，一般血亲近于姻亲。卢纶和司空曙同为"大历十才子"之一，二人再加上这层亲缘关系，就显得亲上加亲。"见宿",指卢纶到司空曙宅住宿,"见"一作"访"。古代旅馆业不发达,在关系近的人家中留宿非常普遍,现代人情感与古人差距较大,很难体会久未见面的亲人留宿的快乐。

司空曙首联交代自己的处境:"静夜四无邻,荒居旧业贫。"司空曙性格耿介,不会巴结权贵,史书上说他家无担石还安然处之,从这首联中亦可以对照看出司空曙的窘况。孤独的家,荒郊野外的居处,家中一贫如洗。开篇洗练几字,仅说明自己的状况,并无不安,也无向往,冷静叙述而已。正是这种冷静,引出了颔联:"雨中黄叶树,灯下白头人。"对仗自然工整,暗中先交代了一年之秋,后交代了一生之秋。"雨"与"灯","黄"与"白",从景别到颜色都给人以凄凉之感;从语言技巧上讲,未使用形容词,将个人直接感受降至最低,不感慨不纠结,极为冷静客观地描述场景。而正是这样冷静客观,给了读者最大的参与感和感受力,让此联不着力却顶起千斤。写诗是有技巧的,好的技巧浑然天成。司空曙的颔联,犹如无声之镜头,慢慢从眼前划过,不留痕迹,不动声色,让读者自我体验。这种无技巧之巧,正是司空曙的高明之处。

颈联:"以我独沉久,愧君相见频。"这句在自我反省,我独自一人沉寂太久了,愧对你这么频繁地来探望我。作者在亲人面前容易吐露心声。我长久地沉寂一定是有原因的,只不过无法追诉罢了。自省与自责是儒家学问的精髓,经常自省的人

秋山草堂图　元　王蒙

方可进步，能够自责的人才有担当。亲人之间许多话是多余的，点到为止。自省而坦然面对，自责而无须表露，正是诗人性格的具体体现。在荒郊野外的茅屋里，窗外的雨淅淅沥沥，室内的灯忽忽悠悠，两个亲人对坐闲聊，凄冷寒凉中却温馨可人。

尾联顺势推出："平生自有分，况是蔡家亲。"我们兄弟本来就是有情谊的，何况我们还沾亲带故呢！古人比今人重视血亲，民谚说："姑舅亲，辈辈亲，打断骨头连着筋。"司空曙与卢纶的表亲关系，诗人用了一个典故开玩笑似的结束这首诗。"蔡家亲"，指东汉文学家、书法家蔡邕与其外孙羊祜(yōng)的关系。蔡邕之女蔡文姬，羊祜之母应是蔡文姬的姐妹。羊祜讨吴有功，将晋爵，可他请求将官爵赐给表弟蔡袭。司空曙诗尾提"蔡家亲"，应该是暗比羊祜风节。以引典说明两人关系既不必多说，也不拖泥带水，照顾双方感受。

《喜外弟卢纶见宿》一诗通篇不见喜，最后一句略带幽默。作者以悲情入场，以玩笑结束，全诗充满对世事冷静的哀怨，知道人生已经过半，没有机会再有成就。题目之"喜"仅是司空曙见到卢纶的"亲"，他把这层亲情当作人生末途之喜，写下了这首给卢纶也是给自己的诗作。《唐诗三百首》录清孙洙评语："（雨中一联）十字八层。"评价甚高。清人俞陛云《诗境浅说》评："反正相生，为律诗一格。"

司空曙的确出手不凡，他的另一首五律《云阳馆与韩绅宿别》亦为宿后分手之作，这首诗的颔联为历代文人赞颂：

故人江海别，几度隔山川。
乍见翻疑梦，相悲各问年。
孤灯寒照雨，湿竹暗浮烟。
更有明朝恨，离杯惜共传。

"云阳"，今在陕西泾阳县西北。"韩绅"，《全唐诗》注："一作韩升卿。"韩愈四叔名韩绅卿，与司空曙同时，又在泾阳任县令，应为此人。韩绅名字可能有误。"宿别"，同宿后分别。首联"江海"可能确指，也可能泛指，泛指就有江湖之意。这句意思是，上次我们分手后，隔着千山万水好几年了，日子过得真快啊！首联就是感叹，接着引出颔联："乍见翻疑梦，相悲各问年。"这一联是本诗最精彩之处，传诵极其广远。猛一相见，我都怀疑是梦境，日渐衰老的你我打听着对方的年龄。古人缺乏现代化的通信工具，也没有记录影像的媒介，一旦分手，全凭记忆留下过去的时光。如果分离的日子一长，那种既熟又生的感觉油然而生，互相试探着问年龄乃人之常情。这种半真半假的见面真实又不真实，诗人抓住了这一瞬间的感受，将其付诸文字，不顾及对仗的严谨，宽容以对，写下了一生最知名的一联。

潇湘夜雨图 明 沈宣

紧跟着："孤灯寒照雨，湿竹暗浮烟。"颈联写的是气氛，是情绪，未必是真景。"灯""雨""竹""烟"，都是文学意象，配合二人此时此地的情绪，作者使用了"孤""寒""湿""浮"四字修饰，让这个深夜充满了情思哀怨，充满了相见惜别。然后作者笔锋一转："更有明朝恨，离杯惜共传。"结尾时作者没有刻意强调惜别之情。司空曙离别诗写得很多，如《峡口送友人》："峡口花飞欲尽春，天涯去处泪沾巾。"写得情绪外露，但此诗采取收势，将开始的惊诧慢慢置凉，变成故友旧谈之貌，还有依依不舍状。"离杯"是劝不是态，"共传"是诱不是姿。诗人高明之处就是收放自如，情感控制恰到好处。

这是一首相见惜别之作，在唐诗宋词的题材中属于常见，司空曙将情与思完美结合，不露痕迹，轻松自如。让读者有强烈的现场感，这种感觉一定是感同身受。且悲且喜的感受每个人都有，但只有司空曙准确地抓住并优美充分地表达了出来。清代人乔亿编过一本《大历诗略》，收录这个时期的诗人三十二家，作品五百二十六首。他对司空曙这首诗的评价是"真情实话，故自动人"。简明扼要，一语中的。

一个伟大的诗人可以有大情怀，也可以有小情调。司空曙的诗属于后者。诗人优美的笔调常常在细微处展现，拨动人心。把诗写成曲调，司空曙算是一绝。他的诗有极强的音乐感，每每如同一支流行歌曲，余音绕梁，三日不绝。这样的诗句在他的笔下多有展现：

gòng duì yī zūn jiǔ, xiāng kàn wàn lǐ rén.
共对一尊酒，相看万里人。

sòng zhèng míng fǔ biǎn lǐng nán
——《送郑明府贬岭南》

bì mén kōng yǒu xuě, kàn zhú yǒng wú rén.
闭门空有雪，看竹永无人。

guò hú jū shì dǔ wáng yòu chéng yí wén
——《过胡居士睹王右丞遗文》

tā xiāng shēng bái fà, jiù guó jiàn qīng shān.
他乡生白发，旧国见青山。

zéi píng hòu sòng rén běi guī
——《贼平后送人北归》

yǒu yuè duō tóng shǎng, wú qiū bù gòng bēi.
有月多同赏，无秋不共悲。

bié lú lún
——《别卢纶》

yī bēi cóng bié hòu, fēng yuè bù xiāng wén.
一杯从别后，风月不相闻。

sòng shǐ zé zhī cháng shā
——《送史泽之长沙》

dú shēn jū chǔ jìng, yǒng yè zuò shí duō.
独身居处静，永夜坐时多。

xián jū jì miáo fā
——《闲居寄苗发》

bái fà jīn cuī lǎo, qīng qín dàn qǐ bēi.
白发今催老，清琴但起悲。

zèng yǔ shì yù
——《赠庾侍御》

霜林秋思图　明　董其昌

东西几回别,此会各蹉跎。
—— 《赠李端》

旅舍秋霖叶,行人寒草风。
—— 《送卢堪》

行客思乡远,愁人赖酒昏。
—— 《送史申之峡州》

司空曙这类把握情绪的诗句还有很多,可见佳句虽然偶得,但绝不是偶然,要凭借诗人的天赋与功力。天赋是观察事物的角度,功力乃表达情感的手段。

记载司空曙生平的文字不多,《唐才子传》说他是广平(今北京西北部)人,累官左拾遗,终水部郎中。由此可见仕途一般。原因不外乎"性耿介,不干权要"。官场古今中外耿介之士难得长久,所以司空曙"迁谪江右"。"大历十才子"之一的苗发留诗不多,有一首《送司空曙之苏州》,其中颔联说:"归国人皆久,移家君独迟。"这句诗传达出的信息是司空曙在外滞留很久,令朋友对他充满了同情,为之鸣不平。

尽管每个人的人生不同,顺逆境并存,福祸事常有,但才华永远属于自己。司空曙的诗幽闲调畅,句奇意妙,为"大历十才子"所处时代增添了绚烂的一笔,难怪辛文房在《唐才子传》中,开篇为他定了性:"磊落有奇才。"

"磊落有奇才",对司空曙的褒奖足够了,他的那些精彩出奇的诗句实际上也未出这五个字。

夕霭暮归图（局部） 清 王翚

钱 起

(约720－约782年)

曲终人不见

《省试湘灵鼓瑟》
《送僧归日本》

古人写诗未必是按顺序从头到尾吟出，"吟"在此当"作"讲，吟诗作赋都是写作之意。唐诗人卢延让的"吟安一个字，捻断数茎须"描述的就是写诗之苦。古人作诗很多时候是偶得一好句，然后凑成一诗，至于这好句放在哪里就看这诗的造化了。

钱起（约720—约782年），字仲文，吴兴（今浙江湖州）人，大书法家怀素是他的侄子。怀素和尚俗名钱藏真，以狂草著名，史称"草圣"。钱家祖辈为官，但都是小官，钱起自幼好学，成人后亦要走科举的道路。早年他多次赴试落第，一直到了天宝十年（751年），他才中了进士。中进士后他按部就班，开始到秘书省做校书郎，整理典籍，间或打杂。后来又被调任蓝田县尉，县尉的职能是主管治安，不但容易得罪人，还有风险。做这官对他来说勉为其难，文人武将还是有差异的，毕竟文武双全的人有限。陕西蓝田离长安不远，是个产玉的地方。李商隐的"蓝田日暖玉生烟"说的就是这里。蓝田历史上是三辅要冲，地理位置重要。可这对钱起不重要，钱起喜文不喜武，所以在此没待几年。

后来钱起一直在文官的路子上走,司勋员外郎、考功郎中、翰林学士,因为他曾担任考功郎中,世称"钱考功"。唐代政府结构"三省六部"简明有效,吏部下置四司:吏部司、司封司、司勋司、考功司。考功司评核官员的功过,权力相当大。

钱起属于才子,他也是"大历十才子"之一。才子就注重自己的才华,在诗歌创作上乐此不疲。唐代科举考试在中唐以后诗歌比重增加,参加科考若作诗不行基本上就不行了,这也是唐代诗歌风靡的直接原因。喜欢诗歌技巧的"大历十才子"都属于一个路数,对诗歌技巧的重视程度远大于思想立意,所以没有出现顶级大诗人。唐代的顶级大诗人都为社会现象呐喊,都为百姓疾苦发声,这些肩负社会重任的诗人一直被后世认为有担当,其次才是有才华。

钱起热衷诗歌技巧在他的诗中就可以看到,他存世诗近五百首,量不算少,最有名的就是《省试湘灵鼓瑟》,关于这诗还有他的一个传说。钱起幼时就记忆力非凡,记忆力好是文人的必备条件。有一次他随大人到镇江去,晚上投宿后百无聊赖沿江散步,月光下远远的有一个人吟诗,反复只有两句:"曲终人不见,江上数峰青。"钱起听着这两句极美,就记在了心中。

唐玄宗天宝十年(751年),钱起参加了"粉闱"考试。"粉闱"是个科举专业术语,它本是尚书省的别称,后来指尚书省举行

山水图（局部） 唐 杨升

的试进士的考场,又称试院。司空图有诗:"粉闱深锁唱同人,正是终南雪霁春。"韦应物也有诗:"归来坐粉闱,挥笔乃纵横。"钱起在这次考试之前考过几次未中。此次诗目是《湘灵鼓瑟》,古代考生看题目必须知道出处,此题出自战国末期楚国屈原《楚辞·远游》:"使湘灵鼓瑟兮,令海若舞冯夷。""湘灵",神话传说中的湘水之神;"海若",神话传说中的海神;"冯夷",神话传说中的河神,即河伯。出此题的目的是看考生能否紧扣主题,将湘水之神的哀伤诠释出来。钱起忽然想起幼年记住的那两句诗,随后写下:

秋山万里图（局部） 宋 赵伯驹

善鼓云和瑟，常闻帝子灵。
冯夷空自舞，楚客不堪听。
苦调凄金石，清音入杳冥。
苍梧来怨慕，白芷动芳馨。
流水传潇浦，悲风过洞庭。
曲终人不见，江上数峰青。

　　据说钱起卷子交上去，考官当场就惊着了，彻底被诗的意境与语言征服，逢人便赞。湘灵鼓瑟的传说极其凄美，舜帝死后葬在苍梧山，其妃子哀伤过度投湘水自尽，遂为湘水女神。女神在没人的时刻，独自在江边鼓瑟，曲调哀怨，充分表达了其悲情。钱起开篇就是这个故事："善鼓云和瑟，常闻帝子灵。"一般认为"帝子"即尧女，即舜的妻子，娥皇和女英，亦称湘夫人。下一联紧跟上，对首联进一步阐释："冯夷空自舞，楚客不堪听。""楚客"指屈原，河神听见这奏乐都起舞了，屈原听来也很难承受这音乐传递的伤悲。《楚辞》是中国古代最早的浪漫主义创作，对中国文化的影响至深。自汉以来，《楚辞》在文人心目中的地位至高无上，所有的传说都为我们的文化提供营养，作为科举试题也是基于此。

此试题要求作排律，不得转韵。排律有别于律、绝的字数限制，长于五韵十句以上的称为排律。排律难度在于，首尾两联无需对仗，其他均要对仗，所以排律很难写，历史上名篇少，但它作为考试要求却很合适。排律在唐代渐兴，唐玄宗时作出规定，五言六韵十二句。由于排律的众多限制，所以作诗必须"戴着镣铐跳舞"，钱起的《省试湘灵鼓瑟》则为这类试作的佳品。

"苦调凄金石，清音入杳冥。"此联对仗精绝，"苦调"对"清音"，"金石"对"杳冥"。两个动词使用得也好，"凄"金石加深凄凉，"入"杳冥融入云霄。"金石"指乐器，"杳冥"指天空。在对仗条件下写出曲调的哀怨悠长，闻之动情。"苍梧来怨慕，白芷动芳馨。""苍梧"的字面意义是青色的梧桐，这里指苍梧

二湘图 现代 傅抱石

山,亦称九嶷(yí)山,传说舜帝南巡崩于此山;"白芷",伞形草本植物,夏天开白花。此联继续上联之气,苍梧山听了曲调,舜帝之灵魂也受感动,连山上的白芷也吐露了更强烈的芳香。"流水传潇浦,悲风过洞庭。"曲调像风一样传到湘江,又飞过了浩渺的洞庭湖,此联将悲伤的曲调由点及线再到面,一再扩大至没有边际,让湘夫人之哀覆盖楚国大地。"苦调""清音"一联为点,"苍梧""白芷"一联为线,"流水""悲风"一联为面,点线面构成音调魅力,在钱起的笔下化无形为有形,字字加重,层层加深。

结尾处显示出诗人的功力:"曲终人不见,江上数峰青。"这是一种极高的境界,鼓瑟的湘水女神已不知去向,江上安静一片,声音顿失,只剩下可以看见的座座青翠的山峰。先不管那个听来这两句的传说是否真实,结尾的出乎意料有横空出世之感,鬼斧神工。此诗以声启动,以景收官,动静相宜,画面清丽,尤其又是命题考试,可谓难上加难,难怪历史上好评如潮,成为钱起的代表作。

唐代佛教的兴盛还有一个现象是东传日本。一般佛教学者都说北传,站在印度的地理位置,朝鲜和日本都在东北方;佛教东传汉土,北传到朝鲜和日本。朝鲜因与汉土接壤,所以早于日本接受佛教,后来佛教传入日本。

尽管如此,佛教戒律在日本尚不完备,僧人还不能按照律仪受戒。日本遂派遣唐使，邀请鉴真高僧（688—763年）东渡传授戒律。从天宝元年（742年）起鉴真法师六次东渡，终于在天宝十三年（754年）登陆日本，受到日本孝谦天皇和圣武太上皇的隆重礼遇，成为日本律宗初祖。这段时期，中日佛教界交往甚密，唐诗中也多有记载。钱起是同时代的人，其诗作中就有一首《送僧归日本》，写得情真：

上国随缘住，来途若梦行。
浮天沧海远，去世法舟轻。
水月通禅寂，鱼龙听梵声。
惟怜一灯影，万里眼中明。

钱起开篇一反常规，送行诗偏说来途。"上国"指中原，春秋时期的古老称谓，也是站在日本国的角度表示尊敬；"来途"指日本僧人来大唐取经；"若梦"一词用得好，表明此行即将结束，已经到了梦醒时节。你来大唐算是一场机缘，岁月匆匆，马上就要结束这如梦般的旅行了。

颔联进一步描写日本僧人取经之不易。"浮天"，船于海上，不见边际，犹如浮于天上；"去世"，离开中土凡尘，回到日本；"法舟"亦作"法船"，意为佛法庇佑之舟。你来时一定觉得海宽天远，辛苦万分，但你回程就不一样了，有佛法护佑着你的

溪山渔隐图（局部） 明 唐寅

小船，让你心情轻松。

颈联描写佛教境界之妙。"水月"本义就是水与月，佛教引申为佛门清净之地。郑谷诗："夜清僧伴宿，水月在松梢。"李白诗："观心同水月，解领得明珠。""鱼龙"本义多指鳞介水族，但在此应指鱼龙形的磬；"梵声"，诵经之声。佛门清净之地处处都是寂静的禅意，敲着鱼龙形的磬，吟诵着佛经不分昼夜。

钱起在描述了佛教的深奥与美妙之后，用了一种狭隘的情绪，反衬前面描述的美好，"惟怜"，唯有怜爱佛家那盏明灯，无论你走多远，它也能给你指示光明。"惟怜一灯影，万里眼中明。"暗收实放，正话反说。

这首送别诗与常见送别诗不同，不惜别，不挽留，不洒泪，不纵酒，而是将佛教精髓悄悄展现。作者用了大量的佛教术语，来慢慢烘托佛家气氛，让佛教思想渐渐沁入人心，让日本僧人将学到的真谛带回日本。

在诗里，随缘、若梦、沧海、法舟，水月、鱼龙，禅寂、梵声，都化成一个可见不见的灯影，将佛家光明带给了万里之外的凡尘。这是钱起的高明之处。真不知当那位日本僧人读到这首诗时心境如何。

宋人葛立方著有诗评《韵语阳秋》，二十卷。书中对钱起的《省试湘灵鼓瑟》有如此评价："唐朝人士以诗名者甚众，往往因一篇之善，一句之工，名公先达为之游谈延誉，遂至声闻四驰。'曲终人不见，江上数峰青。'钱起以是得名。"仔细想想，"曲终人不见，江上数峰青"的确是一种极高的境界，而《送僧归日本》的"惟怜一灯影，万里眼中明"则是另外一种境界。境界虽有不同，但无本质区别，让它们都能跨越自己所处的时代，抵达今天以及未来。

林亭烟岫图（局部） 清·宋骏业

顾 况

（约730—806年后）

鸥鸟识归心

《登楼望水》
《南归》
《叶上题诗从苑中流出》

关于顾况（约730—806年后），历史上最有名的一件事是他发现并认可了白居易。那年白居易年仅十六岁，带着习作来到长安。他惴惴不安地拜谒顾况，顾况一见白居易就说："长安米贵，居大不易。"当白居易呈上习作《赋得古原草送别》后，顾况阅完惊着了，随即改口："前言戏之耳。"这故事在唐在宋都有著录，唐代张固《幽闲鼓吹》，五代王定保《唐摭言》，宋代尤袤《全唐诗话》等都记录过此事，此事让顾况成为了白居易的伯乐。白居易在唐朝算是长寿诗人，活了七十五岁，位居香山九老之首，人称"白香山"。但顾况活得更长，传说寿数九十四，这在唐朝算是奇迹了，可称"人瑞"。其实顾况卒年并不详，但他活到八九十岁应该是有的。

　　顾况幼年时有个叔父叫七觉和尚，这让他接受佛家思想较早，加之他对道家也感兴趣，时不时地都有涉猎。但想出人头地，必须通过科举，苦读经书是必须的。所以在他早期受的教育中，释、道、儒三家齐备，各家学说的长短优劣在顾况心目中各有位置。到了唐肃宗至德二载（757年），顾况三十岁前后进士及第，算不得大器晚成，但也不算年轻了。学而优则仕，这虽然是帝制社会的上升途径，但人和人不同，有的人就是不能为官，官永远做不好。顾况深知自己的短处，所以要了个偏远小官去做——新亭监。

古时吃盐难，所以盐自汉以来都是官家专卖。西汉昭帝时期桓宽写了《盐铁论》——盐者，民之生计；铁者，国之工具。国计民生自古就是政府头疼的问题。汉武帝时期为抗匈奴，政府下令开始盐铁专营，这为政府赢得大量财富，一直到唐代依然如此。政府大量的盐税收入必须派官员监理，凡产盐之地都比较偏僻，所以没人愿意做这等小官。而顾况居然自己申请去，许多人都笑话他，这地方做官还算官吗？顾况并不在乎地说：我的目的是去这个地方看风景画画。当时画坛有个不怎么靠谱的画家叫王墨，号称"王泼墨"，每画先醉，然后用发髻取墨画画，手脚并用，浓淡随意，山水云石形状随心所欲。这人在画史上记载清晰，顾况拜他为师，可见顾况去偏远海边作画也非虚言。

顾况在新亭做了几年盐监后，估计也确实没意思，就不知何年何日辞了，这些史书上记载不详。唯一记载清楚的是他的诗作，大历年前后，他和皎然、陆羽、李泌、韦应物等诗人有交游，到了建中二年（781年），年过半百的顾况去了韩滉（huàng）府为大理司直。韩滉是官员，也是个大画家，画过《五牛图》，

显然顾况看上的是韩滉的画家身份,跟着他一方面做官,一方面可以偷偷学画。

种种迹象可以看出顾况对艺术非常热衷,而仕途只是职责混饭。诗是第一位,画是第二位,而他的诗总带有很强的画面感:

niǎo tí huā fā liǔ hán yān　zhì què fēng guāng yì shào nián
鸟啼花发柳含烟,掷却风光忆少年。
gèng shàng gāo lóu wàng jiāng shuǐ　gù xiāng hé chù yī guī chuán
更上高楼望江水,故乡何处一归船。

这首诗题目《登楼望水》,这是个传统题材。因古人没有飞行器,俯瞰除了登山就是登楼登塔。人一上高处,心胸视野就不一样,王之涣的《登鹳雀楼》,王勃的《滕王阁序》,崔颢

五牛图　唐　韩滉

的《黄鹤楼》，杜甫的《登高》，写的都是居高临下的感慨。顾况的七绝《登楼望水》，一句一转换，写得颇具特色。"鸟啼花发柳含烟"，一幅美好的花鸟图，有声音，有色彩，有感觉。起句欢快舒畅，自我按捺不住，七个字将开场一下子推至顶点。承句转身将其完全抛开，"掷却风光忆少年"，无论多好的风景此时此刻对诗人都没有了吸引力，因为青春不再，人将老朽。承句这一笔提前转向，而且是大幅度的转向，对风光没兴趣，只思念青春年少，情绪满满，不容商量。

　　转句跟着再转一次，视线又回来了，"更上高楼望江水"，风景的细节已经不能纠缠作者，只有登高远眺滔滔江水，才能安抚那颗老之少年的心。最后一句点明主题："故乡何处一归船。"顾况显然思乡了。高适诗曰："故乡今夜思千里，秋鬓明朝又一年。"王建诗曰："今夜月明人尽望，不知秋思落谁家。"元人范德机的《诗格》说："作诗有四法，起要平直，承要春容（chōng），转要变化，合要渊永。""起承转合"这个成语就是从这来的。"春容"的本义是用力撞击；"渊永"的意思为深远。顾况此诗结尾合句的确"渊永"，让其思乡之念源源不断，让小诗实起虚收，喜起愁收，起承转合严丝合缝，一步三叹摇曳生姿。

顾况的文学能力毋庸置疑，但他的为官能力就不敢恭维了。贞元三年（787年），他为宰相李泌欣赏引荐，得以入朝担任著作佐郎，这一年他最得意的事莫过于面试了白居易。但好景不长，两年后李泌去世，他的靠山没了，忽然被贬谪饶州司户参军，由六品降至七品，被贬原因是诗惹的祸。据说他"傲毁朝列"（唐代李肇《唐国史补》），"不能慕顺，为众所排"（唐代皇甫湜（shí）《顾况诗集序》）。顾况在饶州又混了五年，大概在贞元十年（794年）致仕，告老定居江苏句容的茅山。茅山为道教上清派的发源地，道家称之"上清宗坛"。大约就是在这段日子里，顾况写下了五律《南归》：

老病力难任（lǎo bìng lì nán rèn），犹多镜雪侵（yóu duō jìng xuě qīn）。
鲈鱼消宦况（lú yú xiāo huàn kuàng），鸥鸟识归心（ōu niǎo shí guī xīn）。
急雨江帆重（jí yǔ jiāng fān zhòng），残更驿树深（cán gēng yì shù shēn）。

xiāng guān shū kě wàng, jiàn jiàn rù wú yīn
乡关殊可望，渐渐入吴音。

  这首诗漫不经心地流露出作者的心态，调子沉稳平和，与世无争，没有愤世嫉俗。"老病"，古人多以此原因乞朝廷允许致仕，古代没有法定退休年龄，所以许多官员晚年多以此缘由申请致仕还乡。杜甫名句："名岂文章著，官应老病休。"顾况开篇用"老病"一词多半是心病。"犹多镜雪侵"写的是实情，"镜雪"指镜中白发，这句是说自己白发也越来越多了，令人感慨。

  颔联："鲈鱼消宦况,鸥鸟识归心。""鲈鱼"为江南名产,《吴郡志》载："天下之鲈皆两腮，唯松江之鲈四腮。"历史上有关于鲈鱼的著名故事：晋代张翰在洛阳做官，秋风起时，想起家乡的鲈鱼便弃官归乡。顾况此句引用此典，表示退隐的心思，一个"消"字是说鲜美的鲈鱼消磨了做官的意志。下一句的"鸥鸟"也是典故，王维的"海鸥何事更相疑"就是用的同一典故，典出《列子·黄帝篇》，顾况这句是说鸥鸟的确懂得人心，尤其知道我的归隐之心。颔联对仗，取两动物，借助两典故，天衣无缝，顺势自然，可见顾况的文学功力。

  颈联："急雨江帆重，残更驿树深。"此联文学意象清晰，江上行驶的船遭受急雨，逆风显得行进吃力。第一句顾况描述自己为官时状态，第二句则是他每次生活或工作卡顿时的心情。驿站残更，天亮还要赶路。任重道远乃为官一生，顾况从心底

翠巘高秋图 清 弘旿

开始厌恶官场，在此用了"重"和"深"两个形容词，把自己的心情表达充分，尽管十分难过，但为官只能如此，只能负重前行。

　　尾联写得精彩，是本诗最亮丽的一笔："乡关殊可望，渐渐入吴音。"此联如不是亲身经历，写成这样就是天才。"渐入吴"和"渐渐入吴音"是文学表达普通和高级的区别，严格说人是入不了吴音的，但正是诗人一反常态的应用，唤起了大多数人的共鸣。一个"入"字用得传神生动，"殊可望"是内心企盼，"入吴音"则是切身感受，一个经历了老病雪侵、宦况归心、急雨残更的归田之士，渐渐听见了路人的乡音，内心是多么的激动啊！乡音是中国人的一份特殊情感，过去漫长的岁月中，大家都是通过乡音辨识双方身份的，一张口，乡音一出，涕泪横流，没有什么比乡音更能唤起在外宦游士子的乡情了。吴音乃中国历史最悠久的方言，流传至今达三千年之久，与吴越文化紧密相连，宋诗人谢翱诗曰："相看故乡泪，不敢效吴音。"苏轼诗曰："候吏来迎客，吴音已带乡。"写的都是乡音中的亲情。而陆游诗："诗成作吴咏，及此醉初醒。"即写出了吴音的灵魂。

　　顾况晚年终于摆脱了官场的纠缠，与世隔绝，一生在官场的起起伏伏都变成了过眼云烟。天宝年间的某年秋天，年轻的顾况和朋友们郊游，在皇家宫女居住的上阳宫外，沿水道走时意外捡起一片红叶，红叶上竟然有一首小诗："一入深宫里，年年不见春。聊题一片叶,寄与有情人。"小诗哀怨可人,顾况随之也写了一首,从水流上游放入,让其流入宫中。故事的后来颇为传奇,多种结尾皆美满。这故事极富戏剧性,被坊间说成"红叶传情"。但到了顾况晚年,这故事已变成了久远的故事,甚至这故事就像发生在别人身上一样。如果不是有顾况的诗立此存照,这故事就真的成为了故事。他与宫女的爱情已经变成了一种爱情象征,好在诗在,《叶上题诗从苑中流出》,可以重温:

huā luò shēn gōng yīng yì bēi　　shàng yáng gōng nǚ duàn cháng shí
花 落 深 宫 莺 亦 悲 , 上 阳 宫 女 断 肠 时 。
jūn ēn bù bì dōng liú shuǐ　　yè shàng tí shī jì yǔ shéi
君 恩 不 闭 东 流 水 , 叶 上 题 诗 寄 与 谁 。

年老时再回头看年轻时写的爱情诗,估计顾况哑然一笑,心如止水。据说他晚年炼金拜斗,身轻如羽,如了他小时候亲近道山之愿。炼金即炼丹,拜斗求消灾。炼金拜斗最终成为一个诗人官员生活的全部,是因为他曾经在滚滚红尘中过了大半辈子,深知其中之扰,企盼心中之安。

红叶题诗仕女图　明　唐寅

红叶题情付御沟　当时叮嘱向西流
无端东下人间去　却使君王不信些
唐寅

为玉翁作山水图册之一 清 樊圻

张志和

（732—774年）

斜风细雨不须归

《渔歌子·渔父歌五首》

张志和(732—774年)存世的诗文极少,除了熟知的《渔歌子·渔父歌五首》之外,仅剩几首,他的作品绝大部分散佚。即便这样,如果不是偶然的因素,他的人和作品都会消逝在历史长河之中。张志和最要感谢的是颜真卿,颜真卿与张志和有交情,为他写过一篇散文《浪迹先生元真子张志和碑铭》,后来对张志和身世的依据几乎都源于此。颜真卿当年是湖州刺史,张志和只是个天涯浪人,二人这段友情实属罕见,十分难得。

颜真卿的碑铭提供了许多信息。首先,张志和是婺州金华(今属浙江)人,其父为官,清真好道。他十六岁时就游太学,以明经擢(zhuó)第。唐代科举进士与明经两科相比,进士难得多,明经容易些,拼的是记忆力。这说明张志和记忆力很好。张志和因年少聪明,唐肃宗李亨看上他了,令他待诏翰林,并为其改名志和,字子同。皇帝赐名是个大事,可张志和年轻气盛,不知行事收敛。伴君如伴虎,没多久他就不知犯了什么忌,贬到南浦(今重庆万州)做了县尉,前途由光明变成昏暗。结果张志和就借丁忧之际辞官回乡，浮泛三江五湖，自诩烟波钓徒。这段自由自在的日子为他的创作提供极大的营养，《渔歌子·渔父歌五首》就创作于这一时期，读来清丽明快，神传意达：

其一

西塞山前白鹭飞，桃花流水鳜鱼肥。
青箬笠，绿蓑衣，斜风细雨不须归。

调寄《渔歌子》，此词牌亦名《渔父歌》，显然与张志和相关。这首词为正体，单调二十七字，五句四平韵，偶见还有双调五十字的。当然也有学者认为《渔歌子》来自民间歌曲，证据是敦煌歌辞有可能写在张志和之前。词与诗比较起来，诗的韵律较为统一，尤其格律诗，制度严谨，韵格声律不可错乱。但词就变化多样，有上千种词牌可供选择，词的节奏变化灵活，既可以小变化，又可以大变化。小变化如《渔歌子》《章台柳》等，只一句与古风有异，显出词牌早期的试探性。而这一句的改动，让整个词变得灵动，朗朗上口。

"西塞山"有两处，浙江湖州一处，湖北黄石一处，张志和说的应该是湖州西塞山。颜真卿曾任湖州刺史，率多人与张志和在此唱和，陆羽等二十五人参加。张志和开篇两句如同一句，流畅至极："西塞山前白鹭飞，桃花流水鳜鱼肥。"诗句直白，

桃源图(局部) 清 萧晨

乍一听不觉高深，细一品深不可测。先说颜色：青山绿水，白鹭桃花，颜色有冷有暖，冷中带暖，正是南方春季的感受，乍暖还寒，清冷的青山绿水旁泛着桃花粉红色，连水中都有粉红色倒映，空中白色的鹭鸟飞过，使得冷暖之间的中性色调灵动，形成视觉重点。

这还不算，作者说了一句"鳜鱼肥"，这是感受，深水之下的鳜鱼谁知肥不肥呢？"鳜鱼"，中国四大河鱼之一，鲤鳜鲢鳙，只有鳜鱼属肉食性鱼类，所以味道鲜美。看得见的"白鹭飞"与看不见的"鳜鱼肥"构成实际和心中的双层画面，在想象与实际之间，张志和巧妙地连上了一条金线，拽住读者的心。

紧接着："青箬笠，绿蓑衣，斜风细雨不须归。"箬竹与一般竹子不同，茎高叶宽，叶可达掌宽，南方一般用于包粽子。箬竹编织斗笠容易，效率高，效果好。"蓑衣"，防雨用具，用蓑草纺织而成，蓑草有韧性并耐腐，久用不坏，现在大多蓑衣是用棕树皮纺织的，颜色深棕，而蓑草编织的蓑衣颜色青绿。张志和笔下的斗笠与蓑衣从颜色看是新编织的，给人以无限生机之感。唐人避雨多用蓑衣，原理是将雨水顺势导出，由于蓑衣为斗篷式，不妨碍双手干活，所以才有"斜风细雨不须归"。

"斜风"本是看不见的，加上"细雨"就能看见了。"斜风细雨"入诗入词颇多。韦庄写过，李群玉写过，苏轼写过，王安石写过，杨万里写过，黄庭坚写过，李清照、司马光、陆游、刘辰翁、辛弃疾也写过。"不须归"是一种生存状态，与画面所有的美好紧密相连。生活中的美好与残缺构成了生活的全部，"渔父"只是这全部中的一个亮点。某种意义上，张志和这首诗具有极强的象征意义，让不变的"渔父"在多变的大千世界中保持良好的心态。

其二

钓台渔父褐为裘，两两三三舴艋舟。
能纵棹，惯乘流，长江白浪不曾忧。

自古隐士不是隐之于山，就是隐之于水。《庄子》中就有江湖渔父的形象。史上最有名的钓翁非姜子牙莫属，渭水直钩无饵，钓的不是鱼，而是相位。张志和《渔父歌·其二》反意起笔，"褐裘"而来。古人以穿毛皮为野蛮，有地位者即便穿毛皮也必须罩以丝绸，张志和利用这层意思，迎面直上，村夫野叟不在乎这些。其实张志和本人也正是这样，经冬历夏十余年只穿一件粗布衣，"手为织纩，一制十年，方暑不解"。

"舴艋舟"即小船，瘦身，容一人，形似蚱蜢，故曰舴艋舟。"棹"，长桨，一般使用一支在船尾，横为桨，竖为棹。《渔父歌·其二》是诗人生活及生活态度的写照，粗衣小船不惧浪涛，诗人的自画像。

寒江独钓图 宋 马远

其三

霅溪湾里钓鱼翁，舴艋为家西复东。
江上雪，浦边风，笑著荷衣不叹穷。

"霅溪"位于湖州市南，湖州别称霅溪。"霅"字本义雷电交加，音乍，少用；"浦"，水滨；"荷衣"，语出屈原"制芰荷以为衣兮"，荷衣有隐士之服的含义。《渔父歌·其三》是诗人的日常状态，天天往往来来，年年风风雪雪，自己甘愿过着这种苦穷的日子，尤其"江上雪，浦边风"一句接上"笑著荷衣不叹穷"，人生达观可见一斑。

其四

松江蟹舍主人欢，菰饭莼羹亦共餐。
枫叶落，荻花干，醉宿渔舟不觉寒。

"松江"，与太湖相连，《尚书·禹贡》载："三江即入，震泽底定。""三江"依次为松江、钱塘江、浦阳江，"震泽"即太湖。"蟹舍"指渔家，南方小渔船多置小篷，如同蟹甲，故称。宋人范成大诗："我亦吴松一钓舟，蟹舍漂摇几风雨。"陆游诗："水宿依蟹舍，泥行没牛骱。""菰"，水生植物，嫩茎可食，今称"茭白"，果实叫"菰米"，也称"雕胡米"。李白诗"跪进雕胡饭，月光明素盘"说的就是菰米饭。"莼"，水生宿根草本植物，嫩叶食用，鲜美嫩滑。"荻花"，禾本植物，高达两米，秋天抽穗白色如花，白居易的"枫叶荻花秋瑟瑟"说的亦是同一植物。在《渔父歌·其四》里，诗人更进一步，将日常生活具体化，苦中作乐，随遇而安。

其五

青草湖中月正圆，巴陵渔父棹歌连。
钓车子，橛头船，乐在风波不用仙。

最后一首都是情绪。"巴陵"指洞庭湖，渔父典出《庄子·秋水》："夫水行不避蛟龙者，渔父之勇也。""棹歌"，行船时所唱之歌，汉武帝《秋风辞》："箫鼓鸣兮发棹歌，欢乐极兮哀情多。""钓车子"，钓具；"橛头船"，小船，形态顾名思义。诗人让最后一首情绪升华，由人及仙般地寻求快乐，为一组小诗画上句号。

《渔歌子·渔父歌五首》第一首太有名了，余下四首长久被淹没了。张志和辞官后真的解脱了，独往独来，一个人生活在江湖之上，满足于自己，满足于生活。他的哥哥张松龄心疼他，念及兄弟之情，听说他写了这样一组诗，随即唱和一首《和答弟志和渔父歌》："乐是风波钓是闲，草堂松径已胜攀。太湖水，洞庭山，狂风浪起且须还。"诗中劝弟弟还是回来过个正常人的生活，好意归好意，但张志和不领情，我行我素，仍浪迹江湖。

人生是要有人生态度的。无论一个人有怎样的一生，他都会有自己的人生态度。人生态度并不代表自己的一生，有可能一个人的一生与其人生态度并不一致，尤其混迹于官场，多数人身不由己，违背自己的人生态度走完一生的大有人在。可张志和没有，他把自己的人生与人生态度完美结合，能够在仕途官场不得意时借机撒手，过上自由自在的日子。那些世俗的荣华富贵在他眼中不过是过眼云烟。官场上的鸡争鹅斗，显然不如山水间的鸢飞鱼跃。再加上他的文学才华，让我们在千年之后看见他的潇洒，听见他的吟唱。

以张志和的人生态度，他的诗作是否流传他不在意。事实上，尽管有颜真卿、陆羽等二十五人唱和了《渔歌子·渔父歌》，但这诗居然在人间蒸发了，不见踪影。一直到了唐宪宗时期，皇帝李纯非常欣赏张志和，但无论如何找不到这首诗，便画了一幅张志和的画像，并题字记下了这个遗憾。后来唐文宗的宰相李德裕看见了宪宗留下的画和字，被皇帝爱才之心感动，然后就注意查访，终于失而复得，找到了张志和的《渔歌子·渔父歌五首》。

按颜真卿的碑铭记录，张志和羽化升天了。这应该是张志和人生最好的结局,活得自在,死得潇洒。颜真卿在碑文最后铭曰:"邈玄真,超隐沦;齐得丧,甘贱贫;泛湖海,同光尘;宅渔舟,垂钓纶;辅明主,斯若人;岂烟波,终此身。"

法宋人笔意图　明 沈周

斜风细雨不须归

花卉山水图册(局部) 清 汪士慎

戴叔伦

（732—789年）

愿得此身长报国

《塞上曲·其二》
《除夜宿石头驿》
《江上别张欢》

"愿得此身长报国，何须生入玉门关。"这应该是戴叔伦（732—789年）最有名的诗句了。他一介书生，一辈子为地方小吏，没有出过塞，诗歌大部分是隐逸生活和闲情逸致，没承想他能写出这等豪迈的诗句。唐人高仲武编集了《中兴间气集》，遴选了"安史之乱"之后三十年间的诗作，他评价戴叔伦的诗"其骨稍软"，显然不包括这首。

戴叔伦，字幼公，润州金坛（今江苏常州）人。他出身书香门第，祖父戴修誉、父亲戴眘(shèn)用都终身不走仕途，安心做学问。戴叔伦幼时博闻强识，诸子百家过目不忘，又赶上一个好老师萧颖士，算是福分。萧颖士有大才，开元二十三年（735年）考进士对策第一，名扬天下，也称"萧夫子"。日本使者来朝，都表示想请萧夫子为师。萧的门徒甚多，多有大名，戴叔伦只是其中之一。

唐肃宗至德元年（756年）末，为避永王兵乱，戴叔伦随亲族逃难鄱阳，这一年他二十四岁。此后一段日子他生活窘迫，试图科举求仕，至于如没如愿，史籍记载不详。直到十年后的大历元年（766年），戴叔伦遇见了户部尚书刘晏，情况才有好转。刘晏幼年是神童，《三字经》中"唐刘晏，方七岁，举神童，作正字"说的就是他。"安史之乱"后为恢复经济，皇帝赋予刘晏极大的权力，他同时担任京兆尹、度支使、转运使、铸钱使、盐铁使等官职，一时风光无两，尤其盐铁之利在刘晏为官期间，一度成为国家财政的主要收入。就在此时，刘晏给了戴叔伦一个官职，让其生活安顿了下来。后来的日子里，戴叔伦兢兢业业，感恩戴德，政绩卓著，直到贞元五年（789年）他上表辞官归隐，没承想他竟然死在归乡途中，这一年戴叔伦五十七岁。

汉家旌帜满阴山，
不遣胡儿匹马还。
愿得此身长报国，
何须生入玉门关。

这是戴叔伦《塞上曲·其二》，"其一"由于用典稍显生涩，远不及"其二"流传广。这首诗比较抽象，缘于戴叔伦没有去过塞外，缺乏切身感受。"旌"，本义是羽毛或牦牛尾装饰的旗子；"帜"，本义是窄长条状旗，长丈五，宽半幅，在影视剧中常见长而窄、飘动感极强的就是旌帜。"旗"的本义则是印有

塞山秋月　清 钱维城

龙虎熊图案的短而宽的标识布,今天"旗帜"一词已混为一谈,不再区分。"胡儿",是对匈奴的蔑称。诗的前两句写出了动感,漫山遍野的旌帜迎风猎猎,表明了汉军的强大与决心,不让一个"胡儿"逃脱。单枪匹马本是对英雄的赞许,这里却成了对漏网之鱼的捕捉。虽然诗人从未去过阴山,这也不是汉,已经是唐了,作者凭借想象的空间,画出了一幅壮观的景象。

后面两句需要预知一个典故。班超,东汉时期著名的军事家、外交家,自幼胸有大志,投笔从戎,奉命出使西域,长达三十一年的时间里,收复西域五十余小国,官至西域都护。此乃西域的最高军事长官,所以西方史学家认为班超对中亚的影响无处不在。朝廷封班超为定远侯,世称"班定远"。东汉永元十二年(100年),班超自感年迈,上书请求致仕返乡,永元十四年(102年)抵达洛阳,不久便去世,寿七十,葬于洛阳邙山。

戴叔伦启用这个典故,反其道而用之,并未有小视班超之意,而把班超的献身精神渲染出来,让读者知道报国不易,一个"愿"字表达出诗人的家国情怀,自愿以身相许,为国也为家。"长"字给力,将"愿"字有力度有韧性地衔接,让每一个炎黄子孙听了热血沸腾,才引出下句:"何须生入玉门关。"

这句诗实际上是虚写,表达的是决心,是情绪,如同过去战前宣誓,视死如归,与敌人共存亡。其实,能不能活着回来,取决于是否胜利。"玉门关"，汉武帝始置，开通河西四郡，即武威、张掖、酒泉、敦煌。玉门关因汉代喜玉，玉路须通此关而得名，故址在今甘肃敦煌西北的小方盘城。另一个重要关隘在敦煌西南龙勒县，因地处玉门关偏南，故名阳关，故址在今甘肃敦煌西南。武帝"列四郡，据两关"，布局之巧，格局之大，为疆土的扩张和稳定起了决定性作用。戴叔伦在中唐看西汉已间隔近千年，民族情感未变，遂写下这首著名的《塞上曲·其二》。

由于戴叔伦的诗体裁涉及多种形式，五绝七绝、五律七律、古体近体，又由于他的诗题材也极为丰富，所以很难把他归为什么类别的诗人。有人说他是田园诗人，写过："燕子不归春事晚，一汀烟雨杏花寒。"有人说他为现实主义诗人，写过："姊妹相携心正苦，不见路人唯见土。"再有就是他那豪情万丈的《塞上曲》（二首）。我看戴叔伦算是个全才，各类型的诗作在他笔下都可以熠熠生辉。比如他有一首送别诗《江上别张欢》：

nián nián wǔ hú shàng　　yàn jiàn wǔ hú chūn
年　年　五　湖　上，　厌　见　五　湖　春。
cháng zuì fēi guān jiǔ　　duō chóu bù wèi pín
长　醉　非　关　酒，　多　愁　不　为　贫。
shān chuān mí dào lù　　yī luò kùn fēng chén
山　川　迷　道　路，　伊　洛　困　风　尘。
jīn rì piān zhōu bié　　jù wéi cāng hǎi rén
今　日　扁　舟　别，　俱　为　沧　海　人。

小诗通达不晦涩，开篇就是情绪传达。"五湖"，古今解释

不一，近代说的"五湖"是指洞庭湖、鄱(pó)阳湖、太湖、巢湖、洪泽湖，而古代典籍中说的"五湖"专指太湖，"五湖"乃太湖古名。戴叔伦说的"五湖"显然不是五个湖，他厌见的"五湖春"指太湖春色。其实，诗人首联是正话反说，无非宣泄一下当时情绪而已。

小诗颔联写得富有哲理："长醉非关酒，多愁不为贫。"生活中的两种状态在戴叔伦笔下不是状态，而是道理。酒不醉人人自醉，花不迷人人自迷。欧阳修也说："醉翁之意不在酒，在乎山水之间也。"贫困生愁，富贵也生愁，而且后者有时并

京江送别图（局部） 明 沈周

不比前者容易解愁。这两句诗是诗人宽慰朋友的话语，也是自己人生的总结。

后两联就是分手时刻。颈联写人生羁旅。"伊洛"，伊水洛水，两水汇流，代指河流。每个人的人生旅途都是前途迷惘，一路风尘，对于在外为官或经商的人，这些都是常态，所以今日在船上一分手，我们都是闯荡江湖的人。

戴叔伦的这首送别诗与常见的送别诗不一样的地方，在于他对朋友的劝励。他并不掩饰自己同样也有悲观情绪，但不把这情绪全部传染给对方，而是一半自责，一半自省。其实人生大部分时间就是如此,在矛盾中求得生存,自责与自省是一个人能很好地生存于社会之中的最佳保障,没有了自我觉醒,人生只能算半个人生。

戴叔伦晚年曾在抚州任刺史,有一年岁末,他回乡耽误了时间,途中住在驿馆,这一天是除夕夜,戴叔伦的感慨油然而生,写下了羁旅诗《除夜宿石头驿》:

旅馆谁相问? 寒灯独可亲。
一年将尽夜, 万里未归人。
寥落悲前事, 支离笑此身。
愁颜与衰鬓, 明日又逢春。

开篇设问,意起突兀。这种写诗手法并不多用,杜甫用过:"岱宗夫如何,齐鲁青未了。"李隆基也用过:"夫子何为者,栖栖一代中。"戴叔伦完全出于个人情感,与杜甫和李隆基的设问不同,他们的设问基于公众相同的认识,换言之是替人发问。而戴叔伦是私人设题,扪心自问,明知无人答也要问,然后自己寻找得以慰藉的答案:"寒灯独可亲。"古人出门在外,一切都随自然变化,该冷冷该热热,唯独油灯可以改变自然状况,使黑暗释放光明。司空曙的"雨中黄叶树,灯下白头人",白居易的"万里经年别,孤灯此夜情",元稹的"残灯无焰影

幢^{chuáng} 幢，此夕闻君谪九江"，刘禹锡的"数间茅屋闲临水，一盏秋灯夜读书"，这些优美的诗句都在写文人与灯的关系，戴叔伦一语中的，"寒灯独可亲"充满了人文情感，无声地发出一声叹息。

颔联是这诗的诗眼，流传很广："一年将尽夜，万里未归人。"凡除夕回不了家的人，都会想起这句诗聊以自慰。此联似流水对，下句紧接上句，说明诗人此时此地的处境。清人宋宗元的《网师园唐诗笺》评价此联："何等自然，却极清切。"尽管戴叔伦此联套用梁武帝萧衍的《子夜四时歌·冬歌》"一年漏将尽，万里人未归"，但戴叔伦调换了结构，侧重于人的孤独感受，故成为后世常引用之句。

颈联继续渲染悲凉气氛："寥落悲前事，支离笑此身。""寥落"最初意为稀疏，例如谢朓诗"晓星正寥落，晨光复泱漭"，后来常用它形容冷清，如元稹诗"寥落古行宫，宫花寂寞红"。"支离"本义是分散，支离破碎，如杜甫诗"支离东北风尘际，漂泊西南天地间"，后亦指身体衰残的样子，武则天诗"看朱成碧思纷纷，憔悴支离为忆君"。戴叔伦显然二词均用后意，这冷清的日子想想过去做过的事，无论好坏，让人悲从心底来。看看自己瘦弱的身子，苦笑自己的半生。颈联对颔联进一步解释，把一个除夕夜孤身在外的文人小吏描述得尽情到位。

尾联，戴叔伦终于振作了一下："愁颜与衰鬓，明日又逢春。"

戴叔伦看着自己一脸愁容和斑白的双鬓，告诉自己，没关系的，明天就是新的一年开始了。

戴叔伦的《除夜宿石头驿》历代评价不一，明人邢昉的《唐风定》认为此诗："言情刻露，无盛唐浑厚气。"清人乔亿《大历诗略》说："诗极平易，而真至动人，故多能口诵之。"

不管后世如何评价，戴叔伦这首《除夜宿石头驿》仍为唐代五律中的佳作。他的诗歌体裁多样，数量不少，题材也极为宽泛，反映现实，揭露黑暗，同情民生疾苦，解释仕途烦忧。在文人道路为官，在宦海仕途为文，虽未达则兼济天下，却也穷则独善其身。戴叔伦的诗歌有一个怪现象，就是有相当一部分是后人补充的伪作，这说明他的诗作有价值，才会有人做赝。《全唐诗》收录戴叔伦诗三百零四首，有学者研究说，至少有两成可以确定是后人伪作的，这一点儿不知对戴叔伦来说是喜是悲。

为玉翁作山水图册之四　清　樊圻

李　端

（生卒年不详）

家乡路断知不知

《听筝》
《胡腾儿》

中唐诗人中李端（生卒年不详）名气不算大，能说得出来的成就也就是他为"大历十才子"之一。《唐诗三百首》收录其诗一首，五绝二十字。这首《听筝》写得极有特点，构思巧妙，立意新颖，如同画家速写，贵在传神：

míng zhēng jīn sù zhù　　sù shǒu yù fáng qián
鸣 筝 金 粟 柱 ， 素 手 玉 房 前 。
yù dé zhōu láng gù　　shí shí wù fú xián
欲 得 周 郎 顾 ， 时 时 误 拂 弦 。

先说乐器"筝"。现代的筝即便叫古筝也和古代的筝不同，主要是弦的增加。汉晋时期，筝只有十二弦，到了隋唐，增加一弦，成为十三弦，再往后才又增至十五弦，十六弦，十八弦，今天广泛使用的筝是二十一弦。古筝最初为十二弦是代表十二月，东汉应劭的《风俗通义》载："筝，蒙恬所造。"宋代《集韵》却说："秦俗薄恶，有父子争瑟者，各入其半，当时名为筝。"此说法属于道听途说，但瑟大多是二十五弦，一分为二，

听琴图　宋　赵佶

吟徴調商筞下桐
松間疑有入松風
仰窺低審含情客
以聽無絃一弄中
　　　臣京謹題

聽琴圖

各十二弦也勉强算个道理。

唐代筝"十三弦"到处入诗。白居易诗曰:"花脸云鬟坐玉楼,十三弦里一时愁。"李商隐诗曰:"二八月轮蟾影破,十三弦柱雁行斜。"元稹诗曰:"一双玉手十三弦,移柱高低落鬓边。"吴融诗曰:"就中十三弦最妙,应宫出入年方少。"由此可见,十三弦筝在唐代演奏十分普遍。李端这首小诗却在写另一层意思,在人不在弦,在心不在艺。开篇两句十字:"鸣筝金粟柱,素手玉房前。"从写作技巧而言,这叫特写,没有缘由,没有场面,没有人群,只让眼睛盯住筝的局部,外加一双纤细的女子玉手。画面有声有像,有静态有动态,极具诱惑。"金粟柱",装饰有精美花纹的定弦筝柱,古人称桂花为金粟;"玉房"指玉制的筝枕,说明乐器的高级。古琴中高等级的有"金徽玉轸"之誉,古筝亦有"金粟玉房"之称。李端将"素手"与奢华相对,一来说明环境的讲究及来宾的尊贵,二来表现女子细腻之手的性感,仅用十个字一个特写,已将场面与人物表现得十分充分。

后面两句:"欲得周郎顾,时时误拂弦。""周郎"即周瑜,三国吴将。

杜牧有诗:"东风不与周郎便,铜雀春深锁二乔。"周瑜精通音乐,即使喝得半醉,有人奏错曲子,他也会回头看一眼,故民间传言:"曲有误,周郎顾。"李端这两句就是运用此典,让这场演奏充满了故事性。由于"误拂弦",又加强了故事的戏剧性。这一细节的展现,让这场奢侈的聚会全景式铺开,有众多人物,有奢华的内容;有主人需求,亦有个人觊觎(jì yú);有男人的漫不经心,亦有女人隐藏的心机。用"误拂弦"引起别人的注意,刻意的歉意让别人心中不安,正是作者观察生活、再现生活的高人之处,藏巧于拙、大智若愚正是生活交往的最高境界,而往往达到这一境界的反倒是下层聪慧者,素手筝女当为一例。

《听筝》一诗的创作并不是一时兴起,凭空臆造,它是有真实故事的。唐代大将郭子仪平定"安史之乱"有功,官至中书令,享年八十有四。民间称他"七子八婿满床笏(hù)",七个儿子八个女婿都在朝廷做官。有一次其六子郭暧与升平公主在家设宴,升平公主为唐代宗之女,与郭暧生下四子二女,贤良淑德,她的婚姻故事被后人编成戏剧《打金枝》,传唱至今。郭府中有个叫镜儿的婢女,容貌艳丽,弹得一手好筝。李端很是喜欢,郭暧看见了就说:"你如能以弹筝作诗一首,大家听了高兴,我就将镜儿赠给你。"李端听了大喜,片刻口占一首,即是这首《听筝》。

前两句使用专有名词切题,没有太大意外,后两句话锋一转,显出李端不同凡响的思路,这首五绝不仅让李端如愿以偿,还让那场宴会达到了高潮。李端把这首《听筝》写得如此传神,还有一个不可忽视的原因,就是他本人精通音乐,辞官后就以弹琴看书为乐,度过余生。当然,立意非常重要,五言绝句只有二十字,如没有这等立意,小诗不可能写得如此丰富,余韵绵长。

李端在大历年间由于与驸马郭暧关系密切,常常出入王公贵族的宴会,看见过上流社会的生活,所以有些作品直接反映了他的所见所闻,《胡腾儿》即是一例:

胡腾身是凉州儿,肌肤如玉鼻如锥。
桐布轻衫前后卷,葡萄长带一边垂。
帐前跪作本音语,拾襟搅袖为君舞。
安西旧牧收泪看,洛下词人抄曲与。
扬眉动目踏花毡,红汗交流珠帽偏。
醉却东倾又西倒,双靴柔弱满灯前。
环行急蹴皆应节,反手叉腰如却月。
丝桐忽奏一曲终,鸣鸣画角城头发。
胡腾儿,胡腾儿,家乡路断知不知?

此诗采用歌行体,四句一节一转韵,最后缀补一句。李端旨在描写胡腾舞的场面,内心却有担忧,而这担忧似乎无解。唐代是中国最善歌舞的朝代,前后朝代的歌舞都未达到它繁华热烈的成就,这主要与唐代开放的心态有关。从出土文物就可以看到唐代文化的张扬，无论歌与舞，都在传达大唐精神。当时外来的音乐舞蹈形成唐文化潮流，胡腾舞仅是其中之一。

第一节：

胡腾身是凉州儿，肌肤如玉鼻如锥。
桐布轻衫前后卷，葡萄长带一边垂。

"凉州"，今甘肃武威，古代西北首府，曾经是中国第三大城市，一度是西北政治、军事、经济、文化的中心。作者说"凉州儿"是泛指，因为在唐代凉州聚集了大量的胡人，有人认为舞者是来自乌兹别克斯坦早年的粟特人。下一句描述得非常清晰，"凉州儿"是白种人，皮肤白而鼻子尖。"桐布"即桐华布，《后汉书·西南夷传》载："幅广五尺,洁白不受垢污。"皮日休有诗："桐木布温吟倦后，桃花饭熟醉醒前。"说明桐布在唐代普及且身价高。"前后卷"显然是西域人的着衣风格，汉人以为此举不礼貌。"葡萄长带一边垂"，指的是胡服上葡萄纹样的带子。"葡萄"自汉代传入中国，最初因为是波斯语的音译，文献记载不一，有蒲陶、蒲桃、蒲萄、葡萄等等，到了唐代葡萄已经普及。中国文化企盼多子多福，所以籽多的东西一概被认为吉祥，石榴、葡萄都是如此。第一节，诗人写出直观感受，从人写到服装，文化特征明显。

第二节：

zhàng qián guì zuò běn yīn yǔ　　shí jīn jiǎo xiù wèi jūn wǔ
帐 前 跪 作 本 音 语，拾 襟 搅 袖 为 君 舞。
ān xī jiù mù shōu lèi kàn　　luò xià cí rén chāo qǔ yǔ
安 西 旧 牧 收 泪 看，洛 下 词 人 抄 曲 与。

舞未开始时，先与观众交流，胡腾儿看见家乡人了，单膝跪在那里与人说家乡话，然后站起提着衣襟，甩起袖子开始为亲人跳舞。"搅"在这里是缠绕之意；"旧牧"亦称老牧，旧称久任的地方官吏；"安西"指新疆以西很大一片地区，包括各种"斯坦"，自唐太宗贞观十四年（640年）开始，到唐宪宗元和三年（808年）止，存在约一百七十年。安西人员构成复杂，西部各国都有贸易及人员交往，当时胡人在朝廷做官也不是个别现象。所以胡腾舞者听到乡音甚为兴奋，安西官员强忍眼泪观看舞蹈。"洛下词人"，洛阳的文官抄下曲目赠予他人。这一节突出人情味道，舞者、官员、文人以及所有在场的人都会被感动。

第三节：

yáng méi dòng mù tà huā zhān　　hóng hàn jiāo liú zhū mào piān
扬 眉 动 目 踏 花 毡，红 汗 交 流 珠 帽 偏。
zuì què dōng qīng yòu xī dǎo　　shuāng xuē róu ruò mǎn dēng qián
醉 却 东 倾 又 西 倒，双 靴 柔 弱 满 灯 前。

胡笳十八拍图　宋 佚名

家乡路断知不知

舞跳到高潮，"扬眉动目"是西域舞蹈的面部基本动作，汉族跳舞面部无此类夸张表情，汉族文化认为"扬眉动目"不庄重。"踏花毡"，花毡即带有图案的地毯，"踏"是腿部节奏，西域舞蹈腿部节奏明快，一个"踏"字表现充分；"红汗"，化妆后出汗时脸都花了，唐人妆重，无论男女，流汗后极易妆花；"珠帽偏"，西域的带珠小帽本身就是偏戴，与汉族不同，汉人戴帽讲究端正；"醉却东倾又西倒"，形容舞姿的夸张，如醉酒一般；"双靴柔弱"指舞姿轻柔，与前面"踏花毡"形成对比；"满灯前"，西域观舞是围坐，油灯放在四周，人围一圈，舞者跳到人前步伐变轻。这一节细致地描写了舞蹈行进动作，准确传神。

第四节：

环行急蹴皆应节，反手叉腰如却月。
丝桐忽奏一曲终，呜呜画角城头发。

进入尾声了，转着圈跳舞踢脚押住音乐节奏，反手叉腰时，中间形成的空间如一弯新月。音乐到此骤停，场面安静了下来，方听见远处城头画角发出的呜呜声音。"丝桐"指乐器，弦乐器大部分为桐木所制；"画角"，古管乐器，传自西羌，因表面彩绘故名。画角声高亢哀厉，军中多用之告知昏晓或提振士气，整肃军容。在这场欢乐无限的宴会上，舞乐戛然而止，就听见远处画角的高昂之鸣，说明此处还是前线，不能太过安逸。

李端写到此，让画角的呜咽声渐渐散去，忽然深情地向舞者发问："胡腾儿，胡腾儿，家乡路断知不知？"严格意义上，最后一节已经完全出了诗的意境，不再与前面四节有任何关系，甚至像一名场外的人散场后拉住舞者的手，告诉他欢乐热烈的后面还有悲痛，还有别人帮不上忙又难以启齿的消息。这消息对李端来说是确凿的事情，但对胡腾儿来说，还有一丝希望，希望家乡路断后马上可以恢复。这一句出乎所有人意料的发问，让欢乐沉寂，让兴奋黯然，让所有人替胡腾儿担忧，而正是李端这句人文情怀的发问，让此诗在诗坛升格。

白居易写过《胡旋女》，元稹也写过《和李校书新题乐府十二首·胡旋女》，岑参写过《田使君美人舞如莲花北铤歌》，刘言史写过《王中丞宅夜观舞胡腾》，元稹的《和李校书新题乐府十二首·西凉伎》也提及胡腾舞。胡旋舞与胡腾舞有很大不同，胡旋以女为主，旋转是其特点；胡腾则完全是男人跳舞，腾跳是其特点。无论何种舞，诗人们在表现艺术的时候，都只关心舞蹈本身，而李端最终将关心落在一个素不相识的舞者"凉州儿"身上，彰显人文关怀，这也就是《胡腾儿》一诗在唐诗中有重要一席的根由。

李端年轻时拜诗僧皎然学诗，后来离开家乡去嵩山求仙访道，玄宗时期兴盛道教，这对李端有很大影响。他前两次参加科举未中，直到大历五年（770年）他才进士及第，授秘书省校书郎。他一辈子试图做好官，走仕途，但除了被驸马郭暧援引一把，职务没有太大起色。《旧唐书》载李端"授杭州司马而卒"。"司马"，先秦位次三公，但在唐代已是闲职，唐顺宗时期的"二王八司马事件"就可以看出司马一职的闲差属性。李端晚年辞官隐居衡山，终年不详。

"大历十才子"中，李端与其他人交往算是多的，他与卢纶、司空曙、苗发、吉中孚等人都有诗歌往来，另外与皎然、戴叔伦、郎士元、柳中庸、康洽也有诗歌唱和。由此可见李端是个好交际、重情谊之人，在这些交往中，李端对人生的感悟逐渐丰富。这从他的诗歌中就可以看出。他成年之际正赶上"安史之乱"，"安史之乱"造成的社会动荡以及价值观的改变，对李端的冲击从他同期的诗歌中可以看出。年轻的他一腔热血，诗中有按捺不住的朝气，但到了大历年间，与才子们一交流，就多了风花雪月。李端的《听筝》和《胡腾儿》，前者看得出大历才子的聪慧，后者能感悟诗人悲天悯人的情怀。

琴鹤图　明　佚名

山水八景（局部） 清 龚贤

韦应物

（约737－约791年）

野渡无人舟自横

《逢杨开府》
《滁州西涧》
《淮上喜会梁州故人》

韦应物（约737—约791年）的人生，前半生与后半生截然不同，节点在唐肃宗乾元元年（758年）他二十一岁的这一年，他丢了体面风光的工作，痛定思痛，折节向学，苦读经书，开始了他一生辉煌的诗歌创作。他有一句诗，可以不用知道前因后果，读之仍感慨万千："我有一瓢酒，可以慰风尘。"没有丰富的人生经历，断然写不出这样深沉穿心的句子。

韦应物出身京兆韦氏世家望族，高祖韦挺，《旧唐书》《新唐书》皆有传，官至刑部尚书；曾祖韦待价，《旧唐书》《新唐书》亦有传，武则天时期任宰相；祖父韦令仪，《新唐书》有载，官至银青光禄大夫；父韦銮官不大，善画花鸟山水松石。韦应物排行第三，上有二兄长。韦应物十五岁通过人脉关系进了宫廷，成为三卫侍卫官。出身良好的韦应物可以自由出入宫闱，扈从游幸。他有机会接近唐玄宗，看得见皇家奢华的生活。因为自幼骄纵，逐渐养成了豪纵不羁的性格，倚仗皇势，横行乡里，乡人苦不堪言。这些黑历史并不是别人记载的，而是韦应物晚年作诗时自己写的：

少事武皇帝，无赖恃恩私。
身作里中横，家藏亡命儿。
朝持樗蒲局，暮窃东邻姬。
司隶不敢捕，立在白玉墀。
骊山风雪夜，长杨羽猎时。
一字都不识，饮酒肆顽痴。
武皇升仙去，憔悴被人欺。
读书事已晚，把笔学题诗。
两府始收迹，南宫谬见推。
非才果不容，出守抚茕嫠。
忽逢杨开府，论旧涕俱垂。
坐客何由识，惟有故人知。

韦应物写这首《逢杨开府》时年四十六岁，功成名就，与旧友杨开府相逢，想起往事不胜唏嘘。"开府"，高级官员。此诗四句一节，头三节说自己年幼无知且放荡；四五节交代自己后来读书游历的经历；最后一节点明主旨，抒发情感。自己揭自己的黑历史，并留字著作，史上恐怕独此一份，历代诗评家不仅未低看他，反而对此评价甚高。宋人刘辰翁《韦孟全集》说：

"写得奇怪，对仗逼真。旧见诗话，至以为不类苏州（韦应物）平生，不知其沉着转换，正在'武皇升仙'起兴，能令读者坠泪。"元人辛文房《唐才子传》说："足见古人真率之妙也。"明人高棅《唐诗品汇》说："缕缕如不自惜，写得侠气动荡，见者偏怜。"清人乔亿《剑溪说诗》说："以恒情论之，少年无赖作横之事，有忸怩不欲为他人道者，而韦不讳言之，且历历为著于篇，可谓不自文其过之君子矣。"宋、元、明、清文学大家都有评论，皆不见揶揄，唯有赞叹，可见其坦荡为世人所重。

  这首诗在韦应物现存的五百多首诗中属于另类，不太引人注意。《唐诗三百首》收录韦应物十一首诗，但未收录这首。韦应物在中唐诗人中不仅丰产，而且质量还高。他在江州、苏州都做过刺史，故有十卷本的《韦江州集》，两卷本的《韦苏州诗集》，还有十卷本的《韦苏州集》。他的一生年谱清晰，尤其后来为官的三十年，一步一个脚印。他的诗歌不仅写出了田园山水的恬静雅淡，还写过民间百姓的疾苦愤恨。韦应物是耿介通达之人，否则写不出《逢杨开府》这样剖析自己以至皮骨剥离的诗作：

shào shì wǔ huáng dì　　wú lài shì ēn sī
少事武皇帝，　无赖恃恩私。
shēn zuò lǐ zhōng héng　jiā cáng wáng mìng ér
身作里中横，　家藏亡命儿。

第一节单刀直入，一刀见血。十五岁就开始侍卫皇帝，由于不懂事如同无赖一般，倚仗皇帝对我的恩情；在乡里作恶横行，家里还敢包藏朝廷追捕的人犯。"武皇帝"指唐玄宗，玄宗尊号有"神武"二字，简称"武皇帝"，唐人常用此称。此节寥寥二十字，一副年轻无赖的样子及由来跃然纸上。紧接着：

朝持樗蒲局，暮窃东邻姬。
司隶不敢捕，立在白玉墀。

"樗蒲"，汉末开始流行的棋戏，因掷的"投子"用樗木制成，故名，据说骰子就是由它而来。因此斫木制五子，简称"五木"，惜今已失传。"司隶"，司隶校尉，负责京城治安的官员；"白玉墀"指的是宫廷的台阶。第二节比第一节具体，早上就开始设赌局，晚上去偷偷地嫖妓；京城治安小吏不敢抓我，只是因为我是大内的人。此节让一个无赖的嘴脸完全暴露。跟着第三节：

骊山风雪夜，长杨羽猎时。
一字都不识，饮酒肆顽痴。

"骊山"，秦岭支脉，位在长安东约三十公里，华清池所在地；"长杨"指汉长杨宫，以广植垂杨而名；"羽猎"是指皇帝打猎，

随从负箭跟随;"肆",放肆,顽痴,无理的状态。这一节表现跟随玄宗出行时随从的蛮横无理,肆意妄为。下一节风向变了:

wǔ huáng shēng xiān qù，qiáo cuì bèi rén qī。
武　皇　升　仙　去，　憔　悴　被　人　欺　。
dú shū shì yǐ wǎn，bǎ bǐ xué tí shī。
读　书　事　已　晚，　把　笔　学　题　诗　。

武皇玄宗去世了,"升仙"是委婉的说法,自己马上就感到人情淡漠,身心俱疲。开始悔恨过去,读书已经晚了,于是开始学习作诗。下一节是改变后的自己:

liǎng fǔ shǐ shōu jì，nán gōng miù jiàn tuī。
两　府　始　收　迹，　南　宫　谬　见　推　。
fēi cái guǒ bù róng，chū shǒu fǔ qióng lí。
非　才　果　不　容，　出　守　抚　茕　嫠　。

"两府"指洛阳府和高陵府,都是韦应物任过职的地方;"南宫"指尚书省;"谬",谦词,错误地被推荐使用;"茕嫠","茕"指无兄弟者,"嫠"指无丈夫者,泛指孤苦无依的人。这一节继上一节,自己开始做地方官了,甚至被推荐去了尚书省,没有才干果然不行,只好去外地做安抚孤儿寡妇的地方官。诗人此时年近半百,风风雨雨经过,所以把既往说得云淡风轻,最后笔锋荡开:

忽逢杨开府，论旧涕俱垂。
坐客何由识，惟有故人知。

  韦应物是个很恋旧的人，他的著名诗句"欢笑情如旧，萧疏鬓已斑"充分显示他的人品与性格。他把自己与杨开府的重逢表达得淋漓畅快，说不要去管别人知不知道我们为何流泪，我们自己知道就行了。

  一个伟大诗人之所以伟大更在于自知，而不是知人。老子说："知人者智，自知者明。""明"是通透，只有通透方可洞穿。韦应物完全可以避讳自己年轻时的所作所为，可以把年轻的张狂写成意气风发，可以把年轻的无赖写成才华横溢，还可以把年轻的历史拿出来炫耀，但他没有，他深刻地自省，毫不忌讳地揭开自己的疮疤，这在古代诗人中极其罕见，足见韦应物思想之成熟，人格之高尚。在中唐诗人中，无论是质还是量，韦应物当为翘楚，这一点儿都不偶然。后世把他与王维、孟浩然、柳宗元并称"王孟韦柳"，视四人为陶渊明之后的唐代山水田园诗歌流派代表，以韦应物早年的劣行，能够并列四人之中，一见历史之宽容，二见他个人之魅力。

  《逢杨开府》创作于建中四年（783年），这一年韦应物赴任滁州刺史，在路上遇见年轻时旧友杨开府，遂写下了这首诗。到了滁州以后，已是秋天，韦应物在此任职两年，后去了江州。

上林图（局部） 明 仇英

在滁州闲居期间，他写下了他最著名的诗《滁州西涧》：

dú lián yōu cǎo jiàn biān shēng　shàng yǒu huáng lí shēn shù míng
独怜幽草涧边生，上有黄鹂深树鸣。
chūn cháo dài yǔ wǎn lái jí　yě dù wú rén zhōu zì héng
春潮带雨晚来急，野渡无人舟自横。

  这首诗充分显示了作者的功力。首句迅速带入诗人的情感，不让景色孤立存在。一个"独怜"强化主客观两个层面，紧接着声音引入，知来源但不见来源，"深树"指黄鹂在树的深处鸣叫，只能听见而看不见。此句高明之处就在于此，闻其声不见其面，让"独怜"这一情绪继续在画面中保留。水涧边上生长的小草，只是一层铺垫，让低处涧边小草与高处茂盛老树呼应，由嫩绿到深绿，由无声到有声，充分展示春天的饱满。

  下面二句变中景为全景，视野完全拉开："春潮带雨晚来急，野渡无人舟自横。"春雨一般都是淅淅沥沥的，偶尔在傍晚会随风突然加大。诗人抓住了这难得的一刻，让画面入诗，让诗歌入画，连风带雨，晚暮骤急，主题此刻顺势推出："野渡无人舟自横。"后世常常将此句诗作为绘画题材，千百年来，画过此情此景的画家难以数计。"野渡"，第一层境界，表明小而不在序列；"无人"，第二层境界，表示随意而无忧；"舟自横"，第三层境界，表达无须约束的内心与情感。所有四句相加，让这首七绝具有了极强的象征意义。

拟杜甫诗意图　现代　于非闇

韦应物写这首诗时已经四十八岁了，他对人生及仕途的理解已十分深刻。他是见过世面的人，曾随唐玄宗出猎游玩，也看见"安史之乱"后皇帝的狼狈不堪。他的后半生是有明确规划的。这首诗的寓意千年以来争论不休，有政治寄托之说，也有随意创作之说，还有不满现实无奈之作的说法，不论后世怎么猜测韦应物当时怎么想，也只有他本人能够知晓。诗歌创作大多时候不能想得太多，好诗的到来都是天赐，水到渠成，瓜熟蒂落。《滁州西涧》就是天赐，一个诗人，一个小景，一阵风雨，一条小船，某时某刻交织在一起，不管韦应物怎么想，他的诗带给人们的是生命宝贵的提示，这生命包括草与树、风和雨、鸟与人、水与舟。黄叔灿《唐诗笺注》说得特好："闲淡心胸，方能领略此野趣。"

一个杰出的诗人在把握共有情绪的表达时最能显露出其才华。韦应物有一首《淮上喜会梁州故人》便是一例。老友再相逢，他乡遇故知，在古代信息交通不畅的情况下，其欣喜程度是今人很难体会的。现代的通信手段，尤其视频，将人类积攒数千年的一份情感——思念消解了大半，以致今人久别重逢绝没有古人的那份欣喜。

按韦应物年谱，贞元四年（788年）夏秋之际，他出任苏州刺史。他在这个位上只做了两年，后告老辞官，闲居苏州直至谢世。在他人生的最后时光，他依然留下许多脍炙人口的佳

作,《淮上喜会梁州故人》就是其中一篇:

> 江汉曾为客,相逢每醉还。
> 浮云一别后,流水十年间。
> 欢笑情如旧,萧疏鬓已斑。
> 何因不归去?淮上有秋山。

诗一开头就进入状况,将二人过去的日子以文字形态再现,让人身临其境。虽然这情景只有他们二人知道,但仍感染读到这句诗的人。起句交代得清楚:"江汉曾为客。"大约十年前,韦应物就在鄠县(今属陕西西安)任县令。"梁州",为先秦九州之一,唐代梁州仅为陕西汉中地区,鄠县去其不远,汉江流经梁州。韦应物先交代地点、事由,然后回忆状态:"相逢每醉还。"一个"每"字将二人过去的交谊说得清清楚楚,每次不喝醉不回家。

颔联写得大气流畅:"浮云一别后,流水十年间。"此联迅速由实变虚,前一联的"实"到这一联的"虚"没有过渡,亦没有预示,但写得顺理成章,以虚代实。原因也很简单,二人虽有故谊,但这十年相互并无往来。作者一笔宕开,大幅度大跨度描述时空,让这一联犹如长长的空镜头,给每一个人留下可以想象的画面。这十年可以想见,又不可以相见,每个人的

仿赵伯骕后赤壁图（局部）　明 文徵明

人生都倏然而过，是悲是喜，还是悲喜交加？韦应物此联的高级还在于没有态度，让情感与经历都藏在这虚无缥缈的十字之中，令人玩味。

颈联开始具体描写："欢笑情如旧，萧疏鬓已斑。"古语说，衣不如新，人不如旧。诗人准确地表达二人的情感，一个"如旧"，表明二人之间关系未变，情谊还在，还表明大家都在这个世上混得不错。但是无论如何，人还是老了，两鬓斑白，头发稀疏。诗人在暗暗表达着感喟，叹惜岁月流逝，不讲情面。颈联与颔联不同，颈联画面感强，细节生动；而颔联没有细节，靠空洞吸引人，这也是艺术表达方式无一定之规的范例。

尾联道出诗人心声："何因不归去？淮上有秋山。"显然这是一句借口，为官在外，身不由己。对古人来说，出仕就是远离家乡的代名词。中国人说"好男儿志在四方"。一个为官的士子，思乡之情是常情。中国古代官场一直有异地为官的制度，不允许官员长期在家乡做官，以防腐败割据。韦应物尾联写得乐观，以"淮上有秋山"为由，四两拨千斤地将自己的处境说明，将友人的问题化解，让人读之会心一笑。

这首五言律诗是韦应物的代表作之一，尤其颔联写得大度宽容，貌似简单，实则复杂。此联的空灵可以填入所有想象，二人的十年风风雨雨，乃至这个世界的风风雨雨，都融入这十个字中。

对于《淮上喜会梁州故人》，历史上佳评甚多，最通俗的评价反倒是《唐诗三百首》的评语："一气旋折，八句如一句。"这评语说到点子上了。此诗读了有速度感，不可断，不可歇，一气呵成，虽联与联之间没有刻意衔接，但读之感觉不到间隙，句句紧逼，如同影视片快进，迅速完成诗之旨意。

韦应物为官虽不如其祖上显赫，但其诗歌成就彪炳史册，诗风恬淡，诗意高远，留下五百多篇诗文，为他自己的一生涂抹了灿烂的色彩，让后人敬仰。

云白山青图(局部) 清 吴历

卢 纶

(约748—约799年)

谁念为儒逢世难

《和张仆射塞下曲》
《长安春望》

卢纶（约748—约799年）是"大历十才子"之一，他一生不甚得意，主要是他的仕途走得实在坎坷，一辈子没做成个像样的官。他喜欢交际游乐，总想在社交中获取人脉资源。把与之交往过的朝廷命官名单列出来，有名有姓大权在握的不下几十人，其中有官至宰相的元载、王缙(jǐn)，还有各种朝廷大员、封疆大吏和其他大权在握的官员，但不知为什么，卢纶与官员们的交谊都没有成果，始终没做成大官，直到晚年才当上检校户部郎中，没当几天就去世了。

元载是卢纶生命中遇到的权力最大的官了，可以算是他的贵人。元载为官，本身就是个奇迹。他出身寒微，天宝初年中进士，一路攀升，到唐代宗李豫即位后，他平步青云，协助皇帝铲除权臣，深得皇帝宠信，官至宰相且任职十五年。但元载得宠后不知自律，专权跋扈，大营豪屋，还不听皇帝的规劝，结果全家坐罪被赐死。王缙即王维之弟，亦受此牵扯由宰相贬为括州（今浙江丽水）刺史。与元载、王缙关系尚好的卢纶为此还坐了几天牢,好在牵连不深,让他躲过一劫,但仕途不再风光。

卢纶科举之路同样坎坷。《旧唐书·卢简辞传》记载,天宝末年他第一次参加考试就运气不佳,碰上了"安史之乱",结果没有考成。唐代宗时期又考,屡试不第,他只好去终南山居住读书,这期间究竟参加了几次科考并不清楚,只知道后来因生活等原因远迁鄱阳,寄人篱下,"奉亲避地于鄱阳"。到了大历初年,卢纶不死心,又赴长安应举,按《新唐书》的说法,他数举进士不第,从那之后,卢纶就彻底放弃科举之路了。卢简辞是卢纶之子,比他爹有出息,官至监察御史、工部尚书、御史大夫等,为唐敬宗、文宗、武宗、宣宗四朝命官,卒于任上。可惜儿子的成就卢纶并没有看到。

大历年间,卢纶就留在了长安,与李端、司空曙、吉中孚、苗发、崔峒、耿湋等人交游唱酬,沉醉于诗歌创作之中。唐德宗继位后,任命卢纶为昭应县令,官虽不大,但地位重要。昭应城始建于天宝三年(744年),为华清宫配备的办公居住之地。最初唐玄宗每年秋季至来年春季有半年时间到此办公,诗人卢象诗曰:"千官扈从骊山北,万国来朝渭水东。"说的就是这一片禁地。建中四年(783年)秋冬之际,朝廷发生了泾原兵变,唐德宗李适出逃,成为大唐第三位出逃的皇帝。这事件给了卢纶机会,让他由书生向将士转变。他被召到元帅府做了判官,

兰亭修禊图（局部） 明 钱穀

为时局出谋划策。这段日子，军营的生活让他感触很深，他的诗风变得粗犷，也充满了生气，这使他在"大历十才子"中仅见。《和张仆射塞下曲》（六首）即写于此时：

其一

鹫翎金仆姑，燕尾绣蝥弧。
独立扬新令，千营共一呼。

其二

林暗草惊风，将军夜引弓。
平明寻白羽，没在石棱中。

其三

月黑雁飞高，单于夜遁逃。
欲将轻骑逐，大雪满弓刀。

其四

野幕敞琼筵，羌戎贺劳旋。
醉和金甲舞，雷鼓动山川。

其五

调箭又呼鹰，俱闻出世能。
奔狐将迸雉，扫尽古丘陵。

其六

亭亭七叶贵，荡荡一隅清。
他日题麟阁，唯应独不名。

先说"张仆射"。"仆射"一职起源于秦汉，汉成帝建始四年（前29年），尚书五人，其中一人仆射，位仅次于尚书令，日后渐渐权重。到了汉献帝建安四年（199年）分为左右仆射，左权高于右。唐代以后，仆射权力逐步被削弱，最后成为只有荣誉的虚职。卢纶和诗的张仆射无名，据目前资料，可能为这两位之一：张延赏，大历十四年（779年）调任西川节度使，泾原兵变时支持朝廷，唐德宗加颁虚职左仆射；张建封，慷慨尚武，门荫入仕，出任岳州、寿州、徐州刺史，因治军有方，加检校右仆射。二人在《全唐文》《全唐诗》中各有作品。卢纶究竟与谁和诗至今无定论。

其一

鹫翎金仆姑，燕尾绣蝥弧。
独立扬新令，千营共一呼。

"鹫翎"，鹫的羽毛。鹫为大型猛禽，视力极强，俗称雕，其羽可做箭羽，漂亮好用。"金仆姑"，箭名，《左传·庄公十一年》："乘丘之役，公以金仆姑射南宫长万。""蝥弧"，本义是春秋诸侯郑伯的旗帜名，后借指军旗，典亦出《左传·隐公十一年》"颍考叔取郑伯之旗蝥弧以先登"。这种军旗呈燕尾状，两角叉开。诗人没有正面描写将军之威武，只写了箭与旗，前者代表武器，后者代表士气，以小示大，以微见宏。然后直接下令，千军万马紧跟着一呼百应。其一表现的是士气，"千营共一呼"写得气壮山河，杀声回响。

其二

林暗草惊风，将军夜引弓。
平明寻白羽，没在石棱中。

起句情景设定极险，先暗再惊，继而风起，将军弯弓搭箭，一箭射出。作者并没有再去描写其他细节，留下空白的想象。时间一转即天明，昨夜的暗惊风都已经过去，忽然发现射出的箭深深地嵌入石棱之中。此首展现的是力量，尽管足够夸张，但人们还是愿意相信它的真实。

其三

月黑雁飞高，单于夜遁逃。
欲将轻骑逐，大雪满弓刀。

"单于"，本义为广大之貌，后来指匈奴人对他们首领的称谓，这里指敌人的首领；"遁"，逃避；"弓刀"，弯度极大的刀。趁着黑夜，敌人要逃走，天下起大雪，覆盖了准备追敌的马匹军刀。这一首展现的是精神，穷追不舍的精神。

其四

野幕敞琼筵，羌戎贺劳旋。
醉和金甲舞，雷鼓动山川。

"野幕"，野外天幕；"琼筵"，盛宴；"羌戎"，泛指西北部的少数民族。这首在写打胜仗的庆功场面，连兄弟民族都前来祝贺凯旋。穿着铠甲的战士们喝醉了还要跳舞，把鼓擂得如同雷声一样震动了山川。此首展现庆功豪放的气氛。

其五

tiáo jiàn yòu hū yīng　　jù wén chū shì néng
调 箭 又 呼 鹰，俱 闻 出 世 能。
bēn hú jiāng bèng zhì　　sǎo jìn gǔ qiū líng
奔 狐 将 迸 雉，扫 尽 古 丘 陵。

　　调整好弓箭，又呼唤来猎鹰。"奔狐"，奔跑的狐狸；"迸雉"，惊飞的野鸡；"将"，带着。将军飞苍走黄，技艺超群，将狐狸野鸡统统赶出这片丘陵。这首重在表现胜利的喜悦，保持进取的精神。

获鹿图 五代 佚名

其六

亭亭七叶贵,荡荡一隅清。
他日题麟阁,唯应独不名。

"麟阁"即麒麟阁,自汉以来麒麟阁都作为表彰功勋,悬挂功臣像的地方。这首表现了将士为国牺牲保疆安民的情怀,重在突出他们不计安危,不求名利的家国意念。

卢纶一口气写下六首，按常规，张仆射当年也写了六首，可惜今已不存。卢纶的和诗却传阅千年，《唐诗三百首》选录前四首，是偶然中的必然。六首小诗层次分明，层层递进，完全可以当作一首诗去读。此诗虽为"塞下曲"，但与大多数诗人不同，卢纶没去描写渲染战争的残酷血腥，而是多作赞颂之语，他把塞外战场描写成他心目中的战场，尽管有杀戮与牺牲，但作者仍以理想的表达方式把战争写得壮美。尤其"平明寻白羽，没在石棱中"为历代传诵，想象奇特，夸张适度，成为本组诗的诗眼。

历代诗评家对卢纶《和张仆射塞下曲》的评价很正面，认为他虽然写得很白，但其隐藏的内涵很深。清代李瑛《诗法易简录》说他："暗用李广事，言外有边防严肃、军威远振之意。"中唐时期诗歌创作气势总体明显低于盛唐，但多家诗集公认卢纶这首《和张仆射塞下曲》为中唐不逊盛唐之作，清代王士祯《唐人万首绝句选评》说它"意警气足，格高语健"。所有这些成就，相较于卢纶一生追求的仕途而言，是无法比拟的大成就，历史上仅凭为官留下大名的人凤毛麟角，而卢纶的"千营共一呼"却名垂青史。

卢纶存世的诗不算太少，真正能代表他风格的是《长安春望》。如果说"大历十才子"有一个总体风格，那便是中唐的阴柔之美。从盛唐转过来的中唐，遭受了"安史之乱"的打击，盛唐之盛受到重挫，阳刚之气萎缩，阴柔之息滋长。"大历十才子"偏重诗歌技巧，强调音律和谐，追求语境优美，无论是写景还是抒情，都不自觉地反映出阴柔之美。

东风吹雨过青山，却望千门草色闲。
家在梦中何日到，春来江上几人还。
川原缭绕浮云外，宫阙参差落照间。
谁念为儒逢世难，独将衰鬓客秦关。

卢纶开篇紧扣《长安春望》的主题，写的是远望之景——青山与草色。在描写静态之春时，作者融进了动态——东风吹雨。东风在诗歌中多指春风。李商隐的名句："相见时难别亦难，东风无力百花残。"韩翃的名句："春城无处不飞花，寒食东风御柳斜。"朱熹的名句："等闲识得东风面，万紫千红总是春。"王令的名句："子规夜半犹啼血，不信东风唤不回。"这些名句中的"东风"指的都是春风。卢纶的春风带雨草色青青，都把控在一个"闲"字之下，居高临下，看着长安城中千家万户，顿生闲情。

"家在梦中何日到，春来江上几人还。"颔联就是首联的闲情写照。家乡还在我的梦中，不知何年何月才能回去；远望四周河上的船只来来往往，这里面能有几个人是回家乡的呢？诗

销闲清课图（局部） 明 孙克弘

人由己及人，由虚到实，一个在外宦游的士子心态描述得精确到位。

颈联写景："川原缭绕浮云外，宫阙参差落照间。"景色视野开阔至目力所不及，浮云缭绕，以致只能想象家乡，而眼前的长安宫殿错落有致地笼罩在夕阳的余晖之中。这一联表面写景，实际在写诗人自己的心情。"缭绕"是思绪，"参差"是心情。

尾联诗人自怜："谁念为儒逢世难，独将衰鬓客秦关。""衰鬓"既指衰老貌，又指心态，作者在此一语双关。有谁知道我在外为官遇到的乱世之难呢，只有我一人默默地客居长安。卢纶在仕宦之际思乡念家，在春天写下伤感之景，寄托个人的情思，悲景伤情，浅吟低唱，没有强烈之语，也不使用过分之词，极充分地体现这一阶段"大历十才子"的风貌。清代大诗人沈德潜官至内阁学士兼礼部侍郎，是乾隆皇帝的诗词老师，他编选的《唐诗别裁集》中对卢纶的《长安春望》赞赏有加，他说："诗贵一语百媚，大历十子是也；尤贵一语百情，少陵、摩诘是也。"显然沈德潜抓住了"大历十才子"的本质特征，知道诗之媚不如诗之情，他说《长安春望》"夷犹绰约，风致天然"，虽是溢美之词，但无过分之誉。

诗歌创作中很难说以哪种手法可以取胜。唐人司空图《二十四诗品》中将诗歌创作形态分为二十四种品格，并做了适度的解释：雄浑、冲淡、纤秾、沉着、高古、典雅、洗练、劲健、绮丽、自然、含蓄、豪放、精神、缜密、疏野、清奇、委曲、实境、悲慨、形容、超诣、飘逸、旷达、流动。仔细想想,《长安春望》能归为哪一品？冲淡、沉着、自然、实境，这四品似乎贴近一些，努力再想想，好像哪一种都无法完全吻合。其实这正是诗歌千百年来的魅力所在，文无定法，无法之法，乃法也。

洞庭秋月图（局部）　明　陈焕

李　益

（746—829年）

嫁与弄潮儿

《江南曲》
《喜见外弟又言别》
《写情》

李益（746—829年），字君虞，祖籍陇西姑臧（今甘肃武威），后迁河南郑州。李益活到八十岁以上，在唐代属于长寿诗人。因为他在唐代宗大历四年（769年）考中进士，宋以后有书把他归入"大历十才子"，还包括皇甫冉等人，此说法不确。"大历十才子"据《新唐书》及唐代姚合《极玄集》载,为李端、卢纶、韩翃、钱起、司空曙、吉中孚、苗发、崔峒、耿㧑、夏侯审这十人，后来的其他记载都是主观凑数，实不足信。

李益不能归入"大历十才子"并不影响他个人的艺术成就，他的诗作成就不亚于"大历十才子"中的任何一人。他擅长绝句，尤其七言，边塞诗亦很出名，其中许多名句脍炙人口，比如《江南曲》中"早知潮有信,嫁与弄潮儿"。"弄潮儿"一词典出《汉书·霍光金日di䃅传》，但在李益此诗句后才风靡，成为大众使用词汇，代表站在潮流前面不畏风险的人。

这首《江南曲》是乐府诗，自汉以来，许多诗人都写过，李益这首最短，仅二十字，但它流传最广，几近人人皆知。按一般说法，这是一首闺怨诗。过去通信不便，男女结婚后，男子出门时间久了，闺中女子会有怨气，为了缓解怨气，诗人们创作了大量的闺怨诗，当然还包括宫怨诗。这类诗大多是男人写的，在唐诗中占有一席。李益这首写商人妇。中国自古重农轻商，商人唯利是图，在文化上是被批判的，白居易的名句"商人重利轻别离，前月浮梁买茶去"，李白也说"悔作商人妇，青春长别离"，可见商人自古在文化上地位之低。李益的《江南曲》字面上也表达了这层意思：

> 嫁得瞿塘贾，朝朝误妾期。
> 早知潮有信，嫁与弄潮儿。

"瞿塘"，长江三峡之一，三峡自西向东依次是瞿塘峡、巫峡、西陵峡，瞿塘峡地势属上游。三峡由于水文特点，唐诗宋词多有描绘。"贾"，本义是买卖，《说文解字》释："市也。"古时商贾有分，行商、坐贾，后逐渐界限不清。"瞿塘贾"就是在长江上游做生意的人。由于商业的不确定性，商人答应回家的时间总是延期，引得贾妇不满。"妾"，为自称。嫁给你这个商人为妻，每次都不守时，耽误了我的青春。开头两句干脆直接，就是埋怨，这也符合民歌乐府的行文特点。

后两句点明主题，用了假设句式："早知潮有信，嫁与弄

三峡瞿塘图　元　盛懋(mào)

潮儿。"潮汐是按月亮和太阳对地球的引力形成的周期性涨落，非常规律，诗人以此比兴，让"妾"说出心里话，我还不如嫁与一个按潮汐规律来去的人呢！"弄潮儿"的"儿"，诗中旧读"ní"。《江南曲》平直如白话，但内容曲折，含义丰富，故成佳作。明代钟惺、谭元春的《唐诗归》说："荒唐之想，写怨情却真切。"清代李瑛《诗法易简录》说："极言夫婿之无情，借潮信作翻波，便有无限曲折。"

那么李益怎么能写出这么入心的诗呢？有一故事可以帮助解读，这就是《霍小玉传》，唐代传奇小说，作者蒋防。蒋防生年晚于李益，但卒年与李益前后，换言之，他们可以算同时代的人。

《霍小玉传》写的是长安名妓霍小玉与进士李益的爱情悲剧，故事不算太复杂。长安名妓霍小玉年轻貌美，与年轻进士李益一见钟情，才子佳人如胶似漆，二人云雨之欢后，小玉流泪说："我自知与你不配，只是因色得你爱恋，恐以后会被抛弃。"李益安慰小玉说："即使粉身碎骨，我发誓绝不丢开你，请拿白绢来，我写盟约。"写毕让小玉收好。两年后李益被授官赴任，小玉对李益说："想与你结婚的人一定很多，我今年十八，你二十二，还有八年时间相爱。三十而立之年，你与名门望族结婚，我削发为尼，这样我就知足了。"李益听了这话也当面发誓："生死守信，白头到老，到时候我来接你。"

没承想李益这一走全部改变，遵母命与表妹卢氏完婚，不敢再去见小玉，即便回到长安，也要绕过小玉家，后在几个朋友设计下，二人相见，小玉此时已病入膏肓了，说："我身贱命薄，理应如此；可君为大丈夫，负心不该。我死后变成厉鬼，让你妻妾不得安宁。"

后面的故事就真假难辨了，说李益受了刺激，对妻妾一律不信任，直至晚年都是如此。很多学者认为《霍小玉传》真实可信，根本原因在于此传奇写于李益在世之际，这种以基本事实写成的传奇小说，不是一点儿影子都没有的刻意编造。《霍小玉传》被认为是中唐传奇的压卷之作，作者蒋防亦善诗文，《全唐诗》亦收其诗十二首，《全唐文》收其文二十六篇，但都不及《霍小玉传》出名，宋代将其收入《太平广记》，明代汤显祖将其改编为《紫钗记》，对后世影响巨大。

这个传奇未见李益本人评价，按说真名真姓地写他，他至少应该有个回应，可一直没有。如果读《江南曲》会发现这首二十字的小诗包含着李益的情感，而且借"妾"之口说出"早知潮有信"这样的假设句，或多或少地都在表达一种惋惜之情，这也许就是李益亏欠霍小玉的心境。诗不仅言志，诗也能寄情。

"安史之乱"将大唐历史一分为二，甚至将中国帝制历史也一分为二。唐玄宗天宝十四年（755年）冬，安禄山起兵叛乱，至广德元年（763年）春，以史朝义自缢为结束节点，历时八年,"安史之乱"才告平息。之后吐蕃、回鹘(hú)的连年侵扰,各地藩镇的叛乱与冲突,一直延续至唐德宗贞元元年(785年)。总计三十年时间里,大唐一直处在战火纷飞、兵荒马乱的状态。这时间正是李益成长的年代,他从七岁长至三十七岁,这期间亲人们的颠沛流离、失散偶聚时有发生,他写诗记录了这样的场景:

十年离乱后,长大一相逢。
问姓惊初见,称名忆旧容。
别来沧海事,语罢暮天钟。
明日巴陵道,秋山又几重。

诗题目为《喜见外弟又言别》。说明此次见面就是短暂的一瞬。"外弟",表弟。由于战争动乱,我们分手至少十年了,人都长大了才相见。"问姓惊初见,称名忆旧容。""问姓""称名"互文修辞,颔联说出常人感觉得到却说不出的感觉。"问姓""称名"也是一种试探,如同二人对暗号,所以就有了"惊初见""忆旧容"。人如果不是分别很久,是不会有这种感受的,"惊初见"到"忆旧容"是正常的反应,对上姓名之后极力回忆过去的样子,所以双方都十分惊讶。古时没有记录图像的媒介,全凭记忆搜索旧颜旧貌,所以李益的颔联表达得特别有感觉。颔联与司空

山水人物图册之五（局部） 明 陈洪绶

曙的《云阳馆与韩绅宿别》的颔联"乍见翻疑梦，相悲各问年"不同，李益是成长过程中不断改变的模糊记忆，而司空曙只是成年人之间的履历填空。前者分手时尚年轻，还有未来；后者则成年，不在乎未来。人的年龄状态会决定诗歌的状态。

"别来沧海事，语罢暮天钟。"分手这十年间，沧桑巨变，国家朝廷、个人自己都有说不尽的故事。白天很快就会过去，直至寺院敲响了暮钟。"明日巴陵道，秋山又几重。"知道你明天还要继续上路，我们下一次见面真不知又要等上几年了。最后一联由前面的喜见转为悲别，短暂的相见，惊喜只是一刻，如同人生，喜最短少，大部分平庸，而悲一定比喜多而长久，人生苦旅，安危伴随。

亲人的久别偶遇，又在国家战乱之时，那种惊奇与欢乐是外人或没有经历过的人不能体会的。李益诗写得朴素，没有用典，也没有华丽的辞藻，平平淡淡将二人的关系、相遇、惊喜、叙旧，分别按发生顺序叙述一遍；不在诗中嵌上人生哲理，也没有拔高的警句，只有亲情的真情流露，层次分明地将自己的人生记录在案，留给后人。

清代沈德潜《唐诗别裁集》评价此诗："一气旋折，中唐诗中仅见者。"说得中肯。此诗流畅快捷，疾来速去，酣畅淋漓。明末清初贺裳《载酒园诗话又编》评价："司空文明（曙）每作得一联好语，辄为人压占。如'乍见翻疑梦，相悲各问年'，可谓情至之语。李益曰：'问姓惊初见，称名忆旧容'则情尤深，语尤怆，读之几于泪不能收。"由此可见，诗之情在于真诚、真实、真心的表达。李益懂得此理，一次与外弟的偶遇，遂留下千古名篇，直至清人收录于《唐诗三百首》，此诗才得以广泛传扬。

李益是个心细如发的人，他有一首七言绝句写男女之情，诗中没去描写如胶似漆的情感，而是写了男女约会不至的懊恼。由于立意独特，又将人人都有的失望情绪渲染，让小诗独树一帜，为历代诗家赞颂，佳评连连。

水 纹 珍 簟 思 悠 悠，千 里 佳 期 一 夕 休。
从 此 无 心 爱 良 夜，任 他 明 月 下 西 楼。

这诗题目就叫《写情》，大多数诗人写的都是盼望之情，可李益写的是失望之情，这就是立意的独特。七绝一共才四句，诗人两句表达一层意思，不见起承转合，唯有情绪放任，而正是这种情绪放任，让小诗的意境令人印象深刻。起句"水纹珍簟思悠悠"中规中矩，常情常态；"珍簟"为高档竹席，或为蕲竹所制，蕲簟质软如绵，纹细如发，传闻人卧于上，百病可愈。韩愈有诗《郑群赠簟》："蕲州笛竹天下知，郑君所宝尤瑰奇。""笛竹"就是蕲竹的品种之一。李白诗曰："络纬秋啼金井阑，微霜凄凄簟色寒。"李商隐诗曰："冰簟且眠金镂枕，琼

玉楼春思图　宋　王诜

筵不醉玉交杯。"和凝词曰:"银字笙寒调正长,水纹簟冷画屏凉。"苏庠词曰:"水榭风微玉枕凉,牙床角簟藕花香。"

诗人写"簟"所涉情景大都高级,李益也不例外,用床上高级设施反衬下句的懊恼:"千里佳期一夕休。"约了许久的约会忽然取消了,这痛苦只有经历过的人方可领会。李益用"千里"形容相隔之远,用"佳期"形容约会之难,用"一夕休"说明不幸来得迅速,再衬之以"水纹珍簟"的准备和不尽的思念,让失约成为人生的莫大痛苦。

接着两句算是结果,也在表达心境:"从此无心爱良夜,任他明月下西楼。"良辰佳人自古就是文人描述的佳境,心向往之;楼升明月也是心爽境安的补充。诗人将两大喜悦的要素反用,强调内心的沮丧,说明未来的决心,我不会再追求佳人良宵,也不会再关心月落月升。诗人把自己一次爽约的失落发泄出来,痛快淋漓,替天下人发声,引发有此经历的人共鸣。尤其"任他明月下西楼"之句,看似平淡无奇,实则力能扛鼎,把"从此无心"的决心表现出来,让决心不再空洞,而是感同身受。

诗歌在表达情绪时,有其他文学形式没有的好处,即有文字以外的表达。文字以外包含的内容越多,该诗歌的能量就越大。李益的这首七绝,仅仅二十八个字,就把一次事件、一种情绪,还有态度与决心都展现了出来,看似负面,实为正面,将人生的不如意告知世人，是为了获得未来更多的如意。古人说，人生不如意事十之八九。如能举一反三，就可以降低不如意，或者修复不如意，让后来的人生超越过往的人生，此乃算是人生的修行。在我看来，李益的《写情》就是他个人的修行，让这样一件在每个人身上都可能发生的糗事，蜕化得深邃，表达得凄美，甚至可以演化成一部人生故事。

人生如戏，戏如人生。李益寿过八十，有过天崩地裂的爱情，写过撕心裂肺的小诗，正是人生的这些不幸或曰不如意，给他的人生增添了丰富内容，促使他留下一份文化遗产，今天看来，他大部分的不幸成为了后人的文化谈资。

人物山水册　清　柳如是

孟 郊

（751—814年）

春风得意马蹄疾

《游子吟》
《登科后》
《寒地百姓吟》

唐代诗坛上有两位诗人的创作特别用劲，古人称之为"苦吟"，一位叫孟郊（751—814年），一位叫贾岛（779—843年），二人并称"郊寒岛瘦"，称谓不仅充满禅意，还表现了二人的风格。这个结论是苏轼下的，原文是"元轻白俗，郊寒岛瘦"（《祭柳子玉文》），"元"指元稹，"白"是白居易。"元轻白俗"似乎评价不高，所以文学史上不怎么流行，但"郊寒岛瘦"却形象传神，让这两位苦吟诗人自宋以后也有了一个通俗称谓。

　　孟郊与贾岛差着辈分，二十八岁之差，足足一代。他们二人交集唱酬甚少。尽管他们都是韩愈的诗友，韩愈从爱才的角度也欣赏两个人的才华，但郊、岛二人仕途多舛，从某种意义上讲，二人都不适合为官，只适合当个闲散文人。郊、岛二人在诗歌上的成就名垂青史，都形成了个人独特的风格。孟郊喜五古，贾岛擅五律。在他俩生活的年代，孟郊的名气远远大于贾岛，当时已有"孟诗韩笔"之誉，把孟郊与韩愈相提并论。但到了五代北宋后，贾岛开始被诗坛重视，甚至晚唐五代被诗论家称为"贾岛时代",宋代的"九僧""四灵"都认真学习过贾岛。

孟郊祖籍山东德州临邑,何时迁入湖州武康(今浙江德清)不详,他出生在这里。但他小时候很长一段时间在河南嵩山度过,这段漫长不清的历史,让孟郊幼时生性孤僻,不喜与人来往。嵩山地处五岳之中,是佛教禅宗的发源地,也是道教圣地,历来为文人所重。这些都对孟郊产生了不可忽视的影响。孟郊渴望科举功名,希望走仕途为国效力,但由于各种原因,四十岁之前他一事无成,最多与陆羽、韦应物等人有些交往唱酬,其他不见文字记载。直到四十岁那年,他在湖州举乡贡进士,算是迈上了科举的第一道台阶。次年,孟郊进京应试不第,这一年是贞元八年(792年),虽然他未考中,但结识了韩愈和李观。他们两位这一年携手登第,可惜李观在两年后病亡,韩愈为其作墓志铭《李元宾墓铭》,评价甚高:"才高乎当世,而行出乎古人。"《全唐文》录其存文四卷,《全唐诗》录其存诗一卷。同科考试,孟郊年长韩愈十七岁,诗歌笔力雄健,不曾想却落第。孟郊并不甘心,紧接着又在第二年,即贞元九年(793年),再试,又下第。

孟郊有点儿灰心,年纪大了,四十二岁的年龄在人均寿命四十多岁的唐代已算老人了。几年过去,孟郊已经四十六岁了,其母多次催促他去参加科举考试,他才又鼓起勇气参加考试。

骑驴归思图（局部） 明 唐寅

这场考试很大程度是为了尽孝。在考试离家前。孟母千叮咛万嘱咐，让孟郊心里一震，随后的日子里他写下了《游子吟》：

cí mǔ shǒu zhōng xiàn　　yóu zǐ shēn shàng yī
慈 母 手 中 线，　　游 子 身 上 衣。
lín xíng mì mì féng　　yì kǒng chí chí guī
临 行 密 密 缝，　　意 恐 迟 迟 归。
shéi yán cùn cǎo xīn　　bào dé sān chūn huī
谁 言 寸 草 心，　　报 得 三 春 晖。

这首诗自唐后流传甚广，诗文白得几乎不用解释，既无生僻字也无用典，稍有文化即可读懂。"寸草心"，一语双关，既是小草嫩茎，又代表游子之心。"三春晖"，"三春"为孟、仲、季三个月，整个春季。"晖"，明媚的阳光。母亲为即将出门的儿子缝衣，担心儿子的行程，不知何年何月儿子才能回家。这是古代社会家庭的常态，在信息沟通困难的古代，除信件或口信外，没有别的办法让分散的母子沟通，担心成为每一个家庭此时此刻的心态。那种担心与思念之苦是今天的人无论如何也不能体会的。

孟郊以白描手法，抓住细节，表达内心情感，用母亲为儿子做衣裳这种农耕社会最普遍的状况，让"手中线"自然过渡到"身上衣"，让"密密缝"的意象顺势接上"迟迟归"的担心；头四句像电影镜头般推拉摇移，由物向人衔接，由实向虚转化，让一件具体的母亲为儿缝衣的家常琐事，变成天下母亲共有的担心。这一切不是母亲的表达,而是一个游子的心声。当最后一句迸发而出的时候,所有人觉得这就是高亢的肺腑之音。

严格说,这首《游子吟》不是孟郊的风格——"郊寒岛瘦",此诗温暖至极,让儿子带着母亲的温暖游走天下,同时又让母亲在盼归中体会儿子的温情。一首《游子吟》为母亲吟唱,也是天下儿子的感恩。这首诗历代文人好评如潮,"千古之下,犹不忘淡,诗之尤不朽者"(明人高棅《唐诗品汇》);"仁孝之言,自然风雅"(明人钟惺、谭元春《唐诗归》);"仁孝蔼蔼,万古如新"(明人邢昉《唐风定》);"《六经》鼓吹,……全唐第一"(明末清初贺裳《载酒园诗话又编》)。究其原因无他,只是此诗尽情地展现了母性之爱、人性之美。

孟郊在母亲的敦促下,第三次赴长安应试,这次他如愿以偿,进士登科,这对于已经四十六岁的孟郊来说,几乎是完成了不可能完成的任务,几十年的困顿和不安瞬间化为乌有,兴奋中,他写下了《登科后》:

昔日龌龊不足夸,今朝放荡思无涯。
春风得意马蹄疾,一日看尽长安花。

兴奋欢乐的情绪一望便知,甚至有人夸张地说,孟郊一辈子愁眉不展,就高兴了这么一天。这首七绝出了两个成语:

春风得意，走马看花。"龌龊"，本义为器量狭小，后引申为肮脏卑鄙丑恶。孟郊前两句择词分量很重，为的是把自己过去的困苦一并展现，所以用反衬手法将胸中浊气放肆倾吐，终于这一天来了。下一句话锋调转，心情大好，但意思紧接上句，如何"放荡"，"一日看尽长安花"。尾句看花不是一般意义上的看花，至少是一语双关。"春风得意马蹄疾"不仅是意象，更多是心境，这种表象与心境共为一体的语句非常难写，必须得天时地利人和，苏轼《卜算子·黄州定慧院寓居作》"拣尽寒枝不肯栖"算是一例。

　　此诗的独特不难解释。孟郊登科后大喜，其诗一反常态，全诗四句，一句比一句疯狂，一句比一句放肆。这一天疏解了孟郊大半生的郁闷，他似乎没有心思再设想未来。实际上孟郊后来的仕途也不如意，年龄大了，没有早期的官场磨炼，很容易再次失意。

　　《登科后》在表面诗意下可能还有另一番景象。《孟东野诗集》收录孟郊诗十卷，宋版，书中有宋人国材及刘辰翁评，此诗之下有如此评语："失意处牢骚幽愤过甚，得意后便尔骄稚放荡，何语未免寒态。"按惯例，进士放榜后，朝廷要组织新科进士们骑马城中展示炫耀，充分给予进士们光荣。观览宴饮，晚上还有狂饮，去平康里放纵。平康里在长安城北，亦称北里，后为妓院代称。唐文宗开成三年（838年）绛州闻喜人裴思谦

春山游骑图（局部） 明 周臣

状元及第，遂按惯例去平康里游荡一番，他特意定做红笺纸数十张，狎戏时写诗自夸，并留下一诗《平康妓诗》在《全唐诗》中。如按这个思路，孟郊的"一日看尽长安花"就可以有别解了。狎妓文化在古代多数时候合法，所以大量唐代诗人都写狎妓诗。

孟郊长安登科后随即东归，告慰母亲。次年再度出门冶游，至贞元十七年（801年）又奉命至洛阳参加铨选，选为溧阳县尉，按韩愈的话说，孟郊做县尉是违背他自己的愿望的，所以难以尽到职责。果然，孟郊赴任，但无心做官，天天城外水边赋诗，县令也没办法，就请来一个人替他干活，同时分一半薪俸给这个人，以致孟郊的日子穷困难堪。贞元二十年（804年）孟郊知道自己已成为官场累赘，便辞职返乡。

孟郊热衷作诗而不热衷做官，他对社会中下层熟悉，他的诗多处体现对社会的不满。《苦寒吟》："半夜倚乔松，不觉满衣雪。"《织妇辞》："如何织纨素，自著蓝缕衣。"《征妇怨》："良人昨日去，明月又不圆。"《闻砧（zhēn）》："月下谁家砧，一声肠一绝。"从孟郊这些诗句可以看出他超出"大历十才子"那些狭窄的题材，继杜甫之后再一次把笔触下伸至底层。孟郊喜爱五古，不受律格限制，完全打起复古的旗帜，这在中唐后不多见。

唐宪宗李纯于贞元二十一年（805年）即位，次年改年号元和（806—820年）。宪宗治国有方，政府财政开始好转，吐蕃势力逐渐衰微，使中唐衰落的国势得以复苏，史称元和中兴。

元和元年（806年），河南尹郑余庆给了孟郊一个差事，水陆转运判官，试协律郎，官虽不大，但解决了孟郊的温饱，使得孟郊晚年生活有了着落。随后的日子里，孟郊跟随郑余庆一共八年，于元和九年（814年）秋得暴疾死于任上。

这期间，孟郊创作了不少体恤民间疾苦的诗作，最有代表性的是《寒地百姓吟》，诗为五古，五言十六句，一韵到底，全诗意境凄婉，充满悲愤之情：

无火炙地眠，半夜皆立号。
冷箭何处来，棘针风骚骚。
霜吹破四壁，苦痛不可逃。
高堂捶钟饮，到晓闻烹炮。
寒者愿为蛾，烧死彼华膏。
华膏隔仙罗，虚绕千万遭。
到头落地死，踏地为游遨。
游遨者是谁？君子为郁陶。

这首古风写得不近诗而近赋。晋代文学家陆机在《文赋》中做过诗与赋的区分："诗缘情而绮靡，赋体物而浏亮。"陆机这结论可以简单地理解为，诗用来抒发情感，可以写得华丽；而赋是描述事物的，要客观流畅。按照陆机的标准，孟郊的《寒地百姓吟》的确像一首赋,极为客观冷静地描述了寒冷中百姓的苦衷。

无火炙地眠,半夜皆立号。
冷箭何处来,棘针风骚骚。

第一节写得凄厉,如闻其声,如见其景。百姓生活艰辛,席地而眠,没有火烤烤地取暖,半夜冻得人都站起来哭号。孟郊用了一个"皆"字,把所有人都包括进去,让苦难密布。"冷箭"与"棘针"都是形容屋中漏风之冷,让人无处躲藏。

霜吹破四壁,苦痛不可逃。
高堂捶钟饮,到晓闻烹炮。

第二节延续第一节之冷,然后笔锋一转,让烹调香味介入寒屋,使得悲情加剧。"高堂",指华堂大屋;"捶钟饮",富贵人家宴饮之乐。天都亮了,富贵人家做饭的香味不停地来侵扰。这让穷人倍感生活凄凉。

寒者愿为蛾,烧死彼华膏。

销闲清课图（局部） 明 孙克弘

华膏隔仙罗，虚绕千万遭。

第三节是全诗的高潮，想象大胆，力道十足。穷人因为过于寒冷，宁愿烧死在富人华灯的油膏里。诗人以飞蛾扑火自取灭亡的态势作比喻，给予了穷苦者最大的同情。即使是这种拼死的行为也不可行，因为华灯有纱罩，飞蛾寻死不能，只能围着灯火虚绕不能靠近。孟郊将悲中之悲渲染到极致，还不算完。

到头落地死，踏地为游遨。
游遨者是谁？君子为郁陶。

最后一节作者描述穷人的结果。飞蛾扑火求死不能，到头来还是落地死去，死了还让游手好闲的富人踩踏。那这些无所事事的人究竟是谁呢？作者觉得这已经没有必要回答了，凡是正直的人都忧心忡忡。"郁陶"，忧思积聚貌。

孟郊的《寒地百姓吟》充满了悲天悯人的文人情怀，每一句每一字都从心底发出，不妥协，不拖泥带水，有同情，有观点，一气呵成。在写百姓疾苦的唐诗中，几乎没有哪首诗可以与孟郊的这首《寒地百姓吟》相比，只有杜甫的《自京赴奉先县咏怀五百字》中的名句"朱门酒肉臭，路有冻死骨"能与之抗衡。同为百姓呐喊，杜甫深沉哀郁，孟郊痛心疾首；杜甫由己及人，孟郊由表及里。二人均留下一篇伟大的诗作。孟郊在诗歌技巧上避熟避俗，精思苦吟，狠字狠词常用不绝，这让常人难以理解，但如果了解孟郊的一生，尤其知晓其晚年丧子丧母之痛，就会懂得诗乃心声，如泣如诉。

张　继

（约715－约779年）

夜半钟声到客船

《枫桥夜泊》
《宿白马寺》

张继（约715—约779年）是典型的以一首诗红遍天下的诗人。其实他存世诗并不算少，约有五十首，这数量已超过了许多诗人。张若虚、王之涣、贺知章、崔颢，存诗都不及张继，可张继的《枫桥夜泊》太出名了,以至于掩盖了他的其余诗作。

　　张继是襄州（今湖北襄阳）人。大约在唐玄宗天宝十二年（753年），他中了进士，唐代宗大历年间，他以员外郎身份兼任洪州（今江西南昌）盐铁判官。盐铁判官官职不大，工作压力却不小，协助盐铁使管着一地的盐铁专卖及矿冶事务。张继在任上没干多久，罹患重疾，死于任上。不久，他妻子也在洪州随他而去。张继的朋友刘长卿痛悼他，写下一首悼亡诗《哭张员外继》,诗很长,五言十二韵,情真意切,感人肺腑。其中"世难愁归路，家贫缓葬期"说明张继为官清廉，两袖清风。

　　张继看不起权贵，从不巴结。当年登进士第后朝廷铨选未果，他就归乡讨生活。他的诗中充满了禅意，与士大夫修身齐家的理念吻合。他有一首五言小诗《感怀》,说明他的入仕理念：

> 调与时人背，心将静者论。
> 终年帝城里，不识五侯门。

文人必须有文人的风骨，最基本的是视金钱如粪土，视仁义为千金，这在两千多年来的儒家学说中是基础。历史上也从来没有一个文人靠财富扬名。李白诗曰："见客但倾酒，为官不爱钱。"自古为官就有为民为钱之间的冲突，儒家思想就是不停地告诫走仕途者，路途漫长，不可掉以轻心。张继深深懂得这一点儿，清廉为立身之本，贪财是堕落之源。故张继有诗警世："古来芳饵下，谁是不吞钩。"(《题严陵钓台》)

张继的《枫桥夜泊》在唐人高仲武编选的《中兴间气集》中首次入选，但诗名为《夜泊枫江》。宋人编集的《文苑英华》中诗名就已为《枫桥夜泊》了。明人高棅的《唐诗品汇》也收录了此诗。直到清人蘅塘退士将其收录于《唐诗三百首》，《枫桥夜泊》才名扬天下：

> 月落乌啼霜满天，江枫渔火对愁眠。
> 姑苏城外寒山寺，夜半钟声到客船。

名词几乎不需要过分解释。"渔火"，渔船星星点点的灯光。张祜有诗："潮落夜江斜月里，两三星火是瓜洲。"这里说的"星

月落乌啼霜满天图　现代　傅抱石

金代瓷枕　上海博物馆

火"就是"渔火"。字面上的意思非常明确易懂,大凡后世流行的唐诗都具备这个特点,否则难以口头流传。

前两句有个辅助的例子可供参考。上海博物馆有个金代瓷枕,枕面只有前两句诗,但略有不同:"叶落猿啼霜满天,江边渔父对愁眠。""叶落",秋天;"猿啼",悲伤;"霜满天",寒冷;"江边",地点;"渔父",渔翁;"对愁眠",睡不着。全句是讲,深秋寒冷之夜心中悲伤,江边停泊的船上,渔翁因打不到鱼难以入眠。但今存的诗有四处不同,并不是这么个简单

山水图册之三　清 居廉

意思。"月落"比"叶落"更说明景况不好;"乌啼"比"猿啼"多了一分惨状,还有不祥;"江枫"不再确指"江边",多了其他可能,比如枫桥原名封桥;"渔火"包括"渔父",但不是一人,而是目力所及的所有打鱼人。这么看诗歌的强大就可以感受了,不管是"月落"还是"叶落",不管是"乌啼"还是"猿啼",都是晚秋凄凉的意境,只不过"月落"句高"叶落"一筹。"江枫渔火"对"江边渔父",显然前句因词汇之间的互不关联性,给想象留出极大空间;而后句将形象具体到"渔父"一人身上略显狭隘。"江枫渔火对愁眠"从对个人的怜悯上升到对整个阶层的同情。

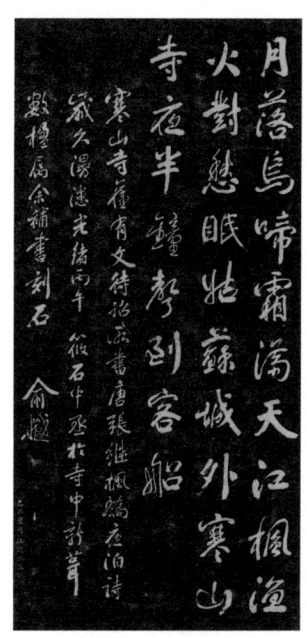

寒山寺诗碑　清　俞樾

后两句，诗人笔锋彻底宕开："姑苏城外寒山寺，夜半钟声到客船。""寒山寺"，苏州古寺，建于南朝梁武帝天监年间（502—519 年），唐贞观年间名僧寒山、拾得在此住持，故名寒山寺。从宋代起就有王珪题写张继的诗碑，惜被焚不存。明代嘉靖年间，江南大儒文徵明又为寒山寺题写诗碑，后寒山寺又遭天火，文碑亦被毁，文徵明手书仅余"霜""啼""姑""苏"几字。到了清末，俞樾(yuè)先生再题诗，今尚在寺中。另外，1947 年，现代人张继（重名）亦书写此诗刻碑，至今仍存寒山寺内。寒山寺得以大名显然是张继此诗起了决定作用。诗的末尾一句为神来之笔——"夜半钟声到客船"。古人远行能走水路时尽可能走水路，水路平稳价廉，"夜半钟声"将悠长的具有禅意的钟声引入昏昏欲睡的船客耳中，传达出一片温情。余音袅袅的钟声，让全诗在孤寂、清冷、劳顿等负面情绪中生出一丝温暖，一丝安心。

"夜半钟声"有一段公案。北宋大文学家欧阳修在《六一居士诗话》中说："句则佳矣，奈半夜非鸣钟时。"欧阳修认为夜半不鸣钟，张继为了写好句竟不顾事实。南宋有个进士叫陈岩肖，他为了弄明白欧阳修对张继的这句评价，回忆自己过去在苏州做官时，每当夜里，三更鼓尽四更鼓初时，不仅寒山寺，其他所有寺院一起撞钟，他猜想唐代理应如此。然后陈岩肖在编集《庚溪诗话》时发现其他诗人也有类似诗句，如白居易诗："新秋松影下，半夜钟声后。"于鹄诗："定知别后宫中伴，应听缑（gōu）山半夜钟。"陈岩肖叹气说，前人也这么写，不独独是张继一人啊，欧阳修即便是大家也有失误之时。本来寺院是暮鼓晨钟，提醒僧众一天的时光，那为何半夜敲钟呢？说法不一。一种说法是晨钟开静，起床早课，夜半鸣钟，新旧报时，在子夜鸣钟一百零八下，去掉过去一天的烦恼；还有另外的说法，半夜鸣钟为"无常钟"，亦叫"分夜钟"，告之人生无常，又度过一天。总之，夜半寺院敲钟在唐代不算普遍状态，但也不是个例。

《枫桥夜泊》是唐诗在后世普及度最高的诗歌之一，它不仅对我国文化有很大影响，对邻国日本也影响至深。究其原因

江阁远眺图　明　王谔

主要是此诗中的佛学含义。张继只字未提僧人，也未提佛经，只是在深秋风寒羁旅宿船时，一方面担忧水上人家的苦愁，一方面似睡非睡时听到远来的钟声。张继不动声色地将生活的点滴与佛教中的警示糅在了一起，让万籁俱寂的姑苏城以及吴淞江被悠长的佛钟声笼罩，让世俗世界听到佛家梵音。

芦滩钓艇图　元　吴镇

　　一首诗，从文学上讲就是一首诗，但从社会学角度讲，它会在文学之外多了许多内容。张继在天宝十二年（753年）进士及第，两年后"安史之乱"爆发，文人士子纷纷避乱，长达八年之久。这些遭遇对盛年的张继影响至深，对他的诗歌创作亦影响至深。当他独自一人乘船来到苏州城外宿息之时，听到禅意满满的夜半钟声，他的创作就不会再是单纯的文学创作，它不可避免地包含了个人羁旅、仕途坎坷、家乡之忧、国家命运。所以这首短短的七绝，语白言简，却内容无边，触动了每一个人的心灵。

《枫桥夜泊》不是诗，是一幅画卷。月落乌啼，霜夜寒水；江边叶落，两三渔火；难眠小舟，羁旅孤客；寒山名刹，夜半敲钟：它们之间没有必然的关系，散落在姑苏城内城外，恰巧诗人张继在此投宿，一个每天半夜都响的钟声不期而至，让画面立刻生动起来。仔细想想，这首《枫桥夜泊》也就是因为最后无缘由的钟声突然出现，才全部鲜活了起来。明人胡应麟《诗薮》有句评语："诗流借景立言，惟在声律之调。"大家确实不凡，看法尤为深刻。

张继还有一首诗与《枫桥夜泊》异曲同工，但知道的人少了十之九。这首诗也是写的羁旅夜宿，可见张继是个多愁善感之人。"安史之乱"后，洛阳被叛军攻陷，作为东都的洛阳遭到严重破坏，洛阳的第一佛寺白马寺首当其冲，未能幸免。《旧唐书》载，回鹘至东京洛阳时恣行残忍，士女因为害怕，躲到圣善寺与白马寺里避难，结果回鹘纵火烧了白马寺，死伤者数以万计，大火烧了几十天。在这之后，张继夜宿白马寺，目睹被严重破坏的古寺，触景生情写下《宿白马寺》：

bái mǎ tuó jīng shì yǐ kōng　duàn bēi cán chà jiàn yí zōng
白　马　驮　经　事　已　空，断　碑　残　刹　见　遗　踪。
xiāo xiāo máo wū qiū fēng qǐ　yī yè yǔ shēng jī sī nóng
萧　萧　茅　屋　秋　风　起，一　夜　雨　声　羁　思　浓。

张继开篇就是一声叹息,这叹息发自内心。白马寺位于洛阳城东,是中国最早的官办寺院,建于东汉永平十一年(68年),距今近两千年了,距张继写诗的日子也有七个世纪。白马寺是东亚地区中国、朝鲜、日本、越南佛教的发源地,被佛教徒称为"祖庭"。白马寺的历史记载清晰,汉明帝刘庄在永平七年(64年)时听说西方有个不同的神,于是偷偷地派人去天竺求法。三年之后,天竺僧人带着佛像佛经来到洛阳,明帝招待他住在鸿胪寺。鸿胪寺本是中国古代官方主管外事活动的机构。"寺"字的本义按《说文解字》释为:"廷也,有法度者也。"可见"寺"最初并不是佛教建筑的专称。明帝让僧人在洛阳久住传法,为其新建了住所,称之为"寺",从这以后,凡浮屠之所皆称之为"寺"。张继起句说的"白马驮经"指的就是汉明帝始建白马寺的事迹,他用"事已空"并不是表明这事没了,而是说对佛教的尊重此时此地已经丧失,令人悲痛。

承句"断碑残刹见遗踪"乃诗人所见,具体翔实,让读者有身临其境之感。白马驮经的故事已经远去,寺院满目疮痍;"刹"字是梵语"刹多罗"的简称。在"断碑残刹"之中仍可以看到白马寺历史上所创建的佛教的各种痕迹。这句诗包含无奈、惋惜、遗憾,甚至有一点儿愤怒,让本来美好的故事戛然而止。

抛开寺院被破坏的现状不谈,作者引进了自然景况,"萧萧茅屋秋风起",有声音,有感觉,天气忽然凉了,紧接着说出本诗的主旨:"一夜雨声羁思浓。"雨声在诗人的心中多半与愁和思相关。杜牧诗曰:"一夜不眠孤客耳,主人窗外有芭蕉。"李商隐诗曰:"秋阴不散霜飞晚,留得枯荷听雨声。"元稹诗曰:"曾向西江船上宿,惯闻寒夜滴篷声。"崔道融诗曰:"一夜雨声多少事,不思量尽到心头。"下雨天出门减少,会觉得天长夜长,故多思绪,张继每在旅途之夜、难眠之时,都会诗上心头,多愁善感,留下名篇。

比较《枫桥夜泊》和《宿白马寺》,可以感受诗人的诗意与境界。张继用"对愁眠"和"羁思浓"记录自己的情感,两诗都是羁旅诗,人在江湖游走,多有羁绊。古时不似今时旅馆业发达,往往旅馆住宿条件比家中还讲究;古代旅行条件很差,住宿是很大问题,住不习惯就会难眠,难眠就会遐想,说不出是幸福还是痛苦。在旅途羁绊之中还能写诗,道出人生旅途之艰辛,故这类诗成为诗歌中独特一类——羁旅诗。

当诗人远离家乡客居他乡之时,极容易萌发对家乡对亲人的思念,这种思念往往是一种个人情感,但张继这两首羁旅诗却写出了家国情怀,写出了旅行在外之人的共鸣。貌似漫不经心,实则苦心孤诣。夜半的钟声,一夜的雨声,在诗中已不是单纯的自然之声,而是诗人的心声。这心声,听者虽说不出来,但能感受得到,真真切切让个人的单响演变成众人的共鸣,这

就是张继小诗的高明之处。

  需要说明的是,苏州今天的寒山寺在唐宋之时并不叫此名,而叫枫桥寺,后借诗改名寒山寺;还有一种说法,"乌啼"也不是乌鸦叫声,而是寒山寺旁的乌啼山;"愁眠"也不是因愁

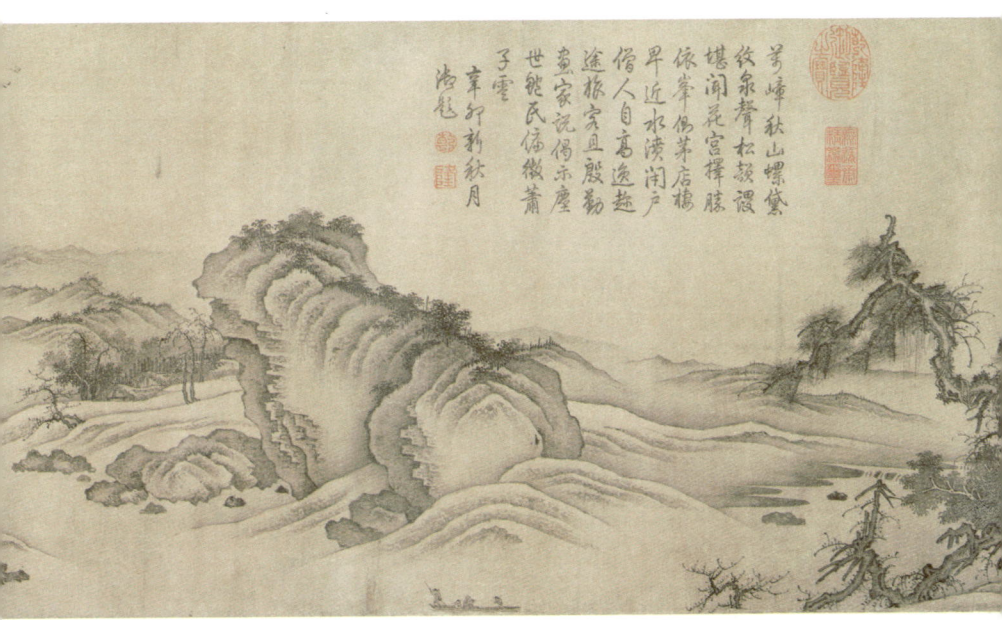

秋山萧寺图（局部） 宋 燕文贵

难眠，而是寒山寺南面的愁眠山。这些民间说法虽不实但生动，故流传也广，殊不知张继的《枫桥夜泊》太有名了，这些山都是因诗得名，久而久之真假难辨而已。

山水人物图册(局部) 明 沈周

刘长卿

（？—约789年）

风雪夜归人

《逢雪宿芙蓉山主人》
《别严士元》
《新年作》

刘长卿（？—约789年），字文房，河间（今河北沧州）人。《唐才子传》说他："清才冠世，颇凌浮俗，性刚，多忤权门，故两逢迁斥，人悉冤之。"才大如海的人一般都性情刚烈，因为有资本傲世。尤其有才者看不上有权者，历史上向来如此，顶撞权贵则命运多舛，刘长卿两次贬谪，一次入狱，唐德宗建中二年（781年）以逾古稀高龄任随州刺史，世称"刘随州"。

  刘长卿的诗作存世五百多篇，佳作甚多，他自己称自己是"五言长城"，看得出他的得意，但他的七言诗写得亦很好，例如凭吊诗《长沙过贾谊宅》，写得沉重抑郁，冷落肃杀，借古喻今，手法高妙。《唐诗三百首》收录刘长卿五绝三首，五律五首，七言律诗只选了三首，可见还是极为看重他的五言。可他最有名的一首五言绝句并未收录其中，但流传甚广，即《逢雪宿芙蓉山主人》：

rì mù cāng shān yuǎn，tiān hán bái wū pín
日暮苍山远，天寒白屋贫。

chái mén wén quǎn fèi　　fēng xuě yè guī rén
柴门闻犬吠，风雪夜归人。

先了解此诗的创作背景。这是刘长卿第二次被贬后所作，事起与鄂州观察使吴仲儒的冲突。刘长卿本为淮南转运判官，后移任淮西鄂岳转运留后，他实在容不得吴仲儒私截官钱，得罪了这位郭子仪的高婿。郭子仪平定"安史之乱"后如日中天，其婿借势压人，诬陷刘长卿"犯赃二十万贯"，幸亏朝廷派来的监察御史苗丕秉公办事，刘长卿死里逃生，免遭牢狱之灾，但仍降职为睦州（今浙江建德）司马，在此一待五年。

《逢雪宿芙蓉山主人》一诗作于大历八年（773年）至大历十二年（777年）之间。"芙蓉山"，由于同名山很多，推测为湖南桂阳或宁乡的芙蓉山。"主人"，作者并不认识，只是同意让刘长卿留宿者。古时候旅馆业不发达，尤其在山里交通不便的地方，借宿当地人家很普遍，那时民风淳朴，借宿自然，刘长卿就在借宿夜感慨万千，遂写下千古名篇。起句即对仗，浑然天成："日暮苍山远，天寒白屋贫。"冷静客观的描述，"苍山"与"青山"之别往往在于季节，南方之绿入冬后沉暗，不似春天之绿盎然，"苍山"之"苍"与暮色相连，与心情相接，再加上一个"远"，提示尚无尽头。"天寒"之"寒"同样，身寒是身体感受，心寒是心中感觉，此"天寒"乃心寒。"白屋"，简素人家；"贫"加重描写。作者用寥寥十字，勾勒出一幅水墨图，

柴门掩雪图　明　唐寅

景观宏大，住宅渺小，形成了强烈对比反差。

　　紧接着，作者不再顺其上句思路，而是大幅度跳跃，由内向外地描写："柴门闻犬吠，风雪夜归人。"这是这首五言小诗最高明的地方，不仅仅换景，而且还换了视角，等于今天才有的双机取位，一架摄影机在山上，拉开大全景；一架摄影机在室内，捕捉小细节。"柴门"对应"白屋"，"风雪"对应"天寒"，犬吠声的出现最为亲切，让静谧的大山之中有了生机，犬吠之声使得无论主客都知道路途的归属，都有了家的感受。刘长卿大幅度的镜头转换，宾主颠倒，让此诗充满玄妙，也充满了人情。诗写到这份上，实际在看诗人的功力，这功力不仅仅是驾驭文字的能力，更重要的是人生阅历，是有了人生阅历后的襟怀。一个心胸狭窄的人写不出如此大开大合的诗句，也不会如此自由地切换场景，所以这首小诗历代好评如潮。

　　明代顾麟在《批点唐音》中说此诗："此所谓真语真情者，清语古调。""清语古调"是技巧，而"真语真情"说的是襟怀。明人唐汝询在《唐诗解》中说："此诗直赋实事，然令落魄者读之，真足凄绝千古。""凄绝千古"是后人的感受，但"直赋实事"却是刘长卿的能力，至于落不落魄者读之，只是感慨不同而已。清人黄叔灿在《唐诗笺注》中评论："上二句孤寂况味，犬吠人归，若惊若喜，景色入妙。""若惊若喜"是主客双方的感觉，主惊为来客，客喜为到家，犬吠人归宛如一幅温情图画。

刘长卿寿数不短，活到耄耋（mào dié）之年，他前半生不顺，天宝十四年（755年）登进士第，据说，他考完正等发榜之时，"安史之乱"就爆发了，兵荒马乱时节，没人关心一个举子的命运。次年，唐肃宗即位，刘长卿被任命到苏州下属的长州县当了县尉，谁知没多久就被诬陷入狱，关押没多久遇上了大赦，刘长卿重获自由。在至德三载（758年），他代理海盐县令，遂写下五言长诗一首，《至德三年春正月时谬蒙差摄海盐令闻王师收二京因书事寄上浙西节度李侍郎中丞行营五十韵》，五百言一韵到底，显示出"五言长城"的实力。

刘长卿宦海沉浮多年，物以类聚，人以群分，他和朋友多有唱和，如皇甫冉、秦系、严维、章八元等，交往真诚，以诗会友。他在苏州这个人杰地灵之地两次长住又离开，第一次是被贬为南巴（今属广东茂名）县尉，大约在这个时期，刘长卿写了《别严士元》。"严士元"，资料不详，只知道他曾任员外郎一职：

春风倚棹阖闾城，水国春寒阴复晴。
细雨湿衣看不见，闲花落地听无声。
日斜江上孤帆影，草绿湖南万里情。
东道若逢相识问，青袍今日误儒生。

水面晴霞石上苔，層層疊疊畫中開。幽人戀住薄暮依然未肯回，清泗大滌子

贈劉石頭山水冊頁　清 石濤

"倚棹",船停泊休息之意,"棹",本义撑杆,引申为长桨;"阖闾城",姑苏城,相传春秋时伍子胥为吴王阖闾所筑。首联起得中规中矩,在这阴晴难测的春天,船靠在姑苏城的码头之上。作者用阴复晴来表明心情,不管是严士元还是自己,他们要在此分手,下次见面不知何年何月了。

颔联写得不动声色:"细雨湿衣看不见,闲花落地听无声。"江南的春雨之细是北方难以见到的。如雾如风,雨湿衣是种感觉,诗人说的"看不见"是不去看的意思,靠感觉足矣。雨中之花最易飘落,不知不觉春花已落。颔联看似简单,但颇显文字功力,让"看不见"和"听无声"都成为二人心中的某种忽略,实际上反倒是在意二人分别时难以启齿的惜别,以情以景替代而已。

颈联开始追诉:"日斜江上孤帆影,草绿湖南万里情。""湖南"指太湖之南,太湖是中国第三大湖,古称震泽。太湖南岸是湖州。"孤帆影"是个文学意象,既可以表示孤傲——"孤帆远影碧空尽,唯见长江天际流"(李白),又可以表示孤寂——"乡泪客中尽,孤帆天际看"(孟浩然),还可以表示孤独——"疏灯自照孤帆宿,新月犹悬双杵鸣"(杜甫)。刘长卿的"孤帆影"对"万里情",实际上在表达分别时难舍的情感。

尾联道出心声:"东道若逢相识问,青袍今日误儒生。""东道"指东道主严士元,一作"君去";"青袍"指作者自己。唐代贞观四年（630年）就作出规定，官员服装以颜色区别等级，等级最低的八九品官员官服青色，故青袍亦代称最低等级官员，在这里刘长卿自比。如果碰见熟人问我，可以告诉他们我的境地，一介书生，仕途多舛，实在耽误了一生。

刘长卿还有一首名篇《新年作》，具体创作年代有两说，一是上元年间（760—761年），二是建中年间（780—783年）；前一次刘长卿被贬潘州（今广东高州），后一次受任随州刺史。我倾向后一说。全诗写得沉着，悲隐其中：

xiāng xīn xīn suì qiè　　tiān pàn dú shān rán
乡　心　新　岁　切，　　天　畔　独　潸　然。
lǎo zhì jū rén xià　　chūn guī zài kè xiān
老　至　居　人　下，　　春　归　在　客　先。
lǐng yuán tóng dàn mù　　jiāng liǔ gòng fēng yān
岭　猿　同　旦　暮，　　江　柳　共　风　烟。
yǐ sì cháng shā fù　　cóng jīn yòu jǐ nián
已　似　长　沙　傅，　　从　今　又　几　年？

作者首联起句就调子低沉。"乡心"，思乡之心；"新岁"，新年到来之时；"天畔"，代指身居异地之处远离家乡；"独"，作者独自一人；"潸然"，落泪的样子。刘长卿先为自己画了速写，时间、地点、人物、情绪依次交代，虽不十分压抑，但也与新年气氛十分不符，低敛郁暗。

颔联结构出奇，双动词使用。"老至居人下，春归在客先。"先用"老至"与"春归"对仗。"至"，达到；"归"，回来。这

溪山深雪图(局部) 清 董邦达

种主谓结构合并后再与"居"和"在"贴在一起,出现了一种凄厉之感。作者用词力度还不算完,用"下"字增加苦衷,用"先"挑拨情绪。老了还要居人之下,春天竟然走在我的心情前面。刘长卿将自我情绪暗笔写足,貌似平淡,实则波澜。这种暗自涌动的情绪一旦传染给读者,诗以外的能量就会迅速加大。

颈联表面写景:"岭猿同旦暮,江柳共风烟。""岭",山岭;"猿",猿猴。"猿"的文化意象是悲情,柳宗元诗曰:"溪路千里曲,哀猿何处鸣。"孟浩然诗曰:"山暝听猿愁,沧江急夜流。"陈子昂诗曰:"如何此时恨,噭噭夜猿鸣。"李贺诗曰:"惊石坠猿哀,竹云愁半岭。"刘长卿将"猿"放在"旦暮"之中,表达早晚都驱赶不掉的悲愁。"风烟",在此指尘世,不单是风光景致。白居易诗:"征途行色惨风烟,祖帐离声咽管弦。"卢照邻诗:"九月九日眺山川,归心归望积风烟。"李益诗:"风烟并起思归望,远目非春亦自伤。"杜甫诗:"古往今来皆涕泪,断肠分手各风烟。"诗人们这些"风烟"的运用,可以帮我们理解刘长卿"风烟"的含义。在颈联中,诗人写景融情,用文化意象增强情绪释放力度,让表面写景唯美可人,让内心抒情打动人心。

尾联:"已似长沙傅,从今又几年。"这句既是牢骚,又是坦露心声。我已和长沙太傅贾谊遭遇一样,被贬长沙了,不知又要待上几年?

刘长卿从苏州被贬远地,生活条件与环境差异很大,心态不发生变化是不可能的。古人为官被贬乃常事,少有一生为官不被贬谪者。贬谪是古代官场治理官员十分有效的手段,几起几落的官员各朝各代都有。所以每一个为官者实际上都有一定的思想准备,一旦命运不济,发配贬谪之时,就要看官员自身修养和应变能力了。

刘长卿的"从今又几年"不单是牢骚,也暗含某种企盼,或曰某种信心,引颈长安,翘首以待。人的命运有谁事先知道呢?刘长卿当然深知其道理,所以哀诗亦见风骨,调哀控制悲伤,让这首《新年作》整体体现出深沉之调,情致高古,思想过人。

中国古代的文人如走仕途,一定背负理想,修齐治平,匡时济世,每个正直的官员都不愿狗苟蝇营度过一生。刘长卿更是如此,一介书生,刚直犯上,数次遭遇小人,仍不改初衷,因官微言轻,《旧唐书》《新唐书》都没有他的传记,虽然他历经玄宗、肃宗、代宗、德宗四朝,且又是长寿之人,但他在官场除了伤心伤情,几无建树。唯一留给世间的就是他的诗,《唐才子传》为其总结言:"诗调雅畅,甚能炼饰。其自赋伤而不怨,足以发挥风雅。"人生一世,得后人这样一结论足矣。

江郭春烟图（局部） 清 顾逵

裴 度

(765－839年)

暂脱朝衣傍水行

《溪居》
《傍水闲行》
《中书即事》

裴度（765 — 839年），字中立，河东闻喜（今山西运城闻喜）人。裴度出身望族，自汉以来，河东裴氏家族千年不衰，出皇后三人、驸马二十一人、宰相五十九人，仅有唐一代就出了宰相十八人，裴氏家族名垂青史者多达数千人。中国古代史上除孔、孟、颜、曾等圣贤外，裴氏家族千秋昌盛，大树繁茂。裴度为中唐时期杰出的政治家，在元和中兴时辅佐唐宪宗李纯打击藩镇功不可没。"安史之乱"后，唐朝藩镇割据，朝廷苦不堪言，至裴度率兵平定淮西后，方结束唐朝"国中之国"的窘境，宪宗命韩愈撰文刊石，这就是著名的《平淮西碑》。唐李商隐诗《韩碑》，宋苏轼诗《平淮西碑》都记载过此事。

裴度贞元五年（789年）登进士科，这一年他二十四岁，三年后，他又登博学宏词科，并参加了德宗李适的殿试，由于裴度应对策问成绩优秀，出任河阴（今河南荥阳北）县尉，后晋升为监察御史。裴度性直不屈，密奏德宗宠臣时不拐弯抹角，用词秉直，德宗李适很不高兴，于是让裴度做了河南府功曹。

平淮西碑　唐 韩愈

功曹是个佐吏，只有辅佐作用，尤其唐代功曹远不及汉代，是个闲差。

裴度仕途有起色还是到了宪宗时期。宪宗李纯虽说是父亲顺宗李诵禅让即位，但距祖父德宗李适去世仅半年有余，换言之他父亲仅做了半年零几天皇帝，禅让后做太上皇还不到半年就去世了。李纯即位后改年号元和，励精图治，改革弊政，重用贤良，在裴度等人辅佐下，削藩成功，治疗了"安史之乱"的后遗症，重振大唐，史称元和中兴。

帝制社会的年号一般由皇帝拟定，自汉武帝始，首创年号为建元。年号大致是个由繁至简的过程，汉武帝用过十一个，到了明清两朝，一个皇帝就一个年号。汉唐乃至宋时期，朝廷遇事都爱改年号，比如唐高宗李治用过十四个年号，武则天更为夸张，用过十七个年号。但历史相对稳定时期，年号就更换得少，唐太宗李世民就一个年号——贞观，计二十三年；唐玄宗李隆基最长年号——开元，计二十九年。贞观之治、开元盛世都是历史上相对稳定的时期。唐宪宗的"元和"年号使用了十五年，这也说明元和中兴绝非粉饰。

裴度作为老臣，历德宗、顺宗、宪宗、穆宗、敬宗、文宗六朝，在宪宗时期颇有建树，后因穆宗听信逸言而被降职，直到文宗时期又得到文宗李昂赏识信任，并委以重任，但此时裴度已年过花甲，力不从心，加之也看透了官场上的尔虞我诈，于是向文宗上表辞让，追随世俗之乐，与诗友唱和酬答，去东都洛阳安度晚年。

裴度在东都洛阳筑绿野堂，与白居易、刘禹锡、张籍、李绅等名士唱和，他留下了不少唱和联句，例如：《宴兴化池亭送白二十二东归联句》《喜遇刘二十八偶书两韵联句》《刘二十八自汝赴左冯，途经洛中相见联句》等等。"白二十二"指白居易，"刘二十八"指刘禹锡，这是他们在宗亲同辈的排行序位，这类称谓还有杜甫"杜二"、柳宗元"柳八"、李白"李十二"、王维"王十三"、李商隐"李十六"、岑参"岑二十七"等等。这些联句诗是过去文人的一种文字游戏，按出题的要求，一人一诗或一人一句。《红楼梦》里有大量描写，难度大大高

山水十开之四 明末清初 蓝瑛

于"飞花令"。"飞花令"拼的是记忆力，联句拼的是创作力。

裴度在宦海起起伏伏，身心俱疲，但在心静独处之时，还会写上一些清新诗句，比如《溪居》：

门径俯清溪，茅檐古木齐。
红尘飘不到，时有水禽啼。

这首五言绝句清新自然，杜绝烟火气，一派世外桃源景象。起句一个"俯"字表明居高临下，溪水从脚下流过，小路沿着潺潺流水。次句视角改为仰视，抬头望去茅草屋的房檐与远处的参天古木几乎齐平，这是一种视觉差，不一定是房檐与古木真的齐平。第三句是感受，这个世外桃源，世俗的东西到不了这里，能到这里的只有时不时听到的水鸟叫声。

小诗写得雅致清丽，并不凄冷。格调高古超逸，不作任何雕琢。诗人以欣赏态度看待自己的乡间居所，把宦海的烦恼全部丢却，不再理会官场的明枪暗箭，也不必为游说皇帝而苦口婆心。

裴度另一首《傍水闲行》与此诗异曲同工：

闲余何处觉身轻，暂脱朝衣傍水行。
鸥鸟亦知人意静，故来相近不相惊。

山水册页　清　渐江

诗人起句举重若轻，自问自答一句，紧张的工作之余什么地方让人放松？只有脱下朝衣后沿水而行的时候最惬意。古人比今人讲究仪轨，上朝为公事，必须穿朝衣，唐代以颜色区分官阶品级，明清时改用补子区分。脱下朝服意味着暂别公事，尤其身居高位要职的官员，脱下官服就有"无官一身轻"的感觉。下面一句颇显裴度的文学驾驭能力，他用了一个假想拟人句，"鸥鸟亦知人意静"，水鸟也知道我不容易，工作劳累，需要静静地待上一会儿，最后一句具有浓厚的人情味，"故来相近不相惊"。这是诗人高人一筹之处。诗中的感觉在生活中往往是反的，生活中常是人与鸟一起的时候怕惊了鸟，蹑手蹑足而行。而裴度反意用之，意境奇特，犹如仙境，连水鸟都体贴爱护我，那我怎能不感动呢？

裴度的诗最直接反映他在官场的感受，虽说这些诗都写于闲居傍水时，与宫廷无涉，但字里行间全是宫廷铿锵之声，为官累，做一个刚直不阿的好官更累。中国古代官场的险恶是后人难以理解的，官场上由于一招失算，全家丢了性命的大有人在，唐朝更是这样。官场险恶，贯穿唐朝始终。初唐的"玄武门兵变"，兄弟拔刀相向；盛唐的"韦氏之乱"，毒杀夫君；中唐的"奉天之难"，德宗被迫逃往奉天；晚唐的"甘露之变"，文宗决心从宦官手中夺回权力却失败，宦官血腥诛杀千人。所有这些大事变，必定有官员受牵扯，轻则丢官，贬谪远地，重则丢命，殃及全家。裴度所处中唐时期，"安史之乱"后，大唐需要恢复社会秩序，整顿税赋，平定藩镇，尤其藩镇对中央政权的威胁太大，裴度辅佐宪宗削藩，引来杀身之祸，险些丧命。

中国古代帝王常常发出"为君难"的感喟，作为臣子，同样是此感受，为臣难。上要揣摩皇帝的心思，下要让官吏随从认命，中要得到左右的支持认可，稍有不慎，仕途则会功亏一篑。

裴度官至宰相，一人之下，万人之上，为相逾二十年，辅佐宪宗实现元和中兴。裴度一向正直坚贞，百折不回，他知人善任，不谋私情，这正是他能为相二十余年的根本原因。

裴度写过《中书即事》，吐露为官心声：

有意效承平，无功答圣明。
灰心缘忍事，霜鬓为论兵。
道直身还在，恩深命转轻。
盐梅非拟议，葵藿是平生。
白日长悬照，苍蝇谩发声。
高阳旧田里，终使谢归耕。

一开始就有牢骚声，我愿意为太平盛世献力，但没办法让皇帝在小人的诽谤声中对我满意。我真有些心灰意冷，为这些人这些事一忍再忍；两鬓都斑白了，为收复保卫那兵家是非之

销闲清课图（局部） 明 孙克弘

地磨破了嘴皮子。前途光明，好在我身体还硬朗，在皇恩浩荡面前，臣之命不重要。"盐梅"，用典出自《尚书·商书·说命下》："若作和羹，乐惟盐梅。"盐咸梅酸，都是调味所必需，故"盐梅"之寄比喻国家所需的贤才，可托付重任。"葵藿"，指葵，用典出自《三国志·魏志·陈思王植传》："若葵藿之倾叶，太阳虽不为之回光，然终向之者，诚也。"向日葵终日面向太阳，古人多用以比喻下对上赤心趋向。裴度用双典掏心掏肺表明自己不仅有用，而且还十分忠诚。最后一节裴度说出心里话，做了比兴，把自己的内心比喻成太阳一样光明磊落，把佞臣对他人的诋毁诽谤比喻成苍蝇的声音。诗人还是愿意在朝廷之下安稳告老归田，感谢皇恩。

裴度的《中书即事》写得语重心长，缘于他的为官经历。"中书"即中书令，中书令汉职不及唐职，唐职中书令为首席宰相，在三省长官中位居第一，佐天子而执大政。裴度所题中书是同中书门下平章事，品级近于中书令，参与朝廷政务，亦相当于宰相。元和十年（815年）五月，裴度兼任刑部侍郎，六月三日晨，平卢淄青节度使李师道派刺客，埋伏长安靖安坊东门，待宰相武元衡早朝骑马路过，先射灭灯笼，然后刺杀了武元衡并割下首级。裴度从长安通化里宅邸出门，刺客向裴度连刺三剑，头一剑砍断靴带，第二剑伤及背部，最后一剑刺中头部，幸亏裴度头戴毡帽，躲过致命一击。刺客欲追杀，裴度侍卫以身掩护,被刺客砍断右臂。裴度慌乱中跌入路边水沟中,刺客以为裴度已死,罢手逃走。此事当时震惊朝野,人心惶惶。三日之后宪宗下诏,任裴度为门下侍郎、同中书门下平章事。

这是裴度为官生涯的至暗时刻,一来险些丢了性命,二来他躲过了刺客,躲不过朝廷各类命官,有人献计罢免裴度官职以抚藩镇,宪宗大怒。"朕任用裴度,足以击败乱臣。"裴度因伤休整二十余日,直到他上朝为相,朝野议论才算消停。将生死置之度外,裴度为元和中兴立下汗马功劳。元和十三年(818年)皇帝下诏刑部侍郎韩愈撰《平淮西碑》,刊石以示对裴度功勋的嘉奖纪念。

宪宗去世后,穆宗即位;四年后,敬宗即位;再三年后,文宗即位。裴度宦海沉沉浮浮,随年事已高,无心做事,加上疾病缠身,上疏恳请辞去所有要职。裴度一生耿直为人,正直做事,忠于朝廷,得文宗信任,但裴度坚持告老,回东都建筑府宅绿野堂,引诗客唱酬。开成四年(839年)文宗因裴度因病不能参加上巳节的曲江宴饮,特赐诗一首并附信马上飞递至裴宅,惜裴度在信件到来前一日与世长辞,享年七十有四。文宗的诗与信最后按皇帝的旨意,安放在裴度的灵位上,以抚慰裴度在天之灵。

群仙集祝图（局部） 清 汪承霈

张 籍

（约767—约830年）

恨不相逢未嫁时

《节妇吟·寄东平李司空师道》
《征妇怨》

乐府诗在中国诗歌史上占有重要一席。早期诗歌以四言为主,《诗经》即为代表。到了两汉,乐府诗完成了四言向五言和杂言的过渡。由于乐府诗最初是需要配乐演唱的,五言诗慢慢形成主流。汉乐府诗句长短不一,三至八言自由,但以五言为主,参差错落,这就是杂言诗。汉乐府篇幅不一,押韵相对自由,长者洋洋几百字,短者寥寥几言。其中《孔雀东南飞》和《木兰辞》被称为汉魏以来叙事诗的"乐府双璧"。

乐府最初为秦代以来朝廷设立的管理音乐的官署,古人重视音乐的培养,礼、乐、射、御、书、数,君子"六艺"中很重视"乐"。到了唐代,诗人作乐府诗常常沿用乐府旧题写事抒情,形成单独一派诗歌,大诗人李白、杜甫、白居易、王昌龄、孟郊、王维、元稹、高适等都写过乐府诗,《唐诗三百首》收录乐府诗的比例亦不小。

张籍(约767—约830年),字文昌,先世早年从苏州移居和州（今安徽马鞍山和县）。唐贞元十四年（798年），正值壮年的张籍到北方讨生活，意外认识了大诗人孟郊，孟郊见张籍有才，遂将他推荐给了韩愈。韩愈当时在汴州为进士考官，督促张籍科考。次年也就是贞元十五年（799年），张籍长安进士及第，人生算是有了着落。到了元和元年（806年），唐宪宗李纯即位，张籍时来运转，调补太常寺太祝。太常寺是掌管礼乐的最高行政机关，太祝主管祭祀，这官不大，事也不多，恰好适合张籍，工作爱好两不耽误。张籍在这个职位上一干就是十年。这十年对张籍的创作特别重要，先是他有机会与韩愈、白居易等大家切磋交流，再有就是，在这段时间里他患眼疾，几近失明，人称"穷瞎张太祝"，让他多了琢磨的时间。

有人把张籍的创作分了三期，四十岁之前为早期，四十至五十岁为中期，五十岁之后为晚期。他的中期创作恰恰就是任太常寺太祝的时期，他优秀的乐府歌行作品多出自这一时期。

中唐时期，新乐府运动兴起。由白居易、元稹、张籍、李绅、王建等人倡导，他们提倡咏写时事，让诗歌"补察时政"，能够让百姓"泄导人情"。由于这类乐府作品有别于传统古（汉）乐府，故称"新乐府"。知道这些就能理解为什么白居易写过那么多体恤民生疾苦的作品。张籍有一首乐府诗《节妇吟·寄东平李司空师道》写得颇具特色：

月下书箫图(局部) 明 佚名

君知妾有夫，赠妾双明珠。
感君缠绵意，系在红罗襦。
妾家高楼连苑起，良人执戟明光里。
知君用心如日月，事夫誓拟同生死。
还君明珠双泪垂，恨不相逢未嫁时。

诗流畅自然，不用生僻字，意思也不难懂。"节妇"，能守住节操的女子，为封建社会所倡导；"吟"，诗名；"李师道"，高句丽族，唐代割据军阀李纳次子，元和元年兄长李师古死后，自领平卢淄青节度使，割据十二州之地，其势嚣张。元和十年（815年），李师道曾派人刺死宰相武元衡，一并刺伤裴度。元和十三年（818年），宪宗派大军围攻反叛军之时，李师道军队内部矛盾激化，李师道后被部下所杀。至于张籍为何写这样一首诗给李师道，一般推测是李师道欲收买张籍，张籍不为所动，又不愿意得罪李师道，遂以诗代答。

此诗写得极为委婉感人，实在不像有其他含义的婉却诗。我们先从正常意思理解，至于是否有另一层社会含义先不涉及。

首句："君知妾有夫，赠妾双明珠。"开宗明义，你对我的好基于知道我已嫁人这一事实，这在礼教社会有些冒昧，但唐代社会相对宽松，宽容以向。明知道不可能的事，还要赠送如此贵重的礼物给我，是何原因呢？第二句非常暧昧："感君缠绵

仕女图　现代　傅抱石

意,系在红罗襦。"此"缠绵"非彼缠绵,此"缠绵"或多或少有纠缠之意,对于这份不合常规的纠缠,我仍可以偷偷接受,将其隐藏在最私密处。把"双明珠"系在"红罗襦"内,贴身藏好,表示明确接受。"襦",本义短衣,贴身穿着。

前两句有偷情之意,五言短促,三韵收缩,蹑手蹑脚。下面转韵改接七言:"妾家高楼连苑起,良人执戟明光里。"音律高亢,貌似光明磊落,自己介绍自己的处境,我家高楼挨着宫苑,我丈夫是个宫廷侍卫。言外之意,女子满足于目前家庭状况,多少有点儿沾沾自喜,因为与宫廷有一层关系。第四句紧接第三句,但话婉转取收势:"知君用心如日月,事夫誓拟同生死。"我知道你对我是真心的,但我已和丈夫发过誓,二人不能同生但愿同死。诗人用"心如日月"这样顶级的比喻来描述内心所想,某种意义上讲是愿意相信爱情"双珠"的。这句与上句转折颇大,上句没有商量的余地,而这句留下了一道缝隙。

最后一句精彩,出乎意料:"还君明珠双泪垂,恨不相逢未嫁时。"前面所有说的做的此时全部白费,"明珠"还是还给你吧,尽管我心里充满惆怅,泪流满面,但我没有办法,如果我没有结婚就好了。"恨不相逢未嫁时"是张籍最有名的诗句,流传甚广,千百年来使多少痴男怨女守住这句诗泪目,吟着这句诗向往,可见此诗句的文学力量。还珠比藏珠要难,藏之是冲动,还之要克服冲动,诗人笔墨的高超就在于五句之间讲清故事,说明道理,展现故事中的男女委曲求全,让读者感同身受。理论上藏珠于襦是下意识的自愿,还珠"双泪垂"乃意识中的不自愿。所以清人黄周星在《唐诗快》中说:"双珠系而复还,不难于系而难于还,系者知己之感,还者从一之义也。此诗为文昌却聘之作,乃假托节妇言之。"可见此诗假托却聘一说的确有市场。张籍与李师道之间无甚关系,只可能有收买与被收买的关系,李师道口碑极差,史上已有定论,张籍作为一介书生,九品小官,理论上巴结李也不够格,那为何张籍为李师道写这么暧昧的一首诗呢?有无其他可能?

  从文学角度看,《节妇吟》实在不像假托节妇阻却聘任之作。文学角度看此诗是讲个半推半就之事,虽然最后有"恨不相逢未嫁时"之句,但此句是一个开放结尾,后面留有无限遐想的可能。李师道虽是个粗人,但凶残多诡,为巩固自己的地位,派人暗中潜入河阴漕院,杀人放火,烧尽江淮租赋;然后又派刺客到京,暗杀力主用兵削藩的宰相武元衡,趁武元衡去早朝路上,将其灯笼射灭,刺客遂将武元衡刺死,将裴度刺伤,造成朝廷极度恐慌。这样一个诡计多端,敢动手刺杀宰相之人,与张籍客客气气地玩文字游戏,实在有些荒唐难解。

  张籍生活低调温和,只是对诗歌充满了热情,他喜欢和韩愈、白居易等人来往唱酬。他与李师道这类人理应很难相处,至于他在什么情况下,为什么赠给李师道一首《节妇吟》,完全成为历史之谜。可以肯定的是,这首乐府诗单从文学角度看就已经堪称佳作,没有必要再套上"假托却聘"的故事,文学就是文学,自然会放射文学之光。所以自唐以来诗评家对张籍这首诗评价极不统一,说他好而不足者有之,说他只知其表者有之,还有说他此诗是讲道理,非说诗也。当然赞美之言更多,说此诗"亦浅亦隽"(清代毛先舒),"可歌可泣"(明末贺贻孙《水田居诗笺》),"一句一转,语巽而峻"(明末清初贺裳《载酒园诗话》),"此诗妙在婉"(清代徐增《而庵说唐诗》),"却有余韵,妙在言外"(清代王尧衢《古唐诗合解》)等。凡对《节妇吟》评论者,从未见有人说此诗好在一语双关,一箭双雕,一层双意,一石二鸟。对于古今读者,感人的是缠绵藏之襦,垂泪还双珠,恨不得相逢未嫁之时,如此而已。

张籍存留至今的诗作不算少,有四百多篇。很多小诗写得精彩,出手不凡。比如《秋思》,以细节强化整体;又比如《凉州词》,从侧面渲染战事;再比如《忆远》,用温情反衬离情。读张籍的诗,知道技高一筹的力量。他有一首《征妇怨》也是如此,以乐衬哀,翻出新意:

九月匈奴杀边将,汉军全没辽水上。
万里无人收白骨,家家城下招魂葬。
妇人依倚子与夫,同居贫贱心亦舒。

征人晓发图　宋　佚名

夫死战场子在腹，妾身虽存如昼烛。

  古代战事频繁，故良人从军、征妇哀怨的主题在诗歌中占有一席。唐宋涉及征妇的诗不算少，唐代孟郊写过，马戴写过，施肩吾写过，元稹写过；宋代陆游写过，周密写过，刘克庄写过，徐照写过。但张籍这首写得曲折，布局奇特。这首诗虽七言八句，因其转韵，只能算是古体诗，分为上下两部分，读之有乐府韵味。

  起句就是大全景展示。唐代中后期，唐政权受到北方契丹民族的挑战，边疆战事仍频，唐与契丹交战于辽河区域，因力不敌人，全军覆没。"九月匈奴杀边将，汉军全没辽水上。""匈奴"代指，"汉军"亦代指，其实际意思应该是：九月契丹杀边将，唐军全没辽水上。"九月"，深秋已寒；"辽水"，契丹领地。开头虽只一联，但已是事件的结尾了。

  紧接着的两句算是处理后事："万里无人收白骨，家家城下招魂葬。"战争是残酷的，许多将士尸骨无人埋葬，家中的亲人只能用招魂的形式祭奠。这两句具体的描写实际为后面埋下伏笔。

  下半部转韵。转韵在此的好处是充分提醒读者语境的改变，强化悲剧效果。"妇人依倚子与夫，同居贫贱心亦舒。"这句是想象中的幸福，也是张籍此诗立意与众不同的地方。诗人在前半部大全景以及中景的战事中，插得一句温情场面，亦真亦幻，虽生活清苦，但亦幸福。这两句画面感极强，表达了百姓渴望和平的愿望。宁为太平犬，莫做乱离人。我真期望与丈夫和儿子过着虽贫贱但舒心的日子。

最后两句残酷，回到现实："夫死战场子在腹，妾身虽存如昼烛。"丈夫死在了战场之上，为国捐躯，可儿子还在我的腹中，我活着还有什么意思，如同白天点蜡烛一样没有作用。作者收得急促，因而悲剧感强烈，梦想的温馨毫不留情地被残酷砸碎。这种以乐衬悲的写法，虽让读者心理难以接受，但艺术感染力极强。

张籍的《征妇怨》谋局追求多变，由全景式的战争后果——白骨累累，尸体遍地，到中景具体的招魂下葬，悲声彻天，再画面一转，到想象中安贫乐道的一家，其乐融融，最后推出现实，丈夫出征战死疆场，妻子带有身孕生不如死。作者不是在写一个故事，而是发出悲天悯人的哀鸣，痛斥战争给人类带来的痛苦与困惑。明人周珽在《唐诗选脉会通评林》中说此诗"声声怨恨，字字凄惨"。

张籍的诗包含了许多乐府诗成分，《征妇怨》即为一例。诗歌几千年来一直备受百姓喜爱，根本原因是诗歌承担了许多社会责任，不论是政治的最高形式——战争冲突，还是政治的最低形式——市井生活，诗歌都可以极好地表达，张籍不过是这种诗人中的优秀分子之一。

煮茶侍君图 明 唐寅

薛　涛

（？—832年）

花开花落时

《谒巫山庙》
《罚赴边有怀上韦令公二首》
《池上双鸟》《赠远二首》《春望词四首》

薛涛（？—832年）的身份是唐代乐伎。唐代社会风气总体呈开放态势，不仅对乐伎数量需求大，而且对乐伎质量要求高。乐伎有名者往往琴棋书画样样精通，在受教育程度普遍低的古代，伎女在社会资源层面占上风，受男人追宠顺理成章。唐宋文人蓄伎狎欢之事非常普遍，否则薛涛与韦皋、元稹、张籍、王建、刘禹锡、武元衡、杜牧、张祜等大诗人不可能来往密切，甚至还和韦皋、元稹闹出过寻死觅活的爱情，所有这些交往都有诗为证。

薛涛自幼家境很好，天生聪慧。其父薛郧学识渊博，在长安为官。据说薛涛八岁那年，一家人在庭院纳凉，薛郧吟诵道："庭除一古桐，耸干入云中。"薛涛立马跟上两句："枝迎南北鸟，叶送往来风。"这首父女续诗已载入史册。简单评判一下，上联白描，起得平平毫无特色，但下联接得宽阔大气，诗意主旨凸显，让小诗大样，充满了遐想。

薛涛随父贬至四川，没过多久，薛郧出使南诏染瘴去世。

那年薛涛年仅十四岁，生活立刻陷入窘境。薛涛相貌姣好，通音律，会诗赋，在十六岁时自我选择加入"乐籍"，成为了一名乐伎。杜牧的《张好好诗》序言就提到"好好年十三，始以善歌舞来乐籍中"，可见唐代女子入乐籍年龄往往很小。

乐籍制度在中国存在了两千年，始于西汉，终于清朝。乐籍群体最初的构成往往是战俘妻女以及后代，社会地位低下，仅是供人享乐。后来，因为市场的需求，社会出现了对应的教育体系——教坊，管理培养具有职业技能的乐伎。这样乐伎从数量到质量都有大幅度提高，歌舞、杂技、戏剧等艺术形式丰富起来，朝廷也通过乐伎在社会中施行教化。

面对社会需求，乐伎的相貌就会体现出对应的价值，长相姣好的乐伎在市场上极具竞争力，受人追捧。在古代相对开放的时代，自愿加入乐伎的女子比比皆是，有些甚至出身并不低贱。薛涛就是这种情况。尽管其父出使南诏时意外去世，但加入乐籍也并非是薛涛的唯一选择。从某种意义上讲，由于薛涛自幼家庭优渥，有条件学习到许多技能，加之"姿容既丽"，入乐籍后优势多多。

唐德宗贞元元年（785年），御史大夫韦皋出任成都尹，这一年他四十岁，正是男人最好的年龄，有阅历还有精力。泾原兵变时，韦皋力抗叛军，为德宗所信任，接连提拔，出任剑南西川节度使。这一年他在成都的酒宴上见到薛涛，席间，韦皋让薛涛即席赋诗取乐，但未想薛涛从容取纸笔一挥而就《谒巫山庙》：

乱猿啼处访高唐，路入烟霞草木香。
山色未能忘宋玉，水声犹是哭襄王。
朝朝夜夜阳台下，为雨为云楚国亡。
惆怅庙前多少柳，春来空斗画眉长。

此诗凝重，用典择词流畅，比兴暗喻自然，韦皋拍案叫绝，于是薛涛就成了韦皋身边的红人。韦皋公事忙不过来就叫薛涛来帮忙处理公务，甚至还为她向朝廷申请过校书郎职务，可见韦皋的用心良苦。结果薛涛年轻胆大，恃宠而骄，做事不计后果，许多官员为见韦皋只好走后门携礼而来，薛涛随手就收下，虽然薛涛后将礼物全部上交，但还是惹怒了韦皋，于是韦皋不讲情面地将薛涛发配松州（今四川松潘）。薛涛在西南荒凉的山路上，心中恐惧，深知大错铸成，遂写下《罚赴边有怀上韦令公二首》：

其一
闻道边城苦，今来到始知。
羞将门下曲，唱与陇头儿。

柳岸江洲图(局部) 清 王翚

其二

xiá lǔ yóu wéi mìng　　fēng yān zhí běi chóu
黠虏犹违命，烽烟直北愁。
què jiào yán qiǎn qiè　　bù gǎn xiàng sōng zhōu
却教严谴妾，不敢向松州。

  据说这诗送到韦皋处，他一看就后悔了，这处罚对一个小女子实在太重了。可见薛涛的诗写得给力。第一首直白：我过去都是听说边疆苦，今天算是领略到了；我一个乐伎连最基本的生存手段——唱曲，也不敢拿出来唱给屯垦戍边的将士听。一个"羞"字代表薛涛知错悔过，孔子讲："唯女子与小人为难养也，近之则不逊，远之则怨。"自古至今，绝大多数受宠女子都死在这条古训上，搞不好主仆上下关系，轻则惹事，重则丧命。

  薛涛弥补过错靠姿色此时无用，只能靠笔，于是她写了《十离诗》，以分离为题，这十首诗为《犬离主》《笔离手》《马离厩》《鹦鹉离笼》《燕离巢》《珠离掌》《鱼离池》《鹰离韝(gōu)》《竹离亭》《镜离台》。薛涛自比前者,将韦皋比喻为后者,《犬离主》中薛涛自比为犬，将韦皋看作主人，写下："驯扰朱门四五年，毛香足净主人怜。无端咬著亲情客，不得红丝毯上眠。"诗写得失去尊严，以求主人宽待。又如《珠离掌》，薛涛深知韦皋待己如掌上明珠，可此时此刻已经不是了，所以她写道："皎洁圆明内外通，清光似照水晶宫。只缘一点儿玷相秽，不得终宵在掌中。"薛涛借诗表白自己，她知道韦皋如何看她，先实事求是自我表扬一番，然后申诉，只因为我有那么一点点瑕疵，您大人就真的不要我啦？其他几首，意思类同。

韦皋文武皆佳，文写过"长江不见鱼书至，为遣相思梦入秦"这样的佳句；武为左金吾卫大将军、剑南西川节度使，总镇西川。但他见薛涛的《十离诗》后，心软情柔，内心撤防，一纸命令，召回了薛涛。这一年是贞元五年（789年），薛涛二十岁，回到成都后她痛定思痛，脱乐籍，退隐浣花溪疗伤，制作精美小彩笺，红色八行，送与韦皋写诗专用，后世称"薛涛笺"。

薛涛是个情商极高的女子，凡到成都做官的人都与她交情不浅，一直到她年近四十岁的时候，元稹慕名而来，元和四年（809年），元稹三十岁，官至监察御史，奉命出任剑南东川节度使。这一年元稹发妻韦丛去世，元稹悲痛万分，写下了最有名的悼亡诗《遣悲怀三首》。韦丛没有和元稹过上一天舒心日子，元稹升职后深感愧对妻子，所以写下了"唯将终夜长开眼，报答平生未展眉"这样深情的诗句。当他来到蜀地，又听众人说过薛涛，便约薛涛在梓州（今属四川绵阳）见面，两个人干柴烈火，元稹希望自己从妻亡的悲痛中走出来，薛涛深感人生过半，机不再来。两人不顾年龄相差近十岁，飞蛾扑火般地陷入姐弟恋，次日，薛涛真挚满怀地写下《池上双鸟》：

荷花鸳鸯图　清　任伯年

> 双栖绿池上，朝暮共飞还。
> 更忆将雏日，同心莲叶间。

这诗写得露骨，直来直去。"双鸟"即鸳鸯，古称"匹鸟"，成双成对，雄雌未尝相离，文学上喻指爱情。卢照邻诗："得成比目何辞死，愿作鸳鸯不羡仙。"薛涛起句毫无避讳，双宿双飞，这还嫌力度不够，后一句直切主题："更忆将雏日，同心莲叶间。"这是作诗技巧，把没有发生的事情当作已发生的事情，不仅当作已发生的事情，还将虚构夯实，站在未来的时空里"更忆"一通，一对鸳鸯带着子女游弋在荷莲之间，何等惬意美好。

可惜元稹是个情种，只不过他每一次谈情说爱都非常真诚，几个月后元稹调离蜀地，二人如胶似漆的日子结束了，元稹也答应薛涛将再来找她，可是官场风云变幻多样，元稹离开蜀地就没有机会再回来了。他走后薛涛写了《赠远二首》，又写了《春望词四首》，一副痴情小女子的心态：

赠远二首

> 扰弱新蒲叶又齐，春深花发塞前溪。
> 知君未转秦关骑，月照千门掩袖啼。

芙蓉新落蜀山秋,锦字开缄到是愁。
闺阁不知戎马事,月高还上望夫楼。

春望词四首

花开不同赏,花落不同悲。
欲问相思处,花开花落时。

揽草结同心,将以遗知音。
春愁正断绝,春鸟复哀吟。

风花日将老,佳期犹渺渺。
不结同心人,空结同心草。

那堪花满枝,翻作两相思。
玉箸垂朝镜,春风知不知。

两首诗写得凄凄惨惨,悲悲戚戚,薛涛久经情场,什么事都经历过,什么人都见过,自己清楚自己,青春已逝韶华不在之时最为脆弱,因而也最为珍惜。她以为她的爱情这次是真的以排山倒海之势来了,元稹肯定也说了对其胃口的海誓山盟。人在溺水之时,必须相信最后漂浮着的一根稻草,所以薛涛说:

"闺阁不知戎马事,月高还上望夫楼。"一副小女子盼望出征丈夫归来的心态,可惜元稹不是征夫,不会管她"知君未转秦关骑,月照千门掩袖啼"。薛涛哭就自己哭吧,元稹在宦海沉浮久了已听不见这儿女情长。

至于《春望词四首》,只剩下痴情女子呻吟,都是自我感觉良好,别人无感的诗句。这是一个乐伎一生的感受的总结,从十几岁如花似玉的年龄,到风韵犹存的半老徐娘;从将军呵护的掌上明珠,到干柴烈火的翻云覆雨。

人生说长可以隔一日如隔三秋,说短可以一生如白驹过隙,倏然而过。在爱面前,有过最重要,不论结果如何,都是必然之果。因而薛涛诗中说:"花开不同赏,花落不同悲。"以其丰富的阅历,总结出人生与爱情的关系。多么想拥有的爱情,也会"风花日将老,佳期犹渺渺"。薛涛作为才女,与鱼玄机、李冶、刘采春并称唐代四大女诗人,该经历的都经历过了,一生阅人无数,有过繁华与喧嚣,也有过沉沦与孤寂。

最终她终于想明白了,脱下红裙,换上道袍,把内心腾空,安享人生最后的时光,不再顾及"枝迎南北鸟,叶送往来风"了。

胤禛美人图 清 佚名

作家榜

马未都
讲透唐诗

III

马未都 著

韩熙载夜宴图（局部） 南唐 顾闳中

目 录

001 **韩愈**
肯将衰朽惜残年

015 **王建**
不知秋思落谁家

033 **刘禹锡**
芳林新叶催陈叶

051 **白居易**
多情立马人

087 **李绅**
春种一粒粟

101 **崔护**
人面桃花相映红

111 **柳宗元**
孤舟蓑笠翁

129 **元稹**
曾经沧海难为水

151 **贾岛**
僧敲月下门

169 **张祜**(hù)
两三星火是瓜洲

183 李贺
天若有情天亦老

201 许浑
山雨欲来风满楼

219 段成式
唯有南山依青青

231 杜牧
十年一觉扬州梦

253 陈陶
犹是春闺梦里人

265 温庭筠(yún)
入骨相思知不知

285 李商隐
心有灵犀一点通

305 韦庄
依旧烟笼十里堤

327 皮日休
一枝寒泪作珊瑚

341 杜荀鹤
白发吾唐一逸人

355 陆龟蒙
夺得千峰翠色来

367 王驾
家家扶得醉人归

377 后记

春来遍是桃花水（局部） 清 王翚

韩 愈

(768—824年)

肯将衰朽惜残年

《左迁至蓝关示侄孙湘》
《早春呈水部张十八员外》

韩愈(768—824年)不到三岁丧父,由其长兄韩会带大。韩家祖辈为官,父韩仲卿任秘书郎,官职不大但重视教育。长兄韩会也是古文倡导者,惜年寿不长,四十二岁去世,这一年韩愈年仅十二岁。韩愈自幼读书甚苦,不在意别人眼色,也无需别人嘉奖,一切苦难对他都是动力,令其发奋。

韩愈排行四,上有兄三人,三兄早夭,未留下姓名,二兄韩介也短命早逝,长兄韩会中年而殁,留下侄子韩老成。由于韩愈由兄嫂养大,从小与侄子韩老成一起玩耍,情感笃深。贞元十九年(803年)韩老成突然去世,韩愈得知后悲痛地写下祭文《祭十二郎文》,声声泣血,字字流泪。南宋时有个学者叫赵与时,他说:"读诸葛孔明《出师表》而不堕泪者,其人必不忠;读李令伯《陈情表》而不堕泪者,其人必不孝;读韩退之《祭十二郎文》而不堕泪者,其人必不友。"《祭十二郎文》是篇散文,就其形式而言,正是韩愈柳宗元提倡的"古文运动"的杰作。古文相对于韵文（骈文 pián）表达更为自由，它把六朝以来形成的讲求声律、词藻、排偶的四六文视为俗下。散文讲究摒去浮艳夸张的文风，就事论事，就人论人，散行单句，质朴自由。

韩愈的《师说》即为散文名篇。今天知道韩愈《师说》的人极多，"师者，所以传道授业解惑也"，"人非生而知之者，孰能无惑"，"闻道有先后，术业有专攻"。了解韩愈必须了解韩愈的散文，但这远远不够，还要了解韩愈的诗歌，因为诗歌创作与散文表达相辅相成。

韩愈创作过许多唯美的诗，长短皆有，短有《春雪》《早春呈水部张十八员外》《晚春》，长有《调张籍》《南山诗》《石鼓歌》等等。其格律诗虽数量有限，但分量很重，显示出作者深厚的文学功力。元和十四年（819年），韩愈见唐宪宗做佛事不吝铺张，遂写下《谏迎佛骨表》，力劝宪宗。皇帝勃然大怒，下令处死韩愈，经裴度等人求情请命，贬韩愈为潮州刺史，且必须马上动身。唐代国都在北，南方一直有"南蛮"之谓，人文地理、风俗语言对北方人来说极难适应，柳宗元就说过"异服殊音不可亲"。韩愈此时已五十一岁，半生宦海浮沉，刚因功擢(zhuó)升刑部侍郎，突然因忠谏遭此劫难，愤懑(mèn)、委屈、伤悲等负面情绪叠加，写下了他七言律诗中最为精彩的一篇：

山窗封雪图（局部） 清 王翚

一封朝奏九重天，夕贬潮州路八千。
欲为圣明除弊事，肯将衰朽惜残年。
云横秦岭家何在？雪拥蓝关马不前。
知汝远来应有意，好收吾骨瘴江边。

诗题为《左迁至蓝关示侄孙湘》。"左迁"，即降职。汉代贵右，右迁为升，左迁为降；唐代贵左，但唐代人在诗文中仍然沿用汉代人的用语习惯，以"左迁"为降职。"蓝关"指蓝田关，在商洛西北，是关中通向东南的关口之一。"侄孙湘"指韩愈侄子韩老成的儿子韩湘，就是韩愈那篇《祭十二郎文》中的十二郎之子。

韩愈开篇喊冤："一封朝奏九重天，夕贬潮州路八千。""一封"指的就是引发皇上大怒的《谏迎佛骨表》，君臣有义，不忠为忤（wǔ）逆，即便韩愈认为有冤，还是得受礼义约束。朝奏夕贬的节奏的确太快，如果没有裴度说情，韩愈恐性命都难保。当时韩愈紧急离开京城乃上策，让皇上息怒，以保全生命；故他走到蓝关之时，单枪匹马，家眷尚未跟上。"朝奏""夕贬"虽有些夸张，但还是有事实根据的。"八千"不是实数，形容路远。首联虽喊冤，但铿锵有力，如同京剧之导板，激越奔放，开阔充沛。

颔联表明态度："欲为圣明除弊事，肯将衰朽惜残年。"这两句用了两个虚词，"欲为"和"肯将"。格律诗要求颔颈双联对仗，韩愈以散文章法嵌入，既有文之特色，又兼顾诗之规则。他先表达了自己的信念：本来我是为国担忧，才向皇上谏言的。然后跟着用了一个反问句型，"肯"是"岂"的意思，"肯将衰朽惜残年"是说我岂能因衰老就吝惜暮年的岁月，即愿把老朽之身献出，拼死也要进谏。李商隐诗："已悲节物同寒雁，忍委芳心与暮蝉。"这里的"忍"是怎么忍心的意思，也是诗歌中的反问句型表达。

颈联写得精彩过人："云横秦岭家何在？雪拥蓝关马不前。"韩愈仓促上路，孤身一人。侄孙韩湘追至此地，过了蓝关就算离开长安地界了，再回来不知何年何月；"横""拥"二字以无理的方式存在。"横"与纵相对，这里当动词用，有阻碍之意；"拥"有壅塞、阻塞之意，谓积雪阻路。回头一望，家已经被云雾遮挡，不知在哪了；大雪纷飞，簇拥成阻，连马都犹豫怎么前行。此地停留惜别侄孙，感慨万千；风雪中纵马前行本是孤勇之貌，而此时此刻，韩愈英雄失路，前途几何？

尾联是对韩湘讲的："知汝远来应有意，好收吾骨瘴江边。"尾联话说得太重，韩湘绝对接不住。韩湘为名门之后，但此时尚未中举，他在韩愈去世前一年才中进士入仕途，官至大理寺丞，这算是给了韩愈在天之灵一个安慰。他送韩愈左迁之时年二十五，韩愈年五十一，一辈之差年龄，两辈之差辈分，爷孙俩阅历天上地下。韩愈交代说，我这一走未必还能回来，潮州瘴气十足，如果我死了，你就去把我运回老家安葬了吧。韩愈说得悲壮，韩湘听得潸(shān)然，好诗不仅要有好景，还得有好情，更得有大格局。

写惯了散文的韩愈用格律诗上阵，用规则限制自己，不能自由发挥，或许是出于自我保护。韩愈的散文说理透彻，思考独立，不遮不拦，许多名篇写得无所顾忌：《讳辩》为李贺仗义执言；《后廿九日复上宰相书》言辞无讳，真切尖锐；《送孟东野序》开篇便说物不得其平则鸣；至于《谏迎佛骨表》则举例说汉明帝事佛，位促寿短，仅此一句就使唐宪宗怒不可遏，险些要了韩愈的命。

诗就有含义丰富、藏锋芒掩实意的好处；七言律诗在律绝中已经是容量最大了，驾驭它体现了诗人的能力。韩愈在贬谪(zhé)路上写下这持重悲壮的诗篇，实际上是他生命的积累：官场的凶险，人性的难测，文人的风骨，无一不在诗文中得以体现。人的一生有顺与不顺，大部分人都是不顺多于顺，韩愈更是这样：唐宋八大家之首，才高八斗，学富五车，却一生屡遭贬谪，五十一岁高龄抱病不顾生死

云山图 清 石涛

进谏，不去揣摩上意，我行我素，最后踏上大难之路，写下千古诗篇。

元和十五年（820年）正月，唐宪宗因服丹暴崩，穆宗李恒登基；这一年秋冬之际，韩愈回到长安，入朝任国子祭酒。长庆元年（821年），韩愈转任兵部侍郎。次年，他不顾个人安危，以宣慰使身份出使镇州，说服了王庭凑。后韩愈再转任吏部侍郎，由刑部到兵部再到吏部，虽级别未变，但由于吏部居六部之首，更为显要。

长庆三年（823年）早春时节，韩愈邀请张籍游春，按说韩愈身份高，又对张籍有知遇之恩，可张籍却不知何因说忙没去，韩愈就写了两首七言绝句《早春呈水部张十八员外》，其中之一流传甚广：

天街小雨润如酥，草色遥看近却无。
最是一年春好处，绝胜烟柳满皇都。

小诗开篇即湿意扑面，质感很强。春雨有时不似雨而似雾，杜甫名句"随风潜入夜，润物细无声"写的是同一感觉，只不过一个写明，一个写暗。韩愈不仅写了雨之状态，还写明了地点——"天街"，长安城内的大街。"天街小雨润如酥，草色遥看近却无"，这一景观在今天的城市中是看不见的，但在唐长安城中却是平常之景：首先是街宽，由于唐时只有畜力车及行人，街道尤显宽阔；二是街边有自然之土，不似今日城市中的花坛植被，故草生自然。

诗人抓住了早春最不容易被人发现的特点——草色远看与近观的关系，自然流出了一句："草色遥看近却无。"这一句有观察、有感受、有事理、有结论，明为一句诗，实则写出了诗人所处时空的变化，换言之，诗人记录了早春独行的形态与感受，语句虽平淡，但很打动人心。仔细想想，再认真看看，春天刚刚拱出土的小草确实这样，远看已有绿色，近寻却稀疏零落，连不成颜色。

小诗第一、二句精彩过人，化常态为绝景，语句景色皆平常，表达出奇而不突兀，表面写景，背面写人；藏动于静，放景于情，颇显韩愈的文学功力。第三、四句借势强力推出："最是一年春好处，绝胜烟柳满皇都。""最"，正恰，"最是"，正是；"一年春好处"，早春之美，一年仅此一时；"绝胜"，远远超过；"烟柳"，柳色如烟；"皇都"，帝都；"满"，充斥视野。这类本没有诗意的字眼，在诗人笔下突然有了诗意，原因在于作者最后一句用的一个字：满。这一个"满"字，与前面"无"字形成强烈反差，让早春之"早"不见烘托却已轰然而出。

赠刘石头册(局部) 清 石涛

韩愈的这首七绝需要反复咀嚼，慢慢品味。小诗赢在立意。本来早春之早不易描写，"前村深雪里，昨夜一枝开"——齐己和尚写的是早梅，属于立意出奇，但一目了然；韩愈的早春，立意亦出奇，但藏而不露。两者比较，无所谓高下，各有妙巧。

韩愈写《早春呈水部张十八员外》时年五十五岁，次年，也就是长庆四年（824年）的夏天，韩愈告病回家，不承想冬天就在家溘(kè)然长逝。朝廷觉得欠韩愈太多，遂追赠礼部尚书，谥号"文"，其实这对韩愈本人已经不重要了。他一生起起落落，有情绪不悲观，有苦难不沉沦，写下诗文无数，存世散文尚有近四百篇，不愧为古文运动的倡导者、唐宋八大家之首。宋代文豪苏轼对韩愈十分景仰，说他"文起八代之衰，而道济天下之溺"，评论中肯而不溢美。

韩愈的《左迁至蓝关示侄孙湘》和《早春呈水部张十八员外》两首诗相隔约四年，前者写得沉重郁闷，后者写得轻松豁达，看不出韩愈在险遭杀身大祸后留下什么信念后遗症。人往往在人生重要节点后会改变对社会的认知，尤其是严重挫折后，心态普遍都会变灰变暗，但韩愈不是，写《早春》时已看不出左迁的不快，更别说抑郁了。人生贵在自我调整，无论顺境逆境，自我反省、自我纠错方为人生真谛。

我早年读《早春》以为是韩愈早期作品，后乃知《早春》竟然写在《左迁》之后，十分惊讶于韩愈的反省及修行。其实不管愿意与否，也不管自觉与否，每一个人都不可避免地进行一场人生修行，区别只在于结果：无论面对怎样的人生境遇，唯有提升修为、达观以对，方能修得正果。

金台夕照（局部） 清 张若澄

王 建

（约767－约830年）

不知秋思落谁家

《新嫁娘词》
《初到昭应呈同僚》
《羽林行》
《宫词一百首》
《十五望月》

王建（约767—约830年）是颍(yǐng)川（今河南许昌）人，自幼家境贫寒，在他记忆里，一天到晚都为吃穿发愁。但他自幼苦读，尤爱诗词乐府。在不到二十岁的时候与张籍认识了，他俩年龄相差无几，气味相投，就在一起求师学诗，尤其关注乐府诗。乐府诗很大程度在意民间疾苦，表现百姓欢乐，这也正是吸引王建与张籍的地方。王建的乐府诗成就颇高，与张籍齐名，世称"张王乐府"。

王建一生作诗不算少，传世刻本《王建诗集》十卷，存诗近五百首。其中有《宫词一百首》，实际上有一百零二首七言绝句，每首二十八字，计二千八百五十六字，作为组诗来看，规模十分可观。可王建被收录在《唐诗三百首》中只有《新嫁娘词（其三）》，五绝二十字，写得生动俏皮，颇见心机：

三日入厨下，洗手作羹汤。
未谙姑食性，先遣小姑尝。

仕女图卷之梳妆（局部） 明 杜堇

此诗面上无需过多解释,新嫁娘过门后第三天后下厨,因不知婆婆口味,先把做好的羹给小姑子尝尝,看看她的反应及评价。这种场面几乎是过去每个大家庭都要遇到的,新婚期的媳妇算新人,必须慢慢熟悉新家,最终融入其中。

其实王建一共写了三首,这只是其中之一,另外两首平平,不引人注意。这首小诗因其传神,历代颇受好评,宋人刘克庄在《后村诗话》中还做过比较,他认为王建的《新嫁娘词》比张文潜的《寄衣曲》要更胜一筹。明人邢昉在《唐风定》中说:"绝句中有调高逼古,出六朝上者,此种是也。"古代诗评家都认为唐诗和六朝之前的诗相比已经流俗了,故给这种评价已经是很高了。清人沈德潜《唐诗别裁集》说得干脆:"诗至真处,一字不可移易。"仔细琢磨,这首小诗不过是写了人性与常情,属立意佳者而已。

《唐才子传》说王建"大历十年丁泽榜第二人及第",这记载有误。丁泽,籍贯生卒皆不详,大历十年(775年)状元及第,有《龟负图》等诗存世,仅存的诗作都写得中规中矩,有才无华。可大历十年,王建年仅八岁左右,进士及第断无可能,未见其他资料有只字片语记载,故王建进士身份存疑。但其军戎身份清晰,脉络可寻,《唐才子传》载:"从军塞上,弓剑不离身。"

贞元十三年(797年),王建辞家,而立之年参军从戎，生活非常不稳定，北至幽州，南至荆州，军旅与边塞生活让他眼界大开，所以他写过不少这类题材的作品，如《古从军》《渡辽水》《饮马长城窟行》等。他在军队中待了有十几年，"从军走马十三年，白发营中听早蝉"。(《别杨校书》)

王建头发早白，四十岁出头就白发如霜了。大约在元和八年（813年），王建任昭应（今陕西西安临潼）县丞（tóng）。唐昭应城地位特殊，它作为华清宫的配套，让文武百官冬季在此办公和居住。王建初入仕途就当上了昭应县丞，高兴之余写下一首小诗《初到昭应呈同僚》，态度十分诚恳：

> 白发初为吏，有惭年少郎。
> 自知身上拙，不称世间忙。
> 秋雨悬墙绿，暮山宫树黄。
> 同官若容许，长借老僧房。

这一年王建四十六岁了，白发丛生，与年轻的后生同僚一起为官，的确有点惭愧；知道自己笨拙，也没啥借口说自己忙，只好以勤补拙；这地方还是很漂亮，墙绿树黄，正值秋雨绵绵；如果大家不介意，我就住在那老僧房了。诗中态度卑恭谨慎，一副新手模样。

溪山秋雨（局部） 清 髡残

王建在昭应当县丞，县丞是文官，所以与文官接触就多，他与韩愈、白居易、刘禹锡、杨巨源、张籍都有诗词唱酬。比如张籍的《赠王建》一诗中说："赖有白头王建在，眼前犹见咏诗人。"显然王建的白发名声在外。

一次韩愈与张籍、王建一同赏月，几个人玩得尽兴，事后韩愈写了一首五言古诗，清晰地记录了这次聚会，大家完全是清谈，最后两句写道："惜无酒食乐，但用歌嘲为。"诗名即聚会缘由：《玩月喜张十八员外与王六秘书至》。"张十八员外"指张籍，同宗同辈排行十八；"王六秘书"指王建，王建在家族同辈中排行六，"秘书"指秘书郎，王建时任秘书郎一职。

王建官场上无大建树，最后出任过陕州（今河南三门峡）司马，人称"王司马"。王建同情百姓疾苦，痛恨官宦腐败，观察生活的面宽，许多作品把自己的看法悄然融入其中，情绪得以舒解，例如《羽林行》：

长安恶少出名字，楼下劫商楼上醉。
天明下直明光宫，散入五陵松柏中。
百回杀人身合死，赦书尚有收城功。
九衢一日消息定，乡吏籍中重改姓。
出来依旧属羽林，立在殿前射飞禽。

诗为歌行体，三次换韵。"羽林"指羽林军，禁卫军名，从汉武帝时期始创建，初称建章营骑，后改名"羽林骑"，取义"为国羽翼，如林之盛"。"羽林行""羽林郎""羽林军"，大量诗人都写过。李白诗："羽林十二将，罗列应星文。"孟郊诗："翩翩羽林儿，锦臂飞苍鹰。"张说诗："谁家羽林将，又逐凤书飞。"王维诗："出身仕汉羽林郎，初随骠(piào)骑战渔阳。"

王建开篇酣畅淋漓，将羽林儿的恶少嘴脸和盘托出："出名字"是说恶名昭著，"楼下劫商楼上醉"说明羽林儿无所顾忌，无赖已成常态。"下直"即"下值"，夜值下班后就分别散入五陵之地。"五陵"指长安城外汉代五座帝陵，喻指豪门贵族之地。杜甫诗句："同学少年多不贱，五陵衣马自轻肥。"李白诗句："龙马花雪毛，金鞍五陵豪。"储光羲诗句："五陵贵公子，双双鸣玉珂。"王维诗句："万乘亲推双阙下，千官出饯五陵东。""五陵"在唐入诗普遍，用途有不同，此处说羽林儿下班后各自发不义之财去了。

下一句"身合死"即身该死，接着就是皇帝的赦免书。将功折罪在唐代非常普遍，当赦书贴满大街小巷之时，这些羽林儿就去改了户籍和姓名，以便将来继续作恶。最后一句显露出王建的无奈："出来依旧属羽林，立在殿前射飞禽。"诗句中藏着诗人的愤怒，这些无法无天的羽林儿，一且作恶不被追究，他们还会向社会示威。"立在殿前射飞禽"使羽林儿的嚣张劲儿跃然纸上。

有意思的是，明人周珽(tīng)编的《唐诗选脉会通评林》有一段评述此诗："叙述恶少放纵恣肆行径，盖有所指而作也。刘后村评此诗'可与韦苏州《逢杨开府》篇同看'，可知当年五陵恶少托迹羽林，凭借宠灵横行之可恶。"这段评语不说王建此诗的描述功力，而说韦应物的《逢杨开府》的坦诚自省，就知道诗人的成功很大程度上在于人格魅力。

王建中年才入仕为文官，一路未能高升，最后累迁陕州司马。司马这个官职，先秦时位高权重，与司徒、司空、司士、司寇并称五官，有意思的是这五官皆为姓氏；可到了唐代，司马一职成为闲差，唐代许多官员被贬时常降为司马一职，著名的"二王八司马事件"就说明了司马官职的地位。诗人中白居易贬为江州司马，柳宗元贬为永州司马，刘禹锡贬为朗州司马，可王建的司马一职并不是贬而是迁。"迁"为平级或升级调动。

王建的《宫词一百首》应算他的创作丰碑。具体写作年代不详，大约作于长庆三年（823年）至大和二年（828年）之间，这期间是诗人比较闲适的时期，迁太府寺丞，又转秘书郎，工作不多，责任不大，写作就成了王建生活的主要内容。

仕女游园图立轴（局部） 明 仇英

宫词是唐代许多诗人愿写的题材，多描写宫中琐事，关注后宫生活，一般形式多为七言绝句，也有五言的。顾况、张祜、薛逢、罗隐、白居易、戴叔伦、韩偓(wò)、王涯、张籍等诗人都写过，而王建的宫词算是"鸿篇巨制"，写了一百零二首，题目是《宫词一百首》。规模可以与之媲美的是五代和凝的《宫词百首》，还有罗虬(qiú)的一百首《比红儿诗》，这种动辄百首的组诗在中晚唐至五代多有出现。而宫词的盛行与中晚唐社会文化背景吻合。"安史之乱"结束后，积极向上的心态与乐观豪放的情绪不再，继而安逸矫情的心态上升，宫词则最能体现这种曲折心情。因为宫廷尤其后宫规矩多，关系复杂，等级森严，给了诗的创作极大的空间。在这种先决条件下，王建的《宫词一百首》算是应运而生。

　　可以选几首感受一下诗中情景：

其二十二

射生宫女宿红妆，把得新弓各自张。
临上马时齐赐酒，男儿跪拜谢君王。

其九十

树头树底觅残红，一片西飞一片东。
自是桃花贪结子，错教人恨五更风。

其九十五

春来睡困不梳头，懒逐君王苑北游。
暂向玉花阶上坐，簸钱赢得两三筹。

其九十九

后宫宫女无多少，尽向园中笑一团。
舞蝶落花相觅著，春风共语亦应难。

第二十二首描述的是后宫女子得知次日要陪皇上出行打猎，一宿兴奋得未睡，早早把妆容化好了，每个人都把分配给自己的弓试了又试；次日清晨，皇上赐酒准备出发，宫女们如同男儿一样跪拜谢恩。作者把握住宫女长期锁于宫中，偶尔能陪皇上出行时的兴奋劲儿，用了"宿红妆""各自张""齐赐酒""跪拜谢"等准确描述，将宫女们的兴奋表露无遗。

第九十首与二十二首相异，描写的是宫女们在春季时节的无所事事，她们围着桃树转圈，捡拾东一片西一片的残落的花瓣，不禁感慨：桃花开得太多，不是每朵都可以结果实的，每朵花都因为贪心想结成果实，但事与愿违，落得飘零一片。此时此景让人恍然大悟，人生多有错误，过分追求就是个错误。

斗草图（局部） 明 仇英

第九十五首与九十首异曲同工，前者描写的是触景生情，后者描写的是看透一切。皇上出行游玩，没有我的份，所以我也懒得梳妆打扮，和留下的宫女们坐在室外台阶上，懒散地做着赌博小游戏，居然赢了几个钱。从某种意义上暗示赌场得意，情场就失意了。作者用了"懒逐"一词表明宫女心中的不甘，此时的"懒"是宫女自我解嘲的口气罢了。

第九十九首写得表面欢快，实际暗藏心机。后宫到底有多少宫女，不得而知，只知道花园中打闹嬉戏笑成一团一团的。作者巧妙地运用了两个文学意象："舞蝶"与"落花"。舞蝶代表得宠者内心的欢快，落花就是失意者内心的独白，在这大好的春光里，让舞蝶与落花共情是件很难的事。

王建的《宫词一百首》可以为后世提供许多精彩的信息，展现了彼时彼地彼女的心态。唐诗的价值就在于此，不仅提供了唐人的思想，还提供了唐人的情趣；不仅描写了大唐的风物，还描写了大唐的人情。王建的《宫词一百首》表现的只是宫廷生活的一部分而已，但这部分也是唐诗中不可或缺的内容。

所以历代名家多有赞赏。明代钟惺、谭元春合编的《唐诗归》，说《宫词一百首》"爽而媚""事浅而慧"；清代黄叔灿著的《唐诗笺注》，说"一入宫中，内外隔绝，惊呼借问，情事宛然"（其六十九）；明代周珽的《唐诗选脉会通评林》,说"比而兴也。用情用调,不拘掩袭宫词旧套子,意新奇,词清脆,前无古人"(其九十)。

王建的《宫词一百首》以白描写就,仔细阅读就能基本看懂,看不懂也能感受个大概。王建描写了宫中的各种生活、各种情绪,喜怒哀乐都有,完全可以看作是一首大型的叙事诗,有故事,有情节,有场景,有人物。不似唐诗常见的宫怨诗,幽幽怨怨,凄凄惨惨,悲悲戚戚,而是把宫中的日常生活精心描述,情绪饱满,细节丰富。可王建并未入过宫,没有机会在后宫做事,那素材从何而来?

据《唐才子传》载:王建与枢密使王守澄为同宗之人,王守澄称王建为弟,两人无话不谈,王守澄常常和王建说宫中之事。有一回,二人饮酒过量,王建说了些过头话,王守澄有些不高兴,突然问他:"你作的宫词那么多,后宫深深,你怎么知道的,如实招来。"王建知道自己失态,马上作了首诗以求宽恕,诗句末尾说了一句:"不是姓同亲向说,九重争得外人知。"有了这番缘故,才让出身寒微的王建写下了百余首宫词佳作。

后人对王建的《宫词一百首》评价甚多,赞美为主,诚恳有加。欧阳修的《六一诗话》说:"王建《宫词一百首》,多言唐宫禁中事,皆史传小说所不载者,往往见于其诗。"陆时雍(yōng)的《唐诗镜》说:"王建《宫词》俱以情事见奇。"宋人魏庆之在《诗人玉屑》中说:"《宫词》凡百绝,天下传播;仿此体者虽有数家,而建为之祖耳。"

王建作为一位出身寒微、"终日忧衣食"的穷苦人家之子,凭借自己的勤奋与天赋,中年入仕后勤勉创作,其诗作题材广泛,既有民情,又有宫闱,记录社会现实,抒发个人情感,今天看来,极具社会意义,为唐代生活悉心写照。

我认为唐诗的价值就在于此:承担社会责任,体察黎民之苦;描绘生活画卷,发现事物美好;以自身独特的文学形式存在,强调形式美、声律美的同时,注入思想性,悲天悯人,雅俗共赏,普惠世人。

比如王建最有名的诗句是写中秋之月。唐人咏中秋的诗不计其数,但名句前三甲一定有这句"不知秋思落谁家"。此诗名为《十五望月》:

中庭地白树栖鸦,冷露无声湿桂花。
今夜月明人尽望,不知秋思落谁家。

诗歌流行有个奇特的现象,许多诗仅靠一句或曰半联而闻名天下,比如许浑的"山雨欲来风满楼",比如杜甫的"人生七十古来稀",比如王维的"每逢佳节倍思亲",比如李贺的"天若有情天亦老"……这些诗句的对句并不广为人知,但人们都深深地记住了这些句子并经常使用。王建的"不知秋思落谁家"亦属于这类情况。这首诗起句平平,情景也并无特别,"地白"指的是秋霜,桂花湿重亦有淡香。在中秋月圆之夜,人们都抬头相望,看着满月,不禁思乡,也是人之常情,可王建突然问了一句:今夜月明之时,究竟有多少人是在赏月,有谁在思念故乡亲人?这种平民意识在王建诗中处处可见,构成了他的亲民风格。

诗人的思路多数时候比语言本身重要,平淡无奇的几个字凑在一起,竟然有如此大的文化感召力,让这句诗传承千年以上,让多少游子在月圆之夜得到一丝心灵安慰。

在王建众多题材的诗歌当中,我反倒喜欢这首七绝小诗,它胜过金戈铁马的征战戍边,胜过路遥辛苦的行旅离别,胜过孤独难熬的幽居宦况,胜过光艳苦闷的宫廷后院。但这并不是王建刻意的设计,也不是他一生的追求,而是天时地利人和一同到来,在某一年某一月某一日某一时的灵光乍现。

春塘柳色（局部） 元 朱叔重

刘禹锡

（772—842年）

芳林新叶催陈叶

《元和十年自朗州至京戏赠看花诸君子》
《酬乐天扬州初逢席上见赠》
《乐天见示伤微之敦诗晦叔三君子皆有深分因成是诗以寄》

"山不在高，有仙则名；水不在深，有龙则灵。"这是刘禹锡的《陋室铭》的开篇，充分显示了刘禹锡的性格特点。这篇小文实际上是刘禹锡的座右铭，以激励提示自己，应该说，这是刘禹锡最知名的文学作品。

刘禹锡（772—842年），字梦得，河南洛阳人。刘禹锡自称中山靖王刘胜的后代，这不是没有可能：《汉书》记载，刘胜有子一百二十余人，这么庞大的一支，散落在哪里都有可能。1968年，河北满城汉墓偶然被发现，继而发掘，使得刘胜生前的奢靡得以面世，也使得世人对刘胜有了直观的认知。

从刘胜到刘禹锡时间相隔近千年，至少走过三十代人。刘禹锡的七世祖刘亮任北魏冀州刺史；他的祖父、父亲都是地方小官。父亲刘绪为避"安史之乱"迁居苏州，刘禹锡在此度过了青少年时光，从小就学习儒家经典。唐贞元九年（793年），他与柳宗元同榜进士及第，同年又登难度更大的博学鸿词科，进入仕途。不久后丁父忧。

桃花书屋图 明 沈周

刘禹锡在官场沉浮多年，直到贞元十八年（802年）任监察御史，此时，韩愈、柳宗元均在御史台任职，三人过从甚密，相与友善。

贞元二十一年（805年）正月，唐德宗李适驾崩，顺宗李诵即位。德宗生前对皇太子李诵宠爱有加，可惜李诵在前一年就中风了，丧失了语言功能。德宗弥留之际对李诵思念过度，非常惦记，涕咽不止，但至死他们父子无缘相见，成为憾事。

李诵即位后马上改革，重用王叔文、王伾（pī）等人，他们联合柳宗元、刘禹锡等八人，采取了一系列的改革措施，史称"永贞革新"，但这大大触动了宦官的权力。三月，宦官俱文珍一手操办，将顺宗长子李淳立为太子，更名李纯；七月，俱文珍又以顺宗名义下诏，由李纯主持军国政事；八月，宪宗李纯即位，顺宗退位做太上皇，史称"永贞内禅"。

至此，"永贞革新"失败。王叔文贬为渝州司户，次年赐死；王伾贬为开州司马，次年病死；柳宗元，刘禹锡等八人均被贬为远州司马。这就是中唐历史上著名的"二王八司马事件"。

刘禹锡被贬为朗州司马。朗州在今湖南常德，气候湿热，这让在河南出生长大的刘禹锡十分不适，但他在此一待就是十年。其间，刘禹锡接触到当地民间歌谣，创作了大量寓言诗。直到元和九年农历十二月（815年初），刘禹锡和柳宗元等人一同奉诏回到京城。次年，性格不羁的刘禹锡写下《元和十年自朗州至京戏赠看花诸君子》：

紫陌红尘拂面来，无人不道看花回。
玄都观里桃千树，尽是刘郎去后栽。

这首七绝不难理解。春季玄都观赏花的场面热闹繁华，人欢马叫，川流不息，红尘滚滚。"无人不道"把赏花人的内心得意和浅薄展示无遗。这一片貌似繁盛的景象，刘禹锡并不买账，用语讥讽："尽是刘郎去后栽。"

就是因为这首小诗，刘禹锡再次刺痛权贵们。没多久，他再次被贬到更远的播州（今贵州遵义），由于裴度和柳宗元的说情，改贬到连州（今广东连州）当刺史，这一走又是近五年。

元和十四年（819年），刘禹锡因母去世得以离开连州。长庆元年（821年）冬到夔（kuí）州（今重庆奉节）任刺史；长庆四年（824年）夏，再调任和州（今安徽和县）刺史；两年后的宝历二年（826年），刘禹锡奉召调回洛阳，次年任职于东都尚书省，掐指一算，两头加上，整整二十三年。

桃园图（局部） 清 查士标

在奉召回京途中,在扬州,刘禹锡意外地与白居易相逢。白居易也是官场不得意,自从元和十年被贬为江州司马,也是多地任职,官场奔波;到了宝历元年(825年)到任苏州刺史,次年因病去职,正巧此时遇见刘禹锡。两位诗歌高手碰面,惺惺相惜,势必情感流露,吟诗作对一番。白居易送给刘禹锡一首七律《醉赠刘二十八使君》:

为我引杯添酒饮,与君把箸击盘歌。
诗称国手徒为尔,命压人头不奈何。
举眼风光长寂寞,满朝官职独蹉跎。
亦知合被才名折,二十三年折太多。

白居易与刘禹锡同岁,同肖鼠,而且二人皆长寿,寿过七秩,这在唐代实属难得。从这一刻起,二人频繁唱和,后人结集《刘白唱和集》。

刘禹锡读罢白居易赠给他的诗,立刻酬答了一首,即《酬乐天扬州初逢席上见赠》:

巴山楚水凄凉地,二十三年弃置身。
怀旧空吟闻笛赋,到乡翻似烂柯人。
沉舟侧畔千帆过,病树前头万木春。
今日听君歌一曲,暂凭杯酒长精神。

白居易在尾联说"亦知合被才名折，二十三年折太多"，刘禹锡的回赠诗开篇便接住白居易的话头，在情绪上将白居易的低沉之调延续："巴山楚水凄凉地，二十三年弃置身。"刘禹锡贬官地方，迁徙于朗州、连州、夔州、和州等地，均在巴楚范围内，所以他说"巴山楚水"；作者用"凄凉地"说明这些年的心境，一人孤悬远州，心境可想而知。至此，作者还嫌力度不够，用了一个"弃"字，加强被抛弃之感，进一步埋进心有不甘的情绪。

颔联作者用双典："怀旧空吟闻笛赋，到乡翻似烂柯人。""闻笛赋"即向秀的《思旧赋》，向秀在这篇赋中怀念好友嵇(jī)康、吕安。向秀路过旧时居所，太阳西沉，恰巧邻居有人吹笛，音高曲悲，向秀追怀旧日旧友旧情，写下此赋。赋不长，写得空灵感人，寄托物是人非的悲戚。刘禹锡借用此典，怀念二王八司马事件后死去的王叔文、王伾以及柳宗元等同僚。"烂柯人"出自南朝梁任昉(fǎng)的《述异记》，故事说晋人王质上山伐木，看见几个童子下围棋，一个童子给了王质一个像枣核的东西，让他放入口中，王质就不觉得饥饿。没过多久，王质起身，看见自己的斧柯已经烂没了，回到村里，已经没有同时代的人了。刘禹锡用此典故表达世事沧桑、转眼恍如隔世的感受。"空吟"，空唱；"翻似"，反而像。"空吟"对"翻似"，虚对实，音对像，颇见作者文字功力。

颈联情绪激扬，高音清越："沉舟侧畔千帆过，病树前头万木春。"这两句放在整首诗中非常突兀，似有不和谐之感，正是这种不和谐，使得刘禹锡这首诗如山脉之峰，具有了存在的意义。

这两句是全诗的灵魂，具有哲学思辨，又朗朗上口，所以流传很广。"沉舟"对"病树"，"侧畔"与"前头"，"千帆过"和"万木春"，对仗奇诡，意象新颖，既有即视感，又有深刻的社会学含义。千百年来，刘禹锡这一对仗工整、意趣横生的颈联，一直激励着后来人。

尾联收得实在："今日听君歌一曲，暂凭杯酒长精神。"刘禹锡与白居易首次会面，又是同龄人，加之身世同样坎坷，白居易的赠诗对刘禹锡不吝赞美和同情，这让刘禹锡感动，所以诗人说"歌一曲"，为酬答谢意，刘禹锡用"暂凭杯酒长精神"一句接受了白居易的劝慰。

我从小就喜欢刘禹锡的这首诗，尤其喜欢"沉舟侧畔千帆过，病树前头万木春"一联。其实年轻时并不能体会诗句中更为深刻的含义，后对照白居易的"举眼风光长寂寞，满朝官职独蹉跎"来看，忽然可以看见二人的性格，白居易的宽仁大度和刘禹锡的桀骜不驯。文人自有风骨，风骨自有不同。刘禹锡与白居易二人之所以被后世并称"刘白"，就是因为他们性格的互补，诗情的互映。

刘禹锡的《乐天见示伤微之敦诗晦叔三君子皆有深分因成是诗以寄》，诗名实际上是一个短序，说明诗人为何写这首诗。"乐天"是白居易的字。白居易将元稹元微之、崔群崔敦诗、崔玄亮崔晦叔三人相继去世的消息告诉了刘禹锡，并作悼亡绝句两首。此时刘禹锡在苏州任刺史，随即写了这首诗回赠寄白居易：

吟君叹逝双绝句，使我伤怀奏短歌。
世上空惊故人少，集中唯觉祭文多。
芳林新叶催陈叶，流水前波让后波。
万古到今同此恨，闻琴泪尽欲如何。

刘禹锡此诗行云流水，一气呵成，像急促说完一段话，不像慢悠悠吟完一首诗。这一点十分重要，这种情感表达的速度感非常难得，使人的情绪走在文学表达之前。

"吟君叹逝双绝句，使我伤怀奏短歌。"读完了你寄给我的这两首叹逝的绝句，我也一样伤感，并马上写诗表达我同样的情感。刘禹锡用"伤怀"二字，表示了他的同情；接着又用了一个"奏"字，表达自己的心情。"奏"本义为进，有递上进献之意，后引申为奏乐、演奏。首联使用"奏"字，给此诗定下了基本调子，要使自己振奋起来。唐卢仝（tóng）

松涧横琴图 元 朱德润

《有所思》中有句"含愁更奏绿绮琴，调高弦绝无知音"，刘禹锡希望他"奏"而有知音，首句的"奏"字隐藏了刘禹锡高迈的情怀。

紧接着的颔联："世上空惊故人少，集中唯觉祭文多。"对仗工整流畅，上下句意思连贯。上句写现象，下句写内心，上句实，下句虚；"空"比"惊"重，"唯"比"觉"深。颔联非常直白的表述，将诗人感性与理性一并流露，这种由生死无常而来的深切悲哀，对于经历过大起大伏、大灾大难的刘禹锡来说，已不算什么了。他也有悲痛——"故人少"；但他更多冷静——"祭文多"。这一少一多把刘禹锡的人生经历拖带出来，让旁观者看见一个自幼聪慧、进士及第、宦海浮沉、屡遭贬谪的大才子的自命不凡，豪气冲天。

又紧接着的颈联，成为千古绝唱："芳林新叶催陈叶，流水前波让后波。"无生僻字，不用典故，意象朴素之极，随手撷取随处可见的自然现象，凑成绝对。刘禹锡晚年又回苏州任刺史，苏州地理较洛阳偏南，物候不同。中国地大，南北方物候差异很大。以乔木而论，北方遇秋落叶，来年萌出新芽；而南方秋天叶暗，开春才缓慢由新叶替代。刘禹锡抓住了南方新叶替代陈叶的现象，写出"芳林新叶催陈叶"之句，一个"催"字，动态、心态、时态，三态合一，无字可以替代。这个字包含了紧迫、企盼、加速、索要，让自然界的新旧更迭由被动变主动之义。

我少时读此句读不明白，因在北方长大，以为树叶都是落叶而再生，哪里需要"催"？直到二十几岁时春天出差投宿苏州，次日清晨出门时仰头一望，满树老绿中嫩叶滋生，同样是绿，老绿沉暗死寂，新绿鲜亮盎然。我一下子就想起刘禹锡这句"芳林新叶催陈叶"，有醍醐灌顶之感。

颈联第二句"流水前波让后波"的景象更为普通，水流生波，波本无前后，但刘禹锡却看出了前后，不按常规句式——后浪推前浪，而用了一个"让"字，与上句的"催"严丝合缝地对仗。这一文学意象新颖奇特，前无古人。"让"字充满了谦恭、博爱、大度、宽容，承认自然规律的无情，尊重他人，更尊重自己。

"芳林新叶催陈叶，流水前波让后波"一联长久以来为学者欣赏，原因是刘禹锡诗中所包含的哲学思想。刘禹锡不仅是个诗人，还是个哲学家，写过哲学著作《天论》三篇。他的《天论》补充了柳宗元的自然观，承认万物之间的规律，这在晚唐十分难得。在天与人的关系中，他提出了一个观点："交相胜，还相用"，凸显了超越时代的先进意识。他有一段话概括得精彩："大凡入形器者，皆有能有不能；天，有形之大者也；人，动物之尤者也。天之能，人固不能也；人之能，天亦有所不能也。故余曰：天与人交相胜耳。"读懂刘禹锡这段话,对他诗中出现的富有哲学含义的诗句就不会惊奇,就知道诗人的诗句绝不是凭空而来,与他的修养、学识、襟怀、眼界等等息息相关。

"万古到今同此恨,闻琴泪尽欲如何。"尾联写得高亢不低垂。悼亡诗最易陷入悲伤之景,凄惨悲戚;刘禹锡却不然,回避常态,让诗性爽利,让诗情俊朗。从古到今,每个人遇到亲友故去都会有同样悲伤的心情,在此,刘禹锡不动声色、一箭双雕地用典——闻琴。

典故一,战国时,齐国孟尝君生活无聊,一日他叫乐师雍门周为他演奏,并问:你鼓琴能否令我生悲?雍门周说:臣能弹琴令其生悲者都是命运不幸的人,您生活优越,我无法令您生悲。孟尝君点头认可此理,雍门周却话锋一转:当您千秋万岁之后,坟墓上荆棘丛生,有牧童踏足而歌。众人皆云,当年孟尝君多尊贵啊,现如今也只是这个样子。孟尝君听至此喟(kui)然叹息,两眼含泪,雍门周于是引琴而鼓之,一曲终了,孟尝君悲伤落泪。

典故二,三国时嵇康将刑于东市,太学生三千请以为师,弗许。嵇康顾视日影,索琴弹之,这支曲子就是《广陵散》。嵇康将《广陵散》弹得悲壮激昂,围观者无不为之饮泣落泪,嵇康收琴长叹:死不足惜,可惜这《广陵散》要失传了。随后从容引颈就戮,年三十九。

刘禹锡借用双典，重重地发问：听完悲伤的曲子，泪也流干了，那我们又该如何做呢？这是一个不需回答只需思考的问题。刘禹锡实际上已在前面说了答案：新叶催陈叶，前波让后波；辩证地看待人生，自然地接受寿命，一个被称为"诗豪"的大诗人，即便伤怀，也要短歌。

刘禹锡宦海沉浮，一生达观；才大如海，精华不竭。《新唐书》对其评价为"素善诗，晚节尤精"。会昌元年（841年），刘禹锡加检校礼部尚书衔，这一年他已经六十九岁了。刘禹锡晚年生活闲适优渥，与朋友白居易、裴度等人常常交游唱和，吟诗作赋。朝廷可能也觉得对不起刘禹锡，他的官职一调再调，最后以太子宾客，正三品官职分司东都。会昌二年（842年），刘禹锡以七十岁高龄病逝于洛阳家中。朝廷为表彰其功绩，追赠户部尚书，荣光故里。所以刘禹锡又被称为"刘宾客"，亦称"刘尚书"。

南宋豪放派词人刘克庄对刘禹锡的诗风有一评价："雄浑老苍，沉着痛快。"从这一评价可见刘禹锡的诗风之豪，所以刘禹锡被称为"诗豪"。一个人豪是要有资本的，诗豪刘禹锡的资本是其品格高洁、性格刚毅，即便在贬谪的日子里，也与诗相伴：我躯七尺尔如芒，我孤尔众能我伤。我自幼喜欢刘禹锡，但并不知为何，中年以后方才知晓，心强方强，情豪则豪。

临流抚琴图 宋 夏圭（传）

拟古山水册（局部） 清 黄山寿

白居易

（772—846年）

多情立马人

《赋得古原草送别》
《冬至夜怀湘灵》
《长恨歌》
《琵琶行》
《勤政楼西老柳》

诗歌之所以在唐代繁荣昌盛，很大程度与唐代将作诗列入科举有关。科举在隋建立（607年），清取消（1905年），前后存在了一千三百年，可科举何时开考诗赋呢？据《旧唐书》列传载，"隋加诗赋"，但未说明考否。而据《新唐书》载，应为唐高宗开耀元年（681年）始考，"通文律者然后试策"。

《赋得古原草送别》是白居易（772—846年）的成名作。唐贞元三年（787年）白居易仅十五岁，此诗便是应考的习作。白居易祖籍山西太原，后迁居下邽(今陕西渭南北)。当时他捧着《赋得古原草送别》进入长安，算是人生地不熟。

白居易一入长安城就去拜谒顾况。顾况当时的身份是著作佐郎，是个半大不小的官。白居易诚惶诚恐地递上名刺，顾况盯着他看了许久才调侃说：最近长安米贵，居住在这里不容易。随即翻阅白居易递上来的习作，一上来就把顾况吓了一跳：

> 离离原上草，一岁一枯荣。
> 野火烧不尽，春风吹又生。
> 远芳侵古道，晴翠接荒城。
> 又送王孙去，萋萋满别情。

顾况阅后话锋一转：能写出此诗，居住在这里还是容易的。后来顾况就到处去说，发现神童了。白居易此后名声远播。此段故事有点儿像传说，其实不然。此故事出自唐笔记小说《幽闲鼓吹》，《新唐书·艺文志》及后来的《四库全书》等也都收录了。《幽闲鼓吹》是唐朝人张固搜集整理唐晚期的奇闻怪事集，本朝人记录本朝人相对可信，加之集中收录了二十五则故事，精华之选，多为珍闻，连《四库全书总目提要》都给予了评判："比唐人小说之中，犹差为切实可据焉。"这段故事与这首诗紧密地联系在一起，流传了一千多年。

《赋得古原草送别》的"赋得"二字是科举考试试帖诗的题冠，有点儿类似我们今天的命题作文。所以这首诗难以划分到唐诗中"送别诗"一类，有人认为这是一首咏物诗，甚至还有人认为这是"寓言诗"。凡此种种都不妨碍我们欣赏这首杰作。

"离离原上草,一岁一枯荣。"开篇切题,"离离"是个万能词,按辞书解释可以形容多种面貌:盛多貌,浓密貌,井然有序貌,旷远貌,明亮貌,清晰貌,隐约貌,若断若续貌,懒散疲沓貌,飘动貌,轻细貌,悲痛忧伤貌,等等。用"离离"形容春草,文学含义厚重复杂,不能一目了然,开篇就是大气象。

"一岁一枯荣",话简单却包含哲理,无论多么茂盛的草也有生命周期,秋枯春荣,一岁一尽,"一"字的重复使用,使之形成咏叹之势,让首联喜中带悲。

颔联为千古名联:"野火烧不尽,春风吹又生。"此联自然,如风似水,将上句"枯荣"作了深层次的阐述。"野火"与"春风"二词对仗,同为名词,意象大异,"野火"重在"野","春风"重在"春"。"野火"与"春风"本无关联,但在白居易的笔下,前者为主动转为被动,"野火烧不尽",后者为被动转向主动,"春风吹又生"。二者之间有一股力量相反相成。诗人将生活中观察到的自然物候做了高度提炼,优美流畅,一气呵成。

后两联作者将近处视线收起,拉出了大的视野。"远芳侵古道,晴翠接荒城。"色影唯美,天地广阔,形成了不可替代的壮美画面。"远芳"与"晴翠"两词皆为绿,但"远芳"之凝重,"晴翠"之欢快,多层次地描绘出它们与"古道""荒城"的关系。古道愈老,荒城愈废,就愈发体现原上草的生命价值。"侵""接"二字,运用绝佳,难以替换。"侵"字主动,"接"字被动,两者在视野中构建起立体的空间关系。可以想象一条在视线中远去的笔直古道,两侧的绿草缓慢向其中延伸;一座残破不堪的古城,让绿色由下向上不经意地衔接。古道为线状,荒城为点状,在点与线的布局中,满目晴翠,生机盎然。这正是白居易高于常人的地方。

尾联"又送王孙去,萋萋满别情"——说此诗不是送别诗是因为并没有送别对象。唐代许多著名送别诗中送别对象具体,王昌龄的《芙蓉楼送辛渐》,李白的《黄鹤楼送孟浩然之广陵》,王勃的《送杜少府之任蜀州》,王维的《送元二使安西》,都有送别对象,而白居易此诗的送别对象是虚拟的。换言之,诗人作诗本意未必是送别,而是借"送别"说事。但诗人用了一个使虚拟变实的"又",又送,继而"王孙"依然虚拟——"王孙"本指贵族后裔,这里借指朋友;或者连朋友都不指,只是一个虚的对象,借以说事。"萋萋满别情":"萋萋",草茂盛的样子,与开篇"离离"有共通之处;"满",充满,有溢出之感,此时此刻,这份溢出来的情感似乎不是对那个虚拟的"王孙"而言的,而是对天地而言,境界一下子就宽阔了。

玄宗贵妃奏笛图立轴 明 佚名

白居易在束发未及弱冠之年就写下《赋得古原草送别》一诗，诗文流畅不涩，立意高远率达，一炮而红。

白居易出身官宦之家，祖父白锽(huáng)任巩县县令，惜在白居易两岁时就去世了。白居易尚不记事时，祖母也已亡故。其父白季庚任徐州彭城县令，因与徐州刺史李洧(wěi)坚守徐州有功，升任徐州别驾。他出生时逢乱世，虽说"安史之乱"已平息，但藩镇割据，烽火连年。为避战乱，白父将其送至安徽宿州符离集安顿，白居易在此度过了安心的童年时光。这段安稳的日子对白居易很重要，他幼时打下了牢固的文学基础，加之从小就显示出过人的天赋，天生聪颖，过目不忘，张口成诵，十分吃苦用功，少时就有成人气，头发早早地白了。

十五岁时，只身闯荡长安，巧遇伯乐顾况，呈《赋得古原草送别》，一时轰动京城。但年轻出名并不一定未来就是坦途，白居易在长安居住了三年，最后被迫离开。直到唐德宗贞元十六年（800年），他才考取进士，踏入仕途，这一年他已经二十八岁了。

到了唐宪宗元和元年（806年），白居易到盩厔(zhōu zhì)（今西安周至）任县尉。某天，他与友人陈鸿、王质夫(wěi)结伴去马嵬坡附近的仙游寺，一路上这二人就劝白居易将杨贵妃与李隆基的爱情故事写成长诗。陈鸿是小说家，太常博士，他也在把这故事写成传奇小说《长恨传》；王质夫不入仕，隐居山野,他竭力怂恿白居易按乐府叙事诗形式将故事写出来。白居易思来想去,又将自己难以忘怀的爱情衔接起来,决定动笔写《长恨歌》。这一年白居易三十四岁,尚未结婚。

白居易有过一段刻骨铭心的爱情,持续了大半生。他年少时在宿州符离集居住,认识了邻家女孩湘灵,湘灵不仅长相可爱,还懂音律。这段青梅竹马的爱情大约持续到白居易十九岁,当时湘灵也有十五岁了,情窦初开,白居易作诗《邻女》描述她"娉婷十五胜天仙,白日姮娥旱地莲",真切刻骨地表达了爱意。

可惜白母竭力反对,湘灵得知后亦怕家门不配,高攀不上白居易,没有与其谈婚论嫁。此后几年里,白居易至少写了《寄湘灵》《寒闺夜》《长相思》三首诗,苦苦相思;直到白居易考上进士,恳切请求母亲同意婚事,但其母仍不同意;又过了几年,白居易再次向母亲请求婚事,母亲仍不松口,并举家迁居。白居易随后多年不婚,以示爱情,并为此写下多首感人的诗篇:《冬至夜怀湘灵》《感秋寄远》《寄远》等等。其中《冬至夜怀湘灵》写得感人至深:

yàn zhì wú yóu jiàn　　hán qīn bù kě qīn
艳 质 无 由 见,　　寒 衾 不 可 亲。
hé kān zuì cháng yè　　jù zuò dú mián rén
何 堪 最 长 夜,　　俱 作 独 眠 人。

小诗虽短,字字流泪,令人感同身受;尤其"何堪""俱作"二词情深意长,读之感慨万千。

元和元年,也许是上苍的安排,白居易经历了长达二十余年的感情折磨,尚未婚娶,在友人陈鸿、王质夫的反复撺掇(cuān duo)下,决定动笔写这个听说来的爱情故事,寄托自己的情思。唐玄宗李隆基与杨贵妃的爱情故事本身就具备戏剧要素,女主是男主的儿媳,被男主看上并施计令其出家,后又还俗,册立为贵妃。两人百般恩爱,口角不断仍缱绻(qiǎn quǎn),终未逃过命运之算,女主惹众怒被赐死马嵬坡。

故事虽传奇,但如何表达其内在意义并不容易。白居易深思熟悉后,写下八百四十言长诗《长恨歌》。

长恨歌 上卷(局部) 日本 狩野山雪

白居易开篇异峰突起，有态度，有玄机，以汉喻唐，借汉武帝比唐明皇。继而迅速入题，层层剥笋，刀刀入肉。

汉皇重色思倾国，御宇多年求不得。
杨家有女初长成，养在深闺人未识。
天生丽质难自弃，一朝选在君王侧。
回眸一笑百媚生，六宫粉黛无颜色。

首节八句一联一意，层层快速递进，不拖泥带水，迅速进入情节。作者隐去了唐明皇李隆基设局纳儿媳为妃的史实，而是将事情结果告知天下，杨家有女，天生丽质，一朝入选。这一节旨在突出杨贵妃的天然品质、单纯美丽，以及幸运降临。这里只在首句"汉皇重色思倾国"埋下深层伏笔，预示着这是一场爱情悲剧。

第二节亦为八句：

春寒赐浴华清池，温泉水滑洗凝脂。
侍儿扶起娇无力，始是新承恩泽时。
云鬓花颜金步摇，芙蓉帐暖度春宵。
春宵苦短日高起，从此君王不早朝。

长恨歌 上卷（局部） 日本 狩野山雪

这一节描写一个温馨的场景。以"凝脂"说明杨贵妃的皮肤出众,以"娇无力"的性感获得君王的怜爱,"云鬓花颜"把"春宵"陪衬得尽善尽美,所以君王"不早朝"就显得顺理成章。

诗人将杨贵妃天生的丽质和内在的性感置于华丽的环境与装扮之中,让君王神魂颠倒,继而放弃了部分政治权力。这一节的诗眼在于"不早朝"的表述,权力让位于爱情。这是个非常极端的例子,李杨爱情因此显得不凡。

第三节十六句:

承欢侍宴无闲暇,春从春游夜专夜。
后宫佳丽三千人,三千宠爱在一身。
金屋妆成娇侍夜,玉楼宴罢醉和春。
姊妹弟兄皆列土,可怜光彩生门户。
遂令天下父母心,不重生男重生女。
骊宫高处入青云,仙乐风飘处处闻。
缓歌慢舞凝丝竹,尽日君王看不足。
渔阳鼙鼓动地来,惊破霓裳羽衣曲。

这一节一步一步地让事态失控,作者借机说了重话:"遂令天下父母心,不重生男重生女。"在男尊女卑的帝制社会，这句话的讽刺分量可想而知。

　　作者在貌似祥和的奢靡气氛中，插入这样一句评语，显得游离而不配合；然后又没事一般继续渲染，把铺垫做足，让二人的爱情不管不顾，继而让天下无论人或景都成为君王爱情的陪衬。歌舞升平，纸醉金迷。

　　前三节构成《长恨歌》起因，故事有了，爱情来了，天下变了，人们都为此欢呼雀跃，希冀得到一份幸福，分到一份幸运；只有作者冷眼旁观，偶尔发出一声喟叹，既不像提示，也不像劝诱，只是客观冷静地剖析事因，不介入，不出局，若有似无地存在于故事之中。所有的悲剧都起于喜剧之中，喜至极处便生悲；白居易深谙此道，在没有任何预兆的情况下，事态已进入不可控阶段。

　　第四节十句：

九重城阙烟尘生，千乘万骑西南行。
翠华摇摇行复止，西出都门百余里。
六军不发无奈何，宛转蛾眉马前死。
花钿委地无人收，翠翘金雀玉搔头。
君王掩面救不得，回看血泪相和流。

杨贵妃出浴图 清 佚名

悲剧的转折似乎在一瞬间，史实也的确如此。自"安史之乱"爆发到唐玄宗出逃不过半年多，其实安禄山起兵月余就已攻入洛阳。作者将这一史实去粗取精，三言两语轻描淡写一笔带过，重点在描写叙述李杨悲剧一刻。

杨贵妃命丧马嵬坡，可以说是"安史之乱"的一个小小的节点，这个节点无碍于大局，对唐玄宗的爱情却是灭顶之灾。作者借史实"六军不发"委婉交代了杨贵妃的"马前死"，她被迫自缢（yì），好平息将士的怒气。

诗人将一地的名贵首饰做了展示，借以说出人与物同样的命运。最后同情地让君王掩面，既保持了君王的一段尊严，又体现了唐玄宗爱情的真实，让人唏嘘不已。

第五节八句：

黄埃散漫风萧索，云栈萦纡登剑阁。
峨嵋山下少人行，旌旗无光日色薄。
蜀江水碧蜀山青，圣主朝朝暮暮情。
行宫见月伤心色，夜雨闻铃肠断声。

这一节体现的是唐玄宗失去爱妃后的凄惨与无奈，到了四川后，触景生情，思乡思人心切，但却万般无奈。一代雄主，身为君王，也如同常人一样，见月伤心，闻铃肠断。

第六节二十四句：

天旋日转回龙驭，到此踌躇不能去。
马嵬坡下泥土中，不见玉颜空死处。
君臣相顾尽沾衣，东望都门信马归。
归来池苑皆依旧，太液芙蓉未央柳。
芙蓉如面柳如眉，对此如何不泪垂。
春风桃李花开夜，秋雨梧桐叶落时。
西宫南内多秋草，落叶满阶红不扫。
梨园弟子白发新，椒房阿监青娥老。
夕殿萤飞思悄然，孤灯挑尽未成眠。
迟迟钟鼓初长夜，耿耿星河欲曙天。
鸳鸯瓦冷霜华重，翡翠衾寒谁与共。
悠悠生死别经年，魂魄不曾来入梦。

此节作者最不惜笔墨，把唐玄宗回长安、回到旧宫时的气氛渲染写足。唐肃宗至德二年（757 年），唐玄宗告别长安一年半后返回皇宫，但此行已不再是皇帝身份，而是有名无权的太上皇了。

李隆基这一年已年逾古稀，失去杨贵妃又失去了权力，心如槁木，万念俱灰。回家的路上，在马嵬坡他专门去寻找了杨贵妃的埋葬地。作者在此处还是基于史实的，剩下的都是煽情的文学描述：君臣相顾流泪，默默无言，无非是渲染悲剧气氛；旧宫景色依旧，物是人非，无非是加强悔恨之意。

此节诗人多处使用对仗修辞手法，"春风桃李"说的是过去盛景，"秋雨梧桐"写的是现实状况；"鸳鸯瓦冷"说的是事实，"翡翠衾寒"写的是感觉。

在多层次多角度描写悲伤之景后，诗人写出了唐玄宗的心头之痛："悠悠生死别经年，魂魄不曾来入梦。"与杨贵妃分别一年了，为什么没有在梦中见到她呢？日有所思，夜有所梦，本应入梦来的杨贵妃，为何一次也没有来？是她的冤魂真的不想见唐玄宗了吗？

第七节二十句：

临邛道士鸿都客，能以精诚致魂魄。
为感君王辗转思，遂教方士殷勤觅。
排空驭气奔如电，升天入地求之遍。
上穷碧落下黄泉，两处茫茫皆不见。
忽闻海上有仙山，山在虚无缥缈间。
楼阁玲珑五云起，其中绰约多仙子。
中有一人字太真，雪肤花貌参差是。

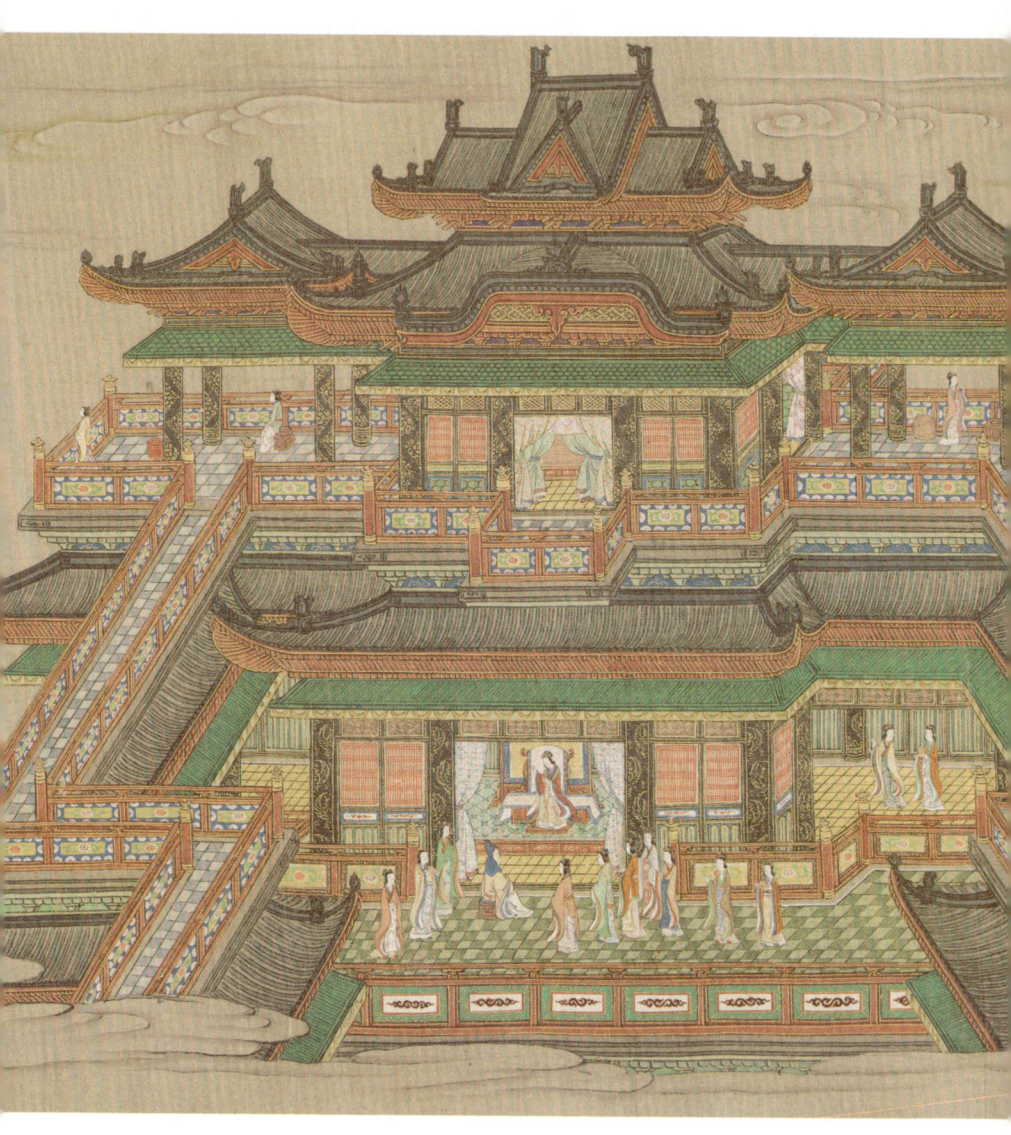

长恨歌 下卷(局部) 日本 狩野山雪

金阙西厢叩玉扃,转教小玉报双成。
闻道汉家天子使,九华帐里梦魂惊。
揽衣推枕起徘徊,珠箔银屏迤逦开。

从这一节开始,故事进入浪漫的想象,显示出诗人不同凡响之处。诗人借此抒发情感,说一些人世间不便说的话。先是请来的方士做法事,"上穷碧落下黄泉,两处茫茫皆不见"。法术有不灵的时候,但作者没有不灵的时候,"忽闻海上有仙山""其中绰约多仙子",有一个叫太真的仙女,"雪肤花貌参差是"。这个仙女可能就是杨贵妃,肤如凝脂,云鬓花颜;听说人间派使者来了,于是"揽衣推枕"走了出来。诗人在这一节极尽想象力,让天上仙境与地下人间尽可能吻合,好满足唐玄宗的心愿,也带给读者慰藉。

多情立马人 069

最后一节二十六句：

云鬓半偏新睡觉，花冠不整下堂来。
风吹仙袂飘飘举，犹似霓裳羽衣舞。
玉容寂寞泪阑干，梨花一枝春带雨。
含情凝睇谢君王，一别音容两渺茫。
昭阳殿里恩爱绝，蓬莱宫中日月长。
回头下望人寰处，不见长安见尘雾。
惟将旧物表深情，钿合金钗寄将去。
钗留一股合一扇，钗擘黄金合分钿。
但令心似金钿坚，天上人间会相见。
临别殷勤重寄词，词中有誓两心知。
七月七日长生殿，夜半无人私语时。
在天愿作比翼鸟，在地愿为连理枝。
天长地久有时尽，此恨绵绵无绝期。

诗人在长诗的最后一节不吝笔墨，大量描写细节，以细节维持住长诗的力度，从亮相时"花冠不整"的随意，到"霓裳羽衣舞"的具体。在写仙女杨贵妃时，作者让其处在半真半假、如梦似幻之间，既有"昭阳殿里"的恩爱，又有"蓬莱宫中"的虚无。在细节表达上，作者选择了可以拆分的金钗钿盒,一人一半,以物警人,相信天上人间还会相见。写了这些诗人还嫌不够,最后为唐玄宗捎去了一句誓词,这句誓词之感人,前无古人,后无来者。最后的誓词有三个层次。第一句嘱咐,完全是二人之间的约定:"七月七日长生殿,夜半无人私语时。"第二句誓言:"在天愿作比翼鸟,在地愿为连理枝。"中肯真诚;第三句则是《长恨歌》的主题:"天长地久有时尽,此恨绵绵无绝期。"

白居易作为唐朝的伟大诗人,在八百四十言的《长恨歌》结尾句用尽了最后一丝力气,将李杨悲剧写到极限,三层铺垫,主人公悔恨交加,最终说出"此恨绵绵无绝期"一句,振聋发聩,让《长恨歌》名垂千古。

这首抒情且半真实半杜撰的爱情诗篇,在中国文学史上分量很重,可以说,如果没有白居易的《长恨歌》,李杨悲剧在民间知名度就没有这么大。长诗以"重色"起,至"长恨"终;以现实起,至梦幻终。白居易让爱情故事融进了历史,融进了人情,融进了想象。这种亦真亦假的梦幻故事,文学感染力极强,具有崇高的审美意义。

唐宪宗元和十年(815年),铁血宰相武元衡当街遇刺身亡。白居易认为武元衡为国无私,惨遭刺杀乃国家之耻,遂上表主张严缉凶手。此举被朝廷认为是越职言事,加之白居易又因母坠井遭小人诽谤,当年被贬为江州(今江西九江)司马。

白居易愤懑而去，次年秋天，送客至湓(pén)浦口，偶然听歌女弹琵琶，于是感慨油然而生，写下了他的另一篇长诗《琵琶行》并序：

元和十年，予左迁九江郡司马。明年秋，送客湓浦口，闻舟中夜弹琵琶者。听其音，铮铮然有京都声。问其人，本长安倡女，尝学琵琶于穆、曹二善才，年长色衰，委身为贾人妇。遂命酒，使快弹数曲。曲罢悯然，自叙少小时欢乐事，今漂沦憔悴，转徙于江湖间。予出官二年，恬然自安，感斯人言，是夕始觉有迁谪意。因为长歌以赠之，凡六百一十六言。命曰《琵琶行》。

人物故事图册之浔阳琵琶（局部） 明 仇英

浔阳江头夜送客，枫叶荻花秋瑟瑟。
主人下马客在船，举酒欲饮无管弦。
醉不成欢惨将别，别时茫茫江浸月。
忽闻水上琵琶声，主人忘归客不发。
寻声暗问弹者谁，琵琶声停欲语迟。
移船相近邀相见，添酒回灯重开宴。
千呼万唤始出来，犹抱琵琶半遮面。
转轴拨弦三两声，未成曲调先有情。
弦弦掩抑声声思，似诉平生不得志。
低眉信手续续弹，说尽心中无限事。
轻拢慢捻抹复挑，初为《霓裳》后《六幺》。
大弦嘈嘈如急雨，小弦切切如私语。
嘈嘈切切错杂弹，大珠小珠落玉盘。
间关莺语花底滑，幽咽泉流冰下难。
冰泉冷涩弦凝绝，凝绝不通声渐歇。
别有幽愁暗恨生，此时无声胜有声。
银瓶乍破水浆迸，铁骑突出刀枪鸣。
曲终收拨当心画，四弦一声如裂帛。
东船西舫悄无言，唯见江心秋月白。
沉吟放拨插弦中，整顿衣裳起敛容。
自言本是京城女，家在虾蟆陵下住。

琵琶行（局部） 明 仇英

十三学得琵琶成，名属教坊第一部。
曲罢曾教善才服，妆成每被秋娘妒。
五陵年少争缠头，一曲红绡不知数。
钿头银篦击节碎，血色罗裙翻酒污。
今年欢笑复明年，秋月春风等闲度。
弟走从军阿姨死，暮去朝来颜色故。
门前冷落车马稀，老大嫁作商人妇。
商人重利轻别离，前月浮梁买茶去。
去来江口守空船，绕船月明江水寒。
夜深忽梦少年事，梦啼妆泪红阑干。
我闻琵琶已叹息，又闻此语重唧唧。
同是天涯沦落人，相逢何必曾相识！
我从去年辞帝京，谪居卧病浔阳城。
浔阳地僻无音乐，终岁不闻丝竹声。
住近湓江地低湿，黄芦苦竹绕宅生。
其间旦暮闻何物？杜鹃啼血猿哀鸣。
春江花朝秋月夜，往往取酒还独倾。
岂无山歌与村笛？呕哑嘲哳难为听。
今夜闻君琵琶语，如听仙乐耳暂明。
莫辞更坐弹一曲，为君翻作琵琶行。
感我此言良久立，却坐促弦弦转急。

> 凄凄不似向前声,满座重闻皆掩泣。
> 座中泣下谁最多,江州司马青衫湿。

《琵琶行》与《长恨歌》不同。《长恨歌》是白居易听来的故事,完全在想象中创作;而《琵琶行》则是作者的亲历,有感而发,所以全篇充满了现场感,声情并茂,物我交融。作者开篇的小序将事由交代清楚,不疾不徐,不温不火,没有居高临下,也没有玩世不恭,而是冷静客观叙述,寄予深情。

长诗开篇写事写景:秋日江边送客,偶遇琵琶女弹琴,请她出来相见,添酒重新开宴。诗人前十二句在写一个偶然,送客时偶然听到琵琶声,想起要与琵琶女相见。

紧接着,作者让琵琶女出场,一出场就与众不同:"千呼万唤始出来,犹抱琵琶半遮面。"这句名言早已超越诗之本身,成为后世广为引用的经典之句。

下面的二十四句都是描绘琵琶弹拨的场景,既有《霓裳》《六幺》的内容,又有"嘈嘈""切切"的音响。显然白居易对琵琶乐器及曲目熟悉,多处细腻传神的描写,比喻奇特恰当,处处别出心裁。作者抓住琵琶女的神情和动作,将其心事烘托写出,让人不在其间都有身临其境之感。

曲终人未散,琵琶女开始诉说自己的身世。作者用了二十六句,让琵琶女尽情释放。琵琶女把自己的过往身世和盘托出，或辉煌或不堪。夜深人静之时，唯有眼泪可以暂时慰藉。

诗人听完琵琶女的诉说，自己也有一肚子话，倾听与诉说都是落寞时需要的。作者最后用了二十六句将自己的身世与歌女联系在了一起，"同是天涯沦落人，相逢何必曾相识"，此句立意奇巧，成为千古绝唱，也是白居易的心声。

诗至结尾，在众人掩泣声中，诗人以"座中泣下谁最多，江州司马青衫湿"作为结语，表达贬谪在外的士人与流落他乡的歌女的共情。

《琵琶行》是白居易最重要的作品之一，某种意义上讲，它比《长恨歌》还重要，因为它是白居易人生履历中一个重要的环节。官场上荣辱得失司空见惯，做到宠辱不惊，去留无碍，方可完善人生。中国古代有贬官文化，官员升降乃家常便饭，几起几落时有发生，走仕途必须做好这个准备，否则无法为官。

白居易本质上是个散淡之人，兼济天下曾是他的人生理念。贬为江州司马之后，他渐渐转向独善其身；在后来的日子，他又升任知制诰(gào)、朝散大夫，连任杭州、苏州刺史，晚年任刑部侍郎，后以刑部尚书致仕，领取半俸。白居易知足常乐，闲散为生，把精力都用于诗歌创作，所以才有了唐代创作量第一的成就。

挟弹游骑图（局部）元 赵雍

唐穆宗长庆二年（822年），白居易年过半百，已到了知天命之年。这一年，他上书论当时河北的军事，朝廷不予采纳，白居易遂请求到外地任职。七月他被任命为杭州刺史，十月份到任，开始了他在杭州的仕途生涯。在离开长安前的某一天，他路过勤政楼，忽然看见楼的西侧有一棵半空的老柳树，风起柳动，顿生诗意，遂写下一首五绝《勤政楼西老柳》：

半朽临风树，多情立马人。
开元一株柳，长庆二年春。

勤政楼，唐代宫廷著名建筑，楼额题有"勤政务本"，因此得名。传说唐玄宗与兄弟友爱，为与兄弟同乐而建两楼：勤政楼与花萼楼。这座楼一说是唐玄宗用来处理政务的，建于开元八年（720年），位于长安城兴庆宫的西南角。勤政楼西侧有一株老柳树，柳树树干粗大，已呈空朽状。柳树空朽后往往还能生长很多年，粗干细枝、糙皮嫩叶是老柳树常有的状态，尤其一棵百年老柳树，苍老之态容易使人怜惜。

白居易抓住这一特性，开篇就写："半朽临风树。""半朽"，既是陈述事实，又是作者自喻。百年老柳尚有生机，而五十岁的白居易对官场的腐败不再抱有幻想，借势写下：

"多情立马人。"此话含义多层,先是肯定自己的抱负,再则留有一线希望,三则埋下伏笔,意蕴悠长;不仅与上句对仗,还巧妙地展现诗人的技巧。"半朽临风树,多情立马人",让静态之树呈现动态,让动态之人呈现静态,这一动一静,相反相成,构成一幅意味深长的图画。

后两句作者以反常规的写法,让小诗呈现大的格局:"开元一株柳,长庆二年春。"这两句依然对仗,奇特之处在于作者未使用动词和形容词,只使用了名词,让诗体莫名其妙地虽死犹活,虽空犹满,给人无尽的遐想。

从勤政楼落成之年开元八年(720年)算起,到长庆二年(822年)为止,时间过去了百年。大唐由玄宗开元盛极之世到中唐长庆无奈之时,这由盛而衰之间夹着"安史之乱",这不仅是大唐之痛,也是中国历史之痛,更是大唐盛衰的转折点。作者对百年沧桑的历史一字不提,用了两个时间点和一个物象,将其巧妙连接,充满了想象空间,点明了时代变迁重点。

《勤政楼西老柳》是我最喜欢的白居易的小诗,起收自如,隽永深沉,留给读者想象空间极大;写作技法上也不拘一格,几乎是无限制的留白,把可能的感情词汇压住不释放,能用名词的地方绝不使用其他词,只是"多情"一个词,就已让小诗充满了人情味。

不管诗人自喻，还是象征他喻，一株老柳见证历史的同时，也消耗着自己的生命。在这样一首仅二十个字的小诗中，作者写了哲理，有了史观，表达了美学含意，还有人文关怀。一株半朽的老柳，配上多情立马之人，拉开百年的时间跨度，"摅怀旧之蓄念，发思古之幽情"（班固《西都赋》）。一首貌不惊人的小诗，极为朴素的诗句，却有无尽的值得探讨的内容，应了汉代王充在《论衡》中的名言："入道弥深，所见弥大。"

白居易生于中唐，此时大唐的鼎盛已经远去。李白、杜甫的诗歌时代对白居易来说更像一个传说。中唐诗歌总体上务实平和，虽说是唐代诗歌的第二次高峰，但它与盛唐气象有着千差万别。中唐诗人有"元白"（元稹、白居易）、"刘柳"（刘禹锡、柳宗元）、"韩孟"（韩愈、孟郊），还有"大历十才子"，人才辈出，佳作频频，但与盛唐的诗歌气象还是难以比肩。

幸好有一个白居易，自有创作主张，尚通俗，重写实，让创作浅显易懂又真实可信。他留有大量的创作心得，创作的目的也非常明确，就是补察时政。"为君、为臣、为民、为物、为事而作，不为文而作也。"（《新乐府序》）这一思想在整个唐代都十分难得，所以白居易成为唐代位列前三甲的诗人，真真名至实归。

新旧《唐书》对白居易都有传,皆有评价,《旧唐书》:"就文观行,居易为优。"《新唐书》:"权势震赫,终不附离;为进取计,完节自高。"《唐才子传》评价白居易:"公诗以六义为主,不尚艰难,每成篇,必令其家老妪读之,问解则录。"这些评语对白居易而言并不重要,重要的是他创作的诗歌,长者如《长恨歌》《琵琶行》,短者如《勤政楼西老柳》,这些作品不仅是他创作技巧的体现,更是他埋藏在心底的心声。

白居易一生作诗无数,存世近三千首,占《全唐诗》约6%。以存世计,白居易诗的创作量之大,高居唐代诗人之首。次席杜甫、三席李白的存世之作加起来也不如白居易的多。白居易的诗后人评价不一,他又晚于李白、杜甫生活的盛唐,出生时两位大诗人均已谢世,但世人仍把白居易列为第三,张口就是李白杜甫白居易,可见他在人们心目中的地位。白诗通俗豁达,形式不拘,长诗小品皆有佳作,既有"诗魔"之称,又有"诗王"之称。尽管白居易认为入仕途可更好地为苍生呐喊,但他性情耿直,频繁上书惹恼皇帝,被贬谪江州(江西九江),当他发现不能为官报国之时,便更多地将目光转向百姓,体恤他们的痛苦,感受他们的不易,为苍生写诗。

白居易的创作题材广泛,喝杯酒、掉颗牙、做个书柜都

陪月闲行图 明 杜堇

会写诗记录，白诗可以看作一部个人视角的时代百科全书。白居易的创作长短都有，五绝没少写，歌行体的古风也不在少数。无论长短，白诗都有流传千古、琅琅上口之作。务实尚俗，"闲适胸臆"和"兼济天下"并重，是白诗的特点，正是这点深得百姓喜欢，白诗也因此被收录至历朝历代的各类诗集之中。

白居易活过古稀之年，晚年多病体衰，笑对人生，从某种意义上讲，白居易身体力行地做到了儒家对文人的标准："穷则独善其身，达则兼济天下。"

唐武宗会昌六年（846年）中秋节前夜，白居易在洛阳去世，享年七十四岁，葬于他常吟诗会友的洛阳香山，所以白居易还有另外一个称呼"白香山"。白居易去世后惊动了唐宣宗李忱，李忱还为白居易写了一首悼亡诗：

缀玉联珠六十年，谁教冥路作诗仙。
浮云不系名居易，造化无为字乐天。
童子解吟长恨曲，胡儿能唱琵琶篇。
文章已满行人耳，一度思卿一怆然。

说实话，皇上的诗写得真好，情真意切，总结到位，映照了白居易的一生。

山水册页（局部） 清 樊圻

李 绅

(772－846年)

春种一粒粟

《悯农二首》
《长门怨》
《答章孝标》

李绅（772—846年）新旧《唐书》皆有传，有关他的传说故事也多，但名气都超不过他的诗作《悯农二首》。他的"锄禾日当午"作为蒙童教材，不仅朗朗上口，更是形成了农耕社会千百年来的公共道德。悯农惜粮在古代常常作为一国之策。在漫长的农耕时代，民以食为天，连皇帝都要亲耕以示范天下。李绅身为传统知识分子，深深懂得这一点。

　　李绅，字公垂，祖籍亳(bó)州，出生于湖州乌程（今浙江湖州）。他的曾祖父李敬玄学问大，曾为皇太子李治侍读。他治学严谨，性格冷峻，随李治的成长一路高升，官至中书令。待李治即位后，李敬玄招妒，与刘仁轨交恶，刘仁轨略施小计，高宗就将李敬玄派去抵御吐蕃(bō)，结果大败被贬，一蹶(jué)不振。李绅的伯祖父李思冲，任左羽林将军，诛杀武三思失败后被杀。李绅父亲李晤，一生平凡，官至县令。李绅幼年丧父，读书时家族虽不怎么显赫，但衣食富足，读书成为他少年时代的主要生活内容。

贞元二十年（804年），李绅赴京应试，未中，一直在元稹宅借住。古人比今人好客，愿意留宿客人，元稹又比李绅小几岁，正陷入与崔双文的火热爱情之中。二人住在一起，没事就谈起这段爱情，李绅听后就写了《莺莺歌》，又催促元稹写了《莺莺传》。崔莺莺的传奇自唐始，历宋元到明清，对中国文学影响巨大，凡后世各类西厢故事的源头皆出于此。

两年后，李绅中了进士，补国子监助教。他想有一番作为，就辞职离京去了金陵，投入节度使李锜(qí)幕府做了幕僚，后来他发现李锜有谋反之意，明确表示了不满，李锜心狠手辣，立刻将他下狱。值得庆幸的是后来李锜被杀，李绅才得以自由，回到无锡惠山继续读书。

元和四年（809年），李绅再次返回长安，与元稹、白居易一起倡导新乐府运动，作《乐府新题》二十首。元稹随后和诗十二首，白居易将自己的五十首古诗亦改名《新乐府》。从某种意义上说，元白提倡的新乐府运动，最初发起者却是李绅，可惜李绅的二十首《乐府新题》全部散佚(yì)。

乐府诗来自民间，它天然的自由属性十分宝贵，从汉代古乐府到唐代新乐府，乐府诗都不回避社会矛盾，祈盼社会进步，各类社会题材，例如战争、徭役、贫穷，乐府诗都可以尽情表现。简单地说，乐府诗是现实主义的积极作品，反映同时代百姓的精神风貌。李绅的《悯农二首》就是这样：

其一

春种一粒粟，秋收万颗子。
四海无闲田，农夫犹饿死。

其二

锄禾日当午，汗滴禾下土。
谁知盘中餐，粒粒皆辛苦。

李绅的《悯农（其二）》质朴无华，浅白，在诗歌技巧上似乎并没有什么，但对社会的深刻认知使得这诗成为了汉语"格言"，这是最厉害、最有价值的。诗句衍生为成语的很多：李商隐的"心有灵犀"，李白的"青梅竹马"，常建的"曲径通幽"，白居易的"千呼万唤"，孟郊的"春风得意"，王勃的"物换星移"，等等；但一首诗无法删改而成为格言的，李绅的"谁知盘中餐，粒粒皆辛苦"独此一份。这不是因为写诗的技巧，而是因为李绅悲天悯人的情怀。

李绅与李逢吉为同榜进士，二人交往较多。一年，李逢吉回朝，李绅回乡，二人在亳州相遇，同登观稼台。观稼台是当年曹操在家乡推行屯田制所建，二人登台后远望着农夫在田里耕种。

李逢吉想着自己的仕途，吟诗曰："何得千里朝野路，

耕获图页（局部） 宋 杨威

累年迁任如登台。"意思是说如果升官如登台这么迅速就好了。李绅却为生民劳作所感动，写下了《悯农二首》。这是个流传久远的故事，十分能说明李绅早年为官时的内心。

读李绅的小诗，常常惊其之短，连《新唐书·李绅传》都说他："为人短小精悍，于诗最有名，时号'短李'。"白居易也写过"笑劝迂辛酒，闲吟短李诗"，可见"短李"名不虚传。

唐诗中的绝句属于短诗，它出现大大早于律诗，绝句的称谓大约在南朝就已出现。它的称谓有很多，比如"截句"，截取律诗之半。绝句实际还有古绝和律绝之分——严格按格律要求做的是律绝，宽松一点的是古绝。古绝受古代诗风影响至深。先是四句一个段落，这在《诗经》中体现充分，原因是民歌初始基本上就是四句一个章节，短小精悍，又有节奏。即便长诗，也是四句一章，形成吟唱快感。汉魏时期，绝句并未大发展，没有形成风格；到了晋，尤其南朝宋之后，诗人喜创作五言四句的小诗，演变到齐梁之时，四句一绝的小诗形态业已形成，当时称谓不一，还有"断句""短句"等等称谓。

唐绝句中，五绝早于七绝。初唐四杰以及沈、宋等诗人都有佳作。五绝由于字数太少，表达内容非常受限制，所以出佳作并不容易。王勃的《山中》《羁春》，杨炯的

《夜送赵纵》,卢照邻的《送二兄入蜀》,骆宾王的《于易水送人》,沈佺期的《寒食》,宋之问的《渡汉江》,这些五绝都是初唐诗人的佳作,从中可以看出初唐沿袭南朝诗风的痕迹。

五绝经过初唐盛唐的完善,到了中唐李绅这里,高峰期已过。盛唐李白、王维的五绝自不待言,双峰耸立;另有一位叫崔国辅的诗人以五绝著称,他写的五绝数量大,内容多宫闱儿女情,写得幽思委婉,颇受历代诗评家嘉许。所以史上将其与李白、王维两大家并称盛唐五绝的三足鼎立。

李绅所在的中唐,受初唐五绝滋润,受盛唐五绝的养育,虽无超越,但仍有建树,其中《悯农二首》以其人文关怀、忧患意识,一千二百年来颇受好评。这也是李绅早年士大夫兼济天下襟怀的某种回报。可惜李绅未能做到修身齐家治国平天下的儒家终身修为,晚年的某些行为世间颇有微词。

李绅在元和元年(806年)中进士第,壮年才入仕,心智优越。一路仕途虽有坎坷,甚至入过狱,但总体呈上升趋势,由刺史、节度使升为中书侍郎,同中书门下平章事,继而再次晋升为尚书右仆射,门下侍郎,封赵国公。

李绅最终官至相位,并居高位四年,后因中风辞位。

宫乐图 唐 佚名

会昌六年(846年),他病逝于扬州,享年七十四岁。这年龄在唐朝算是寿终正寝。但其官运亨通仍抵不上一两首小诗,让后人知道他的,还是他的诗作而不是官职。

李绅还有一首短诗,虽没有《悯农二首》有名,但写得颇具特色:

宫殿沈沈晓欲分,
昭阳更漏不堪闻。
珊瑚枕上千行泪,
不是思君是恨君。

诗名叫《长门怨》。"长门"本指汉代长门宫,在长安城南。汉代文学家司马相如受汉武帝失宠皇后陈阿娇百金重托,写就一篇骚体赋《长门赋》。司马相如以一个受冷落的嫔妃口吻写就,有景有情,感人感己。君王答应临幸,但天色已晚,还不见君王,嫔妃内心苦闷失落,"左右悲而垂泪兮,涕流离而纵横"。《长门赋》写得如泣如诉,细腻如脂,后来为同类题材作品之榜样。

李绅的《长门怨》即向经典致敬。首句起得沉重,"宫殿沈沈"是嫔妃的内心感受,整整一宿过去,天将亮了。"昭阳"即汉昭阳宫,赵飞燕所居;赵飞燕成为皇后以后,昭阳宫即为后宫正宫。"更漏",夜间计时器,听多了所以才"不堪闻"。

"珊瑚枕"一解为珊瑚珠串的枕头,一解为珊瑚色的名贵枕头。流了一夜的眼泪于枕上,为什么呢?李绅结束句写得高明,"不是思君是恨君"。

此句诗看似显白,实际上意思有双重。古诗云:"只缘感君一回顾,使我思君朝与暮。"含义明确;"叶下洞庭初,思君万里余。"上官婉儿写得含蓄清丽。而李绅第一层意思是以恨替爱,力度增加,读之怅然;第二层意思是恨而不得,恨是假恨,爱是真爱,语重心软,留有空间。这种诗意的表达非高手不能,直白的"短李",也可以是曲折多义的"短李"。

李绅在扬州时,一次遇到章孝标。章孝标父章八元,子章碣,三代皆为诗人,多首作品入《全唐诗》。那一年正赶上章孝标中进士,春风得意,诗兴大发,写了一首诗寄与李绅,《及第后寄淮南李相公绅》:"及第全胜十政官,金鞍镀了出长安。马头渐入扬州郭,为报时人洗眼看。"李绅年长章孝标一辈,实在受不了他趾高气扬的口气,遂和诗《答章孝标》：

> 假金方用真金镀，若是真金不镀金。
> 十载长安得一第，何须空腹用高心？

这诗写得浅白直露，也缺乏诗味，有点儿不顾及章孝标的面子。你说"金鞍镀了出长安"，我说"若是真金不镀金"；你说"为报时人洗眼看"，我说"何须空腹用高心"。李绅告诉章孝标，做学问必须吃得了苦，耐得住寂寞，不要一时成功就心高气傲。章孝标一见李绅的诗，立刻无地自容，拜谢赐教。

李绅中年以前廉洁为官，有关他的传说很多，"作书责龙"是其中之一。故事说李绅被贬端州（今广东肇庆），因天旱水路无水误到了康州（今广东德庆），地方官让他上贡给康河龙神，李绅不允，作书责龙显灵。

但当李绅人过中年、官至司空，他忘记了古训，生活开始奢华起来。唐笔记小说《云溪友议》中有记载，李绅发迹之前，常去一个叫李元将的人家里做客，进门就叫叔。待他发迹后，李元将反过来巴结他，自己称弟，李绅很不高兴；李元将又改口称自己侄，李绅仍不高兴；最后李元将被迫称自己为孙，李绅才勉强答应。

古人告诫说"罔游于逸,罔淫于乐"(《尚书·大禹谟(mó)》),李绅深知这道理,却不告诫自己。民间传说他喜食鸡舌,每餐一盘,需要宰杀三百只鸡,后院鸡尸堆积如山。李绅吃鸡时早已忘了"粒粒皆辛苦",后来许多参加过他的宴聚的诗人如韩愈、元稹、刘禹锡、李贺、贾岛等人都很看不起他。刘禹锡写过一首《赠李司空妓》,不动声色挖苦了李绅:"高髻云鬟宫样妆,春风一曲杜韦娘。司空见惯浑闲事,断尽苏州刺史肠。"

刘禹锡诗写得有意思。他在京城做监察御史,因性格直率,言无禁忌,受人排挤被贬,按说出言行文应该谨慎一些,但刘禹锡一向口无遮拦,笔法曲妙,我行我素。"杜韦娘",词牌名,原为唐教坊曲名,借指歌妓。李绅生活奢侈,大量蓄养歌妓,这风气在唐代盛行,许多大诗人都写过携妓出游、狎妓为欢的诗作。刘禹锡一语双关,杜韦娘既是词牌名、宴宾曲,又是一位妙龄女;这在李司空大人眼中见惯不怪,在其他人看来可是件让人断肠的事。"司空见惯"从此以后就成了成语,多带贬义。

华灯侍宴图（局部） 宋 马远

湖山春暖图（局部） 清 恽(yùn)寿平

崔 护

(？—831年)

人面桃花相映红

《题都城南庄》

桃花入诗入词在唐宋常见。唐人白居易的"人间四月芳菲尽，山寺桃花始盛开"；张志和的"西塞山前白鹭飞，桃花流水鳜(gui)鱼肥"；杜甫的"颠狂柳絮随风舞，轻薄桃花逐水流"；王维的"渔舟逐水爱山春，两岸桃花夹古津"；宋人苏轼的"竹外桃花三两枝，春江水暖鸭先知"；黄庭坚的"佳节清明桃花笑，野田荒冢只生愁"；陆游的"桃花落，闲池阁。山盟虽在，锦书难托"；秦观的"有桃花红，李花白，菜花黄"……

桃花在中国文化中含义多层。首先代表春天来了，"桃花春色暖光开"；其次代表青春爱情，"桃之夭夭，灼灼其华"；再次代表逃避世俗，"忽逢桃花林，夹岸数百步，中无杂树，芳草鲜美，落英缤纷"。桃木还与道教有关，可以辟邪，"总把新桃换旧符"。

唐代诗人崔护（？—831年），字殷功，博陵（今河北保定）人，是博陵望族崔氏后人。其生平事迹模糊，只知道他在贞元十二年（796年）进士及第；大和三年（829年）为京兆尹，后任御史大夫，岭南节度使。按说这人生经历已算丰富，但就是少见于正史记载，有关他的事迹多是民间传说。崔护有一首诗，只四句，却比人红，涉及桃花：

去年今日此门中，人面桃花相映红。
人面不知何处去，桃花依旧笑春风。

这首诗名《题都城南庄》，我看还不如就叫"人面桃花"呢！知道这诗的人大都不知道诗的名字，严格说这诗的名字是后人根据故事后加上的，并不是崔护诗的原题。故事记载在唐人孟棨的《本事诗》里。《本事诗》成书于唐僖宗光启二年（886年），这一年离崔护去世不过四十年，可信度较高。《本事诗》分为七部分，"情感"部分第一，崔护的"人面桃花"的故事就记录在这里。

崔护是博陵人，"资质甚美"，这里的"资质"指姿态容貌。但他"孤洁寡合"，很难与人沟通交往，按今天的话说，情商不高。

有一年清明，崔护自己一个人到都城长安南边游览，遇到了一户人家，占地不大，大概只有一亩地，花草丛生，也看不见人。崔护叩门很久，刚准备离开，有一位女子隔着门

山水书法册(局部) 清 高凤翰

缝偷看,并问了一句:谁呀?崔护先自报姓名,然后说:大好的日子,我一个人独自看看春光,由于喝酒口渴,能不能给口水喝?女子开门端来一杯水给崔护,让他坐在院中的马扎上,原文是"设床命坐",而自己却一个人倚在一棵正开着花的小桃树上,含情脉脉地看着崔护。这女子"妖姿媚态,绰有余妍",崔护看着美人,不知说什么好。两人相互看着,许久,崔护只好告辞,女子将他送到门口,好像一肚子话没说就返回屋里。崔护一步三回头地回了城,此后一年的时间里他再也没有来过。

第二年清明,崔护一下子想起去年的事情,"情不可抑,径往寻之"。结果是一切如故,只是大门锁上了。崔护想了想,就在大门的左扇门写上:"去年今日此门中,人面桃花相映红。人面不知何处去,桃花依旧笑春风。"

诗是按故事顺序叙述的。前两句就是去年发生的一切,精彩的描述是"人面桃花相映红",这句诗是崔护将去年的相遇提炼而成,"人面"即女子,桃红乃隐喻。南朝梁有个诗人叫刘遵,写过绮丽的宫体诗,其中就有"鲜肤胜粉白,曼脸若桃红"之句,这就让"人面桃花"一语双关,隐喻极深。后两句是崔护今年的感受,事隔一年,再次造访不遇,顿生几分遗憾,好在隔着院墙看见盛开的桃花依旧。崔护真实的故事就到此结束了,如果没有后来的故事,估计这首诗就淹没在唐代诗歌的大海之中了。毕竟崔护在唐代诗人中名气有限,《全唐诗》存诗不过区区六首。

但孟棨的故事后续得好。几天后,崔护偶尔又去了城南,"复往寻之",忽然听到院里有哭声,然后叩门问怎么回事。出来一个老者问:你是不是崔护?崔护点头,老者哭着说:是你杀了我的女儿。崔护听了,惊得说不出话。老者继续说:我女儿都十五岁了,成年了,知书达礼,就是没找到合适的人家。去年你走后,她天天恍惚若有所失,前几天出门回来时看见门上的题诗,进门就病了,然后几日水米不进,死了。老者接着说:我老了,就这么一个女儿,迟迟未嫁的原因就是想遇见个好人,将来把终身托付给他。可今天不幸死了,这不是你害死的吗?老者又扶住崔护大哭,崔护十分感动,就问老者:我能进屋看看她吗?然后二人进屋,女子躺在床上,崔护上前扶起女子的头,放在自己大腿上,哭着说:我在这里,我在这里啊!哭了没多一会儿,女子睁开眼,仅半天就完全康复了。老者乃改大悲为大喜,最后将女儿许配给了崔护。

孟棨在《本事诗》里的故事就讲到这里,凭感觉,故事后半段像是续上的,无论如何,算是符合中国人的传统审美习惯,皆大欢喜。再后来民间的故事就更加丰富了,给这女子取了名叫"绛_{jiàng}娘",崔家又依礼行聘,择吉日迎娶。后来绛娘贤良淑德，勤俭持家，孝敬公婆，亲邻和睦，夜来红袖添香，去崔护后顾之忧。终于在唐德宗贞元十二年（796年），崔护会试进士及第，后外放为官，仕途一帆风顺，官至岭南节度使。夫妻俩一生恩爱有加，不辜负"人面桃花相映红"一诗。

　　诗歌的文化力量在中华文化史上毫无争议位列第一。自先秦的《诗经》起，先贤们就知道"不学诗，无以言"，这甚至与"不学礼，无以立"并列。"人面桃花"的诗与故事一道，形成了唐诗的一道风景。崔护以一首小诗名扬天下显然不是偶然，因为诗中包含了太多的民族情感和生存理念，国人愿意将其中有关女子的部分发扬光大。桃花，一种普普通通的花卉，因人们赋予了它文化内涵，在某些时刻迸发巨大的能量。诗人们也会抓住这个机会：比如刘禹锡的桃花诗案。

　　刘禹锡贞元九年进士及第，任太子校书，一路仕途顺利。但到了贞元二十一年（805年）唐德宗驾崩后，刘禹锡的仕途开始走下坡，从顺宗到宪宗年间，刘禹锡牵扯进"八司马事件"，被贬朗州十年。

　　元和九年（815年），刘禹锡与柳宗元一同奉召回京，时值春天，他去长安玄都观，眼前盛开的桃花让他感慨，于是写下《玄都观桃花》一诗。刘禹锡写桃花无视滚滚红尘，骨子里的傲气按捺不住，十年贬谪，无伤刘禹锡锋芒。

人物山水图（局部） 清 金农

刘禹锡的态度再次得罪朝廷，二度被贬，至连州（今广东连州）任职，后在外又待了十几年。当他再回到东都洛阳时已是唐敬宗宝历三年（827年）了，在东都尚书省任职，次年又回长安写下《再游玄都观》："百亩庭中半是苔，桃花净尽菜花开。种桃道士归何处，前度刘郎今又来。"事隔十三年，桃花树没了，改菜花地了，刘禹锡用尽比兴手段，将桃花这一特定意象运用得恰到好处，前后呼应，形成完整的文学意境。

同样是两观桃树，崔护与刘禹锡各自不同，但都围绕着桃树这一特定的普通植物，展开了自己多彩的一生。而桃树此时不再是单纯的植物，而是充满人文情感的文化载体，不论是"人面桃花"带来的令人羡慕的爱情，还是"种桃道士"不能回避的官场险恶，都在桃树面前生发成长，最终结果。

没有文字记载崔护与刘禹锡曾有过交集，他们各有自己的生活轨迹，不管人生顺利与否，诗歌都是他们的精神支柱，都能给他们乃至读者以慰藉。想一想城南农家小院中孤独盛开的桃花，看一看玄都观中百亩成片千棵桃树，本来与人没有任何关联，由于诗人的创作，这些桃花不再是桃花，这些桃树也不再是桃树，而成了文化象征。

设色山水册（局部） 清 石涛

唐宋八大家以散文著称，唐代大家只列入韩愈和柳宗元，世称"韩柳"。柳宗元（773—819年）文高于诗，骈文百篇，散文繁杂，游记寓言政论杂文篇篇精彩，"写情叙事，动必以文"（《旧唐书》）。柳宗元因身世坎坷，陈情咏物都有个人影子，情感真挚，没有空言。

柳宗元的诗基本都是在他被贬之后写的。诗言志，故他的诗风统一，孤寂悲凉，愤懑声哀，如果不是这样，断然写不出《江雪》这样的诗句：

千山鸟飞绝，万径人踪灭。
孤舟蓑笠翁，独钓寒江雪。

往往普通人一生的不幸就只是不幸，但一个文学大家的不幸却可以呈现另一片天地：劳其筋骨，苦其心志，将才华释放。"投以空旷地，纵横放天才"，这是宋人欧阳修对柳宗元的评价，一语中的。

　　柳宗元生于长安，但祖籍是山西运城。运城唐时称"河东"，黄河流过包头之后就向南流了，运城临汾(fén)居黄河以东，故称"河东"。唐以后"河东"几乎成了山西的代名词。以地望后缀于姓是后世对文人的最高褒奖，柳宗元所以称柳河东，有《柳河东集》。"地望"原指士族大姓垄断地方选举等权力，后引申为一种尊称的方式，用地名称呼该地做出重大贡献的文人。地望分二类，一是姓加出生地，著名的有韩愈韩昌黎、米芾(fú)米襄阳、梅尧臣梅宛陵、王安石王临川等等；另一类是姓加成就之地，如贾谊贾长沙、孔融孔北海、陆机陆平原、岑参岑嘉州等等。而柳宗元两头都占，他既称"柳河东"，又称"柳柳州"，因他人生最后几年都在广西柳州度过，善事高垒，最终逝于任上，时年仅四十六岁。

　　唐顺宗永贞元年（805年），柳宗元和刘禹锡参与了永贞革新，试图抑制藩镇势力。但半年后永贞革新宣告失败，柳宗元先被贬为邵(shào)州（今湖南邵阳）刺史，赴任途中加贬为永州司马，刘禹锡亦被贬为朗州司马。这就是唐史上著名的"二王八司马事件"。八位有才华的官员被贬远州，几近闲置不用。唐代此时司马一职几无权力，类似顾问，白居易曾戏称之为"送老官"。

洞庭秋月 明 陈焕

永州位于今湖南南部，因潇湘二水在此汇合，又雅称为"潇湘"，唐代这里属于南蛮边远之地。柳宗元被贬此地仅半年，其母便因病去世。柳宗元随后在永州生活了十年之久，人生的创作大半在此完成。著名的散文《永州八记》即写于此；《柳河东集》计有六百余篇诗文，约百分之六十创作于永州。可见永州对柳宗元文学创作的重要性。

元和十年（815年），柳宗元接到诏书，命其立刻回京；柳宗元路途上赶了一个多月，才回到了长安。柳宗元应诏回京，本以为结束了贬谪生涯，但不承想宰相武元衡作梗。回长安月余仍不得志，再次被改贬柳州。柳州，位于今广西中部偏东北地区。从地图上看，以长安为起点，比永州路途还远，民风差异性更大。这对柳宗元的打击可想而知。

次年春，柳宗元的从弟柳宗一从柳州赴江陵，柳宗元写下这首《别宗一舍弟》送别其弟：

líng luò cán hún bèi àn rán　　shuāng chuí bié lèi yuè jiāng biān
零 落 残 魂 倍 黯 然，双 垂 别 泪 越 江 边。
yī shēn qù guó liù qiān lǐ　　wàn sǐ tóu huāng shí èr nián
一 身 去 国 六 千 里，万 死 投 荒 十 二 年。
guì lǐng zhàng lái yún sì mò　　dòng tíng chūn jìn shuǐ rú tiān
桂 岭 瘴 来 云 似 墨，洞 庭 春 尽 水 如 天。
yù zhī cǐ hòu xiāng sī mèng　　cháng zài jīng mén yǐng shù yān
欲 知 此 后 相 思 梦，长 在 荆 门 郢 树 烟。

起句即悲，"零落残魂"的意象已显悲悯，柳宗元更是辅以加倍的表达——"倍黯然"，让这一意象登峰造极；然后对句再次加倍，"双垂别泪"，送至江边，二人四目对视落泪，其情其景无法安慰。此时无言有泣，一切尽在不言中。"越江"，这里指柳江。

颔联震撼人心："一身去国六千里，万死投荒十二年。"这是柳宗元个人遭遇的具体表达，与一般写诗不同的是，此联表面上是个人经历的写照，深处却有灵魂呼喊。"一身""万死"，"去国""投荒"，"六千里""十二年"，一件件事交织在一起，让明白人听之战栗，糊涂者听之感泣。知柳宗元胸襟高远而被贬十二年者，会为之惋惜再惋惜；不知柳宗元为何写下如此苍凉之句者，也会肤如鸡皮，不寒而栗。这里数字的运用，"一身"对"万死"为虚，"六千里"对"十二年"为实，正是前虚后实，让读者对这具体数字产生了畏惧，继而转成一种莫名的震撼，肃然起敬。颔联写得非常有特点，但却无法让后人随心引用，不像杜甫的"丹青不知老将至，富贵于我如浮云"，李白的"抽刀断水水更流，举杯销愁愁更愁"，李商隐的"身无彩凤双飞翼，心有灵犀一点通"，刘禹锡的"芳林新叶催陈叶，流水前波让后波"……颔联不像这些名句，可以在生活中随时运用，只是柳宗元个人感受的完美表达，不具公众性，但这看似狭隘的个人表达，如此震撼人心，在唐诗中并不多见。

　　后两联写景入情："桂岭瘴来云似墨，洞庭春尽水如天。""桂岭"即广西。"瘴"指瘴气，古人认为是南方潮闷地区原始树林中由腐烂物生成的毒气，中医认为瘴能致病；《后汉书·南蛮传》记载更甚："南州水土温暑，加有瘴气，致死者十必四五。"而广西素有"瘴乡"之称，这让北方人谈瘴色变。柳宗元加入了心中感受："云似墨"，漆黑一团，这是有依据的。古人认为瘴分有形无形两种，有形者状如云霞，千变万化，无形者则来去无踪。对句"洞庭春尽水如天"，是送给弟弟柳宗一的，也是兄长的臆测。洞庭湖曾是中国最大的淡水湖，水波连天，一望无际，号称"八百里洞庭"。柳宗元站在柳江边，是多么向往八百里洞庭啊！言外之意，我只能留在此与瘴气为伍，还不知要等到哪一年。

　　尾联："欲知此后相思梦，长在荆门郢树烟。"柳宗元尾联写得悲切，以假设代替常态，"欲知"实际是欲不知，或者说不欲知。"郢"，楚国之都。他实际上是说在此一别，如果我想兄弟只能托梦了，但愿楚地美丽的树影如烟。柳宗元最后用了一个漫长的"长"表明自己没有信心，不知要在柳州待到何时，只能靠相思梦表达思念了。

孤舟蓑笠翁　117

这首表达骨肉离别之情的诗含义有双重。古人比今人重视骨肉之情,五伦之中,兄弟关系占重要一席,长幼有序,兄友弟恭,"孝悌(tì)"为做人乃至做学问的根本,这是第一层也是表层含义。第二层含义藏得很深,如果不知道柳宗元刚到柳州还不到一年的背景,如果不知道柳宗元刚刚结束了永州十年的贬谪,后再度贬至此地,是难以理解其内心世界的。

福祸相倚,如果柳宗元仕途平坦,在京为官,他断然写不出《永州八记》,写不出"九赋十骚",写不出《黔(qián)之驴》等寓言,写不出一百四十余首感慨悲寂的诗歌。所有这些都是天意,上苍给予他不幸的同时,又给予他施展才华的机会。如果没有这些,唐代文学史上柳宗元有多少成就就要另说了。

柳宗元二次被贬柳州后,仍风骨健劲,登柳州城楼时诗兴大发,写下一首著名的七言律诗,《登柳州城楼寄漳汀封连四州刺史》:

城上高楼接大荒,海天愁思正茫茫。
惊风乱飐芙蓉水,密雨斜侵薜荔墙。
岭树重遮千里目,江流曲似九回肠。
共来百越文身地,犹自音书滞一乡。

两江名胜图册（局部） 明 沈周

先说"漳汀封连四州刺史"。漳州,今福建漳州,漳州刺史指韩泰;汀州,今福建长汀,汀州刺史指韩晔(yè);封州,今广东封开,封州刺史指陈谏;连州,今广东连县,连州刺史指刘禹锡。这四州刺史皆因二王八司马事件再度贬谪远州,所以柳宗元在诗题中着重提及,使诗文充满了共情。

诗首联开阔,虚写景,实写情:"城上高楼接大荒,海天愁思正茫茫。""城上高楼"指柳宗元已登上的城楼。"大荒"泛指边远荒凉之地,在《山海经》中,"大荒"指向更远,指的是时空中历史的远方,简单地说,不仅是空间概念,还包括时间概念。起句运用时空概念,充满苍凉感。对句的"海天"不确指,柳州地处内陆,离海边最近也有三百五十公里以上,目力所及见不到海。"海天"是相对"大荒"说的,海天一线,茫茫不见;柳宗元用海天的意象表明愁思,虽目力不见,但"茫茫"存在。柳宗元登高远眺,思绪茫茫,他实际上在告知同伴,我们每个人的心境实际趋同。

颔联与首联反向表达,实写景,虚写情:"惊风乱飐(zhǎn)芙蓉水,密雨斜侵薜荔墙。""乱飐"本义是风吹物使其颤动;"芙蓉":荷花;"薜荔",一种攀援植物,无墙可攀时则匍匐于地。芙蓉和薜荔的文化意象在屈原的《离骚》中出现,柳宗元用之,寓意人格的高尚芳洁。作者用"惊""乱""密""斜"等字眼,喻社会之险恶、人生之坎坷,"乱飐"说的是无规律可循,"斜侵"说的是有规律可循,但对于我们这些被贬了又贬的同伴,只不过是需要正视规律和无规律,调整自己的心态罢了。

  颈联写得深沉:"岭树重遮千里目,江流曲似九回肠。""岭树"不仅是岭上之树,更是远观之景,如同"江流"不仅是江中之流,更是江水一体。山岭由于郁郁葱葱的树木连成一片,层峦叠嶂,让我纵有千里目也看不到你们几位同伴,江流蜿蜒,如同我心肠之苦涩。

  卢照邻写过:"试登高而极目,莫不变而回肠。"李白写过:"一叫一回肠一断,三春三月忆三巴。"白居易写过:"暗遮千里目,闷结九回肠。"李商隐写得夸张:"回肠九回后,犹有剩回肠。"文人所说的"回肠"不同于科学意义的人体回肠,形容的是人的情绪焦虑不安。早在南朝陈,徐陵在《在北齐与杨仆射(yè)书》就写过:"朝千悲而掩泣,夜万绪而回肠,不自知其为生,不自知其为死也。""九曲回肠"也很难表达作者愁思。从某种固定的角度讲,回肠是表达愁思最好的文学意象。早在战国时,楚国宋玉在《高唐赋》中就写道:"感心动耳,回肠伤气。"

海天旭日图（局部） 明 佚名

到了三国时期曹丕的《大墙上蒿行》则改写成："感心动耳，荡气回肠。"从此"荡气回肠"或"回肠荡气"成了成语，频繁使用了两千年。

尾联写得实在，强调共情："共来百越文身地，犹自音书滞一乡。""共来"是指柳宗元与题目中的四州刺史韩泰、韩晔、陈谏、刘禹锡四人，他们被贬远州百越之地。"文身"，即纹身，也叫刺青，是极为古老的习俗，少数民族尤甚，先秦常用于黥（qíng）刑，即在犯人脸上刺字。百越之地，民风古朴，流行文身，但在柳宗元眼中，属于文化异象之地，所以他在最后说"音书滞"。"音书"，音讯与书信，古人特别在意"音书"，原因是信息不发达，许多大诗人都表达过对音书的渴望，如宋之问的"岭外音书断，经冬复历春"，沈佺期的"白狼河北音书断，丹凤城南秋夜长"，杜甫的"汉江故人少，音书从此稀"，韦庄的"别来半岁音书绝，一寸离肠千万结"。"音书"在诗中多用于渲染愁思别怨的情感，柳宗元在此也是同样，他说，我们来到蛮夷之地，连我们之间的消息都是一样的阻滞，真是让人渴望。

柳宗元在《登柳州城楼寄漳汀封连四州刺史》一诗中，寄托了个人与众人之间的情感，诗格高洁，行文沉毅，诗歌表达技巧也强，"芙蓉水"和"薜荔墙"平面对平面,"千里目"对"九回肠",文学化的人体器官相对,妙趣微旨,幽邃难详。这些信手拈来的文学意象,显现出柳宗元超强的文学功底,继而演绎出超强的文学表达。在此诗中,柳宗元展现出的最大化的文学魅力仿佛风中香、水中盐,看不见,感觉得到;感觉得到,又不易说出。从文学角度说,这就到极致了。

柳宗元在此又生活了四年。元和十四年(819年),唐宪宗李纯大赦天下,在老臣裴度的反复劝说下,宪宗敕(chì)召柳宗元回京赴任,惜这一年冬柳宗元染恶疾未能回去,不幸逝世于任上,令人扼腕。柳宗元享年仅四十六岁,一代文豪就此陨落。柳宗元去世后,挚友刘禹锡苦心戮力为其编集《柳河东集》;韩愈甘心情愿为其撰写《柳子厚墓志铭》,其铭文周全精到,文采郁郁,历代文选多有采用,如北宋四大部书之一的《文苑英华》,宋代姚铉(xuàn)《唐文粹》,明代茅坤《唐宋八大家文钞》,清代吴楚材、吴调侯《古文观止》等不计其数的书籍皆有选用,甚至在邻国日本,该文亦风靡一时。

韩愈与柳宗元同朝为官,共同倡导古文运动,现今这场运动亦被称为"韩柳古文运动"。由于柳宗元积极参与永贞革新,韩愈却反对这次改革,二人由挚友成了政敌,柳宗元为此还写信给韩愈,用词讥讽,嫌韩愈做事瞻前顾

山水物件花卉册（局部） 明 陈洪绶

后，为官场不容。

柳宗元去世后，韩愈并不记恨，主动为柳宗元撰写了《柳子厚墓志铭》，行文夹叙夹议，颇为中肯，对柳宗元一生的不幸寄予同情，对他的才华与美德给予赞扬。文中最后提到，旧友同乡中书令裴度遵守承诺，为柳宗元身后回长安下葬出了全部费用。柳宗元能够受此哀荣，以及得到所有的朋友如刘禹锡、韩愈、裴度的无私帮忙，正是他人格魅力的具体体现。

拟古山水册(局部) 清 黄山寿

元　稹

（779—831年）

曾经沧海难为水

《遣悲怀三首》
《闻乐天授江州司马》
《一七令·茶》
《得乐天书》

元稹（779—831年）是个情种，江湖上有关这方面的传说很多。究其原因，是他情感诗写得太好，经典句子千百年来经久不衰："曾经沧海难为水，除却巫山不是云。"这诗句本应是他说给妻子的爱情誓言，可惜他妻子谢世没能听到。一千多年来，此句诗被到处引用，很多时候已超越了爱的范畴。

元稹身上流淌着鲜卑人的血液，其祖上为拓跋什翼犍（jiān），也是一代国君。惜至元稹这一代已过去十四代人，祖上再辉煌到此也已烟消云散。

元稹自幼聪颖过人，十四岁明经及第，这至少说明元稹记忆力超群，因为明经科考试拼的就是记忆力。元稹当年虽考中，但年纪尚少，一直无官可做，只闲居京城，闲来无事，作诗为乐。

贞元十九年（803年），他与白居易同登书判拔萃科，白居易年长他七岁，元稹位列第一，白居易位列第四。他们两人因此结下终身友情，唱和频繁，佳作无数。他们两人倡导"新乐府运动"，咏写时事，创作现实主义作品，史称"元白"，口号是：文章合为时而著，歌诗合为事而作。

有才少年闲来无事就会生情。元稹写过传奇小说《莺莺传》。小说这种文学形式到了唐朝产生变化，之前都是志怪小说，入唐后向传奇转变，半真半假，这半真半假正是小说成熟的表现。中国明清之后的小说，成功者大都半真半假。元稹创作《莺莺传》大概在贞元二十年（804年），那年元稹将故事讲给李绅听，李绅听后写了《莺莺歌》，元稹则写了《莺莺传》。崔莺莺的故事自唐流行数百年不朽，一直到了元大德年间，王实甫据此改编为杂剧《崔莺莺待月西厢记》，简称《西厢记》。《西厢记》的面世，对后来明清小说都产生过极大影响。

《莺莺传》实际上是根据元稹自己的一段情史而来的。他的第一个有私情的女人就是一个崔姓少女，名叫双文，是母亲的远房亲戚。那一年元稹寓居蒲州，遇见远房表妹崔双文，表妹"颜色艳异，光辉动人"，元稹一见钟情，巴结追求，写诗多篇，终于两人缱绻流连。一直待到谈婚论嫁之时，元稹欲回凤翔与老母商量，两人难舍难分，元稹离别诗有"行人帐中起，思妇枕前啼"的泣别场面，写得很动情，但他回去后就身不由己了。

西厢记（局部） 明 仇英

元母希望儿子走仕途，攀高枝；崔母急于让女儿出嫁。两人未果。这段爱情悲剧遂成就了流传千年的文学爱情之果，让痴男怨女悲中有喜，喜中有泪。

元稹在贞元十九年（803年）与京兆尹韦夏卿的小女儿韦丛成婚，老丈人欣赏女婿的才华，女婿也相信这婚姻对他的前程有所帮助。元稹虽才华横溢，但此时并未得志，娶韦丛算攀上了高枝。

韦丛自幼生长于富贵人家，知书达礼，下嫁元稹后无怨无悔，对丈夫体贴关心，对家庭任劳任怨，七年时间为元稹生下五男一女，家贫且清苦，其艰辛可想而知。元和四年（809年），元稹丁忧后擢升监察御史，而这一年，娴淑善良的妻子韦丛盛年因病而殁。元稹大悲，在妻子安葬之日，写下悼亡诗《遣悲怀三首》。

其一

谢公最小偏怜女，自嫁黔娄百事乖。
顾我无衣搜荩箧，泥他沽酒拔金钗。
野蔬充膳甘长藿，落叶添薪仰古槐。
今日俸钱过十万，与君营奠复营斋。

首句启用双典。"谢公"指东晋宰相谢安，最疼爱侄女谢道韫(yùn)，为其婚事操心，谢安把侄女谢道韫许配给王羲之的次子王凝之，用心良苦。可惜谢道韫与王凝之婚姻并不幸福。王谢两家在魏晋是望族，刘禹锡诗"旧时王谢堂前燕，飞入寻常百姓家"说的就是王谢两大家族。元稹用此典说妻子韦丛嫁他后生活清贫，百事不顺。黔娄为齐国贫士，元稹自喻。百事乖，"乖"字古汉语与现代常用意思相反，本义"戾也"，不和谐；乖气致戾，和气致祥。这句是说，韦丛自嫁与我后百事不顺心。

颔联继续上联的写照，写夫妻的平日生活小景："顾我无衣搜荩箧，泥他沽酒拔金钗。"看到我没有换洗的衣服，去翻检草编的衣箱；我央求着要喝点小酒没钱时，你拔下头上的金钗去换。前两联作者陷入生活缘起及琐事的回忆，颈联继续诉说："野蔬充膳甘长藿，落叶添薪仰古槐。""甘"是意动用法，以……为甘甜；"仰"意思是仰仗。此二字用得深透，颈联仍在描述韦丛的日常生活状态：把挖来的野菜做成菜肴，连长长的豆叶都食之甘甜；没有柴烧，捡树枝树叶全凭仗这些古槐树了。元稹笔下的夫妻日子平实，苦中有乐，在艰苦的日子获得心灵的满足，很能打动读者之心。

最后尾联："今日俸钱过十万，与君营奠复营斋。"此句写得突兀，与前三联似乎没有关系，但正是这种突兀感，让作者与读者从梦幻一般的情境中惊醒，落回到实处。我现在终于升职加薪，钱多了，可惜你却去了，我只好买些祭品来祭奠你了。古人非常注重为故去的亲人超度祭奠，形式感、仪式感都要做得到位庄重。"奠"这个字本义就是设酒以祭，寄托生者对死者的哀思。

其二

昔日戏言身后意，今朝都到眼前来。
衣裳已施行看尽，针线犹存未忍开。
尚想旧情怜婢仆，也曾因梦送钱财。
诚知此恨人人有，贫贱夫妻百事哀。

第一首回忆二人旧日旧情，第二首只说自己在妻子去世后的状态。开篇几近大白话："昔日戏言身后意，今朝都到眼前来。"夫妻一起生活融洽，能开玩笑说明两人亲密无间，夫妻之间如果不开玩笑，那关系可以势同水火。玩笑是人际关系的测试线，亲疏远近一个玩笑便知。夫妻的玩笑或许为"我走了或离开你如何如何"，不承想，一语成谶(chèn)，直白却又残酷。韦丛先于元稹早早去了，让作者无所适从。作者开篇虽白，却十分打动人心。

"衣裳已施行看尽，针线犹存未忍开。"你穿过的衣服都给人了，可你的针线箱我实在不忍心再打开。布施死者衣物可以缓解心中的压力，这个行为有其文化传统；女红对每个旧时妇女来说是必备之技能，几千年来，古人一般都是自己缝衣做鞋，针黹(zhǐ)是古代衡量女子是否优秀的标准之一。"针线犹存未忍开"也从另一角度说明韦丛心灵手巧。

接着是颈联："尚想旧情怜婢仆，也曾因梦送钱财。"颔联描述静态，颈联描写动态。我怀念夫妻旧情无处宣泄，只能将注意力转到婢仆身上，他们的举动我今天看来怎么那么可怜呢？！还有就是夜里常常梦见你，只好烧纸送至阴间让你能用。古人相信阴间，相信因果报应，注重阴骘。阴骘，即阴德，《淮南子·人间训》："有阴德者必有阳报，有阴行者必有昭名。"阴阳之间的转换在古人眼中妙不可言。

结尾处元稹发出总结的感叹："诚知此恨人人有，贫贱夫妻百事哀。"我也知道我所描述的一切，每家每户实际都一样，尤其贫贱夫妻更是如此，一旦永别，更为悲伤。理论上说，元稹与韦丛生活清苦只是相比较而言，他们夫妻毕竟是官宦之后，瘦死的骆驼比马大，再清贫也不是社会底层。元稹能有这层认知，对妻子有这份深情，已经十分难得了。

最后一首是组诗重点。

其三

闲坐悲君亦自悲，百年都是几多时。
xián zuò bēi jūn yì zì bēi，bǎi nián dōu shì jǐ duō shí。

> 邓攸无子寻知命,潘岳悼亡犹费词。
> 同穴窅冥何所望,他生缘会更难期。
> 惟将终夜长开眼,报答平生未展眉。

元稹写到此有点筋疲力尽了:"闲坐悲君亦自悲,百年都是几多时。"开篇便是亲人亡故后家人的常态,独自思念,悲从中来,既悲人又悲己,既伤时又伤心,人生苦短,为欢几何?

颔联再次用典:"邓攸无子寻知命,潘岳悼亡犹费词。"邓攸,西晋人,永嘉末年战乱中,舍子保侄,后终无子;潘岳,西晋人,妻亡作《悼亡诗》三首,心力交瘁。元稹用此双典的原因极其悲凉,他说邓攸无子、潘岳悼妻都是命运,凡事尤其生死一定有天命。

妻子韦丛为其所生五子皆亡,只存一女,古代社会有女无子即视为无后,尤其韦丛有可能是产后大出血而亡,这就让元稹心塞如堵,悲从心底来,且不绝如缕。他只好写道:"同穴窅冥何所望,他生缘会更难期。""窅",本义为眼窝沉陷;"冥",本义是昏暗。"窅冥"意为深暗。假如我们都在那昏暗的深深墓穴里,能有什么希望呢?来世再次结缘我想都不敢想啊。

三首悼亡诗写到最后,元稹写下千古名句,动人心魄,催人泪下:"惟将终夜长开眼,报答平生未展眉。"尾联感人至深,不虚不空,唯实唯满,将一个男人想对妻子说的万语千言凝炼成一句,变虚为实,万语千言是虚,一句表达是实。这悲愿不可以实现,但可以理解:一宿不合眼,仰天长看,只有悲凉到了极致才有此状态;看空中无物,思从前无图,只有这样近乎痴的状态,才能够对得起含辛茹苦的妻子。一声"报答"是无法报答,"平生未展眉"是言之极致,哀痛欲绝,催人泪下。

元稹的《遣悲怀三首》既是悼亡诗又是爱情诗,在悼亡中寄予深情,在爱情中深深悼念。元稹以组诗的方式,一诗一景、一诗一节地将他与亡妻的过去、现在、将来幻化成影,一幕一幕地交代给自己,交代给读者。对于文人,唯有文字能表达思想于万一;对于诗人,唯有诗情能释放情感于一刻。元稹的确是个情种,非情深意切不能长歌当哭,不种学绩文何以短诗疗伤。

人生情爱多有不幸:能爱时未去爱,一也;不能爱想去爱,二也;两者融为一体,三也。洛阳元稹元微之,长安韦丛韦茂之,二人结合,境逆情深,方留佳作三篇,此乃后人之大幸也。

元稹的诗叙事角度多见奇特,常常捕捉到生活中转瞬即逝,不易觉察的一刻;笔触细腻,诗中多有佳句:

qǔ cì huā cóng lǎn huí gù, bàn yuán xiū dào bàn yuán jūn.
取次花丛懒回顾，半缘修道半缘君。
lí sī qí sì
——《离思其四》

yán yǔ qiǎo tōu yīng wǔ shé, wén zhāng fēn dé fèng huáng máo.
言语巧偷鹦鹉舌，文章分得凤凰毛。
jì zèng xuē tāo
——《寄赠薛涛》

wǒ jīn yīn bìng hún diān dǎo, wéi mèng xián rén bù mèng jūn.
我今因病魂颠倒，惟梦闲人不梦君。
chóu lè tiān pín mèng wēi zhī
——《酬乐天频梦微之》

bái tóu gōng nǚ zài, xián zuò shuō xuán zōng.
白头宫女在，闲坐说玄宗。
xíng gōng
——《行宫》

元稹与白居易自贞元十九年（803年）开始交往，交谊颇深，终身为友。唐宪宗元和元年（806年），二人同年登科，更是以此为契机加深了交往；二人仕途亦有相似之处，都遭贬谪，惺惺相惜。情感上多同情对方，文采上多赞美对方，按白居易戏谑的说法是“文友诗敌”。二人和诗酬唱颇多，你来我往，各自展现才华，这些有感而发的诗歌，不仅为研究元白二人，也为研究大唐诗歌提供了绝佳素材。

元稹每当收到白居易的书信或赠诗时，都会记录或酬和，这些作品不仅展现他个人的文学才华，更体现了二人深厚的情谊，例如《闻乐天授江州司马》：

残灯无焰影幢幢，此夕闻君谪九江。
垂死病中惊坐起，暗风吹雨入寒窗。

元和十年（815年），白居易因宰相武元衡遇刺案"越职言事"，被贬江州司马。元稹某日闻讯，此时正值他的人生低谷。五年前，也就是元和五年（810年），因河南尹房式不法事，元稹未经奏报而擅自停其职务，被召回京师，途中与宦官发生冲突，被击伤。宪宗得知后，便以"元稹轻树威，失宪臣体"为由，贬其为江陵府士曹参军。

此后十余年，元稹仕途多蹇，困顿州郡，心存不甘。元和十年年初，元稹刚刚奉诏回朝，不料三月再次遭放逐，任通州（今四川达州）司马，秋季又患上疟疾，几乎死去。

大约就在这段难挨的日子里，元稹接到白居易被贬江州司马的信息，同病相怜，感同身受，遂开篇写物，以求托景："残灯无焰影幢幢。""残灯"，油即将耗尽，所以无焰。唐代灯多为油碗状，光亮程度与灯芯灯油直接相关，"残灯无焰"已是最后状态了；再加上作者用"幢幢"一词

夜坐图轴（局部） 明 沈周

描写晃动的灯影,只用一句就将屋内气氛写足。

紧接着就是对句:"此夕闻君谪九江。"对句与起句中间有了时间差,傍晚时分听到消息,此时已是深夜了,可见这不祥信息困扰了作者很久。

第三句饱满。"垂死病中惊坐起","垂死",大病;"病中",未愈;"惊坐",梦醒。连贯而用,造成略恐怖的氛围,有点儿惊魂未定的现场感。作者写到此,并未按常规交代所思所想,而是描述屋内屋外交织的一幕:"暗风吹雨入寒窗。""暗风",不知风从何处来,增添恐怖气氛;"雨入寒窗",加深凄凉之感。全诗到此戛然而止,让人浮想联翩。

元稹在这首七绝之中,展现了非凡的文学能力,叙事言情,言情写景,区区四句二十八字,让二人之谊、一人之景,体现得淋漓尽致。消息是不幸的,且二人皆有此类经历,同事同情同感。但被关怀是幸福的,白居易第一时间将自己的贬谪告知元稹,企望得到朋友声援,缓解内心苦闷;元稹第一时间写诗寄情,也是替朋友宣泄,寄予同情。以负面事端表达正面情谊,以精炼文字包含庞大内容,元稹的《闻乐天授江州司马》堪称典范。

唐代诗歌发展的最大贡献是出现格律诗。格律诗,又称近体诗,我个人认为格律诗的规则设定是唐诗大发展的关键。由于近体诗比古体诗多了平仄、押韵、对仗等限制,让

草亭诗意图卷（局部） 元 吴镇

唐诗成为可以比较技巧高下的文字游戏，进而加速了唐诗的成熟。所以形式感在唐诗中显得尤为重要。

在此之外，还有一些类型的诗强调形式美，比如一七令，又叫金塔词。这种形式感十足的诗是白居易首创的，题目就叫《一七令·诗》，这在宋人计有功的《唐诗纪事》中有记载。白居易的《一七令·诗》因其形式美，排列可呈现宝塔状，所以俗称"宝塔诗"。如下：

诗，
绮美，瑰奇。
明月夜，落花时。
能助欢笑，亦伤别离。
调清金石怨，吟苦鬼神悲。
天下只应我爱，世间惟有君知。
自从都尉别苏句，便到司空送白辞。

白居易创造的《一七令》形式感独特，故多有诗人仿写。元稹就写过《一七令·茶》，这首诗虽为文字游戏，但因内容为人所喜闻乐见，故在元稹诗作中颇受欢迎：

茶，
香叶，嫩芽。
慕诗客，爱僧家。
碾雕白玉，罗织红纱。
铫煎黄蕊色，碗转曲尘花。
夜后邀陪明月，晨前独对朝霞。
洗尽古今人不倦，将知醉后岂堪夸。

元稹的《一七令·茶》与白居易的《一七令·诗》比较一下，可以看出元稹略胜一筹。白虚元实，白浮元沉，白飘元稳。总之，元稹以茶入手，继而入情，再而入理，层层加码，收放自如；将中国文化中的"茶"由外向内、由表及里地完全展现。

元稹起首三句："茶，香叶，嫩芽。"客观冷静。紧接着两句："慕诗客，爱僧家。"语句倒装，感受奇妙，轻描淡写地说出了茶的精神。"诗客"为文化之代表，"僧家"为禅旨之替身，将茶与"诗"和"僧"衔接，体现的就是精神。下面"碾雕白玉，罗织红纱"落实到物质，形式感极强；白玉的茶碾，红纱的细箩，将茶之器展现，以物之高贵，陪衬茶之品质。"铫煎黄蕊色，碗转曲尘花。""铫"，唐宋时期流行的水器，石质的多，其他材质的少，铫于火上煎，所以"黄蕊色"。"曲尘"，本义是酒曲上所生菌，因色淡黄如尘，故名；这里借指茶汤，也有说指嫩柳的，因其色鹅黄。需要说明的是，此诗中展现的饮茶习俗已经由唐式向宋式过渡了，分析字句，初见端倪。碗转，转动茶盏可以观看淡黄色的茶沫。"夜后邀陪明月，晨前独对朝霞。"作者把笔触伸向饮茶景况，不管是多人赏月共饮，还是单人晨起看霞，茶都是精神寄托。最后一联，诗人不吝文字，说得高尚："洗尽古今人不倦，将知醉后岂堪夸。"一盏茶能够洗尽古今，还让人乐此不疲，又能醉后解酒。嘉言褒扬，由此可见茶的重要性，以及何以成为中国人的文化象征。

　　元稹的确是个情种。不论是与少女崔双文，还是夫人韦丛，抑或是才女乐伎薛涛，他都全身心投入，不掺假，不造作，他的爱情诗篇都可以为他作证。一千二百年来，元稹的情诗表达的已不再是他个人的情感，而常常化为社会某个时期共有的情感。"曾经沧海难为水，除却巫山不是云。"元稹近乎悲壮地描述凄美的感情，正因为如此，这些爱情警句对后世影响至深。

元稹在与朋友的交往中，依旧是个"情种"。他与白居易过从甚密，在交往的近三十年中，留下诗作数百篇，诗之真挚感人，情之深沉忘己，后人每每读之，仍感动不已。这种男人之间的情谊，在古代社会算是一个标杆。朋友有信，义气相投，肝胆相照，尤其双方落难之时，朋友报平安的信件都是心中的慰藉。《得乐天书》是元稹构思巧妙的一首小诗：

远信入门先有泪，妻惊女哭问何如。
寻常不省曾如此，应是江州司马书。

元稹此诗写信却不见信之内容，描写的是一家人接到信时慌乱的场面。这场面包含着元稹对白居易的无尽思念与担心。在收到的一瞬间，未看先哭，喜极而泣，妻女看见此情此景也在慌乱中询问：究竟出了什么事？她们知道，出现这样的情绪，收到的一定是白居易的来信。作者想表达的不是某种内容，而是某种情绪。这种情绪只有相交二十年的元白能够拥有，有了这种异样的情绪，才知社会生活中还有另外一种幸福。

大和五年（831年）夏秋之际，元稹得暴病死于任上，享年五十二岁，死后朝廷追赠尚书右仆射。白居易悲痛万分，亲自为其撰写了墓志铭。

松林扬鞭图（局部） 明 唐寅

秋林观泉图（局部） 宋 佚名

贾 岛

(779—843年)

僧敲月下门

《题李凝幽居》
《寻隐者不遇》
《题诗后》
《忆江上吴处士》

贾岛（779—843年）比孟郊小二十八岁，算是两代人，两人寿数差不多，都过了花甲之年。与孟郊的"诗囚"之名相比，他的"诗奴"有三分自愿。的确如此，贾岛的名句"鸟宿池边树，僧敲月下门"后来衍生了一个汉语新词——推敲，可见此诗句影响力之大。

贾岛家境贫寒，幼时生活无文字记载。他很早就出了家，僧名"无本"。据说他早年屡试不第，失意落魄才栖身佛门，取僧名"无本"就是无依无靠无根无蒂之意。本来贾岛想念一辈子佛，谁知生命中遇见一个贵人韩愈，在韩愈多次劝说后，贾岛还了俗。

贾岛喜欢佛门清静，这让他有时间思考，但他又嫌佛门清规戒律多，限制了他的自由，比如过午不食，日落则息。因而他有些抱怨地写道："不如牛与羊，犹得日暮归。"

贾岛在僧俗之间纠结，清净无为时向往凡尘烟火，红尘滚滚时又想回归佛门净地。他写过："海底有明月，圆于天上轮。得之一寸光,可买千里春。"(《绝句》)也写过:"十年磨一剑,霜刃未曾试。今日把示君,谁有不平事?"(《剑客》)这两首诗同出贾岛之手,很能说明贾岛的僧俗情怀。

在贾岛出家为僧的日子里,有一天他去寻好友李凝。李凝史上没有任何文字记载,应该也是位隐士,住处偏僻,树野草荒。天色已暗,他穿过一片荒地,恰巧朋友不在,他逗留了一会儿就返回了,路上很快吟了一首诗《题李凝幽居》:

闲居少邻并,草径入荒园。
鸟宿池边树,僧敲月下门。
过桥分野色,移石动云根。
暂去还来此,幽期不负言。

这类访友不遇的诗许多诗人都写过,譬如皎然和尚的《寻陆鸿渐不遇》,李白的《访戴天山道士不遇》,孟浩然的《洛中访袁拾遗不遇》,韦应物的《休假日访王侍御不遇》,等等。访友不遇诗最有名的可能就是贾岛这首,开篇平淡无奇:"闲居少邻并,草径入荒园。"与皎然首句"移家虽带郭,野径入桑麻"诗境差不多,由路途带景色,孤傲荒野,体现隐士人格。"邻并"即邻居。

唐诗意山水图册（局部） 明 盛茂烨

鳥宿池邊樹
僧敲月下門

驴背吟诗图轴（局部） 明 徐渭

颔联温情，缓缓推出："鸟宿池边树，僧敲月下门。"这不仅仅是贾岛的名联，还是唐诗中的名联。因为此联创造了一个词语——推敲。"推敲"一词今日使用普遍，在同义词中最年轻，琢磨、研究、思索、商量、斟酌等词都先于它。"推敲"的产生还得益于本诗故事。

贾岛即兴的小诗中本是"僧推月下门"，他觉得"推"字有些不妥，或许改为"敲"字更好。贾岛骑驴，一边反复做着推和敲两个动作，一边低头吟诵，正巧赶上京兆尹韩愈在仪仗队的簇拥下出行，人们纷纷避让，但贾岛只顾低头吟诗，慌乱中闯到韩愈跟前。韩愈问他为何乱闯，贾岛就把事情原委说了，韩愈思索了一下说："我看还是'敲'好。"从此贾岛与韩愈就交上了朋友。此事记录在唐五代笔记小说《鉴诫录》中。

这首诗中的"僧敲月下门"一句，到底是"敲"好还是"推"好，从那时起就一直有争论。《唐诗品汇》说："'敲'意妙绝，'下'意更好，结义又老成。"《唐诗镜》说："三、四苦而呆，绝少生韵，酷似老衲兴味。"《姜斋诗话》说："若即景会心，则或推或敲，必居其一，因景因情，自然灵妙，何劳拟议哉？"此句里的"推"与"敲"被讨论千年，正是其魅力所在。

路遇韩愈的故事若真，我认为韩愈是有道理的。理由一，"推"是主，"敲"是客，主客不能颠倒，贾岛去李凝宅做客，敲门礼貌一些；理由二，"推"失节奏，"敲"有节奏，敲需要有停顿间隔，推则顺路而来一气呵成，而节奏感的出现是诗之重点；理由三，"推"显寂静，"敲"有声音；声音的引进使内容立体。颔联起句"鸟宿池边树"表现的就是无声，强调寂静；对句"僧敲月下门"出声，打破上句寂静，抑或反衬寂静，达到更佳境况。从对仗要求上讲，上联表现画面，下联突出声音要素。此名联由此禅意十足，载入史册。

颈联："过桥分野色，移石动云根。"这是回去路上的感受。似乎天未完全黑下来，这会儿是秋天，所以野色斑斓。古人认为云触石而生，云动石移乃主观感觉，不是客观现象。作者非常注重心态，不遇仍要保持良好的心态，拥有此时的乐观，才能看见路上的风景。诗人用轻松的笔触、带禅意的心态让访友不遇变成一场生活中的修行。

最后尾联写出诗人心中之事："暂去还来此，幽期不负言。"前三联一直在写所见所闻，因为无人诉说，最后只能对自己说一句。对自己说似乎不需要过于确定，所以用"幽期"一词；但有一点确定——我一定会再来。贾岛与李凝什么关系，没有人知道，也没有任何文字记载，只留下这样一首小诗。

云山图 明 沈周

如果不是有"推敲"之句和韩愈介入的故事，这首小诗就是唐诗大海中的一粟；可人文参与的力量，让此诗此句此词载入中国文化的史册，某种意义上讲，这就是诗人、诗句、词语的命运。

贾岛还写过不少类似的诗，《寻隐者不遇》也颇有名：

sōng xià wèn tóng zǐ，yán shī cǎi yào qù。
松 下 问 童 子， 言 师 采 药 去。
zhǐ zài cǐ shān zhōng，yún shēn bù zhī chù。
只 在 此 山 中， 云 深 不 知 处。

这诗与贾岛的身份相符，信手拈来，充满禅味。在问答之间，云山雾罩，都是山中之人的生活常态，话语洗炼，情绪准确。尤其是"采药去"，"采药"就是治病救人之意，灵丹妙药是医治人身的，更是医治心灵的。此诗虽短，象征意味极强，把长篇对话极致压缩，多说一句即是累赘。

贾岛的小诗写得不少，尤其五绝，每每有意境，时时出佳句。除了前面列举的几首，还有《壮士吟》《送别》《送郑山人游江湖》《寻人不遇》《对菊》《寄远》等等。他这类小诗，寥寥二十字，读之可以拨动心弦，情满意足，感同身受。

贾岛有个同宗从弟，僧名无可，与他的僧名无本听着就沾亲带故。无可上人诗名与贾岛齐，诗文禅味足，他写过"共恨多年别，相逢一夜吟"（《同刘秀才宿见赠》）这样感人至深的佳句；还为其兄贾岛写过"听雨寒更彻，开门落叶深"（《秋寄从兄贾岛》）这样动人的景况。一次，无可上人欲南游去庐山西林寺，而贾岛正值应试落第，心中苦闷而不能同往，故在圭峰（今陕西西安鄠(hù)邑区以南）的草堂寺为从弟饯行，并写下《送无可上人》一诗赠之：

圭峰霁色新，送此草堂人。
麈尾同离寺，蛩鸣暂别亲。
独行潭底影，数息树边身。
终有烟霞约，天台作近邻。

首联交代地点、情景、事由，干净利索，不拖泥带水。颔联写得精彩，对仗奇巧："麈尾"对"蛩鸣"，一有形物，一无形声；"同"与"暂"，字眼充满了人文情感；"离寺"与"别亲"将物与人相对，惆然怅惘。颈联起句重点在虚，对句重点在实，"潭底影"之虚与"树边身"之实形成巧妙对比，写出了孤独寂寞和疲惫辛劳。尾联的烟霞之约成为与大自然山水的约定，可以理解为远离尘世、寻找心中净土之意。

在这首送给从弟无可上人的诗之后，贾岛又写了一首小诗《题诗后》，这诗题目不如诗句有名：

两句三年得，一吟双泪流。
知音如不赏，归卧故山秋。

　　首联名气大，凡喜欢唐诗的人不会不知道此联。对仗工整且不做作，面俗内雅，文浅意深。作诗之不易，难在得佳句。古往今来，流传久远不衰的诗句，理论上都是佳句。唐诗的佳句太多了，不胜枚举，但能把写诗的状态归纳为一句的，非贾岛莫属。此联是创作心得，更是写诗的道理，知易行难。贾岛这句诗不仅融进了创作之辛苦，更重要的是概括了创作之不易，全然仰仗天成，所以时间的长度必须足够。"两句""三年"，对比强烈；"一吟""双泪"，情感充沛。贾岛开门见山，把创作的感悟总结到位，表达顺畅，让人读之同感，赏之共情。

　　如果自己的知音不能够欣赏，贾岛说了重话：那我自己归隐山林，不再见人。其实，贾岛在表达一种情绪：他以诗人的身份，告知这个世界他的创作态度；继而态度就成为一种情绪，情绪是可以蔓延的。至少一千二百年来，贾岛创作中的"推"与"敲"，"得"与"流"，都在传达诗人的精神境界，令后辈高山仰止。

　　他的《题诗后》几乎成为诗人集体共鸣，让读者心向往之。吟诗作赋是文人的顶级思维劳动，其辛苦、其艰难、其偶然，须大诗人方有此悟。

　　郊寒岛瘦，贾岛之"瘦"不易释明。在文学的语境中，"瘦"有精干硬朗之意，比如"瘦劲""瘦健""瘦俏"等等。贾岛之瘦不过"去肥"而已。去掉多余的累赘，让诗风利索，让"瘦"不限于外表而是内心。贾岛的另一首诗《忆江上吴处士》就是这样的诗作：

闽国扬帆去，蟾蜍亏复圆。
秋风吹渭水，落叶满长安。
此地聚会夕，当时雷雨寒。
兰桡殊未返，消息海云端。

　　"吴处士"是吴姓隐居不仕之人，与贾岛交谊很深，开篇清晰可见。二人夏季雷雨夜分手，到了秋风起时贾岛忽然忆起，遂作诗思念。"闽国"指福建沿海一带，坐船去的。自从朋友坐船去了福建，这月亮圆了亏，亏了圆，由夏及秋，日子过得真快。

　　贾岛此时并无感慨，非常冷静客观地描述他所在的长安景况："秋风吹渭水，落叶满长安。"这是贾岛最有故事的诗联之一。据说他看见长安城里满地的落叶，先冒出"落叶满长安"一句，后苦于找不到上联，冲撞了京兆尹刘栖楚的仪

烟鬟秋色图（局部） 清 萧云从
（huán）

仗队,被抓起来关了一个晚上才把他放了。

这个故事记载在《太平广记》中。《太平广记》由宋初十二位文臣奉宋太宗之命编纂,取材汉到宋初的故事,全书浩繁,计五百卷,仅目录就达十卷之多。贾岛的故事收录其中,所以这故事不属于空穴来风,起码有些影子。

此联写时写景。两人分别已久,由夏入秋。落叶流水,一句两说:秋风起时,吹掠渭水,长安城中到处是飘落的树叶,一幅秋瑟之象。贾岛正是利用秋瑟之象来加强思友之意,接着跨越至前景:"此地聚会夕,当时雷雨寒。"送友人的情景历历在目,晚饭时雷雨交加。这个"寒"字用得巧,夏季雷雨最多凉爽,不可能寒;贾岛使用"寒"是此时此刻的内心感受,并非当时的肉体之感。

诗的最后贾岛未能脱俗,说出了心里话:"兰桡殊未返,消息海云端。""兰桡"本指船桨,这里代指船,你的船走了尚未归,一直没有消息,真让人惦念。全诗没有直白露骨的思念,不似李白"长相思,摧心肝",也不似李商隐"一寸相思一寸灰",更不似李清照"一种相思,两处闲愁"。贾岛之所以成为贾岛,就是去肥留瘦,去瘦留骨,让其诗语言朴素,风格朴素。正是由于贾岛在大唐奢华诗风中注入了苦涩诗意,愿意瘦骨嶙峋,他才写出众多的一流诗作。

花下作诗图(局部) 宋 马远

山水册页十二开(局部) 清 华岩

张 祜 hù

（约785－约852年）

两三星火是瓜洲

《宫词二首》
《集灵台二首》
《题金陵渡》

从诗的角度讲，张祜（约785—约852年）是个天才，与他同时代的人都知道他诗写得好，人称"张公子"，并有"海内名士"之誉。据说唐武宗李炎病重之时，问宠姬孟才人未来将如何，孟才人恳请为皇上歌一曲，当唱到"一声何满子"之句时，竟气亟(jí)肠断而死。"亟"本意为疾速，中医以之为症，《千金方》中有筋亟、脉亟、肉亟、气亟、精亟等症。由此可见，张祜诗的魅力，至情至深，至精至诚。

张祜，字承吉，清河（今河北邢台清河）人。清河张氏是隋唐时期的望族，由于张祜的家世显赫，加之个人性格耿介，不肯趋炎附势，不适合走仕途，他的一生也的确如此。张祜自恃有大才，所以不去习科举文章，唯一一次可能入仕的机会还叫元稹掐断了。

当时的宰相令狐楚很欣赏张祜。早年在唐宪宗时，令狐楚卷入党争，起起伏伏，到了元和十四年（819年）才入朝拜相，任中书侍郎、同平章事，手中有了大权。令狐楚才华横溢，五岁能文，早年唐德宗李适喜好文学，凡令狐楚的奏文必能认出，对他极为欣赏。令狐楚将张祜的诗整理出三百首，亲自起草奏章举荐张祜，他说：如今人多文笔放诞，没有宗师，张祜多年流落江湖，长久以来精于诗赋，风格罕有其比。令狐楚把张祜推荐给宪宗，希望朝廷能广纳人才，张祜也能人尽其用。

当时元稹正春风得意，宪宗很在意元稹的看法，就去问元稹：你看看张祜的诗赋写得如何？元稹从年龄上讲，基本与张祜同龄；从机遇讲，元稹刚刚度过两次贬谪，正呈上升状态；从作品上讲，二人旗鼓相当，张祜可能更胜一筹。可元稹心怀妒意，他对皇上说：张祜的诗是不错，但乃雕虫小技，心胸不够宽。最后他怕皇上生疑，说了致命的话：若皇上奖掖(yè)过分，恐怕会影响风俗教化。皇上听后沉思不语，不久后回复令狐楚，让张祜回乡了。

人得相信一点儿命运。在张祜、令狐楚、元稹三人之间，有一个东西叫"运"。三个人都是文学大才子，天生有"命"，但"运"就另说了。张祜仕途没运，仅一次就彻底断送掉了；令狐楚仕途有运，官至宰相；元稹的仕途四升四贬，运说不上好坏，五十二岁暴病死于任上，朝廷追赠尚书右仆射，白居易念旧情为他撰写了墓志铭。

张祜因祸得福,没在宦海畅游,就未遭遇风浪,寓居淮南作诗。一生写诗无数,《全唐诗》收录其诗三百四十九首,南宋初年蜀刻本《张承吉文集》十卷,收录诗四百六十八首。张祜的诗沉稳敦厚,挟逸士之风,这和他的身世显然相关。他的诗质量均衡,题材丰富,名篇佳作迭出,例如《宫词二首》:

其一
故国三千里,深宫二十年。
一声何满子,双泪落君前。

其二
自倚能歌日,先皇掌上怜。
新声何处唱,肠断李延年。

第一首知名度大,前面讲的唐武宗李炎听孟才人唱到肠断的就是这首《宫词》。"故国"即故乡;"三千里"泛指,代表家乡远而已;"深宫"即皇宫。"何满子",唐代教坊曲名,来历与唐玄宗有关。《新唐书·礼乐志》载:"玄宗既知音律,又酷爱法曲,选坐部伎子弟三百,教于梨园。声有误者,帝必觉而正之,号'皇帝梨园弟子'。"

女乐图轴(局部) 明 仇珠

民间传说天宝年间，有一个西域来的美女叫何满子，在梨园学习二十年，成为顶级歌手，却遭妒受诬入狱，判死即刑。刑前监斩官问她有什么要求，何满子说：只想唱人生最后一曲。监斩官答应后，何满子悲极而唱，曲调让人肝肠寸断。监斩官听后奏禀皇上，唐玄宗命其当面再唱，一听便知其冤如海，立刻赦免了何满子。而白居易记载此事："开元中，沧州有歌者何满子，临刑进此曲，以赎死，上竟不免。"可见历史没有真相。其实，免与不免都不妨碍"何满子"的音乐感染力。

张祜的这首宫词被选入《唐诗三百首》，列入五绝。此诗一反常态，两联皆对。"故国三千里"对"深宫二十年"，看似简单无奇，其实深有含义：背井离乡告别亲人的宫女，二十年深锁深宫，过着貌似奢华的生活，实际苦闷只有自己知道。"一声何满子"对"双泪落君前"属于宽对，"何满子"可以不看成词曲牌，拆解成"何——满——子"，我怎能满足呢？

关于这首宫词，与张祜同时代的诗人给予过评价。杜牧诗云："可怜故国三千里，虚唱歌词满六宫"；郑谷诗云："张生故国三千里，知者唯应杜紫微"。宋元明清大量诗歌引用此意，可见张祜"何满子"的影响力。

细细读之，就会发现诗人删繁就简，举重若轻，把所有可能的铺陈全部删去，只留下冰冷的数字和无情感的名词，让诗的空间充满了想象。"故国""深宫","三千里""二十年",错位衔接,虚数实感,让家乡与宫廷、距离与时间的陌生感饱含悲情,宫女的青春、亲情、自由、幸福等都在这深宫日复一日地消逝。这种大面积留白的写法难度在于提纯,张祜不仅做到了,而且力道透骨,无人能及。

下句的动态描写完整地对应了上句的静态叙述;"一声"吝啬之极,仅仅一声就"双泪"纵横,让心冷者发热,让无情者感动,让旁观者眶湿。张祜笔力如刀刻朽木,不讲含蓄,一刀见骨。故事不再重要,情感不再重要,重要的是人生,无论对皇帝还是宫女,这诗写的就是他们各自的人生。

其二虽不如其一有名,但依然写得精彩。歌者依赖自己的歌喉,赢得了皇上的怜爱,有人认为讲的就是本篇开头的故事,此说有争议。孟才人在武宗病榻前歌一声《何满子》,其音凄咽,闻者涕零。李延年,汉武帝李夫人之兄,以歌受宠,此处指唐宫廷能歌者。"新声何处唱,肠断李延年。"诗人借典说明故事,其意深刻。

《宫词二首》与所有宫怨诗不同,不在背后悲悲切切,不独自流泪怨恨,而是把不满发泄于皇上面前。"双泪落君前",直接表示自己的不满;"肠断李延年",不顾及可能的后果。正是这种最高强度的诗歌表达,让张祜的《宫词二首》绝唱千年。

张祜的《集灵台二首》也是两首小诗，与《宫词二首》不同之处在于《集灵台二首》是七言绝句。这组作品受历代诗评家赞赏，明人李攀龙的《唐诗训解》说"刺时还以蕴藉为尚"，明人唐汝询的《唐诗解》则说"此赋事实，讽刺自见"，清人王尧衢的《古唐诗合解》说"此诗讥刺太甚，然却极佳"，清人徐增的《而庵说唐诗》说得更直接："此讥刺太甚，因诗佳绝，殊不为觉。"诗评家们大约都认定这两首诗是讥讽唐明皇的，事实也的确如此。张祜写诗之际，唐玄宗已经谢世超过一个甲子，否则张祜断然不敢写这样口气的诗：

其一

日光斜照集灵台，红树花迎晓露开。
昨夜上皇新授箓，太真含笑入帘来。

其二

虢国夫人承主恩，平明骑马入宫门。
却嫌脂粉污颜色，淡扫蛾眉朝至尊。

虢国夫人游春图（局部） 唐 张萱

　　第一首不如第二首有名。"集灵台"即长生殿，在唐明皇的华清宫旁。前两句一派喜庆祥和，朝阳斜射，绿树红花。后两句说具体事，属倒叙，"上皇"指唐明皇。"授箓"，道教法事。"太真"指杨贵妃，其为道士时号太真，住太真宫。白居易的《长恨歌》"中有一人字太真，雪肤花貌参差是"说的就是杨贵妃。

第一首貌似写了祥和的宫廷讳事，实际在表达唐明皇的不安和杨玉环的刻意配合。作者只截取了"授箓"这一个片断，就将唐明皇为爱肆意大胆、不顾禁忌的行为展现出来，同时也将杨玉环聪慧讨喜的一面展露出来，一句"含笑入帘来"，风情万种，一笑百媚。

第二首是重点。虢国夫人乃杨玉环的三姐，杨玉环入宫得宠后，思念姐姐们，遂请求唐玄宗让大姐、三姐及八姐前来陪她。唐玄宗为讨好杨玉环，封大姐韩国夫人，封三姐虢国夫人，封八姐秦国夫人，并每月各赠十万脂粉钱。三姐虢国夫人夫君早亡，她亦有才貌，传言与玄宗有染，这更让她有恃无恐，势倾天下。

作者开篇单刀直入："虢国夫人承主恩，平明骑马入宫门。"看似平铺直叙，实际暗藏玄机。理论上虢国夫人与唐玄宗只是亲戚关系，"承主恩"三字含义重了，或者说作者成心说重了。"平明"，清晨；"骑马入宫门"也包含深意。骑马的行为在唐之前一直被视为野蛮行为，贵族出行必须坐车，这一礼仪自先秦一直到唐之前未变。盛唐开始，贵族骑马出行渐渐成为时尚，从出土的唐马装饰即可看出。虢国夫人本无权力，但她仍骑马出入宫门，表明身份的特殊，也说明行为的张扬。

重点在尾联。诗人将小诗的客观视角迅速变成主观视角："却嫌脂粉污颜色，淡扫蛾眉朝至尊。"这句借虢国夫人之口说的话深藏不露：玄宗给的十万脂粉钱不过是多此一举，我天生丽质无需浓妆艳抹。唐妆属于重妆，强烈鲜艳夸张，生活妆堪比舞台妆。唐妆还有一个特点，重眉不重眼，脸部化妆重点在眉毛，所以唐妆眉毛式样颇多：白居易诗"芙蓉如面柳如眉"，元稹诗"莫画长眉画短眉"，李贺诗"新桂如蛾眉"，徐凝诗"桃叶眉尖易觉愁"……由于唐妆重眉的特点，名见经传的眉妆就有：小山眉、三峰眉、垂珠眉、鸳鸯眉、分梢眉、涵烟眉、倒晕眉、指烟眉等等。张祜将小诗落笔在眉毛上绝非一时兴起，而是唐代的妆容风尚使然，也是虢国夫人的自信使然。

《集灵台二首》在张祜的诗中有特点：明褒暗贬，明扬暗抑；话轻事重，情轻心重；将唐玄宗与杨玉环的往事轻描淡写地诉说，漫不经心地表达了自己的态度。某种意义上讲，这也是张祜张公子的人生态度：对权贵冷眼相看，我行我素。

张祜一次出行宿镇江金陵津，见景生情，写下七绝《题金陵渡》：

jīn líng jīn dù xiǎo shān lóu　yī xiǔ xíng rén zì kě chóu
金　陵　津　渡　小　山　楼，一　宿　行　人　自　可　愁。
cháo luò yè jiāng xié yuè lǐ　liǎng sān xīng huǒ shì guā zhōu
潮　落　夜　江　斜　月　里，两　三　星　火　是　瓜　洲。

月夜拨阮轴 宋 马远

"金陵津"在镇江，长江南岸，"小山楼"应是作者投宿之地。"瓜洲"，长江北岸，今江苏邗江，与镇江隔江相对，历来是长江南北的交通要冲。诗人前两句交代地点事由，在长江南岸投宿，夜景虽美但愁，因不知明日前程如何。一个"自"字说明孤独愁绪乃古时远行者的常态；但是，下两句话锋一转，"潮落夜江斜月里"，"潮落"表示水势平缓，一派安谧，"夜江"加深了静谧的感受，"斜月"表示西斜的落月，张若虚的《春江花月夜》就有"斜月沉沉藏海雾"之句，可见诗人至下半夜仍未能入睡，愁绪绵长。即便如此，诗人仍探头远望对岸："两三星火是瓜洲。""两三星火"已经是少得可怜的渔火了，绝大部分渔船已经入睡，只有零星几人几船可能与诗人一样无法入眠。在这个普通难眠的夜晚，也有人和自己一样，而这正是诗人的心灵安慰。

　　此诗通篇扣住"愁"这一主题，将"愁"表现得唯美，用斜月沉沉、潮落水缓、夜江安谧、星火零落等文学意象包裹着一个行旅匆匆的游子之愁。夜之江面星星点点的渔火，一宿即离去的小山楼旅舍，待天色明亮的时候，这一切都会变成过往，让愁成为挂念而不是妨碍，让愁可以面对而去掉烦忧，让愁变成一种生活习惯而勇于去解决问题。张祜的《题金陵津》虽围绕一个"愁"字但不去纠缠，让天下人知道愁也有美丽的，愁也有魅力。张祜之愁在诗史上留下的不是愁闷，而是清新亮丽的一笔：两三星火是瓜洲。

书画十六开（局部） 明 王时敏

李 贺

（790—816年）

天若有情天亦老

《苦昼短》
《金铜仙人辞汉歌》

李贺（790—816年）字长吉，福昌（今河南宜阳）人，是公认的鬼才，有"诗鬼"之誉。在中国的诗歌史上，他可以说是继屈原、李白之后的第三位伟大的浪漫主义诗人。如果做更深层次的比较，诗鬼李贺的想象或许比诗仙李白更具浪漫色彩。他许多诗歌的角度之奇绝，只有先秦的《离骚》可以媲美。李白的浪漫多为大幅度夸张，"飞流直下三千尺"，"扶摇直上九万里"，而李贺的浪漫已超越了夸张这一修辞手法，天马行空："遥望齐州九点烟，一泓海水杯中泻。"在尚未认知地球与宇宙关系的唐代，李贺有这样的宇宙观，令人叹为观止。

李贺寿短，仅活了二十六岁，非常可惜。他由于长期抑郁，感受超级敏锐，长时间处在感伤的情绪之中，焦思苦吟，不幸英年早逝。天才往往就是感受与众不同，内心苦不堪言。他留下二百四十七篇诗文，许多诗歌写得奇诡，集鬼气、妖气、仙气、怪气于一炉，使人读之不寒而栗，不暑而蒸。

李贺生于中晚唐时期，当时近体诗已经完全成熟，但他几近拒绝写，所以今天能看到的李贺七言诗都是古体诗和乐府诗，无一首七言律诗。李贺擅于借古喻今，特别擅长乐府中的长短句，自由不羁，灵活多变。他的作品被后人称为"长吉体"。首先提出这一概念的是南宋人严羽，他在《沧浪诗话》中提出"李长吉体"，专指李贺诗作独特的风格。长吉体很难用一句话说清楚，它是李贺诗歌中的神话传说运用和怪诞华丽的语言风格创造出的异想天开的文学意境，他以悲冷凄苦的诗意语言表达他对这个世界的感知，传递不是常人所能有的情怀。

李贺从长相到经历都充满了鬼气。他出生于唐德宗贞元六年（790年），自幼"细瘦，通眉，长指爪，能苦吟疾书"。李贺去世后，与他相识的人都感到甚为可惜，大和五年（831年）冬天，杜牧为李贺的诗集《李长吉集》作序，李商隐为这本诗集写了《李长吉小传》。

小传写得不同凡响，李商隐并没有按照唐代一般墓志铭的格式，由生到死，最后赞颂，而是撷取李贺生活中的有趣片断，有叙有议。尤其李贺将要告别人世一段，写得令人汗毛倒竖：大白天一个穿红衣服的人，骑着一条有角的小赤龙，手持一版，上面书有太古篆字，来召唤李贺。李贺下床磕头说：这字我都不认识啊。我母亲老了，而且有病在身，我实在不愿去……红衣人笑着说：天帝刚建一座白玉楼，马上召你去为玉楼写记。"记"是一种散文体裁，《岳阳楼记》《醉翁亭记》都属这类文体。红衣人告诉李贺：天上生活快乐，不痛苦啊！李贺在一旁低声啜泣，所有在旁边的人都看见了。没多久，李贺气绝。他居住的屋子窗户冒出股股烟气，隐隐约约还有行车声和奏乐声。李贺的母亲马上制止所有人哭泣，等了好久，李贺最终还是升天了。李商隐在小传中又交代了一句，他写道：李贺的姐姐看着不像能编故事的人，这确是她亲身经历。

这段文字写出了李贺身上附着的"鬼气"。杜牧和李商隐都是晚唐时期的顶级诗歌大家，二人联手为年轻而殁的李贺作序作传，可见李贺的才气。李贺的才气乃江河泰岳之大才，属于"才而奇者"。这种"奇"体现在诗歌创作中，可以从名篇《苦昼短》看出：

飞光，飞光，劝尔一杯酒。
吾不识青天高，黄地厚，
唯见月寒日暖，来煎人寿。
食熊则肥，食蛙则瘦。
神君何在？太一安有？
天东有若木，下置衔烛龙。

吾将斩龙足，嚼龙肉，
使之朝不得回，夜不得伏。
自然老者不死，少者不哭。
何为服黄金，吞白玉？
谁似任公子，云中骑碧驴？
刘彻茂陵多滞骨，嬴政梓棺费鲍鱼。

首句就显出李贺的思路不同："飞光，飞光，劝尔一杯酒。"举杯劝酒的对象大多是人。李白诗"吴姬压酒劝客尝"，白居易诗"为我引杯添酒饮"，王维诗"劝君更尽一杯酒"，高翥诗"人生有酒须当醉"。也有对物不对人的，李白"举杯邀明月"，贾岛"对酒落花前"，陆龟蒙"杖剑对尊酒"，孟浩然"把酒话桑麻"。可李贺出手就是让酒面对飞逝的时光，还反复强调，"飞光，飞光"，重叠的呼唤造成紧迫之感，"劝尔一杯酒"，造成离奇之象。目的何在？李贺并不急于回答。

"吾不识青天高，黄地厚，唯见月寒日暖，来煎人寿。""天高""地厚"出自《诗经·小雅·正月》，"月寒""日暖"互文，说明日月运行，周而复始；一个"煎"字，使用精绝，"煎"与"熬"都是小火慢功，而煎有油高温，痛苦更大。

八十七神仙卷（局部） 唐 吴道子（传）

人的一生说长也长，说短也短，长可沧海桑田，短则白驹过隙，李贺将其过程说得痛苦："来煎人寿。"个人情感超逸，公共情感错愕。

"食熊则肥，食蛙则瘦"，古人以熊肉为上品，视蛙肉为粗食，李贺这两句是说，人生并无稀奇，其结果都是过程所致而已。

至此，李贺突然拦腰打住，沉重地发问："神君何在？太一安有？""神君"本为长陵一女子，因儿子夭折悲哀而死，显灵于她妯娌宛若身上。汉武帝时期，宫廷供奉神君，只闻其言，不见其人。汉武帝生病时曾向神君乞求长生（《史记·封禅书》）。"太一"，天帝的别名，亦称"太乙"；"安"，哪里。

李贺这一问无需作答，他笔走龙蛇，心游八荒，自问自答："天东有若木，下置衔烛龙。""若木"即神木，东方日出有扶桑，西方日落有若木，典出《山海经》；"衔烛龙"为传说中的神龙，衔烛而游，能照亮幽冥无日之国，典出《楚辞·天问》。

既然神仙们也保证不了人的寿命，那李贺只好亲自上马，"吾将斩龙足，嚼龙肉，使之朝不得回，夜不得伏"。只有这样做才能得到安慰，"自然老者不死，少者不哭"。李贺的诗句紧紧围绕着"苦昼短"这一主题展开,恨不得只有白天没有黑夜。古人天真,以为没有昼夜交替就不会有衰老,不衰老就没有必要"服黄金,吞白玉",乞求长生不老之道。道家的长寿之法在李贺眼中也是笑话。

李贺至此再一次发问:"谁似任公子,云中骑碧驴?"传说中任公子善钓鱼,后世用以代指有超能力的高士,典出《庄子·杂篇》。此典唐诗人多用之,李白诗"愿随任公子,欲钓吞舟鱼";张祜诗"任子偶垂沧海钓,戴逵虚认少微星"。任公子大饵拴五十头牛,钓得大鱼时"白波若山,海水震荡",这么牛的钓者你们有谁见过?

畅游到这里,在毫无兆头的情况下,李贺突然双脚从高空坠地,从太空神游中回到现实。他冷静地作了诗的结尾,令其戛然而止:"刘彻茂陵多滞骨,嬴政梓棺费鲍鱼。"刘彻,汉武帝,执政五十四年,修陵五十三年。汉后元二年(前87年),武帝葬于茂陵;汉昭帝始元三年(前84年)茂陵即被盗,刘彻遗骨被扔出,所以李贺说"刘彻茂陵多滞骨"。秦始皇十三岁即王位,在位三十七年,公元前210年,死于他第五次东巡途中。赵高说服胡亥秘不发丧,由于正值暑天,嬴政尸体腐烂发臭,为了掩盖臭味,胡亥命人买来许多鲍鱼装在车上,用此迷惑大家。"鲍鱼"乃咸鱼,《孔子家语》:"如入鲍鱼之肆，久而不闻其臭。"李贺用这样两个历史上的故事，搬出这两位顶级皇帝，实实在在地把前面那些神话幻想讽刺一番，一个想不死，一个想成仙，但死就是死了，皇帝也成不了仙，与常人无异。

李贺的《苦昼短》写得目中无人，飞扬跋扈，诗格高朗，寓意丰厚；其思路跌宕，构思巧绝，用典奇诡，择词突兀，铸成了李贺作品的经典。历史上对李贺文学才华评价均为上佳。《旧唐书》："其文思体势，如崇岩峭壁，万仞崛起，当时文士从而效之，无能仿佛者。"《新唐书》："未始先立题，然后为诗，如他人牵合程课者。……辞尚奇诡，所得皆警迈，绝去翰墨畦(qí)径，当时无能效者。"《唐诗评选》："长吉于讽刺，直以声情动今古。"《唐诗品汇》："天纵奇才。"

大约在元和八年（813年），李贺因疾病辞去了奉礼郎之职，由京城长安赴洛阳。路途中李贺心情不佳，家族没落，仕途多蹇，报国无门，只好踽(jǔ)踽而行。

此时离"安史之乱"的平定虽已过去了半个世纪，但此乱的重击对大唐是致命的，已经伤其筋断其骨。不仅大唐被"安史之乱"一切两半，甚至中华文明也被"安史之乱"划出一道裂痕，让胸襟开放的大唐悄悄关闭了心扉，对外来文化及势力充满了疑惑。李贺在国势与家门的双重压力下，百感交集，写下了《金铜仙人辞汉歌》：

魏明帝青龙元年八月，诏宫官牵车西取汉孝武捧露盘仙人，欲立置前殿。宫官既拆盘，仙人临载，乃潸然泪下。唐诸王孙李长吉遂作《金铜仙人辞汉歌》。

茂陵刘郎秋风客，夜闻马嘶晓无迹。
画栏桂树悬秋香，三十六宫土花碧。
魏官牵车指千里，东关酸风射眸子。
空将汉月出宫门，忆君清泪如铅水。
衰兰送客咸阳道，天若有情天亦老。
携盘独出月荒凉，渭城已远波声小。

李贺先以小序说明写诗意图。魏明帝曹叡（ruì），乃曹操之孙。青龙元年（233年），旧本又作九年，然而青龙并无九年，显然有误，而元年又与史实不符。据《三国志·魏书·明帝纪》载，魏青龙五年（237年）旧历三月改元为景初元年，迁徙长安铜人承露盘即发生在这一年。"宫官"，即宦官；"牵车"，驾车；"捧露盘仙人"，即铜制仙人，手捧铜盘玉杯，接承云表之露。将露和玉屑服之，以求仙道，这在汉代十分流行。因迁徙需要将铜仙人拆解，卸下铜盘时，仙人竟然潸然泪下。李贺遂作《金铜仙人辞汉歌》。

水涉无妨
且泊之西
风明月荻
参差君家
欣逸士诗
中画频为
郎中画
襄诗

此诗四句一转韵，为一小节，共三小节。头一节是喟叹，有感而发。"茂陵刘郎秋风客，夜闻马嘶晓无迹。画栏桂树悬秋香，三十六宫土花碧。"茂陵是指汉武帝刘彻的陵墓，刘彻写过《秋风辞》："秋风起兮白云飞，草木黄落兮雁南归。"汉武帝有这等才华、这等文笔，算是文武双全，他最后感叹道："少壮几时兮奈老何？"李贺开篇提及"秋风客"，不过是让人知道韶华易逝，人生易老。汉武帝这样的伟大人物也不过"夜闻马嘶晓无迹"，夜里还听得见他胯下奔马的嘶鸣声，早上起来却没有了踪迹。那画栏旁边的桂树还飘着香气，而长安城里的三十六宫只剩下一片苔藓了。

中间一节写得传神。将铜人拟人态地写活，一副离开汉宫时的凄婉之情。金铜仙人是汉武帝铸造的，到了魏明帝时已过去了逾三百年，这尊"高二十丈，大十围"的铜仙人被拆离汉宫，迁徙洛阳，后因"重不可致"，被迫留在了长安东边的灞桥。李贺的高明之处在于剪裁得当，将这一段掩去，只写了金铜仙人启程动身这一段。"魏官牵车指千里，东关酸风射眸子。空将汉月出宫门，忆君清泪如铅水。"官员指挥车子向千里之外的洛阳出发，刚刚出东城门，迎面刮来的酸风射进眼眸；天上的月亮和汉时无异，陪着我慢慢走出城门；我回忆起汉武帝来，泪水如铅，沉重无比。李贺完全不把铜人当铜人，而将铜人当仙人，拥有人的一切情感，可以看到天上的月亮，感受吹来的酸风，流下难过的眼泪。

最后一节四句已是想象了，融进了作者的情感："衰兰送客咸阳道，天若有情天亦老。携盘独出月荒凉，渭城已远波声小。"秋天兰花已老，故称"衰兰"。兰花在中国文化中是高洁典雅的象征，《孔子家语》："芝兰生于深谷，不以无人而不芳。""衰兰"的文学意象包含着萧索苦涩，白居易诗："前头更有萧条物，老菊衰兰三两丛。"王建诗："枯桂衰兰一遍春，唯将道德定君臣。"李贺将"衰兰"意象用到极致，以小别大，以低送高。所谓"客"即仙人，仙人居高位未必能知，故诗人喟然长叹："天若有情天亦老。"此声一出，四周寂静。诗人遂将景别缩小，将声音减量，让失落的情绪渐渐远去，最终消逝于画面之外。

李贺的《金铜仙人辞汉歌》叙事角度别出心裁，本是金铜仙人辞别汉宫，却成了衰兰留恋送客，主宾易位，铜人潸然泪下，兰草秋风生悲，旁观者则以"天若有情天亦老"一句扣题，让悲不限于悲，让情累加于情，方使此诗流传千古。

李贺最经典的故事莫过于他早慧的传说。他七岁时已诗文皆佳，大文豪韩愈听说后，携皇甫湜(shí)来探究核实。当他们看见李贺还是个小孩子，当即出题验证李贺有无真才实学，李贺不惊不慌，深施一礼，便援笔写了文学史流传千古的《高轩过》，惊得韩愈、皇甫湜连呼天才。当韩愈得知李贺避父讳不能参加进士考试，立刻撰文写了一篇《讳辨》，为其呐喊。

李贺诗歌出类拔萃，访天掬海，摘日牵月，探鬼却魅，拢仙敲怪，好诗好句太多，挂一漏万，但仅以下这些就足以占尽风光：

黑云压城城欲摧，甲光向日金鳞开。
——《雁门太守行》

男儿何不带吴钩，收取关山五十州。
——《南园十三首·其五》

黄尘清水三山下，更变千年如走马。
——《梦天》

秦王骑虎游八极，剑光照空天自碧。
——《秦王饮酒》

思牵今夜肠应直，雨冷香魂吊书客。
——《秋来》

我有迷魂招不得，雄鸡一声天下白。
——《致酒行》

随便拎出一句，都是唐诗丰碑。

山雨欲来图轴(局部) 清 袁耀

许 浑

（约791—858年）

山雨欲来风满楼

《咸阳城东楼》
《金陵怀古》
《秋日赴阙题潼关驿楼》

"山雨欲来风满楼",一句七言,气象万千,意境无限,让人过目不忘,过耳永记。以自然景象借喻社会状况,许浑四两拨千斤,一句成名。

许浑(约791—858年),字用晦,润州丹阳(今江苏丹阳)人。许浑是个非常严谨的人,一生只作律绝,不作古诗。律诗与绝句的创作,由于格律等方面有诸多限制,比古诗创作难度大很多。许浑一生作诗无数,现存仍有五百余首,在唐代也算是高产诗人,但他拒绝写古诗,乐府与歌行体一概不尝试,这在唐代诗人中非常罕见。

许浑执着于律绝创作,尤其是律诗。他的律诗写得十分圆熟,对偶句也精确。清朝田雯的《古欢堂集·杂著》对他评价甚高:"声律之熟,无如浑者。"

许浑常年陷于诗的工整追求,有人批评他说:"甚凝练,气未深厚。"(清李重华《贞一斋诗说》)无论后人对许浑如何评价,许浑成就斐然,有目共睹。许浑诗句中极喜写水,

山雨欲来图轴　明　张路

故后人总结说:"许浑千首湿,杜甫一生愁。"与诗圣并肩受评,对晚唐诗人许浑来说真是莫大的荣誉。

许浑在唐文宗大和六年(832年)进士及第,四年后的开成元年(836年)冬,许浑应岭南节度使卢钧之邀,到南海做了他的幕僚。卢钧不是等闲之辈,唐宪宗元和四年(809年)进士,唐文宗时官至左补阙,以争辩宰相宋申锡之狱而名声大噪。《旧唐书·卢钧列传》评价他"践历中外,事功益茂",唐宣宗李忱赞扬他"长才博达,敏识宏深,蔼山河之灵,抱瑚琏之器,多能不耀,用晦而彰"。卢钧历官文宗、武宗、宣宗三朝,唐懿宗时以太保致仕。

许浑跟着卢钧做幕僚,眼界开阔,做事谨慎,后因病乞归。由于身体原因,许浑仕途断断续续,在润州(今江苏镇江)、睦州(今浙江建德)、郢州(今湖北钟祥)任职,晚年回到润州丁卯桥村闲居,所以他晚年编的诗集叫《丁卯集》。

大致在唐宣宗大中三年(849年),许浑任监察御史,在一个秋天的傍晚,偶然登上了咸阳城东楼,看着万千气象,想着古往今来,感慨油然而生,写下《咸阳城东楼》:

一上高城万里愁,蒹葭杨柳似汀洲。
溪云初起日沉阁,山雨欲来风满楼。

niǎo xià lù wú qín yuàn xī　　chán míng huáng yè hàn gōng qiū
乌 下 绿 芜 秦 苑 夕 ，蝉 鸣 黄 叶 汉 宫 秋 。
xíng rén mò wèn dāng nián shì　　gù guó dōng lái wèi shuǐ liú
行 人 莫 问 当 年 事 ，故 国 东 来 渭 水 流 。

　　起句气势如虹，定下基调。咸阳，旧城在今西安西北方，汉时亦属"长安"一部分。隋以后向东南移了二十里建新城，即隋唐长安城。古代少有高大建筑，登楼与登山一样，是为数不多可以远眺的活动。

　　许浑起句主题呼出，一句"万里愁"为此诗先定下调子。对句话锋一转，貌似温柔，实则强悍："蒹葭杨柳似汀洲。"蒹葭，芦苇；杨柳，柳树——两者作为文学意象入诗已久。"蒹葭苍苍，白露为霜"凄婉惆怅；"昔我往矣，杨柳依依"缠绵伤感。汀洲，水边小块陆地为"汀"，水中小块陆地为"洲"，这句意为俯瞰远处很有家乡的感觉。这样的描写加重了"万里愁"的深层次表达。

　　颔联精彩之极，对仗严谨工整："溪云初起日沉阁，山雨欲来风满楼。"溪，磻(pán)溪；阁，慈福寺阁。南近磻溪，西对慈福寺阁，视野极度开阔，白云红日，高城危楼。

　　上句云起日沉，下句雨来风满，自然之象饱满；上句注重视觉感受，下句完全是触觉感受。可以想见许浑登高远眺之时，心事浩茫那一刻，云龙风虎，气象飞动。雨快来还没有来之时，风先来了，不仅来了，还饱满扑面，充沛足量，

金陵四季图手卷（局部） 明 魏克

让人充分享受。雨前风这一自然现象每个人都遇到过,但把它记录笔端,融入诗中,写出"山雨欲来风满楼"之句的,只有许浑。

颈联:"鸟下绿芜秦苑夕,蝉鸣黄叶汉宫秋。"此联唯美。古往今来,秦朝皇家禁苑唯见草绿鸟飞,汉朝宫殿园林只有晚秋蝉鸣;这里,"秦苑""汉宫""绿芜""黄叶","鸟下""蝉鸣",都可以互文见义。许浑写得纵深,告诉听者,历史就是这样,不管多么伟大严酷的结果,时间也会抹去一切痕迹。

最后作者吐露出心声:"行人莫问当年事,故国东来渭水流。"秦汉长安与隋唐长安并不完全在一块土地上,隋唐长安向东南移了二十里,以至唐代咸阳城与唐长安城隔渭水相望。"莫问"是劝诫之语,诗人登高凭吊,知兴亡,知更迭,知天下百姓之疾苦,晚唐出现的颓象他们已感觉到了。秦也好,汉也罢,都已成历史,不变的只是渭水长流。

许浑写这诗大约已近花甲之年,人生已过大半,世事沧桑、世态炎凉都已有切身感受。这首诗在他的创作中或许没有什么特殊之处,但"山雨欲来风满楼"一句成了经典,大凡改朝换代,只有这句诗能让人有所感悟,有所准备。

登临高处诗兴大发,唐诗名篇多矣:李白登凤凰台,崔颢登黄鹤楼,陈子昂登幽州台,王之涣登鹳雀楼,钱起登望山台，杜甫登岳阳楼。而此刻许浑登临咸阳城东楼，凭吊秦苑汉宫的衰败，抒发忧国伤时的情感。全诗情景交融，眼界高远，读之心胸开阔，心意满足。

"金陵"为南京的古称，尽管南京城的古代称谓很多，但都没有"金陵"的古雅大气。战国时期的公元前333年，楚威王熊商在石头城筑金陵邑，"金陵"称谓源于此。五百多年后，三国吴孙权在此建都，金陵遂成为南方最重要的政治经济文化中心。截至唐朝，金陵曾为六朝都城，东吴、东晋、南朝宋齐梁陈。古文献上说的"六朝"就是指定都金陵的这六个朝代，有时代指金陵。

由于朝代更迭频繁，金陵故事颇多，诗人多在此登临凭吊。唐宋元明清乃至民国以来，以《金陵怀古》为题留下诗词的诗人不胜枚举。唐代除许浑外，李白、刘禹锡、司空曙、吴融等，宋代王安石、周邦彦、王珪、李纲、晁补之、梅尧臣等都在此凭吊，留下诗篇。

大和八年（834年）前后，许浑游历江南，来到金陵。许浑中举时已逾不惑之年，对事物对人生的看法已非常成熟。许浑的《金陵怀古》写得老到：

山水图册（局部） 清 朱耷

玉树歌残王气终，景阳兵合戍楼空。
松楸远近千官冢，禾黍高低六代宫。
石燕拂云晴亦雨，江豚吹浪夜还风。
英雄一去豪华尽，惟有青山似洛中。

  明末清初的文学批评家金圣叹对许浑的《金陵怀古》有一评语："分明大物改命，却做儿戏下场。"金圣叹才大如海，狂放不羁，他的文学评论多出精彩议论，不落窠臼。仔细品味金圣叹的这段评语，似乎可以感受一点点"儿戏下场"。许浑开篇提及的《玉树后庭花》本为民间情歌曲名，南朝陈最后一个皇帝陈叔宝沉湎声色，依律填词。传说陈朝灭亡之时，后主陈叔宝正与爱妃姬妾玩乐，唱着这支曲子。《玉树后庭花》随后被视为亡国之音。杜牧的"商女不知亡国恨，隔江犹唱后庭花"用的也是这个典故。

  许浑首联起句仅一句就给了总结："玉树歌残王气终"，"玉树歌残"说的就是陈后主被灭的时刻，"王气终"是结局。"景阳"，南朝宫名；"兵合"，兵马集合；"戍楼"，边军驻防瞭望楼，"戍楼空"意为无人防守了。前联作者将六朝中的最后一朝毁灭的瞬间做了总结，满目狼藉，人马消散。

  颔联从现场宕开，极目远眺："松楸远近千官冢，禾黍高低六代宫。""松楸"泛指树木，特指墓地之树；"千官冢"

山雨欲来风满楼 211

说得委婉深刻。古代的朝廷是靠官员支撑的，作者的意思是说这些支撑朝廷的官员也不过代代相替，逃不过死去的命运。"禾黍"（shǔ）泛指粮食；"六代宫"指六朝宫廷。对句用了"高低"一词，表明民之赖以生存的粮食不过长势高低丰歉而已。

这一联看似离题，说得也轻松，实际上诗人举重若轻，用"远近""高低"说历史的变迁，说"千官冢"和"六代宫"证明辉煌只会一时，终将成为历史。

颈联写得貌似离题。"石燕拂云晴亦雨，江豚吹浪夜还风。"颔联写静态，颈联写动态；这是诗人高明之处。"石燕"，鸟名，《湘中记》记载："零陵有石燕，得风雨则飞翔，风雨止还为石。"石燕也是一味中药，是石燕子科动物化石，《湘中记》说的应该是这类化石。而许浑诗中的"石燕"我以为就是大江南北最常见的雨燕，因为雨燕飞翔速度极快，又喜在雨前雨后翻飞捕食，许浑说其"拂云"十分贴切。"江豚"俗称江猪，喜单独活动，亦喜成群，动作迅速自如，因此许浑说其"吹浪"。

颈联在描述一个动态的场面，天空中燕子翻飞，长江中江豚戏浪；这一景观似乎与怀古没有关联，而恰恰这种没有关联会让人明白物是人非，事过境迁；六朝古都的枭雄不在了，唯有这熟悉的自然动态年复一年、日复一日地上演。

作者在尾联直接发出了这份感慨："英雄一去豪华尽，惟有青山似洛中。"东吴孙权，东晋司马睿，南朝宋刘裕，齐萧道成，梁萧衍，陈陈霸先，六位君主都开创了新朝代，但都短命更迭，好景不长，可谓"英雄一去豪华尽"——那剩下什么呢？诗人给了结论：惟有青山常在。"似洛中"指的是洛阳，洛阳山多，李白在《金陵三首》中写过："苑方秦地少，山似洛阳多。"许浑套用此句，结束了这首七律。

历史上对许浑这首《金陵怀古》并非都是赞颂，批评声音亦有。明人谢榛(zhēn)在《四溟诗话》中就说："颔联简，板对尔；颈联当赠远游者，似有戒慎意。若删其两联，则气象雄浑，不下太白绝句。"按谢榛的意思，这首七律改为七绝，会有李白之风，试读一下，也并非没道理，显得干净利落。而同为明人的顾璘(lín)在《批点唐音》中说得更重："此篇前四句稍雄浑，而意象不合；次联粗硬，结语独急，如唱断头。"显然顾璘看不上许浑这首七律。但这不妨碍许浑的诗歌名声，他的咏史怀古诗在唐代同类诗中占有重要一席。

云白山青（局部） 清 吴历

许浑从家乡润州丹阳第一次去长安时，途经潼关。潼关位于陕西潼关县北，陕西、山西、河南三省要冲，是古时从洛阳到长安的必经关隘，其山势险要，景色多变。由于潼关的历史地位，大凡诗人到此都要作诗。时值秋天，许浑诗兴大发，写下《秋日赴阙题潼关驿楼》：

红叶晚萧萧，长亭酒一瓢。
残云归太华，疏雨过中条。
树色随山迥，河声入海遥。
帝乡明日到，犹自梦渔樵。

诗的开篇淋漓畅快，粗笔勾勒；"红叶"指明时间已是晚秋，"长亭"是歇脚之地。古代道路设计非常人性化，每十里设一长亭，供行人歇息，偶尔也有人旁设驿楼做点生意。"长亭酒一瓢"表明在此饮酒了。此诗有副题："行次潼关，逢魏扶东归。"魏扶，唐宣宗时官至宰相；东归，即去东都洛阳。二人在潼关不期而遇，在长亭驿楼小饮后分别东西。

颔联写景寄情："残云归太华，疏雨过中条。""太华"，西岳华山，陕西境内，远远地可见山顶的云彩；"中条"，山名，亦名雷首山，在山西永济东南；也刚刚下过雨。

颈联紧追颔联:"树色随山迥,河声入海遥。"每座山的树颜色都不同,变幻万千,关外的黄河带着巨大的声响向远方流去,直至入海。

颔联颈联两联四句都在借景生情。潼关扼三省咽喉,自古为兵家必争之地;潼关南有秦岭,东南有禁谷,北有渭洛二川,汇入黄河;西近华山,天然屏障。潼关周围山峰相连,谷深崖绝,只有中间一条小路,能容一车一马。历史上这里冲突频繁,最著名的当属东汉建安十六年(211年)曹操与马超、韩遂的潼关大战。诗人在此,思古抚今,看风云变幻;残云归岫(xiù),疏雨放晴,显示人世易变天地不变的道理。最后诗人还嫌气势不够,遂引入声音,黄河之水滔滔不绝,隆隆作响,让诗意饱满,让诗境立体。

最后,诗人起身表态:"帝乡明日到,犹自梦渔樵。"明天就进长安了,马上就入宦海随之沉浮了,官场的尔虞我诈令人心烦,但我的心仍可以停留在家乡的渔樵耕读的状态。"渔樵",打鱼与砍柴。"渔樵问答"是两千年来中国人有关如何生存的哲学问题。诗歌中的"渔樵"还有一层意思就是隐居,含义丰厚。许浑的引用意在表明自己干净的内心世界很难接受官场的肮脏。

许浑作诗讲究技法，所以有时会限制诗意的表达。他关于历史、山河、古迹、田园都有佳作佳句，他宦游、唱酬、伤逝、凭吊作诗皆不遗余力。作为诗人，许浑把自己的一生融入了诗中，让后人处处可以窥见他人生的态度和那颗平凡的热心。

梅瞿山黄山图册 清 梅清

段成式

(803—863年)

唯有南山依青青

《汉宫词二首》
《醉中吟》

唐代文学流派中有个"三十六体"的概念，"三十六"包含三个家族同辈排行十六的文学家或诗人，他们是李商隐、温庭筠、段成式（803—863年）。唐人喜欢按家族同辈大排行，比如白居易和刘禹锡，亦称白二十二、刘二十八。显然李商隐、温庭筠、段成式三人都在家族排行第十六。这只是一个巧合，并无他意。

前两位李商隐、温庭筠大名鼎鼎，后一位段成式，不关心文学史大概少有知道他的。温、李二人的诗歌都承袭六朝艳丽风格，笔调皆柔婉瑰丽，在诗中二人也相互夸赞。他们二人在晚唐诗坛上影响很大，比翼齐飞，故后世称"温李"。与如此成就之大的人并提，可见段成式也不是等闲之辈。

段成式，字柯古，临沂（今山东淄博东北）人。其父段文昌官至宰相，封邹平郡公，诗文写得也不错。段成式从小家庭环境优越，教育背景好，彬彬有礼，他的好友周繇(yáo)

有首嘲笑他的诗《嘲段成式》写得很生动，把他年轻时的性格神态特点都写出来了。诗中可以看出段成式有学问且害羞，做事谨慎，多为别人着想。仔细想想，按今天的话说，段成式内秀。

段成式未能科举入仕，年轻时随父亲段文昌转徙各地。父亲做官，他开拓视野，饱览群书。古人了解社会的途径与今人不同，今天绝大部分人是通过媒体了解社会的，但一千二百年前的唐代，走万里路是了解社会为数不多的途径之一。

段成式博闻强识，记忆力非凡，这对他后来的创作提供了极大的帮助。由于段成式太喜欢书了，他爹就找了个关系，把他弄进秘书省做了校书郎，与各类文献打交道。

后来他又到了吉州、处州、江州任刺史，直到官至太常少卿，官不算太小，事不算太多，半个闲差。他自己也说"以闲放自适"，没事就攻读佛理，"尤深入佛书"。段成式的晚年与他的性格一样，平淡安稳。

段成式的文学成就是多方面的，最重要的著作是《酉(yǒu)阳杂俎(zǔ)》;《全唐诗》收录他三十余首诗;《全唐文》收录他十一篇文。他的作品多流露出超凡脱俗的情绪，比如他的《汉宫词二首》：

其一

歌舞初承恩宠时,六宫学妾画蛾眉。
君王厌世妾头白,闻唱歌声却泪垂。

其二

二八能歌得进名,人言选入便光荣。
岂知妃后多娇妒,不许君前唱一声。

宫词可以算是一种领域独特的诗,以宫廷生活为题材。深宫对百姓而言神秘之极,唯一可据以想象的就是宫词了,宫词就成了独特类型的诗词。好多诗人写过,名句也多。比如张祜的"一声何满子,双泪落君前";比如朱庆馀的"含情欲说宫中事,鹦鹉面前不敢言"。王建更是一气写了一百零二首《宫词》。

宫中图卷(局部) 五代 周文矩

段成式的《宫词》依然是宫怨的路子，但他侧重泣诉，他把宫女年轻与年老两个状态一同写出，让年轻宫女刚刚被选入宫的天真与垂暮白头宫女的哀怨形成强烈反差，继而诉说着宫女一生的爱恨情仇。

段成式的诗通俗，不使用复杂词汇。六宫，最初出自《周礼》，一正寝，"燕寝"之"燕"是"闲"的意思；"燕寝"可以泛指闲居的地方，这里指帝王安寝的宫室。"六宫"后泛指皇宫后院。蛾眉，如蛾触须细长弯曲的眉毛。唐代妆容重眉不重眼，所以大量诗歌描写女子眉毛，如张祜诗"淡扫蛾眉朝至尊"，李白诗"深坐颦蛾眉"，温庭筠诗"懒起画蛾眉"，刘希夷诗"宛转蛾眉能几时"。蛾眉是中国女子几千年来最流行的眉毛样式之一，"六宫学妾画蛾眉"一句包含的意味深长，所有后宫的女子都学习一个人，说明她当年多么受宠，这种曲写的方式，诗人运用自如，不露声色；但是受宠的日子会过去，待到君王老了，妾也白了头，这种宠爱就会消失，只剩下回忆中垂泪。两联句之间的转折虽急促但顺畅，虽突然但合理，表达宫怨十分谨慎。

其二写的是年轻宫女生活的片段。开头一句风光，二八妙龄，能歌善舞，因此获得宠爱。紧接着后果来了："岂知妃后多娇妒，不许君前唱一声。"古今中外的后宫都是一出情节剧，情节剧里"妒忌"一定是主要篇章。年轻的宫女不知这些残酷,本以为的"光荣"忽然成了耻辱,"不许君前唱一声"说得轻松,实际十分残酷,带有羞辱;只有君前开唱,方有机会攀升;妃后将机会锁死,让二八妙龄悔恨终生。

段成式的《汉宫词二首》借汉宫词说唐朝事,借宫女之口泄世俗之怨,宫中的小社会实际上是宫外大社会的缩影,只不过竞争封闭一些而已。段成式贵在巧思,巧在老少同台;其实人生就是表演,不管愿意与否,悲剧、喜剧也好,悲喜剧也罢,都由不得个人。人生的本质就是登台参演,角色主次大小要看个人的本事了。段成式深深地懂得这个道理。

唐朝到了他生活的年代,繁华和强盛已是久远的故事,唐朝政权腐败,官僚贪污成风。在这样一个政治大背景下,段成式一介书生又能如何?他只能采取逃避态度,不与其同流合污,沉浸于佛事,不参与世间纷争。他写过《醉中吟》:

只爱糟床滴滴声,长愁声绝又醒醒。
人间荣辱不常定,唯有南山依青青。

这是借物说事。"糟床",酿酒用器;酿酒时酒液要通过糟床沥下,所以才有滴滴声。段成式写酒不在酒,而在酒后之醉。一醉解千愁,一宿睡了醒,醒了睡,忽然悟到一个道理,"人间荣辱不常定",人生在世,无非名、利二事,放下名利虽

渊明诗意册页(局部) 明 石涛

然难，但放下后才能身心放松；人生一世无非天地间过客，红尘滚滚，"唯有南山依青青"。段成式把醉酒后悟到的一些朴素道理整理出来，记录在案。

段成式一生最大的成就不在诗歌，而在于他的笔记小说集《酉阳杂俎》。本书的重要性，按鲁迅在《中国小说史略》中所说，与传奇小说并驾齐驱，"所涉既广，遂多珍异"，算是唐代的风情画。全书前集廿卷，续集十卷，篇目五花八门，内容繁杂稀奇，可以说包罗万象。

"酉阳"即重庆酉阳县，相传山下有一穴，藏书万卷，秦时有人避乱于此读书。南朝时，梁元帝为湘东王时，坐镇荆州，他喜好藏书，写的赋中有"访酉阳之逸典"之句。段成式自幼家境富裕，家藏秘籍之多，可与酉阳逸典相比，加之书中内容驳杂，故名《酉阳杂俎》。

段成式博闻强识，殚(dān)见洽闻，自言："成式以君子耻一物而不知。"他这句自勉语源出《南史·陶弘景传》。陶弘景为南朝梁的医药家、炼丹家、文学家，是个隐逸方士，时人称"山中宰相"。他有《本草经集注》等著作，自誓受戒，佛道兼修。他有一句名言："读书万余卷，一事不知，深以为耻。"段成式将此语奉为圭臬(guī niè)，因为这种学士深究的思想自汉以来皆为大家推崇，学士以孤陋寡闻为耻，以博学多才为荣。段成式在晚唐影响力很大，他的《酉阳杂俎》一时风靡。

中国传统的文学形式都是相错而生的。在诗歌风靡的唐代，词亦有生存发展，小说亦悄然诞生。由于唐代诗歌过于强大，让其他文学形式如词曲、小说不显光芒。进入宋朝，词更适合宋人小家碧玉的口味，在宋代，诗歌虽然数量较唐代更加庞大，但仍不如词曲让人喜闻乐见。宋金之后勾栏瓦舍的兴起，虽以戏曲为主，但评话（评书）的兴起，也让小说走入千家万户，慢慢成为大众的主流文化消费。经过元明时期的养育，小说渐渐成为市场文化消费的主流，《水浒传》《三国演义》《西游记》《金瓶梅》等都出版于明朝，且这些小说大都以说书形式先口头后文字存在于市场。至于后来清代的《红楼梦》也是按说书格式写的章回体小说，由此可见章回体的说书的形式仍有市场。

勾栏瓦舍是宋代出现的大众文化消费场所。勾栏，本指栏杆，隔开表演者而已；瓦舍，取意"来时瓦合，去时瓦解"，易聚易散。这类文化场所在宋金元时期很普遍，表演形式也多种多样，戏剧、傀儡戏、皮影戏、杂技、角抵、讲史、说书、小唱甚至舞蹈，应有尽有。《水浒传》中就有燕青带李逵潜入东京城观赏元宵花灯，先去瓦舍勾栏看热闹的情节，在这段描写中，台上正说着的"平话"，即后来的小说的前身。需要说一句，勾栏瓦舍这种大众喜爱的场所为何明代不流行？原因很简单，朱元璋建立明朝之初，民间草台班子演出则科以重刑，宋金元四百年来的勾栏瓦舍在明初不幸消亡。

而小说的鼻祖式人物段成式，在一千多年前便有了如此超前的领悟，写出了《酉阳杂俎》，上承六朝，下启宋明，在中国小说史上不可或缺，以至于他的诗歌很少有人在意了。不过，研究段成式的小说，一定要看看他的诗，"酒里诗中三十年，纵横唐突世喧喧。"

《酉阳杂俎》涉及真实人物极多，唐高祖李渊、太宗李世民、高宗李治、中宗李显、睿宗李旦、玄宗李隆基、肃宗李亨、代宗李豫等；诗人骆宾王、王勃、李白等在书中也有生动的记载。段成式不辞辛劳，把他所见所闻点点滴滴都记载下来，集成这样一部著作。唐朝人记录唐朝事十分难得，功德无量。只是中国小说后来发展缓慢，唐之后小说几乎无进展，直至金元时期勾栏瓦舍的口头说书业的兴起，才渐渐完善小说这一文学形式，至明清大放异彩。蒲松龄的《聊斋志异》就是对《酉阳杂俎》的一种继承。纪晓岚在《四库全书总目纲要》中说这部书"自唐以来，推为小说之翘楚"，言简意赅，一语千钧。

河东君仿古真迹 明 柳如是

杜 牧

（803 — 852年）

十年一觉扬州梦

《赤壁》
《遣怀》
《赠别二首》
《泊秦淮》
《自宣城赴官上京》

杜牧（803—852年）最知名的诗《清明》在学术界有很大争议，非常有可能是南宋人的伪托之作，我个人也赞同这个说法。证据是杜牧去世后，他外甥裴延翰整理编辑了二十卷《樊川文集》没有收录此诗；到了北宋初年，对此书做了补遗，《樊川外集》及《樊川别集》也均不见此诗。北宋末南宋初的大学者洪迈，最重要的著作是《容斋随笔》，他上报朝廷，集国家之力编了一部上百卷的《万首唐人绝句》，依然也没有杜牧这首《清明》。

qīng míng shí jié yǔ fēn fēn，lù shàng xíng rén yù duàn hún。
清　明　时　节　雨　纷　纷，路　上　行　人　欲　断　魂。
jiè wèn jiǔ jiā hé chù yǒu，mù tóng yáo zhǐ xìng huā cūn。
借　问　酒　家　何　处　有，牧　童　遥　指　杏　花　村。

本诗第一次出现在杜牧名下，是在《分门纂类唐宋时贤千家诗选》，当时署名刘克庄编选。今天的大众读本《千家诗》就是南宋本的改良本。《千家诗》的流行，让大部分读者以为《清明》一诗为杜牧所作。如果对唐诗了解较深，又对诗意敏感的话，可以悟到《清明》这首唐诗有一丝宋味。

而杜牧虽处晚唐衰微时代，但诗中永远保留着唐人的大气、开阔、深邃、沉凝等诸多要素，尤其杜牧的诗歌情韵跌宕，婉曲旷达，无论豪迈之声，还是香艳之响。

杜牧怀有一颗赤诚之心，他对国家和对歌妓态度无差别，"商女不知亡国恨"，"蜡烛有心还惜别"。杜牧之诗如峭壁之花，迎朝阳而绽放；似古松之鹰，见脱兔即展翅。晚唐诗歌如没有杜牧存在，唐代诗歌格局就会不完整，逊色很多。

杜牧喜作近体诗，七言绝句及律诗是其强项，尤其是七绝，无论吊古感怀，还是遣愁寻欢，他都以健劲峭拔的笔法去书写人生。

在杜牧笔下，事与人、物与人、人与人都少不了对人性的描述和思考。某年某月某日，杜牧经过湖北武昌西南方的赤矶山，也就是三国时代赤壁之战的主战场，杜牧在此伫立沉思，写下《赤壁》：

折戟沉沙铁未销，自将磨洗认前朝。
东风不与周郎便，铜雀春深锁二乔。

赤壁图（局部） 宋 杨士贤

赤壁之战是三国时期最著名的以弱胜强的战役，东吴、蜀汉在此大破曹军，迫使曹操北回，孙权、刘备各自夺得荆州一部分，三国鼎立局面借势完成。此役不仅在历史、军事、政治上，更多在文学上被屡屡提及，这让赤壁之战已不是一场单纯的战役，还包含着许多人生哲学的意义。

杜牧开篇未直写战争的残酷，而是撷(xié)取战后许久的某一片断，假设一个悠闲的场景，将战争的金戈铁马、硝烟四起的紧张摒去，在水边沙中拾起一个兵器残件，冲刷干净，慢慢将思绪拽至三国赤壁之役，"折戟沉沙铁未销，自将磨洗认前朝。""折戟沉沙"显然说的是曹军，从此之后"折戟沉沙"就成了一个成语，形容失败惨重。前两句从字面上，没有难懂的地方，就是赤壁之战的旧址一个普通的场景。

后面两句精彩："东风不与周郎便，铜雀春深锁二乔。"这又是一个场景，而且是虚构的场景。赤壁之战胜在火攻，火攻胜在起风，起风胜在风向，风向胜在东风。严格意义上讲，周瑜借势东南风才打赢此仗。赤壁之战在隆冬，长江中下游此时理应刮西北风，但天有不测风云。是日，赤壁的杀伐气势让那一带一反常态地刮起了东南风，周瑜借得东风，一举大胜曹操。

杜牧高就高在假设了历史。历史有一特点，即不能假设；可文学的特点就是无所不能地假设。杜牧假设：那天如果不刮东南风，那周瑜还胜得了吗？大乔小乔乃绝色美女，大乔为孙策妾，小乔为周瑜妻，杜牧假设周瑜战败，大乔小乔皆会成为曹操的玩物。

铜雀台在今河北临漳，汉代修建台基建筑。除铜雀台外，山东琅琊台、徐州戏马台、汉中拜相台、汉阳古琴台都非常著名。铜雀台是曹操击败袁绍后营建的三台之一，另外二台是金虎台、冰井台。曹操在此聚集文人，载歌载舞，通宵达旦。因曹操曾重金从匈奴手中赎回蔡文姬，蔡文姬还在此为曹操演奏了《胡笳十八拍》。基于这些史实，杜牧大胆假设了赤壁之战另一个结局："铜雀春深锁二乔。"

杜牧的吊古诗写得别具一格，不以常态发思古幽情，也不评价历史对错，写得去沉重却得三分沉重，写得无忧虑忽有七分忧虑。两个场景，一真一虚，真景举重若轻，以小见大；虚景不寒而栗，惧假成真。

在历史与现实之间，杜牧不去纠缠，漫不经心地说出了自己的史观，把历史的另一种可能纳入画面，让头脑发热者立刻冷静，让以为必然者看到偶然。这正是杜牧诗思高出一筹的地方，也是这首貌似浅近的诗作经久不衰的原因。

杜牧家世清白，出身京兆杜氏望族，其祖父杜佑门荫入仕，一路攀升，大历六年（765年）入为工部郎中，出任抚州刺史；唐德宗即位后，入为户部郎中，迁户部侍郎；因得罪权相卢杞，外放苏、饶二州刺史；贞元（785-805年）初年，任尚书右丞，淮南节度使。到了贞元十九年，杜佑才拜检校司空，同平章事，官至宰相。

杜佑有子五人，皆成气候；其中三子杜从郁，为尚书驾部员外郎。杜从郁有两子，长为杜牧，幼为杜颛(yǐ)。杜牧曾为弟写过一诗《送杜颛赴润州幕》："直道事人男子业，异乡加饭弟兄心。"写出了兄弟亲情。

杜牧自幼喜欢军事，十几岁时就写过十三篇《孙子》注解。二十二岁写作《阿房宫赋》，二十四岁时又写下长篇五言古诗《感怀》，五十四韵五百三十言，杜牧心中的忧虑，报国无门的苦闷，一并抒发，诗重情沉。次年，即大和二年（828年），杜牧进士及第，被授弘文馆校书郎，算是踏上仕途。

大和七年（833年），杜牧被淮南节度使牛僧孺辟为推官，后转为掌书记，行使秘书职责。当时杜牧年富力强，工作并不繁忙，这段日子杜牧住在扬州，宴饮冶游成了他的日常。

扬州自古就出美人，是出了名的温柔富贵乡，所以颇得官员诗人青睐："烟花三月下扬州"（李白），"二分无赖是扬州"（徐凝），"雁回时节到扬州"（元稹），"载到扬州尽不还"（皮日休）。大概离开扬州十年后，杜牧外放黄州刺史，他充满信心要做一个好的地方官，情绪并不因外放而低沉。

实际上也的确如此，杜牧在黄州三年，把黄州治理得井井有条。这时他已过了不惑之年，回想自己年轻时的荒唐，不禁感慨系之，写下了《遣怀》：

落魄江湖载酒行，楚腰纤细掌中轻。
十年一觉扬州梦，赢得青楼薄幸名。

起句写落魄不一定落魄，可以看作是另一种自谦。杜牧走上仕途开始做幕僚不能算不顺，只是有大才者自我感觉永远屈才。"落魄江湖"是一个文学意象，杜牧年轻为官真不落魄，"载酒行"也不是落魄的标配，语感上反倒藏有三分得意。"楚腰纤细掌中轻"，此句用典，"楚腰"，史载楚灵王熊围喜欢妇人腰细，《韩非子·二柄》载："楚灵王好细腰，而国中多饿人。"说女子体轻可以在掌上起舞；这句诗写的是一种心境，杜牧在青楼相识许多女子，簇拥之际，会让他瞬间有飘举之感。

第三句杜牧笔锋一转，否定了前面的场景，十年回过头一看，年轻时的作为如同梦境，那岁月天天在青楼里醉生梦死，薄情负心，想必名声不好。这里"青楼"是妓院的雅称。

秋景 明 项圣谟

青楼最初指显贵人家的豪屋，王昌龄有"驰道杨花满御沟，红妆缦(màn wǎn)绾上青楼"句，此青楼非彼青楼。南北朝以后青楼慢慢代指妓院，南北朝诗人刘邈有"倡妾不胜愁，结束下青楼"句，此"青楼"即妓院。

杜牧说"赢得"是一种自省后的自嘲，这是杜牧高于别人的地方。认知社会固然重要，但认知自己比认知社会还重要。杜牧属于后者，他的《遣怀》是他的人生反省，感怀自责，真心疗伤。

明人陆时雍在《唐诗镜》中说得中肯："所谓情至，语自耿耿。"正是杜牧的耿耿之诗，让人看到一个正直豪情、不讳荒唐的伟大诗人。唐代有这种自我觉醒的诗篇并不多，韦应物的《逢杨开府》算一篇，杜牧的《遣怀》也算一篇。与杜牧这首《遣怀》可以结合着看的是杜牧早些年写的《赠别二首》：

其一

娉娉袅袅十三余，豆蔻梢头二月初。
春风十里扬州路，卷上珠帘总不如。

其二

多情却似总无情，唯觉樽前笑不成。
蜡烛有心还惜别，替人垂泪到天明。

"娉娉袅袅"形容女子体态轻盈、容貌美好。"十三余"指年龄，在古人的观念里，女子成熟的年纪比现代要早，及笄之年十五岁，就已到了结婚的年龄（《礼记·内则》）。"豆蔻"，其花生于叶间，未盛开者谓之"含胎花"，常喻处女。有成语"豆蔻年华"。

　　后面两句一气呵成，"春风十里扬州路，卷上珠帘总不如。"因唐代以水路贸易为主，扬州是水路上最重要的城市，贸易促繁华，十里长街，处处景色。唐俗，卷帘即开业，下帘即关张，高级青楼都是珠帘，卷上珠帘扬州路，春风十里不如你。杜牧掏心掏肺地对青楼女子说，没有一丝推诿，没有一丝将就，认认真真地对自己心仪的女子发出赞美。二十八字，干净不见脂粉，纯洁不带暧昧，怀念以往，赠诗为别，各奔前程。

　　其二一改其一的格调，陷入纠结，与喜欢的人分别，黯然神伤，难舍难离。杜牧起句就高于常人，讲了一番带哲理的话。"多情却似总无情"，这是极为奇妙的感觉，几乎每个经历情感的人都有，心里一团火，脸上一块冰；心里纵有千言万语要倾诉，嘴上却是拒人千里吐詈言。情感表达无一定之规，全在个人秉性。

　　"唯觉樽前笑不成"，本来想用轻松的语言来告别，但心里有话说不出。这里传达出两层信息，其一，杜牧与女子的关系不是逢场作戏,而女子对杜牧也是由衷地喜欢;其二,杜牧是个有责任感、重感情的人,即便身份不同,但仍能来去无异,去留同情。

下面两句杜牧用了比兴。古时夜饮只能秉烛,唐代蜡烛粗壮,还是奢侈之物。古蜡有硬芯,今蜡是软捻,所不同的是芯空捻实,芯硬捻软;杜牧抓住"燃蜡有泪"这一现象,一语双关地做了告别:"蜡烛有心还惜别,替人垂泪到天明。"杜牧借物表达了自己惜别的情感,将最后与歌妓的惜别之夜变成了一个经典场景,让双方留下深刻记忆,让旁观者不禁唏嘘。

杜牧两首赠别诗分别送给两位歌妓,记录着他在扬州仕宦中的青春。每个人都有自己的年轻岁月,为官也好,为妓也罢,都是生命中的一截。这是一种超乎寻常的人生观,杜牧在漫不经心中表现了出来。诗歌中所传达的平等博爱从某种意义上讲是人类的最高追求,杜牧身体力行地做到了。他诗中没有一点居高临下的感觉,也没有丝毫施舍的意思,像年轻恋人一样分手,既表示了分手的惋惜,又表示了一直以来的爱恋,正是这点真诚,才让这两首小诗成为永恒。

杜牧名诗太多,《泊秦淮》在明清两代好评如潮,评说最简单的是乾隆皇帝的老师沈德潜在《唐诗别裁集》中说的，只两个字："绝唱。"这首被称为绝唱的七言绝句，完全是一幅气氛氤氲(yīn yūn)的山水画小品，缓缓入镜：

烟笼寒水月笼沙，夜泊秦淮近酒家。
商女不知亡国恨，隔江犹唱后庭花。

起句平缓，双辞互文，通过文字可以想见画面；对句有极强的镜头感，一步一步地靠近酒家。在朦朦胧胧的气氛中，诗人先营造了祥和静谧幽美的景况。首联虽写客观场面，却有极强的主观意识，且强调缓慢的动感，这种驾驭文字的功力非大师莫属。

自古秦淮就是商贸繁华之地。秦淮河是长江下游右岸支流，贯穿南京，古称"龙藏浦"，它孕育出六朝文明。相传秦始皇东巡路过此地，此地沾了王气。据此传说，到了唐代此河改名"秦淮"，直到杜牧的这首《泊秦淮》问世，秦淮河始名盛于天下。

尾联与首联衔接说紧不紧，说松不松。说紧是因为靠近酒家才听见商女歌唱；说松是景别突换，有措手不及之感。"商女"即歌女，唐代诗人多用，白居易写过："读君商女诗，可感悍妇仁。"张说写过："商女香车珠结网，天人宝马玉繁缨(yīng)。"商女多情无脑，为商远行，不知有恨。

雜花夕戶映
嬌燕入簾迴
倣大年

山水清音图册 清 王鉴

《后庭花》全称《玉树后庭花》，曲名，据说陈后主在隋军破城之际，仍与宠妃们沉醉于《玉树后庭花》的靡靡之音中，故后世将此曲看成是亡国之曲。

作者不急不躁地描述着一个表面温馨的场面，节奏缓慢，似乎每天如此；然后悄然加入一个靡靡之音，一个委婉可人的声音，唱着《玉树后庭花》。引入的声音与梦幻一般的画面十分吻合，只不过当声音出现时，你会觉得前面唯美的画境中闪现了一丝不安，让人莫名担心。尽管声音与歌女都是唯美的，但恰恰是这种无端由的唯美的展现，让明白人知道了危机所在。作者一句未说，点到为止，唯一的提示只是不插嘴的责怪，"商女不知"，不知者不能怪罪，那么谁造成的她们的不知呢？

《泊秦淮》是杜牧的名篇，流传很广。究其原因，无非是小景大场面，小诗大情怀，通过一个漫不经心的夜晚，听见一支并不走心的旧曲，就在一个不知名的酒家，却预示着一个朝代、一个时代的终结。大手笔并不一定是引吭高歌，也可能是浅斟低唱。

开成四年（839年）春，杜牧告别了只待了一年的宣州，赴任左补阙、史馆修撰。离开宣州时，突然有些感慨，遂写下《自宣城赴官上京》：

潇洒江湖十过秋，酒杯无日不迟留。
谢公城畔溪惊梦，苏小门前柳拂头。
千里云山何处好，几人襟韵一生休。
尘冠挂却知闲事，终拟蹉跎访旧游。

  杜牧的七绝与七律创作数量大体相当。由于杜牧的七绝佳作佳句颇多，某种程度上遮盖了七律的光芒。这首七律一波三折，反映了杜牧为官的矛盾心态。这类诗在唐诗中归入"述怀诗"，感叹身世，表达情怀，追求理想。开篇首联诗人长叹一声："潇洒江湖十过秋，酒杯无日不迟留。"杜牧自大和二年进士及第后，在江南及京城辗转漂泊不定，到写诗之际已有十一个年头，所以杜牧说"潇洒江湖十过秋"，作者用"潇洒"二字概括了这十年的官场生涯。把官场视为江湖算是杜牧的人生态度，但还不够强烈，作者继续用一个行为来加强潇洒之感，"酒杯无日不迟留"。每天都与酒作伴，一个"迟"字将潇洒之态表达得淋漓尽致，江湖游走虽有险恶，但仍没有什么可以迟疑的，首联以豁达的态度标榜个人的人生。

  颔联顺势而下，继续开篇的潇洒："谢公城畔溪惊梦，苏小门前柳拂头。"完全一幅悠哉游哉的悠闲情景，似乎与官场无关。"谢公城"即宣城，因南齐谢朓曾任宣城太守，至今留有谢公楼、谢公亭等多处古迹；"苏小"即苏小小，南齐名妓,江南才女,多情命薄,死后葬于杭州西湖之畔。杜牧写了两个历史人物,但并不介入其中,只让人隐隐约约地感到历史与现实的藕断丝连。在这潇洒的人生之中,诗人猛地一惊,从梦中苏醒,耐人寻味;而西湖岸柳多少隐晦地有狎妓冶游的暗示,某种意义上讲,这也是那个时代人生的另一种潇洒。

后两联作者笔锋转向,摆脱了叹息,自我发问:"千里云山何处好,几人襟韵一生休。"这大好河山到底哪里好呢?这世上有多少人能有我这样的坦荡襟怀呢?诗人以问作答,表达了个人高尚的情怀,将十年来怀才不遇的愤懑吐出,以解心头之恨。

尾联收束巧妙:"尘冠挂却知闲事,终拟蹉跎访旧游。"尘冠,蒙尘之冠;挂却,闲置不用;蹉跎,虚度光阴,浪费年华。等待把年华虚度之后,再来旧地重游吧。

杜牧此诗大开大合,起承转合层次清晰,倾泻心中不满,又有暗藏的匹夫之志。在对现实不满的日子,依然对未来抱有信心,正话反说,硬话软说,用尽诗歌技巧,把一首述怀诗写得画面唯美,既有风雨,又有云霞;既有诗人的不羁风骨,又有官员的无可奈何。虽然唐代的科举制度不断完善,学而优则仕,但不是走上仕途的官员都能一帆风顺、安享人生。一个文人,尤其是诗人,委身于官场周旋本身就是

历练,毕竟不是每一个文人都能适应官场的。好在诗人可以在诗中述怀言志,寄托人生。杜牧这首述怀诗不过是他众多优秀诗作中的一首罢了。

在文学尤其诗歌创作上,杜牧是少有的天才,但这并不是最重要的,重要的是,诗歌是他人格的体现。从他年轻时的力作《阿房宫赋》,到他晚年的耐人寻味的《叹花》;从他忧心忡忡的《泊秦淮》,到他高逸雅兴的《山行》;从他情意绵绵的《送人》,到他语重心长的《登池州九峰楼寄张祜》;从他神奇迷离、追求深邃美的《江南春》,到他排遣

文饮图（局部） 明 姚绶

寂寞、为宫女怨的《秋夕》，杜牧以他《樊川文集》五百多篇诗文，勾勒出他悲天悯人的君子情怀。

　　杜牧诗意表达之直率，坦荡如江水奔涌；他诗境表现之宽阔，宏大似山岳巍峨。尤其在晚唐社会的奢靡之风、腐败之气下，杜牧的出现弥足珍贵。后人把他与李商隐合称"小李杜"，是因李白、杜甫在前，就其人生气度格局而言，我认为杜牧当排在李商隐之前，称之为"杜李"。这些对杜牧自己并不重要，因为他有诗在先："千首诗轻万户侯"，自信而豪迈可见一斑。

花卉山水图册页（局部） 清 汪士慎

陈 陶

（约803—约879年）

犹是春闺梦里人

《陇西行》

陈陶（约 803 —约 879 年）的著名之作《陇西行》，入选《唐诗三百首》。由于这首七言绝句写得过于精彩，导致他的其他作品被忽视。陈陶准确的生卒年与生平皆不详，也没有精彩的人生故事与传说在民间流传。巧合的是五代时期南唐也有一个叫"陈陶"的诗人，与他同名同姓，宋代以后二人常常被误为一人，连《全唐诗》编入陈陶作品时都混有另一个陈陶的诗作。

陈陶，字嵩(sōng)伯，著有《陈嵩伯诗集》。他的籍贯与出生地不详，《唐才子传》说他是鄱阳剑浦人，《全唐诗》说他是岭南人，《唐诗三百首》干脆说他是长江以北人，这些文字记载冲突很大，莫衷一是。后来有人考证说，《全唐诗》说陈陶是岭南人是因为把他和南唐陈陶混了，陆游《南唐书》列传有载，可资对照。

按照一般士子的常态，陈陶也考过科举，究竟考过几次史籍没有记载，只有"屡举进士不第"几字，后来他只好隐居不仕。考试和学问有时候中间有道坎，有的人轻易即可跨越，有人终身视为畏途。陈陶就是后者，于是不再想仕途，好好写诗，游览名川大山，再研究研究天文历象。至唐宣宗大中年间，陈陶隐居于洪州（江西南昌）西山，后不知所终。

　　陈陶现存诗文一百多篇，这在唐代诗人中数量不算少，诗的质量也都上乘，只是由于他个人经历的原因，与人交往不多，诗歌题材就不那么丰富。他的《陇西行》一共写了四首，让人熟知的是其二，因为这首写得出奇的好，又由于选录于《唐诗三百首》中。其他三首和陈陶的一百多首诗的命运一样，不研究诗歌或不酷爱诗歌的人都不知道它们的存在。目前的文献没有陈陶去过西北边塞的记载，而唐晚期西北边塞也没有唐前期那么战事频繁，那么陈陶是不是通过想象摹写了边塞诗？如果是，这便是神来之笔：

誓扫匈奴不顾身，五千貂锦丧胡尘。
可怜无定河边骨，犹是春闺梦里人。

　　"匈奴"，这是个非常大的概念，一般认为它是古代蒙古高原的一支强大的游牧民族，发迹于内蒙古阴山山麓。匈奴从装扮上与汉民族完全相反，他们是披发左衽(rèn)，而汉民族是

团扇徘徊图 清 罗聘

束发右衽。所谓"衽",是衣服的衣襟,左衽,即前襟向左掩,右衽反之。从孔子时代,儒家就强调衣着行为的仪式感,束发文明,披发野蛮;右衽文明,左衽野蛮。这里并没有一定道理,只是文化习俗而已。

匈奴与汉族的冲突自秦以来越发频繁,一直到汉武帝时代才基本安定下来。从某种意义上讲,匈奴的出现影响了中国历史的进程,所以史书都给予了匈奴负面评价。文学作品中的匈奴,尤其唐诗中的匈奴只是一个边患的代名词。"貂锦",貂裘锦衣,名贵衣服,这里形容士兵精良。刘禹锡诗:"十万天兵貂锦衣,晋城风日斗生辉。"李益诗:"沙头牧马孤雁飞,汉军游骑貂锦衣。""胡尘","胡"泛指古代来自北方和西方的少数民族;"尘",尘土飞扬,这里形容战场交战激烈。

起句是战前准备,出征的队伍战前宣誓,杀声震天,一副"不破楼兰终不还"的态势,将士们将个人生死置之度外;承句马上进入惨烈的战场,诗人不去正面描写战争的碰撞,也没有描写战场的血腥,在什么都看不见的一片"胡尘"之中,五千将士都已阵亡,全军覆没,无一生还,惨烈异常。第二句出乎意料,按一般诗歌逻辑,第二句要承接第一句,可第二句上来就是战场的尾声,结果令人扼腕叹息。

第三句"可怜无定河边骨"转得既合理又突兀,先是时间,由肉体到枯骨需要漫长的时间,真正"可怜"的是第三方,作者既没交代也无须交代,高就高在采用第三方视角看待战争的残酷。后是地点,无定河在陕西北部,古称"生水",唐以来,流域植物破坏严重,有"恍惚河""黄糊涂河"等名称。无定河由于粗沙量大,河道历史上极不稳定。作者选用"无定河"的名称,也更深一层说明战争的不确定性,而这种不明确性正是战争的残酷所在。

诗的最后一句,诗人大胆地一笔宕开,将视角由前线挪至后方士兵的家乡,在一派祥和中大胆假设:"犹是春闺梦里人。"诗人连续用了"春""闺""梦"三个甜美的字眼,将战争的残酷与离别的苦痛推至峰值,合成后重重落下,让人听着不能呼吸,有说不出的恐惧与惋惜。而此时"春闺梦里人"依然不知,在梦中笑靥如花。

在白骨与笑靥之间,是诗人的诗意;在诗人的诗意背后,是诗歌的诗境:胡尘滚滚,白骨累累;在诗境之中,还有诗人的思考;在诗人的思考之外,就是读者的心灵震颤。陈陶用一支笔,二十八个字,四个场景,一个历史故事,将历史之重,战争之罪,百姓之苦,和盘托出;让画面定格,让音响静声,让一千年前与你无关的战争和人忽然跟你有关，撞击你的心灵，然后去思考生死，讴歌生命。

我们在这首诗中看见的都是蒙太奇般的画面，整齐有素的队伍，沙尘漫天的战场，一句一换；瘆(shèn)人的河边白骨，温暖的梦中妇人，两两相对。诗人的情感融入其中，"可怜""犹是"的介入，让读者跟着诗人一起短歌当哭。

这种大开大合的边塞诗在唐诗中并不多见，王昌龄的一首《从军行》有异曲同工之妙。王昌龄并不直接写战场，只是写了一个普普通通的深秋傍晚戍边战士在烽火楼值班的片段。全诗也是四句：

fēng huǒ chéng xī bǎi chǐ lóu　huáng hūn dú zuò hǎi fēng qiū
烽　火　城　西　百　尺　楼，黄　昏　独　坐　海　风　秋。
gèng chuī qiāng dí guān shān yuè　wú nà jīn guī wàn lǐ chóu
更　吹　羌　笛　关　山　月，无　那　金　闺　万　里　愁。

起句交待时间地点，"百尺"是虚数，说明楼高。次句交待情景，傍晚一个戍边战士值班，"海风"指沙漠中由大湖方向吹来的风，比如罗布泊、青海湖。作者连续用了四个低沉的情绪词，把情绪压抑到最低点，"黄昏""独坐""海风""秋"；深秋的傍晚，一个值班士兵，孤独地坐在楼上望着家乡的方向，远处刮来的带腥味的海风,提示他马上要进入冬季了。

作者到此还嫌思乡的气氛不够,转句引进了声音,将情绪借势再推高一节:"更吹羌笛关山月"。"羌笛"为羌人的乐器,羌笛竖吹,两管发出高音,音色清脆高亢,带有悲凉之音。"羌笛"唐诗中常使用,代表思乡,岑参诗:"中军置酒饮归客,胡琴琵琶与羌笛。"王之涣诗:"羌笛何须怨杨柳,春风不度玉门关。"高适诗:"雪净胡天牧马还,月明羌笛戍楼间。"孟浩然诗:"异方之乐令人悲,羌笛胡笳不用吹。"

《关山月》本是汉乐府歌曲,属于鼓角横吹曲,最初是守边战士马上奏唱的,曲名由"关""山""月"三个事物组合而成,关隘高山上的明月,仅意象本身就充满了乡思。许多诗人都直接写过《关山月》,李白写过,储光羲写过,沈佺期写过,崔融写过,杨巨源写过,司空曙写过,张籍写过,卢照邻写过,戴叔伦写过,李咸用写过,唐代以及唐以前、以后无数人写过,可见《关山月》在诗人心目中的地位。王昌龄此时此刻将声音拉入,划破秋天海风带来的忧愁,加入了声音的悲凉,把守卫边疆的战士内心的思乡情绪放大到极点。

战士的愁和悲取决于不知远在千里之外的妻子和家人是否安好。古代信息不畅,担忧比今人不知强烈

秋冬山水图 日本 雪舟

多少倍，这份担忧不上战场是无法体会的。当诗人用前三句做足了铺垫之后，最后一笔将镜头甩至千里之外；不仅如此，作者还做了不可思议的比较："无那金闺万里愁。"战士在此的思念与忧愁再沉重，也不如妻子在家对夫君的牵肠挂肚。对于战士，是居危思安，此时暂且不危，危中尚有安全；对于妻子，是居安思危，尚不知也无法知道丈夫是否安在。在信息严重不对等的情况下，完全没有信息的一方最为苦闷。王昌龄敏锐地抓住了这一点，写下了既有巧思又有分量的最后一句。

就是这一结句让这首《从军行》名垂千古。诗人的思路大大高于常人常态，具有悲天悯人的人文关怀，不仅深沉地看待坚守边关的战士，更深情地为其妻子送去关心；在首尾之间，有一条看不见的丝线，穿越千山万水将战士与妻子二人紧紧连接。这只有亲人之间才有的心灵感应，本来外人是看不到的，但王昌龄大笔一挥，景别由静态推向动态，由无声加入有声，最终成为一首悲情之歌。这歌里有着唐代的故事，汉代的精神，和我们民族成长过程中承受的苦难。

陈陶和王昌龄虽同处唐代，但相距一百多年，他们分别讲述两个没有关联的故事，描述了两个不搭界的场景。他们用诗歌的方式肆意表达，将人类积攒的情感酿成老酒，浓郁醇香，饮之头重脚轻，心跳加速。文明在战争中历尽劫数，又浴火重生，历史便是在这样的循环往复中不断前进。不管我们愿意与否，无定河边的白骨与春闺梦里的美人，高楼悲情的战士与金闺惆怅的少妇，都是一段抹不掉的历史，成为伟大唐诗的组成部分。

山水图册（局部） 清 樊圻

温庭筠
(yún)

(813 — 约870年)

入骨相思知不知

《商山早行》
《新添声杨柳枝词二首》
《菩萨蛮·小山重叠金明灭》

温庭筠（813－约870年）字飞卿，从名字到作品都有几分香艳。他是太原祁县人，诗词俱佳，以词著称。《花间集》是后蜀人赵崇祚编纂的中国第一部词集，收十八位词人计五百首词，其中温庭筠独占六十六首，为全书开篇。

温庭筠生活时代处于晚唐，词渐兴起，他是第一位专心致力于"倚声填词"的诗人。他的词与诗题材上侧重不同，其词追求瑰丽香艳，深美幽约；多写花间月下，闺情绮怨。后自然形成了"花间派"，温庭筠也就顺理成章地成为了花间派的鼻祖。这一流派的形成，加速推动了五代及北宋词的发展，终于让"词"这种艺术形式在中国文学史，尤其宋代文学史上占有不可替代的一席。

温庭筠的一生并不得意，身怀大才，但屡试不第。他是文学天才，文思敏捷。五代孙光宪在《北梦琐言》中记载："温庭筠与李商隐齐名，时号'温李'，才思艳丽，工于小赋。每入试，押官韵作赋，凡八叉手而八韵成。"

"八叉手"是个老词,早在南北朝有个诗人叫刘峻,他写过:"清思妙绪如泉涌,得句应嫌八叉迟。"唐人其实并不多用此词,所谓"八叉手"是指将双手五指叉开合拢抱拳,做思索状。温庭筠不打底稿,叉手一想,诗句即成,八韵即八对句诗。后人把"八叉手"喻为才思敏捷,称温庭筠为"温八叉"。

　　由于温庭筠才思敏捷,天资太厚,而自恃又高,这就为他埋下终生麻烦的种子。唐宣宗大中九年(855年),温庭筠已过不惑之年,再次应试。主考官沈询知道温庭筠考场上常常帮别人,并有"救救人"的绰号,因而对他特别看管,命其帘前应考。温庭筠因此不服,大闹考场,最终不欢而散。这之后,温庭筠被贬为隋县尉,也就彻底断了科举心思。

　　显然只有作诗作词与温庭筠有缘,其他都无缘。他以词闻名,诗也写得非常精彩,比如他的《商山早行》:

晨起动征铎,客行悲故乡。
鸡声茅店月,人迹板桥霜。
槲叶落山路,枳花明驿墙。
因思杜陵梦,凫雁满回塘。

唐诗意山水图册 明 盛茂烨

　　小诗名曰"早行",首联则突出"早"字。商山位于陕西省商洛市丹凤县商镇,是座历史名山,传说秦代四位博士因避秦始皇焚书坑儒暴政而隐居此山之中;到了汉高祖时期,四位年事已高的老人受张良之邀,前往长安扶助太子刘盈,被称为"商山四皓"。商山自汉以后名气很大,诗人多有涉及。

　　《商山早行》创作年代没有记载,推测为温庭筠于唐宣宗大中十三年(859年)所作。温庭筠离开长安远游,路过商山,此时他久困科场,为生计任隋县县尉,心绪难免郁结,尤其远行早起之时。

　　开篇即写:"晨起动征铎,客行悲故乡。""晨起",动身早;"铎",大铃;"征铎",马颈上悬挂的大铃铛;"动征铎",马车响着铃铛声的行进貌。起句直接描写动态,没有任何情绪以及场景的过渡。对句引入情绪,说明自己的处境:"客行悲故乡。""客行",诗人已离开家乡了;"故乡",作者虽为山西人,但在长安城南的杜陵久居,已视长安为故乡了。在"客行"与"故乡"之间,作者只用了一个"悲"字,为全诗定下调子。

羁旅诗是唐诗中的一大类，因古人行旅远比今天困难，行程艰难、漂泊无定、信息断绝等不利因素，都让旅途中人多愁善感，思乡念亲，唐代大诗人许多都有羁旅诗传世，佳作颇多。温庭筠的《商山早行》将个人的寂寞悲情点到为止，将所见景色充分渲染，尤其突出早行之清冷凄苦，让唯美的画面替代个人情绪，不动声色地传达出一种难得的氛围："鸡声茅店月，人迹板桥霜。"

作者将六个名词罗列，没有动词及形容词的衔接，上句充耳听觉，下句满眼视觉，都在渲染旅行之早的辛苦，也在诉说旅人的见闻。颔联貌似简单，罗列名词而已，但就此六个文学意象，将初春之意、早行之疾以及浅浅的思乡心理表达得恰到好处。甚至有人认为此联可分拆为十字，字字为景。

上句表现孤独的鸡鸣，下句表现罕至的脚印；天空隐隐可见的月亮、桥上尚未融化的夜霜，都围绕着"早行"之"早"，不漏客观要素，充盈主观感觉。"早"在古人心目中比现代人重得多，"未晚先投宿，鸡鸣早看天"，向来古训都强调"早"，所以早行诗很大程度是古人理念的一贯表达。据说宋代大儒欧阳修非常欣赏这两句诗，摹写一联"鸟声梅店雨，野色柳桥春"，但最终没能超越温庭筠原句。这故事未必真，但这句温诗难以超越是实。

山水册页(局部) 清 萧云从

颈联唯美而意象朦胧："槲叶落山路，枳花明驿墙。"这类诗句都略带禅意，隐含诗人内心的追求。王维名句："明月松间照，清泉石上流。"孟浩然名句："野旷天低树，江清月近人。"常建名句："曲径通幽处，禅房花木深。"贾岛名句："过桥分野色，移石动云根。"写小景尽可能收敛而不动声色，尽可能细腻而不粗犷。槲，落叶乔木，叶冬枯不落，春天发芽时才落；枳，落叶灌木，开小白花。作者观察仔细，时逢春天，槲叶方落，与枳花相映成景；"明"在此当动词用，当"照"解。早春的清晨，诗人描绘了一幅图画，落叶铺满了山路，开花映照着山墙。作者将前两联的情绪遮掩住，客观冷静地将旅途中的所见所闻记录，让读者自己感受。

但是诗人仍然忘不了自己身在旅途异乡之中，悄悄地放出了尾联："因思杜陵梦，凫雁满回塘。"秦置杜县，汉宣帝筑陵于上，因称"杜陵"，温庭筠久居于此；凫雁，指鸭与鹅；回塘，意为曲折的池塘。作者最后诉说了自己昨夜的一个梦境，家乡池塘上游着一群又一群的鸭鹅，借此寄托思乡之情。

温庭筠的《商山早行》是唐代羁旅诗中的杰作，平实自然，情绪适中，十分贴合诗人的气质与身份。有情绪而不抱怨，无责任依旧前行。其实这和大部分人的人生一样，没有大开大合，没有波澜起伏。作者在某一日的旅行之际，灵感乍现，写下神来之笔："鸡声茅店月，人迹板桥霜。"

诗如画境，美不胜收，更重要的是此境界已超出画境，完全成为羁旅人的慰藉，成为唐诗中永恒的画意。

温庭筠生性耿介，言多讥讽，尤其对权贵不留面子。据说在一个冬日，温庭筠与微服私访的唐宣宗遇上了，他从不会看别人的眉眼高低，上去就以谐谑的口吻说：你是个司马、长史这类的官吧？皇上说不是。温庭筠看不出来人不悦，继续问：莫非是个县尉、主簿？宣宗器量不算大，扭头就回去了，越想越憋气，命令宰相把温庭筠贬去方城当县尉。

温庭筠赴任时，一干朋友都写诗为他送行。一个叫纪唐夫的写得最好，其中的颔联当时在官场非常流行："凤凰诏下虽沾命，鹦鹉才高却累身。"（《送温庭筠尉方城》）这诗收录于《全唐诗》中。虽然温庭筠在官场上到处得罪人，看似一个粗糙之人，但他的诗词，尤其有关女性的诗词都写得极为细腻，《新添声杨柳枝词二首》即为代表：

其一
一尺深红胜曲尘，天生旧物不如新。
合欢核桃终堪恨，里许元来别有人。

其二
井底点灯深烛伊，共郎长行莫围棋。
玲珑骰子安红豆，入骨相思知不知。

诗写得非常俚俗,利用谐音巧合等手段,意曲语白,不强调含蓄,强调直白。起句说的"一尺深红"是红盖头,过去女子进夫家门后才能揭去;"曲"为酒曲,"尘"为灰尘,这句是说婚姻久了,爱情就老了。接着一句阐明上句"天生旧物不如新",温庭筠这诗与民谚相似,"衣不如新,人不如故",正话反说。紧接着的两句还是同样:"合欢核桃终堪恨,里许元来别有人。"核桃在婚姻中代表合美,核桃剖面为心形,又是两瓣合一,核桃有仁,"别有人"谐音,一语双关。这句诗委婉提出善意的劝诫,但不太确定,所以使用非肯定的口吻"里许"。唐人的"里许""若个""些许"等等都是口语,这也是温庭筠在这首杨柳枝词中的刻意追求。

第二首比第一首更有意思。起句"井底点灯",为何是"井底"呢?此"井"非水井,乃天井,古时住宅大部分是围合式,形成天井。"深烛伊","深烛"谐音"深嘱",深情地嘱咐;"伊",对方;"共郎长行","长行"即棋中的长行局,古代的赌博游戏,唐代盛行。"长行"亦双关,喻义即将远行。"莫围棋"还是同样的套路,"莫",劝说,"围棋"谐音"违期",意为到日子一定要回来啊,千万别误了约定的日期。最后高潮来了,温庭筠甚至可能就为这句的表达,而写了这首《杨柳枝词》。

"玲珑骰子安红豆,入骨相思知不知。"这句完全脱离前面的俚俗气,使用了比兴手法,强调骰子这一特殊博具的特性,将作者想说的情与事全部融入,清新自然,天衣无缝。骰子,战国时期首现,中国骰子最初为十八面或十四面,掷出概率较六面骰子小。先秦骰子以实心为主,汉代出现铜镂空错金银嵌宝石骰子,印证了"玲珑"一词;"红豆"又叫相思子、相思豆,果熟半黑半红,色如滴血。相传汉代一男子被强征戍边,妻子终日立于树下望归,哭断柔肠泣血而死,其树突然荚果裂开,其籽半红半黑,人们为其情感动,称之"相思子",俗称"红豆"。王维的《相思》脍炙人口:"红豆生南国,春来发几枝。愿君多采撷,此物最相思。"

　　温庭筠的这句诗将"骰子"推至最高境界,完全摆脱了功能。骰子多骨质,计点多用红色或黑色涂之,或用豆状物镶嵌于上面,所以才有温庭筠的"安红豆"。

　　于是新的文学意象出现了,嵌豆入骨,温庭筠深情地借势高声发问:"入骨相思知不知。"仍一语双关,但不谐音。一个事物,两层表达,先是事物本身描述,后是情感迸发宣泄。温庭筠把人间最美好、最冲动、最持久的情感用这样常见之物比兴发问,其力度之强、态度之真、思路之绝,在爱情诗中难以找见,让后世相爱的男女频繁引用,成为经典。

花间派是词的第一个流派,温庭筠是鼻祖,宋词的婉约派受花间词的影响极深。《菩萨蛮·小山重叠金明灭》是温庭筠的名篇。

<pre>
xiǎo shān chóng dié jīn míng miè   bìn yún yù dù xiāng sāi xuě
小 山   重   叠   金 明 灭 ,鬓 云 欲 度 香 腮 雪 。
lǎn qǐ huà é méi   nòng zhuāng shū xǐ chí
懒 起 画 蛾 眉 , 弄 妆   梳 洗 迟 。

zhào huā qián hòu jìng   huā miàn jiāo xiāng yìng
照 花 前   后 镜 , 花 面   交   相   映 。
xīn tiē xiù luó rú   shuāng shuāng jīn zhè gū
新 帖 绣 罗 襦 , 双   双   金 鹧 鸪 。
</pre>

诗除乐府之外，一般要求前后字数统一。魏晋以后五言开始流行，唐代五言七言盛行；四六言适合骈俪，所以骈文又称四六文，骈四俪六；理论上四六言运用要比五七言难，反过来说，五七言比四六言表达更为自如，因而显得丰富。

魏晋开始时兴的五言到唐流行的七言，前后流行五百年以上。时间一久，节奏律动统一成为了习惯，但少了一些自由，少了长短的变化，这样词牌应运而生。开始有的词牌与诗的格式变化不大，《菩萨蛮》算其中一个。

仕女图卷之梳妆（局部）　明　杜堇

《菩萨蛮》既是词牌又是曲牌,双调四十四字,上下阕均两仄韵转两平韵。

温庭筠首句起得费解。一说"小山"指折叠屏风,"重叠"一词可解释,这类唐式折叠屏风目前仅日本可见;另一说"小山"指眉形。唐代眉形多样,宋人叶廷珪的《海录碎事》记载有十种之多。如果"小山"是屏,"金明灭"说的就是阳光下的感觉;如果"小山"是眉,"金明灭"应该是头饰或额黄。"明灭"的字面意思是忽隐忽现。下一句"鬓云欲度香腮雪"无歧义,满头云朵一样的乌发快要盖住肤白红润的两腮。

"懒起画蛾眉,弄妆梳洗迟。"转平韵,音调渐缓,状态懒散慵倦。"重眉不重眼"是唐代妆容的特点,画眉是唐代贵族女子的每日必需,所以认为首句是说眉毛讲得通,"重叠"只是皱眉而已。女子懒梳妆在婉约词中常见,"香冷金猊,被翻红浪,起来慵自梳头。"李清照这句词可见温庭筠之风。

下阕接上阕,"照花前后镜,花面交相映。"又回到仄韵,语气变硬,女子梳妆前后左右打量自己的插花。唐人头上插花最为大胆,常常插上大大一朵,别在头上特别夸张,有唐周昉的《簪花仕女图》

为证。最后开始整理衣服,"新帖绣罗襦,双双金鹧鸪。"唐代绣工未及宋代那般精细,多用帖花补充,"新帖"指这道工艺;"罗襦",丝绸短衣;"鹧鸪",中国随处可见的一种鸟,体形适中,身上有斑点,变化多样,诗人们喜描述,李白诗"宫女如花满春殿,只今惟有鹧鸪飞";李商隐诗"欲成西北望,又见鹧鸪飞";张籍诗"送人发,送人归,白蘋茫茫鹧鸪飞";秦观词"江南远,人何处,鹧鸪啼破春愁"。

  鹧鸪之所以成为诗词文学意象,主要因为它的叫声酷似"行不得也哥哥",这叫声完全寄托了古人的情思,与"愁"联系在了一起。唐末诗人郑谷有一首《鹧鸪》诗很有名,人称"郑鹧鸪",诗中颈联说的场景与温庭筠的《菩萨蛮》不谋而合:"游子乍闻征袖湿,佳人才唱翠眉低",在外的游子听不得鹧鸪叫,在家的佳人受不了鹧鸪曲而黯然神伤。了解鹧鸪的文化含义,才能理解温庭筠这首貌似没有主题的"酸词"。

  温庭筠的《菩萨蛮》还有一段公案。据《唐才子传》和《北梦琐言》记载,唐宣宗喜欢《菩萨蛮》,宰相令狐绹(táo)私下请温庭筠代填,然后还嘱咐温庭筠此事不可张扬。

簪花仕女图(局部) 唐 周昉

令狐绹将《菩萨蛮》呈上皇帝之后，宣宗读之大悦，但谁知温庭筠嘴边没把门的，将此事又透露出去，这让令狐绹大跌面子，十分光火。有人认为温庭筠屡试不中，包括晚年告状即输，都是令狐绹从中作梗。

温庭筠虽才大如海，八叉成诗，但不谙世事，我行我素。有关他的故事很多，多是负面，于他不利。新旧《唐书》对温庭筠都有记载，至少说明这样一个仕途多蹇的士子在历史上占有一席。他才高八斗，学富五车，讥讽权贵是他最按捺不住的，所以仕途屡屡受挫，一生不得志；甚至五十多岁还因琐事被人打掉门牙，这事闹到京城，还起了官司，最终还是温庭筠败诉。

这一切似乎都与他这样一个大才子十分不匹配。他的艺术成就之高，历代好评如潮；他对词的贡献，永远受后人尊敬。而这些荣誉温庭筠生前自己并不知道，唯一知道的是，他的词乃"男子作闺音"而优于女子。照理说，写出如此作品的温庭筠应该玉树临风，风流倜傥，但《旧唐书》说他"士行尘杂，不修边幅"，《新唐书》也说他"无检幅"，民间传说他长得极丑，铁面虬髯，有"温钟馗(kuí)"之绰号。

四万山水图(局部) 明 文伯仁

花卉山水图册（局部） 清 汪士慎

李商隐

（约813 — 约858年）

心有灵犀一点通

《无题·相见时难别亦难》
《无题·昨夜星辰昨夜风》
《无题·来是空言去绝踪》

李商隐（约813—约858年），字义山，作品存世近六百首，著有《李义山诗集》，《唐诗三百首》收录其诗二十二首。在杜甫之后，李商隐造就了七言律绝的第二个高峰，具有里程碑的意义。李商隐与李白、李贺有"三李"之誉，与杜牧有"小李杜"之称，与温庭筠合称"温李"，因其诗歌风格与同时期的段成式、温庭筠相近，且三人都在家族同辈中排行第十六，故三人并称为"三十六体"。

李商隐最让后世感兴趣的是他的"爱情诗"。这些"爱情诗"仅《无题》就有十五首之多，以首句入题的就更多。某种意义上讲，这些无题诗不一定就是爱情诗，起码不是传统意义的爱情诗。

人的情感复杂，爱情相对狭隘，对于李商隐这样一位才子来说，按狭隘传统去理解爱情就十分困难。李商隐的诗在晚唐能够独树一帜绝非偶然，不仅由于他的文采才华，更在于李商隐的内心细腻，一往情深。他能公平地对待每一位让他心动的人，这一点非常重要，让他的诗跨越千年而不衰。

经"安史之乱"洗劫后晚唐社会风气大变，与盛唐大相径庭。一般来说，唐宋之间是中国中古时代的分界线，实际上这条线还可以前移，划到"安史之乱"。"安史之乱"使唐代分成两个时代，华章盛典与悲怆深婉。李商隐则是晚唐诗风的杰出代表，他的作品从个人情感出发，风格秾(nóng)丽，读之有迷离之感，加之他的无题诗多数对象语焉不详，让人在缠绵悱恻的意境中流连。

也许是性格使然，李商隐将文学修辞中的含蓄发挥至朦胧，扑朔迷离，难以索解，也正因为如此，李商隐在唐诗人中是神一般的存在。尤其是他的无题诗，因为某种原因，李商隐皆以"无题"命名。这种《无题》理应有题，只不过这题留在诗人心中罢了。因为无题，我们只好将第一句抽出列题，先看《无题·相见时难别亦难》：

相见时难别亦难，东风无力百花残。
春蚕到死丝方尽，蜡炬成灰泪始干。
晓镜但愁云鬓改，夜吟应觉月光寒。
蓬山此去无多路，青鸟殷勤为探看。

这是李商隐最著名的无题诗。因为这里有对仗工整、意象奇诡的颔联，这两句诗比这首诗名气还大，传播也广，尤其"春蚕到死丝方尽"一句，历史上不知被多少恋爱男女使用过。李商隐此诗写给谁是个谜，有一种说法是写给玉阳山灵都观道姑宋华阳的。这一说法实在牵强，因为李商隐在灵都观时年仅十五六岁，在道观中前后约两年时间。他与宋华阳的关系并未公开，也没有详尽的史料可以证明李商隐与宋华阳有过如胶似漆的爱情。与李商隐有感情纠葛的女子除妻子王氏，有名有姓的就只有宋华阳。另外还有"柳枝"与"荷花"；前者有《柳枝五首》为证，后者仅是个民间传说，仅是据他的诗常以"荷花"为题所臆测。

有一种说法，即从李商隐进士及第算起，直到谢世，成人后只有三年时间是快乐的。那是唐文宗开成二年（837年），次年李商隐娶王氏为妻；金榜题名，洞房花烛。开成四年，李商隐通过授官考试，出任秘书省校书郎，官不大，但已走入仕途了。除此三年之外，李商隐长期因卷入"牛李党争"事件不得重用，又丁忧闲居了三年，再后来为官不顺，这基本就是他的人生经历了。在历史文献中，看不见李商隐的风流韵事，只能看见他留下的大量的所谓"爱情诗"。这些爱情诗自唐以来，感动了不知多少痴男怨女，而李商隐一生守口如瓶，将情感埋入心底，让其成为千古之谜。

  一般来说，同一首诗中不使用同一字，除非同一字能更好表达诗意。李商隐的"相见时难别亦难"连用两个"难"，着重表达"难上加难"的意思。男女相爱无非相见，相见无非当面倾诉，直接表达最深的爱意。不能见面是恋人所遇的第一道难题，第二道难题则是分别，所谓难舍难离。诗人开篇就把常人常遇的感受托出，然后跟上一句："东风无力百花残"。

  这句本是描述晚春自然景色，但嫁接于私人情感领地会让感受入题。万物皆有灵，花与人没有什么不同，花开花谢，草长莺飞。李商隐用了"无力"这一字眼，反倒最有力地表达了这一无可奈何的情绪感受，让痴情男女可以得到一点小小的释怀。

  颔联是毫无争议的千古名联："春蚕到死丝方尽，蜡炬成灰泪始干。"颔联突兀，与首联和颈联毫无关系，不仅前后没有关系，左右亦没有关系，此联对得十分宽泛："春蚕"对"蜡炬"，一个活物，一个死物；一个主动——吐丝，一个被动——流泪；两个意象本与情爱无关，但李商隐却让它们肩负责任，以"丝"代思，以"泪"替情。在颔联中，细心的李商隐有意无意地表达了细节："丝方尽"，蚕吐完丝马上化蛹；"泪始干"，蜡烛燃完方止垂泪。唐代蜡烛是有硬芯的，所以有灰；而今天的蜡烛是洋蜡，软芯，不产生灰。李商隐写得清晰，"蜡炬成灰"，这"灰"还有一层文学含义，即心如死灰。

李商隐用了两个生活中常见的现象，融入无题诗之中，使之成为令人过目不忘的文学意象，这不仅仅是文学家的功力，更多的是诗人敏锐的观察力。

这首诗前两联重点在情绪上，后两联开始转向具体描写："晓镜但愁云鬓改，夜吟应觉月光寒。""晓镜"，唐镜是中国铜镜最后一个高峰，极尽工巧。早晨对着镜子，晓镜梳妆都是为美，"但"是转折，李商隐只用了一个"但"就将愁绪至少从前一晚拉到清晨。清晨梳妆赶不走一宿的惆怅，担心的事总会发生，容颜一定会变的。"夜吟"，深夜作诗，仰望月亮，必感月色凄冷，因为思念，月色只能传达寒意。

颈联对仗工整，两个角度，两个场景，一女一男遥遥相对，各自承受遥远的相思痛苦，消化信息不畅带来的孤独猜测。颈联充分显示了大诗人李商隐的文学技巧，让男女不见面仍缠绵悱恻，让有情人身居两地而望眼欲穿。十四个字相互思念保持着持久张力，有景象又有情绪，无办法也无断续，最终构成双幅唯美画面。

尾联作者自己先跳出去，冷静叙述："蓬山此去无多路，青鸟殷勤为探看。""蓬山"即蓬莱山，渤海三座神山之一，另外两座是方丈与瀛洲。蓬莱仙境先秦已有记载，秦始皇统一中国后，为求长生，曾在渤海之滨眺望大海，只见海中有红光浮动，问随驾方士那是什么，方士回答道：那就

山水冊 清 樊圻

是仙岛。"青鸟"文学含义是信使,神话传说中为西王母取食传信。这种鸟人间不见,唯蓬莱仙山可见,可仙山天路,只能靠青鸟传信。李商隐借典引用,把有情人设法串联在一起。

尾联诗眼在"殷勤"一词,"殷勤"含义复杂,有讨好、热情、周到、急切之意,这种复合的文化含义,正好表达此诗男女之情的宗旨。"探看"读音与今日常读的"探看"完全不同,探"看"此处念阴平,现代汉语的"看守"保留了此声。去声的探看为居高临下,例如探看犯人或病号;但"探看"是平等的关系,平起平坐,理解这一层,更能懂得尾联。

中晚唐时期,虽"安史之乱"表面上平定了,但整个唐朝还处在内忧外患之中,中央政府还没有办法控制藩镇,宋以后的集权政治尚未形成,文人阶层只能在声色犬马中寻求安慰。《旧唐书·穆宗纪》载:"国家自天宝已后,风俗奢靡,宴席以喧哗沉湎为乐。"享乐之风自上而下蔓延,文人雅士乃至官员与歌妓舞女交往频繁,多数大诗人都留下了不同数量的艳诗,如白居易的《追欢偶作》,元稹的《寄赠薛涛》,刘禹锡的《梦扬州乐妓和诗》,杜牧的《赠别二首》,李群玉的《同郑相并歌姬小饮戏赠》,吴融的《即席十韵》等。

李商隐也不例外,其《席上作》亦为同类作品;但他更多的作品写得隐讳,许多诗后世划入爱情诗一类,让"逢场作戏"变成了纯情追求。《无题·昨夜星辰昨夜风》即为一例:

昨夜星辰昨夜风,画楼西畔桂堂东。
身无彩凤双飞翼,心有灵犀一点通。
隔座送钩春酒暖,分曹射覆蜡灯红。
嗟余听鼓应官去,走马兰台类转蓬。

显然,这是诗人在写一次聚会,灯红酒绿、众声喧哗。开篇先交待时间地点,诗起得四平八稳,似乎平淡无奇:"昨夜星辰昨夜风,画楼西畔桂堂东。"作者连续用了"昨夜"这个时间点,无意之中有意强调,让昨夜固化,成为永恒;至于"画楼西畔桂堂东"呈现出一种难以描述的唯美,让具体之地变得不十分具体,变成每个人都能感知到的某个地方。诗人流水一般的自然吐露中,实际上还包含着深邃的文化含义,即星宿学说。《尚书·洪范》说:"庶民惟星;星有好风,星有好雨。"其意思为:百姓相信星相学说,有的星星比如箕星喜欢风,有的星星比如毕星喜欢雨。农耕社会吃饭靠天,所以在意风雨,王充在《论衡》中就说过:"风不鸣条,雨不破块,五日一风,十日一雨。"后世就把"五风十雨"作风调雨顺讲。作者开篇由星入风,表明风调雨顺,又嵌入东西方位,让小诗实写虚出,平淡之中出奇,令人过目不忘。

颔联乃千古名句:"身无彩凤双飞翼,心有灵犀一点通。"颔联写得突兀,前后不搭,只是内心的某种感受;而这种感受由诗人隐秘地释放出来后,迅速成为公众心领神会的情绪,几乎每个人都有过言不能及的心灵隔膜,都有过暗送秋波的心知肚明。"灵犀"指犀牛角中有一条白线贯通,传说可达心灵。古人很少见过犀牛,《山海经》记为"兕"(si)。颔联以神鸟神兽作衬,让"昨夜"的欢聚现场呈现梦幻一般的氛围。

后两联诗进入一种十分具体的景况:"隔座送钩春酒暖,分曹射覆蜡灯红。"作者似乎完全在传达一种负面情绪,可以想见作者参与的聚会之中,自己偷偷心仪的女子与自己无缘。"隔座",未能挨着坐下;"分曹",分配在另一组中游戏;然而游戏中的"送钩"与"射覆"给诗人心中带来了遗憾中的满足。"送钩"即藏钩,将手握之钩暗中传递,猜不中者罚酒;"射覆","射"有猜测之意,古代猜谜亦称"射虎";"射覆"是猜覆盖物之下是什么东西。

在两个游戏之中，诗人的注意力完全在心仪的女子身上，尽管人生有不如意，但能相遇已是难得，所以在负面情绪堆积的时刻，作者依然用两个文学意象将内心感受描述："春酒暖"与"蜡灯红"。春酒在聚会时无疑是调情剂，诗人恰到好处地写出了自己的内心感受：温暖，情虽不能至，但心向往之。烛光透出一片温馨的光芒，让分组而戏的诗人远远关注那种暗暗的红色，心中有无限遐想。颈联从颔联的大开大合之中走出，进入小家碧玉式描述，将"昨夜"的现场交待的同时，侧重描述了内心，让无情的环境充满了有情的爱意，让喧嚣的场面留在了静止的一刻。

尾联写得干脆利索，抚髀长叹："嗟余听鼓应官去，走马兰台类转蓬。""听鼓"，鼓声，鼓为壮音，出征击鼓，一鼓作气，如韩愈有诗曰："朝鼓矜凌起，山斋酩酊眠。"此句倒装，应为"听鼓嗟余"，听到朝鼓叹了口气，还得上班去。"走马"，奔波；"兰台"，秘书省，李商隐开成四年（839年）曾任校书郎，此诗应为这之后创作。类，类似；转蓬，蓬草一样地被风吹得转动。作者用了这样比喻，在长叹一声之后，又回到了官场尔虞我诈的现实之中，虽无笔墨批判，只给一声叹息，就将一宿之美好断送，让这段感情戛然而止。

山水册页（局部） 清 叶欣

李商隐的这首《无题·昨夜星辰昨夜风》应是作者的亲历，尽管史上有种种猜测，但李商隐诗中透露的信息完全支持他某种爱恋意识的积极表达和消极对抗。人在江湖，身不由己，人生相遇多是偶然，在偶然之中还有一种必然，那便是：人生多由遗憾构成，诗人只不过是将遗憾之美充分展现，让每一次心动都能找到心动的依据，让每一次遗憾都有遗憾的道理。

李商隐的无题诗大都与爱情有关，有的明确记录某一个人或某一件事，有的则只记录某一刻的情绪，虚化了人物、场景与事由。《无题·来是空言去绝踪》即为一例：

来是空言去绝踪，月斜楼上五更钟。
梦为远别啼难唤，书被催成墨未浓。
蜡照半笼金翡翠，麝熏微度绣芙蓉。
刘郎已恨蓬山远，更隔蓬山一万重。

此诗起句突兀，没有交待缘由，也没有事由过渡，以负面的情绪埋怨思念着对方，且双倍责怪：说来不来，一去无影；这是一种极度负面情绪的爆发，先渲泄后交待景况；此时月亮已经西斜，五更的钟声已经传来，这说明诗中的主人公一宿未睡踏实。

有一个问题要先设定，即诗的主人公是男还是女？由于李商隐此诗没有任何辅助说明，也不见其他文字记载，故诗的主人公可以是诗人自己，也可以是想象中的一位女子。我倒更愿意认为诗的主人公是一位女子，因为诗的全貌更符合女子的性格与心态。

站在女子角度看待此诗是不一样的。开篇的埋怨符合女子盼来不来，一去无影的反应。某种意义上，女子心态之急与男子心态之急有所不同，古代女子受儒家思想教育，更多一些内敛，埋在心底的东西更深一些，故一旦有机会宣泄就会更直接一些。这种单刀直入的写法将这种急迫的心态表露无遗，再补上时间——"月斜"，地点——"楼上"，配上远远传来的钟声，让小诗开门见山，掷石水起。

颔联写梦境如同亲历："梦为远别啼难唤，书被催成墨未浓。"先说梦境，日有所思，夜有所梦，在梦中看着情人远去的背影，我虽然哭哭啼啼，也不能挽留住你；后说睡觉之前的场景，心中都想好给你信时如何诉说思念之苦，但研墨尚未完成。古人书写需要自己研墨，研墨一般不能过于着急，着急墨研不好，会泻而不稠，写字晕散。作者用了两个常见的现象，非常自然地把自己焦虑的状态做出合理的解释，而且是倒叙接倒叙，层层剥茧，丝丝入扣，让读者和自己都相信"来是空言去绝踪"的一句埋怨是多么合理，又是多么解气。

颈联回到现实之中:"蜡照半笼金翡翠,麝熏微度绣芙蓉。"诗人将场景描绘得温情可人,全然是准备共度良宵的环境,在这样温馨的气氛中,孤身一人的渴望可想而知。"笼",笼罩,红烛半照;"金翡翠",饰有金色翠鸟的锦帐;"麝",麝香,雄麝有腺囊,能分泌麝香;"度",给予,透过;"绣芙蓉",绣有芙蓉花卉的寝具。诗人利用光影加上气味,将女子的卧室装饰得充满了人性的诱惑,并利用这种诱惑达到反衬的效果。

尾联作者抛开场景,似乎站在第三者的角度发出喟叹:"刘郎已恨蓬山远,更隔蓬山一万重。""刘郎",东汉传说人物,与阮肇进山采药,遇仙女结为夫妇,半年后返家,谁知世间已过百年。此典收录于南朝刘义庆的《幽明录》,但表面之意却是汉武帝派人去蓬莱求仙的故事,此典一语双关,既有恨,又有爱,既有不幸,又有幸运。作者暗示这场爱情已经有了结果,那就是不会有结局。

山水诗画册(局部) 明 文徵明

尾联的一声感喟(kuì)，让首联一声责怪变得更加沉重，因为"更隔蓬山一万重"让"来是空言去绝踪"显得愈发没有人情，首尾呼应，缺一不可；颔、颈渲染，和声共鸣。

李商隐的许多爱情诗非常难解，这是其中一首，作者刻意淡化了人物，淡化了缘由，淡化了场景，只突出人们在爱情上共同的情绪，并在盼望上大做文章。爱情中的交往，盼望是欲望的最真切的表达，盼望之急乃人性之躁，李商隐极其隐讳地抓住了这一点，让欲望变成渴望，让渴望成为绝望，遂留下一个千古谜团：谁来爱，去爱谁？

三首无题爱情诗，第一首写得婉转低回，第二首写得含蓄动人，第三首写得深情厚意。李商隐不愧为爱情诗高手，每首《无题》都自有一个内心的题目，只不过不去说透，让深者看深，浅者看浅；深者自知字面下多层含义，浅者也能从句式中找到共鸣。

在李商隐所处的时代，大唐的繁盛已经远去，五代十国时期的动荡尚未到来。晚唐文人用欢狎之乐替代政治抱负，在江河日下的时代，小舟难以逆流而上，只能顺势，不被泥沙裹挟就好。李商隐洁身自好，重情重义，不愿与官场同流合污，问心无愧。他去世后，好友崔珏(jué)为他写了悼亡诗，其中两句诗高度概括了李商隐的一生："虚负凌云万丈才，一生襟抱未曾开。"

悲情李商隐，无题爱情诗。李商隐才大如海，但命运不济，官场情场均不得意，妻子先他而去，而他年寿也不高，推算四十五岁而殁。他情感细腻，谨小慎微，与各类女人交往都体现了他的这一特点。正因为如此，李商隐才每次将不能付出与人的情感，付诸笔墨，在某一个不眠的夜晚，灯下伏案，为我们留下多篇催人泪下的千古名篇。

仿董源夏景山口待渡图卷（局部） 清 王翚

韦 庄

（约836—910年）

依旧烟笼十里堤

《金陵图》
《忆昔》
《女冠子·四月十七》
《女冠子·昨夜夜半》
《秦妇吟》

改朝换代对韦庄（约 836 — 910 年）来说是一种切身感受。他前大半生仕唐，官至左补阙；唐天复元年（901年），韦庄奉命入蜀任节度使王建的掌书记，从此仕蜀，改换门庭。天祐四年（907 年）大唐亡，王建不服后梁，韦庄力劝王建称帝，史称"前蜀"；韦庄升任左散骑常侍，判中书门下事，为前蜀制定开国制度。前蜀开国后，韦庄升任宰相。

即便这样，韦庄的仕途声名远不如他的诗词成就。他与温庭筠一起，成为"花间派"的代表，并称"温韦"。韦庄比温庭筠小差不多一代，但比他长寿，多活一代，寿数七十有五。《花间集》收录的作者多为蜀人，词作又多为闺怨旅愁、合欢离恨，"花间"一词贴切，故世人把这一派称为"花间派"。韦庄仅排在温庭筠之后，二人名声相当。又由于《花间集》收录了十八人五百首词，一般说"花间派"时多指词。

山水花卉册 清 傅山、傅眉

韦庄存世的诗与词成就相当。由于"花间派"代表人物这一头衔，世人更注重他的词，其实他的诗写得也好，许多诗质量上乘。《唐诗三百首》选录了韦庄的两首诗，一首《章台夜思》，写得"悲艳动人""苦调柔情"；细读这首五律却充满词的韵味。另有一首《金陵图》也写得悲声有泪：

江雨霏霏江草齐，六朝如梦鸟空啼。
无情最是台城柳，依旧烟笼十里堤。

此诗亦名《台城》。"金陵"，南京古称；"霏霏"，雨、雪、烟、云等盛貌；"江草齐"，春天青草初萌之时，草貌差异不大，绿草如茵。小诗字面上通俗易懂，表层意蕴并不复杂，春天凭吊，伤感一时；但深层意蕴一言难尽，前两句由濛濛细雨带出"六朝"，孙吴、东晋、宋齐梁陈，都曾在此建都，都曾奢靡繁盛，纸醉金迷；王朝更替不随人意，只随天愿，教人来不及想，来不及适应，一切就成了过眼云烟。"六朝"在中国历史上是一个特殊名词，代表曾经的繁华荣昌，代表着科学技术以及文学艺术曾经的历史高度。在北方强权的时代，六朝曾是梦幻般的存在。所以韦庄说"六朝如梦"，在这一句里，韦庄引入声音"鸟空啼"，让声音悠长空灵，将思绪渐渐带远。

后面两句叙述角度调转:"无情最是台城柳,依旧烟笼十里堤。"这两句有些费琢磨,没有顺着前两句的思路走,而是将梦幻击碎,拽到现实中来。台城,六朝宫苑;柳,文学意象是缠绵,折柳是分别的象征。《诗经》:"昔我往矣,杨柳依依。"戴叔伦诗:"行人攀折处,闺妾断肠时。"杜牧诗:"游人闲起前朝念,折柳孤吟断杀肠。"雍陶诗:"自此改名为折柳,任他离恨一条条。"柳还是春天的特使,杜甫诗句"漏泄春光是柳条",贺知章诗"二月春风似剪刀";到韦庄这里,他一反常态,直接指责"台城柳",下面跟上的这句立刻将前意反转:"依旧烟笼十里堤。""依旧"一词准确有力,说明常态不可反,烟笼配合开篇的江雨霏霏,将漫长的河堤渐渐地融入水墨之中。

这诗根本不是写出来的,而是画出来的,完全一幅水墨江南之景。不去说诗意诗境,仅看画面就知道花间派首领韦庄功力匪浅,何况字面下又有三层意思。

第一层意思是诗之唯美,如同一幅江南绘画。江边细雨霏霏,初春嫩草一派生机,却无竞争之态,尤其是十里长堤上的柳树,我行我素,无视朝代的更替兴衰,每年如期垂丝鹅黄。第二层意思是诗之厚重,实乃一部六朝历史。皮薄瓢厚,一幅江南水墨画般的描绘,却暗藏着历朝历代发生过的次次杀机,人亡物在,当年的血腥兴废,不过成为今日百姓的谈资。第三层意思是诗之悬情,是作者技巧高明之处。表相唯美,远近高低皆不能看清楚,全部景色笼罩于烟雨之中。诗人将情致高悬,引而不发,留思索,空间极大,有史观而不明说,使人读之产生敬畏之心。

唐僖宗广明元年(880年),韦庄四十四岁,在长安再次应举不第,巧也不巧的是适逢黄巢军攻入长安,僖宗带着少量随从以及五百神策军出城逃去四川避难。腊月初五,长安城落入黄巢军之手,连续几天,这座当时世界最富有的城市,遭到洗劫,许多人曝(pù)尸街头。韦庄身临其境,悲愤难已,遂写下七律《忆昔》:

昔年曾向五陵游,子夜歌清月满楼。
银烛树前长似昼,露桃花里不知秋。
西园公子名无忌,南国佳人号莫愁。
今日乱离俱是梦,夕阳唯见水东流。

忆昔,忆旧怀古是诗人爱写的题材,借古喻今,借古鉴今,借古抒怀;韦庄的这首《忆昔》则是触景生情,他亲眼目睹黄巢军入城,感慨油然而生。全诗架构奇诡,起句清丽:"昔年曾向五陵游,子夜歌清月满楼。"一派歌舞升平、纸醉金迷之象。昔年,泛指。五陵,西汉高祖刘邦建长陵,惠帝刘盈建安陵，景帝刘启建阳陵，武帝刘彻建茂陵，昭帝刘弗建平陵，遂将权贵迁徙至周围，故"五陵"后成为豪门贵戚的聚居地，后来泛指富贵之家；此处也代指长安城。对句"子夜清歌月满楼"是起句的说明，在这些富贵人家的奢靡生活中，夜夜清歌，纸醉金迷。首联描绘的是长安昔时的繁华之貌，王公贵胄的醉生梦死。子夜，指半夜；南朝乐府民歌中《子夜歌》数十首，皆歌咏男女之情；作者一语双关。

颔联接着描述首联的气氛："银烛树前长似昼，露桃花里不知秋。"银烛，明光之烛。树，树形多头烛灯，因而更加明亮，所以"长似昼"，长久地如白天一样明亮。"露桃"，典出《宋书·乐志》，比喻美女。杜牧诗："细腰宫里露桃新，脉脉无言度几春。"李商隐诗："露桃涂颊依苔井，风柳夸腰住水村。"这两句诗貌似平俗，实际表达得极为隐掩，最大限度地将想要表达的内容藏匿，只露出花天酒地的表象。

颈联开始用典："西园公子名无忌，南国佳人号莫愁。"此双典用得高明，但有些绕圈。"西园公子"本指曹丕，魏国开国皇帝，其弟曹植有诗："公子敬爱客，终宴不知疲。清夜游西园，飞盖相追随。""西园"为曹操当年所建，今河北临漳县西。而名"无忌"之人历史上著名的有魏无忌信陵君，还有唐代开国元勋长孙无忌。作者在此借用战国四公子之首的魏无忌，并以"无忌"隐喻无所忌惮之意。

"南国佳人"是泛指,"莫愁"典出《唐书·乐志》:"莫愁乐者,出于石城乐,石城有女子名莫愁,善歌舞。"作者依然在此借"莫愁"字面之意,与"无忌"对仗,让"无所忌惮"与"莫要愁忧"对应。作者此联字面上简单有趣,男人对女人,公子对佳人,但言外之意是正话反说,"无忌"是有忌,"莫愁"乃有愁,歌舞升平之象中,包含着作者深深的悲怆,为苍生担忧。

作者写到这里,似乎从回忆中省悟过来,过去的繁荣奢靡皆成南柯一梦,而现实是"今日乱离俱是梦,夕阳唯见水

花坞夕阳图(局部) 清 恽寿平

东流"。"乱离"指的就是黄巢之乱,作者大胆地将现实写成"俱是梦",因为太不可思议了,一夜之间,繁华不再,盗风四起,噩梦一般纠缠在身边。但无论世道怎么改变,江山依旧在,水流仍向东。

韦庄的这首七律《忆昔》乍看平平淡淡,不过是一般怀古伤今之作,诗句也不见大起大落;细读就会发现作者的用心良苦及技巧中的不动声色。作者开篇用典似非,"五陵""子夜"像故事又像传说;颈联的"无忌"与"莫愁"似人名又非人名,贴切自然地传达出诗的旨意,叠加了双关、暗示、错位、象征等多种修辞手法，将"忆昔"渐渐冲淡，把"伤今"提炼出来，让小诗摇曳生姿，一唱三叹。所以《唐诗快》评论说："凡读此等诗，未有不眉飞色舞者。"

韦庄与温庭筠齐名，二人词的创作内容差别有限，但后人总结说，温词多供歌妓演唱，韦词注重情感抒发。《女冠子·四月十七》即为一例：

四月十七，正是去年今日。别君时。
忍泪佯低面，含羞半敛眉。

不知魂已断，空有梦相随。
除却天边月，没人知。

《女冠子》词牌名，原为唐教坊曲。以温庭筠《女冠子·含娇含笑》为正体，双调四十一字，上阕五句两仄韵、两平韵，下阕四句两平韵。另有双调一百七字、一百十字等变体。

开篇十字翔实具体："四月十七，正是去年今日。"出笔奇诡，不落窠臼，不委婉，不含蓄，直截了当。因为真实，所以动人。这么具体的写法，诗词中不多见，要么作者真事真写，要么作者假戏真做，无论出于哪种考虑，这开篇如锤，凭空而下，响声震庭。"别君时"，原由，不赘言。进一步详细描写:"忍泪佯低面,含羞半敛眉。""忍"是情绪控制,"佯"是情绪遮掩,这一"忍"一"佯",惟妙惟肖地把闺中少女的心理活动表现了出来;敛,收敛,即皱眉;"含羞半敛眉"把上句"忍泪佯低面"着意修饰,让悲是喜中悲,让羞是赧下羞;所有不适的情绪皆来自欢乐,描写极为精确。上阕的回忆一片温馨。

下阕写别后眷念。整整一年来,不知何时魂已断,已知的只是"空有梦相随"。上阕描述一年前的温馨一刻,一年来除去分别想念之苦,就是空有梦想相随;这正是人之常情、情之常态。作者行文至此,交待了结尾:"除去天边月,没人知。"无可奈何,接不接受都是现实,少女之心,春心荡漾;但现实无情,秋风落叶,冬季落雪。韦庄将思春相恋少女的相爱分别、相思无果的往事,融进了《女冠子·四月十七》,成为唐以后男女思恋时宣泄的镜子,比乐比苦,照见青春。

《女冠子·昨夜夜半》:

昨夜夜半,枕上分明梦见。语多时。
依旧桃花面,频低柳叶眉。
半羞还半喜,欲去又依依。
觉来知是梦,不胜悲。

这一首是男子思念女子之作。开篇依旧具体:"昨夜夜半,枕上分明梦见。"梦境有时清晰,有时模糊。此梦清晰,作者用了"分明"强调,是为了将梦变得真实。"语多时"实际上是想不起如何表达,用"语多时"遮掩窘迫,紧接着两句与第一首对句衔接:"依旧桃花面,频低柳叶眉。"你不是"忍泪佯低面"么,我看仍然"依旧桃花面";你不是"含羞半敛眉"么,我看都是"频低柳叶眉"。这两句的呼应,让两词愈发真实,让世人更加相信这是一场美丽动人的邂逅。

下阕作者让梦继续:"半羞又半喜,欲去又依依。"这是男人的心思,看见女子羞羞答答,总要替人家解释,这种羞涩是因为心中高兴,这种高兴就是因为喜欢我。梦中她想走又赖在我身上,男子的担心害怕体现在梦境中就是这样,半推半就,有笑有骂。

但是梦终有醒,作者结束梦境:"觉来知是梦,不胜悲。"我从内心就知道这是个梦,没醒时分好像就有感觉了,悲从心底来,不能承受啊!

韦庄两首《女冠子》,阴阳相对,相互交融。女子对男子的痴,男子对女子的情,表现得恰如其分。明代大戏剧家汤显祖看了后说:"直书情绪,怨而不怒。"大家就是大家,一语中的。词中所描写的非常单纯,就是男女遗憾的爱情,不涉及其他,也没有其他。没有复杂的社会背景,也没有庸俗的人情世故,就是爱与爱之间的不巧,情与情之间的不合。韦庄非常明白情感中很重要的一个问题:即便单纯,也有不睦,这就是所谓缘分。缘分的定义,从古到今没见有人能够说清楚。

《唐才子传》说韦庄"少孤贫力学,才敏过人"。韦庄祖荫甚厚,惜至他时枝疏叶稀。七世祖韦待价为文昌右相,即尚书右仆射;高祖韦应物,官至苏州刺史;但到了他这一辈,家道没落,从小受穷。这让韦庄养成了节约惜物的习惯,民间关于他的这类传说都含嘲笑的意味,说他吝啬之极。《太平广记》记载,韦庄每次做饭,用多少米必须固定份量,烧多少柴也都事先计算好,吃烤肉少了一片都会知晓。到了元代辛文房的《唐才子传》高度概括为:"性俭,称薪而爨(cuàn),数米而炊,达人鄙之。"韦庄以寒微之家发奋读书,自年轻时起屡试不第,又遭逢晚唐黄巢之乱,与弟妹失散,仕途亦不顺。直到唐昭宗乾宁元年(894年),年近花甲的韦庄终于考中进士,完成了一生心愿。三年后,皇帝下诏,命韦庄入蜀,做判官,劝说西川节度使王建,结果韦庄与王建投缘,终成后蜀建国大业。

韦庄的艺术成就自不待言,一首长篇叙事诗《秦妇吟》足以名垂青史。此诗一千六百六十六字,篇幅为存世唐诗第一,当时颇负盛名,与《孔雀东南飞》《木兰辞》并称"乐府三绝"。有心者可细读慢赏:

中和癸卯春三月，洛阳城外花如雪。
东西南北路人绝，绿杨悄悄香尘灭。
路旁忽见如花人，独向绿杨阴下歇。
凤侧鸾欹鬓脚斜，红攒黛敛眉心折。
借问女郎何处来？含颦欲语声先咽。
回头敛袂谢行人，丧乱漂沦何堪说！
三年陷贼留秦地，依稀记得秦中事。
君能为妾解金鞍，妾亦与君停玉趾。

前年庚子腊月五，正闭金笼教鹦鹉。
斜开鸾镜懒梳头，闲凭雕栏慵不语。
忽看门外起红尘，已见街中擂金鼓。
居人走出半仓皇，朝士归来尚疑误。
是时西面官军入，拟向潼关为警急。
皆言博野自相持，尽道贼军来未及。
须臾主父乘奔至，下马入门痴似醉。
适逢紫盖去蒙尘，已见白旗来匝地。

扶羸携幼竞相呼，上屋缘墙不知次。
南邻走入北邻藏，东邻走向西邻避。
北邻诸妇咸相凑，户外崩腾如走兽。

轰轰混混乾坤动,万马雷声从地涌。
火迸金星上九天,十二官街烟烘烔。
日轮西下寒光白,上帝无言空脉脉。
阴云晕气若重围,宦者流星如血色。
紫气渐随帝座移,妖光暗射台星拆。
家家流血如泉沸,处处冤声声动地。
舞伎歌姬尽暗捐,婴儿稚女皆生弃。

东邻有女眉新画,倾国倾城不知价。
长戈拥得上戎车,回首香闺泪盈把。
旋抽金线学缝旗,才上雕鞍教走马。
有时马上见良人,不敢回眸空泪下。
西邻有女真仙子,一寸横波剪秋水。
妆成只对镜中春,年幼不知门外事。
一夫跳跃上金阶,斜袒半肩欲相耻。
牵衣不肯出朱门,红粉香脂刀下死。
南邻有女不记姓,昨日良媒新纳聘。
琉璃阶上不闻行,翡翠帘间空见影。
忽看庭际刀刃鸣,身首支离在俄顷。
仰天掩面哭一声,女弟女兄同入井。
北邻少妇行相促,旋解云鬟拭眉绿。

墨戏图册 清 金农

已闻击托坏高门，不觉攀缘上重屋。
须臾四面火光来，欲下回梯梯又摧。
烟中大叫犹求救，梁上悬尸已作灰。

妾身幸得全刀锯，不敢踟蹰久回顾。
旋梳蝉鬓逐军行，强展蛾眉出门去。
旧里从兹不得归，六亲自此无寻处。
一从陷贼经三载，终日惊忧心胆碎。
夜卧千重剑戟围，朝餐一味人肝脍。
鸳帏纵入岂成欢？宝货虽多非所爱。
蓬头垢面眉犹赤，几转横波看不得。
衣裳颠倒语言异，面上夸功雕作字。
柏台多半是狐精，兰省诸郎皆鼠魅。
还将短发戴华簪，不脱朝衣缠绣被。
翻持象笏作三公，倒佩金鱼为两史。
朝闻奏对入朝堂，暮见喧呼来酒市。

一朝五鼓人惊起，叫啸喧呼如窃语。
夜来探马入皇城，昨日官军收赤水。
赤水去城一百里，朝若来兮暮应至。
凶徒马上暗吞声，女伴闺中潜色喜。

依旧烟笼十里堤

皆言冤愤此时销，必谓妖徒今日死。
逡巡走马传声急，又道官军全阵入。
大彭小彭相顾忧，二郎四郎抱鞍泣。
沉沉数日无消息，必谓军前已衔璧。
簸旗掉剑却来归，又道官军悉败绩。

四面从兹多厄束，一斗黄金一斗粟。
尚让厨中食木皮，黄巢机上刲人肉。
东南断绝无粮道，沟壑渐平人渐少。
六军门外倚僵尸，七架营中填饿殍。
长安寂寂今何有？废市荒街麦苗秀。
采樵斫尽杏园花，修寨诛残御沟柳。
华轩绣毂皆销散，甲第朱门无一半。
含元殿上狐兔行，花萼楼前荆棘满。
昔时繁盛皆埋没，举目凄凉无故物。
内库烧为锦绣灰，天街踏尽公卿骨！

来时晓出城东陌，城外风烟如塞色。
路旁时见游奕军，坡下寂无迎送客。
霸陵东望人烟绝，树锁骊山金翠灭。
大道俱成棘子林，行人夜宿墙匡月。

明朝晓至三峰路,百万人家无一户。
破落田园但有蒿,摧残竹树皆无主。
路旁试问金天神,金天无语愁于人。
庙前古柏有残蘖,殿上金炉生暗尘。
一从狂寇陷中国,天地晦冥风雨黑。
案前神水咒不成,壁上阴兵驱不得。
闲日徒歆奠飨恩,危时不助神通力。
我今愧恧拙为神,且向山中深避匿。
寰中箫管不曾闻,筵上牺牲无处觅。
旋教魔鬼傍乡村,诛剥生灵过朝夕。
妾闻此语愁更愁,天遣时灾非自由。
神在山中犹避难,何须责望东诸侯!

前年又出杨震关,举头云际见荆山。
如从地府到人间,顿觉时清天地闲。
陕州主帅忠且贞,不动干戈惟守城。
蒲津主帅能戢兵,千里晏然无戈声。
朝携宝货无人问,暮插金钗唯独行。
明朝又过新安东,路上乞浆逢一翁。
苍苍面带苔藓色,隐隐身藏蓬荻中。
问翁本是何乡曲?底事寒天霜露宿?

老翁暂起欲陈辞，却坐支颐仰天哭。
乡园本贯东畿县，岁岁耕桑临近甸。
岁种良田二百廛，年输户税三十万。
小姑惯织褐绁袍，中妇能炊红黍饭。
千间仓兮万斯箱，黄巢过后犹残半。
自从洛下屯师旅，日夜巡兵入村坞。
匣中秋水拔青蛇，旗下高风吹白虎。
入门下马若旋风，罄室倾囊如卷土。
家财既尽骨肉离，今日垂年一身苦。
一身苦兮何足嗟，山中更有千万家，
朝饥山上寻蓬子，夜宿霜中卧荻花！

妾闻此老伤心语，竟日阑干泪如雨。
出门惟见乱枭鸣，更欲东奔何处所？
仍闻汴路舟车绝，又道彭门自相杀。
野宿徒销战士魂，河津半是冤人血。
适闻有客金陵至，见说江南风景异。
自从大寇犯中原，戎马不曾生四鄙。
诛锄窃盗若神功，惠爱生灵如赤子。
城壕固护教金汤，赋税如云送军垒。
奈何四海尽滔滔，湛然一境平如砥。

避难徒为阙下人,怀安却羡江南鬼。
愿君举棹东复东,咏此长歌献相公。

  《秦妇吟》的宏篇叙事风格明显受到白居易的影响,朴实流畅,灵活通达。通过"秦妇"的命运,写出时代动乱时民族的悲哀,折射出国家衰亡的必然结果。这篇现实主义诗歌作品时间跨度为三年,自晚唐诞生之际就在民间广为流传,然而韦庄晚年为免祸,讳言《秦妇吟》,撰《家戒》·自禁其诗。直至近代,《秦妇吟》写本才复出于敦煌石窟,国人方得见失传千年的煌煌巨作。失而复得,不仅是韦庄的幸运,更是《秦妇吟》的幸运,所以凡事要相信缘分。

江山无尽图卷(局部) 清 高岑

皮日休

（约838－约883年）

一枝寒泪作珊瑚

《闲夜酒醒》
《春夕酒醒》
《汴河怀古二首》

皮日休（约838－约883年）字袭美，一字逸少，襄阳（今湖北襄樊）人，与陆羽是老乡。他与陆羽年龄差了有一百多岁，两人唯一可以拉到一起的是茶。皮日休写过茶中杂咏《茶瓯(ōu)》：“邢客与越人，皆能造兹器。圆似月魂堕，轻如云魄起。”这诗写得一般，但文献价值大，在同一首诗提及了唐代瓷器两大名窑——邢窑与越窑。北邢南越，北白南青，皮日休功德无量。皮日休站在南方人的立场说"邢客"与"越人"，可见诗人的表述非常注重细节。

皮日休喜欢喝酒，有"醉吟先生""醉士"等称号。他的醉带着三分麻醉，他看不了晚唐社会的腐败，忧国忧民。自己出身寒微，最能体恤民间底层的疾苦。饮酒也多次入诗，有的俏皮，有的沉重，比如他的《闲夜酒醒》：

醒(xǐng)来(lái)山(shān)月(yuè)高(gāo)，孤(gū)枕(zhěn)群(qún)书(shū)里(lǐ)。
酒(jiǔ)渴(kě)漫(màn)思(sī)茶(chá)，山(shān)童(tóng)呼(hū)不(bù)起(qǐ)。

插篙萑渚繫艀艇
三更月上當篙頂
漁懶醉喚不醒起來
霜印蓑衣影
唐寅畫

皮日休将自己的醉态与感受清晰地交待：一觉醒来已是半夜了，山上的月亮升得老高，自己还躺在一堆书里。床上阅读是乐趣，自古如此；酒醒以后会口渴叫水，但他还是懒得动。"漫思茶"是十分传神的表达，茶能解酒，饮之如甘霖，口渴时分想起茶十分亲切，但醉得有点重，"山童呼不起"算是某种责备的同时还有点自责。

中国传统的酿造酒有个特点，容易入口，也容易深醉。有时候喝着喝着就不知不觉失去意识。在醉与非醉之间，有一种说不出的欣慰感，所以说"一醉解千愁"。皮日休写过《酒中十咏》，酒乡、酒床、酒星、酒樽、酒城、酒泉、酒筹（chōu）、酒垆（lú）、酒楼、酒旗，由此可见他对酒的痴迷。

在这些咏酒诗中，可以看出皮日休对酒的热爱。比如《酒泉》的最后两句："我愿葬兹泉，醉魂似凫跃。"我愿意死在酒泉里，醉魂像野鸭子一样在上面游来游去。又比如《酒旗》的最后两句："双眸复何事，终竟望君老。"我的眼睛没有别的事了，只盯着酒旗和它慢慢一同老去。

这些酒诗实际上还都是皮日休的技巧之作，融进一部分个人情感，他被后人称颂的酒诗叫《春夕酒醒》：

sì xián cái bà zuì mán nú　　líng lù yú xiāng zài cuì lú
四 弦 才 罢 醉 蛮 奴，酃 醁 余 香 在 翠 炉。
yè bàn xǐng lái hóng là duǎn　　yī zhī hán lèi zuò shān hú
夜 半 醒 来 红 蜡 短，一 枝 寒 泪 作 珊 瑚。

  皮日休曲写，躲开了宴会的热闹场面。唐人琵琶一般分四弦、五弦两种，四弦一般可称"琵琶"，五弦只称"五弦"，但也有称琵琶的。白居易诗"四弦一声如裂帛"；鱼玄机诗"四弦轻拨语喃喃"；王建诗"回来忆著五弦声"；韦应物诗"美人为我弹五弦"。可见四弦五弦在唐代非常普遍，也分得清楚，可惜五弦在中国早已失传，实物日本正仓院有收藏。皮日休的"四弦才罢"的意思是宴会刚刚过去了，"蛮奴"是诗人的自称。酃，通醽；"酃醁"是一种美酒。此二字生僻，今已弃用。醽醁酒呈绿色，这种绿色的酒清代以后渐渐失传。明李时珍在《本草纲目》中有解释："酒，红曰醍，绿曰酃，白曰醝。"晋代道学家葛洪在《抱朴子·嘉遁》中有"藜藿嘉于八珍，寒泉旨于醽醁"之句，这至少证明在晋代醽醁酒就已经很有名了。唐代酿酒业发达，文献记载初唐大臣魏徵就善治酒，两种绿酒，一种叫醽醁，一种叫翠涛，唐太宗喝了，写诗对此赞不绝口："醽醁胜兰生，翠涛过玉薤（xiè）。千日醉不醒，十年味不败。"

  酿造酒在天冷的时候往往加温热饮，皮日休说的"余香在翠炉"就是这层意义。汉唐之际温酒器改进不大，皮日休说的"翠炉"极有可能就是青铜温酒炉，置热炭于双耳杯下。

头两句诗包含着诗人一股欢乐情绪，似乎还有一丝浅浅的得意。但后两句话锋转向，"夜半醒来红蜡短，一枝寒泪作珊瑚。"红蜡短的"短"是醒来后的第一感受，蜡之短相对于长属于警告；紧跟着，诗人的文学描述独特，将流泪过多过密的残蜡比喻成珊瑚，使用了"一枝"表示孤独，使用了"寒泪"表示苦闷，后两句转喜为悲，暗藏诗人心中的不满。

皮日休这首诗写得含蓄，内容亦不复杂，就是醉酒半夜醒来有悟而已。但作者精心地设计，让声音（四弦）渐渐隐去，让气味（余香）悄悄登场；让颜色（翠炉、红蜡）忽然变化，让意象充满想象。红珊瑚的枝枝杈杈，光怪陆离，不仅能代表人生，也能暗示人生。人生如蜡，燃尽就完成一生，在燃烧中不断释放热能，不断改变自己。皮日休醉酒后仍能保持清醒的头脑，知道世事维艰，生存不易，所以才向红烛送去一瞥。原本光洁的红蜡，变成嵯峨崚峋之貌，完全如同人生，单纯变得复杂，光滑变得粗糙，正因为这种复杂粗糙，才让人生丰富多彩，继而具有了意义。

皮日休写过一部分咏史诗，咏史的目的在于借古喻今，

渊明诗意册页（局部） 清 石涛

或借鉴、或反思、或批判、或赞叹，这类诗词在诗词史上是很重要的一类，无论对事还是对人，无论对景还是对物，从今人的角度看过去的历史，感叹发声。简单地说，历史就是一面镜子，看见过去的同时，不仅看见自己，还能看见未来。《汴河怀古二首》就是这样：

其一
万艘龙舸绿丝间，载到扬州尽不还。
应是天教开汴水，一千余里地无山。

其二
尽道隋亡为此河，至今千里赖通波。
若无水殿龙舟事，共禹论功不较多。

第一首诗说的是隋炀（yáng）帝船队下江南之事。大业元年（604年），隋炀帝即位第一年就开始疏浚（jùn）开凿人工大运河，所谓人工大运河多数是老旧河道修整疏浚，大业六年（610年），开凿大运河的工程基本完成。隋唐大运河以洛阳为中心，北至涿（zhuō）郡（今北京），南到会稽，全长二千七百公里，贯通海河、黄河、淮河、长江、钱塘江五大水系，成为国家的经济命脉。

隋炀帝乘船下江南，阵容强大，船队相连一百多公里，数量达五千多艘，其陈设奢华前所未有。隋炀帝三下江南后，最终被宇文化及杀死在江都（今江苏扬州）。皮日休开篇两句说的就是这段历史。"龙舸"，大船，隋炀帝船队所用；"绿丝"指两岸的垂柳；"载到扬州尽不还"就是说隋炀帝最终死在那里。后两句的"汴水"就是通济渠，唐宋称汴河；"天教"，乃上天让隋炀帝开发的，一千余里平缓河道两边一览无余。

在第二首中皮日休明显为隋炀帝辩护。都说隋炀帝灭亡就是因为开凿了大运河，可是至今南北通商通行还是依赖这条水路。"若无水殿龙舟事，共禹论功不较多。"皮日休假设了：如果没有隋炀帝水上宫殿、龙船南行之事的话，他治水的功劳可以与大禹媲美。

读史不是简单要知道历史，是要形成史观。皮日休的咏史诗明显地高出一筹，就是因为有自己的史观。他没有单纯地发出感慨，也没有简单地去指责，而是辩证地思考前人行为的对与错、利与弊。隋炀帝的功过，历史评价不一，多数人认为他过大于功，主要是儒家看不了隋炀帝的张狂与奢靡，民间对他携美女下江南也耿耿于怀。殊不知，作为中国帝制社会基本制度的科举形成于隋朝，三省六部制的官制始于隋朝，隋朝的军事、外交、宗教等都较从前优化。皮日休敏锐地观察到了隋炀帝的与众不同，冷静客观地写下了评价他功绩的《汴河怀古二首》。这一评价在唐末颇显价值。

皮日休与陆龟蒙交谊很深，二人唱和的诗歌很多，由于二人齐名，所以世称"皮陆"。二人诗中有同情民间疾苦之作，更有闲诗联句之作，充分显示出二人的默契与高超的作诗技巧。

可惜皮日休晚年误入黄巢麾下。黄巢在唐中和元年（881年）攻入长安后，建立大齐政权，皮日休被任命为翰林学士。这是皮日休生涯可查到的最后一次记录。据《唐才子传》记载，黄巢称帝后看上了皮日休的文才，命他作一首谶词，宣传是上天授意自己主宰人间，皮日休写的是："欲知圣人姓，田八二十一；欲知圣人名，果头三屈律。"皮日休的谶语诗猛一看是个简单的拆字谜，深层意思可能只有皮日休自己明白。黄巢看了这诗后很不高兴，因为他的头长得难看，觉得皮日休在讥讽他，于是立刻下令把皮日休斩了。

至于皮日休的最终情况是否如此，不得而知，反正《旧唐书》《新唐书》都因皮日休加入黄巢起义军而不为他作传。皮日休入黄巢政权后就再也没有他的任何消息，所以他究竟何时去世一直是个谜。但有一点，黄巢起义在历史上，不论正史还是野史，评价都特别负面，皮日休晚年裹入其中实属意外。当然，关于皮日休的去向史籍记载颇

多，这些对皮日休已不重要了，重要的是他留下了《皮子文薮》十卷，《全唐诗》《全唐文》还收录了皮日休许多未收在文集中的作品，而这些宝贵的遗产才是皮日休的价值所在。

白云深处图卷 元 方从义

事茗图（局部） 明 唐寅

杜荀鹤

（846—904年）

白发吾唐一逸人

《旅泊遇郡中叛乱示同志》
《自叙》
《梁王坐上赋无云雨》

杜荀鹤（846—904年）出身寒微。历史上有个传言，说他是大诗人杜牧出妾之子。"出妾之子"是个委婉的说法，言外之意是私生子，这身份在帝制社会有些尴尬。可现有的资料无法证实此事。早在南宋，有个叫周必大的文人，官至宰相，与陆游、范成大、杨万里交情笃深，为南宋文坛盟主，他就认为杜荀鹤为杜牧出妾之子的传闻完全是编造的，属无稽之谈。周必大还指出《太平杜氏宗谱》可信，社会流散的谣言都不足信。

杜荀鹤是池州石埭（dài）（今安徽石台）人，自号九华山人。杜荀鹤幼时家境不好，自己努力读书，也曾多次赴长安应考，落第还山。唐末，社会动荡厉害，黄巢军从山东起兵，攻占河南、湖北、湖南、安徽、江西、浙江等地，对社会秩序造成严重破坏。唐僖宗中和元年（881年），正值黄巢军势盛之时，池州发生兵乱，杜荀鹤正好旅行途中遇见，遂作诗一首：

握手相看谁敢言，军家刀剑在腰边。
遍收宝货无藏处，乱杀平人不怕天。
古寺拆为修寨木，荒坟开作甃城砖。
郡侯逐出浑闲事，正是銮舆幸蜀年。

这首诗名为《旅泊遇郡中叛乱示同志》。"旅泊"，旅途停泊，途次小居。"示同志"，"同志"本义志同道合之人。左丘明在《国语·晋语四》释："同德则同心，同心则同志。"《后汉书·刘陶传》亦说："所与交友，必也同志。""示"，表示告诫，引起注意。此诗有一挥而就之感，写现实如临其境。诗人开篇就剑拔弩张："握手相看谁敢言，军家刀剑在腰边。"人类文明进程是一个渐进过程。回顾历史，一次次战争杀戮后的痛定思痛，或许以另一种方式促使了文明进步；但在当时，战争一旦到来，残酷之极，人的生命与尊严在其中丧失殆尽。首联就将这种丧失尊严的场景描写出来，传神准确，敢怒而不敢言。

颔联一声叹息："遍收宝货无藏处，乱杀平人不怕天。""宝货"两解，一是货币，二是宝物。宝钱制从唐武德四年（621年）开启，从"五铢"计重制到宝钱制，开元通宝是货币史上的里程碑,开元通宝是中国第一枚"宝货",从此中国货币不再计算重量。"宝货"也可以理解为各种宝物。身上如果有钱或者有宝物,战乱时无地方可藏;军人滥杀无辜可以无法无天。"平人"即平民,避唐太宗李世民之讳改"民"为"人"。历史上社会每一次陷入动荡,都是法制先遭受破坏,社会要靠基本道德约束,所以中国历朝历代重视道德建设胜过法制建设。

颈联进一步加深对恶行的批判:"古寺拆为修寨木,荒坟开作甃城砖。"寺庙和坟陵自古就是禁地,凡对此不恭者都十恶不赦;杜荀鹤偏偏选中这二者加以渲染,进一步说明战争中的道德沦丧。"甃",本义以砖砌井,引申为砌瓮城,修寨砌城都是修工事,准备战事。

作者写到最后,十分感伤地道出:"郡侯逐出浑闲事,正是銮舆幸蜀年。""郡侯",一方父母官,池州刺史也没有办法,只能眼睁睁地看着叛乱的军人杀人越货,胡作非为;"浑闲事",简直就是无关紧要的事;"銮舆",皇帝的车驾。"幸蜀"一词用得巧妙,算是委婉的说辞。史载,广明元年(880年),黄巢军队攻占长安后,唐僖宗李儇(xuān)仓皇出逃四川,所以诗人说"幸蜀",为皇帝遮丑。

这首诗在杜荀鹤现存的三百多首中不算太特殊,诗写得语白词浅,不掉书袋不用典,一副生活速写的样子。这恰恰体现了诗人的素描能力，让后人看见了大唐晚景中的混乱与凄凉。一个朝代，有蒸蒸日上之时，有辉煌昌盛一刻，但也有江河日下、气息奄奄的时候。中和元年离唐亡只剩下二十五年了，一个那么辉煌的朝代，最后也是风烛残年之貌，令人唏嘘。

杜荀鹤的诗题材较多，大致可分为三类。第一类写隐居山林，追求孤寂，有贾岛之风。第二类写艳情宫闱，仅一首《春宫怨》足矣。时下流传一句谚语："杜词三百首，唯在一联中。"这一联就是《春宫怨》的颈联："风暖鸟声碎，日高花影重。"让杜荀鹤诗名鹊起的是他的第三类诗，现实主义诗作，体恤百姓疾苦，讽刺官场作为，从某种意义上说，这部分作品最能体现杜荀鹤诗歌创作的价值，让其在晚唐展现光芒。

杜荀鹤对自己有个评价，他写过一首《自叙》诗，夹叙夹议，解剖社会的同时解剖自己：

酒瓮琴书伴病身，熟谙时事乐于贫。
宁为宇宙闲吟客，怕作乾坤窃禄人。
诗旨未能忘救物，世情奈值不容真。
平生肺腑无言处，白发吾唐一逸人。

设色山水册 清 石涛

诗写得诚恳，清晰看待自己，算是对前半生的总结。杜荀鹤总体上是个谨小慎微的人，一生求学求仕并不得志，"江湖苦吟士，天地最穷人。"他起句便说两事，饮酒与弹琴。因这两件事一直伴随着他的病体，他并不后悔也无怨言，他懂得世事，宠辱不惊，所以安贫乐道。

颔联说得口气大："宁为宇宙闲吟客，怕作乾坤窃禄人。"杜荀鹤使用了"宇宙"一词，这个词很老，表示最大空间："四方上下曰宇，古往今来曰宙"，即无限时间、无限空间。《吕氏春秋·下贤》有"神覆宇宙"一语。而"世界"一词则小于"宇宙"，表示有限空间和有限时间。诗人采用"宇宙"是把空间和时间拉至极限，表达闲吟客的潇洒。"乾坤"指天地日月，代指社稷江山。我宁愿在无边无界的地方闲谈，也不去官场寻求一官半职，放弃文人的淡泊之志。

颈联在讲一个道理："诗旨未能忘救物，世情奈值不容真。""诗旨"，诗的旨意；"救物"，拯救万物；"奈"，怎样，如何；"值"，遇到，碰见。我如此热爱作诗，从来没有忘记救人救物；可当今的社会，如此这样不能容纳正直本真。诗人处在晚唐极度腐败的社会中，空怀报国志，"苦吟只天性，直道世将非。"（《寄从叔》）

尾联作者长喟一声:"平生肺腑无言处,白发吾唐一逸人。""吾唐"指大唐;"逸人"指隐士。我这一生头发都白了,肺腑之言没有地方倾诉,只好做大唐一个隐士吧!

杜荀鹤一生都觉得自己怀才不遇,沉浸于作诗的快乐之中。与初唐、盛唐、中唐的诗人们相比,没有了让人激情四射的环境,也没有积极向上的岁月,晚唐社会的颓势谁都可以感到。社会矛盾从官场到民间,纠缠如乱麻,已无法解开,诗人只能写诗发泄心中的愤懑与不满。这类议论体的诗,非常容易写空,但杜荀鹤身处其中,有感而发,议论虽烈而不空,道理虽直又有隐,按宋人惠洪和尚的话说:"沛然从肺腑中流出。"(《冷斋夜话》)真情流露是杜荀鹤此诗的特点,让一个白发诗人抚膺(yīng)长啸,老泪纵横,抒发内心积郁的情感,杜荀鹤的《自叙》诗首尾呼应,语真动人。

杜荀鹤晚年不知何因误入歧途。黄巢起义(878—884年)动摇了唐朝的根基,虽没有直接灭掉唐朝,但间接帮助朱温拿下了天下。史家对黄巢起义的评价多为负面,滥杀无辜,民愤极大。黄巢部下有一大将朱温,他见黄巢攻入长安时乱象横生,毅然弃黄降唐。唐僖宗捞到救命稻草,朝廷赐朱温名"全忠",朱温利用朝廷对他的依赖,一天天坐大,逼皇帝迁都洛阳,设计诛杀了唐昭宗李晔,然后立十二岁的李柷(chù)为帝。三年后朱温接受唐哀帝的禅位，即皇帝位，更名朱晃，改元开平，国号大梁。享国二世十六年。这就是五代后梁。

杜荀鹤与朱温有一段说不清的瓜葛，当朱温掌握大唐大权后，杜荀鹤写了十首《时世行》，想让朱温省徭役，薄赋敛，但朱温没有采纳。杜荀鹤不甘心，又写了三十首《颂德诗》去讨好朱温，朱温也不置可否。杜荀鹤就在大梁国都洛阳一住几个月，进退两难。

据说朱温喜怒无常，杀人如麻，稍一动气，以杀人解气。如果他召见的人不在，连手下都难逃一死。终于朱温召唤杜荀鹤了，民间传说朱温掷骰子六枚，六枚尽红，朱温大叫一声：苦命的秀才！杜荀鹤闻之汗如雨下，上前行礼，朱温说：秀才可以不行礼。杜荀鹤面色惨白，战栗不停。朱温说：我知道你很久了。此时屋外有阳光但开始下雨，朱温就问：秀才，你见过无云下雨吗？杜荀鹤答：没有。朱温说：这叫天哭，不知何征兆？说完让杜荀鹤以"无云雨"为主题作首诗，杜荀鹤战战兢兢写下《梁王坐上赋无云雨》：

同是乾坤事不同，雨丝飞洒日轮中。
若教阴朗长相似，争表梁王造化功。

神仙图册 明 张路

这一年朱温尚为王，未即皇帝位，杜荀鹤的诗阿谀奉承露骨，赢得朱温大赏，这首《梁王坐上赋无云雨》也收录在杜荀鹤的文集中，算是人生污点。后来朱温专门为杜荀鹤送名礼部，杜荀鹤才得以中第八名进士，授翰林学士，主客员外郎。

杜荀鹤发迹后一下子糊涂至极，居然"恃势侮缙绅"，"众怒，欲杀之而未及"。杜荀鹤由于仕途上升之路不甚光彩，心虚作祟，仗势欺人，侮辱官员，惹了众怒，大家准备杀他但时间没来得及，杜荀鹤得了重病，很快就死了。这一年，离大唐灭亡仅剩两年。

山水清音图册 清 王鉴

溪山秋色图（局部） 明 蓝瑛

陆龟蒙

（？—约881年）

夺得千峰翠色来

《和袭美春夕酒醒》
《秘色越器》
《别离》

陆龟蒙（？—约881年），字鲁望，自号江湖散人，又号天随子，长洲（今江苏苏州）人。从他的自号就可以看出他是一个散淡的人。陆龟蒙与皮日休契合金兰，二人之间唱酬甚多，比如皮日休夜半写下《春夕酒醒》，寄给陆龟蒙，陆龟蒙收到后马上和了一首《和袭美春夕酒醒》，写的同样是酒后醒来：

jǐ nián wú shì bàng jiāng hú　　zuì dǎo huáng gōng jiù jiǔ lú
几　年　无　事　傍　江　湖，　醉　倒　黄　公　旧　酒　垆。
jiào hòu bù zhī míng yuè shàng　　mǎn shēn huā yǐng qiàn rén fú
觉　后　不　知　明　月　上，　满　身　花　影　倩　人　扶。

陆龟蒙这诗的意思比皮日休轻松些：这些年闲在江湖，又喝醉在黄公酒垆。"黄公酒垆"本指竹林七贤喝酒处，这里是代指。酒醉醒来后发现月照满身花影，还摇摇晃晃需要人搀扶。陆诗为皮诗去掉些苦涩，多了些俏皮，可见二人的相知相悦。

陆龟蒙与皮日休经历有些不同。他出身官宦世家，却一生以农业为生，修身齐家；年轻时苦读书，通晓六经，尤精《春秋》。早年也热衷科举考试，屡试不第后曾跟随湖州刺史张博游历了一些日子，做张博的幕僚，后实在不适应，或者说不喜欢官场，就又回到家乡松江甫里，过上了隐居生活。所以后人又称他"甫里先生"，有《甫里先生文集》。

陆龟蒙热衷农业。他在历史上最重要的创作并不是诗文，而是一部描写唐末江南农具的专著《耒耜(lěi sì)经》，这部古农具专著在中国古代独一无二，文献地位无可替代。古代农书大多数总结农艺，直接讲农具的罕见。"耒""耜"皆为远古农具，可简单译为"犁"。我们是农耕民族，犁是耕种的初始用具，地位居先。汉民族由于具体而完整的农耕思维，非常强调物质，所以对物关注、推崇、爱护。因此唐诗中除咏史诗外，还有咏物诗。

咏物诗与咏史诗不同，咏史诗借古喻今，咏物诗则托物言志。《全唐诗》中咏物诗六千余首，大部分是在晚唐创作的，初唐、盛唐、中唐的咏物诗加起来都不如晚唐多，可见诗歌历史上也有各体的不同盛兴期。陆龟蒙的经典咏物诗《秘色越器》在陶瓷史上极为重要，首次精确描述唐代晚期越窑的釉(yòu)色：

林亭秋色图（局部） 元 佚名

九秋风露越窑开，夺得千峰翠色来。
好向中宵盛沆瀣，共嵇中散斗遗杯。

"越器"指青釉瓷器，即皮日休"邢客与越人，皆能造兹器"所说的越人造器。"秘色"据宋人赵令畤在《侯鲭录》中解释："今之秘色瓷器，世言钱氏立国，越州烧进，为供奉之物，不得臣庶用之，故谓之'秘色'。"在唐代的法门寺地宫打开之前，一千多年来，大家都在猜测何为"秘色"，直到看见地宫之物，加之记载明确的衣物账清单，方知"秘色"乃艾绿色。陆龟蒙前两句提供如下信息，先是秋天烧窑，再是色为翠色。南方烧瓷夏季气候潮湿，成品率极低，秋天干燥时方可烧窑。陆龟蒙交待得很清楚："九秋风露越窑开。""越窑青瓷"是个主观颜色，自然界并没有对应的颜色，与红、黄、蓝、白等客观的颜色不同，青色并不存于自然界当中，所以陆龟蒙描述说"千峰翠色"。

下两句有点费解。"好向中宵盛沆瀣，共嵇中散斗遗杯。""中宵"，夜半；"沆瀣"本指夜间的水汽、露水，此借指酒。司马相如的《大人赋》有"呼吸沆瀣，分餐朝霞"之句。"沆瀣"一词本无任何贬义，但到了唐僖宗乾符二年（875年）的时候，京城长安科举考试，众多考生中有一个叫"崔瀣"的考生中举；事有凑巧，主考官员叫"崔沆"。按唐代习俗考试及第人算主考官的门生，二人相见，同姓异名，"沆""瀣"二字又是个难遇的词组，于是大家把他俩的字凑在一起调笑："座主门生，沆瀣一气。"崔沆、崔瀣考试当中并无舞弊现象，这话也就是一句玩笑语。这故事发生时陆龟蒙已是晚年了，待成为成语广泛使用还是很后来的事，不知为什么宋之后"沆瀣一气"变成带有贬义的专有词汇。

"嵇中散"指的是竹林七贤的嵇康，嵇康做过中散大夫，故称"嵇中散"。竹林七贤以饮酒闻名，"遗杯"是说嵇康遗留下的酒杯。后两句的整体意思是，可拿越窑杯盏在午夜时盛满酒水，和嵇康一起斗酒。

陆龟蒙的《秘色越器》是他咏物诗中的一首，前两句清新自然，后两句拙朴滞涩，陆龟蒙追求的就是这么一个感觉，如同看着清新可口的菜肴吃起来却酸辣无比。

诗人之间的唱和是唐诗发展的一个普遍现象，某种意义上说，唱和加速了近体诗的成熟。唱和之间，诗人们就一个主题，要么联句，要么唱和，每个诗人站在自己的角度，发挥自己的才能。皮日休和陆龟蒙之所以被人称为"皮陆"，就是因为他们的联句唱和特别多，旗鼓相当。

皮日休有一组十首《茶中杂咏》诗，从茶坞写起，包括茶人、茶笋、茶籝(yíng)、茶舍、茶灶、茶焙(bèi)、茶鼎、茶瓯，到最后一首煮茶,诗写好后他寄给陆龟蒙,陆龟蒙就写了《奉和袭美茶具十咏》。这组诗中,陆龟蒙显示了他高超的诗歌技巧,一一对应,首首相呼,让茶这一特定物在两位大诗人笔下熠熠生辉。陆龟蒙比皮日休更进一步的是,他在湖州顾渚山下置有茶园,每年亲自收拾,摸索经验,通过对茶的多年研究体验,写了一本与茶相关的书《品第书》,简单地说,就是一本茶书,可惜今已不存,早就散佚了。

了解一位诗人,最直接的是通过他的诗。陆龟蒙早年科举不中,做了一段时间的幕僚,也没远离家乡,他的一辈子基本就在老家苏州度过。他没有像高适、王昌龄、岑参、王

之涣这些边塞诗人那样亲临大漠孤烟、戈壁荒原，也没有像韩愈、白居易、刘禹锡、柳宗元这些官员诗人那样经历过宦海浮沉、骨肉分离。他静静地在温婉的东吴之地经营人生，隐逸田园，当某年某月的某一天，一个朋友将要踏上征程，与之分手，他也写了一首送别诗《别离》：

丈夫非无泪，不洒离别间。
杖剑对尊酒，耻为游子颜。
蝮蛇一螫手，壮士即解腕。
所志在功名，离别何足叹。

金昌送别图（局部） 明 唐寅

"别离"与"离别"有一点点语感上的差别。"别",说文释为"分解也",主动性强;"离",最初指"离黄",即黄鹂,捕获离黄,与群失散即为"离",被动性强一些。一般说来,"分别"主动,"离散"被动,诗歌中的使用有时很难替换,比如:李白诗"此地一为别,孤蓬万里征"主动;刘长卿诗"白首相逢征战后,青春已过乱离中"被动;杜甫诗"洛城一别四千里,胡骑长驱五六年"主动;王昌龄诗"沅(yuán)水通波接武冈,送君不觉有离伤"被动。

陆龟蒙诗中两见"离别"一词,尽管诗题为《别离》,但诗中仍传达了被动之意。所以他开篇便劝:"丈夫非无泪,不洒离别间。"诗句字里行间的意思还是有些被动分离,没有说出原因。李白写过:"平生不落泪,于此泣无穷。"刘长卿写过:"望君烟水阔,挥手泪沾巾。"韦应物写过:"相送情无限,沾襟比散丝。"韩愈写过:"零落残魂倍黯然,双垂别泪越江边。"

离别送别,惜时落泪,人之常情,但性格沉稳的陆龟蒙由衷地劝解了一句,大丈夫志在四方,离家远行不必过于悲伤。紧接着语气加重:"杖剑对尊酒,耻为游子颜。"男子杖剑远行,临别一杯酒,不要像那些没有出息的人一样满脸愁容。颈联:"蝮蛇一螫手,壮士即解腕。"这句话重,为长者对后辈而言;蝮蛇,剧毒;解腕,断腕。唐天宝年间书家窦泉《述书赋(下)》说:"君子弃瑕以拔才,壮士断腕以全质。"陆龟蒙借用此意，告诫远行人，做事需要有舍才能有得，离家这点小舍比起壮士断腕实在不算什么。尾联说得明确，一个走向仕途为官的人，志在功名利禄，离别之情就不算什么了。

一首《别离》，可以看到陆龟蒙的另一面人生。一个摒弃仕途、归隐田园的诗人，本应过着田间除草、水边垂钓的生活："四邻多是老农家，百树鸡桑半顷麻。"想法也会单纯，过好每一天，做好每一件事，"本来云外寄闲身，遂与溪云作主人。"

陆龟蒙出身官宦世家，父亲曾任御史，曾祖官至泽州刺史，高祖任少府少监，五世祖任监察御史，六世祖陆象先曾任唐玄宗时宰相，七世祖陆元方任户部侍郎、同中书门下平章事，武则天时的第一宰相。如此祖荫在身，层层庇护，七世祖陆元方、六世祖陆象先在唐史上都是大名鼎鼎的人，可陆龟蒙立志不走仕途，就做江湖散人。他写过《江湖散人歌》，欲将散人之散发挥到极致，要求自己心意形神俱散，然后"口诵太古沧浪词"，一副把世界彻底看穿的潇洒样子。

竹园清饮图（局部） 清 罗聘

王 驾

（851年—？）

家家扶得醉人归

《社日》
《雨晴》

王驾（851年—？），字大用，河中（今山西永济）人。王驾存诗不多，《全唐诗》仅有六首。他曾经有《王驾诗集》六卷，可惜全部佚失。可就是他仅存的这六首诗中，至少有两首很有名，尤其是《社日》，自宋以后民间极为喜爱，明清许多文物上都题这首诗。可见唐诗的传播途径很广。

王驾生平记载文字有限，唐昭宗大顺元年（890年）他考中进士。这一年离唐亡仅差十六年了，大唐江山已在风雨飘摇之中。王驾举进士后还是走了一段仕途，官至礼部员外郎，官不算太小，但是个闲差。王驾天性质朴，喜欢自然，官做得也不怎么开心，思来想去，与其在官场蹉跎，不如弃官归隐。他与司空图、郑谷关系不错，诗风也近，在一起聊聊诗就能打发日子。

王驾的《社日》在今天不怎么受关注，原因是"社日"这一现象在近代至现代逐渐消亡了，尤其是城市，几乎没有也不知社日了。可是在中国漫长的古代社会，社日是农耕民族的精神寄托。每年的这一天，是百姓最为关心、最愿参与的节日。王驾的《社日》写得生动传神，可以当作唐代百姓生活的一段记录：

鹅湖山下稻粱肥，豚栅鸡栖半掩扉。
桑柘影斜春社散，家家扶得醉人归。

完全是一幅民俗画卷，可以与《清明上河图》的某个片断媲美。说《社日》，必说"社"字。这是一个对中国人极为重要的汉字，它所包涵的精神内容代表我们这个农耕民族的初始愿望。"社"是一个会意字，左"示"右"土"，"示"字初见甲骨文，二横三竖乃祭祀的天台。《说文解字》释为："天垂象，见吉凶，所以示人也。"凡"示"字做偏旁部首的字大都与祭祀相关。"土"，亦初见于甲骨文，《说文解字》释为："地之吐生物者也。"凡用"土"字做偏旁部首的字也都与土地相关。"示""土"二字都是中国最早一批汉字，合二为一成为"社"字。"社"字《说文解字》释为："地主也。"土地的主人，由此可见加入了复杂的社会内容。"社"为土地之神，"稷"为谷物之神，农耕民族的全部精神内核。在没有"国家"概念之时，"社稷"就是"天下"的概念。

明清两代皇宫面南而筑，左祖右社——左侧为祖庙，右侧为社稷坛。那么，凡是与社稷相关的祭祀日，都叫"社日"。尤其是先秦时期，一般在立春、立秋后第五个戊日祭祀土神。社日发源于何时已不可考，上古时候就已自发形成，它是一种自然崇拜。几千年来，中国农耕社会有春社与秋社，时间分别在农历二月和八月，在春种秋收的日子，社日的重要性不言而喻。许多诗人都写过社日。张籍诗曰："今朝社日停针线，起向朱樱树下行。"杜甫诗曰："旧人故园尝识主，如今社日远看人。"刘禹锡诗曰："枫林社日鼓，茅屋午时鸡。"白居易诗曰："晚景函关路，凉风社日天。"

王驾诗写的是"春社"。鹅湖在江西铅山，一年两稻，早稻与晚稻，诗人说的"稻粱肥"是早稻，"肥"是长势喜人。"粱"本义是优质粟，亦称"黍"，黏性黄米，但"稻粱"一词是粮食的泛指，不是确指。次句"豚栅鸡栖半掩扉"写得生动，观察仔细。"豚"是小猪，"豕"为大猪；小猪入圈，大猪放养，所以说"豚栅"。"栖"本义是鸟歇息于枝。《禽经》说得清楚："陆鸟曰'栖'，水鸟曰'宿'。"鸡有鸟性，喜欢栖息在树枝或木架上。"鸡栖"从侧面说明时间，每到傍晚，鸡会自动回巢上架。"半掩扉"侧面体现了社会的最佳状态，每户人家不必院门紧锁。"扉"本指门扇，古文中的"门"仅指门框。"夜不闭户，路不拾遗"是中国古代太平盛世的标志,"半掩扉"从社会形态上讲是太平景象。

诗的前两句着重描绘一派社会祥和之景,从稻粱即将收获的喜悦,到山村人家的鸡肥猪壮,还有松弛的放心小景,半掩门扉,把中国古代农村的幸福生活漫不经意地表达了出来。这时候诗人切入社日主题:"桑柘影斜春社散,家家扶得醉人归。"

"桑",家蚕的生命来源;"柘",嫩叶可作桑叶的替代品。柘蚕产的丝比家蚕粗糙,但吐丝量大。"桑柘"隐喻穿的衣服丰富。"影斜"说明已近傍晚,春社从早上起,到晚上才算结束。诗人的点睛之笔放在了最后,"家家扶得醉人归"。"家家"表明了春社的参与度,人醉不是酩酊大醉,是恰到好处的醉意,还可以在搀扶之下行走。这种搀扶包含古代社会的人情世故,包含了家族家庭的伦理关系,还释放了山村主人社日的热情。王驾笔下的一派祥和是由恬静向热闹迈进,由表象向内心揭示,从而显得生动无比。

春社,中国最古老的传统节日,土地神是广被敬奉的神灵。民以食为天,粮以土为本,土地永远是农民的命根子。春社日的内容很多,对上天先是祈求好收成,后是祈求人丁兴旺。故春社的传统调子一直是热闹红火,有的地方也叫"社火",惜今几近不存。

王驾有一好友叫司空图,司空图写过一篇《与王驾评诗

毛诗图立轴（局部） 明 周臣

书》,其中有这几句话:"今王生者,寓居其间,浸渍益久,五言所得,长于思与境偕,乃诗家之所尚者。"这段话的大致意思是:如今王驾住在这里,浸染熏陶很久了,所作的五言诗,是思想与情景的融合,这是写诗人提倡的。司空图赞扬了王驾。文中提到唐代众多诗人,沈佺期、宋之问、王昌龄、李白、杜甫、王维、韦应物、元稹、白居易、刘禹锡、杨巨源、贾岛、无可、刘得仁,还有大历十才子等,司空图都有褒贬不一的评介。司空图之所以对这么多诗人大胆评介,是因为司空图写过一本专业评判诗歌的专论《二十四诗品》。这是一部唐代诗歌美学理论专著,在中国文学史上影响巨大,这种影响一直持续到今日,比如袁枚的《续诗品》,黄钺(yuè)的《二十四画品》,郭麐(lín)的《词品》,魏谦升的《二十四赋品》,许奉思的《文品》,等等。我当年在中国青年出版社做文学编辑时,看着俞汝捷先生用两年时间写完《小说二十四美》。连王世襄先生对明式家具提出的十六品八病亦受司空图《二十四诗品》的影响。

司空图的《二十四诗品》以玄学的美学思想、以道家的哲学思想、以自然淡远为审美基础,对诗歌意境与美学风格进行分类,探讨诗歌风格形成的道理。此书将诗之风格细分为二十四种,即:雄浑、冲淡、纤秾、沉着、高古、典雅、洗炼、劲健、绮丽、自然、含蓄、豪放、精神、缜密、疏野、清奇、委曲、实境、悲慨、形容、超诣、飘逸、旷达、流动,过去写诗读诗的人不可以不知《二十四诗品》。有一对联清代文人书房常见,上联:诗人司空廿四品;下联:帖临大令十三行。上联说的就是司空图及《二十四诗品》,下联说的是王献之及《玉版十三行》,这是他的传世名作《洛神赋十三行》。王献之官至中书令,他的堂弟王珉也官至中书令,时人称王献之"大令",称王珉"小令"。

显然,司空图对诗歌的研究会影响王驾,王驾另一首受关注的诗叫《雨晴》:

雨前初见花间蕊,雨后兼无叶里花。
蛱蝶飞来过墙去,却疑春色在邻家。

小诗小景写得清新自然。倒叙开篇,起句为回忆,雨前的时候,还可以看见即将开花的花蕊,谁知一场大雨过后,连叶子里藏着花都找不到了。这两句说明雨不仅大,还来得猛。然后雨过天晴,蛱蝶出现了,满视野的蛱蝶忽然飞过墙去。诗人观察细心,昆虫与鸟的飞行是完全不一样的,鸟的飞行一般方向明确,由于体重的关系,做不到昆虫飞行的复杂。比如蜻蜓,可以随意悬停在空中,还可以倒着飞行;比如蝴蝶,可以上下翻飞,幅度之大是鸟儿望尘莫及的。由于蛱蝶翻飞，又看不清飞行方向，它可以上下左右地飞行，所以古人把满天翻飞的蛱蝶看成是欢天喜地的象征。蛱蝶在向墙飞去的时候，可以在近墙处立刻向上，贴墙翻身而过，鸟却没有这个飞行能力。所以王驾抓住这一特征，写道："蛱蝶飞来过墙去"。最后一句才点亮主题："却疑春色在邻家"。

王驾的《雨晴》作为唐诗的小品还是非常生动的。诗歌是这样，既有"水流花开"的缜密之作，又有"著手成春"的自然之作，这二款都在司空图的《二十四诗品》之中有专门论述，王驾显然深谙此道，写起这等小诗游刃有余。

写生游戏图卷（局部） 明 陈栝

万点青莲（局部） 清 任熊

后记

中国古代诗歌挟汉魏数百年古风，借两晋南北朝的悄然改良，入唐后迅速形成律绝，格律成为创作法度。尤其是诗列入科举考试项目后，唐诗以技巧加内容的奇特和谐，如同有规则的赛事，让参与者和观看者皆大欢喜。这是唐诗后世高不可攀的根本原因。

唐诗诞生有其历史背景，文学一定与时代吻合。本书诗人排序也是按照年代顺序顺势而来的，以出生年月为准。初唐、盛唐、中唐、晚唐，不仅社会形态发生改变，文学内容也随之变化。初唐四杰写不出晚唐温李的绮丽温婉；反之，晚唐温李也断然没有初唐四杰的博大胸怀；盛唐李白的浪漫和杜甫的沉郁替代不了中唐元白的深情务实；同样，中唐元白也展现不出盛唐李杜风云际会的气度。所以，本书将时代作为大背景，让读者先看时代，再去品味诗歌人生。

每个诗人都有自己独特的人生经历，或世代为官，或出身贫寒，或一鸣惊人，或家道中落。个人身世对他看待这个世界有巨大影响，不管他是深藏不露如李白，还是清晰在谱如杜甫；不管他是一生优游如白居易，还是他短寿寒涩如王勃。诗人创作出的不仅仅是诗歌，还是他个人不经意的历史。这点作为第二道幕布，拉开时凸现舞台丰厚，令人目不暇接。

第三才是诗歌技术性分析。这是一般相关读物的常态，字义、词意、典故、背景等，这些虽然重要，但不是最重要的，最重要的是诗人的心性与技术的完美结合，所谓神来之笔。时代背景、个人经历、技术表达，三位一体，成就了唐诗的伟大。

唐诗分类多样：叙事诗、抒情诗、哲理诗、咏物诗、咏史诗、咏怀诗、边塞诗、羁旅诗、田园诗、山水诗、送别诗、闺怨诗、寓言诗、赋体诗、以及乐府诗等等，本书都有不同程度的涉及。本书写作时并不刻意分类，随方就圆，顺势而为，慢慢诉说诗人所处的时代环境，带及风土人情。

本套书于庚子年正月初五动笔，写了一百一十二天，每天最少十小时，最多十六小时，后修改了一年多。唐诗部分占五分之三，宋词部分占五分之二。写作之苦，如鱼在水，冷暖自知。好在文学曾是我年轻时的专业，驾轻就熟，写作时还有一股久违了的青春冲动的感觉。

愿读者读此书事半功倍，愿文学滋养你，让你有一个美丽人生。

谨为唐诗后记。

辛丑小雪
（2021年11月22日）

香山九老图（局部） 明·谢环

马未都 作品年表

1988 年	《记忆的河》	作家出版社
1992 年	《马说陶瓷》	中国青年出版社
1997 年	《明清笔筒》	中国青年出版社
2002 年	《中国古代门窗》	中国建筑工业出版社
2008 年	《马未都说收藏》全五册	中华书局
2008 年	《马未都说》全三册	人民文学出版社
2010 年	《茶当酒集》	文化艺术出版社
2011 年	《瓷之色》	紫禁城出版社
2011—2017 年	《醉文明》全十册	中信出版社
2012 年	《马未都杂志》全二册	中国青年出版社
2013 年	《瓷之纹》全二册	故宫出版社
2016 年	《都嘟》全二册	新星出版社
2018 年	《景泰蓝前世今生》	生活·读书·新知三联书店
2019 年	《观复嘟嘟》全二册	人民出版社
2019 年	《小文 65》	长江文艺出版社
2020 年	《国宝 100》全四册	长江文艺出版社
2021 年	《背影》	人民文学出版社
2022 年	《马未都讲透唐诗》全三册	浙江文艺出版社

作家榜®经典名著

读经典名著，认准作家榜

　　作家榜，创立于2006年的知名文化品牌，致力于促进全民阅读，推广全球经典，连续13年发布作家富豪榜系列榜单，引发各大媒体关注华语作家，努力打造"中国文化界奥斯卡"。

　　旗下图书品牌"作家榜经典名著"系列，精选经典中的经典，凭借好译本、优品质、高颜值的精品经典图书，成为全网常年热销的国民阅读品牌，在新一代读者中享有盛誉。

经典就读作家榜
京东官方旗舰店

经典就读作家榜
天猫官方旗舰店

经典就读作家榜
当当官方旗舰店

经典就读作家榜
拼多多旗舰店

| 策　划 | 作家榜 |
| 出　品 | |

出品人	吴怀尧
总编辑	周公度
产品经理	戴婧瑶　赵如冰　朱坤荣
项目统筹	崔雪凝
美术编辑	刘　洋　董亚茹　杨净净
封面绘图	梁昌正
封面设计	王贝贝
内文整理	刘　瑾　张丽雯　赵梓童　毛嘉琪
	朱海冬　马丽娟　常　明
产品监制	陈　俊
特约印制	朱　毓

| 版权所有 | 大星文化 |
| 官方电话 | 021-60839180 |

本书古图如涉及使用版权等事宜请联系官方电话

经典就读作家榜
抖音扫码关注我

作家榜官方微博
经典好书免费送

图书在版编目（CIP）数据

马未都讲透唐诗 / 马未都著. -- 杭州：浙江文艺出版社, 2022.3（2022.11重印）
ISBN 978-7-5339-6324-8

Ⅰ. ①马… Ⅱ. ①马… Ⅲ. ①唐诗—诗歌欣赏 Ⅳ. ①I207.227.42

中国版本图书馆CIP数据核字(2021)第246469号

责任编辑：陈　园　余文军
　　　　　於国娟　罗　艺
　　　　　金荣良

马未都讲透唐诗
（全三册）

马未都　著

全案策划
大星（上海）文化传媒有限公司

出版发行
浙江文艺出版社
杭州市体育场路347号　邮编 310006
浙江省新华书店集团有限公司　经销
浙江新华数码印务有限公司　印刷

2022年3月第1版　2022年11月第9次印刷
889毫米×1194毫米　32开本　33印张
印数：200001—240000　字数：577千字
书号：ISBN 978-7-5339-6324-8
定价：199.00元

版权所有　侵权必究
（如有印装质量问题影响阅读，请联系021-60839180调换）